JAMES LEE BURKE
Die Schuld der Väter

Buch

Am Rand eines Zuckerrohrfelds in New Iberia wird die Leiche eines jungen Mädchens gefunden. Die 16-jährige Schülerin Amanda Boudreau wurde vergewaltigt und mit einer Schrotflinte erschossen. Ein Verdächtiger ist rasch gefunden: Tee Bobby Hulin, ein Nichtsnutz und Herumtreiber, aber auch ein genialer Musiker, der sein Talent mit Rauschgift ruiniert. Doch Detective Dave Robicheaux und seine Partnerin Helen Soileau zweifeln an der Schuld des jungen Schwarzen, dem sie die Tat trotz belastender Spuren nicht zutrauen. Zu widersprüchlich sind die Zeugenaussagen, zu sonderbar die Hinweise der Großmutter des vermeintlichen Täters, einer ehemaligen Feldarbeiterin auf einer Pfefferplantage. Kurz darauf wird wieder eine junge Frau ermordet, eine Prostituierte diesmal, die Tochter eines berüchtigten Mafiakillers, der prompt mit seinen Bodyguards anrückt und nach Selbstjustiz giert. Robicheaux stößt unterdessen bei seinen Ermittlungen auf einen unheimlichen alten Aufseher, der einst der Schrecken der Plantagen war ...

Autor

James Lee Burke, 1938 in Louisiana geboren, wurde bereits Ende der 60er Jahre von der Literaturkritik als neue Stimme aus dem Süden gefeiert. Doch nach drei erfolgreichen Romanen wandte er sich erst Mitte der 80er Jahre dem Kriminalroman zu, in dem er die unvergleichliche Atmosphäre von New Orleans mit packenden Storys verband. Burke, der zweimal mit dem begehrten Edgar-Allan-Poe-Preis für den besten Kriminalroman des Jahres ausgezeichnet wurde, lebt in Missoula/Montana und New Orleans.

Von James Lee Burke bereits erschienen:

Flamingo. Roman (41317), Weißes Leuchten. Roman (41544), Im Schatten der Mangroven. Roman (42577), Im Dunkel des Deltas. Roman (43531), Nacht über dem Bayou. Roman (44041), Dunkler Strom. Roman (44376), Sumpffieber. Roman (44509), Straße ins Nichts (45104), Feuerregen. Roman (45098)

James Lee Burke

Die Schuld der Väter

Roman

Aus dem Amerikanischen
von Georg Schmidt

GOLDMANN

Die Originalausgabe erschien
unter dem Titel
»Jolie Blon's Bounce«
2002 bei Simon & Schuster, New York.

Umwelthinweis:
Alle bedruckten Materialien dieses Taschenbuches
sind chlorfrei und umweltschonend.

1. Auflage
Deutsche Erstveröffentlichung 11/2003
Copyright © der Originalausgabe 2002 by James Lee Burke
Copyright © der deutschsprachigen Ausgabe 2003
by Wilhelm Goldmann Verlag, München,
in der Verlagsgruppe Random House GmbH
Umschlaggestaltung: Design Team München
Umschlagfoto: Zefa/Leinhos
Satz: deutsch-türkischer fotosatz, Berlin
Druck: Elsnerdruck, Berlin
Titelnummer: 45561
Redaktion: Jochen Stremmel
V. B. · Herstellung: Sebastian Strohmaier
Printed in Germany
ISBN 3-442-45561-8
www.goldmann-verlag.de

*Für Rick und Carole DeMarinis
sowie
Paul und Elizabeth Zarzyski*

1

Als ich in den vierziger Jahren des zwanzigsten Jahrhunderts in New Iberia, unten an der Golfküste aufwuchs, gab es für mich keinerlei Zweifel daran, wie es auf der Welt zuging. In der Morgendämmerung ragten entlang der East Main Street die alten, noch aus der Zeit vor dem Bürgerkrieg stammenden Häuser mit ihren taunassen Säulenportalen, den Gartenwegen und den Balkons aus dem Dunst auf, zeichneten sich die Kamine und Schieferdächer weich unter dem Laubdach der immergrünen Eichen ab, das die ganze Straße überspannte.

Mit umgekippten Schornsteinen lagen die versenkten Schiffe der US-Navy im Hafenbecken von Pearl Harbor, und überall in New Iberia hingen die Militärsterne in den Fenstern. Aber an der East Main Street war die Luft im ersten Morgengrauen schwer vom Duft der nachts blühenden Blumen, roch es nach Flechten auf feuchtem Gestein und dem faulig-fruchtbaren Moderdunst des Bayou Teche, und auch wenn im Fenster eines Herrenhauses ein goldener Stern hängen mochte, der den Soldatentod eines Familienangehörigen anzeigte, hätte man meinen können, man befände sich eher im Jahr 1861 als im Sommer 1942.

Selbst wenn sich die Sonne über den Horizont schob, wenn die Eis- und Milchwagen auf ihren mit Eisenreifen beschlagenen Rädern die Straße entlangrollten und sich die Neger nach und nach an den Hintertüren ihrer Dienstherren zur Arbeit meldeten, war das Licht niemals grell, wurde es nie zu heiß oder roch nach Straßenteer und Staub, so wie in anderen Ge-

genden. Stattdessen sickerte es durch das Virginiamoos, durch Bambus und Philodendron, an denen murmelgroße Tautropfen hingen, sodass für diejenigen, die hier lebten, jeder neue Morgen mit einer blauen Samtigkeit anbrach, die ihnen tagtäglich deutlich machte, wie großartig die Erde war, erschaffen nach einem Plan, der im Himmel verwahrt wurde und nie in Frage gestellt werden sollte.

Unten an der Straße stand das alte Frederic Hotel, ein zauberhafter rosafarbener Bau mit Topfpalmen und Marmorsäulen im Innern, einem Ballsaal, einem Fahrstuhl, der aussah wie ein Vogelkäfig aus Messing, einem hohen Schuhputzstuhl aus verschnörkeltem Schmiedeeisen und einer langen, von Hand geschnitzten Mahagonibar. Inmitten der Palmwedel und der blauen und grauen Farbkringel an den Marmorsäulen standen die Glücksspiel- und Rennpferd-Automaten mit ihren blinkenden, kreisenden Lichtern und den wie mattes Zinn schimmernden Münzschalen, die ein stummes Versprechen für jene abgaben, die frohen Herzens waren.

Weiter unten zweigten die Hopkins und die Railroad Avenue von der Main Street ab, wie zwei Zubringerstraßen in einen Teil der Geschichte und Geographie der Stadt, über den die Leute in der Öffentlichkeit nicht redeten. Wenn ich samstagnachmittags mit meinem Vater zum Eishaus ging, schaute ich immer verstohlen die Railroad Avenue hinab, auf die ungestrichenen Hütten, die sich zu beiden Seiten der Bahngleise aneinander reihten, und die schlampigen Frauen, die auf den Stufen saßen, verkatert, breitbeinig, die Knie unter den weiten Kattunkleidern angewinkelt, und sich vielleicht gerade einen Schluck Bier aus einem Eimer schöpften, den zwei Negerjungen an einem Besenstiel aus Hattie Fontenots Bar anschleppten.

Ich lernte frühzeitig, dass es kein Laster oder Geschäft mit der Unzucht ohne das Einverständnis der Allgemeinheit gab.

Ich dachte, ich hätte das Wesen des Bösen begriffen. Mit zwölf Jahren erfuhr ich, dass dem nicht so war.

Mein Halbbruder, der fünfzehn Monate jünger war als ich, hieß Jimmie Robicheaux. Seine Mutter war eine Prostituierte aus Abbeville, aber er und ich wurden gemeinsam aufgezogen, größtenteils von unserem Vater, bekannt als Big Aldous, der Trapper, gewerbsmäßiger Fischer und Bohrarbeiter auf den Öltürmen vor der Küste war. Als Kinder waren Jimmie und ich unzertrennlich. An schönen Sommerabenden gingen wir immer zu den Ballspielen, die unter Flutlicht im City Park stattfanden, und stahlen uns in die Menschenschlangen, die an den Grills und Krabbenküchen bei den Freiluftpavillons anstanden. Unser Vergehen war eher harmlos, nehme ich an, und wir waren ziemlich stolz auf uns, wenn wir meinten, wir hätten die Erwachsenen wieder einmal ausgetrickst.

An einem heißen Augustabend, an dem Blitze zwischen den Gewitterwolken über dem Golf von Mexiko zuckten, gingen Jimmie und ich unter den Eichen am Rande des Parks entlang, als wir einen alten Ford sahen, in dem sich zwei Pärchen aufhielten, eins auf dem Vordersitz, eins hinten. Wir hörten eine Frau aufstöhnen, dann wurde ihre Stimme lauter und durchdringender. Mit offenem Mund starrten wir hin, als wir den nach hinten gewölbten Oberkörper einer Frau sahen, ihre nackten Brüste, die im Lichtschein eines Picknickpavillons schimmerten, den vor Wollust aufgerissenen Mund.

Wir wollten in die andere Richtung gehen, aber die Frau lachte jetzt und schaute mit schweißnassem, glänzendem Gesicht aus dem Fenster.

»Hey, Junge, weißt du, was wir grade gemacht ham? Das tut meiner Muschi so gut. Hey, komm her, du. Wir ham gefickt, mein Junge«, sagte sie.

Damit hätte es vorbei sein sollen – eine unangenehme Begegnung mit weißem Abschaum, Leuten, die vermutlich betrunken waren und sich beim Schäferstündchen im Grünen hatten erwischen lassen. Doch die eigentliche Auseinandersetzung fing damit erst an. Der Mann am Lenkrad zündete sich eine Zigarette an, sodass sein Gesicht im Flammenschein wie Teig aufleuchtete, dann trat er heraus auf den Kies. Er hatte Tätowierungen an den Unterarmen, die wie dunkelblaue Schlieren wirkten. Mit zwei Fingern klappte er die Klinge eines Taschenmessers auf.

»Ihr schaut wohl gern bei andern Leuten durchs Fenster?«, fragte er.

»Nein, Sir«, sagte ich.

»Das sind doch noch Jungs, Legion«, sagte die Frau auf dem Rücksitz, während sie ihre Bluse anzog.

»Vielleicht bleiben sie das auch für immer«, sagte der Mann.

Ich dachte zunächst, er wollte uns damit bloß erschrecken. Aber dann sah ich ihn deutlich vor mir, die pechschwarzen, nach hinten gekämmten Haare, das schmale Gesicht mit den steilen Falten, die Augen, mit denen er ein Kind anschaute, als wäre es die Ursache all seines Zorns auf Gott und die Welt.

Dann rannten Jimmie und ich in die Dunkelheit, mit klopfendem Herzen, für immer verändert durch das Wissen, dass es auf der Welt dunkle Abgründe gab, in denen das Böse hauste.

Da mein Vater nicht in der Stadt war, rannten wir bis zu dem Eishaus an der Railroad Avenue, hinter dem das hell erleuchtete und gepflegte Haus von Ciro Shanahan stand, dem einzigen Menschen, von dem mein Vater voller Bewunderung und Zutrauen sprach.

Später sollte ich erfahren, warum mein Vater so viel Hochachtung vor seinem Freund hatte. Ciro Shanahan war einer jener rar gesäten Menschen, die ihr Leid stillschweigend erduldeten und sich schweres Unrecht zufügen ließen, um diejenigen zu schützen, die sie liebten.

Es war in einer Frühlingsnacht im Jahr 1931, als Ciro und mein Vater südlich von Point Au Fer die Motoren ihres Bootes abstellten und auf die schwarz-grünen Umrisse der Küste von Louisiana starrten, die sich im Mondlicht abzeichnete. Die Wellen trugen Schaumkronen, und ein scharfer Wind bauschte die knatternde Plane auf, die über die Kisten voller mexikanischem Whiskey und kubanischem Rum gespannt war, die mein Vater und Ciro zehn Meilen weiter draußen von einem Trawler übernommen hatten. Mein Vater schaute durch seinen Feldstecher und betrachtete die Suchscheinwerfer, die im Süden über die Wellenkämme huschten. Dann stützte er das Glas auf das Dach des kleinen, aus rohem Kiefernholz gebauten Ruderhauses am Heck des Bootes, wischte sich die salzige Gischt vom Gesicht und musterte den Küstenstreifen. Zwischen ihnen und dem rettenden Ufer tanzten die Positionslichter von drei Booten in der Dünung.

»Der Mond scheint. Ich hab dir doch gesagt, das is 'ne schlechte Nacht für so was«, sagte er.

»Wir haben es früher auch schon gemacht. Wir sind immer noch da, nicht wahr?«, erwiderte Ciro.

»Die Boote vor uns, das sind die Männer vom Staat, Ciro«, sagte mein Vater.

»Das wissen wir nicht«, sagte Ciro.

»Wir können uns nach Osten halten. Die Ladung bei Grand Chenier verstecken und später zurückkommen. Hör mal zu, du. Im Knast is noch keiner auf seine Kosten gekommen«, sagte mein Vater.

Ciro war klein, gebaut wie ein Hafenarbeiter, hatte rote Haare, grüne Augen und einen schmalen, nach unten gezogenen irischen Mund. Er trug einen Segeltuchmantel und einen Fedora-Filzhut, der mit einem Schal am Kopf festgebunden war. Es war ungewöhnlich kalt für die Jahreszeit, und sein Gesicht war vom Wind gerötet, wirkte verkniffen und nachdenklich.

»Der Mann hat seine Laster da oben stehen, Aldous. Ich hab ihm versprochen, dass wir heut Nacht kommen. Man lässt die Leute nicht warten«, sagte er.

»Niemand kommt nach Angola, weil er in 'nem leeren Laster sitzt«, sagte mein Vater.

Ciro wandte den Blick von meinem Vater ab und schaute zum Horizont im Süden.

»Is jetzt eh wurscht. Da kommt die Küstenwache. Halt dich fest«, sagte er.

Das Boot, das Ciro und meinem Vater gemeinsam gehörte, war lang und schmal, wie ein Torpedoboot aus dem Ersten Weltkrieg, und für die Versorgung der Bohrtürme vor der Küste gebaut worden, ohne jeden Firlefanz an Bord. Das Ruderhaus saß wie eine Streichholzschachtel am Heck, und selbst wenn sich die Bohrrohre hoch auf dem Deck stapelten, konnten es die schweren Chrysler-Motoren noch mit flotter Fahrt durch dreieinhalb Meter hohen Seegang treiben. Als Ciro den Gashebel nach vorn schob, pflügten die Schrauben eine Furche durch die Dünung, und der Bug stieg aus dem Wasser und schnitt durch eine Welle, dass die Gischt im Mondschein wie ein Pferdeschwanz hochspritzte.

Doch die Suchscheinwerfer auf dem Kutter der Küstenwache waren unerbittlich. Sie zerschnitten das Boot meines Vaters, brannten ihm rote Ringe in die Augen, färbten die Wellen sandig grün und nahmen ihnen alles Geheimnisvolle, erfassten die Köderfische und die Stachelrochen, die aus den Kämmen schossen. Der Bootsrumpf donnerte über das Wasser, dass die Schnapsflaschen unter der Plane heftig durchgerüttelt wurden, während die Suchscheinwerfer durch die Fenster des Ruderhauses hindurch weit hinaus in die Dunkelheit stachen. Die ganze Zeit über lagen die Boote, die zwischen meinem Vater und der rettenden Küste vertäut waren, abwartend da, hatten jetzt die Kabinenfenster erleuchtet, doch die Motoren schwiegen.

Mein Vater beugte sich dicht an Ciros Ohr. »Du hältst genau auf die Agenten zu«, sagte er.

»Um die Leute hat sich Mr. Julian gekümmert«, sagte Ciro.

»Mr. Julian hat sich um Mr. Julian gekümmert«, sagte mein Vater.

»Das will ich nicht gehört haben, Aldous.«

Plötzlich setzten sich die Boote der staatlichen Alkoholfahnder in Bewegung, jagten über die Wellen und richteten ihre Suchscheinwerfer auf Ciro und meinen Vater. Ciro riss das Ruder hart nach Steuerbord, kurvte um eine Sandbank herum, fuhr durch seichtes Wasser und steuerte mit bockendem Bug gegen den ablaufenden Ebbstrom.

Vor ihnen war die Mündung des Atchafalaya. Mein Vater sah, wie die Küste näher kam, sah das wehende Moos an den Stämmen der abgestorbenen Zypressen, die überfluteten Weiden, Tupelobäume und das Riedgras, das im Wind wogte und wankte. Die Plane über den Whiskey- und Rumkisten riss sich los, klatschte an das Ruderhaus und verdeckte ihnen die Sicht nach vorn. Mein Vater zerschnitt die anderen Seile, mit denen die Plane befestigt war, zerrte sie von den übereinander gestapelten Schnapskisten und wälzte sie über die Bordwand. Als er wieder zur Küste schaute, sah er eine Reihe von Sandbänken in der Bucht aufragen, wie die Buckel verirrter Wale.

»Ach Ciro, was hast du uns da bloß eingebrockt?«, sagte er.

Das Boot schoss gerade zwischen zwei Sandbänken hindurch, als jemand auf dem Staatsboot ein paar kurze Feuerstöße mit einer Schnellfeuerwaffe abgab. Whiskey, Rum und Glassplitter spritzten durch die Luft, dann landete ein Leuchtspurgeschoss auf dem Deck, das wie Phosphor aufglühte, worauf eine riesige Flammenwand emporloderte und das ganze Ruderhaus umfing.

Aber Ciro nahm das Gas nicht zurück, dachte nicht daran aufzugeben. Die Glasscheiben wurden schwarz und zersprangen; blaues, gelbes und rotes Feuer tropfte vom Deck ins Wasser.

»Halt auf das Laub zu!«, brüllte mein Vater und zeigte auf eine schmale Bucht, auf der eine dicke Schicht abgefallener Blätter trieb.

Der Bug des Bootes brach durch die Bäume und setzte das Laub in Flammen. Dann sprangen mein Vater und Ciro über Bord und stapften durch den aufspritzenden Sumpf, während der Widerschein des Feuers auf ihren Leibern tanzte.

Zwei Meilen weit rannten, wateten und torkelten sie durch brusttiefes Wasser, durch Morast, Luftranken und sumpfige Sandlöcher, die schwarz vor Insekten waren, die sich an den darin erstickten oder verhungerten Kühen und Wildtieren gütlich taten.

Drei Stunden später saßen sie beide auf einem trockenen Uferdamm und sahen zu, wie der Himmel dunkler wurde und der Mond zu einer fahlen weißen Scheibe verblasste. Ciros linker Knöchel war dick wie eine Honigmelone.

»Ich hol mein Auto«, sagte mein Vater. »Und danach lassen wir die Finger von dem Schnapsgeschäft.«

»Wir haben eh kein Boot mehr dazu«, sagte Ciro.

»Danke für den Hinweis. Wenn ich das nächste Mal für Mr. Julian LaSalle arbeite, kaufst du dir 'ne Knarre und erschießt mich.«

»Er hat die Krankenhausrechnungen von meiner Tochter bezahlt. Du bist zu hart zu den Leuten, Aldous«, sagte Ciro.

»Bezahlt er uns auch unser Boot?«

Mein Vater lief fünf Meilen weit, bis zu der Gruppe von Sumpfahornbäumen, bei der er sein Auto geparkt hatte. Der Himmel war bereits blau, als er zurückkehrte, um Ciro abzuholen, die wilden Blumen entlang des Damms blühten, und die Luft glitzerte vom Salz. Er kam um ein Weidengehölz und starrte durch die Windschutzscheibe auf das Geschehen, in das er unverhofft geraten war.

Drei Männer mit Fedora-Hüten und schlecht sitzenden Anzügen, zwei davon mit Browning-Schnellfeuergewehren bewaffnet, geleiteten Ciro in Handschellen zur Rückseite eines Gefängniswagens, dessen Boden mit Eisenplatten belegt war. Der Wagen hing an einem Laster des Staates, und zwei Neger, die für Julian LaSalle arbeiteten, saßen bereits darin.

Mein Vater legte den Rückwärtsgang ein und setzte den ganzen Damm entlang zurück, bis er auf eine Plankenstraße stieß, die durch den Sumpf führte. Während er durch die überfluteten Senken in der Straße raste und der Matsch über die Windschutzscheibe spritzte, versuchte er nicht an Ciro zu denken, der in Fesseln zum Gefängniswagen gehumpelt war. Er erfasste ein Stück Rotwild, eine Hirschkuh, und sah, wie sie mit zerschmettertem Leib vom Kotflügel abprallte und gegen einen Baum geschleudert wurde. Doch mein Vater ging nicht vom Gas, bis er in Morgan City war, wo er durch die Hintertür in ein Negercafé trat und sich ein Glas Whiskey bestellte, das er beim Trinken mit beiden Händen hielt.

Dann legte er den schweren Kopf auf die Arme, schlief ein und träumte von Vögeln, die im Blattwerk brennender Bäume gefangen waren.

2

Cops, Polizeireporter und hart gesottene Sozialarbeiter halten sich für gewöhnlich unter ihresgleichen auf und schließen kaum engere Freundschaft mit Leuten außerhalb ihres Berufes. Sie sind nicht etwa verschlossen, elitär oder überheblich. Sie wollen einfach ihre Erfahrungen nicht mit Außenstehenden teilen. Wenn sie es täten, würde man sie vermutlich schneiden.

In einem der Bezirke von Faliciana kannte ich einen Schwarzen, der Sergeant in Lieutenant William Calleys Zug in My Lai gewesen war. Er hatte oben am Graben gestanden und mit dem Maschinengewehr Frauen, Kinder und alte Männer niedergemäht, die um ihr Leben flehten. Etliche Jahre später starb der Sohn des Sergeants in dessen Vorgarten an einer Überdosis. Der Sergeant glaubte, dass der Tod seines Sohnes die Strafe für die Geschehnisse im Graben von My Lai war. Er klebte die Wände seines Hauses voller Bilder und Zeitungsartikel, die in allen Einzelheiten auf die Gräuel eingingen, an denen er teilgenommen hatte, und durchlebte seine Taten in My Lai stets aufs Neue, vierundzwanzig Stunden am Tag.

Aber die Politiker, die meinen Freund, den Sergeant, in dieses Dorf in der Dritten Welt geschickt hatten, mussten nicht seine Bürde tragen, und sie wurden auch nie von einer zivilen oder militärischen Behörde zur Rechenschaft gezogen.

So ist das eben im Leben. Die Richtigen erwischt es selten. *Schlusspunkt* ist ein Ausdruck, der bei den Opfern eines Gewaltverbrechens nicht gut ankommt. Wenn man Cop ist, kann man von Glück sagen, wenn es einen aufgrund der Sachen, die man zu sehen bekommt, nicht zu später Stunde noch in Kneipen treibt.

An einem Frühlingsnachmittag im letzten Jahr nahm ich am Telefon auf meinem Schreibtisch in der Sheriff-Dienststelle des Bezirks Iberia einen Anruf entgegen und wusste sofort, dass ich gerade einen Fall erwischt hatte, zu dem es keine befriedigende Lösung gab, einen Fall, der eine völlig unschuldige, anständige Familie betraf, deren Wunden nie verheilen würden.

Der Vater war Zuckerrohrfarmer, die Mutter Krankenschwester im Iberia General. Ihre sechzehnjährige Tochter war eine Einserschülerin an der hiesigen katholischen Highschool. An diesem Morgen hatte sie mit ihrem Freund in einem offenen Geländewagen eine Spritztour über ein brachliegendes Zuckerrohrfeld unternommen. Ein Schwarzer, der auf der hinteren Veranda seines nahe gelegenen Hauses saß, sagte, der Geländewagen hätte eine Wolke aus braunem Staub auf dem Feld aufgewühlt und wäre in einem Wäldchen aus Tupelobäumen verschwunden, dann über eine Holzbrücke zu einem anderen Feld gerumpelt, das voll mit jungem Zuckerrohr stand. Ein grauer Spritschlucker mit abgeflachtem Dach, in dem drei Leute saßen, hätte am Bachlauf geparkt. Der Schwarze sagte der Fahrer hätte eine Bierdose aus dem Fenster geworfen, den Motor angelassen und wäre in die gleiche Richtung gefahren wie der Geländewagen.

Helen Soileau war meine Partnerin. Sie hatte ihre Laufbahn als Politesse beim NOPD begonnen, danach als Streifenpolizistin im Garden District gearbeitet, bevor sie in ihre Heimatstadt zurückkehrte und wieder von vorn anfing. Sie hatte eine Statur wie ein Mann, war streitbar und aufbrausend, aber von Clete Purcel, meinem alten Partner bei der Mordkommission in New Orleans, einmal abgesehen, war sie der beste Polizist, den ich je kennen gelernt habe.

Helen fuhr mit dem Streifenwagen an dem Tupelowäldchen vorbei, überquerte die Brücke über den Bachlauf und folgte einem Feldweg durch das Zuckerrohr, das von der Frühjahrsdürre hellgrün war und trocken im Wind wisperte. Vor uns befand sich ein weiteres Tupelowäldchen, das mit gelbem Absperrband umgeben war.

»Kennst du die Familie?«, fragte Helen.

»Ein bisschen«, erwiderte ich.

»Haben sie noch andere Kinder?«

»Nein«, sagte ich.

»Ein Jammer. Wissen sie schon Bescheid?«

»Sie sind heute in Lafayette. Der Sheriff konnte sie noch nicht erreichen«, sagte ich.

Helen drehte sich um und schaute mich an. Sie hatte ein massiges Gesicht und dichte, schulterlange blonde Haare. Sie kaute auf ihrem Kaugummi herum und warf mir einen fragenden Blick zu.

»Müssen wir sie verständigen?«, sagte sie.

»Sieht so aus«, erwiderte ich.

»Bei so einem Fall hätte ich am liebsten den Täter dabei, damit ihm die Angehörigen eine aufs Ohr geben können.«

»Schlechte Gedanken, Helen«, sagte ich.

»Ich bin so schuldbewusst, wie ich nur kann«, sagte sie.

Zwei Deputys, der Schwarze, der die Schüsse gemeldet hatte, und der Teenager, der den Geländewagen gefahren hatte, erwarteten uns außerhalb des Absperrbandes, das um das Tupelogehölz gewunden war. Der Junge hockte im Schneidersitz am Boden und starrte niedergeschlagen ins Leere. Durch das Rückfenster des Streifenwagens sah ich einen Krankenwagen, der die Brücke am Bachlauf überquerte.

Helen stellte den Streifenwagen ab, worauf wir in den Schatten der Bäume gingen. Die Sonne, rosa vom Staub, der über den Himmel zog, stand tief im Westen. Ein scharfer Gestank stieg mir in die Nase, wie von einem toten Tier, das im Bachbett verweste.

»Wo ist sie?«, fragte ich einen Deputy.

Er nahm die Zigarette aus dem Mund und trat sie aus. »Auf der anderen Seite von dem Brombeergebüsch«, sagte er.

»Heben Sie bitte die Kippe auf und zünden Sie sich keine weitere mehr an«, sagte ich.

Helen und ich duckten uns unter dem Absperrband hindurch und gingen mitten in das Wäldchen. Eine graue Wolke aus Insekten schwärmte über der Stelle, an der das Gras platt gedrückt war. Helen blickte auf die Leiche hinab und stieß den Atem aus.

»Zwei Wunden. Eine in der Brust, die andere an der Seite. Vermutlich eine Flinte«, sagte sie. Unwillkürlich suchte sie den Boden nach einer ausgeworfenen Patronenhülse ab.

Ich kauerte mich neben die Leiche. Die Hände des Mädchens waren über den Kopf gezogen und mit einem Springseil um den

Fuß eines Baumstamms gebunden. Ihre Haut war durch den starken Blutverlust grau verfärbt. Die Augen standen noch immer offen und schienen auf eine etwa einen Meter entfernte wilde Blume gerichtet zu sein. Ihr Höschen hing um den einen Knöchel.

Ich stand auf und spürte, wie meine Knie knackten. Einen kurzen Moment verschwammen die Bäume auf der Lichtung vor meinen Augen.

»Fehlt dir was?«, fragte Helen.

»Die haben ihr eine ihrer Socken in den Mund gestopft«, sagte ich.

Helen ließ den Blick über mein Gesicht schweifen. »Reden wir mit dem Jungen«, sagte sie.

Seine Haut war mit Staub bedeckt, und Schweißbäche waren ihm aus den Haaren gelaufen und im Gesicht getrocknet. Sein T-Shirt war mit Dreck verschmiert und sah aus, als wäre es zusammengeknotet worden, bevor er es angezogen hatte. Mit unwirsch funkelnden Augen blickte er zu uns auf.

»Es waren also zwei Schwarze?«, sagte ich.

»Ja. Ich meine, ja, Sir«, erwiderte er.

»Nur zwei?«

»Mehr hab ich nicht gesehen.«

»Du hast gesagt, sie hatten Strickmützen auf? Und einer von ihnen trug Handschuhe?«

»Das hab ich gesagt«, erwiderte er.

Selbst im Schatten war es heiß. Ich tupfte mir mit dem Ärmel den Schweiß von der Stirn.

»Sie haben dich also gefesselt?«, sagte ich.

»Ja«, erwiderte er.

»Mit deinem T-Shirt?«, fragte ich.

»Ja, Sir.«

Ich kauerte mich neben ihn und warf den Deputys einen eindringlichen Blick zu. Sie gingen mit dem Schwarzen zu ihrem

Streifenwagen, stiegen ein und ließen die Türen offen, damit der Wind durchziehen konnte.

»Mal sehen, ob ich das verstanden habe«, sagte ich zu dem Jungen. »Sie haben dich mit deinem T-Shirt und dem Gürtel gefesselt, haben dich beim Bachbett zurückgelassen und sind mit Amanda in den Wald gegangen? Typen in Strickmützen, die man übers Gesicht ziehen kann?«

»Genauso war es«, erwiderte er.

»Konntest du dich nicht befreien?«

»Nein. Es war echt fest.«

»Ich tu mir schwer mit dem, was du mir da erzählst. Es klingt nicht schlüssig, Partner«, sagte ich.

»Schlüssig?«

»T-Shirts sind keine Handschellen«, sagte ich.

Seine Augen wurden feucht. Er fuhr sich mit den Fingern in die Haare.

»Du hast ziemlich Schiss gehabt, was?«, sagte ich.

»Ich glaube schon. Ja, Sir«, erwiderte er.

»Ich hätte auch Schiss gehabt. Das ist nicht weiter schlimm«, sagte ich. Ich tätschelte seine Schulter und stand auf.

»Wollen Sie sich die verdammten Nigger schnappen oder nicht?«, fragte er.

Ich ging zu unserem Streifenwagen. Die Sonne, die jetzt tief am Horizont stand, hing blutrot über den Bäumen in der Ferne. Helen hatte gerade einen Funkspruch entgegengenommen.

»Was hältst du von dem Jungen?«, fragte sie.

»Schwer zu sagen. Er ist nicht der Allerglaubwürdigste.«

»Die Eltern des Mädchens sind grade aus Lafayette zurückgekommen. Das ist vielleicht ein Haufen Scheiße, Bwana«, sagte sie.

Das Haus der Familie war ein eingeschossiger weißer Holzbau, der zwischen der Staatsstraße und dem dahinter liegenden Zuckerrohrfeld stand. Eine Mooreiche, die im Winter kein Laub trug, spendete in den heißen Monaten auf der einen Seite Schatten. Nur durch den nummerierten Briefkasten unten an der Straße und den überdachten Autostellplatz, der aussah, als wäre er erst nachträglich angebaut worden, unterschied es sich von den anderen Häusern an der Straße.

Die Jalousien waren heruntergezogen. Weihwassergefäße aus Plastik waren an die Türen genagelt, im Wohnzimmer hing ein Kirchenkalender an der Wand und daneben eine von Hand bestickte Decke mit dem Vaterunser. Quentin Boudreau war der Vater, ein von der Sonne verbrannter, rotblonder Mann, der eine Nickelbrille, einen schlichten blauen Schlips und ein gestärktes weißes Hemd trug, in dem er sich vorkommen musste wie in einem Eisenpanzer. Sein Blick wirkte teilnahmslos, abwesend, so als ob ihm Gedanken durch den Kopf gingen, die er sich noch nicht zugestehen wollte.

Er drückte die Hand seiner Frau an sein Knie. Sie war eine kleine, dunkelhaarige Cajun, die mit niedergeschmetterter Miene dasaß. Weder sie noch ihr Mann sprachen oder versuchten, eine Frage zu stellen, während Helen und ich ihnen so schonend wie möglich erklärten, was mit ihrer Tochter geschehen war. Ich wollte, dass sie wütend wurden, uns beschimpften, rassistische Sprüche von sich gaben, irgendetwas machten, das mich von den Gefühlen erlöste, die ich hatte, als ich ihnen ins Gesicht schaute.

Doch das taten sie nicht. Sie waren demütig und bescheiden und momentan vermutlich gar nicht in der Lage, all das zu verstehen, was man ihnen sagte.

Ich legte meine Visitenkarte auf den Kaffeetisch und stand auf. »Unser herzliches Beileid für Sie und Ihre Familie«, sagte ich.

Die Frau hatte ihre Hände jetzt im Schoß gefaltet. Sie schaute darauf, blickte dann zu mir auf.

»Wurde Amanda vergewaltigt?«, sagte sie.

»Das muss der Coroner erst noch feststellen. Aber ja, ich glaube schon«, sagte ich.

»Haben sie Kondome benutzt?«, fragte sie.

»Wir haben keine gefunden«, erwiderte ich.

»Dann haben Sie die DNS von denen«, sagte sie. Ihre Augen waren jetzt schwarz und hart und auf mich fixiert.

Helen und ich gingen hinaus und überquerten den Hof. Der Wind wehte uns den Staub entgegen, aber nach dem langen heißen Tag wirkte er regelrecht kühl und roch nach dem Salz vom Golf. Dann hörte ich Mr. Boudreau hinter mir. Mit schwerfälligen Schritten kam er auf uns zu, als hätte er ein gichtiges Bein. Die eine Ecke seines Hemdkragens stand hoch, wie eine Speerspitze, die ihm an die Kehle gedrückt wurde.

»Was für eine Waffe haben sie benutzt?«, fragte er.

»Eine Flinte«, sagte ich.

Er kniff die Augen zusammen, schob seine Brille hoch. »Haben sie meiner Kleinen ins Gesicht geschossen?«, fragte er.

»Nein, Sir«, erwiderte ich.

»Im Gesicht hätten ihr diese Hurensöhne nämlich lieber nichts antun sollen«, sagte er und fing im Vorgarten an zu weinen.

Am nächsten Morgen stießen wir durch die Fingerabdrücke, die an der am Tatort aus dem Autofenster geworfenen Bierdose gesichert worden waren, auf einen Namen – Tee Bobby Hulin, ein fünfundzwanzig Jahre alter schwarzer Taugenichts und unverbesserlicher Klugscheißer, dessen schmächtige Statur ihn so manches Mal davor bewahrt hatte, dass er in seine sämtlichen Einzelteile zerlegt wurde. Seine Akte war gut zehn Zentimeter dick und enthielt etliche Strafbefehle, unter anderem, weil er mit neun Jahren erstmals wegen Ladendiebstahls festgenommen worden war, mit dreizehn ein Auto geklaut, in seiner Highschool Tüten vertickert und sich hinter dem hiesigen

Wal-Mart einen Laster voller Toilettenpapier geschnappt hatte und damit weggefahren war.

Seit Jahren schon war Tee Bobby immer knapp davongekommen, indem er den Leuten um den Bart ging, sich mit Charme und Scharwenzeln durchmogelte und alle davon überzeugte, dass er eher ein Schlawiner als ein Bösewicht war. Außerdem besaß er noch eine andere, eine größere Gabe, auch wenn er sie allem Anschein nach überhaupt nicht verdient hatte – als ob Gott eines Tages aufs Geratewohl mit dem Finger auf ihn gezeigt und ihm eine Musikalität geschenkt hätte, wie sie niemandem mehr zuteil geworden war, seit Guitar Slim seine bei aller Schwermut hinreißend schönen Plattenaufnahmen eingespielt hat.

Als Helen und ich an diesem Abend bei einem Drive-in-Restaurant unweit des City Parks auf Tee Bobbys Spritschlucker zugingen, stand sein Akkordeon auf dem Rücksitz, glänzend wie Elfenbein und gesprenkelt wie das Innere eines Granatapfels.

»Hey, Dave, was gibt's?«, sagte er.

»Reden Sie Respektspersonen nicht mit dem Vornamen an«, sagte Helen.

»Schon kapiert, Miss Helen. Ich hab doch nix angestellt, was?«, sagte er und zog die Augenbrauen hoch.

»Das müssen Sie uns verraten«, sagte ich.

Er tat, als dächte er ernsthaft nach. »Nee. Keinen Schimmer. Wollt ihr ein Stück von meinem Krabbenburger?«, sagte er.

Seine Haut schimmerte mattgolden wie abgewetztes Sattelleder, die Augen waren blaugrün, die Haare leicht eingeölt, lockig, kurz geschnitten und im Nacken hoch ausrasiert. Nach wie vor schaute er uns mit einem dämlichen Grinsen an.

»Legen Sie Ihre Autoschlüssel unter den Sitz und steigen Sie in den Streifenwagen«, sagte Helen.

»Das klingt nicht gut. Ich glaub, ich ruf lieber meinen Anwalt an«, sagte er.

»Ich habe nicht gesagt, dass Sie festgenommen sind. Wir hätten bloß gern ein paar Auskünfte von Ihnen. Haben Sie was dagegen?«, sagte Helen.

»Ich hab's schon wieder kapiert. Die Weißen bitten bloß um Hilfe. Da müssen sie niemand seine Rechte vorlesen. Klar doch will ich der Polizei helfen«, sagte er.

»Sie sind ja eine wandelnde Benimmfibel, Tee Bobby«, sagte Helen.

Zwanzig Minuten später saß Tee Bobby allein in einem Vernehmungszimmer in der Sheriff-Dienststelle des Bezirks Iberia, während Helen und ich in meinem Büro miteinander redeten. Der Himmel draußen war mit braunen Wolkenstreifen gerippt, die Bahnschranken am Schienenstrang waren geschlossen, und ein Güterzug zockelte zwischen Baumgruppen und Hütten, in denen Menschen lebten, die Gleise entlang.

»Was für ein Gefühl hast du dabei?«, fragte ich.

»Ich kann mir nur schwer vorstellen, dass dieser Clown jemand mit einer Flinte ermordet hat«, sagte sie.

»Er war am Tatort.«

»Dieser Fall stinkt, Streak. Mit Amandas Freund stimmt einfach irgendwas nicht.«

»Mit Tee Bobby auch nicht. Er tut zu unbeteiligt.«

»Lass mir einen Moment Zeit, bevor du reinkommst«, sagte sie.

Sie ging in den Vernehmungsraum und ließ die Tür einen Spalt offen, damit ich ihr Gespräch mit Tee Bobby mithören konnte. Sie stützte sich auf den Tisch, sodass sie ihn mit einem ihrer muskulösen Arme leicht berührte, und beugte sich an sein Ohr. Eine zusammengerollte Illustrierte ragte aus der hinteren Tasche ihrer Jeans.

»Wir haben Hinweise darauf, dass Sie am Tatort waren. Das lässt sich nicht aus der Welt schaffen. Ich würde mich damit auseinander setzen«, sagte sie.

»Gut. Bringen Sie mir 'nen Anwalt. Dann setz ich mich damit auseinander.«

»Möchten Sie, dass wir Ihre Großmutter herholen?«

»Jetzt will Miss Helen, dass ich ein schlechtes Gewissen kriege. Weil Sie ja eine dicke Freundin von meiner Familie sind. Weil meine Großmama früher immer die Sachen von Ihrem Daddy gewaschen hat, wenn er nicht grad versucht hat, ihr unters Kleid zu fassen.«

Helen zog die zusammengerollte Zeitung aus ihrer Gesäßtasche. »Was halten Sie davon, wenn ich Sie einfach windelweich schlage?«, sagte sie.

»Da halt ich bestimmt viel von.«

Sie schaute ihn einen Moment lang nachdenklich an, dann tippte sie ihm mit der Spitze der Illustrierten leicht an die Stirn.

Spöttisch ließ er seine Augenlider flattern wie Schmetterlinge.

Helen kam aus der Tür und ging an mir vorbei. »Hoffentlich verknackt der Staatsanwalt den kleinen Sack«, sagte sie.

Ich ging in den Vernehmungsraum und schloss die Tür.

»Derzeit wird Ihr Auto auseinander genommen, und zwei Detectives sind mit einem Durchsuchungsbefehl zu Ihrem Haus unterwegs«, sagte ich. »Wenn sie irgendetwas finden, eine Strickmütze, eine Flinte, die in den letzten zwei Tagen abgefeuert wurde, irgendeine Spur von dem Mädchen an Ihrer Kleidung, auch wenn es nur ein Haar ist, kriegen Sie die Spritze. So wie ich die Sache sehe, haben Sie etwa zehn Minuten lang die Gelegenheit, die Sache aus Ihrer Sicht darzustellen.«

Tee Bobby zog einen Kamm aus seiner Gesäßtasche, strich sich damit durch die Haare an seinem Arm und schaute ins Leere. Dann legte er den Kopf auf die verschränkten Arme und schlug mit dem Fuß einen Takt an, als wollte er den Rhythmus zu einer Melodie halten, die ihm durch den Kopf ging.

»Wollen Sie bloß den Blöden markieren?«, sagte ich.

»Ich hab niemand vergewaltigt. Lassen Sie mich in Frieden.«

Ich setzte mich ihm gegenüber hin und betrachtete ihn, während er mit unschuldigem Blick die Wand musterte, sich in meinem Beisein sichtlich langweilte, grinsend den Mund verzog, als er mich anschaute und meine zusehends wütender werdende Miene bemerkte.

»Was is denn los?«, sagte er.

»Sie war sechzehn. Sie hatte zwei Löcher in der Brust und in der Seite, durch die man die Faust stecken konnte. Schauen Sie mich nicht so scheißdämlich an«, sagte ich.

»Ich kann schaun, wie ich will. Entweder Sie holen mir einen Anwalt, oder Sie lassen mich laufen. Sie haben keine Beweise, sonst hätten Sie mir längst die Fingerabdrücke genommen und mich eingebuchtet.«

»Ich knalle Ihnen gleich eine, dass Sie quer durchs Zimmer fliegen, Tee Bobby.«

»Ja, Sir. Weiß ich doch. Dem Nigger zittern schon die Knochen, Chef«, erwiderte er.

Ich schloss ihn im Vernehmungsraum ein und ging in mein Büro. Eine halbe Stunde später ging ein Anruf von den Detectives ein, die zu Tee Bobbys Haus auf Poinciana Island geschickt worden waren.

»Bislang nichts«, teilte mir einer von ihnen mit.

»Was meinen Sie mit ›bislang‹?«, fragte ich.

»Es wird Nacht. Wir fangen morgen früh noch mal von vorne an. Sie dürfen uns gern Gesellschaft leisten. Ich hab grade eine Mülltonne voller Krabbenschalen durchwühlt, die mindestens eine Woche alt waren«, erwiderte er.

In der Morgendämmerung fuhren Helen und ich über die Holzbrücke, die die Süßwasserbucht auf der Nordseite von Poinciana Island überspannte. Die aufgehende Sonne hing rot am Horizont und verhieß einen weiteren sengend heißen Tag, doch das Wasser in der Bucht war schwarz und roch nach laichenden Fischen, und die Elefantenohren und in voller Blüte stehenden Bäume am Ufer raschelten im kühlen Wind, der vom Golf von Mexiko her wehte.

Ich zeigte dem Wachmann in dem hölzernen Schilderhaus auf der Brücke meine Dienstmarke, worauf wir im Schatten der Bäume durch eine Siedlung aus Holzhäusern fuhren, in denen die Angestellten der Familie LaSalle wohnten, und dann einem asphaltierten Fahrweg folgten, der sich zwischen Hügelkuppen, immergrünen Eichen, Kiefern, Tupelobäumen und rotem Ackerland wand, auf dem Schwarze Furchen ausharkten, die sich wie Marschkolonnen über das Feld zogen.

Die aus Holz und Ziegelsteinen gebauten Sklavenhütter der alten LaSalle-Plantage standen noch, waren allerdings von Perry LaSalle renoviert und modernisiert worden und wurden jetzt entweder von den Gästen der Familie oder den Bediensteten genutzt, für die die LaSalles bis zu ihrem Tod sorgten.

Ladice Hulin, Tee Bobbys Großmutter, deren dichte graue Haare über die Schulter herabhingen, saß in einem Korbsessel auf ihrer Galerie und hatte die Hände auf dem Griff eines Gehstocks verschränkt.

Ich stieg aus dem Streifenwagen und ging auf den Hof. Drei Deputys in Uniform und ein Zivilfahnder waren hinter dem Haus und rechten Abfälle aus einer alten Müllgrube. In jungen Jahren war Ladice eine absolute Schönheit gewesen, und auch jetzt, da sie vom Alter gebeugt war, strahlte sie nach wie vor einen unvermindert weiblichen Liebreiz aus, und ihre Haut war noch immer so glatt und glänzend wie Schokolade. Sie bat mich nicht auf die Galerie.

»Nehmen die Ihr Haus auseinander, Miss Ladice?«, sagte ich.

Sie schaute mich nach wie vor wortlos an. Ihre Augen waren klar und tiefgründig, der Blick starr und unverwandt, wie bei einem Reh.

»Ist Ihr Enkel drinnen?«, fragte ich.

»Der is nicht heim gekommen, nachdem ihr ihn freigelassen habt. Ihr habt ihm eine Heidenangst eingejagt, falls Ihnen das guttut«, erwiderte sie.

»Wir haben versucht, ihm zu helfen. Er wollte nicht auf uns eingehen. Außerdem hat er keinerlei Betroffenheit darüber gezeigt, dass ein unschuldiges junges Mädchen vergewaltigt und ermordet wurde«, sagte ich.

Sie trug ein weißes Kattunkleid und eine goldene Halskette mit einem christlichen Medaillon. Ein durchbohrter, vergoldeter Dime hing an einem weiteren Kettchen um ihren Knöchel.

»Keine Betroffenheit, was?« Dann wischte sie mit der Hand durch die Luft und sagte: »Nur zu, nur zu, kümmern Sie sich um Ihre Arbeit und bringen Sie's hinter sich. Das Grab wartet schon auf mich. Ich wünschte bloß, ich müsste mich nicht mit so vielen Dummköpfen abgeben, eh ich dort hinkomme.«

»Ich habe Sie immer geachtet, Miss Ladice«, sagte ich.

Sie legte eine Hand auf die Armlehne ihres Sessels und stemmte sich hoch.

»Er wird vor Ihnen davonlaufen. Er wird Ihnen frech kommen. Weil er nämlich insgeheim ein ängstlicher kleiner Junge is. Tun Sie ihm nix zuleide, bloß weil er ängstlich is«, sagte sie.

Ich wollte etwas sagen, aber Helen tippte mir an den Arm. Der Zivilfahnder winkte uns von hinten zu. Eine schwarze Strickmütze hing an einem Stock in seiner rechten Hand.

3

Eine Woche später kam Barbara Shanahan, die stellvertretende Bezirksstaatsanwältin, manchmal auch Dampframmen-Shanahan genannt, in mein Büro, ohne vorher anzuklopfen. Sie war eine stattliche, gut aussehende Frau, über eins achtzig groß, mit weißer Haut, roten Haaren und grünen Augen. Sie trug eine Hornbrille, weiße Strümpfe, ein hellorangefarbenes Kostüm und eine weiße Bluse, und es kam nur selten vor, dass sich die Männer nicht nach ihr umdrehten, wenn sie an ihnen vorbeiging. Aber sie war kratzbürstig wie Stacheldraht und wirkte ohne jeden Anlass ständig wütend und aufgebracht. Die Hingabe, mit der sie Kriminelle und Strafverteidiger in der Luft zerriss, war legendär. Über den Grund für diesen leidenschaftlichen Eifer konnte man allerdings nur Vermutungen anstellen.

Ich blickte von der Zeitung auf, die ich auf meinem Schreibtisch ausgebreitet hatte.

»Entschuldigen Sie, dass ich nicht aufstehe. Aber ich habe Sie nicht anklopfen hören«, sagte ich.

»Ich brauche alles, was Sie zu den Ermittlungen im Mordfall Amanda Boudreau vorliegen haben«, sagte sie.

»Das ist noch nicht vollständig.«

»Dann geben Sie mir das, was Sie haben, und halten mich täglich auf dem Laufenden.«

»Haben Sie den Fall abbekommen?«, fragte ich.

Sie setzte sich gegenüber von mir hin. Sie blickte auf die kleine goldene Armbanduhr an ihrem Handgelenk, dann wandte sie sich wieder mir zu. »Muss ich Ihnen denn immer alles zweimal sagen«, sagte sie.

»Der Laborbericht über die Untersuchung der Strickmütze, die wir bei Tee Bobbys Haus gefunden haben, ist gerade eingegangen. Das Rouge und die Hautcreme stammen von Amanda Boudreau«, sagte ich.

»Gut, dann besorgen wir uns einen Haftbefehl.« Als sie aufstand, ließ sie den Blick kurz auf mir ruhen. »Stimmt irgendwas nicht?«

»Die Sache haut einfach nicht hin.«

»An der Kleidung des Verdächtigen befinden sich Spuren des Opfers. Seine Fingerabdrücke sind auf einer Bierdose am Tatort. Aber Sie haben nach wie vor Zweifel?«

»Die Samenspuren, die man bei dem Mädchen gefunden hat, stammen nicht von Tee Bobby. Der Mann, der die Schüsse gemeldet hat, sagte, in dem Auto hätten drei Leute gesessen. Aber Amandas Freund sagt, er wäre nur von zwei Männern angepöbelt worden. Wo war der andere? Der Freund sagt, er wäre mit einem T-Shirt gefesselt worden. Warum hat er nicht versucht abzuhauen?«

»Ich habe keine Ahnung. Warum finden Sie das nicht raus?«, sagte sie.

Ich zögerte, bevor ich wieder das Wort ergriff. »Mir macht noch etwas anderes zu schaffen. Ich kann mir Tee Bobby nicht als Killer vorstellen.«

»Vielleicht kommt das daher, weil Sie immer beides zugleich wollen«, sagte sie.

»Wie bitte?«

»Manche Menschen müssen sich immer gut vorkommen, für gewöhnlich auf Kosten anderer. In diesem Fall auf Kosten eines Mädchens, dem man eine Socke in den Rachen gestopft hat, während es vergewaltigt wurde.«

Ich klappte meine Zeitung zusammen und warf sie in den Papierkorb.

»Perry LaSalle vertritt Tee Bobby«, sagte ich.

»Na und?«

Ich stand auf und zog die Jalousien an den Fenstern zum Flur zu.

»Sie hassen die LaSalles, Barbara. Ich glaube, Sie haben um diesen Fall gebeten«, sagte ich.

»Ich habe in keiner Weise irgendwelche Vorbehalte, was die Familie LaSalle angeht.«

»Ihr Großvater ist wegen dem alten Julian ins Gefängnis gekommen. Deswegen hat er den Job als Wachmann auf der Brücke zum Anwesen der LaSalles gekriegt.«

»Schaffen Sie den Papierkram bis Dienstschluss in mein Büro. Und merken Sie sich unterdessen eins: Wenn Sie mir noch einmal unlautere Motive bei der Vertretung der Anklage unterstellen, zerre ich Sie wegen Verleumdung vor eine Zivilkammer und mache Ihnen die Hölle heiß.«

Sie stieß die Tür auf und marschierte den Korridor entlang, auf das Büro des Sheriffs zu. Ein Cop in Uniform, der am Wasserspender stand, betrachtete sie von der Seite und glotzte dann wie gebannt auf ihren Hintern. Er grinste verlegen, als er sah, dass ich ihn anschaute.

Es war Freitagnachmittag, und ich wollte nicht mehr über Barbara Shanahan oder ein junges Mädchen nachdenken, das vermutlich hilflos in den Lauf einer Flinte starren musste, während ihr Henker überlegte, ob er abdrücken sollte oder nicht.

Ich fuhr nach Süden, raus aus der Stadt, über eine staubige Straße und an einem von Bäumen gesäumten Wasserlauf entlang, bis ich zu dem Haus kam, das mein Vater während der Weltwirtschaftskrise gebaut hatte. Im Licht der Sonnenstrahlen, die wie gelber Rauch durch das Blätterdach der immergrünen Eichen fielen, sah ich den Bootsverleih und den Köderladen, die ich nebenbei betrieb, außerdem ein lavendelfarbenes Cadillac-Kabriolett, das neben meiner Bootsrampe stand, was bedeutete, dass mein alter Partner bei der Mordkommission in New Orleans, der Schrecken des NOPD, der gutmütige, völlig verantwortungslose, aber stets zuverlässige Clete Purcel wieder in New Iberia war.

Er hatte seine Kühlbox auf einem Ködertisch am Ende des Bootsstegs abgestellt und nahm gerade mit einem langen, scharfen Messer, das kein Heft hatte, eine Reihe glitzernder, mit Eissplittern übersäter Sac-a-laits, Brassen und Breitmaulbarsche aus. Er trug lediglich weite Shorts, Badelatschen und eine Dienstmütze der Marineinfanterie. Sein von der Sonne verbrannter Oberkörper war so dick eingeölt, dass die Haare an seinen mächtigen Armen und Schultern in goldenen Kringeln an der Haut klebten.

Ich parkte meinen Pickup auf der Auffahrt zum Haus, überquerte die Straße und ging zum Bootsanleger, wo Clete jetzt seine Fische mit einem Esslöffel abschuppte, unter einem Wasserhahn wusch und sie auf eine frische Eisschicht in seiner Kühlbox legte.

»Sieht so aus, als ob du einen ziemlich guten Tag erwischt hast«, sagte ich.

»Wenn ich mich bei dir duschen darf, nehm ich dich, Bootsie und Alafair mit nach Bon Creole.« Er nahm eine mit Salz verkrustete Bierdose vom Geländer des Anlegestegs und betrachtete mich über den Rand hinweg, während er trank. Seine Haare waren von der Sonne gebleicht, die grünen Augen funkelten fröhlich, und quer durch die eine Braue zog sich eine Narbe bis über den Nasenrücken.

»Bist du bloß zum Angeln hier?«, fragte ich.

»Ich muss einen ganzen Haufen Ausgebüxter für Nig und Willie aufgreifen. Außerdem hat Nig womöglich die Kaution für einen Serienmörder gestellt.«

Ich war müde und hatte keine Lust, mir Cletes dauernden Kummer anzuhören, den er als Kopfgeldjäger für Nig Rosewater und Wee Willie Bimstine erlebte. Ich versuchte so aufmerksam wie möglich zu wirken, aber ich blickte immer wieder zum Haus, zu den Körben voller Springkraut, die unter dem Vordach über der Galerie im Wind schaukelten, zu Bootsie, meiner Frau, die die im Schatten liegenden Hortensienbeete jätete.

»Hörst du überhaupt zu?«, sagte Clete.

»Klar«, erwiderte ich.

»Dass wir die Sache mit diesem Serienkiller, beziehungsweise Sexgangster oder was immer er auch sein mag, überhaupt erfahren haben, kommt so. No Duh Dolowitz wird dabei erwischt, wie er in Sammy Figorellis Schönheitssalon einsteigen will, aber diesmal sagt Nig, er hat genug von No Duh und seinen schwachsinnigen Streichen, wie zum Beispiel, als er bei einem Kongress der Teamster die Sandwiches mit Hundefutter belegt hat oder sich als Chauffeur ausgegeben hat und mit der Familienlimousine der Caluccis weggefahren ist.

No Duh ruft also aus dem Zentralgefängnis an und sagt, Nig und Wee Willie wären Scheinheilige, weil sie die Kaution für 'nen Typ gestellt haben, der in Seattle und Portland zwei Nutten umgebracht hat.

Nig fragt No Duh, woher er das weiß, worauf No Duh sagt: ›Weil ich vor 'nem Jahr in 'ner Zelle neben diesem perversen Sack gesessen hab, der sich lang und breit drüber ausgelassen hat, wie er die Bräute an Flussufern an der Westküste liegen gelassen hat. Außerdem hat sich dieser Perverse über zwei dumme Juden aus New Orleans ausgelassen, die ihm seinen falschen Namen abgekauft und Kaution für ihn gestellt haben, ohne seine Akte zu überprüfen.‹

Aber Nig hat Skrupel gekriegt und mag gar nicht dran denken, dass er womöglich einen Lustmörder rausgeholt hat. Also lässt er mich sämtliche Drecksäcke durchgehen, für die er in den letzten zwei Jahren Kaution gestellt hat. Bislang hab ich hundertzwanzig, hundertdreißig Namen überprüft, aber ich bin noch auf keinen gestoßen, auf den die Beschreibung passt.«

»Wer glaubt denn irgendwas, was Dolowitz sagt? Einer der Giacanos hat ihm vor Jahren mit einem Rundhammer Dellen in den Schädel geschlagen«, sagte ich.

»Das isses ja. Mit dem seinem Hirn stimmt irgendwas nicht. No Duh ist ein Dieb, der niemals lügt. Deswegen sitzt er ja ständig.«

»Du willst uns nach Bon Creole mitnehmen?«, fragte ich.
»Hab ich doch gesagt, oder?«
»Ich hätte große Lust dazu«, sagte ich.

Doch ich sollte mich an diesem Abend nicht von dem Mord an Amanda Boudreau losreißen können. Ich hatte mich gerade geduscht und umgezogen und wartete auf der Galerie auf Clete, Bootsie und Alafair, als Perry LaSalles cremefarbene Gazelle, der Nachbau eines 1929er Mercedes, von der Straße in unsere Auffahrt einbog.

Bevor er aus dem Auto steigen konnte, ging ich ihm zwischen den Bäumen hindurch entgegen. Das Dach seines Wagens war heruntergeklappt, und seine von der Sonne gebräunte Haut wirkte im Schatten dunkel; die bräunlichen Haare waren vom Wind zerzaust, die Augen funkelten hellblau, und die Wangen waren gerötet.

Er hatte mit einundzwanzig das Studium an einem Jesuitenseminar abgebrochen, ohne dass er je einen Grund dafür angeben wollte. Er hatte unter Stadtstreichern an der Bowery gelebt und war durch den Westen gezogen, hatte auf Salat- und Rübenfeldern gearbeitet, war mit Obdachlosen und wandernden Obstpflückern in Güterwaggons gefahren, dann wie der verlorene Sohn zu seiner Familie zurückgekehrt und hatte an der Tulane University Jura studiert.

Ich mochte Perry, seine vornehme Art und die stets großmütige, offenherzige Haltung, mit der er auftrat. Er war ein stattlicher Mann, mindestens eins achtundachtzig, aber er war nie großspurig oder anmaßend, sondern immer freundlich zu denen, die weniger vom Glück begünstigt waren als er. Aber wie viele von uns hatte ich das Gefühl, dass Perrys Lebensgeschichte komplizierter war, als man aufgrund seiner Gutmütigkeit hätte meinen mögen.

»Auf Spritztour?«, fragte ich, wusste aber Bescheid.

»Ich habe gehört, dass Dampframmen-Shanahan meint, Sie wären zu lasch, was die Ermittlungen im Mordfall Amanda Boudreau angeht. Ich habe gehört, dass sie Ihnen Feuer unter den Cojones machen will«, sagte er.

»Ist mir neu«, erwiderte ich.

»Ihre Beweise taugen nichts, und das weiß sie.«

»Haben Sie in letzter Zeit einen guten Film gesehen?«, fragte ich.

»Tee Bobby ist unschuldig. Er war nicht mal am Tatort.«

»Seine Bierdose aber schon.«

»Müll wegwerfen ist kein Schwerverbrechen.«

»War schön, Sie zu sehen, Perry.«

»Kommen Sie mal raus auf die Insel und probieren Sie meinen Fischteich aus. Bringen Sie Bootsie und Alafair mit. Wir essen alle zusammen.«

»Wird gemacht. Nach dem Prozess«, sagte ich.

Er zwinkerte mir zu, dann stieß er auf die Straße und fuhr inmitten der Sonnenstrahlen davon, die durch die Bäume fielen und wie Goldmünzen auf dem frisch gewachsten Lack seines Autos tanzten.

Ich hörte, wie Clete hinter mir durch das dürre Laub auf mich zukam. Seine Haare waren nass und frisch gekämmt, die oberen Knöpfe seines Hemdes standen bis zur Brust offen.

»Ist das nicht der Typ, der das Buch über den Todestrakt in Angola geschrieben hat? Das, nach dem der Film entstanden ist«, sagte er,

»Genau das ist er«, erwiderte ich.

Clete musterte meine Miene. »Hat dir das Buch etwa nicht gefallen?«, fragte er.

»Zwei Kids wurden bei einer beliebten Knutschecke oben an der Loreauville Road umgebracht. Perry hat die Staatsanwaltschaft in ein schlechtes Licht gerückt.«

»Warum?«

»Ich nehme an, manche Menschen müssen sich immer gut vorkommen«, antwortete ich.

Am nächsten Morgen hing Nebel zwischen den Bäumen, als Alafair und ich die Böschung hinabliefen, den Köderladen öffneten, den Bootssteg abspritzten und den Grill anschürten, auf dem wir Würste, Hühnerteile und manchmal auch Schweinskoteletts für unsere Mittagsgäste brieten. Ich ging in den Lagerraum, schlitzte etliche Kartons voller Bier- und Sodadosen auf und verstaute sie in den Kühlboxen, während Alafair Kaffee kochte und den Tresen abwischte. Ich hörte, wie die kleine Glocke an der Fliegendrahttür schellte und jemand in den Laden kam.

Es war ein junger Mann, der einen Strohhut trug, dessen Krempe zu beiden Seiten hochgerollt war, dazu ein hellblaues Sportsakko, einen breiten pflaumenblauen Schlips, eine graue Hose und auf Hochglanz gewienerte graubraune Cowboystiefel. Sein Haar war aschblond, kurz geschnitten und im Nacken ausrasiert, die Haut tief gebräunt. Er trug einen Koffer, der so schwer war, dass ihm der Schweiß übers Gesicht rann und die Adern an seinen Handgelenken hervortraten.

»Wie geht's, wie steht's«, sagte er und setzte sich mit dem Rücken zu mir auf einen Barhocker am Tresen. »Könnte ich bitte ein Glas Wasser kriegen?«

Alafair ging jetzt in die Oberstufe der Highschool, sah aber älter aus, als sie tatsächlich war. Ihre Shorts spannten sich um Hintern und Schenkel, als sie sich auf die Zehenspitzen stellte und ein Glas vom Regal nahm. Doch der junge Mann wandte sich ab und blickte durch das Fliegengitter auf die Bäume auf der anderen Seite des Bayous.

»Wollen Sie Eis rein?«, fragte sie.

»Nein, Ma'am. Ich wollte Ihnen keine Umstände machen. Ein Schluck aus der Leitung reicht«, erwiderte der junge Mann.

Sie füllte das Glas und stellte es vor ihn hin. Ihr Blick fiel auf den Koffer am Boden, der sich zu beiden Seiten ausbeulte und mit einem Ledergurt umschlungen war.

»Kann ich Ihnen irgendwie behilflich sein?«, fragte sie.

Er zog eine Papierserviette aus dem Spender, faltete sie zusammen und tupfte sich den Schweiß von der Stirn. Er grinste sie an.

»An manchen Tagen glaub ich, meinesgleichen is dazu bestimmt, Schneebälle im Hades zu verkaufen. Is in dem Haus da oben jemand daheim?«, sagte er.

»Was verkaufen Sie?«, fragte sie.

»Lexika, Bibeln, Illustrierte für die ganze Familie. Aber Bibeln verkauf ich am liebsten. Ich möchte Geistlicher oder Polizist werden. Ich hab drüben auf der Universität Kurse in Strafrecht belegt. Könnte ich vielleicht eine Pastete kriegen?«

Wieder reckte sie sich zum Regal hoch, und diesmal wanderte sein Blick über ihren Körper und verweilte auf ihren Oberschenkeln. Als ich aus dem Lagerraum trat, fuhr er herum und kniff die Augen zusammen.

»Möchten Sie ein Boot mieten?«, fragte ich.

»Nein, Sir. Ich wollte bloß eine kleine Pause machen. Ich heiße Marvin Oates. Genau genommen komm ich hier aus der Gegend«, sagte er.

»Ich weiß, wer Sie sind. Ich bin Detective bei der Sheriff-Dienststelle Iberia.«

»Tja, ich nehm an, damit hat sich's dann«, sagte er.

Ich konnte mich nur dunkel an ihn erinnern. Eine Festnahme vor vier, fünf Jahren wegen eines geplatzten Schecks, eine Empfehlung des Bewährungshelfers, dass man milde mit ihm umspringen sollte, worauf Barbara Shanahan die Gnade walten ließ, zu der sie gelegentlich fähig war, und ihn aufgrund der bereits verbüßten Strafe auf freien Fuß setzte.

»Auf Wiedersehen«, sagte ich.

»Ja, Sir, ganz recht«, erwiderte er und legte den Kopf schief.

Er tippte sich vor Alafair an den Hut, packte seinen Koffer und ging schwerfällig, als schleppte er eine Ladung Ziegelsteine, aus der Tür.

»Wieso musst du nur so hart sein, Dave?«, sagte Alafair.

Ich wollte etwas erwidern, überlegte es mir dann anders, ging hinaus und legte die halben Hähnchen auf den Grill.

Marvin Oates blieb am Ende des Bootsstegs stehen, stellte den Koffer ab und kam auf mich zu. Nachdenklich blickte er auf einen Außenborder, der eine gelbe Schaumspur durch den Bayou zog.

»Is das Ihre Tochter, Sir?«, fragte er.

»Jawohl.«

Er nickte. »Sie haben gesehen, dass ich mir ihre Figur angeschaut habe, als sie mir den Rücken zugekehrt hat. Aber sie sieht gut aus, und das Fleisch is schwach, jedenfalls isses bei mir so. Sie sind ihr Vater, und ich habe Sie beleidigt. Ich möchte mich dafür entschuldigen.«

Er wartete darauf, dass ich etwas sagte. Als ich ihn nach wie vor nur anschaute, legte er wieder den Kopf schief, ging zu seinem Koffer, wuchtete ihn hoch, überquerte den Fahrweg und wollte die Auffahrt hinauflaufen.

»Falsches Haus, Partner«, rief ich.

Er lupfte den Hut zum Gruß, änderte die Richtung und machte sich auf den Weg zu meinem Nachbarn.

Am Montagmorgen rief ich an, bevor ich hinaus zur Insel der LaSalles fuhr, um Tee Bobbys Großmutter aufzusuchen. Sie trug ein beiges Kleid und weiße, erst vor kurzem polierte Schuhe, als sie mich einließ, und ihre Haare waren frisch gebürstet und hinten mit einem Kamm zusammengesteckt. Auf dem Boden ihres Wohnzimmers lagen kleine Brücken, unter der Decke drehte sich ein Ventilator mit Holzblättern, und die Schonbezüge über den Polstermöbeln waren mit Blumenmustern bedruckt. Der Wind wehte von der Bucht und drückte die roten Blüten der Mimosen und Flamboyantbäume an die Fliegendrahtfenster. Ladices Brust hob und senkte sich, während sie mich mit wachsamer Miene von der Couch aus anschaute und wartete.

»Tee Bobby hat kein Alibi. Zumindest keines, das er mir gegenüber angeben wollte«, sagte ich.

»Was is, wenn ich sage, dass er hier war, als das Mädchen umgekommen is?«, sagte sie.

»Ihre Nachbarn sagen, er war nicht da.«

»Weshalb behelligen Sie mich dann, Mr. Dave?«

»Die Leute hier in der Gegend sind wegen dem Tod dieses Mädchens ziemlich aufgebracht. Tee Bobby ist die ideale Zielscheibe für ihren Zorn.«

»All das hat weit vor seiner Geburt angefangen. Der Junge kann überhaupt nix dafür.«

»Das müssen Sie mir erklären.«

Ich hörte, wie die Hintertür geöffnet wurde, und sah eine junge Frau durch die Küche gehen. Sie trug rosa Tennisschuhe und ein viel zu großes blaues Kleid, das wie ein Sack an ihr hing. Sie holte eine bereits offene Flasche Limonade, in deren Hals ein Papierstrohhalm steckte, aus dem Kühlschrank. Sie blieb unter der Tür stehen und sog am Strohhalm, war Tee Bobby wie aus dem Gesicht geschnitten, aber ihre Miene war ausdruckslos, der Blick verwirrt, als ob ihr Gedanken durch den Kopf gingen, die vermutlich niemand je erraten konnte.

»Wir gehen gleich zum Doktor, Rosebud. Wart hinten auf der Veranda und komm nicht wieder rein, bis ich's dir sage«, sagte Ladice. Die junge Frau schaute mir einen Moment lang in die Augen, zog dann den Strohhalm aus dem Mund, drehte sich um, ging aus der Hintertür und ließ sie zufallen.

»Sie sehn aus, als ob Sie irgendwas sagen wollen«, sagte Ladice.

»Was ist aus Tee Bobbys und Rosebuds Mutter geworden?«

»Is mit 'nem Weißen durchgebrannt, als sie sechzehn war. Hat die zwei ohne was zu essen in ihrem Bettchen liegen lassen.«

»Haben Sie das gemeint, als Sie sagten, Tee Bobby könnte nichts dafür.«

»Nein. Das hab ich überhaupt nicht gemeint.«

»Aha.« Ich stand auf und wollte gehen. »Manche Leute sagen, der alte Julian wäre der Vater Ihrer Tochter gewesen.«

»Gehn Sie auch ins Haus einer weißen Frau und stellen ihr so eine Frage? Wie wenn Sie mit einem Stück Vieh reden?«, sagte sie.

»Ihr Enkel landet möglicherweise in der Todeszelle, Ladice. Perry LaSalle ist anscheinend der einzige Freund, den er hat. Vielleicht ist das gut. Vielleicht aber auch nicht. Danke, dass Sie sich die Zeit für mich genommen haben.«

Ich ging hinaus auf den Hof, in den Blumenduft und die von der Sonne aufgeheizte Luft, die leicht nach Salz und einem Regenguss draußen auf dem Golf roch. Auf der anderen Straßenseite, auf dem Rasen vor dem rußgeschwärzten Gemäuer, das einst Julian LaSalles Haus gewesen war, sah ich Pfauen. Ich hörte, wie Ladice hinter mir die Fliegendrahttür öffnete.

»Was wollen Sie damit sagen, dass es nicht gut ist, wenn Perry LaSalle der einzige Freund ist, den Tee Bobby hat?«, sagte sie.

»Ein Mann, der von Schuldgefühlen getrieben wird, wendet sich irgendwann gegen die, wegen denen er sich schuldig fühlt. Aber das ist bloß eine persönliche Feststellung«, sagte ich.

Der Wind blies ihr eine Haarsträhne in die Stirn. Sie strich sie zurück und starrte mich lange an, ging dann wieder ins Haus und hakte die Fliegendrahttür hinter sich ein.

Bei Sonnenuntergang half mir ein alter Schwarzer namens Batist dabei, den Laden zu schließen und unsere Mietboote an den

Pfählen unter dem Bootssteg anzuketten. Blitze zuckten über dem Golf und in der Ferne hörte ich den Donner grollen, aber die Luft war trocken, die Bäume entlang der Straße waren mit Staub überzogen, und der beißende Qualm, der von einem abbrennenden Müllhaufen in der Nachbarschaft aufstieg, legte sich wie grauer Dunst über den Bayou.

Die schlimmste Dürre in der Geschichte von Louisiana ging nun schon ins dritte Jahr.

Ich spritzte das angetrocknete Fischblut und die Schuppen von den Planken, klappte dann die Cinzano-Schirme zusammen, die in den Kabelrollentischen auf dem Bootsanleger steckten, und ging in den Laden.

Vor ein paar Jahren hatte mir ein Freund den Nachbau einer klassischen Wurlitzer-Jukebox geschenkt, einen Musikautomaten mit einer Glaskuppel, um die rundum Lichter waberten, wie flüssige Bonbonmasse, die noch nicht in Form gegossen worden ist. Er hatte sie mit lauter 45er-Platten aus den fünfziger Jahren bestückt, und ich hatte sie seither nicht ausgetauscht. Ich warf einen mit rotem Nagellack bemalten Quarter ein und ließ Guitar Slims »The Things That I Used to Do« laufen.

Ich hatte noch nie einen Sänger gehört, in dessen Stimme so viel Traurigkeit lag. Ohne jedes Selbstmitleid sang er diesen Song, fand sich nur damit ab, dass ihm seine Frau, die er über alles auf der Welt liebt, untreu wird und nicht nur seine Liebesbezeugungen zurückweist, sondern sich überdies einem bösen Mann hingibt.

Guitar Slim war zweiunddreißig, als er am Alkohol starb.

»Das is ein alter Blues, nicht wahr?«, sagte Batist.

Batist war jetzt weit über siebzig, so unbeugsam und eigensinnig wie eh und je, die Haare rauchgrau, die Hände mit rosa Narben gesprenkelt, die er sich auf den Fischerbooten, auf denen er Zeit seines Lebens gearbeitet hatte, und beim Austernaufbrechen in einer der Konservenfabriken der LaSalles zugezogen hatte. Aber er war nach wie vor ein kräftiger, hoch gewachsener Mann, der fest auf sich vertraute, selbstbewusst war, was sein Können als Bootsführer und Fischer anging, und stolz darauf, dass seine sämtlichen Kinder die Highschool abgeschlossen hatten.

Er war zu einer Zeit groß geworden, als Farbige nicht mehr gezüchtigt und misshandelt, sondern eher als billige Arbeitskräfte benutzt wurden, die man wie selbstverständlich hinnahm, aber zugleich darauf achtete, dass sie ungebildet und arm blieben. Noch größeres Unrecht tat ihnen der weiße Mann vermutlich mit seiner Verlogenheit an, wenn sie ihre Ansprüche geltend machten. In diesem Fall behandelte man sie für gewöhnlich wie Kinder, gab ihnen allerlei Versprechen und Zusicherungen, die nie gehalten wurden, schickte sie fort und vermittelte ihnen das Gefühl, dass sie all ihre Schwierigkeiten nur sich selber zuzuschreiben hatten.

Aber ich hatte nie erlebt, dass sich Batist verbittert oder wütend über seine Jugendjahre äußerte. Allein aus diesem Grund hielt ich ihn für den vielleicht bemerkenswertesten Menschen, den ich je kennen gelernt hatte.

Der Text und der wie Glocken hallende Klang von Guitar Slims rollenden Akkorden ging mir unter die Haut. Ohne dass er auch nur mit einem Wort erwähnte, an welchem Ort und zu welcher Zeit er gelebt hatte, ließ er in seinem Song das Louisiana wieder erstehen, in dem ich aufgewachsen war – die endlosen Zuckerrohrfelder, die unter einem dunkel werdenden Himmel im Wind wogten, die unbefestigten gelben Fahrwege und die Reklameschilder für Hadacol und Jax-Bier, die an die Wände der Gemischtwarenläden genagelt waren, die von Pferden gezogenen Buggys, die während der Sonntagsmesse unter den Tupelobäumen standen, die aus Brettern zusammengezimmerten Tanzschuppen, in denen Gatemouth Brown, Smiley Lewis und Lloyd Price spielten, und die Bordellbezirke, die von Sonnenuntergang bis zur Morgendämmerung florierten und im ersten Tageslicht irgendwie unsichtbar wurden.

»Denkst du über Tee Bobby Hulin nach«, fragte Batist.

»Eigentlich nicht«, sagte ich.

»Der Junge hat eine üble Saat in sich, Dave.«

»Julian LaSalles?«

»Ich sag, man soll das Böse auf dem Friedhof lassen.«

Eine halbe Stunde später schaltete ich draußen die Strahler und die über den Bootssteg gespannten Lichterketten aus. Ich schloss gerade die Ladentür ab, als ich drinnen das Telefon klingeln hörte. Ich wollte es bereits auf sich bewenden lassen, ging aber doch wieder hinein, griff über den Tresen und nahm den Hörer ab.

»Dave?«, hörte ich die Stimme des Sheriffs.

»Ja.«

»Sie sollten lieber rüber ins Gefängnis gehen. Tee Bobby hat sich grade aufgehängt.«

4

Als der Beschließer an Tee Bobbys Zelle vorbeigegangen war und die Silhouette gesehen hatte, die in der Luft hing, hatte er die Zellentür aufgerissen, war mit einem Stuhl hineingestürmt, hatte einen Arm um Tee Bobbys Taille geschlungen und ihn hochgehoben, während er den Gürtel durchsäbelte, der um eine Rohrleitung an der Decke geschlungen war.

Nachdem er Tee Bobby wie einen Sack Mehl auf seiner Pritsche abgelegt hatte, brüllte er den Flur entlang: »Sucht den Hundesohn, der diesem Mann den Gürtel gelassen hat, als er ihn in eine Zelle gesteckt hat!«

Als ich Tee Bobby am nächsten Morgen im Iberia General

aufsuchte, war er mit einer Hand an das Bettgeländer gekettet. Die Äderchen in seinen Augen waren geplatzt, und seine Zunge sah aus wie ein Stück Pappkarton. Er legte sich ein Kissen über den Kopf und zog die Knie bis zur Brust, wie ein Embryo. Ich nahm ihm das Kissen aus der Hand und warf es aufs Fußende des Bettes.

»Sie hätten sich genauso gut schuldig erklären können«, sagte ich.

»Was meinen Sie damit?«, sagte er.

»Versuchter Selbstmord in der Haft läuft aufs Gleiche raus wie ein Geständnis. Sie haben sich selber aufs Kreuz gelegt.«

»Das nächste Mal bring ich's zu Ende.«

»Ihre Großmutter ist draußen. Ihre Schwester ebenfalls.«

»Was haben Sie vor, Robicheaux?«

»Nicht viel. Von Perry LaSalle einmal abgesehen, bin ich vermutlich der einzige Mensch auf diesem Planeten, der Sie vor der Todesspritze retten möchte.«

»Meine Schwester hat nix damit zu tun. Lassen Sie sie in Ruhe. Sie verträgt keine Aufregung.«

»Ich überlasse Sie jetzt sich selber, Tee Bobby. Hoffentlich kann Perry ein paar mildernde Umstände für Sie geltend machen. Ich glaube nämlich, dass Barbara Shanahan Ihnen den Arsch aufreißen wird.«

Er stützte sich auf einen Ellbogen, sodass die Handschellen am Bettgestell schepperten. Sein Atem roch gallig bitter.

»Ich hab's gehört, Boss. Der Niggerbengel muss seinen Scheiß jetzt selber ausbaden«, sagte er.

»Mit der Onkel-Tom-Nummer können Sie jemand anderem kommen, mein Junge«, sagte ich.

Im Warteraum kam ich an Ladice und Rosebud vorbei. Rosebud war so tief über einen billigen Zeichenblock gebeugt, den sie auf den Oberschenkeln liegen hatte, dass ihr Gesicht fast das Papier berührte, das sie mit Buntstiften ausmalte.

Mittags rief mich der Sheriff über meinen Büroanschluss an.

»Kennen Sie den schwarzen Tanzschuppen bei der Olivia Bridge?«

»Den mit dem großen Abfallhaufen davor?«

»Ich möchte Clete Purcel von dort weg haben.«

»Was ist denn los?«

»Nichts weiter. Vermutlich setzt er sich über sämtliche Bürgerrechte hinweg, die in den letzten dreißig Jahren errungen wurden.«

Ich fuhr den Bayou Teche entlang, überquerte die Zugbrücke zu der kleinen schwarzen Siedlung Olivia und parkte bei einer baufälligen Bar namens Boom Boom Room, die einem ehemaligen Boxer gehörte, einem Mulatten namens Jimmy Dean Styles, auch bekannt als Jimmy Style oder einfach Jimmy Sty.

Clete saß in seinem lavendelfarbenen Cadillac, hatte das Verdeck heruntergeklappt, hörte Radio und trank eine Flasche Bier.

»Was gibt's, Streak?«, sagte er.

»Was machst du hier draußen?«

»Einen Typ namens Styles überprüfen. Nig und Willie haben etwa zu der Zeit, als No Duh im Zentralgefängnis war, die Kaution für ihn gestellt.«

»No Duh sagte doch, der Killer hat einen falschen Namen angegeben.«

»Styles hat einfach seine beiden Vornamen angegeben – Jimmy Dean.«

Clete trank einen Schluck Bier und schaute blinzelnd zu mir hoch. Seine Augen glänzten, die Wangen waren vom Alkohol gerötet.

»Styles ist Konzertveranstalter. Außerdem ist er der Manager eines jungen Musikers namens Tee Bobby Hulin, der derzeit wegen Vergewaltigung und Mordes in Haft sitzt. Meiner Meinung nach solltest du Styles vielleicht lieber in Ruhe lassen, bis wir unsere Ermittlungen abgeschlossen haben.«

Clete packte einen Streifen Kaugummi aus und schob ihn sich in den Mund. »Kein Problem«, sagte er.

»Hast du dich da drin mit jemandem angelegt?«

»Ich doch nicht. Alles paletti, Großer.« Clete strahlte mich an, während er den Kaugummi schmatzend im Mund herumschob.

Ein schwarzer Lexus stieß auf den Parkplatz, und Jimmy Dean Styles stieg aus, schaute uns an und schlenkerte den Zündschlüssel über den Fingerknöcheln hin und her. Er hatte eng zusammenstehende Augen, eine platte Nase und eine Statur wie ein Mittelgewichtsboxer, was er in Angola auch gewesen war, wo er in einem improvisierten Ring draußen auf dem Hof sämtliche Herausforderer fertig gemacht hatte.

»Gut sehen Sie aus, Jimmy«, sagte ich.

»Yeah, wir sehn die Tage alle gut aus«, erwiderte er.

»Ich habe Ihr Bild im *People*-Magazin gesehen. Passiert nicht alle Tage, dass jemand vom Teche im Rap groß rauskommt«, sagte ich.

»Ich würd ja gern mit euch reden, aber ich hab 'nen Anruf von meinem Barkeeper gekriegt. Ein fetter weißer Sack war drin, hat sich unbeliebt gemacht und meinen Gästen 'ne Goldmarke unter die Nase gehalten, als ob er 'n echter Cop wäre statt irgendein Privatdetektiv, der die Drecksarbeit für 'nen Kautionsheini macht. Ich schau lieber mal nach, ob sich der Fettarsch woanders hin verzogen hat.«

»Hey, ist das wirklich wahr? Du bist ein Rapper? Du bist im *People*-Magazin gewesen«, sagte Clete und drehte sich grinsend auf dem Autositz um, um Styles besser sehen zu können.

»Sie ham's auf den Punkt getroffen, Massa Charlie«, sagte Styles.

Clete, an dessen Nacken sich die Haut wie Fischschuppen schälte, öffnete die Tür des Cadillac, setzte den in einem Slipper steckenden Fuß auf die blanke Erde und richtete sich dann nach wie vor grinsend zu voller Größe auf, wie ein Elefant, der nach einem Sonnenbad am Flussufer aufsteht. Ein Totschläger ragte aus seiner Hosentasche.

»Wenn du im Showbiz bist, kommst du doch oft rüber an die Westküste«, sagte Clete.

Ich warf ihm einen scharfen Blick zu, aber er ging nicht darauf ein.

»Schaun Sie, ich bin viel unterwegs, weil ich ein paar Gruppen promote. So läuft das in dem Geschäft. Aber im Augenblick muss ich meinem Mann da drin beistehn. Deshalb mach ich's kurz und sag Ihnen bloß, dass ich niemand an den Karren gefahren bin. Das heißt, dass auch mir keiner ranzufahren braucht.« Styles legte die Hand auf die Brust, um zu zeigen, wie ernst er es meinte, und ging dann hinein.

»Ich geh noch mal zum Klan«, sagte Clete.

Ich folgte Styles. Drinnen war es dunkel; nur die Jukebox und die Neonröhren einer Bierreklame über der Bar spendeten Licht. Eine Frau saß vornüber gesunken am Tresen, hatte den Kopf auf die Arme gebettet, die Augen geschlossen und den Mund geöffnet, so daß man die vielen Goldzähne sah.

Sie trug eine rosa Stretchhose, unter deren Gummibund die schwarze Unterwäsche hervorquoll. Styles fasste ihr an den Hintern, packte mit Daumen und Zeigefinger eine dicke Hautfalte und kniff fest zu.

»Wir sind hier nicht im Motel 6, Mama. Außerdem ist dein Deckel noch offen«, sagte er.

»Ach, hi, Jimmy, was is denn los?«, sagte sie träge, so als ob sie aus dem Delirium aufwachte und ein bekanntes Gesicht vor sich sähe.

»Gehn wir, Baby«, erwiderte er, fasste sie unter dem Arm, brachte sie zur Hintertür und stieß sie in das gleißende Tageslicht hinaus, schlug die Tür hinter ihr zu und verriegelte sie.

Er drehte sich um und sah mich dastehen.

»Die Sache mit meinem Freund Clete Purcel da draußen tut mir Leid«, sagte ich. »Aber eine Warnung. Legen Sie sich nie wieder mit ihm an. Er zerreißt Sie in Fetzen.«

Styles holte eine Flasche Selters aus dem Kühlschrank, hebelte sie auf, ließ den Kronkorken zwischen die Laufplanken fallen und trank einen Schluck.

»Was wollen Sie von mir, Mann?«, fragte er.

»Tee Bobby fährt womöglich wegen einer schlimmen Sache ein. Er könnte ein bisschen Beistand brauchen.«

»Ich hab Tee Bobby ausgemustert. Zydeco und Blues sind nicht mehr mein Ding.«

»Sie haben ein Talent wie Tee Bobby Hulin ausgemustert?«

»Wenn du in Süd-Louisiana der große Bringer bist, bringt dir das in L. A. überhaupt nix. Ich muss mal pissen. Wollen Sie sonst noch was?«

»Ja, ich möchte Sie darum bitten, nie mehr mit einer Frau auf diese Art und Weise umzuspringen, zumindest nicht in meinem Beisein.«

»Die hat quer über den Klositz gekotzt. Wollen Sie sich um sie kümmern? Helfen Sie mir beim Saubermachen. Ich setz Sie bei Ihrer Hütte ab«, sagte er.

Zwei Wochen später stellte Perry LaSalle die Kaution für Tee Bobby Hulin. So gut wie jeder in der Stadt räumte ein, dass Perry LaSalle ein großzügiger und herzensguter Mensch war, aber manch einer beklagte sich jetzt auch darüber, dass ein mutmaßlicher Frauenschänder und Mörder auf freien Fuß gesetzt wurde, der vermutlich die gleiche Tat wieder begehen würde. Mit der Zeit würde der Unmut noch zunehmen.

Am gleichen Tag hatte eine Weiße namens Linda Zeroski an ihrer üblichen Ecke im alten Bordellviertel von New Iberia eine lautstarke Auseinandersetzung mit ihrem schwarzen Zuhälter. An der Ecke befand sich ein alter Gemischtwarenladen, der im

Schatten einer mächtigen Eiche lag. Zu besseren Zeiten hatte der Inhaber des Ladens Eistüten an die Kinder verkauft, die auf dem Heimweg von der Schule hier vorbeikamen. Der ungeteerte Streifen Land rund um den Laden wurde jeden Nachmittag und Abend sowie den ganzen Samstag und Sonntag über von jungen Schwarzen mit Knasttätowierungen an den Armen und nach hinten gedrehten Baseballkappen auf dem Kopf in Beschlag genommen. Wenn man mit seinem Auto langsam an der Ecke vorbeirollte, drehten sie die Handteller nach oben und zogen die Augenbrauen hoch, fragten auf diese Weise, was man haben wollte, und deuteten zugleich an, was sie liefern konnten – Crack, Gras, braunes H aus Mexiko, feinstes weißes aus Asien, Muntermacher, Downer, so gut wie jede Droge, die auf der Straße im Umlauf war, mit Ausnahme von Crystal Speed, das sich erst allmählich von Arizona aus in den ländlichen Süden ausbreitete.

Linda Zeroski musste das Crack und das H, das sie tagtäglich rauchte oder sich in die Venen spritzte, nicht bezahlen. Auch nicht die Bußgelder, zu denen sie vom städtischen Gericht verurteilt wurde, oder die Kautionssummen, die sie für das Vorrecht, ihr Leben zu ruinieren, in Anspruch nahm. Ihre finanziellen Angelegenheiten wurden samt und sonders von ihrem Zuhälter geregelt, einem pragmatischen, gefühllosen Mann namens Washington Trahan, der Frauen mit dem gleichen Blick betrachtete wie ein Stück Seife. Mit Ausnahme von Linda Zeroski, die genau wusste, wie sie ihn bis aufs Blut triezen, ihn in aller Öffentlichkeit lächerlich machen und blamieren konnte. Washington hätte ihr liebend gern ein paar geknallt, bis sie nicht mehr wusste, wo ihr der Kopf stand, sie an den Haaren ins Auto gezerrt und nackt und zugedröhnt auf dem Highway abgesetzt, aber Linda stammte aus ganz anderen Verhältnissen als seine übrigen Huren.

Sie hatte drei Jahre lang das College besucht und war die

Tochter von Joe Zeroski, einem ehemaligen Killer für die Familie Giacano.

Ich sah Linda immer an ihrer Ecke stehen, fett und aufgeschwemmt vom Bier, die Haare gebleicht und verfilzt, stets in Jeans und Bluse, ohne BH, immer eine Zigarette zwischen den Fingern, deren Rauch sich um ihr Handgelenk kräuselte. Manchmal kam ihr Vater nach New Iberia und schaffte sie in ein therapeutisches Zentrum, aber nach ein, zwei Wochen war sie wieder an ihrer Ecke und bot sämtliche Dienste an, die ihre Freier von ihr verlangten.

Manchmal hielt ich mit dem Streifenwagen oder mit meinem Pickup und redete mit ihr. Sie war mir gegenüber stets liebenswürdig und bildete sich anscheinend etwas darauf ein, dass sie ein freundschaftliches Verhältnis zu einem Ordnungshüter hatte. Genau genommen war ich neben Perry LaSalle, der ihr manchmal vor Gericht beistand, vermutlich der einzige halbwegs gutbürgerliche Mann in New Iberia, den sie beim Vornamen anredete, von den Freiern einmal abgesehen. Einmal lud ich sie auf ein Root Beer und einen Hamburger in ein Drive-in ein. Ich wollte sie geradeheraus fragen, warum sie sich von Männern ausnutzen ließ, die nur ihre Lust an ihr stillen wollten, oder schlimmer noch, ihren Schoß dazu missbrauchten, um ihren Rassenhass und ihren Abscheu vor sich selbst darin auszutoben.

Aber einer bedauernswerten Frau wie Linda Zeroski stellt man so eine Frage nicht. Die Antwort weiß sie schon, aber sie wird sie niemals verraten, und sie wird denjenigen, der sie danach fragt, für immer und ewig verachten.

Es war heiß und trocken an dem Tag, an dem Tee Bobby auf Kaution aus dem Gefängnis freikam. Linda Zeroski wurde an ihrer üblichen Ecke von einem Weißen mitgenommen, der mit ihr zu einem Motel draußen an der Vierspurigen fuhr und sie anschließend wieder zurückbrachte. Sie trank mit den halbwüchsigen Crackdealern im Schatten der immergrünen Eiche ein paar Bier, schrie ihren Zuhälter in Grund und Boden, als er ihr vorwarf, sie bescheiße ihn um seine vierzig Prozent, verkehrte mit einem Schwarzen auf dem Rücksitz seines Autos, ging dann ein Stück die Straße hoch zu einem Crackhaus, wo sie sich den Arm abband, über einer brennenden Kerze einen Esslöffel voll braunem H aufkochte und sich einen Schuss in die Vene setzte, die blau-rot angeschwollen war wie ein Tumor.

Kurz nach Sonnenuntergang fuhr ein alter Spritschlucker an Lindas Ecke vor und hielt unter den weit ausladenden Ästen der immergrünen Eiche. Ein Mann mit Hut, ein Mann, dessen Gesicht und Hautfarbe im Zwielicht nicht zu erkennen waren, saß am Steuer und rauchte eine Zigarette, während Linda sich durch das Fenster auf der Beifahrerseite beugte und ihre Preisliste herunterleierte.

Dann drehte sie sich um, winkte den Crackdealern vor dem Laden kurz zu und stieg in das Auto.

Zwei Stunden später saß Linda Zeroski, die junge Frau, die drei Jahre lang die Louisiana State University besucht hatte, reglos auf einem Lehnstuhl neben einem am Bayou Benoit gestrandeten Hausboot, die Unterarme mit Klebeband an die Armlehnen gefesselt, eine Papiertüte über den Kopf gestülpt, während ein Mann, der Lederhandschuhe trug, immer wieder um sie herumging.

Sie versuchte zu begreifen, was seine Worte zu bedeuten hatten, weshalb er sich so in Rage steigerte. Wenn ihr nur das braune Zeug nicht so in den Ohren hämmern würde, wenn sie anständig Luft bekäme, nicht nur durch die Nase atmen müsste, weil er ihr eine schmutzige Socke in den Mund gesteckt hatte.

Dann, als der Mann, der Lederhandschuhe trug, plötzlich mit beiden Fäusten auf sie eindrosch, meinte sie tief in sich die Stimme eines kleinen Mädchens zu hören. Das Mädchen schrie nach seinem Vater.

Am nächsten Morgen fand ein Schwarzer, der im ersten Dämmerlicht seine Fangleinen im Sumpf auslegen wollte, die Leiche. Die Sonne war in einen Dunstschleier gehüllt und stand noch tief am Horizont, als Helen Soileau und ich sowie zwei Detectives aus Martinville, der Coroner und ein Deputy in Uniform an Bord eines Bootes der Sheriff-Dienststelle des Bezirks St. Martin gingen. In der kühlen Morgenfrische fuhren wir den Bayou Benoit hinauf, zwischen überfluteten Wäldern dahin und durch Buchten, in denen kein Laut zu hören war, auf die kein Regentropfen fiel, die von keinem Wind gekräuselt wurden, an deren Ufern Weiden, Gummibäume und dick mit Moos verhangene Zypressen wie hingemalt im grünen Licht standen.

Der Deputy steuerte das Boot aus der Fahrrinne, nahm das Gas weg und lotste uns durch ein Gehölz aus hohlen, abgestorbenen Tupelobäumen, deren Stämme wie Trommeln dröhnten, wenn der Bootsrumpf an ihnen entlangschrammte. Dann sahen wir die von blühenden Purpurwinden überrankten grauen Bordwände und die ausgedörrten, verzogenen Überreste eines Hausboots, das seit dem Jahr 1957, als der Hurrikan Audrey über Louisiana hinweggefegt war, zwischen den Bäumen lag.

Auf einer Sandbank, die aussah wie der Buckel eines Wals, stand ein Holzstuhl, auf dem Linda Zeroski mit vornübergesunkenem Kopf saß, so als wäre sie eingenickt. Zu ihren Füßen lagen die blutigen Fetzen der braunen Papiertüte, die man ihr über den Kopf gezogen hatte. Der Coroner, ein anständiger, älterer Mann, der dafür bekannt war, dass er stets einen Pflanzerhut, feuerrote Hosenträger und eine Fliege trug, streifte sich Latexhandschuhe über, hob Lindas Kinn an und drehte dann behutsam ihren Kopf von der einen Seite zur anderen. Mit einem Mal kam ein leichter Wind auf und ließ die Blätter im Sonnenschein tanzen, und ich schaute auf Lindas zerschlagenes Gesicht und musste schlucken.

Der Coroner trat einen Schritt zurück, zog die Handschuhe aus, die sich schmatzend von seiner Haut lösten, und warf sie in einen Müllsack.

»Was halten Sie davon, Doc?«, fragte Helen.

»Ich würde sagen, sie wurde mit Fäusten geschlagen, vermutlich von jemandem, der mit der einen Hand genauso kräftig ist wie mit der anderen«, sagte er. »In zwei der Wunden befinden sich Partikel, die wie Leder aussehen. Ich nehme an, er trug Handschuhe. Natürlich könnte er auch einen mit Leder überzogenen Gegenstand benutzt haben, aber in diesem Fall hätte sie vermutlich Verletzungen am Schädeldach, weil dort die Haut leichter platzt.«

Einer der Detectives des Bezirks St. Martin, ein gewisser Lemoyne, schrieb etwas auf einen Notizblock. Er war ein übergewichtiger Mann, der einen Regenhut, ein langärmliges weißes Hemd und einen Schlips trug und Galoschen über seine Straßenschuhe gezogen hatte. Immer wieder wedelte er sich die Moskitos vom Gesicht.

»Nach was für einem Typ sollen wir Ausschau halten, Doc?«, fragte er.

»Waren Sie jemals betrunken und haben irgendetwas getan, das Sie hinterher am liebsten ungeschehen machen wollten?«, fragte der Coroner.

Der Detective schien seinen Notizblock zu mustern. »Yeah, ein, zwei Mal«, erwiderte er.

»Der Mann, der das hier getan hat, war nicht betrunken. Er hat eine ganze Zeit lang auf sie eingeschlagen. Er hat es ungeheuer genossen. Er hat ihr sämtliche Knochen im Gesicht zertrümmert. Das eine Auge wurde tief in den Schädel getrieben. Sie dürfte an ihrem eigenen Blut erstickt sein. Möglicherweise hat er weiter auf sie eingeschlagen, als sie schon tot war. Was für ein Mann das ist? Jemand, der aussieht wie Ihr nächster Nachbar«, sagte der Coroner.

Am darauf folgenden Nachmittag schaute Clete Purcel bei mir im Büro vorbei. Er wohnte in einem zauberhaften, im Schatten immergrüner Eichen liegenden alten Motel am Bayou Teche und wollte mich dazu überreden, mit ihm an diesem Abend angeln zu gehen. Dann fiel ihm irgendetwas draußen vor dem Fenster auf.

»Ist das Joe Zeroski, der da den Gehweg hochkommt?«, fragte er.

»Vermutlich.«

»Was macht der denn hier in der Gegend?«

»Die Prostituierte, die gestern am Bayou Benoit umgebracht wurde, war seine Tochter«, sagte ich.

»Mir ist der Zusammenhang nicht klar gewesen. Ich warte draußen auf dich.«

»Was ist denn los?«

»Ich bin mal mit ihm aneinander geraten.«

»Weswegen?«

»Als ich beim First District war, musste ich ihn mal mit einer Taschenlampe niederschlagen. Genau genommen musste ich fünf, sechs Mal zuschlagen. Er wollte einfach nicht liegen bleiben. Der Typ hat sie nicht alle, Streak. Ich würde ihn abwimmeln.«

Dann grinste Clete in sich hinein, wie immer, wenn er sich darüber im Klaren war, dass sein Rat nichts nutzte, verließ mein Büro und ging in die Herrentoilette auf der anderen Seite des Flurs.

Joe Zeroski war im Irish Channel von New Orleans aufgewachsen und hatte mit sechzehn die Highschool geschmissen, um Stahlarbeiter beim Hochbau zu werden. Schon in jungen Jahren fuhr Joe so leicht aus der Haut, dass ihn seine Kollegen behandelten, als hantierten sie bei offenem Feuer mit Benzindämpfen. Als er zwanzig war, kam ein wegen seiner Brutalität und Grausamkeit berüchtigter texanischer Ölbaron mit seinem

Bodyguard in Tony Bacinos Club im French Quarter und beschloss aus purem Mutwillen, irgendjemanden an der Bar zu Klumpen zu hauen. Der Ölbaron suchte sich einen in sich gekehrten, scheinbar harmlosen Arbeiterjungen aus, der über seinen Bierkrug gebeugt war. Der Junge war Joe Zeroski. Eine Viertelstunde später waren der Ölbaron und sein Bodyguard in einem Krankenwagen zum Charity Hospital unterwegs.

Ein andermal traf es zwei Catcher aus Detroit, die von einer Baufirma eingestellt worden waren, um Streikbrecher durch die Postenketten der Gewerkschaft zu geleiten. Einer von ihnen wollte Joe aus dem Weg schieben. Ehe der Catcher wusste, wie ihm geschah, saß Joe rittlings auf seiner Brust und stopfte ihm eine Hand voll Schotter nach der anderen in den Mund, während die Streikenden ringsum johlten.

Aber den großen Einstieg schaffte er mit einer Sache, auf die er offiziell keinerlei Ansprüche geltend machen konnte Mit zweiundzwanzig verdiente er sich seine ersten Sporen bei der Familie Giacano, indem er einen Polizisten aus dem Weg räumte, der versucht hatte, Didoni Giacanos Sohn abzuknipsen. Sämtliche Mafiosi in New Orleans, aber auch alle Cops, die außer Dienst waren, spendierten ihm jedes Mal ein Bier und einen Kurzen, wenn sie ihn irgendwo sahen.

Joe sah aus wie jemand, der sich gerade aus dem Grab gewühlt hat, als er in mein Büro kam. Schwerfällig blieb er mitten im Zimmer stehen, leicht gebeugt, mit weiß angelaufenen Nasenflügeln, und ballte ein ums andere Mal die Fäuste.

»Die Sache mit Ihrer Tochter tut mir Leid. Ich hoffe, ich kann Ihnen helfen und den Kerl finden, der das getan hat«, sagte ich.

Er hatte stahlgraue Haare, in der Mitte gescheitelt und zu beiden Seiten ausgeschoren; die grauen Augen funkelten kalt und durchdringend, als ob sie alles und jeden gleichermaßen misstrauisch musterten. Er trug ein Tweedsakko, eine graue Hose, Slipper, weiße Socken und ein rosa Hemd mit einem anthrazitfarbenen Tennisschläger über der Brusttasche. Als er näher zu meinem Schreibtisch kam, nahm ich den Geruch nach Hitze und muffigem Deodorant wahr, der in seiner Kleidung hing.

»Ein junger Schwarzer ist grade auf Kaution rausgekommen. Er hat ein weißes Mädchen vergewaltigt und mit einer Flinte kaltgemacht. Warum ist der nicht hier drin?« Wie die meisten aus der Arbeiterklasse stammenden Menschen in New Orleans sprach er mit einem Tonfall und Dialekt, die eher nach Brooklyn als nach dem tiefen Süden klangen.

»Weil er nichts mit dem Tod Ihrer Tochter zu tun hat«, erwiderte ich.

»Aha? Wie viele Leute habt ihr denn hier in der Gegend, die zu so was fähig sind?«, sagte er. Er reckte das Gesicht hoch, als er sprach, sodass seine unteren Zähne vorstanden wie ein Raubfischgebiss.

»Damit befassen wir uns gerade, Partner«, sagte ich.

»Der junge Schwarze heißt Hulin. Bobby Hulin. Er wohnt irgendwo auf einer Insel.«

»Richtig. Und Sie halten sich von ihm fern.«

Er beugte sich über meinen Schreibtisch und drückte die Fäuste in den Tintenlöscher. Sein feuchter Atem schlug mir entgegen, ranzig und rauchgeschwängert, wie der Geruch, der einem frisch geöffneten Fettfang entweicht.

»Meine Frau ist letztes Jahr an Leukämie gestorben. Linda war mein einziges Kind. Ich hab nicht mehr viel zu verlieren. Haben Sie mich verstanden?«, sagte er.

»Reden Sie nicht so mit Leuten, die auf Ihrer Seite stehen«, sagte ich.

»Ihr könnt froh sein, dass ich nicht mehr so wie früher bin.«

»Ich bringe Sie zum Ausgang«, sagte ich.

»Verarsch dich selber«, erwiderte er.

Und so ging ich stattdessen zum Wasserspender auf dem

Korridor, sah zu, wie Joe nach vorn ging, und wollte dann nach meiner Post schauen.

Aber die Sache war noch nicht ausgestanden.

Perry LaSalle war gerade in die Dienststelle gekommen. Joe Zeroski fuhr herum, als er hörte, wie Perry dem Diensthabenden seinen Namen nannte.

»Sind Sie der Anwalt von diesem Hulin?«, fragte er.

»Ganz recht«, erwiderte Perry.

»Fühlen Sie sich wohl dabei, wenn Sie einen Abartigen, der junge Frauen umbringt, wieder freikriegen?«, fragte Joe.

»Sieht so aus, als ob ich den falschen Zeitpunkt erwischt habe«, sagte Perry.

»Linda Zeroski war meine Tochter. Wenn ich rausfinde, dass Sie den Scheißkerl rausgeholt haben, der meine Tochter totgeschlagen hat ...«

Er brachte den Satz nicht zu Ende. Im nächsten Moment schoss ihm das Wasser in die Augen, dann fuhr er sich mit dem Unterarm über den Mund und starrte blicklos vor sich hin. Draußen schellte die Glocke am Bahnübergang und verhallte auf der menschenleeren Straße.

Wally, unser gut drei Zentner schwerer, unter Bluthochdruck leidender Diensthabender in der Telefonzentrale, unterbrach seine Arbeit, schob die Hornbrille in das Lederfutteral, legte es auf den Schreibtisch und trat ins Foyer. Clete Purcel, der ein Hawaiihemd trug, in dessen Brusttasche sein nasser Kamm steckte, stand an der Anmeldung, hatte seinen hellblauen Porkpie-Hut schräg nach vorn geschoben und rührte sich nicht von der Stelle. Er klemmte sich eine Lucky Strike in den Mundwinkel und klappte sein Zippo auf, schlug aber den Feuerstein nicht an.

»Kommst du klar, Joe?«, fragte Clete.

Joe starrte Clete an; sämtliche Adern an seinen Schläfen pochten.

»Was, zum Geier, machst *du* denn hier?«, fragte er.

In diesem Augenblick wollte Perry zum Büro des Sheriffs weitergehen. »Mein tiefstes Beileid, Sir«, sagte er.

Er streifte versehentlich Joes Arm.

Joe schlug aus dem toten Winkel zu und verpasste ihm einen mörderischen Kinnhaken, der Perrys Kopf herumriss, dass sein Speichel bis an die Wand flog. Landete dann einen weiteren Treffer unter dem Auge und einen dritten auf dem Mund, bevor Clete ihn von hinten packte, die mächtigen Arme um Joes Brust schlang, ihn hochhob und mit dem Gesicht voran auf einen Schreibtisch schmetterte.

Aber Joe bekam einen Arm frei und rammte Clete den Ellbogen an die Nase, dass ihm das Blut über die Backe spritzte. Wally und ich packten Joe, schleuderten ihn erneut gegen den Schreibtisch, traten seine Beine auseinander und drückten ihn mit der einen Gesichtsseite in einen schmutzigen Aschenbecher.

»Legen Sie die Hände auf den Rücken, Joe! Und zwar sofort!«, sagte ich.

Dann sank Joe Zeroski, der vermutlich neun Männer getötet hatte, mit zitternden Oberschenkeln auf die Knie, faltete die Hände wie ein Zeltdach über dem Kopf und versuchte die Scham und die Trauer zu verbergen, die ihm ins Gesicht geschrieben standen.

5

Ich ging mit Perry LaSalle in die Herrentoilette und hielt seine Jacke, während er sich das Gesicht mit kaltem Wasser wusch. Er hatte eine rote Schwellung unter dem rechten Auge, und als er ausspuckte, war sein Speichel blutig.

»Wollen Sie den Kerl laufen lassen?«, fragte er.

»Solange Sie keine Anzeige erstatten«, erwiderte ich.

Er betastete seinen Mund und schaute in den Spiegel. Sein Blick war nach wie vor wütend. Dann, als werde ihm bewusst, dass seine Miene nicht zu dem Perry LaSalle passte, den wir alle kannten, stieß er den Atem aus und grinste.

»Vielleicht nehme ich ihn mir ein andermal vor«, sagte er.

»Würde ich sein lassen. Joe Zeroski war Auftragskiller für die Familie Giacano«, sagte ich.

Sein Blick wurde ausdruckslos, als wollte er nicht, dass ich ihn deutete. Er nahm mir seine Jacke aus der Hand, zog sie an und kämmte sich vor dem Spiegel die Haare. Dann hielt er inne.

»Starren Sie mich aus einem bestimmten Grund so an, Dave?«, fragte er.

»Nein.«

»Glauben Sie etwa, ich bin beunruhigt, weil der Kerl mal Gorilla für die Giacanos war«, sagte er.

»Selbst an guten Tagen bin ich mir nicht mal über meine eigenen Gefühle im Klaren, Perry«, sagte ich.

»Sparen Sie sich den Zwölf-Stufen-Kram fürs nächste Meeting, mein Guter«, erwiderte er.

Ein paar Minuten später begleitete ich Clete Purcel zu seinem Auto. Das Verdeck war offen, und ein halbes Dutzend Angelruten lehnten am Rücksitz. Wir sahen zu, wie Perry LaSalles Gazelle vom Parkplatz fuhr, die Bahngleise überquerte und in die St. Peter Street abbog.

»Zeigt er Joe Zeroski etwa nicht an?«, fragte Clete.

»Perrys Großvater hat während der Prohibition mit den Giacanos Rum geschmuggelt. Ich glaube, Perry möchte nicht an diese Verbindung erinnert werden«, sagte ich.

»Seinerzeit hat jeder Rum geschmuggelt«, sagte Clete.

»Jemand anders hat an Stelle seines Großvaters gesessen. Du

hast doch nicht etwa vor, dich für den Ellbogenstoß an die Nase zu revanchieren, oder?«

Clete dachte darüber nach. »Das war nicht persönlich gemeint. Für einen Killer ist Joe kein übler Kerl.«

»Klasse Maßstab.«

»Wir sind hier in Louisiana, Dave. Guatemala-Nord. Hör auf, so zu tun, als ob das zu den Vereinigten Staaten gehört. Dann ergibt das Leben viel mehr Sinn«, sagte er.

Ich war an diesem Abend noch lange im Büro. Die zwanzig mal fünfundzwanzig Zentimeter großen Tatortfotos von Linda Zeroski und Amanda Boudreau waren auf meinem Schreibtisch ausgebreitet. Die Körperhaltung und die Gesichter der Toten erzählen immer eine Geschichte. Manchmal steht der Mund offen, wie wenn es jemandem die Sprache verschlagen hat, als hätte der Sterbende mit einem Mal festgestellt, dass die Welt ein einziger Schwindel ist. Der Blick ist möglicherweise auf einen Sonnenstrahl gerichtet, der durch das Laubdach eines Baumes fällt, oder eine Träne haftet im Augenwinkel, oder die Hände sind geöffnet, als wollten sie den Geist übergeben. Ich würde nur zu gern glauben, dass diejenigen, die eines gewaltsamen Todes sterben, von übernatürlichen Wesen getröstet werden, die sich auf eine besondere Weise um sie kümmern und sie schützen. Aber die Augen von Linda Zeroski und Amanda Boudreau verfolgten mich, und ich wollte ihre Mörder finden und ihnen etwas Furchtbares antun.

Auf dem Heimweg fuhr ich an der Ecke vorbei, an der Linda Zeroski unter einer ausladenden Eiche in ein Auto gestiegen und sorglos in einen Sonnenuntergang davongefahren war, der aussah, als hinge lila und roter Rauch am Horizont im Westen. Die halbwüchsigen Crackdealer, die angeblich ihre Freunde gewesen waren, reagierten erst gelangweilt auf meine Fragen, dann gereizt, weil ich die laufenden Geschäfte an der Ecke störte. Als ich nicht ging, blickten sie einander an und legten sich eine andere Strategie zurecht, so als wäre ich nicht da. Sie schlugen einen einschmeichelnden Tonfall an, machten ernste Mienen und gaben mir einmütig zu verstehen, dass sie ganz bestimmt in meinem Büro anrufen würden, falls sie irgendetwas erfahren sollten, das mir weiterhelfen könnte.

Ich ging zu meinem Pickup und wollte einsteigen. Dann hielt ich inne und lief zurück.

»Kreuzt manchmal auch Tee Bobby Hulin hier an der Ecke auf?«, fragte ich.

»Tee Bobby mag sie am liebsten, wenn sie süß, weiß und sechzehn sind. Ich seh hier in der Nähe nix dergleichen, Sir«, sagte einer der Kids. Die anderen kicherten.

»Was willst du damit sagen?«, fragte ich.

»Tee Bobby hat sein eigenes Ding laufen. Mit uns hat das gar nix zu tun«, sagte derselbe Junge.

Sie senkten im Dämmerlicht die Köpfe, mussten sich das Grinsen verkneifen, traten mit den Füßen in den Staub und warfen einander belustigte Blicke zu. Ich ging zu meinem Pickup zurück und stieg ein. Das Wetterleuchten im Süden zuckte wie Quecksilber in den Wolken.

Joe Zeroski hatte gefragt, wie viele Menschen in unserer Gegend zu einem Verbrechen fähig waren, wie man es an seiner Tochter und Amanda Boudreau verübt hatte. Könnte Tee Bobby etwas mit der Entführung von Linda Zeroski zu tun gehabt haben? Tee Bobbys Großmutter hatte gesagt, die Schwierigkeiten, in denen er derzeit steckte, hätten vor seiner Geburt begonnen. Vielleicht war es an der Zeit, dass ich herausfand, was sie damit gemeint hatte.

Ich fuhr heim, parkte den Pickup in der Auffahrt und ging in den Köderladen. Batist war allein und aß am Tresen ein Sandwich.

»Wie gut kennst du Tee Bobby?«, fragte ich.

»So gut, dass ich ihn nicht weiter kennen will«, antwortete er.

»Glaubst du, er könnte ein junges Mädchen vergewaltigen und ermorden?«

»Was ich glaub, zählt nicht.«

»Was weißt du über Ladice Hulins Beziehung zur Familie LaSalle?«

Er trank seinen Kaffee aus und starrte durch den Fliegendraht hinaus auf den Bayou, wo sich die Brassen an den Nachtfaltern gütlich taten, die an den Strahlern verglühten und ins Wasser fielen.

»Geschichten über weiße Männer und schwarze Feldarbeiterinnen nehmen nie ein gutes Ende, Dave. Wenn du sie hören willst – meine Schwester is mit Ladice groß geworden«, sagte er.

Ich sagte meiner Frau Bootsie Bescheid, dass ich später zu Abend essen würde, und fuhr mit Batist zu dem kleinen Haus seiner Schwester in der Nähe von Lorreauville, wo ich mir eine Geschichte anhörte, die mich in das Louisiana meiner Kindheit zurückversetzte.

Aber noch bevor Batists Schwester mit ihrem Bericht begann, wusste ich bereits vieles über die Geschichte der Familie LaSalle, nicht unbedingt, weil ich sie bewunderte oder interessant fand, sondern weil ihr Leben ein Spiegelbild und Maßstab unseres eigenen geworden war. Auf die eine oder andere Art hatte die Stadt Anteil an allen ihren Taten gehabt, an all den Wendungen und Wirren, zum Guten wie zum Schlechten, die ihnen das Schicksal beschied, angefangen mit dem Bau der ersten Hütten, die aus gefällten und zurechtgehauenen Zypressenstämmen an den Ufern des Bayou Teche errichtet worden waren, über den Einmarsch der Bundestruppen im Jahr 1863 und die Wiederherstellung der alten Pflanzeroligarchie durch die

White League und die Knights of the White Camellia hinweg, bis in die Neuzeit, als man bewusst dafür sorgte, dass Cajuns und Farbige arm und ungebildet blieben, um sicherzustellen, dass jederzeit ein riesiges Angebot an leicht lenkbaren Arbeitskräften zur Verfügung stand.

Die LaSalles hatten geglaubt, sie könnten im kolonialen Louisiana all die hochfliegenden Träume verwirklichen, die durch Robespierres Guillotine, der einige Angehörige der Familie zum Opfer fielen, zunichte gemacht worden waren. Doch bald schon mussten sie erfahren, dass für das revolutionäre Frankreich die Rechnung, die es ihnen und ihresgleichen für die jahrhundertelange Arroganz des alten Adels präsentierte, noch nicht ganz beglichen war. Vielmehr waren sie diejenigen, die sich Napoleon als Opfer seiner größten und erfolgreichsten Hochstapelei auserkoren hatte. Sie bezahlten viel Geld, um von seiner Regierung Landrechte in Louisiana zu erwerben, nur um im Jahr 1803 feststellen zu müssen, dass Napoleon die Ländereien buchstäblich unter ihren Füßen weg an die Amerikaner verkauft hatte, um seine Kriege zu finanzieren.

Aber die LaSalles waren ein zäher Haufen, der sich weder von einem korsischen Emporkömmling noch von ihren neuen, von der Freiheit und Gleichheit eines Christenmenschen überzeugten Nachbarn unterkriegen ließen. Sie kauften Sklaven, die James Bowie und sein Geschäftspartner Jean Lafitte nach dem Einfuhrverbot von 1809 aus der Karibik nach Louisiana schmuggelten. Sie legten Sümpfe trocken und rodeten Wälder, bauten später auf Knüppeldämmen Straßen und Schienen für die Dampfmaschinen durch das vom Delta des Mississippi angeschwemmte Ackerland, das so schwarz und fruchtbar war, dass alles darauf wuchs, wenn man nur ein Saatkorn auf die Erde warf und es kurz festtrat.

Wie seine Vorfahren war auch Julian LaSalle ein praktisch veranlagter Mensch, der nicht mit Gott oder der Welt haderte.

Möglicherweise beruhte der Reichtum seiner Familie darauf, dass sich Sklavenarbeiter für sie den Rücken krumm geschuftet hatten, aber das hatte dem Geist der Zeit entsprochen, und er hatte deswegen keinerlei Gewissensbisse. Er zahlte seinen Feldarbeitern einen nach allgemeiner Ansicht angemessenen Lohn, kümmerte sich um die ärztliche Versorgung, hielt immer sein Wort und schickte auch während der großen Depression nie einen Bedürftigen fort, der vor seiner Tür stand.

Als kleiner Junge hatte ich ihn oft gesehen, wenn mich mein Vater in Provost's Bar and Pool Room mitnahm. Mr. Julian, wie wir ihn nannten, war ein dunkelhaariger, gut aussehender Mann mit einem Grübchen im Kinn, der stets einen Leinenanzug mit Hosenträgern, einen Panamahut und zweifarbige Schuhe trug, wie die Amerikaner, die man im Kino beim Pferderennen in Kuba sah. Er setzte sich nie an die Bar, sondern blieb immer stehen, hatte in der einen Hand eine Zigarre, in der anderen ein Glas Bourbon mit Eis. Am Samstagnachmittag war Provost's Bar immer voller Geschäftsleute und Arbeiter, und der mit grünem Sägemehl bestreute Boden war zeitweise mit Football-Wettkarten übersät. Mr. Julian behandelte alle Gäste mit der gleichen Hochachtung, spendierte Getränke für die alten Männer an den Domino- und Bouree-Tischen und ging weg, wenn andere Männer rassistische Sprüche abließen oder derbe Witze erzählten. Er war wohlhabend und gebildet, aber seine freundliche, gutmütige Art erweckte bei anderen eher Bewunderung als Neid.

Es gab Geschichten über seine Beziehungen zu schwarzen Frauen, insbesondere zu einer, aber stets fand sich jemand, der rasch einwandte, dass Mr. Julians Frau an Krebs und anderen Gebrechen leide und in einem Sanatorium im Norden gewesen sei, und bei der Messe habe sie sich derart hysterisch aufgeführt, dass sogar ein mitleidiger Priester sie widerwillig gebeten habe, nicht mehr am Gottesdienst teilzunehmen. Wer konnte denn erwarten, dass Mr. Julian so etwas ertrug, wenn nicht einmal die Kirche dazu bereit war?

Aber Batists Schwester begann ihre Geschichte nicht mit Mr. Julian. Stattdessen erzählte sie von einem Aufseher auf Poinciana Island, einem schlanken, knochigen Mann mit grober Haut, der stets eine Sonnenbrille, Cowboystiefel, einen Cowboyhut aus Stroh und Khakikleidung trug, wenn er auf seinem Pferd saß und zwischen den schwarzen Arbeitern auf den Feldern hindurchritt. Das war im Jahr 1953, zu einer Zeit, als ein weißer Aufseher auf einer Plantage in Louisiana die gleiche Macht über die ihm Anvertrauten hatte wie seine Vorgänger vor dem Bürgerkrieg. Niemand wusste, woher er stammte, aber er hieß Legion, und an dem Tag, an dem er das erste Mal auf dem Feld auftauchte, schaute ein Arbeiter, der als Sträfling auf der Farm in Angola gearbeitet hatte, in Legions Gesicht, lehnte bei der erstbesten Gelegenheit seine Haue an eine Zaunstange, lief sieben Meilen weit bis New Iberia und kehrte nie wieder zurück, nicht einmal, um seinen ausstehenden Lohn zu verlangen.

»Legion hieß er, sagen Sie?«, fragte ich Batists Schwester.

»Den Namen hat er uns genannt. Hatte keinen Vornamen und auch keinen Zunamen. Wir mussten ihn nicht mal ›Mister‹ nennen. Bloß Legion«, erwiderte sie.

Er glaubte, dass Kleidung die Hitze vom Körper fernhielt und knöpfte sein langärmliges Hemd stets bis zum Kragen zu, egal, wie schwül und drückend es wurde. Bis Mittag war der Rücken seines Hemdes mit Schweißflecken gesprenkelt, und während die Schwarzen in einem Tupelowäldchen ihre Sandwiches mit Mortadella und Dosenfleisch aus dem Plantagenladen aßen, band er sein Pferd unter einer Eiche mitten auf dem Pfefferfeld an und setzte sich auf einen Klappstuhl, den ein Schwarzer eigens zu diesem Zweck anschleppte. Er aß den Boudin oder die Schweinekoteletts mit ungeschältem Reis, die, wie die Schwarzen sagten, eine Prostituierte aus Hattie Fontenots Bar jeden Morgen für ihn zubereitete und in Wachspapier einwickelte.

Er nahm sich die Mädchen und Frauen, die er wollte, vom Feld, bedeutete ihnen mit einem Kopfnicken, dass sie seinem Pferd in ein Röhricht oder Kieferndickicht folgen sollten, wo er aus dem Sattel stieg, sich nackt auszog und dem Mädchen oder der Frau befahl, ihre Unterhose abzustreifen, sich hinzulegen und die Beine breit zu machen, drückte sich dabei so gefühllos, unmenschlich und brutal aus, wie er den Akt mit ihnen vollzog und seine Lust an ihnen stillte, wenn er in sie stieß, den Oberkörper mit steifen Armen abgestützt, als wollte er sie nicht mehr berühren, als unbedingt notwendig war.

Hinterher musste ihn das Mädchen oder die Frau waschen. Sein Körper war rau wie Tierhaut, sagten sie, voller wulstiger Messernarben, und die Innenseiten seiner Unterarme waren mit blauen Tätowierungen überzogen, die aussahen wie die mit groben Strichen gemalten Gestalten in den alten schwarz-weißen Zeichentrickfilmen.

Dann kam der Tag, an dem sein Blick auf Ladice Hulin fiel.

»Geh da rüber zu den Gummibäumen und setz dich in den Schatten«, sagte er.

»Ich muss meine Reihe noch zu Ende pflücken. Danach muss ich mir die nächste Reihe vornehmen. Sonst schaff ich mein Soll nicht«, sagte sie.

Er griff nach unten, nahm ihr den Sack aus der Hand und band ihn an seinen Sattelknauf.

»Von dem Pfeffersaft kriegst du Blasen. Du musst deine Hände am Abend in Milch tauchen. Da vergeht das Brennen sofort«, sagte er.

»Sie tun nicht weh, Legion. Bestimmt nicht. Ich muss meine Reihe fertig machen«, sagte Ladice.

Diesmal erwiderte er nichts. Er zog sein Pferd herum, ließ es im Kreis gehen und lenkte es hinter sie, bis es sie mit der Vorhand anstieß.

»Legion, mein Daddy will mich heut Nachmittag besuchen. Er kommt aus der Siedlung. Ich muss hier draußen auf dem Feld sein, wo er mich sehen kann«, sagte sie.

»Du hast keinen Daddy, Kleine. Lass dich nicht noch mal bitten«, sagte Legion.

Die anderen Arbeiter, die über die Pfeffersträucher gebeugt waren, blickten aus lauter Angst nicht ein Mal auf, hatten genug mit ihrem eigenen Elend zu tun, der Sonne und der Hitze, den Blasen an ihren Fingern und dem stechenden Schmerz in ihrem Kreuz, der in den langen Nachmittagsstunden ständig schlimmer wurde. Ladice wischte sich mit ihrem Kleid den Staub und den Schweiß vom Gesicht und ging auf die Tupelobäume zu, in deren Mitte ein Dornbusch stand, der sattgrüne Blätter und rote Blüten trug, die im heißen Schatten wie Blutstropfen aussahen.

Sie hörte ein Auto auf der Straße hupen. Sie drehte sich um und sah Mr. Julian in seinem Lincoln Continental sitzen, dessen Weißwandreifen und Speichenräder in der Sonne funkelten, wie eine strahlende Erscheinung aus den Wolken. Er stieg mitten auf der Straße aus, trug ein langärmliges weißes Hemd mit lila Ärmelhaltern, eine Leinenhose und einen nach hinten geschobenen Panamahut. Sein Lächeln war wundervoll, und er schaute sie an, voller Güte, aber sein Auftreten war zugleich auch so gebieterisch, dass Legion ihren Sack zu Boden fallen ließ, aus dem Sattel stieg und sein Pferd zur Straße führte, damit sein Arbeitgeber nicht zu ihm aufblicken musste, wenn er ihn ansprach.

Er lächelte so leutselig wie eh und je, doch im Wind, der durch die Pfeffersträucher wehte, konnte sie jedes Wort von ihm hören.

»Ich bin ein bisschen überrascht, dass ich mitansehen musste, wie Sie eine junge Frau mit dem Pferd angestoßen haben,

Legion. Ich nehme doch an, das war ein Versehen, nicht wahr?«, sagte er.

»Ja, Sir. Ich hab ihr schon gesagt, dass es mir Leid tut«, sagte Legion.

»Gut so. Weil Sie nämlich ein guter Mann sind. Ich möchte nicht noch mal so ein Gespräch mit Ihnen führen müssen.«

Ladice hob ihren Sack auf, ging wieder in die Staudenreihe, bückte sich und pflückte die Pfefferschoten, durch deren Saft ihre Finger manchmal so dick anschwollen, als hätten sie Bienen gestochen. Sie warf einen verstohlenen Blick zu Mr. Julian, betrachtete seine Haltung, das Grübchen in seinem Kinn, die glänzenden Haare, als er den Hut abnahm, den roten Schlips, den ihm der Wind über die Schulter wehte. Von der Statur her überragte Legion Mr. Julian, aber er stand schweigend da, reglos wie ein gescholtenes Kind, während Mr. Julian den Deckel seiner goldenen Taschenuhr aufschnappen ließ, feststellte, wie spät es war, den Deckel wieder zuklappte und sich über eine Hochseeangeltour ausließ, die er unternehmen wollte.

Während er redete, verweilte sein Blick unverwandt auf Ladice.

»Denk bloß nicht, du wärst was Besonderes, Mädel. Sei nicht so dumm«, sagte eine alte Frau in der Reihe nebenan.

Eine Woche später stellte Mr. Julian Ladice im großen Haus an, gab ihr neue Kleider, die sie bei der Arbeit tragen sollte, und überließ ihr die Wohnung über der Garage. Sie wusste, welchen Preis er dafür verlangen würde, aber sie nahm es ihm nicht übel. Vielmehr spürte sie, wie ihr beim bloßen Gedanken an sein offenkundiges Verlangen und seine Abhängigkeit, daran, dass er sie haben wollte, unter all den Frauen in der Siedlung ausgerechnet sie auserwählt hatte, dass er jede Nacht zu ihr kommen und ihr seine ganze Schwäche offenbaren würde, die Wangen glühten und der Atem wie eine Glasscherbe in der Brust brannte.

Sie gab sich ihren Fantasien hin, wenn sie in dem stillen,

prunkvollen Haus arbeitete, die alten Stühle abstaubte, auf denen nie jemand saß, abgeschnittene Blumen in eine große Silberschale auf dem Esstisch steckte, der nie benutzt wurde, auf die kleine Glocke auf Mrs. LaSalles Nachttisch horchte, der einzigen Verbindung, die die alte Frau zu der Welt außerhalb ihres Schlafzimmers hatte. Die Negerjungen, die Ladice nur eine Woche zuvor noch umworben hatten, gehörten einer fernen Vergangenheit an, verbunden mit Erinnerungen an parkende Autos hinter Tanzschuppen und summende Insekten in der Hitze und der Dunkelheit oder an eine hastige Paarung auf einer muffig riechenden Matratze in einem Maisspeicher.

Sie meinte eine neue Kraft in sich zu spüren inmitten all derer, die nach den Regeln und sonderbaren Richtlinien lebten, die das Dasein auf Poinciana Island bestimmten. Bei ihrem ersten Besuch im Plantagenladen, nachdem sie zu dem großen Haus gezogen war, nannte sie der Verkäufer »Miss Ladice«, und Legion und ein anderer weißer Mann traten beiseite, als sie über die Galerie zum Parkplatz ging.

In der zweiten Woche, nachdem sie zu dem großen Haus gezogen war, kurz nach Sonnenuntergang, als sie frisch aus dem Bad kam und saubere Kleidung angelegt hatte, hörte sie Mr. Julians schwere Schritte auf der Treppe zu der Garagenwohnung. Sie tastete nach dem Schalter für das Außenlicht.

»Das brauchst du nicht anzustellen. Ich bin's nur«, sagte er durch die Fliegendrahttür.

Sie stand stumm da, hatte die Hände züchtig gefaltet, wusste nicht recht, ob sie den ersten Schritt tun und ihm die Tür öffnen sollte, fragte sich zugleich, ob sie mit dieser kleinen Höflichkeitsbezeigung nicht verriet, dass sie von vornherein wusste, was er vorhatte, und ob er das nicht als beleidigend oder unverschämt auffassen würde.

»Stör ich dich, Ladice?«, sagte er, als sie keinen Ton von sich gab.

»Nein, Sir, tun Sie nicht. Ich meine, Sie stören mich nicht.« Sie hielt die Tür auf. »Möchten Sie reinkommen, Sir?«

»Ja, ich konnte nicht schlafen. Ich habe Miz LaSalles Fenster offen gelassen, damit ich ihre Glocke hören kann. Meines Wissens hast du die Highschool abgeschlossen.«

»Ja, Sir. Ich bin drei Jahre auf die Plantagenschule gegangen und eins auf St. Edward's.«

»Hast du dir schon mal überlegt, ob du aufs College gehen willst?«

»Das nächste, auf dem Farbige zugelassen sind, is die Southern in Baton Rouge. Dazu hab ich kein Geld.«

»Es gibt Stipendien. Ich könnte dir zu einem verhelfen«, sagte er.

Aber er achtete jetzt nicht mehr auf seine Worte. Sein Blick hing an ihrem Mund, ihren dichten Haaren, an ihrer Haut, die so geschmeidig wie geschmolzene Schokolade war, an ihrem schönen, herzförmigen Gesicht. Sie sah, wie er schluckte, sah sein Mienenspiel, in dem sich Scham und Lust mischten. Er legte ihr die Hände auf die Schultern, beugte sich dann zu ihr herab und küsste ihre Wange, ließ die Hände über ihre Arme und die Taille bis zum Kreuz gleiten.

»Ich bin ein törichter alter Mann, der so gut wie kein Eheleben hat, Ladice. Wenn du möchtest, gehe ich wieder«, sagte er.

»Nein, Sir. Tu ich nicht. Ich meine, Sie brauchen nicht zu gehen«, erwiderte sie.

Er küsste ihren Hals, betastete die Spitzen ihrer Brüste und knöpfte ihre Bluse und die Bluejeans auf. Er half ihr, die Bluse von den Armen zu streifen und hielt ihre Hand, als sie aus der Jeans stieg, führte sie dann zu dem schmalen Bett in dem Zimmer neben der Küche, hakte ihren BH auf, legte sie hin und zog ihr das Höschen aus.

»Mr. Julian, wollen Sie nicht irgendwas benutzen?«, fragte sie.

»Ja«, sagte er mit heiserer Stimme, und die Fleischfalten an seinem Hals schimmerten rot und stopplig im Mondschein, der durch das Fenster fiel.

In seinem Blick lag eine Traurigkeit, wie sie es bei einem Weißen noch nie erlebt hatte.

»Fühlen Sie sich wegen irgendwas nicht wohl, Mr. Julian?«

»Was ich da mache, ist eine Sünde. Und ich ziehe dich mit rein.«

Sie nahm seine Hand und drückte sie an ihre Brust. »Spüren Sie meinen Herzschlag. Es is keine Sünde, wenn das Herz einer Frau so schlägt«, sagte sie und schaute ihm unverwandt in die Augen.

Er setzte sich auf den Rand der Matratze, küsste ihren Bauch und die Innenseite ihrer Schenkel, nahm ihre Nippel in den Mund, drang dann in sie ein und kam innerhalb von Sekunden, lag zitternd auf ihr, während sie die lockigen Haare an seinem Nacken streichelte.

»Tut mir Leid. Ich habe dir keine Befriedigung verschafft«, sagte er.

»Is schon gut, Sir. Legen Sie sich auf den Rücken. Ich zeig Ihnen was«, sagte sie.

Dann stieg sie über ihn, ergriff sein Geschlecht, führte es in sich ein und schloss Knie und Schenkel eng um ihn. Sie schaute ihm in die Augen, wie sie es bei einem Weißen noch nie gewagt hatte, erforschte seine Gedanken, steigerte mit jeder Bewegung ihrer Lenden seine Lust, beugte sich hinab und küsste ihn wie ein Kind. Sie kam gleichzeitig mit ihm und spürte mit einem Mal eine Kraft, die wie ein Stromstoß in ihre Schenkel, den Unterleib und die Brüste fuhr, sodass sie unwillkürlich aufschrie, nicht so sehr aus Lust als vielmehr aus einem Triumphgefühl heraus, das sie nie für möglich gehalten hatte.

Durch das Fenster hörte sie die kleine Glocke in Mrs. LaSalles Schlafzimmer klingeln.

»Ich bringe Mrs. LaSalle um diese Zeit immer ein Sandwich und ein Glas Milch«, sagte er.

»Das kann ich doch machen, Sir.«

»Nein, du erledigst deine Aufgaben unten im Haus. Dort ist dein Arbeitsplatz und dort bleibst du auch, Ladice, es sei denn, ich bin weg, und Mrs. LaSalle ruft dich.«

Sein Tonfall war so scharf, dass sie einen Moment lang blinzelte. Sie schlug die Zudecke über sich und zog die Knie an. Sie musste ihm nur kurz in die Augen schauen, dann wurde ihr klar, dass er eine innere Wandlung durchgemacht hatte, seit sein Verlangen verklungen war. Er zog sich an, wirkte jetzt wieder gesetzt und reckte das Kinn hoch, während er sein Hemd zuknöpfte. Ladice starrte mit verhangenem Blick in die Dunkelheit, schürzte leicht die Lippen und strich sich eine Haarsträhne aus der Stirn.

Dann ließ sie sich wieder auf das Kissen sinken, legte einen Arm unter den Kopf und sah zu, wie er sich zum Gehen anschickte.

»Gute Nacht, Ladice«, sagte er.

Sie schaute ihn teilnahmslos an und antwortete nicht.

Du kommst schon wieder. Wird nicht lange dauern. Mal sehn, wer dann zu wem von oben herab spricht.

In der darauf folgenden Woche klingelte die kleine Glocke auf Mrs. LaSalles Nachttisch, als Mr. Julian in der Stadt war. Ladice stieg die Treppe empor und blieb in ihrem schwarzen Dienstmädchenkleid und der Rüschenschürze im Türrahmen zu Mrs. LaSalles Zimmer stehen.

»Ja, Ma'am?«, sagte sie.

Mrs. LaSalle hatte ihren Mann gezwungen, eiserne Gitter vor den Fenstern anzubringen, obwohl es noch nie einen Einbruch auf der Insel gegeben hatte, und sie duldete nicht, dass die Fenster aufgeriegelt oder geöffnet wurden. Die Luft in dem Zimmer war stickig und roch nach Kampfer und Urin. Mrs. LaSalles Haut wirkte wie Kerzenwachs, ihre Haare lagen wie verschlungene rote Flammen auf dem Kissen ihres Himmelbetts. Ihre Augen waren dunkel, übergroß und glänzend, entweder vom Krebs, den sie im Leib hatte, oder wegen des Wahnsinns, der sie hin und wieder befiel.

»Was ist aus dem anderen Negermädchen geworden?«, fragte sie.

»Mr. Julian hat gesagt, Sie wollten, dass sie weggeschickt wird, Ma'am«, erwiderte Ladice.

»Das klingt, als hätte sich jemand ein Märchen ausgedacht. Wieso sollte ich das tun? Macht nichts. Komm her. Lass dich anschauen.«

Ladice trat ein paar Schritte näher zum Himmelbett. Mrs. LaSalles rosa Nachthemd hing eingesunken über dem Oberkörper, dort, wo man ihr die Brüste abgenommen hatte.

»Oh, du bist ja ein knuspriges junges Ding, nicht wahr?«, sagte sie.

»Ma'am?«

»Ich bin unpässlich. Ich möchte, dass du meinen Schlüpfer auswäschst.«

»Wie bitte?«

»Bist du taub? Zieh mir den Schlüpfer aus und wasch ihn. Ich habe unter mich gemacht.«

»Das kann ich nicht, Ma'am.«

»Du ungezogenes junges Ding.«

»Ja, Ma'am«, sagte Ladice. Sie drehte sich um und ging aus dem Zimmer.

An diesem Abend stand Mr. Julian vor ihrer Tür.

»Meine Frau sagt, du bist aufsässig zu ihr gewesen«, sagte er.

»So seh ich das nicht«, erwiderte Ladice.

Er öffnete die Tür und trat ein, ohne dass sie ihn dazu aufgefordert hatte. Er war viel größer als sie, sodass sein Schatten den Schein der Abendsonne verdeckte, der draußen durch die Bäume fiel. Aber sie zeigte keinerlei Regung. Sie trug Jeans und Sandalen, ein blaues T-Shirt mit V-Ausschnitt und hatte eine vergoldete Kette mit einem kleinen lila Stein um den Hals. Kühl und frisch fühlte sich ihr Körper nach dem kalten Bad an, das sie gerade genommen hatte, außerdem hatte sie sich Parfüm hinter die Ohren getupft und eine Haarlocke hing ihr in die Augen.

»Ich muss wissen, was heute vorgefallen ist, Ladice?«, sagte er.

»Wenn Mrs. LaSalle ihre Wäsche gewaschen haben will, bring ich sie gern runter zur Waschmaschine. Ich bügel sie ihr auch«, sagte Ladice.

»Aha. Ich glaube, hier liegt bloß ein Missverständnis vor«, sagte er.

Sie erwiderte nichts. Sein Blick wurde sanfter als er ihr Gesicht betrachtete, den Mund musterte. Er legte ihr die Hand auf den Arm.

»Meine Mama und mein Onkel holen mich gleich ab und nehmen mich mit in die Stadt«, sagte sie.

»Kommst du heute noch zurück?«

Sie schob sich die Locke aus den Augen. »Ich glaub, meine Mama will, dass ich heut Nacht bei ihr bleibe«, sagte sie.

»Ja, die kommt sich manchmal bestimmt sehr einsam vor. Ich habe dich sehr gern, Ladice.«

»Gute Nacht, Mr. Julian.«

»Ja, nun, ich glaube, bei der guten Nacht belassen wir's dann«, sagte er.

Doch er rührte sich nicht von der Stelle, und seine sehnsüchtige Miene besagte etwas ganz anderes. Sie hielt seinem Blick stand, bis er tatsächlich blinzelte und um den Hals rot anlief. Dann straffte er das Kinn und ging hinaus.

Sie schaute ihm vom Fenster aus hinterher, als er über den

Hof zur Rückseite des Herrenhauses ging und unwirsch an seinem Krawattenknoten zerrte.

Vielleicht darfst du ja die Schlüpfer deiner Frau auswaschen, sagte sie sich und wunderte sich zugleich, dass ihr so giftige Gedanken durch den Kopf gingen.

Naiv, wie sie war, dachte sie, ihr Verhältnis, ihre Affäre oder wie immer man es bezeichnen mochte, liefe von selbst auf eine dramatische Auflösung hinaus, wie wenn plötzlich ein Schwefelholz aufflackerte und ihr ödes Dasein in Flammen setzte, es auf irgendeine Art zu einem Ende brächte, vielleicht auch zu einem verheerenden, das sie von der Welt befreite, in der sie groß geworden war.

Doch die langen schwülen Sommertage folgten ebenso gleichförmig aufeinander wie Mr. Julians nächtliche Besuche und die Niedergeschlagenheit und die Schlaflosigkeit, die sie bei ihr hervorriefen. Sie dachte nicht mehr über Macht, Herrschaft oder ihren Stellenwert unter den anderen Schwarzen auf Poinciana Island nach. Ihr steter Umgang mit Mr. Julian führte dazu, dass sie voller Mitleid an ihn dachte, wenn sie überhaupt an ihn dachte, und seine Besuche waren für sie lediglich ein biologischer Vorgang, genau wie ihre anderen Körperfunktionen, und sie fragte sich, ob dies nicht genau die Haltung war, die sich alle Frauen zulegten, wenn sie sich aus purer Notwendigkeit mit einem Mann einließen. Es war keine Sünde; es war bloß langweilig.

Dann kam der Herbst, und sie konnte das Gas riechen, das bei Nacht aus dem Sumpf aufstieg, und die schwache, salzige Ausdünstung der toten Fische, die bei Ebbe in den Gezeitentümpeln an der Bucht gefangen worden waren. Manchmal lag sie wach im Bett und horchte auf die Nachtfalter, die an die Fliegengitter stießen und sich die Flügel zerschlugen, weil sie ständig versuchten, an das Nachtlicht in ihrem Badezimmer zu gelangen. Sie fragte sich, weshalb sie so geschaffen worden waren, weshalb sie sich selbst zerstörten, nur um in den gleißend weißen Schein einer elektrischen Lampe zu fliegen, deren Hitze sie schließlich umbrachte. Wenn ihr diese Gedanken kamen, deckte sie sich ein Kissen über den Kopf, damit sie das leise Pochen der Nachtfalter an den Fliegengittern nicht mehr hören konnte.

Aber wie verlogen und unheilvoll ihre Beziehung zu Julian LaSalle, seiner Familie und Poinciana Island war, und welchen Preis sie dafür bezahlen musste, sollte sich ihr auf eine Art und Weise offenbaren, wie sie es nie vermutet hätte.

Im November stieg sie in einen Greyhound-Bus und fuhr quer durch den Atchafalaya-Sumpf nach Baton Rouge. Sie stieg im alten Negerviertel ab, Catfish Town genannt, wo die Straßen nach wie vor zu beiden Seiten von Tanzschuppen und schmalen Hütten gesäumt waren, die aus den Tagen der Sklaverei übrig geblieben waren. Am nächsten Morgen nahm sie sich ein Taxi zum Campus der Southern University, betrat das Verwaltungsgebäude und erklärte einer weißhaarigen Schwarzen, die ein Kostüm trug, dass sie sich für das Schwesternausbildungsprogramm im Frühjahrssemester voranmelden wollte.

»Haben Sie die Highschool abgeschlossen?«, fragte die Frau.

»Ja, Ma'am.«

»Wo?«

»In New Iberia.«

»Nein, ich meine, an welcher Schule?«

»Ich hab ein Zeugnis von der Plantagenschule. Ich bin aber auch auf die St. Edward's gegangen.«

»Aha«, sagte die Frau. Ihre Augen schienen sich einen Moment lang zu trüben. »Füllen Sie diesen Antrag aus und reichen Sie ihn mit den Abschriften Ihrer Schulunterlagen ein. Sie hätten das auch per Post erledigen können, wissen Sie.«

»Ma'am, verschweigen Sie mir irgendwas?«

»Diesen Eindruck wollte ich nicht vermitteln«, antwortete die Frau.

Als Ladice wieder hinausging, strahlte die Sonne, und die Luft war kühl und roch nach brennendem Laub. Hinter einer Baumgruppe probte eine Straßenkapelle einen Militärmarsch, dessen schmissige Töne aus den silbernen und messinggelben Instrumenten zum strahlend blauen Himmel aufstiegen. Aus irgendeinem Grund, den sie sich nicht erklären konnte, war die Vorfreude auf ein Football-Spiel, auf einen Tanz am Samstagabend, auf Chrysanthemensträuße und ein paar Gin-Fizz auf dem Rücksitz eines Coupés jetzt anderen vorbehalten; sie konnte daran nicht mehr teilhaben.

Einen Monat später teilte der Postbote Ladice mit, dass er beim Postamt der Plantage einen Brief von der Southern University für sie hinterlegt habe. In der Abenddämmerung ging sie den unbefestigten Fahrweg entlang, durch Waldungen, die nach Kiefernharz, eingestaubtem Laub und Fischköpfen rochen, die die Waschbären zwischen den Bäumen verstreut hatten. Die Sonne brannte wie ein Leuchtfeuer am Horizont über dem Marschland, das grau vom abgestorbenen Gras war.

Sie nahm den Umschlag aus der Hand des Postmeisters entgegen, und ging zu ihrer Garagenwohnung zurück, legte ihn auf den Frühstückstisch und stellte den Salzstreuer darauf, legte sich dann auf ihr Bett und schlief ein, ohne den Brief zu öffnen.

Es war noch dunkel, als sie aufwachte. Sie schaltete das Licht in der Küche ein und wusch sich im Badezimmer das Gesicht, setzte sich dann an den Tisch und las die beiden kurzen Absätze, die ihr der Registrator geschrieben hatte. Als sie damit fertig war, faltete sie den Brief zusammen und steckte ihn wieder in den Umschlag, ging zu Julian LaSalles Haustür, nicht zum Hintereingang, und klopfte. Er trug Pantoffeln und einen roten Seidenmorgenmantel, als er die Tür öffnete, und hatte seine Lesebrille tief auf die Nase geschoben.

»Ist irgendetwas nicht in Ordnung?«, fragte er.
»Meine Zeugnisse von der Plantagenschule taugen nix.«
»Wie bitte?«
»Die Southern erkennt meine Zeugnisse von St. Edward's an. Die von der Plantagenschule zählen nicht. Sie müssen das doch gewusst haben, als Sie gesagt haben, Sie besorgen mir ein Stipendium an der Southern. Haben Sie das gewusst, Mr. Julian?«
»Wir stellen auf Poinciana eine kostenlose Schule zur Verfügung. Die meisten Menschen würden das für großzügig halten. Mit den Aufnahmeformalitäten an der Southern University kenne ich mich nicht aus.«
»Ich glaub, ich zieh wieder in die Siedlung.«
»Nun hör mal zu«, sagte er. Er warf einen Blick zurück auf die geschwungene Treppe, die in den ersten Stock führte. »Wir reden morgen darüber.«
Sie knüllte den Umschlag mitsamt dem Brief zusammen und warf ihn über seine Schulter hinweg auf den Wohnzimmerteppich.

Am darauf folgenden Donnerstag, an dem Abend, an dem er immer mit seiner Frau Rommé spielte, fuhr Mr. Julian zu dem Haus an einer abgelegenen, von Sumpfkiefern gesäumten Straße, in dem Ladice jetzt mit ihrer Mutter wohnte. Es war kalt, und der Rauch der Holzfeuer hing dick wie Baumwollwatte zwischen den Bäumen. Sie beobachtete ihn vom vorderen Fenster aus, als er ihren Gemüsegarten musterte, sich mit Daumen und Zeigefinger am Kinn kniff, sah ihm an den Augen an, dass er mit Gedanken beschäftigt war, die nichts mit ihrem Garten zu tun hatten.
Er nahm den Hut ab, als er das Haus betrat.
»In New Orleans gibt es ein katholisches College für farbige Studenten. Ich habe heute Morgen mit jemandem im Dekanat

gesprochen. Wärst du bereit, ein paar Vorbereitungskurse mitzumachen?«, sagte er.

Sie hatte gerade gebügelt, als er vorgefahren war, und so griff sie zu dem Bügeleisen, das auf einem Kuchenblech stand, spritzte mit einer Sodaflasche Wasser auf eine Bluse und fuhr mit dem zischenden Eisen über den Stoff. Sie hatte an diesem Tag noch nicht gebadet und konnte ihren Körpergeruch wahrnehmen, der in ihrer Kleidung hing.

»Woher weiß ich, dass ich genommen werde, wenn ich diese Kurse mitmache?«, fragte sie.

»Du hast mein Wort«, erwiderte er.

Sie nickte und legte den Unterarm an ihre feuchte Stirn. Sie wollte ihm sagen, dass er sie in Ruhe lassen sollte mit seinen Versprechungen, seinen Machenschaften und Launen, dass er nach Hause gehen sollte, zu seiner Frau, deren Geisteskrankheit schlimmer war als der Krebs, der ihren Körper zerfraß. Aber sie dachte an New Orleans, an die Straßenbahnen, die die von Eichen und Palmen gesäumten Avenues entlangratterten, an die Umzüge am Mardi Gras, die Musik, die bei Sonnenuntergang aus dem French Quarter zum Himmel stieg.

»Machen Sie mir auch nix vor, Mr. Julian?«, sagte sie.

Dann wurde ihr klar, wie schwach sie tatsächlich war, wie sehr sie sich all das wünschte, was er ihr geben konnte, und wie leicht sie infolgedessen, wenn alles gesagt und getan war, von ihm oder jemandem wie ihm benutzt werden konnte. Sie schämte sich, schämte sich ihres Lebens und weil sie sich vorgemacht hatte, sie hätte einen Julian LaSalle in der Hand.

»Ich bin auf der Straße an deiner Mutter und deinem Onkel vorbeigefahren. Kommen die bald zurück?«, sagte er und rieb ihr mit der Hand über den Arm.

»Nein. Die sind nach Lafayette gefahren«, sagte sie und wunderte sich, wie leicht sie sich verleiten ließ und ihren Beitrag dazu leistete, dass sie ausgenutzt wurde.

Er nahm ihr das Bügeleisen aus der Hand und legte die Arme um sie, rieb das Gesicht an ihren Haaren und drückte sie dicht an sich.

»Ich bin schmutzig. Ich bin den ganzen Tag auf den Beinen gewesen«, sagte sie.

»Du bist jeder Zeit liebenswert, Ladice«, sagte er. Er führte sie in ihr Schlafzimmer, in dem nur die Nachttischlampe brannte, zog ihr das T-Shirt über den Kopf und schob ihr die Jeans über die Hüfte.

»Es is Donnerstag. Am Donnerstagabend haben Sie niemand, der auf Mirs LaSalle aufpasst«, sagte sie.

»Sie ist eingeschlafen. Die kommt schon zurecht«, erwiderte er. Dann war er über ihr, zitternd und bebend, und drückte den Mund an ihre Brust.

Sie heftete den Blick auf das Fenster, auf den Rauch, der draußen zwischen den Sumpfkiefern hing, auf die Leuchtkäfer, die wie Funken zwischen den Bäumen flackerten, den Mond, der vom Staub über den Feldern orange verfärbt war. Sie meinte einen Pickup zu hören, der scheppernd vorbeifuhr, doch das Motorengeräusch ging im Pfeifen eines Güterzugs der Southern Pacific unter, der in weiter Ferne durch das Marschland nach New Orleans fuhr. Sie schloss die Augen und dachte an New Orleans, wo es morgens immer nach frischer Minze, nach Blumen, Zichorienkaffee und Beignets roch, die irgendwo gebacken wurden.

Sie spürte, wie sich sein Körper anspannte, sich verkrampfte, wie seine Lenden zuckten. Dann wälzte er sich von ihr, blieb schwer atmend, die feuchten Haare an ihre Wange geschmiegt, neben ihr liegen. Nach einer Weile schlug er die Augen auf, wie jemand, der wieder in die Welt zurückkehrt, in der er normalerweise lebt. Er setzte sich auf, kehrte ihr seinen blassen, schweißnassen Rücken zu, an dem sich die Wirbel abzeichneten.

Dann machte er etwas, was er noch nie getan hatte, nachdem sie miteinander geschlafen hatten. Er tätschelte ihre Hand und sagte: »Zu einer anderen Zeit, an einem anderen Ort hätten wir ein schönes Paar abgeben können, du und ich. Du bist eine außergewöhnliche Frau. Lass dir von niemand etwas anderes einreden.«

Mit einem Mal kam es ihr vor, als wäre das Zimmer voller Dunst oder Rauch, und die Leuchtkäfer zwischen den Baumwipfeln wirkten größer als gewöhnlich. Sie fragte sich, ob sie sich vielleicht eine Erkältung eingefangen hatte, oder ob sie einen Teil ihrer Seele verloren hatte und nicht mehr wusste, wer sie war. Sie stand auf und ging nackt, wie sie war, ans Fenster.

»Mach das Licht aus«, sagte sie.

Er schaltete die Nachttischlampe aus, worauf das Zimmer in Dunkelheit versank. Sie schaute aus dem Fenster, und mit einem Mal wurde ihr klar, dass es um diese Jahreszeit keine Leuchtkäfer mehr gab, dass die kleinen roten Lichtpunkte zwischen den Kiefern Funken waren, die vom Himmel fielen

Aber nicht deswegen, nicht weil sie Angst hatte, ihr Haus könnte in Flammen aufgehen, stockte ihr mit einem Mal das Blut. Das schmale, grobporige Gesicht von Legion, dem Aufseher, tauchte plötzlich vor ihr auf, allenfalls einen Meter von der Fensterscheibe entfernt. Selbst als er sich an den Hut tippte, riss er den Blick nicht von ihrem nackten Leib los.

6

Der Brand im Haus der LaSalles war in der Küche ausgebrochen, vermutlich durch ein Geschirrtuch, das jemand zu nahe am offenen Feuer hatte liegen lassen. Die Flammen waren an der Wand emporgeklettert und unter der Decke entlanggekrochen, hatten sich dann durch einen Flur ausgebreitet, waren vom Luftzug ins Treppenhaus gesogen worden und hatten auf das erste Stockwerk übergegriffen. Mr. Julian hatte schon vor langer Zeit das Telefon aus Mrs. LaSalles Schlafzimmer entfernt, nachdem sich ein Richter in Opelousas und ein Bundesanwalt in Baton Rouge beschwert hatten, sie hätte sie mitten in der Nacht angerufen und behauptet, Huey Long wäre von Agenten im Auftrag von Franklin Roosevelt ermordet worden.

Der Kaufmann aus dem Plantagenladen kam gerade auf der Straße vorbei, als er das rosige Licht hinter den Fenstern des Hauses sah. Er war ein schreckhafter Mann, der an dämonische Mächte und die Gabe des Zungenredens glaubte, und nachdem er sich am Knauf der Haustür die Hand versengt hatte, fing er an zu schreien und warf Erdklumpen auf das Dach, um alle aufzuwecken, die möglicherweise im Obergeschoss schliefen.

Er ergriff einen Rechen und schlug das Wohnzimmerfenster ein. Die Flammen züngelten heraus und breiteten sich auf den ersten und zweiten Stock aus, als hätte sich kalter Sauerstoff in einem Schornstein entzündet.

Der Kaufmann und die Schwarzen, die oben an der Straße wohnten, versuchten das Dach mit einem Gartenschlauch nass zu spritzen. Sie schaufelten mit bloßen Händen Erde auf, warfen sie durch das Fenster in den Qualm und schleppten Wassereimer von der Bucht heran, wurden aber schließlich von der Hitze vertrieben, die das Gemäuer ausstrahlte. Sie hörten, wie in Mrs. LaSalles Schlafzimmer Glas zerbarst, und sahen ihre Hände am Eisengitter, wie die ausgestreckten gelben Klauen eines Vogels, der im Käfig sitzt. Mehr bekamen sie nicht von ihr zu sehen; ihr Körper verschwand in einer Flammenwand.

Eine dicke Schwarze packte ihre Tochter, drückte sie an ihren Bauch und schlang ihr die Arme um den Kopf, damit sie die Laute nicht hörte, die aus Mrs. LaSalles Fenster drangen.

Aber in Ladice Hulins Haus wussten weder sie noch Mr. Julian etwas von diesen Ereignissen. Legion wartete draußen, bis sie und Mr. Julian herauskamen. Ascheflocken hafteten an seinen Khakisachen, die Wange und der eine Hemdsärmel waren mit Ruß verschmiert.

»Haben Sie uns durch das Fenster beobachtet? Spionieren Sie mir etwa nach?«, sagte Mr. Julian ungläubig.

»Nein, Sir. Das würde ich nicht sagen. Ich bin wegen was anderem hier. Ich muss Ihnen was mitteilen. Ja, es is eine traurige Nachricht. Miz LaSalle is bei einem Brand umgekommen.«

Legion wandte das Gesicht ab, aber er betrachtete Mr. Julian aus dem Augenwinkel, um festzustellen, wie er auf seine Worte reagierte.

»Was? Was haben Sie gesagt?«, sagte Mr. Julian.

»Ihr Haus is ebenfalls hin. Ich teile Ihnen das ganz und gar nicht gern mit, Mr. Julian.«

Mr. Julians Gesicht war kreidebleich, mit Schweißtropfen übersät, obwohl die Temperatur immer noch fiel.

»Wir kommen mit, Mr. Julian«, sagte Ladice.

»Ich war zuerst in ihrem Zimmer. Die Tür war von außen abgeschlossen. Ich hab den Schlüssel abgezogen und auf der andern Seite reingesteckt, damit niemand auf falsche Gedanken kommt«, sagte Legion.

»Was haben Sie gemacht? Sagen Sie das noch mal?«, sagte Mr. Julian, als werde er aus Legions Worten nicht recht schlau.

»Der Schlüssel war beinah geschmolzen. Aber ich hab ihn auf der andern Seite ins Schloss gesteckt. Sie brauchen sich keine Sorgen zu machen«, erwiderte Legion.

Aber Mr. Julian hörte nicht mehr zu. Er ging zu seinem Auto, ließ den Motor an und stieß beim Zurücksetzen mit einem Reifen in Ladices Garten. Dann fuhr er unter dem orangefarbenen Mond die Straße entlang, auf den Rauch zu, der aus den Ruinen seines Hauses aufstieg.

Ladice blickte zu Legion auf. Er hatte seinen Hut abgenommen und fuhr sich mit einem Kamm durch die Haare. Seine Haare waren schwarz wie frischer Teer aus dem Fass; das schmale, von steilen Falten durchzogene Gesicht wirkte derb wie eine Dörrpflaume.

»Du gehst morgen wieder aufs Feld, Ladice. Und ich lass auch nicht zu, dass du mir deswegen frech kommst«, sagte er.

Sie wollte etwas sagen, aber er legte ihr den Daumen auf den Mund.

»Was hat Legion mit ihr gemacht?«, fragte ich Batists Schwester.

Sie war eine stämmige Frau mit großem Kopf, breiten Schultern und Knien, die wie Radkappen wirkten. Sie saß auf einem schweren Polstersessel in einer schummrigen Ecke ihres Wohnzimmers und knetete im Schein einer Stehlampe ihre Hände.

»Hat Ladice von Mr. Julian ein Kind bekommen?«, fragte ich.

»Das hab ich nicht gesagt«, antwortete sie.

»Warum wollen Sie mir nicht erzählen, wie es weiterging? Sowohl Mr. Julian als auch seine Frau sind tot«, sagte ich.

Batists Schwester schwieg einen Moment lang.

»Er ist immer noch da draußen. Womöglich im Bezirk St. Mary. Vielleicht auch unten in New Orleans. Ein paar alte Leute sagen, er hat in Morgan City einen Mann umgebracht«, sagte sie.

»Wer?«, sagte ich.

»Legion. Er geht da draußen um, im Dunkeln. Er kann die Sonne nicht leiden. Sein Gesicht is bleich, wie wenn er kein Blut im Leib hat. Ich hab ihn einmal gesehen. Das war Legion«, sagte sie.

Sie schaute auf ihre gefalteten Hände hinab und wollte nicht mehr zu mir aufblicken.

Es war schon spät, als ich nach Hause kam, und Bootsie schlief bereits. Ich aß in der Küche ein Sandwich mit Schinken und Zwiebeln, putzte mir dann die Zähne, legte mich neben sie und starrte in der Dunkelheit an die Decke. Ich hörte die Nutrias draußen im Sumpf schreien, einen Alligator, der zwischen den überfluteten Bäumen mit dem Schwanz ausschlug, ein fernes Donnergrollen, das keinen Regen brachte.

Der Mond stand am Himmel und schien auf ihr Kopfkissen und das honiggelbe Haar. Sie war die einzige Frau die ich kannte, die einen natürlichen Duft verströmte – wie Gardenienblüten in der Nacht. Sie schlug die Augen auf, lächelte und drehte sich zu mir um, legte mir den Arm über die Brust und schob ihr Knie über mein Bein. Ihr anmutig geschwungener Leib mit seinen wogenden Formen wirkte wie eine Statue aus Griechenlands klassischer Zeit, doch ihre Haut fühlte sich stets weich und glatt an, war praktisch ohne jede Runzel, als ob das Alter spurlos an ihr vorbeigehen wollte.

»Ist irgendwas?«, sagte sie.

»Nein.«

»Kannst du nicht schlafen?«

»Mir geht's bestens. Ich wollte dich nicht wecken.«

Sie tastete unter der Zudecke nach mir. »Ist schon gut«, sagte sie.

Ich wachte in der Morgendämmerung auf und machte mir auf dem Herd eine Kanne Kaffee. Das Tageslicht zwischen den Bäumen war grau, und das Virginiamoos hing reglos in der windstillen Luft.

»Hast du schon mal was von einem Aufseher auf Poinciana Island gehört, der Legion hieß?«, fragte ich Bootsie.

»Nein, warum?«

»Als ich zwölf war, hatten mein Bruder Jimmie und ich im City Park eine unangenehme Begegnung mit ein paar heruntergekommenen Leuten. Ein Mann hat uns mit dem offenen Messer bedroht. Eine der Frauen, die er bei sich hatte, nannte ihn Legion.«

»Wieso erkundigst du dich jetzt nach ihm?«

»Sein Name fiel, als ich ein paar Erkundigungen über Tee Bobbys Herkunft einholen wollte. Möglicherweise ist es nicht weiter wichtig.«

»Übrigens, Perry LaSalle ist gestern Abend hier vorbeigekommen«, sagte sie.

»Perry LaSalle wird allmählich zu einer Nervensäge«, sagte ich.

»Er hat mir gegenüber angedeutet, dass du das sagen würdest.«

Bevor ich ins Büro ging, fuhr ich hinaus zu Ladice Hulins Haus auf Poinciana Island und fragte sie nach einem Aufseher namens Legion und dem Brand, bei dem Mrs. LaSalle umgekommen war.

»Kümmern Sie sich um Ihren eigenen Kram. Nein, das nehm ich zurück. Lassen Sie mich ein für alle Mal in Ruhe«, sagte sie und schlug mir die Tür vor der Nase zu.

Am nächsten Tag stand Perry in der Tür zu meinem Büro. »Warum waren Sie vorgestern Abend bei mir zu Hause?«, fragte ich, bevor er etwas sagen konnte.

»Einer von Barbara Shanahans Kollegen hat sich im Country Club betrunken und anschließend den Mund aufgerissen. Barbara und der Bezirksstaatsanwalt sind der Meinung, dass Sie nicht mitziehen wollen. Ich möchte Sie als Zeuge der Verteidigung benennen, Dave. Ich dachte, ich sollte Sie vorher darauf hinweisen«, erwiderte er.

Ich widmete mich wieder dem Papierkram auf meinem Schreibtisch und versuchte so zu tun, als wäre er nicht da.

»Noch etwas anderes. Könnten Sie mir vielleicht erklären,

weshalb Sie Ladice Hulin wegen meines Großvaters behelligen?«, fragte er.

Ich steckte die Kappe auf meinen Füller und blickte zu ihm auf. »Sie hat mir erklärt, dass Amanda Boudreaus Tod etwas mit gewissen Ereignissen zu tun hätte, die sich vor Tee Bobbys Geburt zutrugen. Was könnte sie Ihrer Ansicht nach damit gemeint haben?«, sagte ich.

»Keine Ahnung. Aber halten Sie sich aus dem Privatleben meiner Familie heraus«, erwiderte er.

»In Ihrem Buch über die Todesstrafe sind Sie nicht gerade schonend mit den Leuten von der Staatsanwaltschaft Iberia umgesprungen. Warum sind die LaSalles unantastbar? Bloß, weil euch ein paar Konservenfabriken gehören?«

Er schüttelte den Kopf und ging zur Tür hinaus. Ich dachte, er wäre weg, stand auf und wollte das Zimmer verlassen, um nach meiner Post zu sehen. Aber mit hochroten Wangen kam er noch einmal zurück.

»Worauf wollen Sie hinaus? Wollen Sie meiner Familie irgendetwas vorwerfen?«, sagte er.

»Sie haben doch diesen Fall in Ihrem Buch aufgegriffen, den Mord an den beiden Teenagern oben an der Loreauville Road? Die Mutter von dem Mädchen, das die beiden Scheißkerle umgebracht haben, sagte, sie hätte zur gleichen Zeit, als ihre Tochter starb, ihre Stimme draußen im Vorgarten gehört. ›Bitte hilf mir, Mamma‹, hätte ihre Tochter gerufen. Ich kann mich nicht daran erinnern, dass das in Ihrem Buch oder in dem Film vorgekommen ist.«

»Wenn Sie sich noch einmal über meine Familie auslassen, Dave, breche ich Ihnen den Kiefer, egal ob Sie ein Cop sind oder nicht.«

»Lassen Sie Ihren Brass an Barbara Shanahan aus. Ich glaube, ihr beide verdient einander«, sagte ich.

Meine Hände zitterten, als ich mich an ihm vorbeidrängte.

An diesem Abend rief Clete Purcel bei mir zu Hause an. Im Hintergrund hörte ich eine elektrische Gitarre und Saxophone, Gelächter und lautes Stimmengewirr.

»Ich kann dich kaum verstehen«, sagte ich.

»Ich dachte, ich knöpfe mir Jimmy Dean Styles noch mal vor. Ich bin in einem Schuppen in St. Martinville, der ihm gehört. Ich dachte, du willst vielleicht wissen, wer auf der anderen Straßenseite parkt.«

»Es ist schon spät, Clete.«

»Joe Zeroski. Er hat eine Privatdetektivin dabei – seine Nichte, Zerelda Calucci. Ihr alter Herr war einer von den Calucci-Brüdern.«

»Erzähl's mir morgen.«

»Der Junge, hinter dem du wegen dem Mord auf dem Zuckerrohrfeld her bist, der spielt hier.«

»Sag das noch mal.«

»Wie heißt er doch gleich? Hulin? Der steht oben auf der Bühne. Jedenfalls sollte ich mich lieber auf die Socken machen. Das Einzige, was in dem Laden sonst noch weiß ist, ist die Kloschüssel. Entschuldige die Störung.«

»Lass mir eine halbe Stunde Zeit«, sagte ich.

Ich fuhr den Teche entlang, unter dem langen Laubdach der immergrünen Eichen hindurch, die die Landstraße nach St. Martinville säumten, die gleiche Straße, auf der 1863 die Soldaten der Union marschiert waren, die gleiche Straße, die fast hundert Jahre zuvor Evangeline und ihr Geliebter entlanggelaufen waren.

Jimmy Dean Styles war nur zu fünfzig Prozent an dem Nachtclub beteiligt, aus dem Clete angerufen hatte. Sein Geschäftspartner war ein schwarzer Kautionsadvokat namens Little Albert Babineau, über den unlängst die Presseagenturen im ganzen Staat berichtet hatten, nachdem er beim Mardi Gras Kondompackungen von einem Festwagen geworfen hatte.

»Sorgen Sie für den richtigen Schutz. Gehen Sie auf Nummer sicher mit Little Albert. Kautionen rund um die Uhr. Little Albert lässt Sie nicht hängen«, war auf jede Packung gedruckt.

Der Club war aus Sperrholzplatten gebaut, die blau gestrichen und mit gelben und roten Lichterketten behängt waren. Die Fensterscheiben und die Wände bebten buchstäblich vom Lärm, der im Innern herrschte. Ich hielt auf der Rückseite, wo Clete neben seinem Cadillac auf mich wartete. Zwischen den Bäumen unterhalb des Clubs konnte ich einen glasig geben Lichtschein auf dem Bayou sehen, und ich hörte, wie das Kielwasser eines großen Bootes durch die Blätter der Elefantenohren am Ufer schwappte.

»Du bist doch nicht sauer, weil ich mir Styles noch mal vornehmen wollte?«, sagte Clete.

»Warum sollte ich? Du hörst ja sowieso nicht darauf, was ich sage.«

»Wie willst du's anpacken?«, sagte er.

»Wir müssen Joe Zeroski von hier weg kriegen. Wie war das mit dem Privatdetektiv?«

»Es ist seine Nichte. Ich würde ja gern eine etwas intimere Beziehung mit ihr eingehen, aber ich hab immer das Gefühl, dass sie mir am liebsten mein Gerät wegballern möchte. Warte mal, bis du die Ballons von der Braut siehst.«

»Könntest du aufhören, solche Sprüche zu machen? Ich mein's ernst, Clete. Das ist krankhaft.«

Er schob sich zwei Streifen Kaugummi in den Mund und mampfte lautstark darauf herum, warf mir einen vergnügten Blick zu und schaute sich kurz nach allen Seiten um.

»Ich sag dir was. Ich übernehme Joe, du kümmerst dich um Zerelda«, sagte er.

Joe Zeroskis Wagen stand ein Stück weiter unten an der Kreuzung, vor einem kleinen Lebensmittelladen auf der anderen Straßenseite. Eine Frau saß am Steuer. Sie hatte lange schwarze Haare, trug eine tief ausgeschnittene Bluse und hatte Mund und Fingernägel blutrot angemalt. Ich klappte meine Dienstmarke auf und hielt sie ins Licht, damit sie sie sehen konnte. Auf dem Vordersitz, zwischen ihr und Joe Zeroski, lag ein im Holster steckender Revolver.

»Sie müssen Ihren Wagen hier wegfahren«, sagte ich.

»Wichs jemand anders an«, sagte sie. Ich hörte Clete hinter mir kichern.

»Wie bitte?«, sagte ich.

»Sie haben hier gar nichts zu melden. Sie können mich mal«, sagte sie.

»Haben Sie einen Waffenschein für den Revolver?«

»Ich brauche keinen. In Louisiana darf ich in den eigenen vier Wänden jederzeit eine Waffe besitzen, und das Auto zählt dazu. Aber um Ihre Frage zu beantworten – ja, ich habe einen Waffenschein. Wie wär's, wenn Sie mir jetzt aus den Augen gehen?«

Ich schaute Joe Zeroski an, der auf der anderen Seite saß. Er verzog keine Miene, starrte mit seinen weit auseinander stehenden Augen so unbeweglich wie ein Bimssteinblock vor sich hin.

»Sie macht ihre Arbeit«, sagte er.

»Tee Bobby hat Ihre Tochter nicht umgebracht, Joe«, sagte ich.

»Und warum erkundigen Sie sich dann an der Ecke, an der sie entführt wurde, nach ihm?«, erwiderte er.

Ich stieß den Atem aus und ging mit Clete wieder auf die andere Straßenseite.

»Freu dich des Lebens, Streak. Ich glaube, Zerelda mag dich. Hast du bemerkt, wie sie ihren 357er geknetet hat, als sie dir gesagt hat, dass du sie mal kannst?«, sagte er und strahlte mich an.

Wir gingen durch den Seiteneingang in den Nachtclub. Drinnen war es laut und heiß, und dichter Zigarettenqualm hing in der Luft, die nach Whiskey, gekochten Krabben und Bierdunst roch. Tee Bobby, dessen langärmliges lavendelfarbenes Hemd auf der Haut klebte, stand am Mikrophon und hatte eine elektrische Gitarre um den Hals hängen. Er setzte eine Flasche Dixie-Bier an, trank einen Schluck, wischte sich mit dem Ärmel den Schweiß aus den Augen und torkelte leicht gegen das Mikrophon, stimmte dann »Breaking Up Is Hard to Do« an. Er hatte die Augen geschlossen und sang mit so hingebungsvoller Miene, dass es auf den ersten Blick vielleicht gekünstelt wirkte, bis man die Stimme hörte, voller Schmerz über den unwiederbringlichen Verlust.

»Guitar Slim war keinen Deut besser als dieser Typ. Ein Jammer, dass er 'ne Rotznase ist«, sagte Clete.

»Woher willst du das wissen?«, fragte ich.

»Er hat sich auf dem Wasserkasten im Klo ein paar Lines reingezogen. Meiner Meinung nach deutet das darauf hin.«

Wir trafen Jimmy Dean Styles in seinem Büro im hinteren Teil des Clubs an. Er saß an einem mit allerlei Papieren übersäten Schreibtisch, über dem ein gerahmtes Foto von Sugar Ray Robinson mit dessen Autogramm hing, zählte Geld ab und tippte mit zwei Fingern auf eine Rechenmaschine ein. Dann blickte er zu mir auf.

»Schaun Sie, ich hab meine Strafe in Angola bis zum letzten Tag abgebrummt. Das heißt, dass ich nicht mit der Nabelschnur an den Schreibtisch von irgendeinem Bewährungshelfer angenagelt bin. Wie wär's, wenn Sie das respektieren«, sagte er.

»Woher haben Sie das Foto mit dem Autogramm von Sugar Ray?«, sagte ich.

»Mein Großvater war sein Sparringspartner. Das wissen Sie wahrscheinlich nicht, weil zu der Zeit, als Sie groß geworden sind, die meisten Nigger hier in der Gegend bloß Pfefferschoten gepflückt oder Zuckerrohr geschnitten ham«, erwiderte er.

»Sie haben mir erzählt, Sie hätten Tee Bobby ausgemustert. Jetzt sehe ich ihn vorn bei Ihnen auf der Bühne«, sagte ich.

»Little Albert Babineau gehört die Hälfte von dem Club. Tee Bobby tut ihm Leid. Mir nicht. Tee Bobby hat die Angewohnheit, sich alles, was er zu greifen kriegt, in die Nase zu stopfen. Deshalb kann er seinen Scheiß zusammenpacken, wenn er heut Abend mit seinem Gig fertig ist.« Sein Blick wanderte zu Clete. »Setzen Sie sich nicht auf meinen Schreibtisch, Massa Charlie.«

»Da draußen ist ein Typ namens Joe Zeroski. Ich kann bloß hoffen, dass der hier reinkommt«, sagte Clete.

»Wieso das, Massa Charlie?«, sagte Styles.

»Er war Killer für die Giacanos. Hat etwa neun Mann erledigt. Genau der Richtige für dich«, sagte Clete.

»Ich mach mir bestimmt die ganze Nacht lang Sorgen«, erwiderte Styles.

Clete schob sich ein Streichholz in den Mundwinkel und starrte Styles an, der wieder einen Stapel Geldscheine zählte und die Finger über die Rechenmaschine tanzen ließ.

Ich fasste Clete am Arm und ging mit ihm durch das Gedränge zur Seitentür und wieder hinaus. Der Parkplatz roch nach Staub und Teer, und die Sterne standen heiß und hell über den Bäumen. Clete starrte mit verdutzter Miene in den Club zurück.

»Der Typ hat Dreck am Stecken. Ich weiß nicht, weswegen, aber er hat Dreck am Stecken.« Dann sagte er: »Glaubst du, sein Großvater hat wirklich mit Sugar Ray Robinson gesparrt?«

»Ich kann mich erinnern, dass er Boxer war.«

»Was ist aus ihm geworden?«

»Er wurde in Mississippi gelyncht«, sagte ich.

Doch unser abendlicher Abstecher zu Jimmy Deans und Little Albert Babineaus Club war noch nicht vorüber. Als Clete und ich auf meinen Pickup zugingen, hörten wir zwei wütende Männerstimmen hinter uns, dazu andere, die sie zurückhalten oder besänftigen wollten. Dann stürmten Tee Bobby und Jimmy Dean Styles durch die Hintertür auf den Parkplatz, gefolgt von einer Menschentraube.

Tee Bobbys Mund war mit Blut und Speichel verschmiert. Er schlug nach Styles Gesicht und verfehlte ihn, worauf Styles ihn in die Austernschalen stieß.

»Wenn du mich noch mal anfasst, misch ich dich auf. Und jetzt schwing dich davon«, sagte Styles.

Tee Bobby rappelte sich auf. Mit rudernden Armen ging er auf Styles los. Styles ging in Stellung, verpasste Tee Bobby einen Kinnhaken und fällte ihn, als hätte er einen Baseballschläger benutzt.

Tee Bobby rappelte sich erneut auf, torkelte auf die Menschenmenge zu und schlug nach jedem, der ihm helfen wollte. Er hatte einen Schuh verloren, und sein Gürtel war aufgegangen, sodass der Gummizug seiner Unterhose zu sehen war.

»Du bist ein jämmerlicher, nichtsnutziger Nigger«, sagte Styles, drückte Tee Bobby die Hand ins Gesicht und schubste ihn rückwärts in die Menschenmenge.

Tee Bobby griff in seine Hosentasche und klappte ein Schnappmesser auf, aber ich bezweifelte, dass er irgendeine Ahnung hatte, wen er sich vornehmen wollte oder wer er überhaupt war. Ich ging auf ihn zu.

»Falsch, Dave«, hörte ich Clete sagen.

Ich trat hinter Tee Bobby, packte ihn am Hals und verdrehte ihm das Handgelenk. Er war nicht allzu kräftig und ließ das Messer los, das klirrend auf die Austernschalen fiel. Dann aber setzte er sich mit Ellbogen, Fingernägeln und Füßen zur Wehr wie ein Mädchen. Ich schlang die Arme um ihn und schleppte ihn hinunter zum Ufer, auf einen Bootssteg, und schleuderte ihn so weit ich konnte in den Bayou.

Er ging unter, tauchte dann inmitten einer Schlammwolke prustend wieder auf und schlug mit beiden Händen auf das Wasser ein, bis er wieder festen Boden unter den Füßen hatte. Abgestorbene Wasserpflanzen hingen an seinem Körper, als er schlitternd und rudernd durchs seichte Wasser planschte und Halt suchend nach den Stängeln der Elefantenohren griff.

Dann, als die Menschenmenge aus dem Nachtclub zum Ufer hinabströmte, schaltete jemand einen Strahler in den Bäumen ein, der in der Dunkelheit aufflammte wie eine Phosphorfackel und mich und Tee Bobby Hulin in Licht tauchte, wie zwei Gestalten auf einem Foto von einer Flusstaufe.

Am Rand der Menschentraube sah ich Joe Zeroski und seine Nichte Zerelda stehen. Joe schaute mit ungläubiger Miene zu, als wäre er gerade in eine Freiluftirrenanstalt geraten. Clete zündete sich eine Zigarette an und rieb sich mit dem Handballen die Schläfe.

»*Ich* höre also nicht auf dich? Dave, du hast gerade einen Schwarzen in den Bayou geschmissen, während zweihundert von seinen Brüdern und Schwestern zugeschaut haben. Nichts wie weg, Großer«, sagte er.

Am nächsten Morgen saß ich in aller Frühe im Büro des Sheriffs. Im Allgemeinen war er ein ruhiger, umgänglicher Mann, der sich auf die Pensionierung und die freie Zeit freute, die er mit seinen Enkeln verbringen konnte. Er haderte weder mit der Welt noch mit seiner eigenen Sterblichkeit, grämte sich nicht über die Fehler seiner Mitmenschen, vertrat den typischen Standpunkt eines Rotariers, was Nächstenliebe und Geschäftssinn anging, und betrachtete das eine als natürliche Fortsetzung des anderen. Aber an Wintertagen ertappte ich ihn manchmal dabei, wie er mit feucht schimmernden Augen aus dem Fenster blickte, und ich wusste, dass er wieder in seiner Jugend weilte, auf einer langen weißen Straße, die sich zwischen weißen Hügeln hindurchschlängelte, die rund wie die Brüste einer Frau waren, einer Straße, die von Halbkettenfahrzeugen des Marineinfanteriekorps und marschierenden Männern gesäumt war, deren Mäntel, Stiefel und Stahlhelme mit Schnee verkrustet waren.

Er hatte gerade ein Telefongespräch mit dem Polizeichef von St. Martinville beendet. Er zog die Jalousien an seinem Fenster auf und starrte eine ganze Zeit lang zu den Gruften auf dem St. Peter's Cemetery hinüber, hatte die Schultern hochgezogen, um seinen über den Gürtel hängenden Bauch zu straffen. Sein Gesicht war leicht gerötet, der kleine Mund gespitzt. Er zog seine Anzugjacke aus und hängte sie über die Rückenlehne seines Stuhls, strich dann nachdenklich über den Stoff, setzte sich aber nicht. Seine Wangen waren von blauroten Äderchen durchzogen. Ich konnte ihn in der Stille atmen hören.

»Sie haben außerhalb Ihres Zuständigkeitsbereichs gehandelt und in St. Martinville einen Haufen Leute aufgebracht. Damit kann ich leben. Aber Sie haben Clete Purcel mit Vorsatz in die Angelegenheiten der Dienststelle hineingezogen. So etwas kann ich mir nicht bieten lassen, mein Freund«, sagte er.

»Clete hat mir einen Hinweis geliefert, den ich nicht hatte.«

»Vorhin hat mich Joe Zeroski angerufen. Wissen Sie, was er gesagt hat? ›Löst ihr eure Fälle immer so? Indem ihr die Kannibalen aufwiegelt?‹ Mir ist keine passende Antwort dazu eingefallen? Warum folgen Sie Tee Bobby Hulin immer noch überall hin?«

»Ich bin nicht von seiner Schuld überzeugt.«

»Wer hat Sie zum Gott ernannt, Dave? Bestellen Sie Purcel, dass er im Bezirk Iberia nicht willkommen ist.«

Ich schaute mit ausdrucksloser Miene ins Leere.

»Ihr Jungs von den Anonymen Alkoholikern habt doch einen Grundsatz, nicht wahr, irgendwas darüber, dass man sich die Last eines anderen nicht aufladen soll. Wie lautet er doch gleich? Man bricht sich das eigene Kreuz, ohne dass die Bürde des anderen dadurch leichter wird?«, sagte der Sheriff.

»So ungefähr.«

»Warum gehen Sie zu den Versammlungen, wenn Sie nicht darauf hören, was die Leute dort sagen?«, sagte er.

»Clete meint, dass Jimmy Dean Styles ein Killer sein könnte«, sagte ich.

»Gehen Sie wieder in Ihr Büro, Dave. Einer von uns ist nicht ganz richtig im Kopf.«

Eine Weile später kam ich bei der Bezirksstaatsanwaltschaft vorbei und sah Barbara Shanahan mit dem jungen Vertreter reden, der einen Koffer voller Bibeln, Lexika und »Illustrierten für die ganze Familie«, wie er es bezeichnet hatte, in meinen Köderladen geschleppt hatte. Wie hieß er doch gleich? Oates? Genau, Marvin Oates. Er saß vornübergebeugt auf einem Holzstuhl, hatte die Augenwinkel zusammengekniffen und hörte aufmerksam zu, was Barbara sagte.

Mittags sah ich ihn wieder, als ich bei einer Ampel an der Kreuzung oben an der Loreauville Road halten musste. Diesmal zog er seinen Koffer auf einem Rollschuh eine Straße entlang, die zu einer Slumsiedlung am Bayou Teche führte. Er klopfte an die Fliegendrahttür einer auf Bimssteinblöcken stehenden Bretterhütte. Eine feiste Schwarze in einem purpurroten Kleid öffnete ihm die Tür, worauf er hineinging und seinen Koffer auf der Galerie stehen ließ. Kurz darauf öffnete er die Tür wieder und nahm den Koffer mit hinein. Ich parkte bei dem Gemischtwarenladen an der Kreuzung und holte mir eine Limonade aus dem Automaten, trank sie im Schatten und wartete darauf, dass Marvin Oates aus der Hütte kam.

Eine halbe Stunde später trat er wieder hinaus in den Sonnenschein, stülpte sich seinen ausgeblichenen Cowboy-Strohhut auf den Kopf und zog seinen Koffer die Straße entlang. Ich fuhr von hinten auf ihn zu und ließ das Fenster herunter. Trotz der Hitze trug er einen Schlips und ein marineblaues Sportsakko und atmete langsam ein und aus, wie jemand, der im Dampfbad sitzt. Aber noch ehe er wusste, wer in dem Fahrzeug saß, das neben ihm anhielt, rang er sich ein Grinsen ab.

»Oh, wie geht's, wie steht's, Mr. Robicheaux?«, sagte er.

»Sie und Barbara Shanahan scheinen ja ziemlich gute Freunde zu sein«, sagte ich.

Er grinste unverwandt weiter, als wäre sein Gesicht zu einer Lehmmaske erstarrt, und schaute mich mit forschendem Blick an. Er nahm den Hut ab und befächelte sich damit. Seine aschblonden Haare waren klatschnass vor Schweiß, an seinen Koteletten sprossen vereinzelte graue Haare, und mit einem Mal wurde mir klar, dass er älter war, als er aussah.

»Da komm ich nicht ganz mit«, sagte er. Er warf einen kurzen Blick auf die Hütte, die er gerade verlassen hatte.

»Ich habe Sie heute Morgen in Barbaras Büro gesehen«, erwiderte ich.

Er nickte zustimmend, als wäre gerade ein komisches Rätsel gelöst worden. Er wischte sich mit einem Taschentuch den Nacken ab, drehte sich um und schaute zum anderen Ende der Straße, obwohl es dort nichts Besonderes zu sehen gab.

»Heut versengt's einen schier, nicht wahr?«, sagte er.

»Sie sind doch bestimmt in ein paar anderen Bezirken im Süden herumgekommen. Sind Sie dabei einem Mann namens Legion über den Weg gelaufen? Kein Vorname, kein Zuname, bloß Legion«, sagte ich.

Nachdenklich zog er die Augenbrauen hoch. »Ein alter Mann? Hat eine Zeit lang in Angola gearbeitet? Die Schwarzen gehn ihm aus dem Weg. Er wohnt hinter einer alten Zuckerrohrmühle unten bei Baldwin. Wissen Sie, weshalb ich mir den Namen gemerkt hab?«, sagte er. Beim letzten Satz leuchtete sein Gesicht auf.

»Nein, weshalb?«, sagte ich.

»Weil Jesus mal einem Mann begegnet is, der von einem unsauberen Geist besessen war, und als er ihn heilen wollte, hat er erst den Dämon gefragt, wie er heißt. Der Dämon hat gesagt, er heißt Legion. Jesus hat den Dämon in eine Herde Säue fahren lassen, worauf sich die Säue ins Meer gestürzt haben und ersoffen sind.«

»Danke für die Hilfe, Marvin. Haben Sie der Frau in dem letzten Haus, in dem Sie gewesen sind, eine Bibel verkauft?«

»Eigentlich nicht.«

»Ich kann mir vorstellen, dass das eine schwierige Kundin war. Sie schafft in einem Schuppen an der Hopkins Street an.«

Vorsichtig blickte er die Straße auf und ab, wandte sich dann mit warnender Miene an mich, als wollte er mir etwas anvertrauen, unter uns Weißen, von Mann zu Mann. »Die Mormonen glauben, dass die Schwarzen vom verschollenen Stamm des Ham abstammen. Meinen Sie, das stimmt?«

»Bin ich überfragt. Soll ich Sie ein Stück mitnehmen?«

»Wenn man das Feld des Herrn bestellt, sollte man es begehen, nicht bloß drüber reden.«

Fröhlich wie ein kleiner Junge, der sich selbst nicht ganz ernst nimmt, strahlte er mich an. Trotzdem wirkte er Mitleid erregend mit seinem nass geschwitzten Hemd, auf dem sich vorne dunkle Streifen abzeichneten, wie die Striemen auf der Haut eines Gegeißelten, mit all seiner Mühsal und Demut, für die er sich entschieden hatte. Wenn sich sein Lächeln in Worte umsetzen ließe, liefe es vermutlich auf das alte Sprichwort hinaus, wonach Güte ihren Lohn in sich trägt.

Ich winkte ihm mit hoch gerecktem Daumen zu und nahm mir vor, bei erstbester Gelegenheit seinen Namen in den Computer einzugeben und mich beim National Crime Information Center in Washington, D. C., wo sämtliche Straftaten im ganzen Land erfasst wurden, nach ihm zu erkundigen.

7

Am nächsten Abend kam draußen auf dem Fahrweg ein klappriger Pickup angerumpelt, der wie ein waidwundes Tier klang, als Batists Schwester beim Köderladen hielt und den Motor abstellte.

Schwerfällig setzte sie sich an den Tresen, fischte ein Kleenex aus ihrer Handtasche, schnäuzte sich und starrte mich dann an, als erwartete sie von mir, dass ich ihr erklärte, welches Anliegen sie in meinen Köderladen geführt hatte.

»Keiner hat je erfahren, was wirklich auf Julian LaSalles Plantage vorgefallen is«, sagte sie.

Ich nickte, schwieg aber weiter.

»Seit der Zeit, als ich noch ein kleines Mädchen war, träum ich schlecht von Legion. So lang hab ich schon Angst vor ihm«, sagte sie.

»Viele von uns tragen schlechte Erinnerungen aus ihrer Kindheit mit sich herum. Wir sollten uns dafür nicht schämen, Clemmie«, sagte ich.

»Ich hab mir immer gesagt, dass Gott Legion bestraft. Ihn in die Hölle schickt, wo er hingehört.«

»Vielleicht passiert das noch.«

»Das reicht nicht«, sagte sie.

Dann berichtete sie mir von den Ereignissen, die sich nach dem Feuertod von Julian LaSalles Frau zugetragen hatten.

Ladice arbeitete wieder auf den Feldern, wurde von Legion aber nicht belästigt. Genau genommen behelligte er die schwarzen Mädchen oder Frauen gar nicht mehr, sondern schien mit anderen Sachen beschäftigt zu sein. Die Händler und Handwerker, ob Elektriker, Klempner oder Bauarbeiter, fuhren hinaus und hielten sich an ihn statt an Julian LaSalle, wenn sie Waren lieferten oder Reparaturen ausführen sollten. Manchmal band Legion sein Pferd im Schatten an, ging mit den Händlern und Handwerkern weg und kehrte stundenlang nicht zurück, als ob er andere Pflichten hätte, die weitaus wichtiger und dringender waren als der Dienst auf den Feldern.

Mr. Julian wohnte in der Gästehütte an der Süßwasserbucht und ließ sich nur selten sehen, kam allenfalls abends gelegentlich heraus, stand dann unrasiert und im Bademantel im Zwielicht unter den Bäumen am Ufer und starrte auf die Holzbrücke, die zum Festland und der aus kleinen Häusern bestehenden Siedlung führte, in der ein Großteil seiner Arbeiter wohnte.

Manchmal winkten ihm seine Arbeiter im schwindenden Licht zu, wenn sie ihre Autos auf dem Hof wuschen oder an einer zum Grill umgebauten Waschmaschine Fleisch brieten. Aber Mr. Julian erwiderte den Gruß nicht, worauf sie ihre Kinder einsammelten und lieber hineingingen, damit er in all seinem Kummer nicht auch noch mitansehen musste, wie fröhlich und ausgelassen sie waren.

Aber für die meisten Schwarzen auf der Plantage waren die Würfel gefallen, als sich drei Wochen nach Mrs. LaSalles Tod ein Ereignis zutrug, dem Außenstehende kaum Bedeutung beimaßen.

Ein ausgewachsener Alligator, der mindestens dreieinhalb Meter lang war, war in der Morgendämmerung aus der Bucht gekommen und hatte sich eine Schmuckschildkröte geschnappt. An diesem Uferstück aber hatte eine Schwarze ihr in Windeln gewickeltes Kind einen Moment lang unbeaufsichtigt im Garten hinter ihrem Haus liegen lassen. Als das Kind zu schreien anfing, tauchte der Alligator, an dessen Zähnen noch Fleischfetzen und Splitter vom Schildkrötenpanzer hingen, aus dem Dunst auf, schaute sich mit wässrig-trüben Augen um, der grün-schwarze Leib glitschig vor Schlamm und von blühenden Wasserhyazinthen umschlungen, und trottete in den Garten.

Die Mutter stürmte völlig aufgelöst hinaus, lud sich das Kind auf die Arme, rannte die ganze Straße entlang, bis zum Plantagenladen, und schrie nach Mr. Julian.

Mr. Julian kannte jede Alligatorbruthöhle auf oder in der Nähe der Insel, er kannte die Sandbänke, auf denen sie Waschbären fraßen, sämtliche Winkel und Windungen der Wasserläufe, wo sie in der Strömung trieben und darauf warteten, dass ihnen eine Nutria oder eine Bisamratte vor die Augen schwamm.

Mr. Julian stellte stromernden Alligatoren mit seinem Kanu nach. Er paddelte leise am Ufer entlang, stand dann jählings auf, ohne auch nur einmal aus dem Gleichgewicht zu kommen, legte seine Jagdflinte an und erlegte den Alligator mit einer 30–06er Kugel, die er ihm zwischen die Augen setzte.

Mr. Julian mochte seine Fehler haben, aber wenn ein Kind in Gefahr war, ließ er einen nicht im Stich.

Der Kaufmann in dem Plantagenladen, zu dem die Frau gerannt war, sagte ihr, sie sollte wieder nach Hause gehen. Jemand würde sich um den Alligator kümmern, der sich in ihren Garten verirrt hatte.

»Kommt Mr. Julian mit seinem Gewehr zu mir?«, sagte sie.

»Zurzeit ist Legion für alles zuständig«, sagte der Kaufmann.

»Mr. Julian sagt immer, wir sollen ihm Bescheid geben, wenn ein Gator in den Garten kommt. Er sagt, wir sollen gleich zu ihm kommen und an die Tür klopfen«, sagte die Frau.

Der Kaufmann zog einen Stift hinter dem Ohr hervor, feuchtete ihn mit der Zunge an und schrieb etwas auf einen Block. Dann holte er eine Pfefferminzstange aus einem Glasgefäß und gab sie dem Kind.

»Ich lege Legion eine Nachricht in sein Postfach. Du hast es gesehen. Geh jetzt mit deinem Kind nach Hause und mach dir darüber keine Gedanken mehr«, sagte er.

Aber drei Tage vergingen, ohne dass jemand den stromernden Alligator erlegte.

Die Schwarze ging wieder zum Laden. »Sie ham versprochen, dass mir Legion den Gator vom Hals schafft. Wo is Mr. Julian?«, sagte sie.

»Schick deinen Mann vorbei«, sagte der Kaufmann.

»Sir?«, sagte die Frau.

»Schick deinen Mann her. Ich will wissen, ob ihr weiter auf Poinciana Island arbeiten wollt«, sagte der Kaufmann.

Zwei Tage später tauchten Legion und ein anderer Mann hinter dem Haus der Schwarzen auf und warfen eine Trosse mit einem stählernen Haken über die Astgabel einer am Ufer stehenden Zypresse. Sie nagelten die Trosse am Stamm fest, bestückten den Haken mit einem gerupften Hühnchen und einer toten Amsel und warfen ihn zwischen die Wasserhyazinthen.

In dieser Nacht, bei Vollmond, glitt der Alligator durch das Schilf, die Wasserhyazinthen und die Algen, die im seichten Wasser trieben, und schnappte sich den Köder. Er schlug mit dem Schwanz aus, dass das Wasser fast fünf Meter weit an Land spritzte.

Am nächsten Morgen lag der Alligator am seichten Ufersaum, erschöpft und abgekämpft, hatte sich den Haken durch den Oberkiefer gebohrt, durch Sehnen und Knochen, sodass er sich nicht mehr losreißen konnte, egal, wie oft er an der Trosse zerrte oder mit dem Schwanz aufs Wasser peitschte.

Legion ließ den Alligator bis zum Sonnenuntergang am Haken hängen, setzte dann mit einem Pickup, in dem noch zwei andere weiße Männer saßen, zu der Zypresse zurück und schlang die Trosse um die hintere Stoßstange. Danach zogen sie die über die Astgabel geworfene Trosse an, schürften die Rinde vom Baum und zerrten den Alligator aus dem Wasser, bis sich sein gelber Bauch im letzten roten Sonnenglühen im Westen drehte.

Legion zog ein Paar Gummistiefel an, watete ins seichte Wasser und hieb mit einer Axt auf den Kopf des Alligators. Aber der Winkel passte nicht, sodass der Alligator nur betäubt war. Legion holte erneut aus, trieb ihm das Blatt in den Hals, schlug dann ein ums andere Mal zu, wie jemand, der genau weiß, dass sein Gegner mehr Kraft, Mut und Ingrimm besitzt als er und dass all seine Mühe vergebens wäre, wenn er unter gleichen Bedingungen gegen ihn antreten müsste. Schließlich zuckten die Stummelbeine des Alligators und wurden steif, und der Schwanz ringelte sich einmal ein und hing dann reglos in die Wasserhyazinthen herab.

Legion und die beiden Arbeiter häuteten den Kadaver, ließen das Fleisch liegen und brachten die Haut zu einem Gerber in Morgan City.

Am darauf folgenden Nachmittag erhielt Ladices Mutter einen Anruf von einer weißen Frau, die in New Iberia eine Wäscherei betrieb. Die Weiße sagte, eins ihrer fest angestellten Mädchen sei krank geworden und sie bräuchte Ladices Mutter als Aushilfe. An diesem Abend. Nicht am nächsten Tag. An diesem Abend oder gar nicht.

Kurz nach Einbruch der Dunkelheit kam Legion zu Ladices Haus. Er klopfte nicht an; er öffnete einfach die Haustür und ging ins Wohnzimmer. Seine Khakisachen waren gestärkt und gebügelt, Gesicht und Kinnlade frisch rasiert. Die Krone einer dicken Silberuhr mit einer Plakette der Baufirma Lima, die an der Kette hing, ragte aus der Uhrtasche seiner Hose. Er nahm einen Zahnstocher aus dem Mund.

»Kommst du einigermaßen zurecht?«, fragte er.

Sie schnitt Brot auf, das sie gerade gebacken hatte; ihr Gesicht glühte von der Hitze des Ofens, und das schweißnasse T-Shirt klebte an ihren Brüsten.

»Meine Mutter kommt gleich wieder, Legion.«

»Deine Mutter arbeitet heut Abend in der Wäscherei. Ich hab Miz Delcambre ihren Namen gegeben. Hab gedacht, ihr könnt das Geld gebrauchen.« Er legte ihr die Hand auf die Schulter.

»Betatschen Sie mich nicht«, sagte sie.

Er nahm die Hand weg, aber sie konnte seinen Atem auf ihrer Haut spüren, meinte seinen Unterleib zu fühlen, der nur Zentimeter von ihrem Hintern entfernt war.

»Willst du mich bei Mr. Julian verpetzen?«, fragte er.

»Wenn Sie mich dazu zwingen.«

»Ich frag mich, wie Mr. Julians Frau zumute gewesen is, als sie in dem brennenden Zimmer eingesperrt war, mit bloßen Händen das heiße Gitter gepackt hat, die Tür aufreißen wollte, die er von außen abgesperrt hat. Niemand sonst weiß, wie die arme Frau umgekommen is«, sagte Legion.

Ladice zog das Schlachtermesser durch den Brotlaib. Das Messer hatte einen Holzgriff und eine frisch geschliffene Klinge, die wie ein altes Fünf-Cent-Stück schimmerte und zum Rücken hin dicker wurde. Sie spürte, wie es in das Schneidebrett ritzte. Legion legte ihr die Fingerkuppe an die Wange.

»Mr. Julian hat mir für zehn Dollar ein Reitpferd verkauft. Der Gaul hat mir so gut gefallen, dass ich zurück bin und mir noch vier gekauft hab, zum selben Preis«, sagte er.

»Was geht mich das an?«, sagte sie.

»Die Gäule sind hundertfuffzig pro Stück wert. Was glaubst du, warum er mir so einen guten Preis gemacht hat?«, sagte Legion.

Sie konzentrierte sich auf ihre Arbeit und versuchte keine Miene zu verziehen, doch er sah ihr an den Augenwinkeln an, dass ihr allmählich die Erkenntnis kam. Er streichelte ihre Haare und streifte mit den schwieligen Fingerkanten leicht über ihre Haut. Dann ließ er die Hand an ihrem Rücken herabgleiten, und sie spürte, wie er sein schwellendes Geschlecht an sie drückte. »Glaubst du, du bist mehr wert als so ein Gaul, Ladice?«, fragte er.

Bei seinen Worten hatte sie das Gefühl, etwas Widerwärtiges berührte ihre Haut, als ob Legion sie auf eine Art und Weise kannte wie niemand sonst, genau wusste, was sie wirklich wert war, als ob sie durch ihre Selbsttäuschung, ihre Eitelkeit und den Versuch, sich Mr. Julians fleischliche Begierden zunutze zu machen, alles verdient hätte, was Legion mit ihr anstellen wollte. Er legte seine Hand locker auf ihr Handgelenk, nahm ihr das Messer ab und legte es in eine Pfanne voller fettigem Wasser, hob sie dann hoch und presste sie an seine Brust, schlang die Arme um ihre Rippen und drückte zu, bis sie vor Schmerz den Kopf zurückriss, die Knie öffnete, die Beine um seine Hüfte klammerte und mit den Händen an seinem Hals Halt suchte.

»Hat dich ein Farbiger schon mal so fest gedrückt, Ladice?«, sagte er.

In dieser Haltung trug er sie durch den Vorhang, der an der Tür zu ihrem Schlafzimmer angebracht war.

Nachdem er sie auf die Tagesdecke geworfen hatte, dass ihr das Wasser in die Augen schoss, setzte er sich auf die Bettkante, beugte sich über sie und schaute ihr ins Gesicht. »Ich bin kein schlechter Mann, nein. Ich werd dich viel besser behandeln als dieser alte Mann. Du wirst schon sehn«, sagte er.

Vielleicht versuchte sie Legion bei Mr. Julian zu melden. Niemand sollte es je erfahren. Mr. Julian empfing keine Besucher und war häufig ungewaschen und betrunken. Er vergaß seinen Labrador zu füttern, sodass das Tier an den Hintertüren der Negerhäuser entlang der Bucht um Essensreste betteln musste. Für die Leute an der East Main Street, wo viele Bekannte von ihm wohnten, bot er ein Bild des Jammers, wenn er, von seinem alten schwarzen Chauffeur begleitet, die Arztpraxis aufsuchte. Einmal überredete ein alter Freund, ein Mann, der im Ersten Weltkrieg mit der Medal of Honor, dem höchsten Orden der Vereinigten Staaten, ausgezeichnet worden war, Mr. Julian dazu, mit ihm im Frederick Hotel zu speisen. Als sie am Tisch saßen, wurde Mr. Julian plötzlich sehr still und wirkte zutiefst beschämt. Der alte Soldat wusste nicht, was los war, und fragte sich, ob er irgendetwas gesagt haben könnte, das seinen Freund verletzt hatte, bevor ihm klar wurde, dass Mr. Julian sich in die Hose gemacht hatte.

Aber eines schönen Morgens wachte Mr. Julian kurz vor der Dämmerung auf und wirkte wie neu geboren. Er arbeitete in seinem Blumengarten, badete sich in einer großen Eisenwanne im Waschhaus hinter der Hütte und betrachtete den Sonnenaufgang und die Meeräschen, die draußen in der Bucht sprangen. Er packte einen Koffer und pfiff ein Lied, zog einen weißen Leinenanzug an, setzte seinen Panamahut auf und ließ sich von seinem Fahrer zum Bahnhof in New Iberia bringen, wo er in den Sunset Limited nach New Orleans stieg. Mit einem Drink in der Hand sah er vom Salonwagen aus zu, wie die vertraute Welt, in der er aufgewachsen war, eine Welt voller Häuser mit Säulenportalen, von Eichen gesäumten Straßen und liebenswürdigen Menschen, am Fenster vorüberglitt.

In New Orleans stieg er in einem luxuriösen Hotel an der Canal Street ab, und während er seine Sachen auspackte, hörte er auf der anderen Seite der Wand eine Frau weinen. Als er an ihre Tür klopfte, erklärte sie ihm, dass ihr Mann sie und ihre zehnjährige Tochter verlassen hätte, und entschuldigte sich für ihren Gefühlsausbruch.

Er trank an der Bar ein paar Whiskey Sour und tanzte mit der Cocktail-Kellnerin. An diesem Abend speiste er im Court of Two Sisters, spazierte durchs French Quarter und nahm am Gottesdienst in einer Ladenzeilenkirche teil, deren Gemeindemitglieder hauptsächlich Schwarze waren. Vor dem St. Louis Cemetery unterhielt er sich mit einem Streifenpolizisten über Baseball und schob einer blinden Bettlerin einen Zwanzig-Dollar-Schein in ihre Sammelbüchse.

In seinem Hotel fand an diesem Abend eine offizielle Tanzveranstaltung statt, und er stand im Eingang zum Ballsaal, betrachtete die Tänzer und hörte dem Orchester zu, hielt den Hut locker in der Hand und wirkte so wehmütig, dass eine Hostess ihn einlud. Danach schaute er auf eine Tasse Kaffee an der Bar vorbei und bat darum, dass man ihm ein Dutzend Rosen und eine Schale Eis, mit Zimt bestreut, auf sein Zimmer schicken sollte. Als das Tablett auf einem Servierwagen gebracht wurde, wies er den Kellner an, die Karre auf dem Flur stehen zu lassen.

Kurz darauf schob Mr. Julian den Wagen vor die Tür der Frau, deren Mann sie und ihre Tochter hatte sitzen lassen. Er schlug mit dem Messingklopfer an die Tür und ging in sein Zimmer zurück, öffnete die Glastür, die auf den Balkon führte, und schaute auf den rosig schimmernden Himmel über dem Lake Pontchartrain, während der Wind die Vorhänge um seinen Kopf bauschte. Dann stieg Julian LaSalle auf das Balkongeländer und segelte wie ein riesiger weißer Reiher hinaus, über die Straßenbahnen, den Verkehrsstrom und die vom Neonschein erleuchteten Palmen, die zwölf Stockwerke tiefer am Mittelstreifen standen.

8

Am Morgen ließ ich den Namen von Marvin Oates, dem Bibelvertreter, über den Computer des National Crime Information Center laufen.

Doch der Auszug, den ich bekam, enthielt nichts Überraschendes. Von der Festnahme wegen eines geplatzten Schecks einmal abgesehen, lag nichts Ernsteres gegen ihn vor als ein kleiner Diebstahl und Nichterscheinen vor Gericht. Außerdem war er in New Orleans einmal wegen öffentlichen Bettelns aufgegriffen worden und ein andermal, weil er in einem Obdachlosenasyl in Los Angeles einen Aufruhr verursacht hatte.

»Kennst du einen gewissen Marvin Oates?«, fragte ich Helen.

Sie hatte die Hände in die hinteren Hosentaschen geschoben und blickte aus dem Fenster meines Büros.

»War seine Mutter 'ne Säuferin, die sich mal hier, mal dort rumgetrieben hat?«, fragte sie.

»Ich bin mir nicht sicher.«

»Sie stammte aus Alabama oder Mississippi. Die haben früher unten bei den Bahngleisen gewohnt. Was ist mit ihm?«

»Er wollte bei mir daheim hausieren gehen. Mir hat die Art und Weise nicht gefallen, wie er Alafair angeschaut hat.«

»Gewöhn dich dran.«

»Wie bitte?«

»Du hast eine schöne Tochter. Was erwartest du denn?«

Sie lachte leise vor sich hin, als sie mein Büro verließ.

Ich wartete fünf Minuten, dann ging ich den Flur entlang zu ihrem Zimmer.

»Hast du schon mal was von einem Aufseher auf Poinciana Island gehört, der Legion heißt?«, fragte ich.

»Nein. Wer ist das?«, erwiderte sie.

»Dieser Oates sagt, ›Legion‹ ist der Name eines Dämons im Neuen Testament. Oates glaubt, dass Farbige vom verschollenen Stamm des Ham abstammen. Meinst du, Oates ist vielleicht auf irgendeine Art nicht ganz normal?«

Sie wischte sich mit einem Kleenex die Nase ab und widmete sich wieder der Akte, die offen auf ihrem Schreibtisch lag.

»Fahr mit mir runter nach Baldwin«, sagte ich.

»Wozu?«

»Ich möchte mir dort jemanden vornehmen, den ich aus meiner Kindheit kenne.«

Wir fuhren auf der Vierspurigen nach Süden, durch die Zuckerrohrfelder, die aus dem Schwemmland des Bayou Teche entstanden waren. Der Himmel war mit Wolken verhangen, die wie hell schimmernde Rohseide oder Dampf wirkten, aber keinen Regen spendeten, und ich sah die Risse in dem ausgedörrten Erdreich zwischen den Zuckerrohrstangen, die Staubhexen, die über die Straße tanzten und sich auf dem Asphalt auflösten. Die Luft roch nach Salz und dem brenzligen Gas, das die Straßenbahn erzeugt, wenn der Stromabnehmer Funken schlägt. Weit vor uns ragten die grauen Umrisse einer aufgelassenen Zuckermühle auf.

Wenn man in seiner Jugend zutiefst verletzt oder gedemütigt wird, wenn einem das Gefühl vermittelt wird, man sei nichts wert, bekommt man später nur selten die Gelegenheit, seine Peiniger auf Augenhöhe zur Rede zu stellen und ihnen zu zeigen, was für Feiglinge sie im Grunde sind. Deshalb flüchtet man sich oft in seine Fantasie, denkt sich Geschichten aus, in denen sie an all ihren Missetaten, den Ängsten, aus denen ihre Grausamkeit erwächst, der Selbstverachtung, die sie dazu treibt, Wehrlosen wehzutun, zugrunde gehen, sodass sie einem nur noch bemitleidenswert vorkommen und man sie schließlich aus seinem Leben verbannen kann.

Aber manchmal lässt sich das Verhängnis, dem sie anheim fallen sollten, nicht so einfach herbeiführen.

Helen fuhr von der Straße ab und hielt vor einem kleinen Lebensmittelladen, hinter dem etliche Hütten standen. In der Ferne zeichneten sich die blechernen Umrisse der Zuckermühle am Himmel ab. Ein grob zusammengezimmertes Vordach spannte sich über die eine Seitenwand des Lebensmittelladens, und darunter saß ein schmächtiger, schwarzhaariger Mann, der eine blutverschmierte Metzgerschürze trug und über einem Kessel aus rostfreiem Stahl, der auf einem am blanken Boden stehenden Butangaskocher vor sich hin brodelte, Kartoffeln und Zwiebeln schälte. Auf einem hölzernen Arbeitstisch neben ihm lag ein knisternder Jutesack voller lebender Flusskrebse.

Ich klappte meine Dienstmarke auf. »Ich suche einen gewissen Legion«, sagte ich.

»Legion Guidry?«, sagte der Mann. Er warf die geschälten Kartoffeln und Zwiebeln in den Kessel und kippte eine Schüssel voll Artischocken und gelber Maiskörner darüber.

»Ich weiß nur, dass er Legion heißt«, sagte ich.

»Hier kommt der nicht her«, sagte der Mann.

»Wo wohnt er?«, fragte ich.

Der Mann schüttelte den Kopf, ohne mir eine Antwort zu geben. Er kehrte mir den Rücken zu und schnitt einen Karton mit Gewürzen auf.

»Sir, ich habe Sie etwas gefragt«, sagte ich.

»Er arbeitet beim Kasino. Fragen Sie dort nach ihm. Hier kommt der nicht her«, erwiderte er. Nachdrücklich reckte er den Finger hoch.

Helen und ich fuhren zu dem Kasino im Indianerreservat, einem abstoßend protzigen Bau, der auf dem Gelände eines ehemaligen Indianerslums errichtet worden war, einer einstmals ländlichen Gegend, in der Sumpfahorn, Persimonen- und Tupelobäume wuchsen. Jetzt umlagerten arme Weiße und Schwarze, die Gutgläubigen und Naiven, kleine Rentner, Sozialhilfeempfänger und jene, die anstelle ihres Namens mit einem X unterschrieben, die Spieltische in einer vollklimatisierten, hermetisch von der Außenwelt abgeschlossenen Umgebung, in die kein Sonnenstrahl fiel und wo der Zigarettenqualm wie feuchtes Cellophan auf der Haut haftete. Sie alle steckten gewaltige Geldsummen in einen Apparat, der einen Großteil davon nach Las Vegas und Chicago weiterleitete – und all das mit dem Segen des Staates Louisiana und der Regierung der Vereinigten Staaten.

Ein Deputy-Sheriff aus dem Bezirk St. Mary, der den Verkehr auf dem Kasinoparkplatz regelte, erklärte uns, wo wir den Mann, der sich Legion nannte, finden könnten. Der Mann, der mich in meiner Kindheit im Traum heimgesucht hatte, saß an einem überdachten Picknickplatz unten an der Straße und aß ein Barbecue-Sandwich über einem Papiertuch, das er ordentlich auf dem Tisch ausgebreitet hatte, um die Krümel aufzufangen. Er trug eine gestärkte graue Uniform mit dunkelblauen Patten auf den Taschen, und an seinem Hemd hing ein glänzendes Messingschild, auf dem sein Name eingraviert war und darunter sein Titel – *Head of Security*. Die Haare waren noch immer schwarz, und durch das Gesicht zogen sich steile Furchen, die wie die Runzeln an einer verdorrten Frucht wirkten. Auf der Innenseite beider Unterarme waren mit blauer Tinte krude Abbildungen einer nackten Frau tätowiert.

Ich schaute ihn eine ganze Zeit lang an, ohne etwas zu sagen.

»Kann ich Ihnen mit irgendwas helfen?«, sagte er.

»Waren Sie mal Aufseher auf Poinciana Island?«, fragte ich.

Er faltete das Papiertuch um sein Sandwich und warf es zu einem Papierkorb. Es prallte am Rand ab und fiel auf den Boden.

»Wer will das wissen?«, fragte er.

Ich klappte die Dienstmarke auf, die ich in der Hand hielt.

»Das war ich mal. Vor langer Zeit«, sagte er.

»Haben Sie eine Schwarze namens Ladice Hulin vergewaltigt?« fragte ich.

Er steckte sich eine filterlose Zigarette in den Mund, zündete sie an und blies den Rauch über seine nach innen gekrümmten Finger. Dann zupfte er einen Tabakfaden von seiner Zunge und musterte ihn.

»Verbreitet das Weibsstück immer noch dieses Gerücht, was?«, sagte er.

»Ich will Ihnen noch etwas anderes vorhalten, Legion. So werden Sie doch genannt, stimmt's? Legion? Kein Vorname, kein Zuname?«, sagte ich.

»Kenn ich Sie?«, fragte er.

»Ja, allerdings. Mein Bruder und ich sind Ihnen und irgendwelchem anderen weißen Lumpenpack in die Quere gekommen, als ihr es in einem Auto miteinander getrieben habt. Sie haben ein Messer aufgeklappt und mir gedroht. Ich war zwölf Jahre alt.«

Er wandte mir den Blick zu und schaute mich unverwandt an. »Sie sind ein gottverdammter Lügner«, sagte er.

»Aha«, sagte ich. Ich schaute auf meine Füße und dachte über seinen stumpfsinnig stieren Blick nach, die Überheblichkeit, Dummheit und Dreistigkeit, die aus seinen Worten sprach, die Ignoranz, die er und seinesgleichen als Waffe gegen ihre Widersacher einsetzten. Ich hörte den Kies scharren, als Helen von einem Bein aufs andere trat. »Außerdem möchte ich Sie darauf hinweisen, Legion, dass es bei einem Tötungsdelikt keine Verjährungsfrist gibt. Auch nicht für Mitwisserschaft bei einem Tötungsdelikt. Kapieren Sie, worauf ich hinaus will?«

»Nein.«

»Julian LaSalles Frau war in der Nacht, in der sie verbrannt ist, in ihrem Zimmer eingesperrt. So was bezeichnet man als fahrlässige Tötung. Sie haben den Schlüssel abgezogen und von innen ins Schloss gesteckt, um Mr. Julian zu decken. Anschließend haben Sie ihn erpresst.«

Er stand vom Picknicktisch auf, steckte die Zigarettenschachtel in die Brusttasche seines Hemds und knöpfte die Klappe zu.

»Glauben Sie, ich scher mich drum, was Ihnen irgendein Nigger erzählt hat?« Er räusperte sich und spie einen Schleimklumpen aus, der knapp fünf Zentimeter neben meinem Schuh landete. Ein Speichelfaden klebte wie ein Stück Spinnwebe am Aufschlag meiner Hose.

»Wie alt sind Sie, Sir?«, fragte ich.

»Vierundsiebzig.«

»Ich werde Sie drankriegen. Für all die schwarzen Frauen, die Sie belästigt und geschändet haben, all die wehrlosen Menschen, die Sie gedemütigt und erniedrigt haben. Das verspreche ich Ihnen, Partner.«

Er reckte das Kinn hoch, rieb sich die Stoppeln an seinem Hals und wandte mir die grünen Augen zu, die so uralt und bar jeder Moral und Empfindung waren, dass man meinte, man hätte es mit einem schuppigen, prähistorischen Wesen zu tun, das gerade aus dem Ei schlüpft.

Eine Woche verging. Clete kehrte nach New Orleans zurück und kam dann wieder nach New Iberia, um ein paar Ausgebüxte aufzuspüren, für die Nig Rosewater und Wee Willie Bimstine Kaution gestellt hatten. Am Montag gingen Clete und ich ins Victor's, eine Cafeteria mit einer hohen Decke aus gewalztem Blech, die sich in einem renovierten Haus aus dem neunzehnten Jahrhundert befand und in der häufig Polizisten, Geschäftsleute und Anwälte zu Mittag aßen.

»Schau dir mal das Pärchen bei der Kasse an«, sagte Clete.

Ich drehte mich um und sah Zerelda Calucci und Perry LaSalle an einem kleinen Tisch sitzen. Sie hatten die Köpfe zusammengesteckt, und zwischen ihnen stand eine Vase mit einer einzelnen Rose.

Aber Clete und ich waren nicht die Einzigen, die sie bemerkt hatten. Barbara Shanahan, die an einem anderen Tisch zu Mittag aß, zog eine missmutige Miene, die zusehends wütender wurde.

Als Clete und ich hinausgingen, waren die beiden bei Perrys Gazelle auf dem Parkplatz auf der anderen Straßenseite und Perry hielt Zerelda die Beifahrertür auf. Barbara Shanahan stand in ihrem weißen Kostüm am Bürgersteig und starrte mit funkelnden Augen zu ihnen.

»Was haben denn Zerelda Calucci und Perry miteinander zu schaffen?«, fragte ich.

»Fragen Sie *ihn*«, erwiderte sie.

»Ich frage Sie.«

»Sie war schon immer eines seiner zeitweiligen Groupies. Perry hält sich gern für einen Wohltäter der Unterschicht. Das ist einer seiner geheimnisvollen Charakterzüge.«

»Sie ist Joe Zeroskis Nichte. Zeroski glaubt, dass Tee Bobby Hulin sowohl die kleine Boudreau als auch seine Tochter umgebracht hat. Warum treibt sich Zerelda mit Tee Bobbys Verteidiger herum?«

»Tja, ich weiß es nicht, Dave. Warum erforschen Sie nicht die Geschichte der Familie LaSalle? Sind Sie sicher, dass Sie den richtigen Beruf haben?«, sagte Barbara.

»Was soll das heißen?«, fragte ich.

»Herrgott, sind Sie dämlich«, erwiderte sie.

Sie überquerte die Straße und ging zum Bayou hinunter, wo sie in einem von Bananenstauden umgebenen Apartmenthaus unmittelbar am Wasser wohnte.

»Ich krieg 'nen Ständer, wenn ich bloß den Gang von der Braut sehe«, sagte Clete.

»Clete, würdest du –«, setzte ich an.

»Wann war sie LaSalles Gspusi?«, sagte er.

»Warum musst du immer Fragen stellen, in denen du deine Vermutungen als Tatsachen ausgibst? Warum kannst du nicht ab und zu ein bisschen zurückhaltender sein, was andere Menschen angeht?«

»Richtig«, sagte er, steckte sich eine Zigarette in den Mundwinkel und machte ein nachdenkliches Gesicht. »Meinst du, die steht auf ältere Männer?«

An diesem Nachmittag suchten mich die Eltern von Amanda Boudreau auf. Mit unbewegter Miene saßen sie nebeneinander vor meinem Schreibtisch und blickten teilnahmslos vor sich hin, als befänden sie sich in einem luftleeren Raum und brächten Meinungen und Anliegen vor, die ihnen bislang völlig fremd waren. Sie trugen ihre besten Sachen, die sie vermutlich in einem Discountladen in Lafayette gekauft hatten, aber sie wirkten wie Menschen, die kurz zuvor ertrunken und sich ihres Schicksals noch nicht bewusst geworden sind.

»Wir wissen nicht, was hier vor sich geht«, sagte der Vater.

»Tut mir Leid, das verstehe ich nicht«, sagte ich.

»Gestern ist eine Frau zu uns nach Hause gekommen. Sie hat uns erklärt, dass sie Ermittlerin ist«, sagte er.

»Sie hieß Calucci. Zerelda Calucci«, sagte die Mutter.

»Was?«, sagte ich.

»Sie hat gesagt, unsere Tochter wär mit Tee Bobby Hulin gegangen«, sagte die Mutter.

»Warum sagt die so was über unsre Tochter? Warum schicken Sie solche Leute zu uns?«, sagte der Vater.

»Zerelda Calucci ist keine Polizistin. Sie ist Privatdetektivin aus New Orleans. Ich nehme an, dass sie jetzt für die Verteidigung arbeitet«, sagte ich.

Eine Zeit lang schwiegen sie beide, saßen mit verkniffener Miene da, als ihnen klar wurde, dass sie getäuscht worden waren, dass ihnen wieder jemand etwas genommen hatte.

»Die Leute sagen, Sie glauben nicht, dass Bobby Hulin Amanda umgebracht hat«, sagte die Mutter.

Ich versuchte ihren und den Blick ihres Mannes zu erwidern, brachte es aber nicht fertig.

»Ich glaube, ich bin mir nicht ganz sicher, was da draußen passiert ist«, sagte ich.

»Heut Morgen haben wir Blumen zu der Stelle gebracht, wo Amanda gestorben ist. Ihr Blut ist immer noch im Gras. Sie können gern mit mir rausgehn und sich das Blut unserer Tochter anschaun, dann sehen Sie vielleicht, was passiert ist«, sagte der Vater.

»Rufen Sie mich an, wenn diese Calucci Sie noch einmal behelligt«, sagte ich.

»Wozu?«, sagte die Mutter.

»Wie bitte?«, sagte ich.

»›Wozu?‹, hab ich gesagt. Ich glaube nicht, dass Sie auf unserer Seite stehen, Mr. Robicheaux. Ich hab den Mann, der unsere Tochter umgebracht hat, heut Morgen im Lebensmittelladen gesehen, wo er sich Kaffee, Donuts und Orangensaft gekauft und mit der Kassiererin geschäkert hat. Der Mann, der sie mit einem Springseil gefesselt und mit einer Schrotflinte umgebracht hat. Und jetzt heißt es, Amanda wär seine Freundin gewesen. Meiner Meinung nach solltet ihr euch alle was schämen, und Sie am allermeisten«, sagte sie.

Ich schaute aus dem Fenster meines Büros, bis sie und ihr Mann weg waren.

An diesem Abend fuhr ich nach der Arbeit gen Süden und überquerte die Brücke, die über die Süßwasserbucht nach Poinciana Island führte. Als ich der Straße folgte, die sich zwischen Hügelkuppen, Zypressen, Tupelobäumen und immergrünen Eichen hindurchschlängelte, die fast zwei Jahrhunderte alt waren, wurde mir der ganze Zauber bewusst, der die LaSalles vermutlich über viele Generationen hatte zusammenhalten lassen, damit sie sich ihren Traum bewahren konnten. Die Insel kam dem Garten Eden so nah, wie das auf Erden nur möglich war. Rote und lila Wolken riffelten sich am Abendhimmel. Zwischen den Bäumen sah ich Rotwild, und draußen in der Bucht sprangen Fliegende Fische, die in der untergehenden Sonne scharlachrot und bronzefarben schillerten. Die Flechten an den Eichen, das träge wogende Laubdach, die Pfützen, die in seinem Schatten standen, die Pilze, die dort auf einer dicken Schicht aus schwarzem Laub und Pekanschalen wuchsen – all das vermittelte einem den Eindruck, man wäre auf einer einsamen, von wilder Vegetation überwucherten Insel, die unberührt war vom Motorenlärm, dem Benzin- und Dieselgestank oder der Hitze, die von den Straßen der Städte aufstieg. Im Grunde genommen wirkte Poinciana Island, als wäre es nie im zwanzigsten Jahrhundert angekommen.

Wenn mir dieses Stück Land gehören würde, würde ich es dann wieder hergeben wollen? Wäre ich nicht auch versucht, mit Sklaven zu handeln, dem Fürst der Finsternis ab und zu seinen Willen zu lassen, wenn es um geschäftliche Angelegenheiten ginge?

Mit solchen Gedanken wollte ich mich lieber nicht beschäftigen.

Perry wohnte in einem einstöckigen Haus aus matt geflammten Ziegelsteinen, die man beim Abriss alter, aus der Zeit vor dem Bürgerkrieg stammender Villen in South Carolina gerettet hatte. Die Königspalmen, die über dem Haus aufragten, waren per Schiff von Key West hierher transportiert worden, die riesigen Wurzelstöcke mit Segeltuchplanen umwickelt, die ständig eimerweise mit Wasser begossen werden mussten. In dem Weiher dahinter, in den ein Bootssteg mit einer daran vertäuten Pirogge ragte (Motorboote waren auf der Insel nicht erlaubt), waren vor vielen Jahren junge Brassen eingesetzt worden, von denen manche mittlerweile zu stattlichen Fünfzehnpfündern herangewachsen waren, deren dunkelgrüne, breite Rücken wie mit Moos bewachsene Holzblöcke wirkten, wenn sie zwischen den Seerosenfeldern durch das Wasser pflügten.

Und dort, auf einer schmiedeeisernen Bank am Ufer, sah ich Perry sitzen, der gerade mit weitem Schwung die Angel in das nahezu unbewegte, nur leicht gekräuselte Gewässer auswarf.

Aber er war in Gedanken versunken, als ich auf ihn zuging, und allem Anschein nach waren es keine angenehmen.

»Haben Sie Glück?«, fragte ich.

»Oh, Dave, wie geht's Ihnen? Nein, heute Abend tut sich nicht viel.«

»Probieren Sie's mal mit einer Telefonkurbel. Das funktioniert immer«, sagte ich.

Er lächelte über meinen Scherz.

»Amanda Boudreaus Eltern haben mich heute aufgesucht«, sagte ich. »Das war alles andere als angenehm. Zerelda Calucci war bei ihnen zu Hause und hat ihnen den Eindruck vermittelt, sie wäre eine Polizistin.«

»Vielleicht war das ein Missverständnis«, sagte Perry.

»Arbeitet sie für Sie?«

»Das könnte man sagen.«

»Was sagt Joe Zeroski dazu?«

»Ich weiß es nicht. Er ist wieder in New Orleans. Hören Sie, Dave, Zee ist eine gute Detektivin. Sie hat zwei Personen ausfindig gemacht, die sagen, sie hätten Amanda Boudreau zusammen mit Tee Bobby gesehen. An seiner Mütze befanden sich DNS-Spuren von dem Mädchen, na schön, aber die stammen nicht vom Tatort.«

»Tee Bobby ist fast vierzehn Jahre älter als Amanda Boudreau. Sie war ein tadelloses, gut erzogenes katholisches Mädchen, das sich nicht in Tanzschuppen herumgetrieben oder mit Kleinkriminellen und Klugscheißern abgegeben hat.«

»Womit Sie meinen, dass sie sich nicht mit schwarzen Musikern abgegeben hat.«

»Legen Sie es meinetwegen aus, wie Sie wollen. Ich habe das Gefühl, dass Sie diese Calucci zu Ihren eigenen Zwecken benutzen.«

»Sie kommen zu mir nach Hause, ohne vorher anzurufen, und dann beleidigen Sie mich auch noch. Sie gehen zu weit, Dave.«

»Ein Freund von mir glaubt, dass Sie und Barbara Shanahan mal ein Paar waren.«

»Ich nehme an, Sie sprechen von dem abgerichteten Rhinozeros, das Ihnen auf Schritt und Tritt folgt, diesem – wie heißt er doch gleich? Purcel? Ein interessanter Typ. Bestellen Sie ihm, dass er sich über mich und Barbara Shanahan nicht das Maul zerreißen soll.«

Zwischen den Bäumen sah ich die Bucht im Schein der Sonne schimmern, als glühten dort tausend Feuer.

»Als ich zum Weiher runtergekommen bin und Sie auf der Bank sitzen sah, musste ich an den Hauptmann Dreyfus denken. Ein alberner Vergleich, nehme ich an«, sagte ich.

Er holte seine Schnur ein, bis der Haken stramm am Spitzenring der Rute saß und schüttelte dann kurz die Wassertropfen ab.

»Ich mag Sie, Dave. Wirklich. Aber nun lassen Sie mal ein bisschen locker, ja?«, sagte er.

»Übrigens habe ich einen gewissen Legion aufgespürt, einen alten Aufseher von euch. Er hat Ladice Hulin vergewaltigt. Können Sie sich vorstellen, wie so ein Typ Leiter vom Sicherheitsdienst im Kasino werden konnte? Und noch etwas. Zerelda Calucci stammt aus einer Mafia-Familie. Kennen Sie sie daher, über die alten Verbindungen Ihres Großvaters?«, sagte ich.

Perry sperrte den Mund auf und wurde blass im Gesicht. Er packte seine Angelrute und ging die Uferböschung hinauf, auf sein Haus zu, in dessen Schatten bunt schillernde Wunderblumen und Azaleen blühten.

Dann schleuderte er die Angel an eine Säule auf der Veranda, kam wieder die Böschung herab und trat mir mit geballten Fäusten entgegen.

»Damit Ihnen das ein für alle Mal klar wird. Barbara kann mich vielleicht nicht ausstehen, aber ich achte und schätze sie. Zweitens bin ich nicht mein Großvater, Sie selbstgerechter Hurensohn. Aber das heißt noch lange nicht, dass er ein schlechter Mensch war. Und nun verlassen Sie meinen Grund und Boden«, sagte er.

9

Der nächste Sonnabend war ein Festtag für New Iberia, verbunden mit einer Straßenreinigungsaktion mit freiwilligen Helfern aus der ganzen Stadt, einem kostenlosen Flusskrebsessen im City Park und einem Wettlauf über sechzehn Meilen, zu dem sich sämtliche Läufer unter den Bäumen beim Freizeit- und Erholungszentrum versammelten. Um acht Uhr morgens starteten sie und trabten einen asphaltierten Fahrweg entlang, der sich zwischen immergrünen Eichen hindurch zur Straße schlängelte, liefen durch einen goldenen Tunnel aus Dunst und Sonnenlicht, in dem ihre Leiber straff und sehnig wirkten, als wäre er eigens für die erschaffen worden, die jung im Herzen waren.

Sie rannten an den Schülern einer Zeichenklasse vorbei, die an den überdachten Picknicktischen Skizzen anfertigten. Alle möglichen Leute nahmen an dem Lauf teil, die Selbstverliebten und die Sportler aus Leidenschaft, die Einsamen und Schwachen, die jede Gemeinschaftsveranstaltung mochten, und jene, die um ihre Grenzen wussten, sich aber trotzdem darüber hinwegsetzten und zufrieden waren, wenn sie es bis zum Ziel schafften, und sei es auch als Letzte.

Es gab noch eine andere Läufergruppe, deren Beweggründe nicht so leicht zu erklären waren, die normalerweise ganz andere Ziele anstrebten als ihre Mitmenschen, aber trotzdem die Anerkennung durch die breite Masse suchten, vielleicht, weil sie sich und andere überzeugen wollten, dass sie genauso beschaffen waren wie wir alle. Wer wollte es ihnen an so einem Morgen, an dem die Sonne goldgrün durch die mit Virginiamoos verhangenen Eichen schien, verübeln, dass sie an einem Fest teilnehmen wollten, bei dem es letzten Endes darum ging, dass wir alle unser Bestes gaben?

Jimmy Dean Styles trug einen Turnanzug aus schwarzem

Spandax, der ihm wie eine zweite Haut aus glänzendem Plastik am Leibe saß. Drei seiner Rapper rannten neben ihm her, die Haare orange, blau und lila gefärbt, glitzernde Ringe durch Nase und Augenbrauen gezogen. Hinter ihnen sah ich Marvin Oates, den Vertreter, der mit Bibeln und Lexika hausieren ging; er hatte ein nasses Schweißband um die Haare geschlungen, die braune Haut spannte sich straff wie ein Lampenschirm über Rippen und Rückenwirbel, und die rote Turnhose klebte an seinem Leib, dass sich die Ritze zwischen seinen Hinterbacken abzeichnete.

Nachdem die Läufer an dem alten, aus Ziegeln gebauten Feuerwehrhaus vorbeigekommen und in eine Nebenstraße abgebogen waren, die durch eine Wohngegend führte, fuhrwerkte eine der Zeichenschülerinnen wie wild auf ihrem Block herum, hatte den Kopf fast auf das Blatt gebeugt und gab knirschende Laute von sich, die aus tiefster Kehle kamen.

»Was ist denn los, Rosebud?«, fragte die Zeichenlehrerin.

Doch die junge Schwarze, deren Name Rosebud Hulin war, antwortete nicht. Sie kritzelte weiter auf dem Blatt herum, ließ dann den Kohlestift fallen, fing am ganzen Körper an zu zittern und schlug mit den Fäusten auf den Tisch ein.

Nach dem Rennen fuhr ich nach Hause, duschte mich und kehrte dann mit Alafair und Bootsie zum Flusskrebsessen in den City Park zurück. Die Zeichenlehrerin, eine Nonne, die ehrenamtlich in der Stadtbibliothek arbeitete, entdeckte mich beim Picknickpavillon neben dem Zeughaus der Nationalgarde, nicht weit von der Stelle entfernt, an der vor vielen Jahren ein Mann namens Legion einem zwölfjährigen Jungen sein offenes Messer vorgehalten hatte.

»Könnten Sie ein Stück mit mir spazieren gehen?«, fragte sie und zeigte auf ein Gehölz beim Zeughaus.

Sie war eine attraktive, in sich ruhende Frau um die Sechzig, die andere normalerweise nicht mit ihren Sorgen behelligte oder sich mit Ungereimtheiten abgab, über die der Mensch ihrer Ansicht nach am Ende doch nicht befinden konnte. Sie hatte ein großes, zusammengerolltes Zeichenblatt in der Hand und lächelte betreten. »Was gibt's, Schwester?«, sagte ich, als wir allein waren.

»Kennen Sie Rosebud Hulin?«, fragte sie.

»Tee Bobbys Zwillingsschwester?«, erwiderte ich.

»Sie ist autistisch, aber hoch begabt. Sie kann ein Foto oder Gemälde, das sie nur einmal gesehen hat, in allen Einzelheiten wiedergeben, auch noch Jahre später. Aber sie hat noch nie ein Bild gemalt, das sie sich selbst ausgedacht hat. Es ist, als ob sie etwas sieht, in Handbewegungen umsetzt und zu Papier bringt.«

»Da komme ich nicht ganz mit.«

»Heute Morgen hat sie dieses Bild gemalt«, sagte die Lehrerin und rollte die Kohlestiftzeichnung auf.

Ich starrte auf den weiblichen Akt, den sie mir zeigte – eine nackte Frau, die auf dem Rücken lag, die Arme über den Kopf gereckt hatte, die Hände über Kreuz hielt und eine Dornenkrone um die Stirn trug. Sie hatte den Mund zu einem stummen Schrei aufgerissen, wie die Gestalt auf dem berühmten Gemälde von Edvard Munch. Die Augen waren riesengroß, in die Breite gezogen, als erstreckten sie sich um den halben Kopf, voller Verzweiflung.

Im Vordergrund standen zwei abgestorbene Bäume, deren Äste wie scharfe Spieße aufragten.

»Die Augen erinnern ein bisschen an Modigliani, aber ich habe noch nie ein Bild gesehen, von dem Rosebud so etwas abgemalt haben könnte«, sagte die Zeichenlehrerin.

»Warum zeigen Sie mir das, Schwester?«

Sie blickte auf den Rauch, der von den Feuerstellen durch die Bäume trieb.

»Ich bin mir nicht sicher. Aber vielleicht bin ich mir auch nur nicht sicher, ob ich es sagen möchte. Ich musste Rosebud zur Toilette bringen und ihr das Gesicht waschen. Dieses lammfromme Mädchen wollte mich schlagen.«

»Hat sie Ihnen erklärt, warum sie das Bild gemalt hat?«

»Sie sagt immer, die Bilder, die sie malt, werden ihr von Gott eingegeben. Das hier stammt meiner Meinung nach irgendwo anders her«, sagte die Zeichenlehrerin.

»Darf ich es behalten?«, fragte ich.

Am Montag rief ich bei Ladice Hulin auf Poinciana Island an und fragte, ob ich Tee Bobby sprechen könnte.

»Der is auf der Arbeit«, sagte sie.

»Wo?«, fragte ich.

»Im Carousel Club in St. Martinville.«

»Das ist doch Jimmy Dean Styles' Laden. Styles hat mir gesagt, dass er Tee Bobby nicht mehr bei sich spielen lässt.«

»Sie ham gefragt, wo er arbeitet. Ich hab's Ihnen gesagt. Hab ich irgendwas von Musik gesagt?«

Ich fuhr am Bayou entlang nach St. Martinville und hielt auf dem Parkplatz hinter dem Carousel Club. Der Abfallhaufen auf der Rückseite des Gebäudes wimmelte von Fliegen und stank nach toten Shrimps. Tee Bobby setzte gerade eine breite Schaufel an und stach in die faulige Masse und die Schalen, die aus den übereinander getürmten Plastiksäcken quollen.

Er schwitzte heftig, und seine Pupillen wirkten wie Stecknadelköpfe, als er mich anschaute.

»Machen Sie jetzt die Dreckarbeit für Jimmy Sty?«, sagte ich.

»Kein Club will mich engagieren. Jimmy gibt mir 'nen Job.«

Er schleuderte eine Schaufel voller Abfall auf die Ladefläche eines Pickup. Seine Augen hatten einen eigenartigen Glanz und flackerten unstet.

»Sie sehen aus, als ob Sie sich den Kopf voll gedröhnt hätten, Partner«, sagte ich.

»Können Sie mich nicht in Ruhe lassen, Mann?«
»Ich möchte Ihnen etwas zeigen.«

Ich rollte die Zeichnung seiner Schwester auf, aber er stieß die Schaufel in einen prallvollen Müllsack und ging durch die Seitentür in den Club. Von einem Münztelefon im Lebensmittelladen auf der anderen Straßenseite aus rief ich die Sheriff-Dienststelle des Bezirks St. Martin an, sagte Bescheid, dass ich in ihrem Revier war, und ging dann in den Club. Die Stühle standen auf den Tischen, und eine fette Schwarze wischte den Boden. Tee Bobby saß an der Bar und hatte das Gesicht in den Händen vergraben, sodass der Luftzug der Klimaanlage über seinen Kopf hinwegströmte.

Ich breitete das Blatt mit dem liegenden Akt auf der Bar aus.

»Rosebud hat das gezeichnet. Schauen Sie sich die gekreuzten Handgelenke an, die Angst und Verzweiflung in den Augen der Frau, den Mund, der aussieht, als ob sie aufschreit. Woran erinnert Sie das, Tee Bobby?«, sagte ich.

Er starrte auf die Zeichnung, holte Luft und leckte sich die Lippen. Dann schnäuzte er sich mit einem Taschentuch die Nase, um seinen Gesichtsausdruck zu verbergen.

»Perry LaSalle sagt, ich soll nicht mit Ihnen reden«, sagte er.

Ich packte ihn am Unterarm und drückte seine Hand auf das Blatt.

»Fühlen Sie bloß mal für einen Moment den Schmerz und das Entsetzen, die diese Zeichnung wiedergibt, Tee Bobby. Schauen Sie mich an und erklären Sie mir, dass Sie nicht wissen, worüber wir hier reden«, sagte ich.

Er drückte die Stirn auf seine Fäuste. Sein T-Shirt war grau vom Schweiß; seine Halsschlagader zuckte.

»Warum verpassen Sie mir nicht einfach 'ne Kugel?«, sagte er.

»Sind Sie amphetaminabhängig, Tee Bobby? Gibt Ihnen jemand Speed, damit Sie nicht aus der Spur laufen?«, sagte ich.

Er wollte etwas sagen, dann nahm er aus dem Augenwinkel

eine Gestalt wahr. Er sah so elend aus, dass es meiner Meinung nicht mehr schlimmer werden konnte, aber ich irrte mich.

Jimmy Dean Styles kam aus seinem Büro, überquerte den Tanzboden und ging hinter die Bar. Er trug ein bis zur Brust aufgeknöpftes kastanienbraunes Hemd und eine graue Hose, die tief um seinen flachen Bauch saß. Er öffnete einen kleinen Kühlschrank hinter der Bar, nahm eine Schale Kohlsalat heraus und aß ihn dann mit einer Plastikgabel, während sein Blick wie beiläufig zu Rosebuds Zeichnung schweifte. Neugierig reckte er den Kopf.

»Was ham Sie da, Mann?«, fragte er.

»Das ist eine polizeiliche Angelegenheit. Ich wäre Ihnen sehr verbunden, wenn Sie sich nicht einmischen würden!«, sagte ich.

Nachdenklich kaute Styles sein Essen, hatte den Blick auf die offene Tür gerichtet.

»Tee Bobby hat nix gemacht. Lassen Sie ihn in Frieden«, sagte er.

»Sie sind ein komischer Fürsprecher für jemanden, den Sie draußen auf den Austernschalen zusammengeschlagen haben«, sagte ich.

»Wir ham vielleicht Meinungsverschiedenheiten, aber er is nach wie vor mein Freund. Schaun Sie, der Mann hat sich 'ne Grippe eingefangen. Geht's dem nicht schon elend genug?«, sagte Styles.

Ich rollte Rosebuds Zeichnung zusammen. »Ich komme wieder«, sagte ich.

»Oh, yeah, ich weiß. Bei mir is 'n Klo kaputt, mit dem isses genauso. Egal, was ich mache, es überschwemmt immer wieder den Fußboden«, sagte Styles.

Als ich wieder in der Dienststelle war, ging ich ins Büro eines Zivilfahnders, der fürs Drogendezernat tätig war. Er hieß Kevin Dartez, trug stets langärmlige weiße Hemden und schmale

Strickkrawatten und hatte einen bleistiftdünnen Schnurrbart. Seine jüngere Schwester war eine so genannte Rockqueen oder Crackhure gewesen, die an ihrer Sucht gestorben war. Dartez war bei sämtlichen Polizei- und Strafverfolgungsbehörden in ganz Südlouisiana für seine unerbittliche Härte gegenüber schwarzen Dealern berühmt, die weiße Mädchen auf den Strich schickten.

»Hast du hier in der Gegend schon mal Crystal Speed gesehen?«, fragte ich.

»Auswärtige bringen ab und zu welches ins French Quarter mit. Damit hat es sich bislang«, erwiderte er, lehnte sich auf seinem Drehstuhl zurück und verschränkte die Hände hinter dem Kopf.

»Du kennst doch den Carousel Club in St. Martinville? Ich frage mich, ob den schon mal jemand auf den Kopf gestellt hat. Wem gehört der Carousel überhaupt?«, sagte ich.

»Sag das noch mal«, sagte Dartez und setzte sich auf.

An diesem Nachmittag kam Helen in mein Büro, setzte sich auf die eine Ecke meines Schreibtischs und schaute auf einen gelben Notizblock, den sie auf den Oberschenkel gestützt hatte.

»Ich habe drei Leute ausfindig gemacht, die sagen, sie hätten Tee Bobby und Amanda Boudreau zusammen gesehen. Aber das war immer in der Öffentlichkeit, so als ob er sie gesehen hätte und ein Gespräch mit ihr anfangen wollte«, sagte sie.

»Meinst du, sie hatten eine Art heimliche Beziehung miteinander?«, fragte ich.

»In der Richtung hat sich nichts ergeben. Ich glaube eher, dass Tee Bobby ihr ständig nachgestiegen ist und Amanda ihm aus dem Weg gehen wollte.«

Ich ließ eine Büroklammer, mit der ich herumgespielt hatte, auf meine Schreibunterlage fallen und rieb mir die Stirn.

»Worauf läuft das deiner Meinung nach hinaus?«, fragte ich.

»Wenn man Tee Bobby und Amanda zusammen gesehen hat, bietet das eine weitere Erklärung dafür, wie Amandas DNS-Spuren an Tee Bobbys Strickmütze gekommen sind. Bei den entsprechenden Geschworenen könnte er davonkommen.«

»Ich glaube, wir müssen von vorn anfangen«, sagte ich.

»Wo?«

»Bei Amandas Freund«, erwiderte ich.

Nach Schulschluss fuhren wir am Bayou Teche entlang zu der kleinen Ortschaft Loreauville. Die Pekanbäume trugen junges Laub; vor einer katholischen Kirche goss ein Priester die Blumen; auf einem Schulhof spielten etliche Jungs Softball. Der eher bescheidene, aus Ziegeln gebaute Lebensmittelladen, der sich als Supermarkt ausgab, der Saloon an der Ecke, bei der einzigen Ampel der Ortschaft, die dunkelgrünen Umrisse der knorrigen Eichen entlang des Bayous, all das wirkte, als wäre es aus der Welt eines Norman Rockwell erhalten geblieben. Unten an der Durchgangsstraße stand ein Drive-in, ein nicht zu einer der üblichen Burger-Ketten gehörender Hamburgerladen, auf dessen Parkplatz sich allerlei Teenager tummelten.

Mittendrin war Amandas Freund, Roland Chatlin, der eine gestärkte Khakihose und ein weißes T-Shirt von der Tulane University trug und einen Golfball an die Seitenwand des Gebäudes warf. Als Helen und ich auf ihn zugingen, trank er einen Schluck Limonade und redete mit einem Freund, schien uns aber erstaunlicherweise nicht zu erkennen. Sämtliche Kids auf dem Parkplatz waren weiß.

»Kannst du dich noch an uns erinnern?«, fragte ich.

»Oh, yeah, Sie sind das«, sagte er, kaute auf seinem Kaugummi herum und strahlte uns jetzt an.

»Komm bitte hierher«, sagte ich.

»Klar«, erwiderte er, stieß den Atem aus und schob die Hände in die Hosentaschen.

»Wir tun uns ziemlich schwer, weil du uns nicht weiterhelfen kannst, Roland. Du hast uns gesagt, dass Amanda von zwei Schwarzen mit Strickmützen ermordet wurde, aber das bringt uns nicht weiter«, sagte ich.

»Sir?«, sagte er.

»Du hast keine Ahnung, wer sie waren. Du kannst uns nicht sagen, wie ihre Stimmen geklungen haben. Du kannst uns nicht sagen, wie groß sie waren. Ich habe das Gefühl, du willst vielleicht gar nicht, dass wir sie schnappen«, sagte ich.

»Schau uns an, nicht den Boden«, sagte Helen.

»Deine Hände waren lediglich mit einem T-Shirt gefesselt. Du hättest dich befreien können, wenn du gewollt hättest, nicht wahr? Aber du hattest zu viel Schiss. Vielleicht hast du sogar um dein Leben gebettelt. Vielleicht hast du diesen Typen versprochen, dass du sie nicht verrätst. Wenn man Angst um sein Leben hat, macht man allerlei Sachen, für die man sich später schämt, Roland. Aber dort zu liegen und mit anhören zu müssen, wie sie deine Freundin vergewaltigten, muss ziemlich hart für dich gewesen sein, nicht wahr?«, sagte ich.

»Vielleicht wird's Zeit, dass du es loswirst, mein Junge«, sagte Helen.

»Hast du Tee Bobby schon mal in einem der Clubs hier in der Gegend spielen sehen?«, fragte ich.

»Ja, Sir. Das heißt, ich weiß es nicht mehr genau.«

Er hatte dunkle Haare und helle Haut, schmächtige Arme, an denen sich kaum ein Muskel abzeichnete, eine schmale Taille und einen Mund wie ein Mädchen. Unwillkürlich tastete er nach dem Amulett, das er unter seinem T-Shirt trug.

»Draußen am Tatort hast du sie als Nigger bezeichnet. Magst du Schwarze nicht, Roland?«, sagte ich.

»Ich war außer mir, als ich das gesagt habe.«

»Ich will dir keine Vorwürfe machen. Wer von den beiden hat sie erschossen?«, sagte ich.

»Ich weiß es nicht. Ich hab nicht gedacht, dass sie –«

»Dass sie was?«, sagte ich.

»Gar nichts. Sie haben mich ganz durcheinander gebracht. Deswegen sind Sie doch hier. Mein Daddy sagt, ich muss nicht mehr mit euch reden.«

Dann verfinsterte sich sein Gesicht, als ob die Höflichkeit Erwachsenen gegenüber, die in seiner Welt obligatorisch war, von anderen Gefühlen ersetzt worden wäre.

»Die schikanieren einen in der Schule. Sie nehmen den Kleinen ihr Essensgeld weg. Sie haben Schusswaffen in ihren Autos. Warum nehmen Sie sich *die* nicht vor?«, sagte er und fuchtelte in der Luft herum.

»Hör mal zu, Roland«, sagte Helen. »Ich werde die Flinte finden, mit der Amanda umgebracht wurde, und wenn du weißt, wer diese Typen sind, und uns anlügst, ramm ich sie dir eigenhändig in den Arsch und drücke ab. Bestell das meinetwegen auch deinem Vater.«

Zwei Abende darauf, als die Luft kühl und trocken war, als Wetterleuchten zwischen den Zypressen flackerte und ich gerade dichtmachen wollte, kam Clete in den Köderladen. Ich roch ihn, bevor ich ihn sah.

Er nahm sich ein Wasserglas vom Regal an der Wand, ließ sich auf einen Hocker am Tresen sinken und schraubte eine Flasche Bourbon auf, die in eine braune Papiertüte gewickelt war. Ein übler Geruch, wie eine Mischung aus Sonnenöl, Zigarettenrauch und Bierschweiß, erfüllte den Laden. Clete schenkte sich vier Finger breit Whiskey ein, trank ihn gemächlich und schaute mir zu, als ich den elektrischen Ventilator auf dem obersten Regalbrett auf ihn richtete. Sein linkes Lid war angeschwollen, und außen am Auge hatte er eine kleine blaue Beule.

»Willst du mich aus irgendeinem bestimmten Grund zur Tür rausblasen?«, fragte er.

»Nein. Wie geht's dir, Cletus?«

»Joe Zeroski ist wieder in der Stadt. Er ist in meinem Motel abgestiegen, mit Zerelda und einem Haufen Schmalztollen aus New Orleans. Als ich mich letzte Nacht aufs Ohr legen will, bauen diese Drecksäcke keine drei Meter von meinem Fenster entfernt ihren Grill auf, brutzeln ihre Würste und lassen dazu eine Tony-Bennett-Kassette laufen, und zwar so laut, dass man's bis Palermo hört. Und ich mach den Fehler und rede mit ihnen, als ob sie menschliche Wesen wären, bitte sie höflich darum, den Ton ein bisschen leiser zu drehen, damit ich schlafen kann.

Und was kommt dabei raus. Gar nichts, als ob ich gar nicht da wäre. ›Hört mal‹, hab ich gesagt, ›dreht doch die Anlage einfach in die andere Richtung, okay?‹ Sagt einer der Typen: ›Hey, Purcel, ich hab hier 'nen langen Wiener für dich. Willst du Senf drauf?‹, und fasst sich an den Pimmel, während die andern Schmalztollen lachen.

Ich geh also wieder rein, dusch mich, zieh mir frische Sachen an, kämme mir die Haare, gebe diesen Arschlöchern jede Gelegenheit, sich irgendwo anders hin zu verziehen. Als ich wieder rauskomme, sind sie immer noch da, bloß dass jetzt auch noch Zerelda bei ihnen am Picknicktisch sitzt, ein Oberteil anhat, aus dem ihre Ding-Dongs wie zwei Wasserbälle quellen, dazu aufgerollte Shorts, die so eng sind, dass sie platzen, wenn sie die Beine übereinander schlägt.

Ich geh also hin und lade sie zum Abendessen ein, weil ich mir denke, wenn alles andere nichts nützt, musst du die Lasagne zum Dampfen bringen. Sie sitzt da, kratzt mit dem Daumennagel das Etikett von 'ner Bierflasche, rollt es in lauter kleine Kugeln und sagt dann: ›Nichts dagegen‹.

Ich mach die Braut an, von der die ganze Mafia feuchte Träume kriegt, will die Jungs provozieren, und die nimmt die Einladung einfach an. Und die Schmalztollen wissen genau, dass sie keinen Mucks dazu sagen dürfen. Ich zieh also mein Sportsakko an, setze mein Kabrio zurück und will sie abholen, bloß dass jetzt Perry LaSalle mit seiner Gazelle daherkommt. Zerelda zieht ein Gesicht, als ob sie sich in die Hose gemacht hat, und dann isses Sense mit Abendessen. Ich hocke wieder in meinem Zimmer vor dem Fernseher, und LaSalle und Zerelda sind drüben bei ihr und haben die Jalousien runtergelassen.«

Er trank seinen Whiskey aus, riss eine Bierdose auf, schlug ein rohes Ei in das Glas und goss das Bier darüber. Er trank einen Schluck und starrte mit versonnenem Blick in die Dunkelheit draußen vor dem Fenster.

»Sei froh drum«, sagte ich.

»Ich habe mich ein bisschen nach dem Typ erkundigt. Weißt du, warum er das Jesuitenseminar nicht abgeschlossen hat? Weil er seinen Schwanz nicht im Griff hatte.«

»Was willst du damit sagen, Clete?«

»Er geht zu den Anonymen Sexsüchtigen. Der Typ ist scharf auf jede Spalte. Wieso hat hier in der Stadt eigentlich jeder irgend 'ne Macke? Ich weiß nicht, warum ich immer wieder hierher komme?«

Ich schaltete die Strahler draußen aus, worauf der Bayou in Dunkelheit versank und nur mehr der Mondschein auf das raschelnde grüne Laub in den Wipfeln der Zypressen fiel.

»Wie bist du an das blaue Auge gekommen?«, fragte ich.

»Ich bin um vier Uhr früh aufgestanden und gegen 're Tür gelaufen«, erwiderte er.

Als ich am nächsten Morgen in meinem Büro den Regionalteil der *Times Picayune* überflog, fiel mein Blick auf einen Beitrag der Associated Press, in dem es um den Mord an einer Bedienung in der Nähe von Franklin, Louisiana, ging. Sie hieß Ruby Gravano und war eine der typischen halb kriminellen Randexistenzen, die ich in New Orleans über viele Jahre hinweg kennen gelernt hatte, eine der Mühseligen und Beladenen, wie ich sie immer bezeichnete, weil mir ihre Straftaten vorkamen wie eine Art Selbstmord auf Raten, als ob sie Buße tun wollten für die Sünden, die sie in einem früheren Leben begangen hatten. Die Leiche, der man die Kleidung vom Leib gerissen hatte, war unmittelbar neben der Straße gefunden worden, nicht weit vom Ufer des Bayou Teche entfernt. In dem Artikel war von schweren Verletzungen die Rede, was für gewöhnlich hieß, dass man die näheren Einzelheiten nicht in einer Tageszeitung veröffentlichen konnte, die die ganze Familie las.

Ich wollte gerade zu Helen gehen, als ich im Türrahmen fast mit Clete Purcel zusammenprallte. Er trug einen braunen Anzug, ein taubenblaues Hemd mit hochgeschlagenem Kragen, einen Schlips mit einem aufgemalten Pferd und auf Hochglanz polierte Slipper aus Ziegenleder. Das frisch aufgetragene Aftershave schimmerte auf seinen Wangen.

»Trink 'ne Tasse Kaffee mit mir. Ich bin momentan ein bisschen aufgedreht«, sagte er.

»Ich habe viel zu tun, Cletus«, sagte ich.

»Erzähl mir mal alles, was du über diese Shanahan weißt.«

»Was?«

»Ich habe sie zum Mittagessen eingeladen. Ich hab ihr gesagt, dass ich ihr ein paar Auskünfte zu einem bewaffneten Raubüberfall liefern könnte, bei dem sie die Anklage vertritt.«

»Kannst du nicht mal einen Tag vergehen lassen, ohne irgendeinen Wirbel zu veranstalten?«

Er schniefte und nickte einem Deputy in Uniform zu, der auf dem Gang an ihm vorbeiging. Der Deputy würdigte ihn keines Blickes.

»Tut mir Leid. Ich glaube, ich schau lieber ein andermal vorbei«, sagte Clete.

»Komm rein«, sagte ich.

Ich zog die Bürotür hinter uns zu. »Kannst du dich noch an Ruby Gravano erinnern?«, sagte ich, bevor er zu Wort kam.

»Eine Nutte, hat für gewöhnlich in einem Bumsschuppen beim Lee Circle gewohnt?«

»Sie wurde letzte Nacht umgebracht. Möglicherweise erschlagen.«

»Meines Wissens ist sie ausgestiegen. Hast du mit ihrem Zuhälter gesprochen?«, sagte er.

»Beeler Soundso?«

»Beeler Grissum. Ich glaube, sie hat ihn geheiratet«, sagte Clete.

»Danke, Cletus.«

Er öffnete die Tür. »Ich sag dir Bescheid, wie das Essen gelaufen ist. Das ist eine Klasse-Braut.« Er hauchte seinen Handteller an und schnüffelte. »O Mann, ich riech nach Kotze. Ich muss mir die Zähne putzen.«

Die Gattin des Sheriffs, eine sanftmütige, vornehme Frau, kam zufällig den Flur entlang. Sie schloss die Augen und riss sie dann weit auf, als säße sie in einem Flugzeug, das in ein Luftloch geraten ist.

Helen Soileau und ich besorgten uns einen Streifenwagen und fuhren dreißig Meilen weit nach Süden, schauten bei der Sheriff-Dienststelle in Franklin vorbei und ließen uns den Weg zu Ruby Gravanos Haus beschreiben, einem einstöckigen spätviktorianischen Fachwerkbau mit verwitterten Holzjalousien an den hohen Fenstern und einer breiten Galerie, die voller Blumenkästen hing. Auf dem Hof daneben stand eine Eiche, die um die zweihundert Jahre alt sein musste und von der eine zerrissene Schaukel in den Staub hing.

Beeler Grissum, Rubys Mann, der aus dem nördlichen Georgia oder aus South Carolina stammte, saß auf der Verandatreppe, knackte Erdnüsse und warf sie einem Truthahn auf dem Hof zu. Vor zwei, drei Jahren hatte ihm ein Freier, der nicht auf den alten Bauerntrick reingefallen war, mit dem er ausgenommen werden sollte, einen Karatekick ins Gesicht verpasst und das Genick gebrochen. Jetzt wirkte sein Körper wie ein Sack Kartoffeln, und das Kinn wurde von einer Nackenstütze aus Leder und Stahl aufrecht gehalten, sodass sein Kopf wie in einem Käfig saß und aussah, als gehörte er nicht zu ihm. Seine Haare waren platinblond gefärbt, wie bei einem Proficatcher, und glatt nach hinten gekämmt. Er drehte sich mit dem ganzen Oberkörper um, als wir uns der Treppe näherten, und seine Miene verriet, dass er sich dunkel an uns erinnerte.

»Mein Beileid wegen Ihrer Frau, Beeler«, sagte ich.

Er nahm eine Erdnuss aus dem Sack, den er in der Hand hatte und bot ihn uns dann an.

»Nein, danke«, sagte ich. »Der Sheriff meint, Ruby wurde möglicherweise aus einem Auto geworfen.«

»Er war nicht dabei. Aber wenn er das sagt«, sagte Beeler.

Soweit ich mich erinnern konnte, war er Schaustellergehilfe gewesen, bevor er Zuhälter wurde, und war sein Leben lang so gut wie nie auf einem Computer erfasst worden. Er sprach mit tonloser, näselnder Stimme, so gleichförmig und bar jeder Gemütsregung, sei es Freude, Leidenschaft oder Bedauern, dass der Zuhörer das Gefühl hatte, Beeler mache sich nicht genug aus anderen, der Welt oder selbst seinem eigenen Schicksal, um zu lügen.

»Im Bezirk New Iberia wurden in letzter Zeit zwei Frauen ermordet. Möglicherweise besteht da ein Zusammenhang mit Rubys Tod«, sagte ich.

Er schaute ins Leere und schien über meine Worte nachzudenken. Dann kratzte er sich mit dem Fingernagel unter dem Auge.

»Dann sind Sie also nicht ihretwegen hier. Geht's um die Fälle, die ihr nicht lösen könnt?«, sagte er.

»So würde ich das nicht ausdrücken«, sagte ich.

»Spielt keine Rolle. Is eh meine Schuld«, sagte er.

»Da komme ich nicht ganz mit«, sagte ich.

»Wir haben uns gestritten. Sie is mit meinem Pickup abgehauen. Manchmal fährt sie zu 'nem Bluesschuppen für Farbige, manchmal zu dem Kasino im Reservat. Sie hat ihr ganzes Trinkgeld in 'nem Obstglas aufgehoben. Sie war scharf auf die Pokerautomaten.«

»Hatte sie etwas mit einem anderen Mann?«, fragte Helen.

»Sie war aus der Szene ausgestiegen. Seitdem wollte sie von andern Männern nix mehr wissen. Is bei den meisten ehemaligen Huren so. Reden Sie nicht so über sie«, erwiderte er.

»Können Sie uns ein Bild von Ihrer Frau überlassen?«, fragte Helen.

»Ich glaub schon.«

Er ging ins Haus und kehrte mit einem Foto von Ruby zurück, das zusammen mit etlichen anderen in einer Bibel mit goldenen Lettern auf dem Einband steckte. Er reichte es Helen. Ruby hatte volles, schwarzes Haar, aber aufgrund ihres hageren Gesichts wirkte es wie eine Perücke bei einer Schaufensterpuppe.

»Ruby is elf Jahre lang anschaffen gegangen. Straßenstrich, Motels, Fernfahrerkneipen. Die hat alles Mögliche erlebt, sämtliche Perversen und Freaks, die's gibt. Der Typ, der an sie rangekommen is, den schnappt ihr nicht«, sagte er.

»Könnten Sie uns das erklären?«, sagte Helen.

»Hab ich doch grade«, erwiderte Beeler.

Er schüttelte den Erdnusssack vor dem Truthahn aus und ging in sein düsteres Haus zurück, ohne sich zu verabschieden.

An diesem Abend spritzte ich den Bootsanleger ab, zog eine Kette durch die Stahlösen, die am Bug unserer Mietboote angeschraubt waren, schlang sie um einen der Stützpfeiler des Stegs und sicherte sie mit einem schweren Vorhängeschloss, zählte dann im Köderladen die Rechnungen zusammen, schaltete das

Licht aus, sperrte die Tür ab und machte mich auf den Weg zum Haus.

Ein grau-brauner Pickup, verbeult und von vorn bis hinten zerschrammt, parkte unter den ausladenden Ästen einer immergrünen Eiche. Ein großer Mann, der Khakikleidung und einen Cowboyhut aus Stroh trug, stand bei der Ladeklappe und rauchte eine Zigarette. Die Glut zog eine Leuchtspur durch die Luft, als er die Zigarette in hohem Bogen auf den Fahrweg warf.

»Suchen Sie jemanden?«, fragte ich.

»Sie«, sagte er. »Den Mann, der dem schwarzen Weibsstück hilft, das solche Gerüchte verbreitet.«

Er kam aus dem Schatten und trat ins Mondlicht. Sein Gesicht war weiß, von steilen Falten zerfurcht. Eine ölige Haarsträhne hing unter seinem Hut hervor und ringelte sich übers Ohr.

»Dass Sie zu meinem Haus gekommen sind, war ein Fehler, Legion«, sagte ich.

»Das denkst du«, erwiderte er, zog mir einen Totschläger über den Kopf und erwischte mich oben am Schädel.

Ich ging neben dem Fahrweg zu Boden, blieb an der Böschung meines Grundstücks liegen. Ich roch das Laub, das Gras und die feuchte Erde an meinen Händen, als er auf mich zukam. Der Totschläger hing von seinen Fingern herab wie eine große, mit Leder überzogene Wollsocke.

»Ich bin Polizist«, hörte ich mich sagen.

»Spielt keine Rolle, was du bist. Wenn ich hier fertig bin, willst du niemand was davon erzählen«, erwiderte er.

Er verpasste mir einen Rückhandschlag, der mich seitlich am Kopf traf, und als ich mich einrollen wollte, hieb er mir auf Arme und Rückgrat, Kniescheiben und Schienbeine ein, dann zerrte er mich am Hemd auf die Straße und drosch auf meinen Hintern und die Rückseite der Oberschenkel ein. Das Bleigewicht in der zusammengenähten Ledersocke war mit einer Feder an einem Holzgriff befestigt, und bei jedem Schlag hatte ich das Gefühl, als fahre mir der Schmerz bis ins Mark, wie beim Zahnarzt, wenn der Bohrer auf den Nerv trifft.

Er hielt inne und richtete sich auf, aber ich konnte lediglich die Beine seiner Khakihose sehen, seinen Unterleib, die Schnalle des Westerngürtels an seinem flachen Bauch und den Totschläger, der reglos von seiner Hand hing.

Ich setzte mich mit untergeschlagenen Beinen auf, hatte ein dumpfes Dröhnen in den Ohren, und mein Bauch und die Eingeweide fühlten sich an wie nasses Zeitungspapier, das entzweigerissen war. Ich hätte nicht einmal die Arme heben und den Hieb abwehren können, wenn er noch einmal auf mich eingeschlagen hätte.

Er zog mich an der Hemdbrust hoch und ließ mich an der Böschung meines Grundstücks auf den Hintern fallen. Dann schob er den Totschläger in die Seitentasche seiner Hose und blickte auf mich herab.

»Wie schmeckt dir das?«, fragte er.

Schweigend wartete er auf eine Antwort.

»Ich frag dich noch mal«, sagte er.

»Leck mich«, flüsterte ich.

Er schlang meine Haare um seine Faust, zerrte meinen Kopf zurück und küsste mich grob, stieß mir die Zunge in den Mund. Ich nahm seinen Speichel wahr, der gallig bitter, nach Tabak und fauligem Essen schmeckte, die Hitze, die sein Körper verströmte, den Geruch nach Straßenstaub und trockenem Schweiß, der in seinem Hemd hing.

»Jetzt kannst du allen erzählen, was ich mit dir gemacht hab. Dass ich dich verprügelt hab wie 'nen Hund und dich genommen hab wie ein Weibsstück. Wie schmeckt dir das, mein Junge? Wie schmeckt dir das?«, sagte er.

10

Rosa und im Dunst verschwommen, wie die Farben und Formen bei einem Morphiumtraum, ging die Sonne am Morgen auf, und durch das Fenster des Iberia General konnte ich die Palmen und die mit Moos behangenen Eichen entlang des Old Spanish Trail sehen und einen weißen Reiher, der mit ausgebreiteten Schwingen vom Bayou aufstieg.

Der Sheriff saß vornübergebeugt auf einem Stuhl am Fußende meines Betts und starrte mit grimmiger Miene, so als gingen ihm lauter widersprüchliche Gedanken durch den Kopf, auf den Dampf, der aus seinem Kaffeebecher aufstieg.

Clete stand schweigend an der Wand, rollte ein Streichholz vom einen Mundwinkel zum anderen und hatte die mächtigen Arme verschränkt. Durch die Tür sah ich Bootsie, die draußen auf dem Flur mit einem Arzt in einem grünen OP-Kittel redete.

»Der Kerl taucht aus heiterem Himmel auf, prügelt Sie mit einem Totschläger windelweich und fährt weg, ohne die geringste Erklärung abzugeben?«, sagte der Sheriff.

»So in etwa«, sagte ich.

»Haben Sie die Autonummer erkannt?«, fragte er.

»Die Lichter am Bootssteg waren abgeschaltet. Das Nummernschild war mit Lehm verschmiert.«

Der Sheriff wollte sich an Clete wenden, zwang sich dann aber dazu, wieder mich anzuschauen, weil er ihn nicht zur Kenntnis nehmen, geschweige denn eingestehen wollte, dass er ein Recht hatte, sich in dem Zimmer aufzuhalten.

»Daraus soll ich also schließen, dass einer unserer Kunden aus Angola eine alte Rechnung begleichen wollte? Wenn man mal davon absieht, dass der Cop, den er niedergeschlagen hat, dreißig Jahre Berufserfahrung hat, ihn aber trotzdem nicht erkennt. Können Sie das nachvollziehen?«, fragte er.

»So was kommt vor«, sagte ich.

»Nein, tut es nicht«, erwiderte er.

Ich verzog keine Miene, schaute ihn mit ausdruckslosem Blick an. Mein Gesicht fühlte sich irgendwie unrund an, die Stirn so groß wie eine Gartenmelone. Wenn ich auch nur ein Glied rührte, schoss mir der Schmerz durch den ganzen Körper und prompt wurde mir wieder übel.

»Haben Sie was dagegen, uns eine Minute allein zu lassen?«, sagte der Sheriff zu Clete.

Clete nahm das Streichholz aus dem Mund und schnippte es in den Papierkorb.

»Nein, nichts dagegen. Aber vielleicht sollten Sie auch die Wände nach Wanzen untersuchen. In so einem Laden kann man das nie ausschließen«, sagte er.

Der Sheriff starrte auf Cletes Rücken, als er aus der Tür ging, dann wandte er sich wieder mir zu. »Was ist mit dem Kerl los?«, fragte er.

»Jedermann möchte geachtet werden, Sheriff. Clete kommt in der Hinsicht manchmal zu kurz. Er war ein guter Polizist. Warum erkennen Sie das nicht an?«

Der Sheriff beugte sich vor.

»Ich habe bei der Marineinfanterie gelernt, dass sich ein guter Offizier zuallererst um seine Leute kümmert. Alles andere ist zweitrangig. Aber Sie lassen das nicht zu, Dave. Sie glauben, Sie wären in Ihrer eigenen Zeitzone zugange, Ihrem persönlichen Revier. Und jedes Mal, wenn Sie in die Bredouille geraten, scheint Ihr Freund da draußen bis über beide Ohren mit drinzustecken.«

»Tut mir Leid, dass Sie diesen Eindruck haben.«

Der Sheriff stand auf und zog die Ärmel seiner Jacke zurecht. »Wissen Sie, warum die Welt von Federfuchsern regiert wird? Weil unsere besten Leute zu hoch hinaus wollen und dabei ausbrennen wie ein Feuerwerk, von dem nur ein paar bunte Lichter übrig bleiben. Wollen Sie das sein, Dave? Ein Feuerwerk? Verdammt, Sie bringen mich auf die Palme.«

Nachdem er gegangen war, füllte Clete ein Wasserglas mit Eiswürfeln, steckte einen Strohhalm hinein und ließ mich daraus trinken.

»Was ist da draußen passiert?«, fragte er.

Ich berichtete ihm von Schlägen, mit denen ich von Kopf bis Fuß traktiert worden war, von der Schmach, die man mir angetan hatte, erzählte ihm, dass ich das Gefühl hatte, ich hätte mein Leben nicht mehr im Griff, so als wäre mein ganzes Selbstvertrauen, der Glaube daran, dass ich mit der Welt zurande käme, nichts als eitles Wunschdenken gewesen.

Dann erzählte ich ihm von dem Kuss, von der nach Nikotin stinkenden Männerzunge, die über meine Zähne geglitten, mir in den Mund gestoßen worden war, bis in den Hals, von dem Speichel, der so widerwärtig war, dass ich das Gefühl hatte, er versengte mir das Kinn.

Ich blickte zu Clete auf. Er musterte mich mit seinen grünen Augen, teils mitleidig, teils mit unausgegorenen Gedanken beschäftigt – ein Blick, bei dem seine Feinde immer das Weite suchten, sobald sie ihn bemerkten.

»Willst du diesen Typ anzeigen?«, fragte er.

»Nein.«

»Schämst du dich für das, was er dir angetan hat?«, fragte er.

Als ich ihm keine Antwort gab, ging er zum Fenster und schaute auf die Bäume draußen an der Straße und das Moos an den Zweigen, das sich im Wind wiegte.

»Ich kann das regeln. Der merkt gar nicht, wie ihm geschieht. Ich hab auch 'ne kalte Knarre, sämtliche Nummern weggeätzt und ausgeschliffen«, sagte er.

»Ich sag dir Bescheid.«

»Yeah, garantiert«, sagte er und wandte sich vom Fenster ab. Er nahm seinen Porkpie-Hut vom Fensterbrett und schob ihn sich schief in die Stirn. »Bis heute Nachmittag, Streak. Aber dieser Sausack wird aus den Socken geballert, egal, ob du dabei bist oder nicht.«

Bootsie kam mit einer Vase voller Blumen und einer Schachtel Donuts durch die Tür. Sie hatte die ganze Nacht unter einer groben Wolldecke auf einem Sessel geschlafen, aber selbst ungeschminkt wirkte sie so rosig und zauberhaft wie der junge Tag.

»Was geht hier vor?«, sagte sie und schaute von mir zu Clete.

Ein großer, gelb und lila verfärbter Bluterguss blühte auf der einen Seite meines Gesichts, ein Auge war fast zugeschwollen, und mir war schwindlig vor lauter Schmerztabletten, als ich zwei Tage später am Stock aus dem Krankenhaus humpelte. Es war Freitag, ein Werktag, aber ich ging nicht ins Büro. Stattdessen saß ich eine ganze Zeit lang allein im Wohnzimmer, hatte die Jalousien zugezogen und horchte auf das sonderbare Surren, das ich im Kopf hatte. Dann ertappte ich mich dabei, wie ich an der Spüle in der Küche stand, mir erst ein Glas Eistee eingoss und dann das Fläschchen mit den Schmerztabletten öffnete, die mir der Arzt mitgegeben hatte.

Ein, zwei können nichts schaden, damit du halbwegs wieder zu dir kommst, dachte ich.

Genau.

Ich kippte die Tabletten in den Abfluss, ließ dann das Wasser laufen und warf das Fläschchen in den Müllsack unter der Anrichte.

Bootsie und ich aßen an dem Redwood-Tisch unter dem Mimosenbaum in unserem Garten zu Mittag. Dort hinten war es kühl und schattig, und ein leichter Wind strich durch das Immergrün und den Bambus, die am Bachlauf wucherten, aber keine Spur von Regen lag in der Luft, und aus dem Zuckerrohrfeld meines Nachbarn stiegen braune Staubwolken auf.

Bootsie erzählte irgendwas von einem Baseballspiel der College-Liga, das an diesem Abend in Lafayette stattfand. Ich versuchte ihren Worten zu folgen, aber dann setzte wieder das Surren in meinem Kopf ein.

»Hast du Lust dazu?«, sagte sie.

»Wie bitte?«, sagte ich.

»Hast du Lust dazu, heute Abend zu dem Spiel zu gehen?«

»Heute Abend? Was hast du gesagt? Wer spielt gegen wen?«

Sie legte die Gabel auf ihren Teller. »Du musst aufhören, daran zu denken. Der Sheriff wird diesen Kerl ausfindig machen«, sagte sie.

Ich wich ihrem Blick aus, spürte aber, wie sie mich scharf von der Seite musterte.

»Nicht wahr?«, sagte sie.

»Nicht unbedingt.«

»Lass dir nicht jedes Wort aus der Nase ziehen, Streak.«

»Der Sheriff weiß nicht, wonach er Ausschau halten muss. Ich habe ihm nicht alles erzählt.«

»Aha?«

»Es war dieser Legion, der Mann, der Aufseher auf Poinciana Island war. Er hat mich geküsst, mir die Zunge in den Mund gesteckt. Er hat mich als Weibsstück bezeichnet.«

Sie schwieg eine Zeit lang.

»Wolltest du den Sheriff deshalb nicht einweihen?«

»Dieser Legion ist vierundsiebzig Jahre alt. Die Geschichte glaubt mir doch keiner. Legion weiß das. Er hat mich voll am Kanthaken.«

Bootsie stand auf, kam um den Tisch herum, griff mir in die Haare und strich mit den Fingernägeln über meine Kopfhaut. Dann küsste sie mich auf den Scheitel.

»Warum hast du mir das nicht gleich erzählt?«, sagte sie.

»Weil du auch nichts daran ändern kannst.«

»Komm mit mir, Soldat«, sagte sie.

Wir gingen ins Schlafzimmer. Sie zog die Vorhänge an den Fenstern zum Vorgarten zu, zog die Telefonschnur aus dem Wandstecker und streifte ihre Bluse ab.

»Mach mir den Haken auf, Großer«, sagte sie und kehrte mir den Rücken zu, während sie ihre Bluejeans aufknöpfte und auf die Knöchel fallen ließ.

Sie legte mir die Arme um den Hals und küsste mich auf den Mund.

»Alles in Ordnung?«, sagte sie.

»Bestens.«

»Wie wär's dann, wenn du dich ausziehst?«

Ich streifte meine Sachen ab und legte mich vorsichtig aufs Bett. Bootsie schob die Finger in den Gummizug ihres Höschens, streifte es über die Schenkel, legte sich neben mich und stützte sich auf den Ellbogen.

»Hast du Clete die ganze Sache erzählt?«, fragte sie.

»Ja.«

»Bevor du es mir erzählt hast?«

»Ja.«

»Vertraust du mir nicht? Hast du etwa geglaubt, ich mag dich deshalb nicht mehr?«

»Ich bin nicht gerade stolz auf die Sache da draußen.«

»Ach, Dave, du bist ja so ein Spinner«, sagte sie, beugte sich dicht an mein Gesicht und berührte mit den Fingern mein Glied.

»Der Doc hat mich mit Beruhigungsmitteln vollgepumpt. Ich weiß nicht, ob ich das bringe, Boots«, sagte ich.

»Das glaubst aber auch nur du, mein Guter«, erwiderte sie.

Sie richtete sich auf und streichelte mein Glied, küsste es dann und nahm es in den Mund.

»Boots, du musst das nicht –«, begann ich.

Im nächsten Moment spreizte sie die Beine, setzte sich auf mich und hielt mich mit beiden Händen. Als ich zu ihr aufblickte, waren ihre Haare wie mit Licht durchwoben, das durch das Seitenfenster fiel, und in ihrem Gesicht schien sich all die Güte und Schönheit dieser Welt zu vereinen. Sie führte mich in sich ein, beugte sich dann herab, küsste mich wieder auf den Mund und strich mir eine Haarsträhne aus den Augen.

Ich strich mit den Händen über ihren Rücken und drückte sie auf mich, küsste ihre Haare und biss sie in den Hals. Dann, nur einen Moment lang, schienen all die Schmerzen und die ohnmächtige Wut, all die ekelhaften Bilder, die der Mann, der sich Legion nannte, mir für immer ins Gedächtnis hatte prägen wollen, mit einem Mal hinfällig zu werden. Die einzigen Laute, die ich wahrnahm, waren Bootsies Atemzüge, das Quietschen der Bettfedern und gelegentlich ein feuchtes Schmatzen, wenn sich ihr Leib an meinen saugte. Dann straffte sie sich, die Muskeln an ihrem Rücken wurden härter und ihre Schenkel spannten sich um meine – sie hatte jetzt die Augen geschlossen, und ihre Züge wurden inniger, weich und angespannt zugleich. Ich zog sie so eng an mich, wie es nur ging, als ob wir beide am Rand eines Abgrunds balancierten, spürte dann, wie mein Glied härter wurde, wie es anschwoll und brannte wie nie zuvor, so stark, dass ich unwillkürlich aufschrie, eher wie eine Frau als wie ein Mann, und dann schien sich mein ganzes Leben, das Bewusstsein meiner eigenen Identität aufzulösen, zu vergehen und wie weiße Glut aus meinen Lenden zu bersten, und in diesem Moment war ich eins mit ihr, waren wir beide untrennbar miteinander verbunden in der Hitze ihrer Schenkel, dem Wunder ihres Schoßes, ihrem Herzschlag, dem Schweiß auf ihrer Haut, dem roten Hauch auf ihren Wangen, dem Duft nach zerdrückten Gardenien, der aus ihrem Haar aufstieg, als ich das Gesicht darin vergrub.

Nachdem ich mich geduscht, eine frische Khakihose und ein Hawaiihemd angezogen hatte, nahm ich meine im Holster steckende 45er Pistole, Modell 1911, aus der Kommode und legte sie auf das Geländer der Galerie, ging dann in die Küche, strich Bootsie über den Rücken und küsste ihren Nacken.

»Du bist einmalig, Kleines«, sagte ich.

»Ich weiß«, erwiderte sie.

»Ich muss eine Weile weg. Aber ich bin rechtzeitig zum Spiel zurück.«

»Was hast du vor, Dave?«

»In ganz Louisiana gibt es keinen Kriminellen, Asozialen oder sonstigen Drecksack, der mit einem Totschläger über einen Cop herfällt, es sei denn, er glaubt, dass ihm keiner was anhaben kann.«

»Haben du und Clete etwa vor, die Sache auf eigene Faust zu regeln?«

»Das würde ich nicht sagen.«

»Wieso nicht?«

»Weil Clete außen vor ist«, erwiderte ich, ging aus der Haustür und stieß mit dem Pickup rückwärts die Auffahrt hinab. Durch die Windschutzscheibe sah ich, wie Bootsie auf die vordere Veranda kam. Ich winkte, aber sie ging nicht darauf ein.

Ich überquerte die Brücke über die Süßwasserbucht nach Poinciana Island und fuhr auf dem befestigten Fahrweg, der sich zwischen rotem Ackerland, Hügelkuppen und mit grünen Flechten überwucherten Eichen hindurchschlängelte, zu Ladice Hulins Haus. Sie war in eine Illustrierte vertieft und saß auf der Galerie, unmittelbar gegenüber von dem verkohlten Mauerwerk des Hauses, in dem Julian LaSalles Frau verbrannt war wie ein Vogel, der in einem Käfig gefangen ist.

Ich stieg aus dem Pickup und humpelte mit meinem Stock auf sie zu. »Darf ich mich setzen.«

»Sieht so aus, als sollten Sie das lieber machen. Hat Sie ein Zug überfahren?«, sagte sie.

Ich ließ mich auf die oberste Treppenstufe sinken, lehnte den Stock innen ans Bein und schaute zu den Pfauen, die auf der anderen Seite des Fahrwegs im Gras pickten. In der Ferne konnte ich die Bucht sehen, auf der sich die Sonne wie tausend kupfrige Lichter spiegelte, und ein Boot mit himmelblauem Segel, das in den Wind drehte. Eine ganze Zeit lang sprach keiner von uns.

»Ich möchte Legion zur Strecke bringen. Ihm vielleicht die Scheiße aus dem Leib ballern«, sagte ich.

»Benutzen Sie solche Ausdrücke auch vor weißen Ladys?«, fragte sie.

»Manchmal. Bei denen, die ich schätze.«

Sie ließ den Blick über mein Gesicht wandern. »Hat Legion Ihnen das angetan?«, fragte sie.

Ich nickte, hatte den Blick auf die andere Straßenseite gerichtet. Ich hörte, wie sie die Illustrierte zuschlug und auf die Galerie legte.

»Aber es sind nicht bloß die Prügel, die Ihnen zu schaffen machen, nicht wahr?«, sagte sie.

»Ich weiß wirklich nicht, wie mir derzeit zumute ist, Ladice«, log ich.

»Er hat irgendwas mit Ihnen gemacht, bevor er mit Ihnen fertig war, irgendwas, damit Sie sich inwendig schmutzig vorkommen. Sie waschen sich von Kopf bis Fuß, aber es nutzt nix. Egal, wohin Sie gehen, Sie fühlen ständig seine Hand an sich. Sie müssen ständig an ihn denken. Legion weiß genau, wie man den Leuten so was antut. Jede schwarze Frau auf dieser Plantage hat das erlebt«, sagte sie.

Ich schniefte und räusperte mich. Ich setzte meine Sonnenbrille auf, obwohl mich hier auf dem Hof kein Lichtstrahl blendete, und rieb mir die Knie.

»Vielleicht sollte ich gehen«, sagte ich.

»Legion hat in Morgan City einen Mann umgebracht. Einen

Mann aus dem Norden, der hier unten ein Buch schreiben wollte.«

»Und er wurde nicht festgenommen?«

»Die Leute in der Bar ham gesagt, der Mann hat Legion mit 'ner Pistole bedroht, und Legion hätt sie ihm abgenommen und ihn erschossen. Das stimmt aber nicht.«

»Woher wissen Sie das?«, fragte ich.

»Ein schwarzer Mann in der Küche hat gesehn, wie Legion die Pistole unter der Bar rausgeholt hat und ihm auf den Parkplatz gefolgt is. Legion hat aus nächster Nähe auf ihn geschossen, sodass seine Jacke Feuer gefangen hat. Dann hat er noch mal auf ihn geschossen, als er schon am Boden gelegen hat. Das war vor zirka dreißig, fünfunddreißig Jahren.«

»Danke für Ihre Hilfe, Ladice.«

»Jimmy Dean Styles war hier draußen.«

»Wann?«

»Gestern. Er hat sich nach meiner Enkelin erkundigt, wie's Rosebud geht und so. Wieso kommt der hier raus und fragt nach Rosebud?«

Ich musste daran denken, wie ich Rosebuds Zeichnung zum Carousel Club mitgenommen hatte, dessen Mitinhaber Styles war, wie Styles einen verstohlenen Blick darauf geworfen und neugierig den Kopf gereckt hatte.

»Sagen Sie mir Bescheid, wenn er wieder vorbeikommt«, sagte ich.

Ich nahm die Sonnenbrille ab, klappte sie zusammen und steckte sie in die Brusttasche meines Hemdes, versuchte so gelassen wie möglich zu wirken.

»Sie erzählen mir nur das, was ich Ihrer Meinung nach wissen sollte, was? So is das seit jeher gewesen, Mr. Dave. Nix hat sich geändert. Die kleinen Leute ham nicht dieselben Rechte wie alle andern. Deswegen hat Legion jedes schwarze Mädchen, das er gewollt hat, in den Wald oder ins Röhricht mitnehmen und ihr ein Kind machen können, ohne dass sie jemals verraten hat, wer der Vater is. Wenn Sie mich so von oben runter behandeln, wie Sie's grade gemacht ham, sind Sie nicht anders als Legion.«

In dieser Nacht rollte ein großer Umzugslaster gemächlich über die Staatsstraße außerhalb der Stadt, gefolgt von zwei Autos voller Männer, die finster und entschlossen nach vorn schauten und kein Wort miteinander wechselten. Die Karawane fuhr durch eine schwarze Slumsiedlung weit draußen im Bezirk, überquerte eine Brücke über einen Bachlauf und bog auf eine mit Muschelschalen bestreute Straße ab, die zu einer Reihe von Gruften auf einem Friedhof am Bayou führte.

Die Männer schwärmten aus den Autos, rollten einen Feuerwehrschlauch aus, der aus einem Apartmenthaus in Lafayette gestohlen worden war, und schlossen ihn an einem Hydranten an. Ein Mann setzte einen Schraubenschlüssel oben an dem Hydranten an und drehte immer wieder herum, bis der Schlauch prall und straff war.

Sie schlossen die Hintertür des Lasters auf und stießen die beiden Flügel zurück, worauf die Fernlichter der Autos zehn verschreckte Schwarze im Laderaum erfassten. Zwei von den Männern aus den Autos, allesamt Weiße, drehten das Ventil an dem Feuerwehrschlauch auf und richteten den unter Hochdruck stehenden Wasserstrahl in den Laster, wo er die Schwarzen von den Beinen riss, über den Boden schleuderte, an die Wände warf, sie wieder umfegte, wenn sie sich aufrichten wollten, wie schwere Faustschläge auf Köpfe und Körper einprasselte.

Die Männer aus den Autos sammelten sich im Halbkreis und sahen zu, zündeten sich Zigaretten an und standen lachend im Scheinwerferlicht, das sich schillernd im Spritzwasser brach.

Dann trat ein stämmiger, stramm gebauter Mann mit grauen, wie leblos wirkenden Augen und einer Frisur wie ein Sträfling in den dreißiger Jahren ins Licht. Er hatte einen Anzug an, unter dessen Jacke er nur ein eng anliegendes, geripptes Unterhemd und Hosenträger trug.

»Holt sie da raus und lasst sie antreten«, sagte er.

»Hey, Joe, das macht Spaß, was?«, sagte einer der Männer am Schlauch, schaute dann den Mann mit den leblosen Augen an, verstummte und drehte das Ventil zu.

Die Männer, die in den Autos gesessen hatten, zerrten die Schwarzen aus dem Laster und schubsten sie quer durch den Friedhof zum Ufer des Bayous. Wenn einer der schwarzen Männer einen Blick nach hinten warf, bekam er einen Schlagstock zu spüren oder wurde derartig heftig in den Hintern getreten, dass er kaum noch seinen Schließmuskel beherrschen konnte.

Ein paar Minuten später standen alle zehn schwarzen Männer in Reih und Glied nebeneinander, hatten die Hände über dem Kopf gefaltet und schauten bibbernd, mit klatschnasser Kleidung, die an ihren Leibern klebte, auf das Wasser hinaus.

Der Mann mit den leblosen Augen ging hinter ihnen auf und ab und musterte ihre Köpfe.

»Ich heiße Joe Zeroski«, sagte er. »Ich habe nichts gegen euch persönlich. Aber ihr seid Zuhälter und Crackdealer, und das heißt, dass sich keiner um euch schert. Ihr müsst mir alles erzählen, was ich über meine Kleine wissen will. Linda hat sie geheißen, Linda Zeroski«, sagte er.

Er zeigte auf einen hünenhaften jungen Burschen, der den Spitznamen Baby Huey trug und auf der Grambling State University Football gespielt hatte, bis er wegen Unzucht mit einer Minderjährigen ins Gefängnis gekommen war. Einer von Joes Leuten trat nach vorn, hatte einen Elektroschocker in der hohlen Hand, zwischen dessen vorstehenden Zinken sich ein knisternder Lichtbogen spannte. Er drückte die Zinken an Baby Hueys Rücken, worauf sich der mit hervorquellenden Augen zuckend im Gras wand.

Joe blickte auf ihn hinab. »Wer hat meine Tochter an der Ecke abgeholt?«, fragte er.

»Washington Trahan war ihr Manager. Ich weiß überhaupt nix über sie«, sagte Baby Huey.

»Der Scheißtyp, den du als Manager bezeichnest, ist abgehaun. Das heißt, dass du den Buckel für ihn hinhalten musst. Denk dran, wenn du ihn das nächste Mal siehst«, sagte Joe und nickte dem Mann mit dem Elektroschocker zu.

Als der Mann mit dem Elektroschocker mit ihm fertig war, war Baby Huey eingerollt wie ein Embryo, schrie nach seiner Mutter und zitterte wie ein Hund, der Harngrieß hat.

Joe Zeroski ging ein paar Schritte weiter und blieb dann hinter einem schlanken, hellhäutigen Mann mit ausrasierten Schläfen und langem Nackenhaar stehen, der Warzen im Gesicht hatte und einen Schnurrbart trug. Joe nickte dem Mann mit dem Elektroschocker zu, aber dessen nächstes Opfer ließ plötzlich die Arme sinken, kniff die Augen zu und schüttelte wie wild den Kopf. »Tee Bobby Hulin isses gewesen«, schrie er. »Der hat schon mindestens eine weiße Schnecke erledigt. Der sucht sich ständig weiße Schnepfen. Jeder an der Ecke weiß das. Er isses gewesen, Mann.«

»Den hab ich bereits überprüft. Vier Leute haben ihn in einem Club in St. Martinville gesehen«, sagte Joe.

»Ich hab 'nen Schrittmacher. Bitte machen Sie's nicht, Sir«, sagte der hellhäutige Mann mit einem Tonfall, aus dem eine Unterwürfigkeit sprach, die er vermutlich längst abgelegt zu haben glaubte.

Der Mann mit dem Elektroschocker wartete. »Joe?«, sagte er. Er war unrasiert und mürrisch, hatte feiste Hängebacken, und seine Augenbrauen wirkten wie zottige Hanffasern. Sein Bauch war so ausladend, dass sein Hemd nicht in den Hosenbund passte.

»Ich denke nach«, erwiderte Joe.

»Das sind Nigger, Joe. Die lügen, sobald sie aus dem Mutterleib kommen«, sagte der Mann.

Joe Zeroski schüttelte den Kopf. »Die haben nichts davon, wenn sie jemand decken, der ihrem Geschäft schadet. Wartet bei den Autos auf mich«, sagte er.

Joe Zeroskis Truppe trottete zwischen den Gruften hindurch zu ihren Autos und dem Möbellaster zurück. Joe trat vor die schwarzen Männer und zog eine 45er Automatik aus dem Gürtel. Er lud sie durch und sicherte sie.

»Kniet euch jetzt hin. Lasst die Hände auf dem Kopf liegen«, sagte er.

Joe wartete, bis sie alle auf den Knien waren, jeden Blickkontakt mit ihm vermieden, während ihnen dicke Schweißtropfen im Gesicht standen und die Moskitos um Nase und Ohren schwirrten.

»Habt ihr schon mal gehört, warum manche Jungs angeblich 'ne 22er benutzen«, sagte er. »Weil die Kugel im Schädel rumtrudelt und da drin alles zermatscht. Das ist Quatsch. Die Jungs, die 'ne 22er benutzen, können keinen Krach ausstehen. Also müssen sie eine Kugel in die Schläfe setzen, eine ins Ohr und eine in den Mund. Das soll dann angeblich die Handschrift vom Mob sein. Aber das kommt bloß daher, weil ein paar Jungs keinen Krach ausstehen können. Aus keinem andern Grund.

Ich trage Ohrstöpsel und benutze eine Knarre, die Ausschusslöcher so groß wie ein halber Dollar reißt. Seht ihr?«

Joe schob sich einen Gummistöpsel ins Ohr, nahm ihn dann wieder heraus und steckte ihn in die Jackentasche.

»Drüben auf der anderen Seite vom Bayou steht ein Haus mit hohem Giebel. Bis Sonnenaufgang schaut ihr dorthin und dreht euch nicht um. Wenn ihr wollt, dass euch das Hirn aus der Nase läuft, braucht ihr euch bloß umzudrehn, solang ich noch hier bin. Merkt euch meinen Namen. Joe Zeroski. Wenn ihr ein bisschen Kohle machen wollt, dann sucht mich auf und nennt mir den Namen von dem Mann, der meine Tochter umgebracht hat. Wenn ihr euer Leben verlieren wollt, braucht ihr mich bloß einmal zu verarschen.«

Wenige Minuten später fuhren der Möbellaster und die beiden Autos weg.

In der Morgendämmerung ging der Pastor einer windschiefen fundamentalistischen Kirche, auf deren Dach ein Holzkreuz und ein nachgebauter Glockenturm genagelt waren, den abschüssigen grünen Rasen vor seinem Pfarrhaus hinab, um die Wäsche von der Leine zu nehmen. Er blieb im Dunst stehen, der vom Bayou trieb, und starrte mit offenem Mund auf eine Reihe schwarzer Männer, die am anderen Ufer knieten und die Hände auf dem Schädel verschränkt hatten wie Kriegsgefangene in den grobkörnigen Schwarzweißfilmen einer alten Wochenschau.

11

Der Sheriff war erstaunlich ruhig und nachdenklich, als er am Montagmorgen in meinem Büro Platz nahm.

»Jahrelang habe ich versucht, diese Zuhälter und Drogendealer aus dem Verkehr zu ziehen. Dann kommt die gottverdammte Mafia daher und schafft es in einer Nacht«, sagte er.

»Die kommen wieder«, sagte ich.

»Was wissen Sie über diesen Zeroski?«

»Er ist ein Auftragskiller vom alten Schlag. Angeblich hat er den Job an den Nagel gehängt, nachdem er bei der Sozialsiedlung St. Thomas versehentlich ein Kind erschossen hat.«

»Irgendwann werden wir ihn aus der Stadt jagen müssen. Das ist Ihnen doch klar, was?«

»Leichter gesagt als getan«, erwiderte ich.

Der Sheriff stand auf und blickte aus dem Fenster auf die alten Gruften im St. Peter's Cemetery. »Wer hat Sie zusammengeschlagen, Dave?«

Mittags meldete ich mich in der Dienststelle ab, um eine Frau im Bezirk St. Mary, unten am Bayou, zu vernehmen, die behauptete, sie wäre mitten in der Nacht von einem Mann aufgeweckt worden, der plötzlich neben ihr stand. Sie sagte, der Mann hätte Lederhandschuhe und eine Gummimaske mit dem Gesicht von Alfred E. Neuman getragen, dem grinsenden Blödian, der den Umschlag der Illustrierten *Mad* ziert. Der Mann hätte ihr die Hände auf Mund und Nase gedrückt und versucht, sie zu ersticken, wäre aber geflohen, als ihn der Hund der Frau angefallen hätte.

Unglücklicherweise war sie arm und ungebildet, eine Putzfrau, die in einem Motel hinter einer Fernfahrerkneipe arbeitete und früher schon zweimal Anzeige wegen versuchter Vergewaltigung erstattet hatte. Die Stadtpolizei hatte sie nicht für voll genommen, und ich wollte mich bereits ihrer Meinung anschließen, als sie sagte: »Unter seiner Maske is ein süßlicher Geruch rausgekommen, wie nach Pfefferminz. Er hat am ganzen Leib gezittert.« Ihr abgearbeitetes Gesicht verzog sich vor Scham. »Er hat mich an intimen Stellen angefasst.«

Solche Einzelheiten bildete man sich weder ein, noch erfand man sie. Aber ob der Eindringling irgendetwas mit dem Tod von Linda Zeroski oder Amanda Boudreau zu tun hatte, erfuhr ich nicht. Ich reichte ihr meine Visitenkarte.

»Kommen Sie wieder her und helfen mir?«, sagte sie und blickte von einem Küchenstuhl zu mir auf.

»Ich arbeite im Bezirk Iberia. Ich habe hier keinerlei Befugnisse«, sagte ich.

»Warum lassen Sie sich dann von mir die ganzen persönlichen Sachen erzählen?«, fragte sie.

Dazu fiel mir keine Antwort ein. Ich ließ meine Karte auf dem Küchentisch liegen.

Eine Stunde später fragte ich den Cop am Eingang zum Kasino im Indianerreservat, wo ich den Mann, der sich Legion nannte, finden könnte, und ging dann hinein, in den Geruch nach kaltem Zigarettenqualm und Teppichreiniger, zwischen den Einarmigen Banditen und Video-Poker-Automaten hindurch, an Crap- und Blackjack-Tischen, einer Imbissbar, einem künstlichen Teich mit einem Wandgemälde im Hintergrund, das einen Zypressensumpf darstellen sollte, und einem halb untergetauchten steinernen Alligator vorbei, der inmitten der Münzen, die ins Wasser geworfen worden waren, das Maul aufsperrte.

Der Mann, der sich Legion nannte, saß an der Bar eines schummrigen Cocktailsalons, trank Kaffee und rauchte vor einem mit roten und lila Neonröhren umrahmten Spiegel eine Zigarette. Mit gleichgültigem Blick betrachtete er mich im Spiegel, als ich mich auf dem Hocker neben ihm niederließ und meinen Stock an die Kante der Bar hängte. Eine Bedienung in einem kurzen schwarzen Rock und Netzstrümpfen legte eine Serviette vor mich hin und lächelte.

»Was darf's sein?«, fragte sie.

»Ein Dr. Pepper mit Eis und ein paar Kirschen. Mr. Legion kennt mich. Er kommt manchmal bei mir zu Hause vorbei. Setzen Sie es auf seine Rechnung«, sagte ich.

Zuerst dachte sie, es handelte sich um einen persönlichen Scherz zwischen Legion und mir, dann warf sie einen Blick auf sein Gesicht, hörte auf zu lächeln und widmete sich meinem Getränk, ohne einmal von der Anrichte aufzuschauen.

Ich schlug meine Jacke hinter den Griff der 45er Automatik zurück, die ich in einem Gürtelholster trug.

»*T'es un pédéraste, Legion?*«, fragte ich.

Er ging im Spiegel mit mir auf Blickkontakt. Dann führte er

die Zigarette an den Mund, stieß den Rauch durch die Nase aus und streifte die Asche auf seiner Untertasse ab, betrachtete jetzt die Frau hinter der Bar.

»Sprechen Sie kein Französisch?«, sagte ich.

»Nicht mit jedem.«

»Dann frage ich Sie auf Englisch. Sind Sie homosexuell, Legion?«

»Ich weiß, was Sie wollen. Es haut aber nicht hin«, erwiderte er.

»Weil Sie nämlich diesen Eindruck bei mir hinterlassen haben. Vielleicht haben Sie die schwarzen Frauen vergewaltigt, um sich davon zu überzeugen, dass ganz tief in Ihrem Innern kein Mädchen steckt.«

Er drehte die brennende Zigarette auf der Untertasse hin und her, bis die Glut aus war. Dann knöpfte er die Brusttasche seines Hemds zu, zog seinen Schlips zurecht und schaute auf sein Spiegelbild.

»Geh in die Küche und schau nach, ob mein Essen fertig ist«, sagte er zu der Barfrau.

Ich drehte mich um und schaute ihn von der Seite an.

»Ich bin ein abergläubischer Mann, deshalb bin ich Ihretwegen zu einer *traiture* gegangen«, log ich. »Diese *traiture*, eine Freundin von mir, sagt, auf Ihnen liegt ein *gris-gris*. All die Frauen, die Sie sich mit Gewalt genommen haben, Mr. Julian, seine Frau, die bei einem Brand umgekommen ist, dazu ein Mann, den Sie vor einer Bar in Morgan City ermordet haben. Deren Geister verfolgen Sie, Legion, wo immer Sie auch hingehen.«

Die Haut unter seinem rechten Auge runzelte sich. Langsam wandte er den Kopf um und starrte mich an.

»Was für ein Mann in Morgan City?«

»Er war Schriftsteller. Kam irgendwo aus dem Norden. Sie haben ihn vor einer Bar erschossen.«

»Das haben Sie in 'ner alten Zeitung gefunden. Das hat überhaupt nix zu sagen.«

»Sie haben zweimal auf ihn geschossen. Das Mündungsfeuer hat seine Jacke in Brand gesetzt. Er lag am Boden, als Sie das zweite Mal auf ihn geschossen haben.«

Er öffnete den Mund, zog die Augen zusammen und schaute mich unverwandt an.

Ich holte einen Dime aus meiner Hemdtasche, durch den ich an diesem Morgen ein Loch gebohrt und eine rote Schnur gefädelt hatte. Ich schob die Münze über die Bar zu seiner Kaffeetasse.

»Die *traiture* sagt, den sollten Sie um den Knöchel tragen, Legion.«

»Wie 'n Niggerweib, was?«, sagte er und warf den Dime zwischen die Flaschen hinter der Bar.

Die Barfrau kam mit einem Tablett aus der Küche. Sie nahm einen Teller mit Reis, Soße, geschmortem Hühnchen und Stangenbohnen vom Tablett und stellte ihn vor Legion hin, legte eine Serviette samt Messer und Gabel daneben.

»Ist alles in Ordnung, Legion?«, fragte sie.

»Bei mir schon«, erwiderte er, steckte sich die Serviette in den Hemdkragen und griff zum Besteck.

»Warum haben Sie einen Schriftsteller aus dem Norden getötet?«, sagte ich.

Er beugte sich über seinen Teller, öffnete den Mund, wollte sich eine Gabel voller Essen in den Mund schieben. Plötzlich neigte er den Kopf zur Seite.

»Sie sollten mich lieber in Ruhe lassen, verflucht noch mal«, sagte er.

Ich hätte schwören können, dass sich sein Tonfall und Akzent veränderten, dass seine Stimme wie ein tiefes Grollen klang, das in einer riesigen Kaverne widerhallte.

Ich spürte, wie sich meine Kopfhaut spannte. Ich stand auf,

und mein Gesicht fühlte sich in der klimatisierten Luft mit einem Mal kalt und feucht an.

Ich wischte mir mit dem Jackenärmel die Stirn ab und griff zu meinem Stock. Der Mann, der sich Legion nannte, wirkte jetzt wieder ganz normal, wie ein Arbeiter, der sich über seine Mahlzeit beugt und schmatzend sein Essen genießt.

Aber mein Herz raste nach wie vor. Während ich auf seinen Rücken starrte, nahm ich mir vor, dass mich diese dumpfe Angst, die er mir eingejagt hatte, nicht begleiten sollte, wenn ich von hier wegging.

»Diesmal hinterlasse ich *Ihnen* ein Andenken. Bloß damit Sie wissen, was Ihnen blüht, wenn wir uns wieder über den Weg laufen«, sagte ich, zog ihm den Teller weg und spuckte hinein.

Clete trug eine neue Hose und ein gestärktes Hemd, als er am Mittwochnachmittag in meinen Köderladen kam, hatte Haare und die Augenbrauen frisch gestutzt und eine goldene Kette mit einem Medaillon um den Hals hängen, das ich noch nie gesehen hatte.

»Willst du ein paar Würmer baden?«, fragte ich.

»Nein, eigentlich nicht. Hab bloß gedacht, ich schau mal vorbei.«

»Aha«, sagte ich.

»Ich bin am Montag mit Barbara Shanahan bei einem Bankett gewesen«, sagte er.

»Einem Bankett?«

»Yeah, im Country Club. Hat vor Anwälten nur so gewimmelt. Gestern Abend waren wir bei einem Gartenfest am Spanish Lake. Der Gouverneur war dort.«

»Ohne Scheiß? Wer noch?«

»Perry LaSalle.«

»War der auch beim Bankett?«

»Yeah, ich glaub schon.« Clete setzte sich auf einen der Barhocker am Tresen und trommelte mit den Fingernägeln auf die Resopalplatte. Er blickte zu mir auf. »Willst du damit sagen, dass mich Barbara bloß benutzt, um LaSalle zu triezen?«

Das Telefon klingelte, sodass ich ihm keine Antwort geben musste. Als ich auflegte und mich wieder umdrehte, starrte Clete durch das Fliegendrahtfenster auf die Brassen, die zwischen den Seerosenfeldern auf der anderen Seite des Bayous die Wasseroberfläche durchstießen. Drei lange Falten zogen sich wie Spanndraht über seine Stirn.

»Was ist los, Partner?«, fragte ich.

»Gestern Abend hab ich Barbara gesagt, dass ich sie gern habe. Außerdem hab ich ihr erklärt, dass sie womöglich für 'nen Typ schwärmt, von dem ich nicht viel halte, aber wenn sie sich so entschieden hätte, könnte ich auch jederzeit die Kurve kratzen.«

»Wie hat sie's aufgenommen?«

»Sie ist sauer geworden.«

»Ihre Schuld. Pfeif drauf.«

»Das ist noch nicht alles. Sie wohnt in einem Apartment am Bayou. Ich bin schon unten, will zum Parkplatz gehen, als sie die Treppe runterkommt. Sie entschuldigt sich. Der Mond steht am Himmel, die Azaleen, die Bougainvilleen und die Glyzinien blühen. Auf Strümpfen steht sie da, ohne Schuhe, macht ein Gesicht wie ein kleines Mädchen. Sie nimmt mich am Arm und führt mich wieder nach oben. Dave, so was erlebt jemand wie ich normalerweise nicht, nicht mit so einer Frau. Ich hab gedacht, in meinem Kopf gehen Raketen los, als ich sie im Wohnzimmer geküsst habe.«

»Äh, vielleicht solltest du jetzt nicht unbedingt weiter erzählen, Cletus.«

»Dann klopft's an die Tür.«

»LaSalle?«

»Nein, irgendein Bauernlackel, der Illustrierte und Bibeln verkauft. Marvin Soundso heißt er.«

»Marvin Oates?«

»Yeah, das isser. Der reinste Hochstapler. Hat so 'nen niedlich-nuschligen Akzent und schaut einen so jämmerlich an, als wäre ihm grade die Tür vom Waisenhaus vor der Nase zugeschlagen worden. Aber Barbara fährt voll drauf ab, macht ihm ein Sandwich und gießt ihm ein Glas Milch ein, fragt ihn, ob er ein Eis mit Schokosoße dazu will. Mir ist fast schlecht geworden. Sie hat gesagt, sie hätte vergessen, dass sie Marvin aufgefordert hätte, bei ihr vorbeizuschauen, was hieß, dass ich gehen sollte.«

Ich nahm zwei Süßwasserruten, die in der Ecke lehnten, beide mit Mepp-Spinnern bestückt, die in den Korkgriff gehakt waren, und warf Clete eine zu.

»Komm, wir geben den Fischen was zu knabbern«, sagte ich.

»Es geht noch weiter«, sagte er. Er warf mir einen kurzen Blick von der Seite zu. Mit seinem rosigen Gesicht, das im Lichtschein vor Schweiß glänzte, und den frisch geschnittenen Haaren wirkte er wie ein kleiner Junge.

Ich setzte mich neben ihn und versuchte, nicht auf meine Uhr zu blicken. »Und wie geht's weiter?«, fragte ich und tat so gespannt wie möglich.

»Ich bin wieder in meinem Motel und will grade einschlafen, als vor Zerelda Caluccis Hütte ein Auto vorfährt. Rat mal, wer?«, sagte er. »Perry LaSalle mal wieder. Als ob mir auf Schritt und Tritt Perry LaSalle über den Weg laufen muss. Als ob jede Braut hier in der Gegend, auf die ich ein Auge geworfen habe, irgendwas mit Perry LaSalle am Laufen hat. Bloß dass er diesmal gewaltig was auf den Sack kriegt.

Zerelda nennt ihn einen Waschlappen und hirnlosen Deckhengst, dann nimmt sie einen Blumentopf, der auf dem Gehweg steht, und knallt ihn auf das Armaturenbrett von seinem Kabrio.

Ich hör sein Auto wegfahren und denke mir: Ah, endlich

komm ich zum Schlafen. Zehn Minuten später klopft Zerelda an meiner Tür. Mann, die war zum Sterben schön mit ihren dicken Ding-Dongs, der blassen Haut, den schimmernden schwarzen Haaren und dem feuerroten Lippenstift, und außerdem hat sie 'ne große, dick beschlagene Flasche Schampus dabei und sagt: ›Hey, Ire. Ich habe grade den schlimmsten Scheißabend in meinem ganzen Leben hinter mir. Hast du Lust, dir was anzuhören?‹

Und ich sage mir: Leg dich wieder schlafen, Clete. Barbara Shanahan wartet morgen auf dich. Feuchte Mafia-Träume hin oder her, heut Nacht gibt's keine sizilianischen Fisimatenten.

Der Vorsatz hat grade mal zwei Sekunden gehalten. Nun rate mal, welcher Partner von dir letzte Nacht an die Decke gevögelt worden ist, und heut Morgen dort weitergevögelt hat, dazu auf dem Boden, unter der Dusche und auf jeder anderen halbwegs ebenen Fläche, die die Bude zu bieten hat?«

»Ich glaub es nicht.«

»Ich auch nicht. Bloß dass ich heut Abend mit ihr essen gehe.«

»Mit Joe Zeroskis Nichte?«, sagte ich.

»Yeah. Ich glaube, ich habe Perry LaSalles Stelle eingenommen. Hätten du und Bootsie vielleicht Lust mitzukommen?« Er schaute mich erwartungsvoll an.

»Ich glaube, wir wollten heute zu einem Elternabend gehen«, erwiderte ich.

»Richtig. Ich hab ganz vergessen, dass ihr engagierte Eltern seid«, sagte er. Er stand auf und setzte sich den Hut auf. »Ich habe übrigens rausgefunden, wo dieser Legion wohnt. Ich habe ihm klargemacht, dass er mit den unzertrennlichen Zwei von der Mordkommission rechnen muss.«

»Du hast was gemacht?«

Am Donnerstagmorgen zitierte mich der Sheriff in sein Büro.

»Kennen Sie einen gewissen Legion Guidry?«, fragte er.

»Ich kenne einen Mann, der sich Legion nennt. Ich weiß aber

nicht, ob das sein Vor- oder Nachname ist. Er war früher mal Aufseher auf Poinciana Island.«

»Ich habe einen Anruf vom Sheriff im Bezirk St. Mary bekommen. Zwei seiner Deputys arbeiten in ihrer Freizeit im Kasino. Einer von denen sagt, Sie wären in den Salon gegangen und hätten diesem Mann ins Essen gespuckt.«

Wir schwiegen uns eine Weile an.

»Vermutlich hatte ich einen schlechten Tag«, sagte ich.

Der Sheriff schaute mich an, als wollte er jeden Moment aus der Haut fahren. »Wollen Sie damit etwa sagen, dass Sie das tatsächlich getan haben?«, sagte er.

»Das ist ein übler Typ, Sheriff. Ein echter Kotzbrocken, den uns die Familie LaSalle hinterlassen hat.«

»Wollen Sie einen Anwalt hinzuziehen?«

»Wozu?«

»Vorgestern Abend hat jemand alle vier Reifen am Pickup von dem Mann aufgeschlitzt. Ein Tankwart hat gesehen, wie ein Mann in einem klapprigen Cadillac-Kabrio von dort weggefahren ist.« Der Sheriff nahm einen gelben Block zur Hand, auf dem er sich ein paar Notizen gemacht hatte. »Der Tankwart sagt, der Mann am Steuer hätte ausgesehen wie ein Albinoaffe mit einem kleinen Hut auf dem Kopf. Kommt Ihnen das irgendwie bekannt vor?«

»Nein, ich kenne keine Albinoaffen«, erwiderte ich.

»Finden Sie das etwa komisch?«

»Nein, keineswegs.«

»Meiner Meinung nach haben Sie nur einen Brass auf die Familie LaSalle. Sie geben den Reichen die Schuld an den Rassenproblemen und der schlechten Wirtschaftslage. Sie übersehen dabei aber, dass andere ihre Konservenfabriken nach Lateinamerika ausgelagert haben. Die LaSalles sorgen nach wie vor für ihre Arbeiter, und zwar bis ins Grab, egal, was sie das kostet.«

»Dieser Legion ist ein Sexualverbrecher. Keiner hat ihn an die Kandare genommen, als er sich auf der Plantage der LaSalles an jeder schwarzen Frau vergriffen hat. Kommt mir nicht gerade fürsorglich vor.«

»Dann hätten sie sich vielleicht irgendwo anders eine Arbeit besorgen müssen.« Er warf mir einen scharfen Blick zu, mahlte mit der Kinnlade. »Möchten Sie dem noch irgendetwas hinzufügen?«

Ich wandte den Blick von ihm ab. »Nein, Sir«, sagte ich.

Der Sheriff biss ein loses Stück Haut von seinem Daumen ab, stand dann auf, zog seine Anzugjacke an und nahm seinen Stetson.

»Sie und Helen Soileau lassen sich Flinten aushändigen«, sagte er.

»Was?«, sagte ich.

»Wir wollen ein paar Takte mit Joe Zeroski und seinen Freunden reden. Wohnt Purcel nicht im gleichen Motel?«

»Ja.«

»Kommt mir fast so vor, als ob er dort gut hinpasst.«

Das Motel befand sich draußen an der East Main Street, in einem Waldstück zwischen immergrünen Eichen. Die Cottages waren mit hellbraunem Mörtel verputzt und lagen vom frühen Morgen bis Sonnenuntergang im Schatten, und jeden Abend trieb der Rauch der Grillfeuer durch die Bäume und das Bambusrohr hinaus auf den Bayou.

Unser aus sechs Streifenwagen und einem Gefängnisbus bestehender Konvoi wurde langsamer, bog in die Zufahrt zum Motel ein und fuhr an einem Cottage am Eingang vorbei, das zu einem Friseursalon mitsamt der typischen rot-weiß geringelten Stange umgebaut worden war. Am Ende der Auffahrt, gegenüber von Zerelda Caluccis Hütte, sah ich Cletes lavendelfarbenes Cadillac-Kabrio stehen.

Ich hatte fortwährend ein trocken knisterndes Surren im Kopf, wie das Prasseln eines abgerissenen Stromkabels im Regen, das gleiche Geräusch, das ich gehört hatte, als ich aus dem Iberia General nach Hause gekommen war, bis über beide Ohren mit Schmerzmitteln vollgepumpt.

Helen parkte den Streifenwagen und schaute mich an. Mein Gehstock und zwei abgesägte Remington-Vorderschaftrepetierer Kaliber 12 lehnten zwischen uns am Vordersitz.

»Macht dir irgendwas zu schaffen?«, fragte sie.

»Dieser Einsatz ist dumm. Einen Joe Zeroski fordert man nicht heraus.«

»Vielleicht solltest du das dem Skipper sagen.«

»Hab ich schon. Reine Zeitverschwendung«, sagte ich.

»Versuch es zu genießen. Komm schon, Streak, jetzt geht's rund, raff dich auf«, sagte sie und öffnete die Tür.

Ich stieg aus, hatte in der einen Hand den Stock und in der anderen eine Flinte, die ich über die Schulter legte. Der Sheriff, drei Zivilfahnder, mindestens zehn Deputy-Sheriffs in Uniform und ein Dutzend Stadtpolizisten kamen auf mich zu. Der Wind hatte aufgefrischt und wirbelte das Eichenlaub über die Zufahrt.

»Haben Sie einen Moment Zeit, Skipper?«, sagte ich.

»Was gibt's?«, fragte er, den Blick auf die Cottages am Ende des Wegs gerichtet. Ein Megaphon hing an seinem rechten Handgelenk.

»Lassen Sie mich mit Joe reden.«

»Nein.«

»Ist das alles?«

»Halten Sie sich an die Vorgaben, Dave.«

Mein Blick wanderte über die Polizistenschar hinweg und fiel auf einen Mann mit aschblonden Haaren, Jeans, Sportsakko, Golfhemd und einem weißen Strohhut mit seitlich hochgerollter Krempe, der gerade aus einem Streifenwagen stieg und sich mit erwartungsvoller Miene umschaute, wie ein Kind, das einen Vergnügungspark betritt.

»Was macht der Typ hier?«, fragte ich.

»Welcher Typ?«, sagte der Sheriff.

»Marvin Oates. Er ist vorbestraft. Was macht der hier?«

»Er studiert Strafrecht. Wir nehmen die manchmal mit. Dave, ich glaube, Sie sollten sich vielleicht lieber irgendwo hinsetzen, sich eine Weile abregen, vielleicht zu dem Friseur da vorne gehen und sich die Haare schneiden lassen. Wir holen Sie auf dem Rückweg ab«, sagte der Sheriff.

Seine Worten hallten in der Stille nach wie eine Ohrfeige. Er und die anderen gingen an mir vorbei zum anderen Ende des Motelgeländes, als ob ich nicht da wäre. Ich hörte, wie das trockene Laub um mich herumwirbelte.

Helen warf einen Blick zurück und kam dann auf mich zu. Ihre Hemdsärmel waren hochgekrempelt, die Arme angewinkelt. Sie packte mich am Handgelenk.

»Er hat grade erfahren, dass seine Frau Krebs hat. Er ist nicht ganz bei sich, Bwana«, sagte sie.

»Das hier ist ein Fehler.«

»Vergiss, dass ich irgendwas gesagt habe.«

Sie folgte den anderen, hielt die Flinte mit beiden Händen, die Mündung schräg nach oben gerichtet, und hatte ihre Handschellen hinten am Gürtel der Jeans hängen, die sich um ihren Hintern spannte.

Kurz darauf meldete sich der Sheriff übers Megaphon, und seine Stimme hallte von den Bäumen und Cottages wider. Aber ich verstand kein Wort. Ich hatte ein Klingeln in den Ohren, und ein eisiger Windhauch zog mir über den Kopf. Joe Zeroski kam mit blanker Brust, Trainingshose und einem Paar schneeweißer Tennisschuhe an den Füßen aus seiner Hütte, hatte ein Stück Brathuhn in der Hand, und sein Gesicht sah aus, als hätte er vor einem Hochofen gearbeitet.

»Was soll das?«, sagte er.

»Sagen Sie Ihren Leuten, sie sollen rauskommen«, sagte der Sheriff.

»Das muss ich ihnen nicht sagen. Die gehen überallhin, wo ich hingehe. Ich habe Sie gefragt, was das soll. Sind wir hier im Affenzirkus?«, sagte Joe.

»Sie haben einen Haufen Schwarzer gekidnappt. Die wollen keine Anzeige gegen Sie erstatten, aber ich weiß, was Sie gemacht haben. Hier ist ein Durchsuchungsbefehl, falls Sie einen Blick drauf werfen möchten, Mr. Zeroski«, sagte der Sheriff.

»Wischen Sie sich den Arsch damit ab«, erwiderte Joe.

Die Stadtpolizisten und Deputys in Uniform holten jetzt Joes Leute aus ihren Hütten, ließen sie in Reih und Glied antreten und drückten sie mit ausgebreiteten Armen und gespreizten Beinen an Bäume und Autos.

»Drehen Sie sich bitte um und legen Sie die Hände an den Baum«, sagte der Sheriff zu Joe.

Die Aderstränge an Joes Brust und Schultern zuckten und rote Flecken überzogen seinen Hals. Er warf den Hühnerknochen ins Gebüsch.

»Jemand hat das Gesicht meiner Tochter so zerschlagen dass es nicht mehr menschlich ausgesehen hat. Aber Sie kommen hierher und drangsalieren ein paar einfache Jungs, die Ihnen nix getan haben. Wissen Sie, warum? Weil ich Sie störe. Gegen die Abartigen hier in der Stadt können Sie nichts machen, deshalb nehmen Sie sich die Leute vor, mit denen Sie Ihrer Meinung nach leichtes Spiel haben. Hey, Sie sind doch genauso alt wie ich. Seh ich so aus, als ob man mit mir leichtes Spiel hat?«, sagte Joe.

Joe sah, wie zwei Deputys in Uniform einen Mann mit mächtigem Bauch, missmutiger Miene und Hängebacken wie ein Bernhardiner über den Kotflügel eines Autos stießen. »Hey, das ist Frankie Dogs, den die da in die Mangel nehmen«, sagte

Joe. »Wissen Sie, wer Frankie Dogs ist? Selbst in 'nem Scheißkaff wie dem hier sollte man wissen, wer Frankie Dogs ist. Hey, nehmt eure Drecksbpfoten von mir weg.«

Aber zwei Deputys hatten Joe bereits an einen Baum gedrückt und tasteten ihn zwischen den Schenkeln ab.

In diesem Augenblick führte ein Stadtpolizist Clete Purcel und Zerelda Calucci aus Zereldas Cottage. Jetzt ging alles sehr schnell.

»Was sollen wir mit dem da machen?«, fragte der Stadtpolizist und zeigte auf Clete.

»Der fährt genauso ein wie alle anderen«, erwiderte der Sheriff.

Clete und Zerelda stützten sich mit den Armen an Cletes Cadillac ab und warteten darauf, dass man sie durchsuchte. Clete warf mir einen Blick über die Schulter zu, zog dann die Augenbrauen hoch, schaute weg und betrachtete einen Schlepper, der auf dem Bayou vorbeifuhr. Der Wind zauste an seinen rotblonden Haaren.

Cletus, Cletus, dachte ich.

Joe Zeroski fing an, sich gegen die Deputys zu wehren, die ihn filzen wollten. Ein halbes Dutzend Cops stürzte sich auf ihn, darunter auch der Stadtpolizist, der gerade Clete und Zerelda durchsuchen wollte.

Marvin Oates stand jetzt genau hinter Zerelda, schaute sie wie gebannt mit einem sonderbaren, fast durchgeistigten Leuchten in den Augen an. Das Laub knirschte unter seinen Schuhsohlen, als er näher zu ihr hintrat, als zöge es ihn zu einem Wesen aus einer anderen Welt. Er beugte sich zu ihren Schultern hinab, versuchte vielleicht die Hitze einzuatmen, die ihr Körper verströmte, oder den Duft ihrer Haare. Dann ließ er die Hände über ihren Rücken gleiten, unter die Arme und an den Seiten herab. Ich sah, wie sie zusammenzuckte, als werde sie sexuell belästigt, aber Oates flüsterte ihr irgendetwas ins

Ohr, steckte die Hand in ihre Jeanstasche und holte einen kleinen Beutel heraus, den er sich in den Jackenärmel schob.

Ich ging am Stock auf ihn zu, hatte die Flinte immer noch über der Schulter liegen.

»Was denken Sie sich eigentlich dabei?«, fragte ich.

Er wurde blass im Gesicht.

»Hab doch bloß mithelfen wollen«, erwiderte er.

»Sie sind kein Polizist. Sie haben kein Recht, hier bei irgendjemandem Hand anzulegen. Haben Sie das verstanden?«, sagte ich.

»Sie haben Recht, Sir. Ich hab hier nix zu schaffen. Ich bin bloß ein einfacher Student an der Universität. Mit mir und meinesgleichen kriegen Sie keinen Ärger«, sagte er.

Er lief zwischen den Bäumen hindurch auf den Bayou zu, kämpfte sich durch Bambus und Unterholz und zerriss sich sein Sportsakko an einem Dornbusch.

»Kommen Sie zurück«, sagte ich.

Aber er war weg. Ich humpelte zum Ufer hinunter und sah im Rankengeflecht der Purpurwinden einen prallvollen Plastikbeutel, in dem sich irgendein grünlich-braunes Zeug befand. Ich stocherte mit meinem Stock daran herum, hob ihn dann auf, schüttelte das Marihuana heraus und steckte den Beutel in die Hosentasche.

Als ich wieder zu dem Fahrweg kam, waren Joe Zeroski und seine Männer mit den Händen an eine lange Kette gefesselt, genauso wie Clete und Zerelda.

»Wie wär's, wenn Sie mit Purcel ein bisschen nachsichtiger wären, Skipper?«, sagte ich.

»Lassen Sie ihn zur Abwechslung mal seinen Mist selber ausbaden«, erwiderte der Sheriff.

»Heute früh haben Sie eine Bemerkung über die Frauen gemacht, die auf der LaSalle-Plantage geschändet wurden. Sie haben gesagt, dann hätten sie sich vielleicht irgendwo anders eine

Arbeit besorgen müssen. Das ist das Widerwärtigste und Beschissenste, was ich je von Ihnen gehört habe, Sir«, sagte ich.

Ich öffnete den Verschluss der Pumpgun und warf sie auf den Rücksitz seines Streifenwagens. Dann hängte ich meinen Stock an den Ast eines Persimonenbaums, als wäre er eine Art Christbaumschmuck, und humpelte auf die Einfahrt des Motelgeländes zu.

»Wo willst du hin, Dave?«, fragte Helen.

»Mir die Haare schneiden lassen«, sagte ich und winkte ihr mit hoch gerecktem Daumen zu.

Spät am Abend, nachdem Joe Zeroski und seine Männer aus dem Gefängnis entlassen worden waren, fuhr ein Auto auf das Motelgelände und hielt vor Zerelda Caluccis Cottage. Ein junger Mann mit einem weißen Strohhut und einem hellblauen, mit Blumen besticktem Cowboyhemd stieg aus, ging zur Tür und bückte sich kurz, setzte sich dann wieder ins Auto und fuhr weg.

Als Zerelda Calucci am nächsten Morgen die Tür öffnete, fand sie ein Dutzend rote Rosen, die in grünes Seidenpapier eingewickelt waren und über einer Bibel mit goldenen Lettern auf dem Einband lagen.

12

Freitagnacht machte ich etwas durch, das trockene Alkoholiker als Sufftraum bezeichnen, nächtliche Ausflüge in die Vergangenheit, die entweder aus Sehnsucht entstehen, weil man wieder die Sau rauslassen will, oder aus Angst davor. In meinem Traum suchte ich einen Saloon an der Magazine Street in New Orleans auf, wo ich vor der verspiegelten Bar stand, ein drei

Finger breit eingegossenes Glas Jim Beam vor mir hatte und daneben eine Flasche Jax-Bier mit langem Hals. Ich trank so wie früher, bevor ich zu den Anonymen Alkoholikern ging, kippte die Doppelten mit einer Selbstverständlichkeit weg wie jemand, der gedankenlos Rasierklingen isst, im festen Vertrauen darauf, dass ich diesmal frühmorgens nicht zitternd aufwachen würde, voller Wut, Selbsthass und dem unstillbaren Verlangen nach mehr Schnaps.

Dann war ich in einem anderen Saloon, der sich in einem alten, aus Kolonialzeiten stammenden Hotel in Saigon befand, einem Lokal mit hölzernen Ventilatoren an der Decke, gerippten Fensterläden, Marmorsäulen und Topfpalmen, die zwischen den mit weißen Tüchern gedeckten Tischen standen. Ich trug eine frisch gebügelte Uniform und saß auf einem hohen Stuhl an einer Teakholzbar neben einem Freund, einem Engländer, dem dort eine Import-Export-Firma gehörte und der Geheimdienstagent in Hanoi gewesen war, als die Vietminh, die man später Vietcong nannte, noch mit Amerika verbündet waren. Er trug einen weißen Anzug mit Panamahut, hatte einen tadellos gestutzten Schnurrbart und war stets freundlich und zuvorkommend zu denen, die meinten, sie könnten sich dort als Kolonialherren durchsetzen, wo Leute wie er gescheitert waren. Die Unmengen Scotch, die er trank, zeigten bei ihm kaum Wirkung, wenn man von dem roten Gesicht einmal absah.

Er stieß mit mir an, wandte mir die blauen Augen zu und musterte mich mit bekümmertem Blick. »Sie sind so ein schmucker junger Offizier. Ein Jammer, dass Sie und Ihre Kameraden hier sterben müssen. Ach ja, macht den kleinen Scheißern die Hölle heiß.«

Dann war es tiefe Nacht, und ich blickte auf ein Meer aus wogendem, vom Wind gepeitschten Elefantengras hinaus, das im Phosphorschein der Leuchtkugeln flackerte. Draußen im Grasland hatten kleine Männer mit spitzen Strohhüten und schwarzen Pyjamas, die mit amerikanischen Beutewaffen oder französischem und japanischem Schrott ausgerüstet waren, einen mit leeren Rationsbüchsen bestückten Stolperdraht ausgelöst. Die Flammenwerfer legten los, maunzend wie ein Wurf kleiner Kätzchen, sprühten in hohem Bogen Feuerstrahlen über das Gras, aus dem Schreie schallten und ein Geruch zum Himmel aufstieg, den man sich auch mit noch so viel Alkohol nicht von der Seele spülen kann.

Ich setzte mich auf und rieb mir auf der Bettkante den Schlaf aus den Augen. Die Vorhänge an den Fenstern bauschten sich im Wind, über dem Sumpf hingen rußschwarze Wolken, in denen Blitze flackerten, und ich nahm den Geruch eines Müllfeuers wahr, das irgendwo an einem Bachlauf brannte, und hörte den schrillen Schrei einer Nutria, die nach ihrem Gefährten rief.

Ich ging ins Badezimmer, öffnete ein Fläschchen mit Aspirin und kippte mir acht Stück in die Hand, nahm eine nach der anderen in den Mund und zerbiss sie, bis sie bitter schmeckten, spülte sie mit einem Schwung Wasser aus der hohlen Hand hinunter und ließ sie einwirken, bis ich das Gefühl hatte, ich hätte eine Hand voll Aufputschpillen geschluckt.

Ich legte mich wieder aufs Bett und zog mir das Kissen über die Augen, schlief aber bis zur Morgendämmerung nicht mehr ein.

Am Samstagmorgen fuhr ich nach Morgan City und suchte im Archiv der Lokalzeitung nach einem Bericht über eine Schießerei, an der ein gewisser Legion Guidry beteiligt gewesen war. Er war nicht schwer zu finden. Eines Abends, an einem Werktag im Dezember 1966, hatte ein freischaffender Schriftsteller aus New York, William O'Reilly mit Namen und neununddreißig Jahre alt, in einer Bar unten am Hafen, dort wo die Krabbenkutter lagen, offensichtlich Streit gesucht. Als man ihn aufforderte, das Lokal zu verlassen, hatte er dem Barkeeper eine Schusswaffe vorgehalten. Der Barkeeper, ein gewisser Legion Guidry, hatte ihm die Waffe entwinden wollen, wobei William O'Reilly von zwei Schüssen getroffen wurde und hinaus auf den Parkplatz torkelte, wo er starb.

Der Artikel war erst zwei Tage nach O'Reillys Tod erschienen, und auch dann nur im Innenteil. In dem Bericht hieß es, dass O'Reilly seit etlichen Jahren arbeitslos gewesen sei und sowohl seinen Job bei einer Zeitung als auch den Lehrauftrag an einer Universität wegen alkoholbedingter Unregelmäßigkeiten verloren habe.

Ich schaltete den Mikrofilmscanner ab und schaute aus dem Fenster auf die Palmen und die Hausdächer von Morgan City. Ich sah die Brücken über dem breiten Flussbogen des Atchafalaya, die Krabbenkutter und Spelunken im Hafenviertel und die abgestorbenen Zypressen in den ineinander übergehenden Buchten, durch die eine tiefe Fahrrinne zum Golf von Mexiko führte. Aber für all die Randexistenzen, die sich in Amerikas krimineller Subkultur tummelten, war Morgan City mehr als nur ein Stück Jamaika abseits der Karibik. Es war seit jeher die Stadt gewesen, in die man sich begab, wenn man auf der Flucht war und eine neue Identität brauchte, sich Dope, Huren, eine Schiffspassage zu fernen Häfen oder Geld beschaffen wollte, das nirgendwo registriert war. Ein idealer Ort, um einen lästigen Schreiberling aus New York zu ermorden und ungeschoren davonzukommen, dachte ich.

An diesem Nachmittag kam Clete Purcel in den Köderladen und mietete sich ein Boot. Ich hatte ihn nicht mehr gesehen, seit er aus dem Gefängnis entlassen worden war.

»Willst du mit mir reden?«, fragte ich.

»Darüber, dass ich mit Psychopathen wie Frankie Dogs in den Bau gekommen bin? Eigentlich nicht«, sagte er.

»Ich wollte dich fragen, ob du dich mit Legion Guidry angelegt hast?«

Er verzog keine Miene, gähnte dann und schaute auf seine Uhr. »Wow, die Fische warten«, sagte er.

Er lud seine Gerätekiste, die Kühlbox und die Angelrute in ein schmales Aluminiumboot mit einem Außenborder, der eine gelbe Furche hinter sich herzog, als er den Bayou hinabröhrte. Kurz vor der Abenddämmerung kehrte er zurück, von der Sonne verbrannt, das Gesicht vom Bier aufgeschwemmt, das er den ganzen Nachmittag über getrunken hatte, mit einem unter dem Eis in seiner Kühlbox verstauten vierzehn Pfund schweren Breitmaulbarsch, in dessen Schlund noch der Drillingshaken des Rapalo-Spinners steckte.

Ich hörte, wie er den Fisch unter einem Wasserhahn am Bootssteg abschuppte und ausnahm. Dann kam er in den Laden, seifte sich an der Spüle im Hinterraum Hände und Gesicht ein und wusch sich gründlich, nahm sich ein Sandwich vom Regal, goss sich eine Tasse Kaffee ein und setzte sich an den Tresen. Seine Augen waren jetzt wieder halbwegs klar. Er zückte seine Brieftasche und zählte das Geld für das Sandwich und den Kaffee ab, wusste dann nicht mehr weiter und flocht die Finger ineinander.

»Ich muss meinen Schwengel an die Kette legen«, sagte er.

»Beziehst du dich damit auf dein Verhältnis mit Zerelda?«

»Ich kann's immer noch nicht fassen, dass ich mit Frankie Dogs in einer Zelle war. Er war der Leibwächter von einem der Typen, die vermutlich John Kennedy umgebracht haben. Das ist, als ob man neben 'ner Seuche steht.«

»Verzieh dich eine Zeit lang nach New Orleans.«

»Dort leben doch die ganzen Typen.«

»Dann mach mit Zerelda Schluss.«

»Yeah«, sagte er versonnen, schaute ins Leere und blies erst die eine, dann die andere Backe auf. »Ich bin sowieso der Meinung, dass sie nach wie vor scharf auf Perry LaSalle ist Ich glaube, er hat sie ein paar Mal gestoßen und dann den Schwanz eingezogen. Zerelda sagt, mit Barbara Shanahan hat er's genauso gemacht.«

Ich beschäftigte mich mit der Registrierkasse, trug dann einen Eimer voll Wasser hinaus, das aus der Getränkekühlbox gesickert war, und kippte es über einen der Arbeitstische Als ich wieder hereinkam, schaute mich Clete mit ausdrucksloser Miene an.

»Willst du was über das Sexualleben anderer Leute erfahren?«, sagte er.

»Nicht unbedingt.«

»Tja, das solltest du dir aber lieber anhören, weil dieser LaSalle nämlich total hirnvernagelt ist und ständig einen Grund sucht, um allen möglichen Leuten den Arsch aufzureißen, sich selber mal ausgenommen.

Barbara und Zerelda kennen sich von früher, als sie gemeinsam auf der Tulane studiert haben. Barbara wollte mit LaSalle nichts zu tun haben, weil die Familie LaSalle ihren Großvater mal hat einfahren und seine Strafe absitzen lassen, statt selber dafür gradezustehen. Dann kommt LaSalle eines Abends aus einer Kneipe an der St. Charles Avenue, wo die Jurastudenten grade eine Party feiern, und sieht, wie eine Schlägerbande zwei Vietnamesenjungs aufmischen will. LaSalle geht dazwischen, obwohl die zu sechst sind, worauf sie von den Vietnamesen ablassen und stattdessen ihm die Hucke vollhauen.

Barbara hat LaSalle mit nach Hause genommen, seine Wunden versorgt, ihm ein paar Löffel Suppe eingeflößt, und dann, dreimal darfst du raten, sind sie prompt in der Horizontalen gelandet.

Rat mal, wie's weiter geht. LaSalle schaut noch ein paar Mal vorbei, bumst mit ihr und lässt sie dann sausen, als ob es sie nie gegeben hätte.«

»Und deswegen ist er hirnvernagelt?«, fragte ich.

»Ein Typ, der eine Frau wie Barbara Shanahan sitzen lässt? Der hat entweder Scheiße im Hirn, oder er ist ein heimlicher Hinterlader.«

»Du hast sie als Frau bezeichnet, nicht als Braut«, sagte ich.

Clete zog die Augenbrauen hoch. »Yeah, kann schon sein«, sagte er.

Das Telefon klingelte. Als ich wieder auflegte, war Clete weg. Ich fing ihn bei seinem Auto ab, das draußen bei der Bootsrampe stand.

»Der Sheriff hat mir vorgestern mitgeteilt, dass jemand die Reifen an Legion Guidrys Pickup zerschlitzt hat«, sagte ich. »Du bist dort in der Gegend gesehen worden.«

»Mir bricht gleich das Herz«, sagte er.

»Halt dich da raus, Cletus.«

»Die Show fängt doch grade erst an, Großer«, erwiderte er und fuhr davon.

Am Montag darauf fuhr ich die East Main Street entlang, an den mit Stuck und Schnörkeln verzierten alten Herrenhäusern und den schattigen Rasenflächen vorbei, auf denen bunte Azaleensträucher blühten. Ich parkte bei den Shadows, wo gerade ein Touristenbus ausgekippt wurde, überquerte die Straße und betrat ein einstöckiges viktorianisches Haus, das von Perry LaSalle zu einer Anwaltskanzlei umgebaut worden war. Es war, als käme ich in eine Gedenkstätte für eine glorreiche Vergangenheit.

Drei Sekretärinnen saßen im Vorzimmer an ihren Computern, während ringsum Telefone klingelten und ein Faxgerät eine dicht beschriebene Seite nach der anderen ausstieß. Aber weitaus eindrucksvoller als diese Zugeständnisse an die Moderne wirkte eine riesige, in einem Glaskasten aufgehängte Kriegsflagge der Konföderation, ein verblichenes, von Kartätschen und Miniékugeln zerfetztes Tuch, mit dem die Angehörigen des 8. Freiwilligenregiments von Louisiana in die Schlachten des Bürgerkriegs gezogen waren, an Stätten, deren Namen auf den braunen, in Handarbeit auf den Rand der Fahne genähter Flicken prangten – Manassas Junction und Fredericksburg, Antietam, Cross Keys und Malvern Hill, Chantilly und Gettysburg. Ölgemälde der LaSalles hingen über dem Kamin und zwischen den hohen Fenstern. Eine Brown-Bess-Muskete, mit der einer von ihnen an der Schlacht von New Orleans teilgenommen hatte und an deren Steinschloss ein gerahmtes Dankesschreiben von Andrew Jackson an Perrys Vorfahren lehnte, ruhte auf dem Kaminsims.

Aber es waren weniger die historischen Erinnerungsstücke der LaSalles, die mir ins Auge fielen. Vielmehr sah ich durch das Fenster, wie ein hoch aufgeschossener Mann mit einem feuerroten Pickup auf der Auffahrt zurücksetzte. Er trug ein mit Blumen bedrucktes Hemd und einen Strohhut, dessen Krempe in die Stirn gezogen war, aber trotzdem konnte ich die steilen Falten in seinem Gesicht erkennen, die wie die Runzeln an einer Backpflaume wirkten.

Die Sekretärin teilte mir mit, dass ich nach oben, zu Perrys Büro, gehen könnte.

»Sie sehen ein bisschen mitgenommen aus. Was ist passiert?«, sagte Perry, der hinter seinem Schreibtisch saß.

»Ein schlechter Tag, was den Dienst angeht. Sie wissen ja, wie das ist. Wer war der Mann in dem Pickup, der grade von Ihrer Auffahrt zurückgesetzt ist?«

Perry blickte aus dem Fenster auf den Verkehr draußen auf der Straße. »Ach, den meinen Sie?«, sagte er wie selbstverständlich. »Das ist Legion, der Mann, nach dem Sie sich schon mal erkundigt haben.«

»Ist er Ihr Mandant?«

»Das habe ich nicht gesagt.«

»Was macht er dann hier?«

»Das geht Sie nichts an.«

Ich setzte mich hin, ohne dass er mich dazu aufgefordert hatte.

»Sagt Ihnen der Name William O'Reilly etwas?«, fragte ich.

»Nein.«

»Er war ein Schriftsteller aus New York. Legion hat ihn vor einer Bar in Morgan City erschossen.«

Perry nahm einen Stift und drehte ihn zwischen den Fingern hin und her, dann ließ er ihn wieder auf seinen Schreibtisch fallen. Die Regale standen voller juristischer Fachbücher, historischer Werke und in Leder gebundener Biographien bekannter Männer. An der Wand hing ein Foto des berühmten Cajun-Musikers Iry LeJeune. Eine alte Golftasche aus Segeltuch, in der etliche Mahagonidriver steckten, stand in der einen Ecke, wie eine Erinnerung an geruhsamere Zeiten.

»Legion ist ein Überbleibsel aus einer vergangenen Epoche. Ich kann weder ihn ändern noch das, was er getan hat«, sagte Perry. »Manchmal braucht er Geld. Ich gebe ihm welches.«

»Ich hatte unlängst einen Zusammenstoß mit diesem Mann. Ich glaube, er ist böse. Ich meine damit nicht etwa schlecht. Ich meine böse, im strengsten theologischen Sinn.«

Perry schüttelte den Kopf. Er hatte ein braun gebranntes Gesicht, dunkelblaue Augen und bräunlich-schwarze Haare, die sich in den Nacken ringelten. »Und ich dachte, ich hätte schon alles Mögliche gehört«, sagte er.

»Wie bitte?«

»Er ist ein alter Mann, ein ungebildeter Cajun, der ebenso sehr Opfer wie Täter ist, und Sie stellen ihn als einen Gehilfen des Satans hin.«

»Warum habe ich bei Ihnen immer das Gefühl, dass Sie vom Licht der Gerechten erfüllt sind, während wir andern heillos durch die Wildnis tappen?«, sagte ich.

»Sie können einem wirklich an die Gurgel gehen, Dave.«

»Fragen Sie Legion, wenn Sie ihn das nächste Mal sehen, warum ihm ein Polizist ins Essen gespuckt hat«, sagte ich und stand auf.

»Jemand hat ihm ins Essen *gespuckt*? Sie etwa?« Perry steckte sich einen Pfefferminzdrops in den Mund und zerknackte ihn mit den Backenzähnen. Er lachte vor sich hin. »Sie sind vielleicht ein Teufelskerl, Dave. Übrigens, Tee Bobby Hulin hat einen Lügendetektortest bestanden. Er hat Amanda Boudreau weder vergewaltigt noch erschossen.«

An diesem Nachmittag traf ich mich mit Clete auf einen Kaffee beim McDonald's an der East Main Street.

»Na und?«, sagte er. »Wenn du den richtigen Fachmann am Polygraphen hast, kriegst du auch die richtigen Ergebnisse. No Duh Dolowitz sagt immer, er kann den Apparat austricksen, indem er die Zehen zusammenkneift.«

»Möglicherweise habe ich mitgeholfen, einen Unschuldigen reinzureiten.«

»Wenn sie das eine Ding nicht gedreht haben, haben sie irgendein anderes gedreht. Unschuldige haben keine DNS-Spuren von einer Ermordeten an ihren Klamotten. Den Kerl hätte man vermutlich sowieso mit der Nachgeburt wegkippen sollen.«

Ich trank meinen Kaffee aus und betrachtete eine Gruppe schwarzer Jungs, die im Schatten einer Eiche mit einem Basketball den Bürgersteig entlangdribbelten. Clete setzte zu einem weiteren ausführlichen Bericht über seine laufenden Schwierigkeiten mit Zerelda Calucci an. Er bemerkte meinen Gesichtsausdruck.

»Was denn, musst du irgendwo hin?«, fragte er.

»Um die Wahrheit zu sagen –«

»Ich mach's schnell. Letzte Nacht grille ich auf dem kleinen

Patio bei ihrer Hütte mit ihr ein Steak und suche nach den richtigen Worten, du weißt schon, damit ich mich irgendwie aus der Sache rausmogeln kann, in die ich da geraten bin, ohne einen Blumentopf abzukriegen. Aber sie streicht ständig um mich rum, nimmt mir die Fleischgabel aus der Hand und dreht das Steak um, als wär ich ein großer Junge, der nicht weiß, was er machen muss, streift mir das Hemd über der Schulter glatt und summt ein Liedchen vor sich hin.

Dann legt sie mir ohne jeden Grund die Arme um den Hals, drückt den Bauch an mich und gibt mir einen Schmatz auf den Mund, und plötzlich bin ich wieder in 'nem hochnotpeinlichen Zustand und denke mir, vielleicht isses gar nicht nötig, dass wir unsere Kiste mit einem Schlag über Bord kippen.

Als ich grade vorschlagen will, dass wir die Sache nach drinnen verlegen sollten, hör ich jemand hinter uns und dreh mich um, und da ist wieder dieser Hinterwäldler, der Bibelvertreter, der ein weißes Sportsakko mit 'ner roten Nelke anhat und seinen Hut in der Hand hält. ›Ich hab nicht gewusst, ob Sie die Bibel und die Rosen gefunden haben, die ich für Sie hinterlegt habe‹, sagt er.

Sagt Zerelda: ›Oh, das war ja so reizend.‹

Und ich trete natürlich voll in die Scheiße und sage: ›Yeah, danke, dass du vorbeigekommen bist. Wir würden dich ja gern zum Abendessen einladen, aber wahrscheinlich hast du schon gegessen. Warum kommst du also nicht ein andermal wieder?‹

Sagt Zerelda: ›Clete, ich fasse es nicht. Wie kannst du nur so unhöflich sein?‹

›Tut mir Leid‹, sag ich. ›Bleib da und iss mit. Wenn ich noch ein paar Kartoffeln brate, reicht's vielleicht für drei.‹

Sagt sie: ›Tja, iss doch einfach allein, Clete Purcel.‹ Worauf die zwei die Straße runter zu der Eisdiele gehen. Und ich bin zum zweiten Mal von 'nem Beknackten ausgestochen worden, der einen Koffer voller Illustrierten und Bibeln auf 'nem Rollschuh durch die Stadt zieht. Meine Selbstachtung ist auf dem Hund, ich komme mir vor wie ausgespuckt und liegen gelassen.«

»Klingt so, als ob du Zerelda los bist. Sei doch froh«, sagte ich.

Er rieb sich das Gesicht. Ich hörte, wie seine Hand über die Stoppeln scharrte.

»Nachdem Zerelda und der Dussel weg sind, kommt Frankie Dogs zu mir und sagt: ›Den Typ hab ich schon mal gesehn.‹

Ich frag ihn, wo, als ob's mir an dem Punkt wirklich drauf ankommt.

›Er hat früher den Niggern oben an der Tchoupitoulas Staubsauger angedreht‹, sagt Frankie Dogs. ›Die Staubsauger haben vierhundert Dollar gekostet, waren aber koreanischer Schrott. Er hat die Nigger belabert, bis sie einen Ratenzahlungsvertrag unterschrieben haben, aus dem sie nie wieder rausgekommen sind.‹

Ich sage: ›Danke für die Mitteilung, Frankie.‹

Sagt Frankie: ›Er hat drei-, viermal vorbeigeschaut und Zerelda gesucht. Joe will ihn hier nicht sehen. Du musst dir also keine Sorgen machen, dass er dich aus der Kiste schmeißt.‹«

Clete schnaubte, griff zu seiner Kaffeetasse und starrte aus dem Fenster, als könnte er nicht fassen, dass sein Liebesglück von der Gunst der Mafia abhing.

»Was hast du gesagt?«, fragte ich.

»Gar nichts. Ich bin aus dem Motel ausgezogen. Warum passiert immer mir so was?«, sagte er.

Bin ich überfragt, dachte ich.

Am nächsten Tag versuchte ich mich auf die Ermittlungen im Mordfall Linda Zeroski zu konzentrieren. Aber die Zuhälter, Crackdealer und Huren, die mit Linda befreundet gewesen waren, ließen mich abblitzen, sodass ich kein Stück weiterkam.

Außerdem machte mir noch etwas anderes zu schaffen. Der Mann, der sich Legion nannte, ging mir nicht aus dem Kopf. Mitten in einem Gespräch oder beim Essen hatte ich seinen Mund vor Augen, als er sich zu mir herabbeugte, roch seinen nach Tabak stinkenden Atem, den trockenen Männerschweiß, der an seiner Kleidung klebte, worauf ich alles liegen und stehen lassen und unter den verwunderten Blicken der anderen weggehen musste.

Die erste Geschichte über Legion hatte mir Batists Schwester erzählt. Mir fiel ihre Schilderung wieder ein, wie Legion auf Poinciana Island eintraf und ein ehemaliger Sträfling seine Hacke an den Zaun lehnte, nachdem er einen Blick auf den neuen Aufseher geworfen hatte, sieben Meilen weit bis New Iberia lief und nie wieder zurückkehrte, nicht einmal, um seinen Lohn abzuholen.

Ich rief einen pensionierten Gefängniswärter namens Buttermilk Strunk an, der einst bewaffneter Wachposten in Angola gewesen war, meldete mich in der Dienststelle ab und fuhr zu einer unweit vom Tor zur Haftanstalt gelegenen kleinen Pfefferfarm und einem mit Wellblech gedeckten Holzhaus. Buttermilk war nicht der rundliche, teigige und allzeit fröhliche Bursche, wie man aufgrund seines Namens hätte meinen können. Er zählte vielmehr zu den Menschen, zu denen weder Psychiatern noch Theologen ein passender Begriff einfällt.

Wie es im Louisiana meiner Jugendjahre in Angola zuging, lässt sich nur schwer beschreiben, weil niemand glauben, geschweige denn einsehen mag, zu welchen Auswüchsen es innerhalb der menschlichen Gesellschaft kommen kann, wenn wir zulassen, dass die Schlimmsten unter uns, diejenigen, die für gewöhnlich selbst Psychopathen sind, Macht über die Ohnmächtigen bekommen.

Die Häftlinge in der Red-Hat-Gang, die ihren Arbeitsdienst am Flussdeich leisteten, mussten ständig im Laufschritt gehen, sich sputen und spuren, von Sonnenaufgang bis Sonnenuntergang, beziehungsweise von »Siehtnix bis Siehtnix«, wie es die Wachen nannten. Die Posten, die auf sie aufpassten, erschossen mutwillig renitente Häftlinge und verscharrten sie irgendwo, ohne mit ihrem Arbeitsplan auch nur einen Moment in Verzug zu geraten. Die Gebeine dieser Häftlinge ruhen nach wie vor in unbekannten Gräbern unter den Butterblumen und dem grünen Gras am langen Uferdamm des Mississippi.

Die Schwitzkästen, eiserne Kessel, in denen die Menschen Höllenqualen erlitten, standen auf dem blanken Beton in Camp A, dort, wo Leadbelly, Robert Pete Williams, Hogman Matthew Maxey und Guitar Welch gesessen hatten. Wenn ein Sträfling bei der Arbeit das Bewusstsein verlor, wurde er auf einen Ameisenhaufen gelegt. Kapos, die hoch zu Ross saßen und mit abgesägten, doppelläufigen Flinten bewaffnet waren, passten auf, dass keiner ihrer Mithäftlinge flüchtete, denn sonst mussten sie deren Strafe mit verbüßen. Dementsprechend hoch war die Zahl der Todesopfer unter den Sträflingen, die einen Fluchtversuch unternahmen.

Die Vorhänge bauschten sich im Wind, als ich mit Buttermilk Strunk am Küchentisch saß. Sein Gesicht war platt wie ein Kuchenteller, die Haut nahezu haarlos und die Augen wirkten so blau wie bei einem neugeborenen Baby, rein und unschuldig, als wüsste er gar nicht, was Zweifel oder Gewissensbisse sind. Bei jedem Atemzug drang ein dumpfes Pfeifen aus seiner mächtigen Brust, und er roch nach Seife, Talkumpuder und dem Whiskey, den er aus einem Marmeladenglas trank. Sein Hemd war unter der Brust abgeschnitten, und die Stelle, an der sich die Leber befand, sah aus, als hätte man ihm einen Fußball unter die Haut genäht. Nach seiner Pensionierung war er noch fünf Jahre für die Staatspolizei tätig gewesen. Jedes Mal, wenn ein Sträfling ausgebrochen war, wurde Buttermilk Strunk von Staats wegen damit beauftragt, ihn wieder einzufangen. Buttermilk hatte acht Männer getötet und nicht einen Sträfling lebend ins Gefängnis zurückgebracht.

»Können Sie sich an einen Wachmann namens Legion erinnern, Cap?«, fragte ich. »Guidry hieß er möglicherweise mit Nachnamen.«

Er wirkte einen Moment lang unsicher, wandte den Blick ab, schaute mich dann wieder an. »Er hat in Camp I gearbeitet. Das war damals noch zur Hälfte mit Frauen belegt«, erwiderte er.

»Wissen Sie mehr über ihn?«

»Man hat ihn rausgeschmissen. Ein paar von den farbigen Mädels haben gesagt, er hat sie belästigt.«

»Ist das alles, was Ihnen dazu einfällt?«

»Warum wollen Sie das überhaupt wissen?«

»Ich bin mit ihm aneinander geraten.«

Er setzte das Marmeladenglas an, als wollte er einen Schluck trinken, stellte es dann wieder ab. Er stand auf, kippte den Whiskey in die Spüle und wusch das Glas unter dem Wasserhahn aus.

»Habe ich irgendwas Falsches gesagt?«, fragte ich.

»Lesen Sie manchmal in der Heiligen Schrift?«

»Ab und zu.«

»Dann sind Sie schon auf seinen Namen gestoßen. Behelligen Sie mich bloß nicht mit diesem Mann und erzählen Sie keinem, dass ich über ihn geredet habe. Sie sollten sich jetzt lieber auf den Weg machen, Mr. Robicheaux«, sagte er, spitzte den Mund und wich beharrlich meinem Blick aus.

Am nächsten Tag zeigte Barbara Shanahan mir einen Aspekt ihres Charakters, der mich nachdenklich stimmte, was meinen bisherigen Eindruck von ihr anging.

13

Sie war zeitig zu Bett gegangen und gegen Mitternacht aufgewacht, weil sie von einem Vogel geträumt hatte, der an ihre Fensterscheibe flog. Sie setzte sich auf und schaute aus dem hinteren Fenster, sah aber nur die Spitzen der Bananenstauden und die grüne Gartenböschung, die an der Ziegelwand eines Lagerhauses aus dem neunzehnten Jahrhundert endete. Dann hörte sie das Geräusch wieder.

Sie zog einen Bademantel an und schaute aus dem Wohnzimmerfenster auf den Bayou Teche, auf die dunklen Umrisse der Eichen und die grauen Steinmauern des alten Klosters, die sich schemenhaft auf der anderen Seite des Wassers abzeichneten. Dann wurde ihr klar, dass das Geräusch von unten kam, aus der Garage, wo ihr Wagen stand.

Sie zog die Schreibtischschublade auf und holte eine 25er Selbstladepistole heraus. Sie ging in die Küche, öffnete die Tür zu der nach unten führenden Treppe und schaltete das Licht ein. Das Garagentor war geschlossen, von innen elektronisch verriegelt, und ihr viertüriger brauner Honda, dessen Lack makellos sauber und frisch gewachst war, schimmerte im Schein der Deckenlampe. Ihr Zehngang-Fahrrad, die Skier und die Bergsteigerausrüstung, die sie immer mitnahm, wenn sie im Urlaub nach Colorado und Montana fuhr, hingen ordentlich an Wandhaken oder waren auf den Regalen verstaut. Ihr Nylonrucksack und die Winterjacken leuchteten in sämtlichen Regenbogenfarben.

Aber als sie die Treppe hinabstieg, meinte sie etwas zu spüren, das nicht hierher gehörte, etwas, das die frisch geweißten Wände und den Zementboden entweihte, auf dem sich kein Tropfen Öl befand, die Sauberkeit und Ordnung störte, die seit jeher Barbaras Umfeld prägten. Sie nahm einen eigentümlichen

Geruch war, wie nach ungewaschenen Haaren, Bayouwasser und fauliger Kleidung. Ein Fenster an der Seitenwand war aufgestemmt worden, und an der Wand zeichneten sich schwarze Streifen ab, die von Schuhen oder Stiefeln stammten.

Sie ging um die Kühlerhaube des Autos herum und sah unter dem Fenster eine Gestalt, die sich in die Plane eingerollt hatte, mit der sie ihren Gemüsegarten abdeckte, wenn es Frost gab.

Sie zog den Schlitten der 25er zurück, ließ ihn wieder los und hebelte die oberste Patrone aus dem Magazin in die Kammer.

»Ich kann auch einfach durch die Plane schießen, wenn Ihnen das lieber ist. Entscheiden Sie sich«, sagte sie.

Tee Bobby Hulin zog die Plane vom Gesicht, stützte sich auf die Hände und lehnte sich mit dem Rücken an die Wand. Seine Augen wirkten wie ausgebrannt, die Haare sahen aus wie schmutziges Fasergeflecht. Er trug einen schwarzen, von Motten zerfressenen Pullover, der einen stechenden Geruch verströmte.

»Was, um alles auf der Welt, denken Sie sich dabei?«, fragte Barbara.

»Ich kann nirgendwo hin. Sie müssen mir helfen, Miss Barbara«, sagte er.

»Sind Sie bescheuert? Ich bin Ihre Anklägerin. Ich habe vor, die Todesstrafe für Sie zu fordern.«

Er schlang die Arme um den Kopf und drückte das Gesicht auf die Knie. Sein linker Unterarm war mit Einstichen übersät, die sich entzündet hatten, und sah aus, als hätten sich lauter rote Drähte unter der Haut verheddert.

»Was schießen Sie?«, fragte sie.

»Speedballs, pures H, manchmal H mit Whiskey, manchmal weiß ich's auch nicht genau. Ein paar von uns kochen manchmal mit demselben Löffel ab und schießen mit demselben Besteck.«

»Ich lasse Sie festnehmen. Ich rate Ihnen, dass Sie sich mit Ihrem Anwalt in Verbindung setzen, wenn man Sie telefonieren lässt. Danach soll er mich anrufen.«

»Ich hab früher Ihren Rasen gemäht. Ich hab Botengänge für Ihren Opa erledigt. Perry LaSalle sind Schwarze ganz egal. Dem geht's bloß um sich selber. Die wollen meine Oma umbringen. Und meine Schwester ebenfalls.«

»Wer will sie umbringen?«

Er ballte die Fäuste und drückte sie sich an die Schläfen. »An dem Tag, wo ich das sage, sind meine Oma und meine Schwester tot. Damit kann ich mich nirgendwo hinwenden, Miss Barbara«, sagte Tee Bobby.

Barbara zog das Magazin aus dem Griff ihrer 25er, warf die Patrone in der Kammer aus und steckte Magazin und Pistole in die Tasche ihres Bademantels.

»Wie oft haben Sie heute schon gefixt?«, fragte sie.

»Dreimal. Nein, viermal.«

»Stehen Sie auf«, sagte sie.

»Wozu?«

»Sie müssen unter die Dusche. Sie stinken.«

Sie zog ihn an einem Arm hoch, stieß ihn dann vor sich her, die Treppe hinauf.

»Wollen Sie mich anzeigen?«, fragte er.

»Im Moment rate ich Ihnen, den Mund zu halten.« Sie schubste ihn ins Badezimmer. »Ich habe ein paar Sachen von meinem Bruder hier. Ich werfe sie Ihnen rein. Und eine Papiertüte. Wenn Sie geduscht haben, packen Sie Ihre dreckigen Sachen in die Papiertüte. Danach wischen Sie die Dusche und den Boden auf und stecken das schmutzige Handtuch in den Wäschekorb. Wenn Sie noch einmal in mein Haus einbrechen, schieße ich Ihnen den Schädel weg.«

Sie schloss die Badezimmertür, griff zum Telefon und tippte eine Nummer ein.

»Barbara Shanahan. Jetzt können Sie beweisen, was für ein toller Typ Sie sind«, sagte sie.

»Es ist ein Uhr morgens«, sagte ich.

»Wollen Sie Tee Bobby in meiner Wohnung abholen, oder ist es Ihnen lieber, wenn er seine vierfache Dröhnung in einer Gefängniszelle ausschwitzt?«, fragte sie.

Als ich zu Barbara kam, saß Tee Bobby im Wohnzimmer, hatte eine viel zu große Khakihose und ein rot-goldenes T-Shirt der Louisiana State University mit abgeschnittenen Ärmeln an. Er schniefte ständig und wischte sich mit dem Handrücken die Nase ab.

»Die ham *Sie* geschickt?«, sagte er.

»Gehen Sie runter zu meinem Pickup und warten Sie dort«, sagte ich.

»Die Entgiftung hat noch nicht offen. Was ham Sie vor?«, sagte er.

»Ich schmeiße Sie gleich die Treppe runter«, sagte Barbara.

Als Tee Bobby weg war, berichtete sie mir, was vorgefallen war.

»Warum haben Sie ihn nicht von der Stadtpolizei abholen lassen?«, fragte ich.

»Bei diesem Fall gibt es zu viele Fragezeichen«, erwiderte sie.

»Zweifeln Sie an seiner Schuld?«

»Das habe ich nicht gesagt. Es waren noch andere beteiligt. Das tote Mädchen hat etwas Besseres verdient als das, was für sie getan wird.«

Ihr Frotteebademantel war über der Hüfte zugeschnürt. Selbst in Pantoffeln war sie etwas größer als ich. Im weichen Licht wirkten ihre Sommersprossen wie mit einer Feder auf die Haut getupft. Ihre Haare waren dunkelrot, und als sie sich eine Locke aus der Stirn schob, erinnerte sie mich einen Moment lang an ein Schulmädchen, das unverhofft von einer Kamera erfasst wird.

»Was starren Sie mich so an?«, fragte sie.

»Einfach so.«

»Bringen Sie Tee Bobby zu seiner Großmutter?«

»Ich dachte, ich kette ihn an ein Bahngleis«, sagte ich.

Grinsend verzog sie die Mundwinkel.

Tee Bobby saß auf dem Beifahrersitz meines Pickups, als ich nach unten kam. Er hatte sich draußen auf dem Kies übergeben, und das ganze Führerhaus stank nach seinem fauligen Atem. Sein Rücken zuckte, und er hatte die Hände zwischen die Beine geklemmt.

»Sind Ihre Großmutter und Ihre Schwester in Gefahr, Tee Bobby?«, fragte ich, bevor ich den Motor anließ.

»Ich sag nix mehr. Da droben isses mir dreckig gegangen. Ich hab nicht klar denken können.«

»Selbst wenn Sie sich aus dieser Sache herauswinden sollten – wo soll das alles denn Ihrer Meinung nach hinführen?«

»Ich trete wieder auf und spiel mein Zeug.«

»Soll ich Sie irgendwo absetzen, wo Sie sich einen Schuss besorgen können?«

Wir waren auf der Zugbrücke über dem Teche. In der Stille rundum hörte ich die Reifen über das Stahlgitter rollen.

»Ich hab kein Geld«, antwortete er.

»Was ist, wenn ich Ihnen welches gebe?«

»Das würden Sie machen? Ich wär Ihnen echt dankbar dafür. Ich geb's Ihnen auch wieder. An der Loreauville Road gibt's 'nen Schuppen. Ich muss bloß den Affen loswerden, dann geh ich vielleicht zu so 'ner Gruppe.«

»Ich glaube nicht, dass für Sie allzu viel Hoffnung besteht, Tee Bobby.«

»Oh, Mann, was tun Sie mir da an?«

»Amanda Boudreau geht mir nicht aus dem Sinn. Ich sehe sie im Schlaf vor mir. Macht sie Ihnen gar nicht zu schaffen?«, sagte ich.

»Amanda hat mir wehgetan, Mann, aber ich hab sie nicht erschossen.« Seine Stimme klang gepresst, die Augen waren nass.

»Inwiefern wehgetan?«

»Weil sie so getan hat, als ob wir nicht miteinander gehn können. Sie hat gesagt, weil ich viel älter bin. Aber ich hab gewusst, dass es deswegen is, weil ich schwarz bin.«

Er versuchte, die Tür aufzureißen, obwohl ich inzwischen auf der Loreauville Road war und mit Vollgas an einer Slumsiedlung bei der Kreuzung vorbeifuhr. Ich langte über die Sitzbank, zog die Tür zu und stieß ihm den Ellbogen seitlich ans Gesicht.

»Wenn Sie sich umbringen wollen, können Sie das machen, wenn Sie allein sind«, sagte ich.

Er legte die Hand über Ohr und Wange und fing an zu zittern, als ob seine Knochen nicht miteinander verbunden wären.

»Mir geht's gleich dreckig. Ich brauch 'nen Schuss, Mann«, sagte er.

Ich fuhr mit ihm hinaus aufs Land, zum Haus eines schwarzen Pfarrers, der Alkoholikern und Obdachlosen ein Asyl bot. Als ich wieder aufbrach und auf dem Feldweg zurück zum Highway fuhr, war der Himmel immer noch schwarz, voller Sterne, und die Weiden ringsum dufteten nach Gras, Pferden und Nachtblumen.

Es war einer dieser Augenblicke, in denen man sämtlichen höheren Mächten des Universums dafür danken möchte, dass einem das Schicksal erspart geblieben ist, das einen hätte treffen können.

Etliche Stunden später saß Helen Soileau, meine Partnerin, draußen vor dem McDonald's an der East Main Street und aß zu Mittag, als sie Marvin Oates sah, der seinen Koffer die Straße entlangzog; er trug ein taubenblaues langärmliges Hemd, das unter den Achseln klatschnass war. Er blieb im Schatten einer immergrünen Eiche vor Trappeys alter Abfüllanlage stehen und wischte sich das Gesicht ab, ging dann zum McDonald's weiter, holte eine Tüte mit seiner Marschverpflegung und eine Thermosflasche aus seinem Koffer und fing an einem der Steintische, die draußen unter den Bäumen standen, an zu essen.

Ein unrasierter Mann mit Hängebacken wie ein Bernhardiner aß ein paar Schritte weiter an einem anderen Tisch. Er nahm seinen Hamburger und die Pommes und setzte sich unaufgefordert neben Marvin, wischte die Krümel vom Tisch, breitete eine Serviette auf der Steinplatte aus und stieß Marvins Thermosflasche um. Marvin stellte sie wieder auf, beugte sich aber weiter über sein Sandwich und hatte den Blick unverwandt nach vorn gerichtet.

»Nimmst du etwa dein eigenes Essen in ein Restaurant mit?«, fragte der unrasierte Mann.

»Ich kenn Sie nicht«, sagte Marvin.

»Aber klar doch. Man nennt mich Frankie Dogs. Manche Leute sagen, das kommt daher, weil ich wie ein Hund aussehe. Aber das stimmt nicht. Ich hab früher auf dem Biscayne Dog Track Windhunde laufen lassen. Magst du Windhundrennen?«

»Ich bin kein Zocker.«

»Aber klar doch. Du steigst hinter Zerelda Calucci her. Das is 'ne Riesenzockerei. Eine, bei der du nichts gewinnen kannst. Schau mich an, wenn ich mit dir rede.«

»Ich hab nicht gehört, dass Miss Zerelda so was gesagt hat.«

»Nimm die Scheiße aus dem Mund. Oder hast du vielleicht 'nen Sprachfehler? Hier, ich sag's dir in aller Kürze. Joe Zeroski will nicht, dass ein Bauernlackel und Bibelvertreter um seine Nichte rumschleicht. Wenn du's noch mal machst, komm ich dich besuchen.«

Marvin nickte ernst, als sei er ganz seiner Meinung.

»Brav, Mann«, sagte Frankie, stand auf und tätschelte Marvin den Rücken. »Ich sag Joe, dass wir keinerlei Probleme haben. Einen schönen Tag noch.«

Frankie wollte weggehen.

»Sie ham Ihrn Big Mac vergessen«, sagte Marvin, der immer noch ins Leere schaute.

Frankie blieb stehen, straffte die Schultern und zog den mächtigen Bauch ein. Er ging zum Tisch zurück, stützte sich mit einem Arm auf und beugte sich zu Marvin herab.

»Was hast du gesagt?«, fragte er.

»Sie ham 'ne Riesensauerei hinterlassen. Das sieht nicht gut aus.«

»Hab ich mir doch gedacht, dass du das gesagt hast. Wir sprechen uns später. Sag mal, dein Schlips gefällt mir«, sagte Frankie.

Bis zu diesem »Später« vergingen nur fünf Minuten. Als Marvin aufgegessen hatte und aufs Männerklo ging, trat Frankie Dogs unmittelbar hinter ihm durch die Tür, rammte Marvins Gesicht an die gekachelte Wand über dem Urinal, riss ihn dann herum und trieb ihm die Faust in den Bauch.

Ein Mann mittleren Alters kam aus dem Toilettenkabuff und schnallte den Gürtel seiner Hose zu.

»Aus dem Weg! Wir haben hier 'nen Notfall!«, sagte Frankie, stieß den Mann beiseite und tauchte Marvins Kopf in die Kloschüssel.

Dann betätigte er ein ums andere Mal die Toilettenspülung und drückte Marvins Gesicht tiefer in den Strudel, der um seine Ohren wirbelte. Als der Geschäftsführer durch die Tür gestürmt kam, zog Frankie Marvin am Hemdkragen aus der überlaufenden Schüssel. Marvin, an dessen Ohr ein langer, nasser Streifen Klopapier hing, lehnte halb bewusstlos an der Wand.

»Ihr müsst hier mal sauber machen. Das ist nicht hygienisch«, sagte Frankie zum Geschäftsführer und zeigte auf die Papierhandtücher, die jemand im Waschbecken verteilt hatte.

An diesem Abend fuhr ich zum Baron's, unserem örtlichen Fitnessstudio, und trainierte an den Geräten, ließ es erst leicht angehen und legte dann immer mehr Gewicht auf, als meine Muskeln lockerer wurden und die Schmerzen von den Schlägen, die mir Legion verpasst hatte, allmählich nachließen. Dann ging ich in den Aerobicraum, der um diese Zeit leer war, und machte eine Reihe Kniebeugen, Liegestützen und Armbeugen mit Fünfzehn-Kilo-Hanteln. Ich spürte, wie das Blut in meine Arme strömte und meine Hände vibrierten, als ich die Hanteln wieder in das Stahlgestell hängte. Ich war noch nicht ganz auf dem Posten, aber wenigstens hatte ich nicht mehr das Gefühl, als wäre ich eine Treppe hinuntergeschleift worden.

Ich setzte mich auf einen Klappstuhl und hängte mir ein Handtuch über den Kopf, drückte die Hände auf den Boden und spannte gleichzeitig die Bauchmuskeln an. Als ich aufblickte, sah ich Jimmy Dean Styles, der von der anderen Seite in den Raum kam, mit einem Paar dunkelroter Handschuhe auf den Sandsack eindrosch und so fest zuschlug, dass ihm der Schweiß vom Kopf spritzte.

Er nahm die klassische Haltung eines Sugar Ray Robinson ein, den Schwerpunkt nach vorn verlagert, auf den Fußballen stehend, das Kinn an die Schulter gelegt, während er einen linken Jab in Augenhöhe des Gegners ansetzte und mit der Rechten einen blitzschnellen Haken schlug. Eine wulstige Wundnaht zog sich über die eine Wange, als hätte sich ein Tausendfüßler in die Haut gegraben. Mit seiner platten Nase, den eng beisammenstehenden Augen und dem dünnen, schütteren Bart, der sich über seine Kinnlade zog, wirkte er von der Seite wie ein etruskischer Gladiator auf einem alten Mauerfresko.

Aber Jimmy Dean Styles war nicht der Typ, der dazu bereit war, sein eigenes Wohlergehen hintanzustellen und zur Belustigung der Oberschicht in der Arena aufzutreten.

Soeben waren eine Studentin und ihr Freund in den Raum

gekommen. Das Mädchen war reich, allgemein bekannt im Club, weil sie ziemlich laut, im Übrigen aber hohl, beschränkt und verzogen war, durch das Vermögen ihrer Familie vor Anfeindungen geschützt, ohne sich auch nur im Geringsten bewusst zu sein, wie sehr sie die Geduld und Nachsicht anderer Menschen strapazierte. Ihre schweißnassen blonden Haare waren hochgesteckt, die knappen weißen Shorts spannten sich um die braun gebrannten Schenkel. Sie schob eine Kassette in die Stereoanlage, drehte sie so laut auf, dass die Fenster klirrten, warf die Beine in die Luft und kaute auf ihrem Kaugummi herum.

»Ich will ja kein Ärger machen, aber ich brauch mein Trommelfell noch«, schrie Styles und ließ die Hände sinken.

Aber sie machte weiter, die Hände in die Hüfte gestützt, mit hüpfenden Brüsten, zählte mit dem Mund stumm mit, *eins-zwei, eins-zwei*, warf einen kurzen Blick zu Jimmy Dean Styles, schaute dann wieder geradeaus, *eins-zwei, eins-zwei*, und achtete nur noch auf ihr Ebenbild in dem vom Boden bis zur Decke reichenden Wandspiegel.

»Sag mal, vielleicht hast du mich nicht gehört, aber hier is zurzeit kein Aerobic-Kurs. Das heißt, dass ich keine Lust hab, mir hier Kopfschmerzen zu holen«, brüllte Styles und versuchte die Musik zu übertönen.

Sie hielt inne und tupfte sich mit einem Handtuch das Gesicht ab, wischte sich dann die Arme und den Ausschnitt ab und warf das Handtuch auf den Teppichboden. Ich dachte, sie würde die Kassette aus der Anlage nehmen, aber stattdessen schlug sie ein Rad quer durch den Raum, atmete hörbar aus, ging zum Trinkwasserspender, füllte sich einen Pappbecher mit Wasser und streifte sich vor dem Spiegel die Haarsträhnen aus der Stirn.

Styles drehte die Musik leiser, griff zu einem zweiten Paar Handschuhe, die auf einem Stuhl lagen, und warf sie dem Freund des Mädchens zu.

»Hier, ich zeig dir, wie man schwirrt wie ein Schmetterling und zusticht wie 'ne Biene«, sagte er.

»Ich boxe nicht«, erwiderte der Junge und wandte den Blick von Styles ab. Seine Wangen waren leicht gerötet, wie ein Pfirsich, den man zum Reifen ans Fenster gelegt hat. Seine dünnen Arme, die schmale Brust und die Befangenheit, die er vorschützte, deuteten darauf hin, dass er vermutlich sein Leben lang gehänselt und drangsaliert worden war. »Ich meine, Sie verschwenden wahrscheinlich bloß Ihre Zeit mit mir«, fügte er hinzu, als fragte er sich, mit welcher Ausrede er durchkommen könnte.

»Zieh sie lieber an, Mann«, sagte Styles und schlug dann eine Links-rechts-Kombination, die er knapp einen Zentimeter vor der Nase des Jungen abstoppte.

»Okay, Sie haben's mir gezeigt. Danke.«

»Hier, ich mach's noch mal. Bist du bereit? Sag mir, ob du bereit bist. Nicht blinzeln. Ich hab gesagt, du sollst nicht blinzeln«, sagte Styles.

»Ich versteh nichts davon.«

Styles' Fäuste schossen vor, zischten haarscharf an Auge und Kinn des Jungen vorbei, worauf der zurückzuckte und sich duckte, ängstlich das Gesicht verzog, beschämt und sich seines Versagens bewusst.

Styles lächelte und zog den rechten Handschuh aus.

»Hey, war nicht bös gemeint. Mit dem entsprechenden Training kannst du auch mal jemand die Hucke vollhaun. Frag deine Frau da drüben. Die erkennt 'nen Killer, wenn sie einen sieht«, sagte er. Er steckte den Finger in den Mund und schmierte dem Jungen einen Klumpen Speichel ins Ohr.

Ich saß allein im Dampfbad, als Styles zehn Minuten später hereinkam, nackt, ein Handtuch um den Hals gebunden. Er hockte sich mit bloßem Hintern auf die gekachelte Sitzbank.

»Sie mögen Weiße nicht besonders, was?«, sagte ich.

Er betastete die Naht an seiner Wange, knüpfte das Handtuch auf, das er um den Hals gebunden hatte, und breitete es über seine Oberschenkel und seinen Phallus.

»Zwei Cops haben mich draußen vor meiner Hütte in die Mangel genommen. Ham den Teppichboden von meinem Auto aufgerissen. Ich hab gehört, wie sie Ihren Namen erwähnt haben. Wie wenn Sie denen womöglich gesagt ham, dass ich deale«, sagte Styles.

»Haben die Ihnen die Naht verpasst?«, fragte ich.

»Ich hab Ihnen nix getan, Mann. Warum ham Sie mich ständig auf dem Kieker?«

»Sie machen auch Menschen das Leben schwer, die die gleiche Hautfarbe haben wie Sie.«

Er musterte die Wassertropfen, die an der Wand herabrannen. Seine nasse Haut schimmerte in den Dampfwolken wie Gold. Er biss sich kurz auf die Unterlippe. »Sie frang mich, ob ich die Weißen mag. Mein Großvater hat immer gesagt, bloß ein paar von den Weißen wären schlecht. Immer wieder hat er das gesagt, egal, wie schlecht er behandelt worden is. Die haben ihn an einen Baum gekettet und mit 'ner Lötlampe verbrannt. Und jetzt will ich den Dampf genießen«, sagte er.

»Sie waren auf Poinciana Island und haben sich nach Tee Bobbys Schwester erkundigt. Warum interessieren Sie sich für ein autistisches Mädchen?«

»Weil Tee Bobbys Großmutter und Rosebud niemand haben, der sich um sie kümmert. Wenn Ihnen das nicht in den Kopf geht, is das Ihre Sache, aber mir isses scheißegal, Mann.«

Er blähte die Nasenflügel auf und warf mir einen funkelnden Blick zu, voll abgrundtiefem Hass auf mich, beziehungsweise die Staatsgewalt, die ich vertrat, vielleicht auch, weil er sich sein Leben lang mit den schlimmsten Vertretern der weißen Rasse hatte auseinander setzen müssen.

»Dazu fällt Ihnen wohl nix mehr ein?«, fragte er.

»Nein«, erwiderte ich.

»Sehr gut, Mann.« Er legte die Hand über sein Gemächt, schloss die Augen und rieb die Schultern an den heißen Kacheln. Ölig glänzte sein Gesicht in der Hitze.

»Ihr Großvater ist Klansmännern und Menschenschindern zum Opfer gefallen. Sie aber nicht. Sie schieben das Leiden anderer vor, um Ihre Boshaftigkeit zu rechtfertigen. So was macht nur ein Feigling«, sagte ich.

Er beugte sich vor, stützte die Unterarme auf die Schenkel und ballte ein ums andere Mal die Fäuste, als überlegte er, ob er nicht einen Schritt weitergehen sollte. Er stand auf und ließ das Handtuch von seinem Unterleib fallen. Schweißbäche rannen über seinen Körper. Er kratzte sich unter der Narbe und musterte mich von oben bis unten.

»Ich hab Sie vorhin im Umkleideraum gesehn. Wie Sie ein paar Pillen aus 'nem Röhrchen geschluckt ham. Das warn keine Pfefferminzdrops oder Vitamine. Sie ham sich die Düse gegeben, Mann. Sie bezeichnen mich als Feigling? Sie ham andere Cops vorgeschoben, die mir das Gesicht verhunzt haben, mir die Füße unterm Leib weggetreten haben, als mir die Hände auf den Rücken gefesselt waren. Sie ham ein Problem, Mann, aber damit hab ich nix zu tun.«

Ein Lächeln spielte um seine Mundwinkel, als er mit schlappenden Badelatschen hinausging, an dem großen Fenster des Dampfbads vorbei.

Ich duschte mich, zog meine Straßenkleidung an und stopfte meine Turnhose, das verschwitzte T-Shirt und die Socken in meinen Turnbeutel. Bootsies Diätpillen, die ich aus unserem Medizinschrank genommen hatte, lagen unten drin. Ich dachte an Jimmy Dean Styles, sein höhnisches Gesicht, die Worte, mit denen er mich bewusst hatte beleidigen wollen, und spürte, wie es in meinen Eingeweiden rumorte, wie mich die Wut packte, spitz und scharf, als stieße man mir ein Stück Stanzblech in die Brust. Ich warf zwei Pillen ein, schaufelte mir unter dem Hahn eine Hand voll Wasser in den Mund und schluckte sie. Ein gutes Gefühl durchströmte mich, wie die warme, weiche Glut eines alten Whiskeys, so als ob man einer ehemaligen Freundin wiederbegegnet, deren Zärtlichkeit ins Verderben führt.

Draußen ging ein heftiger Wind, der die Palmen auf dem Mittelstreifen peitschte, und rundum zuckten Blitze am Himmel. Mülltonnen und Zeitungen tanzten durch die Straßen, und die Luft roch nach Staub und Regen. Jimmy Dean Styles klappte gerade das Verdeck eines roten Kabrioletts hoch. Eine kleine, stämmige Weiße mit gebleichten Haaren, die aussahen, als wären sie in der Mikrowelle unter Strom gesetzt worden, stand hinter ihm, sah zu, wie er das Dach schloss und hielt geduldig einen in eine Serviette eingewickelten Joghurtbecher in der Hand. Ich konnte sie zuerst nicht recht unterbringen, dann fiel mir ein, dass ich sie mit Linda Zeroski an der Ecke hatte stehen sehen, in der Linda in der Nacht, in der sie starb, aufgelesen worden war.

Styles nahm ihr den Becher aus der Hand, drückte sie an sich und leckte einen großen Klumpen Joghurt ab, dann hielt er ihn der Frau hin, als fütterte er ein Haustier, während er den bloßen Oberarm um ihren Hals schlang.

»Wie gefällt Ihnen das, Mann? Ich rede von meinem Auto. So 'ne Karre könnten Sie auch gebrauchen. Da kommt der Schwengel wieder in Schwung, wenn Sie wissen, was ich meine«, sagte Styles und lachte mich jetzt offen aus.

14

Frankie Dogs war ein verschlossener Mann, der kaum Kontakt mit anderen Menschen hatte. Er und seine Frau hatten keine Kinder kriegen können, und seit sie vor vielen Jahren an Darmkrebs gestorben war, war der Mob seine Familie geworden. Frank war ein Mafioso und gestandener Soldat von echtem Schrot und Korn. Er war zweimal eingefahren, hatte drei Jahre in Raiford abgerissen und volle fünf in Angola. In Raiford war er im Flat Top verwahrt worden, dem Hochsicherheitstrakt, und die anderen Häftlinge hatten ihn mit »Mister« angeredet. In Angola galt er als schwerer Junge und verbüßte den Großteil seiner Strafe in Einzelhaft, wo er dreiundzwanzig Stunden am Tag unter Verschluss gehalten wurde. Seine Zellennachbarn waren Messerstecher, Spitzel, schwule Schläger, die auf dem Hof andere Jungs geschändet hatten, und Durchgeknallte, die die Wärter durch die Gitter mit Kot bewarfen.

Miese Wachteln konnten ihn fertig machen, ihm seine Privilegien nehmen, ihn ungewaschen und stinkend in der Zelle sitzen lassen. Aber Frankie Dogs verpfiff niemanden, nahm sich nie einen Pupen, stellte sich allen Herausforderern, sei es in der Dusche oder sonstwo, und ließ sich von seinen Gegnern eher Salz in die Wunden reiben, als dass er sich beschwerte oder die Wärter um Hilfe bat.

Frankie war mit Joe Zeroski im Irish Channel aufgewachsen und in der gleichen Woche wie Joe offiziell vom Mob aufgenommen worden. Aber im Gegensatz zu Joe, der nie zockte, ging Frankie für sein Leben gern auf die Rennbahn, vor allem auf den Biscayne Dog Track in Miami. Dort lernte er Johnny kennen (dessen Nachnamen Frankie nie erwähnte), einen gut aussehenden Mann mit silbergrauen Haaren und dem Profil eines römischen Imperators, einen Mann mit guten Beziehungen in Hollywood, der stets maßgeschneiderte Anzüge zu fünfzehnhundert Dollar das Stück trug und mit seinem jungenhaften Grinsen so sympathisch wirkte, dass später niemand glauben wollte, er hätte bei der Ermordung des Präsidenten der Vereinigten Staaten seine Hand im Spiel gehabt.

Johnny hätte um ein Haar Fidel Castro mit einer explodierenden Zigarre aus dem Verkehr gezogen. Frankie bediente Johnny in seinem Haus in Ft. Lauderdale, spielte Karten mit ihm und schwamm mit ihm in seinem Pool, hörte zu, wenn Johnny über Benny Siegel und Meyer redete, erzählte, wie Albert in einem Friseursalon gestorben war und wer den Mord an ihm in Auftrag gegeben hatte. Johnny hatte nicht nur die Schlüssel zu fantastischen Häusern in Phoenix und Beverly Hills, er hatte die Schlüssel zur Geschichte.

Er mochte einst ein Spaghetti aus den Slums von New York gewesen sein, aber er hatte etwas aus sich gemacht, war ein Mann, der Würde und Charme besaß, in einer Welt lebte, in der man unter Palmen auf dem Zierrasen vor den mit roten Ziegeln gedeckten Villen Champagnerpartys feierte. Der tropische Sonnenaufgang kam Johnny jeden Morgen wie eine Absolution vor, nicht von der Sünde, sondern von der Armut.

»Worüber brütest du, mein Junge?«, fragte ihn Johnny eines Abends, als sie auf dem Patio Karten spielten und Steaks grillten.

»Diese Politiker sind nicht gut für uns«, erwiderte Frankie.

»Die drehen ihr Ding, genau wie die Gewerkschaften oder die Bauunternehmer, so wie wir unsere Geschäfte durchziehen.«

»Diese Typen kennen weder Treue noch Ehrgefühl, Johnny. Die lassen uns ihre Botschaften durch kubanisches Straßengesindel zukommen, weil sie nicht mit uns gesehen werden wollen. Die benutzen dich und lassen dich dann fallen.«

Johnny fasste Frankie um den Nacken und warf ihm einen väterlichen, fast gerührten Blick zu.

»Du machst dir zu viel Gedanken, mein Junge. Aber deswegen mag ich dich. Du lässt niemals jemand hängen«, sagte er.

Am nächsten Tag verschlief Frankie, der im Haus am Pool wohnte. Als er in die Villa kam, fragte er den Koch aus Puerto Rico, wo Johnny sei.

»Is nicht da«, erwiderte der Koch.

»Das weiß ich. Deswegen frag ich dich. Warum lernst du nicht endlich Englisch?«, sagte Frankie.

Der Koch sagte, Johnny wäre zum Einkaufszentrum gelaufen, um sich eine Schachtel Zigaretten zu besorgen.

»Das soll er doch nicht machen. Warum hat mich keiner geweckt? Zu welchem Einkaufszentrum? Hey, ich rede mit dir«, sagte Frankie.

»Ich nix wissen«, erwiderte der Koch.

Eine Woche später trieb ein verschlossenes Ölfass auf dem Wasser der Biscayne Bay. Das Fass war mit Ketten umschlungen, an denen Gewichte hingen, und hätte für immer im Schlick am Grunde der Bucht bleiben sollen. Aber die Leute, die Johnny mit einem Kopfschuss erledigt, ihm die Beine abgesägt und mitsamt dem Rumpf in das Fass gesteckt hatten, nachdem sie versucht hatten, ihm mit einem Eispickel die Bauchdecke aufzustechen, hatten gepatzt, sodass Johnnys letzte Mahlzeit auf Erden vergären und Gase hatte bilden können, die seinen zerstückelten Leib nach oben treiben ließen, in den tropischen Sonnenaufgang.

Frankie Dogs verzieh sich niemals, dass er an dem Tag, an dem Johnny gestorben war, verschlafen hatte.

Er verließ Miami mit dem Sunset Limited, pleite und deprimiert, und stieß wieder zu Joe, der am Bahnsteig in New Orleans auf ihn wartete. Joe ließ ihn in sein Haus ziehen und besorgte ihm einen Job als Schuldeneintreiber für die Kredithaie der Familie Giacano. Frankie fand wieder halbwegs zu seinem Seelenheil, indem er sein Leben fortan Joe und dessen verlorener Tochter widmete, der bedauernswerten, rauschgiftsüchtigen Linda.

Aber wieder ging alles den Bach runter. Wenn du Ausputzer bist, gibt's nur eins – du musst auf Zack sein. Du musst dazu stehen und deine Gleichgültigkeit raushängen lassen, wie ein unrasierter Mann in einem maßgeschneiderten Anzug. Deine Feinde müssen dir an den Augen ansehen, dass auch sie fällig sind, selbst wenn sie dir das Licht ausblasen. Aber ein paar Jungs aus Houston versuchten Joe auf offener Straße bei der Sozialsiedlung St. Thomas umzulegen. Joe schoss durch die Heckscheibe seines Autos und traf ein Kind auf einem Fahrrad.

Pech für alle Beteiligten. Aber das war auch alles – pures Pech. Das heißt nicht, dass du irgendwie abartig bist, sagte sich Frankie.

Nach Frankies Ansicht lief bei diesem Ding in New Iberia so gut wie alles daneben. Frankies Motto lautete: Im Zweifelsfalle machst du jeden alle. Und zum Auftakt, hatte er Joe gesagt, sollten sie diesen Schwarzen umlegen, diesen Tee Bobby Soundso. Schmeiß einen Zuhälter vom Dach und lass seine Freunde zuschauen. Und mach Zerelda klar, dass sie nicht bei jeder erstbesten Gelegenheit den Schlüpfer runterlassen soll, weil dadurch alles bloß noch komplizierter wird. Erst bumst sie mit diesem Tier, diesem Purcel, dann treibt sie sich mit einem Hausierer rum, der sein eigenes Essen ins Restaurant mitbringt. Es war zum Kotzen.

Frankie spielte in einer etwas abseits gelegenen Bar in Lafayette Pool. Einer Bar, in der es kaltes Bier gab, gute Austern-Poorboys, einen ebenen, mit grünem Filz bespannten Tisch, dessen Löcher mit Leder gefüttert waren, und erstklassige Gegner. Es war wie einst in den Saloons an der Magazine Street, wo er und Joe als Jungs Pool gespielt hatten.

Blitze flackerten auf den Bananenstauden draußen vor dem Fenster, und er hörte ein paar Regentropfen, die wie Vogeldunst auf das Blechdach schlugen. Ein Mann mit silbergrauen Haaren kam herein und setzte sich vorn an die Bar. Er hatte eine Adlernase und eine breite Stirn, auf der sich das Licht spiegelte. Frankie musste zweimal hinschauen, um sich davon zu überzeugen, dass es sich nicht um Johnny handelte, der dem Grab entstiegen war. Frankie stieß die aufgebauten Kugeln mit dem Spielball an und versenkte eine der nach der anderen. Als er wieder zur Bar schaute, war der Mann mit den silbergrauen Haaren weg.

Die einzige andere Person, die sich außer dem Barkeeper in der Kneipe aufhielt, war ein Typ, der in einem schummrigen Nebenraum Flipper spielte, ein Typ, der die Hosenbeine in rotgrüne, von Hand gefertigte Cowboystiefel gesteckt hatte, die fast bis zum Knie reichten, und dessen Gesicht von einem hohen Cowboyhut verdeckt wurde.

Frankie hatte nicht gehört, dass die Tür ging, hatte weder einen Windstoß noch den mit Regen durchsetzten Luftzug gespürt. Wohin war der Mann mit den silbergrauen Haaren gegangen?

»Bring mir noch ein Bier«, rief Frankie dem Barkeeper zu.

»Sie haben noch Bier.«

»Das ist abgestanden. Und bring mir auch 'nen Austern-Poorboy«, sagte Frankie.

Zehn Minuten später warf Frankie einen Blick aus dem Seitenfenster. Der Mann mit den silbergrauen Haaren stand neben einem schwarzen Cadillac. Der Wind zerrte an seinem Regenmantel, und am Himmel zuckten Blitze, deren flackerndes Licht sich auf dem Parkplatz spiegelte. Der Mann neben dem Cadillac schien ihn anzulächeln.

Wahrscheinlich hast du dir irgendwas eingefangen, sagte sich Frankie. Sein Magen grummelte; die Eingeweide brannten wie Feuer. Er ging auf die Toilette, betrat das hölzerne Kabuff und hakte die Tür hinter sich zu. Als er die Hose herunterließ und sich schwerfällig auf die Klobrille setzte, fiel sein Blick auf eine durchsichtige Stelle an der mit Farbe übermalten Glasscheibe, und er sah, wie der Mann mit den silbergrauen Haaren durch die Hintertür der Bar trat.

Die Tür zur Toilette ging auf, und Frankie spürte den kalten Luftzug von draußen, hörte, wie der Regen auf die Bananenstauden pladderte. Und aus irgendeinem unerklärlichen Grund wusste er mit einem Mal, dass er sterben würde.

Er hatte die Waffe in seiner Jacke gelassen, die an einem Stuhl beim Pooltisch hing. Aber sonderbarerweise hatte er keine Angst. Er fragte sich sogar, ob das nicht der Moment war, nach dem er sich schon immer gesehnt hatte, der sich einstellt wie ein alter Freund, der unverhofft am Bahnhof auftaucht.

»Bist du das, Johnny? Was ist los?«, sagte Frankie.

Er senkte den Blick und sah noch ein Paar rot-grüne Cowboystiefel, bevor vier Löcher in die Tür gerissen wurden und ihm ein Hagel Holzsplitter ins Gesicht flog.

Eine Stunde später standen Helen Soileau und ich mit einem Detective der Mordkommission aus Lafayette und drei Cops in Uniform hinter der Bar, in der Frankie Dogs gestorben war, und warteten, bis die Sanitäter seinen massigen Leib auf eine Bahre legten, auf der ein offener schwarzer Leichensack ausgebreitet war.

Der Detective von der Mordkommission, Lloyd Dronet, trug einen mit Regenflecken übersäten braunen Anzug und einen Schlips, der mit einer Palme vor einem tropischen Sonnenuntergang bedruckt war. Er hatte mit einem Stift vier Neun-Millimeter-Hülsen aufgelesen und ließ sie in eine Klarsichttüte fallen. Eine fünfte Patronenhülse lag in dem Toilettenkabuff, wo sie inmitten von Frankie Dogs Blut am Boden klebte.

»Das passt zu der Aussage vom Barkeeper«, sagte Dronet.

»Vier rasch aufeinander folgende Schüsse, dann eine Pause und kurz darauf ein weiterer Schuss. Die letzte Kugel wurde aus nächster Nähe abgefeuert. Das Mündungsfeuer hat die Haare über dem Ohr versengt.«

»Was heißt das?«, sagte Helen.

»Der Schütze war ein Profi. Dieser Dogs war doch beim Mob, stimmt's? Ein anderer Schmalzkopf hat ihn kaltgemacht«, sagte Dronet.

Der Mann mit den silbergrauen Haaren saß an der Bar und wartete darauf, dass wir ihn vernehmen. Er war ein hiesiger Schnapslieferant und schaute sich ein Baseballspiel an, das im Fernseher über der Bar lief.

»Sowohl der Barkeeper als auch der Schnapsvertreter sagen, der einzige andere Gast in der Kneipe war der Typ mit den Cowboystiefeln. Kennen Sie irgendwelche Cowboys beim Mob?«, sagte ich.

»Gehen Schmalzköpfe nicht in Westernläden?«, sagte Dronet.

»Da könnte was dran sein«, sagte ich.

Wir redeten mit dem Schnapslieferanten. Er schaute ständig auf seine Uhr und spielte mit den Autoschlüsseln in seiner Jackentasche herum.

»Müssen Sie irgendwo hin?«, fragte Helen.

»Ich will heute Abend mit meiner Frau ausgehen. Ich bin sowieso schon spät dran. Ich möchte daheim sein, bevor das Unwetter ausbricht«, erwiderte er.

»Sie haben gesehen, wie der Typ mit den Cowboystiefeln aus der Hintertür gegangen ist?«, sagte ich.

»Das habe ich nicht gesagt. Ich habe einen Mann am Flipper gesehen. Ich hab nicht weiter auf ihn geachtet. Ich habe die Schüsse gehört und bin dann auf die Toilette gegangen. Ich wünschte, ich wäre da nicht reingeraten.«

»Sonst haben Sie niemand gesehen?«, fragte Dronet.

»Nein. Mir tut der Tote Leid. Aber ich weiß nichts. Die Cowboystiefel von dem Kerl waren grün und rot. Daran kann ich mich erinnern. Wie sie Mexikaner tragen. Aber sein Gesicht habe ich nicht gesehen. Können wir das nicht morgen erledigen?«

»Wenn Sie nicht auf sein Gesicht geachtet haben, wieso sind Ihnen dann seine Stiefel aufgefallen?«, fragte Helen.

»Weil er die Hosen reingesteckt hatte. Kann ich jetzt gehen?«

»Yeah. Ihnen und Ihrer Frau noch einen schönen Abend«, sagte Dronet.

»Wer ist Johnny?«, fragte der Schnapslieferant.

»Wie bitte?«, sagte ich.

»Der Mann, der am Boden lag, hat noch gelebt, als ich zu ihm kam. Er sagte: ›Hey, Johnny, mich hat jemand schwer erwischt.‹ Es war komisch, weil ich Johnny mit Vornamen heiße. Das glaubt mir meine Frau nie und nimmer.«

»Hauen Sie ab«, sagte Helen.

Der Barkeeper war ein aus New Orleans stammender ehemaliger Catcher und Gewichtheber mit einer Hornhauttrübung am einen Auge, einem glänzenden runden Kopf und Bändern aus ineinander verflochtenem Stacheldraht, die rund um beide Oberarme tätowiert waren.

»Haben Sie den Cowboy genauer gesehen?«, fragte ich ihn.

»Das is 'n Bumsschuppen. Ich achte nicht auf die Gesichter von den Leuten, die hier reinkommen. Kurz gesagt, ich bin auf der Blindenschule durchgerasselt. Seid ihr da hinten fertig? Ich muss das Scheißhaus auswischen«, erwiderte er.

Auf der Rückfahrt nach New Iberia war Helen ruhig und nachdenklich. Regen fiel auf den Spanish Lake, und vom Wasser zog Nebel auf, der zwischen den Bäumen hing und die Lichter verwischte, die aus den Fenstern der abseits der Straße gelegenen Häuser fielen.

»Glaubst du, dass es ein Auftragsmord vom Mob war?«, fragte sie.

»Nein. Frankie war ein gemachter Mann, Joe Zeroskis Nummer eins.«

Sie gähnte, während die Scheibenwischer des Streifenwagens gegen den Regen ankämpften, und wich einem Opossum aus, das im Scheinwerferlicht die Straße überquerte.

»Es war ein langer Tag, Bwana. Wollen wir's für heute dabei bewenden lassen?«, sagte sie.

»Wie wär's, wenn wir vorher unserm Bibelvertreter noch einen Besuch abstatten?«

»Große Überraschung«, sagte sie.

Marvin Oates wohnte an der St. Peter Street in der Innenstadt, wo er ein kleines Haus mit gerippten Holzjalousien gemietet hatte, das aus den neunziger Jahren des 19. Jahrhunderts übrig geblieben war. Auf der einen Seite der Galerie drängten sich dicht an dicht Bananenstauden, auf der anderen waren die besenstieldicken Stämme der Bougainvilleen in das Geländer gewuchert, sodass das Haus von vorn aussah wie ein eingeklemmter Zahn.

Der Regen pladderte auf das Blech eines uralten Buick, der auf der mit Muschelschalen bestreuten Auffahrt stand, auf der einen Seite schwarz verbrannt, der ganze Lack mit Ruß und Rost verkrustet. Helen legte die Hand auf die Haube.

»Er tickt noch«, sagte sie.

Marvin Oates trug einen Pyjama, dessen Jacke bis zur Brust aufgeknöpft war, und wirkte verschlafen, als er barfuß an die Tür kam. Durch das Fliegengitter schlug uns sein süßlicher, nach Zahnpasta riechender Atem entgegen.

»Dürfen wir reinkommen?«, fragte ich.

»Ich hab geschlafen. Ich steh zeitig auf«, sagte er.

»Wir würden trotzdem gern reinkommen. Hier draußen ist es nass«, sagte ich.

Er stieß die Tür auf, trat dann zurück in die Dunkelheit, nahm eine Bluejeans von einem Hutständer, kehrte uns den Rücken zu und zog sie an.

»Ich muss mein Hemd holen. Entschuldigen Sie mich«, sagte er.

»Nur keine Umstände. Wir gehen gleich wieder. Sind Sie heute Abend irgendwo gewesen?«, sagte Helen.

»Im Kino. Ich bin erst vor kurzem heimgekommen«, erwiderte er.

»Und sind dann gleich zu Bett gegangen?«, sagte Helen. Sie schnüffelte. »Riechst du irgendwas, Dave?«

»Rauch?«, sagte ich.

»Brennt in Ihrem Haus irgendwas?«, sagte Helen.

»Nein«, erwiderte Marvin.

»Es riecht aber so«, sagte sie und ging durchs Wohnzimmer, weiter nach hinten und öffnete die Kleiderkammer. »Ich könnte schwören, dass es von hier kommt. Sollen wir die Feuerwehr rufen?«

»Nein. Was geht hier vor?«, sagte Marvin.

Helen holte ein Paar graubraune Cowboystiefel heraus. »Die sind aber hübsch. Haben Sie auch noch andere?«, sagte sie.

»Ich weiß nicht, ob ihr so ohne weiteres in mein Schlafzimmer gehen dürft. Dazu braucht ihr doch einen Durchsuchungsbefehl oder so was Ähnliches«, sagte Marvin.

Helen stellte die Stiefel wieder auf den Boden und blickte wie beiläufig auf das Regal über Marvins aufgehängten Hemden. Sie drehte sich um.

»Heute Abend wurde eine Schmalztolle namens Frankie Dogs umgelegt, Marvin. Besitzen Sie eine Schusswaffe?«, sagte sie.

»Nein. Warum erzählen Sie mir das?«

»Weil er im McDonald's Ihren Kopf als Klobürste benutzt hat«, erwiderte sie.

Der Hof draußen war überflutet, und Regendunst stob durch das Fliegengitter auf Marvins Bettzeug. Er stieß die Glasscheibe herunter und legte den Riegel um. Seine Brust und der Bauch waren flach, die Nippel groschengroß. Er zog die Zudecke vom Bett, setzte sich auf die trockene Matratze, stützte die Arme auf und schaute in Gedanken versunken ins Leere.

»Der Herr ist mein Licht, mein Schwert und mein Schild«, sagte er.

»Das ist keine schlechte Einstellung. Wenn ich an Ihrer Stelle wäre, würde ich die Sache aus meiner Sicht zu Protokoll geben. Meiner Meinung nach wird niemand um Frankie Dogs trauern«, sagte ich.

Aber Marvin Oates ließ sich nicht so leicht einwickeln »Ich mach Ihnen zu schaffen, seit ich Ihre Tochter auf eine Art und Weise angeschaut habe, die sich nicht gehört, Mr. Robicheaux. Das is meine Schuld, nicht Ihre. Aber helfen tu ich euch nicht, bloß damit ihr mir was zuleide tun könnt. Und ich will auch nicht, dass ihr mich behandelt, als ob ich blöd wär.«

»Tut mir Leid, dass wir Sie aufgeweckt haben, Partner«, sagte ich.

Helen ließ den Motor an und schaltete die Scheibenwischer ein, als wir wieder draußen im Streifenwagen saßen. Der Regen schoss in Sturzbächen von Marvins Dach, und der Wind peitschte die Bananenstauden an das Verandageländer. Im Haus war jetzt alles dunkel.

»Hast du schon mal jemand erlebt, der in einem nassen Bett schläft?«, sagte Helen.

»Marvin ist ein bisschen absonderlich«, erwiderte ich.

Helen schaltete die Innenbeleuchtung ein und musterte mich. Ich wandte mich unwillkürlich von ihr ab.

»Bist du denn gar nicht müde?«, sagte sie.

»Nein, mir geht's bestens.«

»Ich habe gesehen, dass du heute Abend zweimal zum Aspirinfläschchen gegriffen hast. Aber meiner Meinung nach ist da kein Aspirin drin. Pfeifst du dir etwa dutzendweise Muntermacher ein, Dave?«, sagte sie.

Als der Mann, der sich Legion nannte, noch viel jünger war, hing er immer in Hattie Fontenots Bar unten an der Railroad Avenue herum, einem Holzbau mit Blechdach, der unter der Musik aus der Jukebox, dem Rattern der vorbeifahrenden Züge und den irren Schreien der betrunkenen Huren erbebte. Polizisten hingen dort ebenfalls herum, weil es Kaffee, Boudin und geröstete Schweineschwarten umsonst gab – manchmal auch die Huren – und an dem großen, mit Filz bespannten runden Tisch im Hinterzimmer rund um die Uhr Bouree gespielt wurde.

Die farbigen Schuhputzer kamen mit ihren hölzernen Kästen herein, knieten sich in die Kautabakspucke und das Sägemehl und putzten und polierten Schuhe und Stiefel für zehn Cent. Die weißen Frauen in den Hütten kosteten fünf Dollar, die schwarzen drei. Eine Flasche Jax oder Regal gab es für zwanzig Cent, ein Glas Whiskey für einen Vierteldollar. Die Austern, die ein Neger aufbrach und roh, kalt und salzig, wie sie waren, in einer Spur aus geschmolzenem Eis den Tresen entlangschlittern ließ, kosteten fünf Cent das Stück, die Zitronenscheiben dazu waren umsonst. Alle Freuden dieser Welt standen jedem Weißen zur Verfügung, der sie begehrte.

Dann änderten sich die Zeiten so rasch und ohne jeden ersichtlichen Grund oder eine Erklärung, dass der Mann, den die Neger nur unter dem Namen Legion kannten, annahm, irgendwelche Mächte hoch oben im Norden, wo er nie gewesen war, steckten hinter den Ereignissen, die das Louisiana, in dem er aufgewachsen war, von Grund auf umkrempelten. Die Hütten wurden dichtgemacht und die meisten Prostituierten zogen weg. Die Staatspolizei transportierte die Einarmigen Banditen ab und versenkte sie dreißig Meter tief im Meer. In Hattie Fontenots Bar hingen keine Cops mehr herum, und die Rassenschranken bröckelten allmählich und brachen dann wie ein Damm. Schwarze Männer übernahmen die Jobs, die weiße Männer seit jeher als ihr persönliches Eigentum betrachtet hatten, und gingen mit weißen Frauen auf der Straße spazieren.

Aber der Mann, der sich Legion nannte, änderte sich nicht. Er trug seine gestärkten Khakihemden und -hosen, als wäre es eine Uniform, ließ die Uhrkette mit der Lima-Plakette aus seiner Uhrtasche hängen, knöpfte die langen Hemdsärmel stets zu und schob sich den Strohhut schräg übers Auge. Er rauchte filterlose Zigaretten, trank seinen Whiskey pur, scherte sich um keinerlei Vorhaltungen von wegen gesunder Ernährung oder Gefahren für Lunge und Leber, nahm sich ein schwarzes Mädchen und zwang es, mit ihm ins Bett zu gehen, wenn ihm danach zumute war. Und gelegentlich saß er am Freitagnachmittag an einem der hinteren Tische in Hatties alter Bar an der Railroad Avenue, hatte eine Mokkatasse mit französischem Kaffee samt Untertasse und einem kleinen Löffel neben dem Ellbogen stehen und legte auf dem grünen Filztuch eine Patience, als wäre alles noch genauso wie vor vierzig Jahren und das Gebäude würde nach wie vor unter der Musik, dem Rattern der Züge und den schrillen Schreien geistesgestörter Huren erbeben.

Er kratzte mit einem Federmesser den Dreck unter seinen Fingernägeln hervor, streifte die Klinge über dem Tisch ab und betrachtete einen vorlauten Schwarzen an der Bar, der sich einen Schnaps nach dem anderen hinter die Binde kippte, mit dem weißen Barmädchen schäkerte und den Leuten draußen auf der vorderen Veranda irgendetwas zubrüllte. Der Schwarze hatte kurz geschorene Haare, glänzende Haut, und auf seinem Gesicht standen dicke Schweiß- oder Regentropfen. Er ging auf die Toilette, kam mit einem dämlichen Grinsen um die

Mundwinkel wieder zurück und schlug mit den Händen den Takt zur Musik, die auf der Jukebox lief.

»Was gibt's, Cap?«, sagte er zu Legion.

Der Schwarze ging an die Bar, griff zu seinem Schnapsglas und wollte gerade einen Schluck trinken, als er den Gesichtsausdruck des Barmädchens bemerkte und sah, dass sie den Blick auf jemand hinter ihm geheftet hatte.

»Du hast deine vollgepissten Hände über meinem Hals ausgeschüttelt«, sagte Legion.

»Was war das?«, sagte der Schwarze.

»Komm mir bloß nicht frech, Nigger.«

»Sie benehmen sich daneben, Mann.«

Der Schwarze drehte sich um, stellte sein Schnapsglas ab und wandte sich mit hoch gezogenen Augenbrauen an das Barmädchen, als wollte er sagen, man müsste Nachsicht haben mit einem armen Irren, der sich aufführte, als ob immer noch die alten Zeiten herrschten. Dann machte der Schwarze einen schweren Fehler. Er grinste Legion an.

Legion packte den Schwarzen mit der linken Hand an der Kehle und schmetterte ihn an die Wand, schnürte ihm die Luft ab und hob ihn beinahe vom Boden hoch. Dann schob er ihm die Klinge seines Federmessers ins linke Nasenloch.

»Mr. Legion, er hat's doch nicht bös gemeint«, sagte das Barmädchen.

»Wenn du ans Telefon gehst, komm ich später wieder«, sagte Legion.

Dem Schwarzen rannen Speichelfäden aus den Mundwinkeln. Legion drückte weiter zu und stieß Kopf und Nacken des Mannes fester an die Wand, dann schob er ihm die Messerklinge tiefer in die Nase und presste die Schneide an die Nasenwand.

»Bist du so weit? Sag den Leuten, dass deine Kleine die Beine zugekniffen hat«, sagte er.

Legion schaute seinem Opfer tief in die Augen, das Gesicht verzerrt und mit derart flackerndem Blick, dass der Schwarze seinen Schließmuskel nicht mehr beherrschen konnte.

Legion schleuderte ihn auf einen Stuhl.

»Ich trink jetzt meinen Kaffee aus. Und du machst den Stuhl sauber, bevor du gehst«, sagte er.

Helen Soileau und ich waren auf dem Revier der Stadtpolizei, als der Notruf eines anonymen Passanten einging, der durch ein Fenster mitangesehen hatte, was in Hatties alter Bar vorging. Wir stiegen in den Streifenwagen und fuhren die Main Street entlang in Richtung Railroad Avenue, vorbei an den Shadows und an Perry LaSalles Kanzlei.

»Warum willst du der Stadtpolizei die Arbeit abnehmen?«, fragte sie.

Das Regenwasser stand inzwischen über der Bordsteinkante und wurde von den vorbeifahrenden Autos in das Bambusrohr geschleudert, das die Shadows säumte.

»Bei dem Täter handelt es sich um diesen Legion Guidry, den wir uns beim Kasino vorgenommen haben«, erwiderte ich.

»Na und? Lass ihn von der städtischen Jungs aufgreifen. Wir haben genug mit unseren eigenen Arschlöchern zu tun«, sagte sie.

»Er ist der Kerl, der mich mit einem Totschläger verprügelt hat.«

Sie wandte sich um und blickte mich an. Wasser spritzte unter dem Kotflügel auf. Ich hörte, wie ihre Fingernägel auf das Lenkrad klackten.

Wir fuhren die Railroad Avenue entlang, holperten über die Bahngleise, kamen an einem Crackhaus vorbei, an klapprigen, aus Brettern zusammengezimmerten Bars, Hütten ohne Türen oder Fensterscheiben und Höfen, die mit Abfall übersät waren. Helen hielt unter einer ausladenden Eiche bei einem Gemischtwarenladen, vor dem ein dampfender Eisschrank im Regen stand.

»Warum hältst du an?«, fragte ich.

»Ich habe es satt, dass du ständig bestimmst, was ich wissen soll und was nicht. Beziehungsweise, wann ich es wissen soll, wie in diesem Fall.«

»Er hat mir seine Zunge in den Mund gesteckt. Er ist ein alter Mann, aber er hat mich vor meinem eigenen Haus fertig gemacht. So eine Geschichte glaubt einem kaum jemand.«

»Wenn jemand vergewaltigt worden ist, machen wir den Opfern klar, dass sie sich der Sache stellen, sich damit auseinander setzen müssen, wenn sie jemals wieder Frieden finden wollen. Was unterscheidet dich von denen?«

»Gar nichts«, sagte ich.

Ein Schwall Regenwasser und Laub klatschte vom Baum herab und wurde über die Windschutzscheibe geweht.

»Hast du vor, dem Alten Bescheid zu sagen?«, fragte sie.

»Vielleicht.«

Sie schüttelte den Kopf und legte den Gang ein.

»Ich dachte immer, man hätte dir übel mitgespielt, als du in New Orleans aus dem Polizeidienst geflogen bist«, sagte sie.

»Und jetzt?«, sagte ich.

»Ich nehme an, jede Geschichte hat ihre zwei Seiten«, sagte sie.

Helen stieg zuerst aus, als wir vor Hattie Fontenots alter Bar parkten, und schob ihren Schlagstock in den Ring an ihrem Waffengurt. Wir gingen hinein und sahen Legion an einem der hinteren Tische sitzen, wo er Patience spielte und nur auf seine Karten achtete. Sämtliche Barhocker waren leer. Unsere Schritte hallten laut auf den hölzernen Dielen wider, die vom vielen Schrubben grau und verblichen waren. Das Barmädchen saß mit hängenden Schultern auf einem Hocker und versteckte sich hinter der Zigarette, die sie rauchte, sodass ihr geschminkter Mund inmitten der Qualmkringel und der blond gefärbten Haare rot wie eine Rose leuchtete.

»Wo ist der Mann, den Legion angegriffen hat?«, fragte ich.

Sie zog an ihrer Zigarette, streifte die Asche in den Kronkorken einer Bierflasche ab und betrachtete mit flatternden Augenlidern eine Schmeißfliege, die an der Wand emporkroch. Helen und ich gingen auf Legions Tisch zu, teilten uns auf, als wir uns ihm näherten, und Helen zog ihren Schlagstock aus dem Ring.

»Stehen Sie auf«, sagte sie.

»Hat euch ein schwarzer Junge gerufen?«, sagte er, als er aufstand und die Hutkrempe hochschob, sodass die langen, steilen Falten in seinem Gesicht zum Vorschein kamen.

»Haben Sie da eine Waffe im Gürtel?«, sagte Helen.

»Daran is nix auszusetzen. Ich hab von Staats wegen eine Erlaubnis dazu«, sagte Legion. Seine Hand wanderte zu dem geriffelten Griff einer verchromten 25er.

Ihr Schlagstock zischte durch die Luft und knallte auf sein Handgelenk. Es war ein schmerzhafter Schlag, der normalerweise zu einer schweren Schwellung und Blutergüssen führt. Aber Legion verzog nur kurz das Gesicht und zuckte mit der Kinnlade, zeigte aber ansonsten keine Reaktion.

»Jetzt hast du mich am Wickel, Weibsstück. Aber wart's ab, bis wir uns wieder begegnen«, sagte er.

Sie stieß ihn an die Wand und trat seine Beine auseinander, zog die 25er Automatik aus seinem Gürtel und warf sie mir zu. Er wollte sich umdrehen, worauf sie ihm mit dem Schlagstock in die Kniekehlen drosch – ein Hieb, der ihn eigentlich hätte zu Boden zwingen müssen. Stattdessen wandte er den Kopf um, sodass sie seine Augen sehen und den boshaften Blick erkennen konnte, während ihr sein Atem ins Gesicht schlug. Aber Helen ging jetzt ganz in ihrer Aufgabe auf. Sie legte ihm Handschellen an und drückte sie so fest zu, dass sie ins Fleisch schnitten.

»Sie sind wegen Bedrohung eines Polizisten festgenommen«, sagte sie.

»Is mir scheißegal«, sagte er. Er fuhr zu mir herum. »Heb meinen Hut auf.«

»Sie wollen Ihren Hut? Hier«, sagte Helen, trat auf die Krone und stülpte ihn dann über seine Ohren. »Ich habe gehört, dass Sie anderen Männern gern die Zunge in den Mund stecken. Wir haben grade zwei schwarze Tunten eingebuchtet. Mal sehen, was sich da machen lässt.«

Nachdem wir Legion hinten in den Streifenwagen verfrachtet und die Tür geschlossen hatten, fasste ich Helen am Arm.

»Handle dir wegen diesem Strolch keinen dienstlichen Verweis ein«, sagte ich.

Sie hatte die Stirn in Falten gelegt und rieb sich die Hände an ihrer Jeans ab. »Ich komme mir vor, als hätte ich irgendwas Widerliches angefasst«, sagte sie.

Helen steckte Legion in eine Zelle, in der zwei stark parfümierte Transvestiten saßen, die Stöckelschuhe und Paillettenblusen, mit Spitzen besetzte Shorts, rostrote Perücken und falsche Wimpern trugen, dick geschminkt waren und Dracula-Nagellack aufgetragen hatten. Die beiden lehnten mit keckem Hüftschwung an den Gitterstäben und zogen einen Schmollmund, der teils kokett, teils eingeschnappt wirkte.

Ich wartete an der Zellentür, bis Helen weg war.

»Kommen Sie da drin klar, Legion?«, fragte ich.

»Selbstverständlich. Wir kümmern uns schon um das kleine Schnuckelchen«, sagte einer der Transvestiten. Er spitzte den Mund, kniff Legion in die Wange und zupfte behutsam mit Daumen und Zeigefinger an der Hautfalte.

Bei Sonnenaufgang ging der Beschließer vom Nachtdienst zu Legions Zelle, um ihm mitzuteilen, dass sein Anwalt, Perry LaSalle, soeben Kaution für ihn gestellt hatte. Die Transvestiten saßen eng aneinander gedrückt und Händchen haltend auf einer Bank in der hinteren Ecke und blickten zu Boden.

»Was ist denn mit denen los?«, sagte der Beschließer.

»Woher soll ich das wissen? Wo sind meine Sachen«, sagte Legion.

Später rief mich der Beschließer im Köderladen an.

»Sherenda, die Fummeltrine, will dich sprechen«, sagte er.

»Es ist Samstag.«

»Das hab ich ihr auch gesagt. Sie hat sich das Höschen nass gemacht und es auf den Korridor geworfen, damit ich's aufhebe. Ist es dir recht, wenn sie raus zu deinem Haus kommt, sobald wir sie auf Kaution rauslassen?«, sagte er.

Ich bat Batist, auf den Laden aufzupassen, und fuhr zum Gefängnis. Sherenda, deren Männername Claude Walker lautete, wusch sich die Unterarme in der Blechspüle, die oben in der Kommode eingelassen war. Sie tupfte sich das Gesicht mit einem lavendelfarbenen Taschentuch ab und steckte es in ihren BH. Dann schlang sie die Hände um die Gitterstäbe und klickte mit den spitzen roten Fingernägeln auf den harten Stahl.

»Hat euch Legion das Leben schwer gemacht?«, fragte ich.

Sie beugte die Knie, reckte den Hintern raus und fing an zu grinsen, dann ließ sie das Getue sein.

»Der Mann hat die ganze Nacht lang irgendwelchen Scheiß geredet. Hab kein Wort davon verstanden. Schon mal 'ne fauchende Katze in 'nem Abflussrohr gehört? Hat die arme Cheyenne zu Tode erschreckt. Wieso tun Miss Helen und Sie uns so was an?«

»Er ist ein Cajun. Vermutlich hat er Französisch gesprochen«, sagte ich.

»Schätzchen, ich kenn Französisch, wenn ich's höre. Mit Französisch wär ich mit dem Jungen in jeder Hinsicht klargekommen. Aber darum geht's nicht«, sagte Sherenda.

Sherendas Freundin, deren Frauenname Cheyenne Prejean

lautete, holte hinten in der Zelle tief Luft und hob den Kopf. Ihre Augen waren verquollen und rot um die Ränder, als hätte sie die ganze Nacht nicht geschlafen; der Mund mit dem verschmierten Lippenstift wirkte wie eine zertretene Blume.

»Meine Mutter war Predigerin. Dieser Mann hat Namen aus der Heiligen Schrift gerufen. Er hat mit Dämonen geredet, Mister Dave«, sagte sie.

Sie starrte ins Leere, wie ein Wesen, das Laute hört, die niemand anders wahrnimmt.

15

Der Sheriff wohnte in einem geräumigen gelben Holzhaus mit einer breiten Galerie und stahlgrau gestrichenem Fachwerk oben am Bayou Teche. Der Himmel war nach dem Regen klar und blau, als ich in seine Auffahrt stieß, und er rechte gerade das Laub aus dem Bachlauf und türmte es zum Verbrennen zu einem schwarzen Haufen auf.

»Die Tunten haben Ihnen erzählt, dass Legion Guidry mit Dämonen redet?«, sagte er und stützte die Hände auf den Rechenstiel.

»Yeah, ich glaube, das trifft es in etwa«, erwiderte ich.

»Sie sind am Samstag hierher gefahren, um mir so was zu erzählen?«

»So etwas kommt nicht alle Tage vor.«

»Dave, Sie sind einfach zum Schreien. Bei Ihnen weiß ich nie, ob Sie mir wieder irgendwas aufbinden, auf das ein normaler Mensch nie im Leben kommt. Lassen Sie mich meine Schwiegermutter herrufen. Sie ist in Eckankar. Sie teleportiert sich mittels eines dritten Auges, das sie im Kopf hat, zur Venus, um die Aufzeichnungen über ihre früheren Leben zu überprüfen. Ich denke mir das nicht aus.« Das Wasser trat ihm in die Augen. »Wo gehen Sie hin?«

Ein Kontrastprogramm.

Am gleichen Nachmittag fand im City Park ein großes Gumbo-Wettkochen statt. Die gepflegten, im Schatten liegenden Rasenflächen, die sanft zum Bayou Teche abfielen, waren dunkelgrün, mit Azaleenblüten übersät, und rosa Wolkenstreifen riffelten sich am Himmel. Die Schreie der Kinder und das Scheppern des Sprungbretts hallten vom Swimmingpool im Park her, als wollten sie allesamt die frohe Botschaft verkünden, dass dies tatsächlich der erste Tag des neuen Sommers sei.

Inmitten der immergrünen Eichen, der ausgelassenen Menschenmenge, des Dufts nach Boudin und kochenden Shrimps, Okraschoten, Pekankuchen und Bier, das aus den Pappbechern schwappte, stieg Tee Bobby Hulin mit seiner Band auf eine zusammengezimmerte Bühne, stöpselte seine elektrische Gitarre in den Verstärker und stimmte eine abgewandelte Version von »Jolie Blon« an, die ich noch nie gehört hatte.

Es war wie bei der 1939er Aufnahme von Charlie Barnets »Cherokee« – ein Moment, in dem Musik in ihrer höchsten Vollendung entsteht, vermutlich aus dem Nichts und ohne eine bestimmte Absicht. Ein tiefes Grollen der Saxophone, ein sich allmählich aufbauender Rhythmus im Hintergrund, eine doppelte Melodieführung, die ineinander verzahnt war und dem Ganzen einen Rahmen gab, und inmitten von all dem ein Künstler, der etwas Neues geschaffen hatte, in einem langen Solo das Thema auskostete, das ihm spontan eingefallen war, ohne auch nur einmal die kunstvoll verflochtenen Harmonien zu stören, die um ihn gespielt wurden.

Tee Bobby sah aus wie jemand, der von den Toten auferstanden war. Vielleicht stand er auch wieder unter Speed oder H und hatte sich nur eine kurze Galgenfrist erkauft, ehe ihn wieder die Gier packte, die Tag für Tag rund um die Uhr an ihm zehrte. Aber ich war mir nicht sicher. Er trug eine Sonnenbrille und einen purpurroten Fedora, ein langärmliges schwarzes Hemd mit Ärmelhaltern, beige Wildlederstiefel und eine lavendelfarbene Hose, die unten ausgestellt und mit Blumen bestickt war. Nach dem ersten Stück spielte er zwei weitere Nummern, allgemein bekannte Rock 'n' Roll-Stücke, bei denen es keine großen Soli gab und die ihm anscheinend nicht weiter wichtig waren. Dann nahm er die Gitarre ab und ging zum Bierstand.

»Was war das für ein Stück, das Sie am Anfang gespielt haben«, sagte ich, als ich hinter ihm stand.

Er drehte sich um und setzte den Bierbecher ab. »›Jolie Blon's Bounce‹. Ich hab's grade erst geschrieben. Hab's noch nie vor Publikum ausprobiert. Anscheinend is keiner richtig drauf abgefahren«, sagte er.

»Es ist großartig.«

Er nickte. Die Menschen rundum spiegelten sich in seiner Sonnenbrille, dazu das dichte Laub der immergrünen Eichen.

»Jimmy Dean sagt, er nimmt vielleicht 'ne Demo von mir nach L. A. mit. In ein paar Clubs da drüben is aufgemotzter Zydeco schwer angesagt«, sagte er.

»Jimmy Dean ist ein Schmarotzer. Der müsste Ihnen die Schuhe putzen.«

»Wenigstens hat er mich nicht mitten in der Nacht bei 'nem Obdachlosenasyl abgesetzt.«

»Machen Sie's gut«, sagte ich.

»Meinetwegen können Sie mir zusetzen so viel Sie wollen. Sie können mir nix anhaben. Ich hab den Lügendetektortest bestanden«, sagte er.

Er wandte sich zur Bühne, kippte sich das Bier in den Mund, dass ihm der Schaum zu beiden Seiten übers Kinn lief, und schaute stur nach vorn, als hätte er sich die Augen liften lassen.

Ich hätte ihm am liebsten eine reingehauen, weil er so blöde und selbstzufrieden war.

Als ich mich wieder durch die Menschenmenge drängte, um Bootsie und Alafair zu suchen, stieß ich mit dem Vater von Amanda Boudreau zusammen. Sein Leib war hart, und er wich nicht einen Schritt zurück, starrte mich unverwandt durch seine Drahtgestellbrille an. Seine Frau hatte sich bei ihm untergehakt, und die beiden wirkten wie eine Insel des Grams, die niemand wahrnahm.

»Entschuldigen Sie, ich habe nicht aufgepasst«, sagte ich.

»Das war Bobby Hulin, mit dem Sie geredet haben, nicht wahr?«, sagte Mrs. Boudreau.

»Ja, Ma'am. Ganz recht«, sagte ich.

»Er ist hier, gibt ein Konzert, und der Mann, der sich dafür einsetzen sollte, dass unserer Tochter Gerechtigkeit widerfährt, plaudert mit ihm beim Bierstand. Ich kann Ihnen gar nicht sagen, wie mir zumute ist. Sie müssen mich entschuldigen«, sagte sie und ließ den Arm ihres Mannes los, holte ein Taschentuch aus ihrer Handtasche und ging mit raschen Schritten zum Rande des Parks.

»Haben Sie eine Tochter, Mr. Robicheaux?«, fragte ihr Mann.

»Ja, Sir. Sie heißt Alafair«, erwiderte ich.

Er rückte mit dem Daumen seine Brille zurecht. »Sie müssen meine Frau entschuldigen. Ihr geht's nicht allzu gut. Und ich mache es ihr vermutlich nicht leichter. Ich hoffe, Ihre Tochter hat ein herrliches Leben. Ich wünsche es wirklich, Sir.«

Damit ging er weg, hinkte wie ein Mann, dem auch die Gicht keinen Frieden schenkt.

In dieser Nacht hatte ich Suffträume und wachte um zwei Uhr morgens auf, aufgedreht, mit trockenem Mund und einem Geräusch in den Ohren, das von nirgendwo kam. Ich konnte mich nicht mehr an die Bilder erinnern, die ich geträumt hatte, nur an das unsägliche Gefühl, das sie hinterlassen hatten.

Als wäre man mit Ohrfeigen geweckt worden, obwohl niemand anders im Zimmer war. Als träte man unverhofft von einer Riffkante im Golf und versänke in einem Abgrund voller Kälte und flossenbewehrter Wesen mit rauer Haut, deren Fratzen einen aus dem Schlick anglotzen.

Ich ging in die Küche und saß in der Dunkelheit, in der nur die Leuchtziffern meiner Armbanduhr schimmerten. Die Vorhänge bauschten sich um eine Flasche Vanilleextrakt, die im Mondschein auf dem Fensterbrett stand. In der Ferne hörte ich einen Zug, und ich dachte an den alten Southern Pacific, in dessen Salonwagen die Fahrgäste an der Bar sitzen und an ihren Highballs nippen konnten, während sie von der Lokomotive sicher durch die Dunkelheit zu einem fantastischen Land mit blauen Bergen, Palmen und rosigen Sonnenaufgängen gezogen wurden, in dem niemals jemand starb.

Ich wollte mich in meinen Pickup setzen und über wellige Straßen brettern, die Gänge krachen lassen, über Holzbrücken donnern. Ich wollte tief in den Atchafalaya-Sumpf hineinfahren, fort von den Fesseln der Vernunft, in die Vergangenheit, in eine Welt der vergessenen Dialekte, der Alligatorjäger und Moospflücker, der Flussfischer und Schwarzbrenner, Trapper und Krabbenfänger, die sich an kein Gesetz hielten, in eine Welt, in der es Fuselwhiskey und Jax-Beer gab, Hahnenkämpfe und blutrote Boudins, ungeschälten Reis, der schwarz aus dem Kochtopf kam, in Rum gesottenes Schweinefleisch und mit Maiskolben und Artischocken gekochte Flusskrebse, wo man ein Glas Jim Beam in einen dick beschlagenen Krug Fassbier kippte und flaschenweise Pearl, Grand Prize und Lone Star in Badewannen voller Eis kühlte – all das inmitten der überfluteten Wälder im Schwemmland am Rand der Welt, wo Ebbe und Flut und der Lauf der Sonne das einzige Zeitmaß waren.

Du musst dich lediglich von den Banden der Beschränkung befreien, bloß die Fäden durchschneiden, mit denen deine Haut an das härene Gewand der Normalität genäht ist.

Ich stieg in den Pickup, dessen Karosserie vom Wind geschüttelt wurde, der vom Golf wehte, während ich mit Vollgas die Vierspurige runterfuhr, bis ich die Brücke sah, die sich in Morgan City über den Atchafalaya spannte, und das Geflecht der ineinander übergehenden Bayous und Kanäle, die Krabbenkutter und Vergnügungsboote, die inmitten der moosig grünen, wie mit einem sanften Schleier überzogenen tropischen Landschaft vertäut waren, die fast jeden unversehrten Wasserlauf in Südlouisiana säumt. Ich bog auf den Parkplatz einer aus Brettern zusammengezimmerten Bar mit einer verschnörkelten, grün-goldenen Dixie-Bierreklame im Fenster, die aussah, als wäre sie aus dem Dunst an die Straße getrieben.

Fünf Minuten lang saß ich im ersten Morgengrauen da, während meine Hand zitternd den Schaltknüppel umschloss und Schweißtropfen auf meine Oberlippe traten. Dann fuhr ich wieder den Highway entlang, fünfzehn Meilen unter der erlaubten Höchstgeschwindigkeit, während hupende Autos an mir vorüberzischten, bis nach New Iberia und zu dem Apartment, in dem Clete Purcel jetzt wohnte. Und die ganze Zeit fragte ich mich, wie, in Gottes Namen, ich am Sonntagmorgen zu einem Kater kam, ohne dass ich einen Tropfen Alkohol getrunken hatte.

Ich saß an der Anrichte in seiner kleinen Küche, während Clete Kaffee kochte und eine fast bis zum Rand gefüllte Pfanne mit einem halben Dutzend Eiern, Speckstreifen, Wurstscheiben und gelbem Käse umrührte, über die eine Schicht gehackter Frühlingszwiebeln gestreut war, als sollten sie die Unmengen Cholesterin kaschieren, die ausgereicht hätten, um eine Abwasserleitung zu verstopfen. Er trug Schlappen, seine Dienstmütze von der Marineinfanterie und mit Feuerwehrautos bedruckte Boxershorts, die wie ein Frauenschlüpfer auf seiner Hüfte saßen.

»Aber du bist nicht in die Bar gegangen«, sagte er, ohne mich anzuschauen.

»Nein.«

»Helen glaubt, du nimmst Speed.« Als ich nicht darauf einging, sagte er: »Hörst du heute Morgen schlecht?«

»Ich habe ein paar von Bootsies Diätpillen geschluckt.«

»Was noch?«

»Ein paar Weiße.«

»Vielleicht solltest du aufs Ganze gehen. Zieh dir ein paar Lines rein. Treib dich mit den Rotznasen in Nord-Lafayette rum«, sagte er.

Er füllte einen Teller für mich und knallte ihn auf die Anrichte.

Wir aßen schweigend. Draußen brach der Morgen an, der Wind pfiff durch ein Zuckerrohrfeld, und Aasvögel kreisten über einem Wäldchen. Ich gab vier Teelöffel Zucker in meinen Kaffee und trank ihn schwarz, in einem langen Zug.

»Ich sollte mich lieber auf den Weg machen«, sagte ich.

»Dein Gesicht kommt mir irgendwie sonderbar vor. Weiß Bootsie, wo du bist?«

»Ich habe sie von unterwegs angerufen.«

»Wir gehen zu einem Meeting«, sagte er.

»Wir?«

»Ich glaube, du überlegst dir grade, wie du dich wieder zudröhnen kannst. Das lass ich nicht zu. So ist das nun mal, Großer.« Er schlang mir die Hand um den Nacken und drückte zu; sein Atem roch nach dem Schnaps, den er letzte Nacht getrunken hatte.

Ich wählte die Hotline der Anonymen Alkoholiker und erfuhr, dass in Lafayette ein Meeting stattfand. Wir fuhren in Cletes offenem Kabrio den alten Highway entlang, am Spanish

Lake vorbei und durch Broussard, über Straßen, die von Bäumen und viktorianischen Häusern gesäumt waren, begegneten Menschen, die auf dem Weg zur Sonntagsmesse die Fahrbahn überquerten. Nachdem ich mir beinahe eingeredet hatte, dass Clete durchaus vernünftig war und sein Leben in einem Maß im Griff hatte, um das ich ihn beneiden sollte, schilderte er mir, was er in der letzten Woche getrieben hatte – Clete Purcels Version vom Ökoterrorismus.

»Dieser Legion ist nicht so schlau. Der ist noch nicht draufgekommen, woher das alles kommt«, sagte er.

Clete war am Postamt gewesen und hatte in Legions Namen einen Nachsendeantrag gestellt, sodass seine gesamte Post in einem Postfach in Bangor, Maine, landete. Er hatte die entsprechenden Versorgungsunternehmen angerufen und ihm Wasser, Strom, Telefon und Gas sperren lassen. Zudem hatte er schwarze Kids aus der Nachbarschaft angeheuert, damit sie ihm Knallkörper aufs Dach warfen, seine Fenster mit Kleinkalibergewehren zerschossen und einen Sack voll brennender Hundescheiße unter den Boden seines Schlafzimmers schoben.

Zum krönenden Abschluss, einem Finale, vor dem selbst No Duh Dolowitz, der Possenreißer des Mob, den Hut gezogen hätte, hatte er einen Kammerjäger zu Legions Haus geschickt, der das ganze Gebäude abdichtete und mit Termitengift ausräucherte, während Legion auf der Arbeit war, sodass es noch tagelang nach giftigen Chemikalien stank.

Clete nippte an einer Dose Bier, während er mir das Ganze erzählte, steuerte lässig mit zwei Fingern, die er unten am Lenkrad liegen hatte, und wirkte mit seinem vom Wind geröteten Gesicht, der Pilotensonnenbrille und dem flatternden Tropenhemd wie ein nicht mehr ganz taufrischer Junge, der in seiner Asphaltflunder geradewegs aus den fünfziger Jahren ankutschiert kommt.

»Hast du den Verstand verloren?«, sagte ich.

»Heiz ihnen ein und mach sie klein, mein Guter. Ich geb dem Typ noch zirka zwei Wochen, bis er gegen 'ne Abrissbirne rennt. Hey, ich führe Barbara heute Abend zum Essen aus. Wollen du und Bootsie nicht mitkommen? Zerelda Calucci hat mir erzählt, dass Perry LaSalles Schwengel aussieht wie ein dreißig Zentimeter langes Strahlrohr an 'nem Feuerwehrschlauch. Die übertreibt, stimmt's?«

Ich konnte seinem Gedankengang nicht annähernd folgen. Wir waren inzwischen auf der University Avenue und fuhren an den im Schatten alter Eichen liegenden Ziegelbauten und den von Kolonnaden überspannten Gehwegen vorbei, wo ich einst das College besucht hatte.

»Setz mich vor dem Versammlungslokal ab«, sagte ich.

»Ich geh mit rein.«

»Mit einer Bierdose?«

Er fuhr an den Straßenrand, schmiss die Dose in hohem Bogen über seinen Kopf und versenkte sie mitten in einer Mülltonne.

16

Wenn man Louisiana liebt, ergeht es einem in gewisser Weise so ähnlich, als hätte man ein Verhältnis mit der biblischen Hure Babylon. Wir versuchen über die tolldreiste Art, wie hier Politik gemacht wird, zu lächeln, über die verschwitzten, mit Whiskey ausgepichten Demagogen, die schlechte Bildung, die von der Armut herrührt, die hier herrscht, und der ureigenen afro-karibischen und cajun-französischen Kultur. Aber unsere Selbstverleugnung ist nur ein armseliger Versuch, die Wirklichkeit zu kaschieren, die uns ständig ins Auge fällt, wie ein Schmutzfleck auf dem Familienfoto.

Die Randstreifen entlang der Straßen und die Parkplätze bei den Supermärkten sind mit unfassbaren Mengen, wenn nicht Bergen von Müll übersät, der von den Armen und Unwissenden, den Nachtschwärmern und nichtsnutzigen Kreaturen weggeworfen wird, für die rücksichtslose Lebenslust eine Art Daseinszweck ist. Immer wieder walzen Landerschließer, die niemandem Rechenschaft schulden, unberührte Zypressenwälder oder zweihundert Jahre alte immergrüne Eichen nieder, oftmals bei Nacht, damit man erst bei Tageslicht, wenn es zu spät ist, erkennen kann, was sie angerichtet haben. Die petro-chemische Industrie darf ungestraft die Gewässer verpesten und Lastwagenladungen voller Giftmüll aus anderen Staaten hierher schaffen und in offenen Gruben ablagern, die sich für gewöhnlich in schwarzen Landgemeinden befinden.

Statt sich wider das große Geld zur Wehr zu setzen, bescheren die Politiker dieses Staates ihrer Wählerschaft Kasinos, Lotteriespiele und Daiquiri-Ausschänke am Straßenrand, dazu eine niedrige Einkommenssteuer für die Reichen und eine Mehrwertsteuer von achteinviertel Prozent auf Grundnahrungsmittel für die Armen.

Warum ich mich über ein derart deprimierendes Thema auslasse?

Weil es ab und zu vorkommt, dass von unerwarteter Seite etwas gegen solche Missstände unternommen wird.

Am Montagnachmittag zerrte Marvin Oates seinen rollenden Koffer eine Landstraße entlang, die sich zwischen Viehweiden und Pekanwäldchen hindurchzog, über eine Brücke hinweg, die einen von Hartholzbäumen und Zwergpalmen gesäumten Bachlauf überspannte, an gepflegten, im Schatten von Bäumen stehenden Cottages vorbei, deren Veranden mit Fliegendraht umgeben waren. Ein Stück vor ihm befand sich der Boom Boom Room, die verkommene Bar, die Jimmy Dean Styles gehörte. Ein rotes Kabriolett mit heruntergeklapptem Verdeck und plärrender Stereoanlage donnerte an ihm vorbei. Ein Tüte voller Fast-Food-Müll und leerer Bierdosen flog aus dem Fond und zerplatzte am Stamm eines Pekanbaums, sodass sich der ganze Abfall in einen Garten ergoss.

Ratternd und klackernd, als kullerten Murmeln über ein Wellblechdach, rumpelte der am Boden des Koffers befestigte Rollschuh über den Straßenbelag, als Marvin mühsam seines Weges zog. Als er zum Boom Boom Room kam, standen drei von Jimmy Styles' Rapperfreunden und zwei tätowierte, wasserstoffblonde weiße Frauen in Shorts neben dem Kabrio, tranken Bier aus langhalsigen Flaschen und ließen einen Joint herumgehen.

Ein Schweißfaden lief unter Marvins Hut hervor und über seine Wange. Er lockerte seinen Schlips und stieß den Atem aus, als wollte er die Hitze loswerden, die sich unter seinem Sportsakko staute.

»Entschuldigung, aber einer von euch hat da hinten eine Tüte voll Müll aus dem Auto geschmissen«, sagte er.

»Was gibt es?«, sagte ein hoch aufgeschossener Mann mit orange-roten Haaren, durch dessen Augenbrauen Ringe gezogen waren.

»In dem Haus, wo ihr euern Müll weggeschmissen habt, wohnen ein paar alte farbige Leute. Würd's euch denn passen, wenn ihr an deren Stelle wärt und Essensabfälle voller Bazillen aufheben müsst?«, sagte Marvin.

»Wo kommst du denn her, Bauernlackel?«, sagte der große Mann mit den orange-roten Haaren.

»Daher, wo sich die Leute nicht so dafür schämen, was sie sind, dass sie zwei fetten Huren Geld geben, damit sie ihnen den Schwanz aus der Hose holen«, sagte Marvin.

»Hey, Jimmy Sty, komm mal raus! Das musst du dir anschaun!«, rief ein anderer Schwarzer. Dann wandte er sich wieder an Marvin. »Erzähl uns das Ganze noch mal, Mann.«

»Ich hab nicht vor, jemand anzustänkern. Ich mach mich jetzt wieder auf den Weg. Es sei denn, einer von euch will eine Illustrierte abonnieren oder eine günstige Bibel kaufen«, sagte Marvin.

»Is denn das zu fassen?«, sagte der Mann mit den orange-roten Haaren und stellte seine Bierflasche auf den mit Austernschalen bestreuten Boden.

»Sie ham mich was gefragt, und ich hab Ihnen eine offene Antwort gegeben. Die Bibel is mein Wegweiser, Sir. Wenn Ihnen das, was Sie zu hören kriegen, nicht passt, is das Ihre Sache«, sagte Marvin und tupfte sich mit seinem Jackenärmel die Stirn ab. »Heut versengt's einen schier, nicht wahr?«

Mittlerweile stießen ein paar weitere Leute aus der Bar zu der Gruppe, die um das Kabrio stand, darunter auch Jimmy Dean Styles. Fassungslos starrten sie Marvin an.

»Hat dich jemand dazu aufgehetzt? Oder bist du bloß ein blöder weißer Mutterschänder, der Selbstmord begehn will?«, sagte ein Mann, der sich einen Nylonstrumpf über den Kopf gezogen hatte.

Marvin hatte die Augenbrauen hochgezogen und schaute mit unschuldiger Miene auf eine Wolke. »Die meisten von euch sind doch bloß zur Welt gekommen, weil eure Mama kein Geld für die Abtreibung gehabt hat. Deswegen nennt ihr andere Leute ständig ›Mutterschänder‹. Weil ihr nämlich wisst, dass jeder in der Stadt eurer Mutter an die Wäsche gegangen is. Und jedes Mal, wenn ihr andre Leute mit so einem schlimmen Ausdruck beleidigt, fällt das auf euch selber zurück. Ich will euch damit nicht zu nahe treten. Das is bloß 'ne psychologische Tatsache.«

Der große Mann mit den Ringen an den Augenbrauen griff zu der Bierflasche, die er auf den Austernschalen abgestellt hatte, schmiss Marvins Hut in die Menschenmenge und hieb Marvin die Flasche auf den Kopf.

Marvin fiel über seinen Koffer und steckte einen Tritt in die

Rippen und einen weiteren in den Hintern ein. Seine Jacke war mit Staub überzogen, als er sich an der Stoßstange des Kabrios hochzog, die Augen schloss und wieder öffnete, als hätte sich ein scharfes Metallstück tief in seine Eingeweide gebohrt.

Er betastete seinen Hinterkopf und schluckte, lief dann mit unsteten Schritten über die Schalen, bis er seinen Hut fand, und klopfte ihn an seinem Bein ab.

»Trotzdem habt ihr kein Recht, den alten Leuten euern Müll in den Garten zu schmeißen«, sagte er.

Die Menge drängte vor, aber Jimmy Dean Styles trat zwischen Marvin und seine Widersacher, bückte sich, hob den Zugriemen seines Koffers auf und drückte ihn Marvin in die Hand.

»Lass dich hier nicht mehr blicken«, sagte er.

Marvin schaute Styles in die Augen, als suchte er eine Antwort auf die uralte Frage nach dem Wesen des Bösen.

»Wer sind Sie?«, fragte Marvin.

»Der Mann, der einen Nigger erkennt, wenn er ihn vor sich hat. Mach jetzt lieber die Fliege, Bruder«, erwiderte Styles.

Helen und ich waren auf der Rückfahrt von einer Konferenz mit den Kollegen der umliegenden Polizeidienststellen in Jeanerette, als wir an dem Getümmel vor dem Boom Boom Room vorbeikamen. Wir hielten am Straßenrand an und sagten Marvin, er sollte hinten in den Streifenwagen einsteigen, hinter dem Maschendrahtgitter.

Er warf seinen Koffer auf die Sitzbank, zog sich die Hutkrempe in die Stirn, als wir davonrasten, und schaute durch das Rückfenster wie ein Pony-Express-Reiter, der von seinen Freunden gerade vor feindlichen Indianern gerettet worden ist.

»Sind Sie verrückt, Marvin?«, sagte Helen und warf einen Blick in den Rückspiegel.

»Wie heißt der Typ, der dahinten das Sagen hat?«, fragte Marvin.

»Jimmy Dean Styles. Warum fragen Sie?«, sagte ich.

»Mir tun die Leute bloß Leid, das is alles.« Er sprühte sich mit einem Zerstäuber den Mund aus.

Sein Gesicht war mit Sonnenstrahlen gesprenkelt, die durch das Laub der Eichen fielen, als Helen und ich ihn bei den Shadows in der Innenstadt absetzten.

»Er scheint was für Farbige übrig zu haben«, sagte ich.

»Das sollte er auch«, sagte Helen.

»Wie bitte?«

»Seine Mutter hat niemand von der Bettkante gestoßen. Ich habe gehört, dass Marvins Vater ein Schwarzer gewesen ist«, sagte sie.

Am gleichen Nachmittag fuhr Clete Purcel auf das Motelgelände, wo er früher gewohnt hatte, und klopfte an die Tür von Joe Zeroskis Cottage.

»Was willst du, Purcel?«, sagte einer von Joes Männern. Er war glatzköpfig und trug eine Stoffhose und ein Trägerunterhemd. Aus seinem Mund hing ein abgebissenes Stück von dem Sandwich, das er gerade aß. Im Hintergrund plärrte ein Fernseher.

»Wo ist Joe?«, fragte Clete.

»Der is nicht da.«

Clete schaute zwischen den Eichen hindurch auf den Bayou, auf einen vorbeifahrenden Schlepper, die gleißende Sonne, die sich auf dem Wasser brach.

»Willst du nicht das Hundefutter aus dem Mund nehmen und meine Frage beantworten, statt mir etwas zu erzählen, was ich selber weiß?«, sagte er.

Danach fuhr Clete vom Motelgelände und über die Hängebrücke zu einer katholischen Kirche auf der anderen Seite des Bayous. Er ging hinein und sah Joe Zeroski auf einer Bank bei einem Ständer mit brennenden Kerzen in der sonst menschenleeren Kirche sitzen. Clete ging wieder hinaus und wartete. Fünf Minuten später kam Joe in den Sonnenschein heraus und setzte seinen Hut auf, als er aus dem Portal trat. Er starrte Clete an.

»Steigst du mir etwa nach?«, fragte Joe.

»Ich habe nicht gewusst, dass du in die Kirche gehst.«

»Ich habe eine Kerze für meine Tochter angezündet. Was willst du hier, Purcel?«

Joe trug einen grauen Anzug und einen grau-roten Schlips, den ihm der Wind über die Schulter blies.

»Die Sheriff-Dienststelle ist hinter einem gewissen Legion Guidry wegen dem Mord an Linda her. Ich dachte, du solltest das wissen«, sagte Clete.

»Was denn, bist du mir etwa einen Gefallen schuldig?«

»Du bist immer aufrichtig zu mir gewesen. Genau wie Frankie Dogs. Wer weiß, vielleicht war Frankie Dogs an dem Typ dran. Vielleicht ist Frankie deswegen umgelegt worden.«

Joe musterte die Bäume am Ufer des Bayous und massierte sich den verspannten Nacken, als ginge ihm ein Gedanke durch den Kopf, mit dem er nicht ganz klarkam.

»Ich musste sie einäschern lassen. Nicht mal für die Beerdigung konnte man ihr Gesicht zurechtflicken«, sagte er.

»Guidry ist seit langem bekannt dafür, dass er Frauen Gewalt antut. Du hast es selber gesagt, Joe. Wie viele Typen, die zu so was fähig sind, laufen in einer Kleinstadt rum?«

»Sag den Namen noch mal.«

An diesem Abend saß Clete an dem Redwood-Tisch unter dem Mimosenbaum im Garten hinter meinem Haus und berichtete mir von seinem Gespräch mit Joe Zeroski. Als er fertig war, nahm er seine Dienstmütze von den Marines ab, setzte sie sich wieder auf den Kopf und schaute mit müden grünen Augen auf den roten Schein am Himmel und das im Wind wogende Zuckerrohrfeld meines Nachbarn.

»Ich dachte, die Dürre wäre vorbei. Aber kaum isses zwei Tage trocken, staubt schon wieder die Steppe«, sagte er.

»Machst du dir Gedanken, weil du Zeroski an der Nase rumgeführt hast?«, fragte ich.

»Joe gibt sich wahrscheinlich eines Tages die Kugel. Aber er hat sich noch nie jemand vorgeknöpft, der nicht in der Szene war. Ich glaube, wenn mir je ein Mafioso Leid tun könnte, dann ist er es«, sagte Clete.

»Wir haben keinerlei Einfluss auf diese Typen. Hör auf, sie zu manipulieren, Clete.«

»Ich glaube, ich sollte ihn anrufen«, sagte er.

Ich drückte Cletes Bizeps, grub die Finger tief in seine Muskulatur. »Ein für alle Male: Lass Zeroski und vor allem Legion Guidry in Ruhe.« Ich fasste noch fester zu, als Clete sich losreißen wollte. »Hast du mich verstanden? Legion Guidry kommt irgendwo anders her als alle anderen Menschen. Das ist eine theologische Feststellung.«

»Manchmal wünsche ich mir, du würdest deine Gedanken für dich behalten, Großer.«

Am Dienstag wachte ich vor Sonnenaufgang auf und ging zwischen den Eichen und Pekanbäumen hindurch zum Köderladen hinunter. Blaugrau hing der Nebel im fahlen Dämmerlicht, wurde dann rosa wie Zuckerwatte, als sich die Sonne über den Horizont schob, und ich sah schneeweiße Reiher, die wie Konfetti über den Zypressen im Sumpf aufstiegen.

Batist und ich schrubbten die Kabelrollentische ab, spannten die Sonnenschirme darüber auf, hoben die Bierdosen und Köderbecher an der Bootsrampe auf und sammelten mit einem Bootshaken den Müll ein, der zwischen den Stützpfeilern des Anlegestegs trieb. All das geschah unter der Aufsicht von Tripod, Alafairs fettem, dreibeinigem Waschbär, den sie als Haustier hielt. Danach machte Batist eine Pause, goss sich eine Tasse Kaffee aus der Kanne auf dem Gasherd ein, warf einen rot markierten Quarter in die Jukebox und spielte Guitar Slims »Well I Done Get Over It«. Die schwermütigen Klänge von Slims Musik schallten über das Wasser und in die Bäume wie elektronische Echos in einem Steinrohr.

»Warum spielst du ausgerechnet diesen Song?«, fragte ich.

»Der Mann erzählt davon, wie man über etwas wegkommt. Man kann es nie überwinden. Man kommt bloß drüber weg. Ich glaub, er hat begriffen, worum sich alles dreht.«

»Meinst du, Tee Bobby hat das weiße Mädchen ermordet?«, fragte ich.

Batist nahm Tripod von einem Regal, wo er an einem Glas voller Schokoriegel schnüffelte. Er öffnete die Fliegendrahttür und ließ ihn auf den Bootsanleger plumpsen.

»Der Junge taugt nix, Dave. Wenn du nicht glaubst, dass ich Recht hab, dann frag dich mal, mit wem er sich rumtreibt. Wenn Jimmy Dean Styles ›Spring‹ sagt, sagt Tee Bobby: ›Wie hoch?‹«

Wie es der Zufall wollte, klingelte kurz darauf, als ich gerade hinauf zum Haus gehen und mich für die Arbeit umziehen wollte, das Telefon auf dem Ladentisch. Schwester Helen Bienvenu, die Nonne, die in der Stadtbibliothek Zeichenunterricht gab, war am Apparat.

»Ich habe etwas getan, was ich nicht hätte tun sollen«, sagte sie.

»Was denn, Schwester?«, sagte ich.

»Rosebud Hulin hat ein wunderbares Bild von Amanda Boudreau und ihren Eltern gezeichnet. Ich glaube, das Foto war vor etwa einer Woche im *Daily Iberian*. Als sie damit fertig war, hat sie es mir in die Hand gedrückt, als wollte sie es jemandem schenken. Sie wirkte dabei so bedrückt, dass ich es gar nicht recht beschreiben kann.«

»Ich verstehe nicht ganz. Was haben Sie denn Unrechtes getan?«, sagte ich.

»Ich habe die Zeichnung der Familie Boudreau gegeben. Ich habe ihnen nicht gesagt, wer das Bild gezeichnet hat, aber gestern Abend war Mrs. Boudreau in der Bibliothek und sah Rosebud in meiner Zeichenklasse. Offensichtlich war ihr der Zusammenhang sofort klar. Ich habe das Gefühl, als hätte ich eine ohnehin schon verfahrene Situation noch verschlimmert.«

»Haben Sie Rosebud gefragt, warum sie die Familie Boudreau zeichnen wollte?«

»Ja. Sie ist vor mir weggelaufen. Was werden Sie unternehmen, Mr. Robicheaux?«, sagte sie.

»Haben Sie noch jemandem davon erzählt?«

»Nein. Aber ein Schwarzer hat die Zeichnung gesehen. Er kam eines Abends zum Unterricht und wollte Rosebud heimfahren. Sie wollte nicht mit ihm gehen. Er besitzt eine Bar.«

»Jimmy Dean Styles?«

»Ja, ich glaube, so hat er geheißen.«

»Styles ist ein übler Typ, Schwester. Lassen Sie sich nicht mit ihm ein.«

»Ich bin völlig außer mir, Mr. Robicheaux«, sagte sie.

»Sie haben nichts Unrechtes getan.«

»Hat Rosebud einen Mord mitansehen müssen? Bitte belügen Sie mich nicht«, sagte sie.

Ich ging hinauf zum Haus und zog mich um, kochte mir Kaffee, wärmte einen Topf Milch und aß am Küchentisch eine Schale Müsli mit Blaubeeren. Bootsie kam in ihrem Frotteebademantel aus dem Schlafzimmer und nahm die Medikamente, mit denen sie ihren Lupus in Schach hielt, den roten Wolf, wie wir ihn nannten. Dann setzte sie sich gegenüber von mir hin und schlang sich die aufblasbare Manschette ihres Blutdruckmessgeräts um den Oberarm. Sie wartete, bis die Digitalziffern aufhörten zu blinken, ließ die Luft aus der Manschette ab und blies unwirsch die Backen auf, weil sie an ihrem Zustand nichts ändern konnte, ihre Krankheit als ungerecht empfand und nicht wusste, woher sie kam.

»Du hast dein Leben lang Tag für Tag Salz und Braten gegessen, aber dein Blutdruck ist kaum höher als bei einer Mumie. Was für ein Geheimnis steckt dahinter, Streak?«, sagte sie

»Das Dorian-Gray-Syndrom.«

»Lass mich deinen Blutdruck messen«, sagte sie.

»Ich sollte mich lieber auf den Weg machen.«

»Nein, ich will sehen, ob das Messgerät richtig geht«, sagte sie.

Sie schlang mir die Manschette um den Arm und pumpte sie mit dem kleinen Ball auf, den sie in der Hand hatte. Mit ausdrucksloser Miene schaute sie auf die Zahlen am Messgerät und ließ die Luft ab.

»Dein Blutdruck liegt bei 165 zu 90«, sagte sie.

Ich blätterte die Zeitung um und versuchte sie keines Blickes zu würdigen.

»Das sind fast vierzig Punkte über deinem Normalwert«, sagte sie.

»Vielleicht bin ich heute Morgen nicht ganz auf dem Posten.«

Sie packte das Messgerät wieder in die Schachtel und rührte sich auf der Arbeitsplatte ihr Müsli an. Als sie wieder das Wort ergriff, kehrte sie mir immer noch den Rücken zu.

»Meine ganzen Diätpillen sind verschwunden. Die Aspirin ebenfalls. Und die ganzen Multivitamintabletten, die ich mir in Lafayette besorgt habe. Was, zum Teufel, machst du, Dave?«, sagte sie.

Ich ging ins Büro und versuchte mich auf den Packen Papierkram zu konzentrieren, der in meinem Eingangskorb lag. Ein gutes Dutzend Mitteilungen steckte in dem Fach für meine telefonischen Nachrichten, ein weiteres Dutzend in meinem Postfach. Ein Obdachloser, der tagtäglich durch die ganze Stadt zog und seine sämtlichen Habseligkeiten in ein gelbes Zelt eingerollt hatte, das er wie ein großes Kreuz quer über Nacken und Schultern trug, kam von der Straße herein und verlangte mich zu sprechen.

In seinen Augen stand der Wahnsinn, die Haut war beinahe schwarz vor Schmutz, die Haare klebten vor Fett, und er stank so durchdringend, dass sich die Leute Taschentücher vor den Mund hielten und den Raum verließen.

Er sagte, er hätte mich in Vietnam gekannt, behauptete, dass er der Sanitäter gewesen sei, der mich mit Blutplasma versorgt, mir einen Schuss Morphium verpasst, mich in einen Hubschrauber gezogen und in den Armen gehalten hätte, als die Kugeln der Kalaschnikows aus dem unter uns vorbeihuschenden Blätterdach scheppernd in die Zelle einschlugen.

Ich schaute in sein zerfurchtes, von Schmerz gezeichnetes Gesicht, sah aber niemanden vor mir, den ich kannte.

»Bei welcher Einheit waren Sie, Doc?«, fragte ich.

»Wen schert das denn?«, erwiderte er.

»Ich habe zwanzig Dollar bei mir. Tut mir Leid, dass es nicht mehr ist.«

Er knüllte den Schein zusammen, den ich ihm gab. Seine Nägel waren dick wie Schildpatt und grau verfärbt vom Schmutz, der darunter saß.

»Ich hatte einen Rosenkranz um meinen Stahlhelm geschlungen. Den hab ich Ihnen gegeben. Lassen Sie sich nicht hinterrücks erwischen, Mann«, sagte er.

Als er weg war, öffneten wir die Fenster, und Wally, unser Telefonist, ließ vom Hausmeister den Stuhl abwischen, auf dem der Verwahrloste gesessen hatte.

»Kennst du den Typ?«, sagte Wally.

»Kann sein.«

»Soll ich ihn aufgreifen und in ein Asyl bringen lassen?«

»Der Krieg ist vorbei«, sagte ich und ging in mein Büro.

Um zehn Uhr morgens wäre ich am liebsten aus der Haut gefahren. Ich lief zum Wasserspender, kaute zwei Packungen Kaugummi, ging schließlich zum Baron's, unserem Fitnessstudio, und drosch auf den Sandsack ein, kehrte dann ins Büro zurück, schwitzte am ganzen Leib und war so gereizt, dass ich es kaum aushielt.

Ich besorgte mir einen Streifenwagen und fuhr zum Haus von Amanda Boudreaus Eltern. Ich traf Mr. Boudreau bei dem Bachlauf am hinteren Ende seines Grundstücks an, wo er im Schatten eines Baumes eine Bewässerungspumpe auspackte und zusammenbaute. Es war ein großes, teures Gerät, das modernste, das auf dem Markt war. Aber er hatte weder eine Zisterne noch die nötigen Rohre, keinerlei Gräben, um das Wasser über seinen Grund und Boden zu leiten.

Er trug ein weißes, kurzärmliges Hemd und eine nagelneue, dunkelblaue Latzhose, die so steif war, als hätte er sie frisch ausgepackt. Sein Gesicht war rot angelaufen, und offenbar war er ein paar Mal mit dem Schraubenzieher abgerutscht und hatte sich die Knöchel abgeschürft.

»Ich will mich nicht noch mal von der Dürre heimsuchen lassen«, sagte er. »Letztes Jahr ist mir das ganze Zuckerrohr vertrocknet. So weit lass ich's nicht noch mal kommen. Nein, Sir.«

»Ich glaube, die Dürre ist so gut wie vorbei«, sagte ich und schaute auf eine schwarze Wolkenbank im Süden.

»Ich will auf alles vorbereitet sein. Genau das hat mein Vater immer gesagt. ›Ich will auf alles vorbereitet sein‹«, sagte er.

Ich ging neben ihm in die Hocke.

»Ich weiß, dass Sie und Mrs. Boudreau nicht viel von mir halten, aber ich habe sowohl meine Mutter als auch meine Frau Annie durch Menschen verloren, die vor keiner Gewalttat zurückschreckten. Ich wollte diese Menschen finden und sie umbringen. Dass einem danach zumute ist, geht in Ordnung. Aber ich möchte nicht, dass ein anständiger Mann wie Sie die Sache selbst in die Hand nimmt. Das haben Sie doch nicht vor, oder, Sir?«

Er erschlug mit seiner breiten Hand einen Moskito, der sich auf seinem Nacken niedergelassen hatte, und besah sich den blutigen Fleck.

»Ganz Louisiana ist ausgedörrt. Ich will mir einen Brunnen graben. Gräben und Wasserleitungen quer durch die Felder legen. Meinetwegen kann's ziegeltrocken werden, aber ich hab dann so viel Wasser, wie ich will«, sagte er. Er widmete sich wieder seiner Arbeit und zog mit seiner abgeschürften, schweißglänzenden Hand eine Schraube fest.

Ich hielt bei einer Telefonzelle und rief in Cletes Apartment an.

»Kommen dir manchmal auch noch die Erinnerungen hoch?«, fragte ich.

»An Vietnam? Kaum noch. Manchmal träume ich davon. Aber nicht oft.«

»Heute kam ein Typ von der Straße rein. Er sagte, er wäre der Sanitäter, der mich versorgt hat, als es mich erwischt hat.«

»War er's?«

»Er war geistesgestört. Außerdem war er blond. Der Junge, der mich zum Bataillonsverbandsplatz gebracht hat, war ein Italiener aus Staten Island.«

»Dann pfeif drauf.«

»Der Obdachlose hat mit New Yorker Akzent gesprochen. Was macht ein Stadtstreicher aus New York hier unten?«, sagte ich.

»Wo bist du, Großer?«

Ich fuhr zu Jimmy Dean Styles Bar in New Iberia und erfuhr vom Barkeeper, dass Jimmy Dean in seinem anderen Club in St. Martinville war, dem Laden, der ihm und einem Kautionsadvokaten gehörte. In zwanzig Minuten war ich da. Styles saß an der Bar und las die Zeitung, tunkte nebenbei geröstete Schweineschwarten in eine Schale mit roter Soße, aß sie und wischte sich die Finger an einem feuchten Handtuch ab, ohne auch nur einmal den Blick von der Seite zu wenden.

»Verfolgen Sie die Börsenkurse?«, fragte ich.

»Kommunalobligationen sind der Bringer, Chuck. Vierundzwanzig Stunden am Tag machen die sich bezahlt, an sieben Tagen die Woche. Wie 'n Mädchen, das mit den richtigen Leuten anbandelt – so was haut immer hin, wenn Sie wissen, was ich meine. Kann ich Ihnen irgendwie behilflich sein?«, erwiderte Styles.

»Ich weiß nicht, ob Sie das können, aber denken Sie weiter drüber nach. Wo ist hier die Toilette?«, sagte ich.

Er warf mir einen spöttischen Blick zu, wies mit dem Kopf nach hinten, tunkte ein Stück Schwarte in die Schale und schob es sich in den Mund.

Sein übliches Gefolge aus Rappern und Huren saß an den Tischen rund um die Tanzfläche. Sie würdigten mich keines Blickes, als ich an ihnen vorbeiging. Ich wusch mir das Gesicht mit kaltem Wasser und schaute in den Spiegel. Mir klangen die Ohren, wie wenn der Wind durch eine Blechbüchse pfeift, und ich hatte einen Druck auf den Schläfen, als ob ich einen zu engen Hut aufhätte. Auf der Jukebox neben dem Tanzboden lief eine Platte an, und ich hätte schwören können, dass der Gesang auf der Aufnahme von Guitar Slim stammte.

Ich wusch mir noch einmal das Gesicht. Als ich unter dem kalten Wasser die Augen schloss, sah ich die Gesichter der Jungs aus meinem Trupp vor mir, Jungs, die zu lange draußen gewesen waren, die Beine von Dschungelgeschwüren zerfressen, faulig stinkende Socken an den Füßen, voller Schiss vor Tretminen, Stolperdrähten und Sprengfallen auf dem dunklen Pfad, Jungs, von denen keiner mehr wusste, wer er mal gewesen war. Ein Hot-Rod-Fahrer aus San Bernardino, der einen

Juju-Beutel um den Hals hängen und eine Skalplocke an sein Gewehr gebunden hatte. Ein schwarzer Junge aus West-Memphis, Arkansas, der außer sich vor Aufputschmitteln und zu vielen Feuergefechten war, ein grünes Schweißtuch über den Kopf hängen hatte, das wie eine Mönchskutte aussah, und den Stutzen seines Granatwerfers mit Tigerstreifen bemalt hatte. Ich konnte förmlich hören, wie sie mit ihren Stiefeln über eine Holzbrücke marschierten, sah die schmalen Gesichter vor mir, die Uniformen, die steif vom Salz waren.

Ich spuckte in die Toilette und trocknete mir das Gesicht lieber mit dem Hemd ab, statt die Handtuchrolle anzurühren, und ging hinaus. Aber mein Herz raste immer noch, als mir der kühle Luftzug eines Ventilators über die Haut strich.

Jimmy Dean Styles schlug seine Zeitung zu, griff zu einer Espressotasse und trank einen Schluck.

»Is Massa Charlie heut nicht dabei?«, sagte er.

»Sie wollten Rosebud Hulin vom Zeichenunterricht abholen. Ab sofort haben Sie dort nichts mehr verloren. Wenn Sie eine Fahrgelegenheit braucht, sorge ich dafür«, sagte ich.

»Ich kenn Sie nicht, ich hab Ihnen nie was getan, bin Ihnen nie an den Karren gefahren, aber Sie fegen mich ständig an und rücken mir auf die Pelle. Was is mit Ihnen los, Chuck?«

»Ich glaube, Sie haben mich nicht recht verstanden. Halten Sie sich von Rosebud Hulin fern. Sind wir uns da einig?«

»Sie sind zu verbissen, Mann. Ich hab da drüben ein Mädchen, das sich um Sie kümmern kann, damit Sie ein bisschen Dampf ablassen, Sie wissen schon. Aber fuchteln Sie mir nicht ständig mit dem Finger unter der Nase rum.«

»Bloß noch eins, damit Sie hinterher Bescheid wissen, warum Sie Mist gebaut haben. Reden Sie niemanden mit ›Chuck‹ an, es sei denn, Sie haben Ihre Pflicht und Schuldigkeit getan, dreißig Kilo Marschgepäck zwanzig Meilen durch den Regen geschleppt, sich von Victor Charlie die Hucke vollhauen lassen und zusehen müssen, wie Ihre Freunde zu Hackfleisch zerfetzt werden, und dergleichen mehr. Haben Sie mich verstanden, Partner?«

»Sie stehn schwer unter Strom, Louisiana Chuck. Und nun schwingen Sie sich gefälligst davon, bevor ich Sie aufgreifen lasse«, sagte er.

Ich erwischte ihn mit einem satten rechten Schwinger am Kinn, der seinen Kopf zur Seite riss, dass ihm der Speichel aus dem Mund tropfte, verpasste ihm dann einen Haken ans Auge, setzte mit einer weiteren Rechten nach, noch ehe er vom Barhocker kam, und erwischte ihn diesmal an der Kehle. Er teilte zwei rasche Schläge aus, noch ehe er richtig stand. Dem einen wich ich aus, der andere streifte mich am Ohr, dann drosch ich mit aller Kraft auf ihn ein.

Ich schlug mit voller Wucht zu, brach ihm die Nase, spaltete seine Lippe, verpasste ihm eine Platzwunde über dem einen Auge. Er rollte sich vom Barhocker weg und richtete sich wieder auf, brachte sogar die Deckung hoch und traf mich einmal hart an der Brust, aber ich rammte ihm meine Faust in die Rippen, genau unters Herz, und sah ihm am Gesicht an, dass er sich nicht mehr wehren konnte, alle Kraft verloren hatte, so als hätte man den Boden eines Bottichs zerschlagen. Ich verpasste ihm einen Nierenhaken, traf ihn dann am Bauch, sodass er sich vornüber krümmte und sich am Barhocker festhalten musste.

Aber ich konnte nicht von ihm ablassen. Ich packte ihn am Hinterkopf und rammte sein Gesicht an die Kante der Bar, schmetterte ihn immer wieder auf das knorrige Holz, während hinter mir die Frauen kreischten und ein großer Schwarzer mit orange-roten Haaren, der Ringe an den Augenbrauen trug, die Arme um mich schlingen und sich zwischen Jimmy Dean Styles und mich drängen wollte.

Ich zückte meine 45er, zog dem Mann mit den orangeroten Haaren den Lauf übers Gesicht und schlug ihn zu Boden, lud dann durch, schlang die zitternden, mit Jimmy Stys Blut verschmierten Hände um den Griff und setzte ihm das Korn zwischen die Augen.

»Ich hau von hier ab. Ich versprech's. Mach es nicht, Mann. Bitte«, sagte der Mann, der am Boden lag und drehte das Gesicht zur Seite.

Ein dunkler Fleck breitete sich auf seiner Hose aus.

Ich wurde festgenommen, bevor ich vom Parkplatz fahren konnte. Mein Hemd war hinten von oben bis unten aufgerissen, als ich zehn Minuten später in Handschellen ins Gefängnis des Bezirks St. Martin geleitet und in die Ausnüchterungszelle gesteckt wurde. Meine Haut fühlte sich wie taub an, die Muskeln waren schlaff, als hätte ich eine zweitägige Sauftour hinter mir. Die Stimmen der anderen Häftlinge drangen kaum zu mir durch, waren wie durch einen Wattebausch gedämpft, obwohl mich ein paar anscheinend kannten und direkt ansprachen. Vor meinem inneren Auge sah ich einen Obdachlosen, unter seinem Kreuz gebeugt, der gelben Zeltrolle mit all seinen Habseligkeiten, und mir wurde klar, dass für uns alle, die wir dort gewesen waren, der Krieg nie vorbei sein würde, dass aber der wahre Feind nicht Jimmy Sty war, sondern ein brutales Wesen, das morgens mit mir aufstand, heimlich in mir hauste und auf den passenden Moment wartete, um all seine Wut auf die Welt auszutoben.

17

Als der Sheriff von Iberia im Gefängnis eintraf, dachte ich, er wollte mich herausholen. Stattdessen ließ er mich in eine leere Arrestzelle bringen, einen Raum mit einem mitten in den Zementboden eingelassenen Abflussloch und einem rostigen, mit

Urinspuren befleckten Gitter, dazu allerlei Graffiti, weiblichen Brüsten und männlichen Geschlechtsteilen, die mit Feuerzeugen an die Decke gebrannt waren. Ich setzte mich auf eine Holzpritsche, während der Sheriff auf einem Stuhl auf der anderen Seite der Gitterstäbe Platz nahm, durch die er mich mit wütendem und zutiefst enttäuschtem Blick musterte. Mir war schwindlig, und meine geschwollenen Hände fühlten sich dick wie eine Grapefruit an, als ich sie ballen wollte.

»Wollten Sie ihn umbringen?«, fragte der Sheriff.

»Möglicherweise.«

»Alle, die in der Bar waren, sagen, dass Sie nicht provoziert wurden. Sie sagen, Styles saß lediglich auf einem Hocker, als Sie durchgedreht und über ihn hergefallen sind.«

»Die Bar gehört ihm. Der Großteil der Leute, die drin waren, sind seine Spezis. Ich bin ein Cop. Was sollen sie denn sonst sagen?«

»Man wirft Ihnen schwere Körperverletzung vor.«

»Danke für die Mitteilung«, sagte ich.

»Wollen Sie einfach hier rumsitzen und den Klugscheißer markieren?«

»Styles ist ein Stinkstiefel. Dem hätte schon längst mal jemand die Gräten polieren sollen«, sagte ich.

Er erhob sich von seinem Stuhl, setzte seinen Stetson auf und starrte im Lichtschein, der durch ein hohes Fenster auf seinen Kopf fiel, auf mich herab.

»Soll ich Ihre Frau anrufen, oder schaffen Sie das selber?«, fragte er.

»Wissen Sie, Sie könnten schon etwas für mich tun. Ich hätte gern eine Packung Kaugummi aus dem Automaten draußen im Flur. Dafür wäre ich Ihnen sehr dankbar«, erwiderte ich.

Zwanzig Minuten lang saß ich da und horchte auf die Geräusche, die in jedem Gefängnis zum Alltag gehören: das Scheppern der Stahltüren, die rauschende Toilettenspülung, Kapos, die ihre Wascheimer durch den Korridor schleifen, Marielitos, die einander auf Spanisch anbrüllen, ein plärrender Fernseher, in dem ein Stockcar-Rennen läuft, ein drei Zentner schwerer Biker mit Haaren wie eine Löwenmähne, stinkend und in Ketten geschlagen, der der Meinung ist, dass die Cops, die ihn festgenommen haben, ihr Geld erst mal verdienen müssen, wenn sie ihn in eine Zelle verfrachten wollen.

Ich zog mein zerrissenes Hemd aus und rollte es zu einem Kissen zusammen, legte mich auf die Holzpritsche und schlug den Arm über die Augen. Dann hörte ich wieder Schritte auf dem Korridor und in meiner Dummheit, die allen Säufern gemeinsam ist, dachte ich, der Sheriff, mein Freund, würde zurückkehren, um die Sache zu bereinigen.

Aber der Sheriff kehrte nicht zurück, und niemand holte mich aus der Arrestzelle oder ließ auch nur eine Andeutung fallen, wann ich dem Richter vorgeführt werden würde.

Das Bedrückende an einem Gefängnisaufenthalt ist weniger das Tohuwabohu und die Lärmkulisse, die einem rund um die Uhr in den Ohren hallt. Viel mehr macht einem zu schaffen, dass man jeden Bezug zur Außenwelt verliert und die Zeit stehen bleibt, wenn die Zellentür hinter einem zugeschlagen wird.

Man kann nicht mehr über sich selbst bestimmen. Man muss sich einer Leibesvisitation durch einen gelangweilten Wärter unterziehen, der sich Latexhandschuhe überstreift, bevor er einem die Hinterbacken auseinander zieht. Dann werden einem die Fingerabdrücke genommen, man wird fotografiert, bekommt eine Reinigungscreme und einen schmutzigen Lappen, um die Tinte von den Händen zu entfernen, wird von Leuten mit tonloser Stimme angesprochen, die sich nie direkt an einen wenden, einen nie anschauen, als ob sie meinten, sie würden einem durch bloßen Blickkontakt eine gewisse Menschenwürde zugestehen, die man nicht verdient hat.

Dann sitzt man herum. Oder man liegt am Boden. Oder man versucht irgendwo in der überfüllten Zelle einen Platz zu finden, möglichst weit weg von der offenen Toilette, auf die man irgendwann geht, auch wenn einem sämtliche Mitinsassen und alle, die auf dem Flur vorbeigehen, dabei zusehen können. Aber die meiste Zeit wartet man einfach. Keine sexuellen Kontakte in der Dusche, kein Zoff mit Schwarzen oder Marielitos aus Castros Gefängnissen, für deren Unterbringung die Regierung aufkommt, keine Begegnungen mit Vagabunden oder Safeknackern, wie sie ein Damon Runyon oder O. Henry schildern. Die meisten Missetäter sind unglücklich und dumm. Tobsüchtige werden ruhig gestellt, gewaltsam unter die Dusche geschleppt, mit Desinfektionsmitteln eingestäubt und in Kliniken verlegt. Die Wachteln sind für gewöhnlich Blödmänner, die sich Sorgen um ihre Prostata machen.

Man wartet in einem Vakuum, möglicherweise in einem großen, farblosen Raum, ein weiteres Gesicht unter den Gesichtslosen und Ungebildeten, den Dämlichen und Selbstmitleidigen, ist davon überzeugt, dass man nicht so ist wie die anderen, dass es einen nur durch Missgeschick hierher verschlagen hat. Nach einer Weile fragt man sich, worauf man wartet, dann wird einem klar, dass man an die nächste Mahlzeit denkt, an eine Gelegenheit, auf die Toilette zu gehen oder einen Moment lang an einem Fenster zu stehen, durch das man einen Baum sieht. Eines Morgens fragt man jemanden, welcher Wochentag ist.

Von dem Leben, das man einst geführt hat, bekommt man nur noch Bruchstücke mit, vielleicht durch einen Brief, einen Besucher, der sich dazu verpflichtet fühlt, oder durch Mitteilungen von der Bank, die einem den Kredit kündigt und das Eigentum pfänden lässt. Der Lärm, die Langeweile und die Gleichförmigkeit im Gefängnis sind mit der Zeit das Einzige, das einem dabei hilft, die Trostlosigkeit zu vergessen, die tagtäglich an einem zehrt.

Wenn es überhaupt einen Anhaltspunkt gibt, an dem sich erkennen lässt, dass das Leben eines Menschen aus den Fugen gerät, dann ist es meiner Meinung nach der Tag, an dem man sich hinter schwedischen Gardinen wiederfindet.

Ich rief Bootsie an, aber niemand war zu Hause. Als Alafairs Ansage auf dem Anrufbeantworter endete und der Piepton ertönte, wollte ich erst eine Nachricht hinterlassen, aber dann wurde mir klar, dass eine schlichte Mitteilung nicht genügte, dass dadurch alles nur noch schlimmer werden könnte. Ich legte den Hörer wieder auf und rief in Cletes Apartment an, aber niemand meldete sich. Eine halbe Stunde verging, dann bat ich den Wärter um einen weiteren Gang zum Telefon.

»Vielleicht brauchen Sie das gar nicht. Sie haben Besuch«, sagte er. Dann schrie er in die anderen Zellen: »Frau am Tor.«

»Eine Frau?«, sagte ich.

Barbara Shanahan, deren Parfüm in einem Gefängnis so fremd und unpassend war wie eine Blume in einer Maschinenfabrik, kam in einem rosa Kostüm, weißer Bluse und Stöckelschuhen den Korridor entlang. Sie blieb an der Zellentür stehen, einen Anflug von Mitleid im Blick, der mich die Augen abwenden ließ.

»Clete hat der hiesigen Polizei erzählt, dass er die Schlägerei mitangesehen hat. Er hat sie dazu überredet, noch mal in den Club zu gehen und den Bereich abzusuchen, wo Styles gesessen hat. Sie haben ein Schnappmesser unter einem Tisch gefunden«, sagte sie.

»Ein Schnappmesser, sagen Sie?«, sagte ich.

»Richtig.« Sie ließ den Blick über mein Gesicht schweifen. »Clete sagt, er hätte gesehen, wie Styles Sie damit bedroht hat. Aber im Polizeibericht wird kein Messer erwähnt. Ich frage mich, wie das kommt.«

»Ich weiß nicht mehr ganz genau, was vorgefallen ist.«

»Ich habe nicht vor, mich auch nur annähernd damit auseinander zu setzen, aber ich habe zwei Anrufe erledigt. In Kürze wird ein Kautionsadvokat hier eintreffen. Desgleichen Ihr Anwalt.«

»Mein Anwalt? Ich habe keinen Anwalt.«

»Jetzt schon. Er ist ein Arschloch, aber er ist der Beste seines Faches.«

»Warum tun Sie das?«, fragte ich.

»Sie sind ein guter Cop und haben diesen Mist nicht verdient. Die meisten Menschen halten Sie für einen Spinner. Der Sheriff hat Sie hängen lassen. Sie sind selbstzerstörerisch. Ich wünschte, Sie hätten Jimmy Dean Styles umgebracht. Suchen Sie es sich aus.«

»Wer ist der Anwalt?«

Sie zwinkerte mir zu. »Legen Sie ein Stück Eis auf das Auge, mein Hübscher«, sagte sie.

Der Duft ihres Parfüms hing in der Luft, als sie wieder wegging und die Bemerkungen, die ihr durch die Gitterstäbe der angrenzenden Zellen zugeworfen wurden, mit einem leichten Lächeln quittierte.

Zehn Minuten später kam Perry LaSalle mit einem Wärter den Korridor entlang.

»Kennen Sie einen Song von Lazy Lester mit dem Titel ›Don't Ever Write Your Name on the Jailhouse Wall‹? Mann, ich liebe diesen Song. Übrigens, Jimmy Dean Styles hat seine Brücke verschluckt und musste sich den Magen auspumpen lassen. Wie finden Sie das, Dave?«, sagte er.

Cops bezeichnen es als »Findling«, manchmal auch als »Alteisen«. Es kann sich um einen Tränengasstift handeln, um eine Spielzeugpistole oder auch eine echte Knarre, mit weggeätzter oder abgeschliffener Seriennummer.

Es kann aber auch ein Schnappmesser sein.

Wenn bei einer Schießerei etwas schief geht, und der Verdächtige liegt tot am Boden und aus seiner offenen Hand fallen nur die Autoschlüssel statt der Westentaschenautomatik, die man glaubte gesehen zu haben, kann man entweder vor dem internen Untersuchungsausschuss die Wahrheit sagen und hochkant rausfliegen, fährt vielleicht sogar ein und sitzt dann zusammen mit den Leuten, die man selber dort hingebracht hat, oder man nimmt den Findling, den man sich mit Klebeband am Knöchel befestigt hat, wischt ihn mit einem Taschentuch ab, wirft ihn auf die Leiche und bittet Gott darum, dass er mal kurz in die andere Richtung schaut.

»Barbara muss Sie ziemlich mögen«, sagte Perry, als wir in Richtung New Iberia fuhren. Das Verdeck seiner Gazelle war heruntergeklappt, die Luft war warm, und im Schatten der Eichen, die sich wie ein Tunnel über uns spannten, blühten die Wunderblumen.

»Warum?«, fragte ich.

»Sie hat mich angerufen, damit ich Sie aus dem Knast hole. Normalerweise behandelt sie mich wie Kaugummi, der unter dem Kinositz klebt.« Seine Wangen waren gerötet, als er sich zu mir umdrehte, und die bräunlich-schwarzen Haare wehten ihm in die Stirn. »Purcel hat die Schlägerei mitangesehen, ist aber nicht dazwischen gegangen?«

»Fragen Sie das lieber Clete.«

»Er würde doch Ihretwegen keinen Meineid schwören, oder?«

»Clete?«, erwiderte ich.

Tags darauf, am Mittwochmorgen, meldete ich mich wieder zum Dienst und ging den Korridor zu meinem Büro entlang, als wäre nichts gewesen. Wally, unser Telefonist, winkte mir mit hoch gerecktem Daumen zu, und zwei Deputys in Uniform klopften mir im Vorbeigehen auf die Schulter. Mit dem Sheriff kam ich nicht so gut klar.

»Sie tun Dienst am Schreibtisch, bis wir den Schlamassel in St. Martinville bereinigt haben«, sagte er durch die Tür gebeugt.

Ich nickte.

»Sonst haben Sie nichts dazu zu sagen?«, fragte er.

»Freunde stehen einander bei«, sagte ich.

»In meiner Dienststelle wird aber auch nicht Wildwest gespielt«, erwiderte er und ging weg, als ihm das Blut in den Kopf stieg.

Mittags fuhr ich zu Perry LaSalles Kanzlei bei den Shadows, ohne zu ahnen, dass mir ein Erlebnis bevorstand, bei dem mir wieder einmal bewusst wurde, dass unser Wissen über das menschliche Verhalten immer unzulänglich sein wird, dass wir anscheinend alle unsere Schwächen haben und einen gewissen Hang zur Selbsterniedrigung.

Perry bat mich um eine schriftliche Stellungnahme zu dem Vorfall in Jimmy Dean Styles' Nachtclub. Während ich auf einem Anwaltsblock meinen Text schrieb, blickte er auf die Straße hinunter, auf die Caladien vor dem Haus, die immergrünen Eichen, unter denen sich 1863 die Jungs aus Louisiana in ihren zimtbraunen Uniformen den Teche aufwärts zurückgezogen hatten, auf die Häuser mit ihren Säulenportalen, auf deren Balkons man sich nachmittags immer noch Tee und Highballs servieren ließ, ungeachtet der Jahreszeit, unbeirrt von irgendwelchen historischen Ereignissen, die die ganze übrige Welt erschütterten.

Nachdem ich mit der eher kurz geratenen Darstellung meines Angriffs auf Jimmy Dean Styles fertig war und den Bericht mit dem neutral gehaltenen Hinweis zu Ende gebracht hatte, dass die Polizei unter einem in der Nähe stehenden Tisch ein Schnappmesser gefunden habe, wartete ich, bis Perry sich von dem Anblick losriss, der seine Aufmerksamkeit fesselte.

»Sir?«, sagte ich.

»Oh, ja, tut mir Leid, Dave«, sagte er und runzelte die Stirn, während er den Text auf dem Block las.

»Hab ich's nicht gut genug hingekriegt?«, sagte ich.

»Nein, nein, das ist bestens. Jemand will mich sprechen.«

Ehe er den Satz zu Ende brachte, stand Legion Guidry im Türrahmen. Seine Khakisachen waren frisch gebügelt, steif gestärkt, und seine Augen waren unter der Krempe des Strohhuts kaum zu sehen. Aber ich nahm seinen Körpergeruch war, eine Mischung aus Männerschweiß, Zwiebeln, Hamburger, Dieselöl, das vermutlich auf seine Stiefel gespritzt war, und dem Zigarettentabak, den er sich gerade von der Zunge zupfte.

»Was macht *der* denn hier?«, fragte er.

»Eine kleine Rechtssache. Damit verdiene ich meinen Lebensunterhalt«, sagte Perry, ohne auf die unterschwellige Beleidigung einzugehen.

»Der Hundsfott hat mir ins Essen gespuckt«, sagte Legion.

»Nehmen Sie unten Platz, Legion. Ich komme gleich zu Ihnen«, sagte Perry.

»Was macht ihr hier überhaupt? Was steht auf dem Block da?«

»Das hat nichts mit Ihnen zu tun. Ich gebe Ihnen mein Wort darauf«, sagte Perry.

»Gib mir das da«, sagte Legion.

»Mr. Dave und ich müssen hier eine persönliche Angelegenheit regeln. Legion, tun Sie das nicht. Das ist mein Büro. Das müssen Sie respektieren«, sagte Perry.

»Sie haben einen Mann in Ihrem Büro, der mich als Schwuchtel bezeichnet hat. Für mich is der kein ›Mister‹«, sagte Legion und stemmte sich mit der Hand auf den Anwaltsblock, dass sich das Blatt unter seinem Daumen wellte. »Was steht da?«

»Dave, könnten Sie vielleicht unten warten?«, sagte Perry, dessen Gesicht vor Verlegenheit rot anlief.

»Ich muss wieder ins Büro. Wir sehen uns später«, sagte ich.

Ich ging aus dem klimatisierten Gebäude hinaus in den Mittagslärm der Stadt, wo mir die Hitze noch drückender als sonst vorkam, der Benzingeruch auf der Straße noch stechender. Ich hörte, wie Perry hinter mir die Tür öffnete und den Gehweg entlangkam. Er versuchte zu lächeln, so viel Würde zu wahren, wie es unter diesen Umständen möglich war.

»Er ist alt und ungebildet. Alles, was er nicht begreift, erschreckt ihn. Wir haben diesen Leuten jegliche Möglichkeit verwehrt, ihren Horizont zu erweitern. Jetzt müssen wir dafür büßen«, sagte er.

Falsch, Perry, dachte ich. Nicht *wir*.

An diesem Abend saß ich eine ganze Zeit lang allein im Garten hinter meinem Haus. Der Himmel war purpurrot, voller Vögel, und die Sonne glühte wie eine Esse hinter einer dunklen Wolkenbank. Ich spürte Bootsies Hände auf meiner Schulter.

»Perry LaSalle hat angerufen. Er sagt, die Anklage wegen Körperverletzung lässt sich vermutlich nicht aufrechterhalten. Hat irgendwas damit zu tun, dass Clete ein Messer gesehen hat«, sagte sie.

»Cletes Aussage ist nicht ganz astrein«, sagte ich.

»Wieso?«

»Er war nicht dabei. Er ist später hingegangen und hat ein Schnappmesser unter einen Tisch geworfen.«

Ich spürte, wie sie die Hände wegzog.

»Dave, die Sache scheint mir immer schlimmer zu werden«, sagte sie.

»Clete ist ein Freund, der zu einem hält. Der Sheriff nicht.«

»Er ist in sein Amt gewählt. Was soll er denn machen? Zulassen, dass du alle Leute, die du nicht leiden kannst, zusammenschlägst?«, sagte sie.

Ich stand vom Picknicktisch auf und ging die Auffahrt hinunter, zu meinem Pickup. Ich hörte sie hinter mir im Gras, aber ich ließ den Motor an und setzte zur Straße zurück, legte dann den ersten Gang ein und fuhr weg, sah ihr Gesicht am Fenster vorbeigleiten wie einen hellen Ballon, aber ihre Worte verwehte der Wind.

Die Zusammenkunft der Anonymen Alkoholiker fand an diesem Mittwoch um 19 Uhr im Wohnzimmer eines kleinen grauen Hauses statt, das der Episkopalkirche gehörte und inmitten immergrüner Eichen lag, durch die man das massige Steingemäuer der alten Iberia Highschool auf der anderen Straßenseite sah. In dieser Gegend, mit ihrem Spritzenhaus, den Bäumen rundum, den Straßen, die nach einem Regenschauer feucht schimmerten, den Rasenflächen und kleinen Veranden, auf die ein Junge auf einem Fahrrad die Nachmittagszeitung warf, den blinkenden Lichtern und klingelnden Glocken an einem einsamen Bahnübergang, kam man sich vor, wie in ein Amerika versetzt, nach dem wir uns vermutlich alle sehnen, einem Land, das durch zwei Ozeane geschützt war, in dem auch die kleinen Leute zufrieden waren, weil sie mit ihrer Hände Arbeit etwas erreichen konnten – ein Lebensgefühl, das mich immer an eine Zeit erinnert, in der ein Baseballspiel in der Juniorenliga oder eine Radiosendung am Abend etwas Besonderes waren.

Es war ein so genanntes Buch-Meeting, bei dem jeder Teilnehmer aus dem Blauen Buch vorlas, in dem die Grundsätze der Gemeinschaft enthalten sind, die sich Anonyme Alkoholiker nennt. Aber ich war hierher gekommen, weil ich das tun wollte, was man unter Anonymen Alkoholikern als fünften Schritt bezeichnet. Oder, um es genauer zu sagen, weil ich all meine Verfehlungen eingestehen wollte.

Bei den Teilnehmern handelte es sich größtenteils um Menschen aus der Mittelschicht, die bei den Meetings weder Kraftausdrücke gebrauchten noch ihr Privatleben ausbreiteten. Im Großen und Ganzen waren es die gleichen Leute, denen man auch bei einem Elternabend begegnete. Als ich an der Reihe war, wurde mir klar, dass die Welt, in der ich lebte und arbeitete und die in meinen Augen ziemlich normal war, nicht das geringste mit dem Alltag dieser Menschen zu tun hatte, die sich allenfalls einmal einen Strafzettel einhandelten.

Ich erzählte ihnen alles. Dass ich die Diätpillen meiner Frau geklaut hatte, weil sie Amphetamin enthielten, mich dann mit weißem Speed aufgeputscht hatte, das aus der Asservatenkammer stammte. Dass ich mit beiden Fäusten auf Jimmy Dean Styles Gesicht eingedroschen, ihm Nase und Lippen zerschlagen, die Brücke in den Rachen getrieben, seinen Kopf gepackt und immer wieder auf die Bar geschmettert hatte, bis meine Hände von seinem Blut und dem Schweiß aus seinen Haaren glitschten, während mir ein unersättlicher weißer Wurm ein Loch ins Hirn fraß und ich die Zähne zusammenbiss, weil mich eine Gier gepackt hatte, gegen die weder Sex noch Gewalt oder Dope halfen, die nichts als Whiskey, Whiskey und nochmals Whiskey stillen konnte.

Als ich fertig war, herrschte rundum Stille. Eine gut gekleidete Frau stand auf und ging auf die Toilette, und wir hörten, wie das Wasser ins Waschbecken lief, während sie sich hinter der Tür wiederholt räusperte.

Der Gesprächsleiter an diesem Abend war ein pensionierter Zugführer aus Mississippi, ein freundlicher Mann mit silbergrauen Haaren.

»Nun denn, Sie haben es sich von der Seele geredet, Dave. Wenigstens haben Sie jetzt nicht vor, jemand umzubringen«, sagte er und fing an zu lächeln. Dann sah er mir ins Gesicht und senkte den Blick.

Als das Meeting beendet war, blieb ich allein in dem Wohnzimmer sitzen, während das Licht zwischen den Bäumen fahler wurde. Als ich aufbrach, war der Parkplatz verlassen, und die Straßen waren menschenleer. Ich fuhr zu einem Poolsalon in St. Martinville, trank an der Bar einen Kaffee und sah ein paar alten Männern beim Bouree-Spielen zu, sah, wie die Schatten des Deckenventilators über ihre Gesichter und Hände strichen, regelmäßig wie eine Uhr, auf die niemand achtete.

18

Im Lauf der Nacht meldete jemand über Notruf, dass in einer schwarzen Slumgegend nahe der Loreauville Road ein Überfall mit einem Messer als Waffe stattgefunden habe. Ein gewisser Antoine Patout, ein aus New Orleans stammender Mann mit orange-roten Haaren, hatte mit seiner Freundin im Haus seiner Tante geschlafen, als ein Eindringling durch das Fenster kletterte, das Laken von Patouts Hintern zog und ihm einen fast anderthalb Zentimeter tiefen Schnitt quer über beide Backen zufügte.

Während Patout schrie und seine Freundin das Bettzeug zusammenknüllte und die Wunde zu schließen versuchte, stieg der Eindringling seelenruhig durch das Fenster hinaus in die Dunkelheit, klappte dabei sein Messer zusammen und steckte es in die Gesäßtasche. Niemand hörte ein Auto wegfahren. Die Freundin erzählte dem Polizisten, der als Erster am Tatort eintraf, dass sie weder das Gesicht noch die Hautfarbe des Angreifers habe erkennen können, aber ihrer Ansicht nach handelte es sich um einen der Nachbarn, mit dem sich Patout gestritten habe, weil er immer bis ein Uhr nachts mit voller Lautstärke Rap-Musik spielte.

Helen Soileau kam am frühen Donnerstagmorgen in mein Büro.

»Weißt du, wie der Typ mit den scheckig gefärbten Haaren heißt, der immer mit Jimmy Dean Styles rumzieht?«, fragte sie.

»Nein.«

»Du weißt nicht, wie der Typ heißt, dem du eine 45er übers Gesicht gezogen hast?«

»Nein, ich habe mich nicht danach erkundigt.«

»Ist das nicht derselbe Typ, der Marvin Oates eine Bierflasche über den Schädel geschlagen hat?«

»Schon möglich, Helen. Ich sitze am Schreibtisch fest.«

»Dann reiß dich los. Und hör auf, die beleidigte Leberwurst zu markieren«, erwiderte sie.

Kurz vor Mittag ging ich zum Büro des Sheriffs. Er las eine Anglerzeitschrift und aß ein Sandwich mit Schinken und Ei.

»Entschuldigen Sie die Störung«, sagte ich.

Er schlug die Zeitschrift zu und wischte sich mit dem Handrücken die Krümel vom Mund.

»Was gibt's?«, sagte er.

»Mein Verhalten tut mir Leid. Es wird nicht wieder vorkommen.«

»Freut mich, dass Sie ein Einsehen haben. Aber Sie bleiben am Schreibtisch.«

»Wir haben zwei ungeklärte Morde. Was ist dagegen einzuwenden, wenn ich Helen helfe?«

»Das müssen Sie mir sagen. Sie waren jetzt zweimal im Bezirk St. Martin, haben einen Schwarzen in den Bayou geschmissen und einen anderen zu Brei geschlagen. Wir können von Glück sagen, dass die Schwarzen nicht die ganze Stadt niedergebrannt haben. Ich weiß nicht, was ich dazu noch sagen soll.«

Ich sah ihm am Gesicht an, dass er tatsächlich fassungslos war, als zweifelte er an seinem Verstand, weil er einen Untergebenen wie mich in seinen Diensten hatte.

»Ich nehme an, ich bin zum falschen Zeitpunkt vorbeigekommen«, sagte ich.

»Nein, es liegt bloß an Ihnen, Dave. Sie haben nie begriffen, dass Ihnen jedes Reglement zuwider ist, genau wie den Leuten, die wir einsperren. *Das* ist Ihr Problem, Partner, nicht der Quatsch, mit dem Sie mir ständig daherkommen«, sagte er.

»Dazu gibt's nicht mehr viel zu sagen, was?«, sagte ich.

»Nein, ich glaube nicht«, erwiderte er. Er hatte rote Flecken auf den Wangen, als er wieder zu seiner Zeitschrift griff.

Ich meldete mich in der Dienststelle ab und trug als Begründung »Zahnarztbesuch« ein. Dann fuhr ich mit meinem Pickup über die Eisenbahngleise zu dem kleinen Haus von Marvin Oates.

Der Hof war mit Müll übersät – Krabbenschalen, verdorbenes Essen, benutzte Q-Tips, Damenbinden und Tampons –, der offenbar systematisch von der Galerie bis zur Straße verstreut worden war. Ich klopfte an die Tür, aber niemand machte auf. Die Luft war heiß und stickig und roch nach Brassen und fernem Regen. Ich ging zur Rückseite, wo ich Marvin entdeckte, der ein verschwitztes T-Shirt, abgewetzte Stiefel und einen zerbeulten Cowboyhut trug und mit einer Machete eine abgestorbene Bananenstaude umhackte. Ein Blitz zuckte beim City Park über den Bayou. Er schaute auf den Blitzstrahl, als hätte er etwas zu bedeuten, das eigens für ihn bestimmt war. Er hatte nicht gehört, dass ich von hinten auf ihn zuging, stand immer noch reglos da, ließ die Machete herabhängen, lauschte und betrachtete die Gewitterwolken, in denen der Donner grollte, während der Wind die Blätter von den Bäumen fegte.

»Wer hat den Müll auf Ihrem Hof verteilt?«, sagte ich.

Er fuhr zusammen, als er meine Stimme hörte. »Leute, die in einen Sträflingstrupp gehören, wenn Sie mich fragen«, sagte er.

»Sie scheinen sich mit der Heiligen Schrift ziemlich gut auszukennen, Marvin. Vielleicht können Sie mir bei einer Frage weiterhelfen, die mir zu schaffen macht. Was ist mit dem alttestamentarischen Begriff ›Auge um Auge‹ eigentlich gemeint?«, sagte ich.

Er grinste. »Ganz einfach. Die Strafe soll nicht schwerer sein als das Vergehen. Sie muss das gleiche Maß haben«, erwiderte er.

»Wenn Sie also Richter wären, was würden Sie dann mit den Leuten machen, die Amanda Boudreau vergewaltigt und umgebracht haben?«

»Sie in die Todeszelle in Angola schicken.«

»Sie ins Jenseits befördern?«

»Sie hat niemand was zuleide getan. Diese Männer hatten kein Recht, ihr so was anzutun.«

»Aha. Was ist mit Antoine Patout, dem Mann, der Ihnen mit einer Bierflasche auf den Kopf geschlagen hat?«

»Miss Helen war schon hier. Ich sag nix mehr zu dem Kerl, dem jemand den Hintern aufgeschlitzt hat. Denkt meinetwegen, was ihr wollt.«

»Ich glaube, die Strafe passt zu dem Vergehen. Er hat eine Flasche auf Ihrem Kopf zerschlagen, und er oder seine Freunde haben vielleicht Ihren Hof verschmutzt. Und jetzt kann er sich eine Zeit lang nicht mehr hinsetzen. Aber Frankie Dogs war ein Sonderfall. Der Mann, der Ihr Gesicht in die Toilettenschüssel gedrückt hat, während andere Leute zugeschaut haben, wissen Sie? Vielleicht hat er sich dabei auch noch über Sie lustig gemacht. Ich habe gehört, dass er Ihre Zeitschriften und Bibeln auf den Toilettenboden gekippt hat. Ich kann mir vorstellen, dass jemand wie er demnach den Tod verdient hat.«

»Sie haben mich nach der kleinen Boudreau gefragt, aber jetzt drehn Sie mir die Worte im Mund um und halten sie mir vor. Das ham die Leute mein ganzes Leben lang mit mir gemacht, Mr. Robicheaux. Ich hab nicht gedacht, dass Sie so einer sind«, sagte er.

»War nicht persönlich gemeint.«

»Wenn einen die Leute für dumm verkaufen, nimmt man das schon persönlich.«

Er widmete sich wieder seiner Arbeit und hackte mit seiner Machete auf den Stamm der Bananenstaude ein, die bereits Früchte getragen hatte und deren Strunk matschig und verfault war. Er drückte an den Stamm, bis er umknickte und sich in einem Hagel aus Lehmkrumen von den Wurzeln löste, sodass die konzentrischen Ringe und der braune Brei in seinem Inneren zum Vorschein kamen.

»Sehn Sie, er is von den Ameisen und Kakerlaken komplett aufgefressen. Man muss die Staude zurückstutzen, damit sie wieder gedeihen und neue Frucht tragen kann. Das is Gottes Wille«, sagte er und schleuderte den Strunk in ein Feuer.

Als ich an diesem Nachmittag von der Arbeit heimkam, sah ich Perry LaSalles Gazelle bei der Bootsrampe stehen. Perry lehnte am Kotflügel, hatte einen Fuß auf die Stoßstange gestellt und den Kragen seines Polohemds aufgeknöpft. Seine lässige Haltung erinnerte mich an einen Dressman. Aber es war nur ein armseliger Versuch, die Erregung zu überspielen, die er offensichtlich zu verbergen versuchte.

»Ich habe ein Problem. Vielleicht betrifft das auch uns beide. Ja, ich glaube, die Sache trägt Ihren Stempel. Eindeutig, das ist typisch Marke Robicheaux«, sagte er und nickte nachdrücklich.

»Was für eine Sache?«, sagte ich.

»Ich verrate Ihnen, worum es geht. Genau genommen hat die ganze Sache sogar in einem Ihrer alten Schlupfwinkel stattgefunden«, sagte er und berichtete mir von dem Vorfall, der sich am Abend zuvor an einer abgelegenen Straße im Atchafalaya-Becken zugetragen hatte.

Dort, auf einem aus dem Sumpf aufragenden, mit fauligem Laub bedeckten Stück Land tief im Wald, durch dessen Blätterdach kaum ein Sonnenstrahl fiel, umgeben von Luftranken, angeschwemmtem Müll und Algenteppichen, betrieben zwei schwarze Frauen einen Puff, der unmittelbar neben einer in den fünfziger Jahren gebauten Bar lag. Die Leute, die in der Bar einkehrten, waren Überbleibsel aus einer anderen Zeit, zumeist Männer, die nach wie vor Französisch sprachen und sich tagelang nicht rasierten, die hier in der Gegend geboren waren, kaum weiter als bis in den nächsten oder übernächsten Bezirk reisten, und alle Ereignisse, die sich draußen in der Welt zutrugen, für unwichtig hielten, weil sie keinerlei Bezug zu ihrem Leben hatten.

In diesem Lokal kehrte auch Legion Guidry ein, wenn er einen trinken wollte. Entweder bevor oder nachdem er die Hütte nebenan aufgesucht hatte.

Die beiden Männer, die ihn suchten, stammten offensichtlich nicht aus dem Atchafalaya-Becken. Sie trugen Sportsakkos und Hemden mit offenem Kragen, hatten zwar beide einen dunklen Teint, sprachen aber nicht mit Cajun-Akzent. Mit angewiderten Blicken betrachteten sie den Müll, der überall herumlag, die verrosteten Autos im Unterholz, den qualmenden Abfallhaufen hinter der Bar. Als sie die Hütte betraten, die im Grunde genommen nur ein aus Brettern und Dachpappe zusammengezimmerter Schuppen mit einem Heizofen und einem mit Benzin betriebenen Stromgenerator war, schwang sich eine der schwarzen Prostituierten von der Pritsche auf, auf der sie gelegen hatte, starrte sie stumm an und wartete, dass einer von ihnen eine Dienstmarke zückte.

»Wo ist der Typ, dem der rote Pickup draußen gehört?«, fragte einer der Männer. Er schaute sie nicht an. Er riss ein Papierhandtuch von der Rolle ab, die auf dem Tisch neben der Pritsche der Prostituierten stand, und wischte sich die Hand ab, mit der er die Türklinke berührt hatte.

»Das is Mr. Legions Laster«, sagte die Frau.

»Ich habe nicht gefragt, wie er heißt. Ich habe gefragt, wo er ist«, sagte der Mann, während er das Papierhandtuch zusammenknüllte und sich suchend umblickte, ob er es irgendwo hinwerfen konnte.

Die Schwarze trug ein Trägerhemd und Shorts, aber vor den beiden Männern kam sie sich wie nackt vor. Sie hatten kurz geschnittene Haare, leicht eingeölt und ordentlich gekämmt, trugen tadellos gebügelte Kleidung und frisch geputzte Schuhe. Sie rochen nach Eau de Cologne und hatten sich spät am Tag rasiert. Sie waren nicht im Geringsten sexuell an ihr interessiert, waren nicht mal ein bisschen neugierig.

»Der is noch nicht dagewesen«, sagte sie.

»Das ist doch Zeitverschwendung«, sagte der andere Mann.

»Er ist nicht in der Bar, hier ist er auch nicht, aber sein Pick-up steht draußen. Tja, willst du mir vielleicht verraten, wo er ist, oder willst du lieber mit uns in den Wald gehen?«, sagte der erste Mann.

»Mr. Legion hat 'ne Krabbenfalle. Manchmal fährt er raus in die Bucht, bringt sie in die Bar und kocht sich ein paar Krabben zum Abendessen«, erwiderte die Prostituierte.

»Sie haben uns nie gesehen, ja?«, sagte der erste Mann.

»Ich will kein Ärger, Sir«, erwiderte sie, zupfte hinten an ihren Shorts, um ihre Unterwäsche zurechtzuziehen, und senkte verschämt die Augen, als sie die Blicke sah, mit der sie die beiden Männer bedachten.

Der erste Mann bemerkte einen Eimer, in dem er das zusammengeknüllte Papierhandtuch loswerden konnte. Aber er schaute vorher hinein und war so angeekelt vom Inhalt, dass er es einfach auf den Tisch schmiss und sich ein letztes Mal in dem Raum umblickte.

»Wohnt ihr hier?«, sagte er.

Die nächsten beiden Stunden saßen die zwei Männer im Zwielicht hinten in der Bar, spielten Rommé, tranken ein Sodawasser pro Nase und notierten auf einer Papierserviette ihre

Punkte. Schließlich hallte das Dröhnen eines Außenborders durch die überfluteten Bäume draußen, dann hörten sie den Aluminiumrumpf des Bootes über festen Boden scharren, und kurz darauf kam Legion Guidry mit einer tropfenden Käfigfalle voller Blaukrabben durch die Vordertür.

Er nahm die Gäste hinten in der Bar nicht wahr. Er ging sofort hinter den Tresen, zu einem Butangaskocher, auf dem ein Edelstahlkessel brodelte, und kippte die Krabben aus der Falle ins Wasser. Dann hängte er seinen Hut an einen Holzhaken und kämmte sich vor einem oxidierten Spiegel die Haare, zündete sich eine filterlose Zigarette an und setzte sich an einen Tisch, worauf ihm eine Mulattin ein Glas Whiskey, ein Bier und einen Teller mit einem Stück weißem Boudin brachte.

»Sag Cleo Bescheid, dass ich in 'ner halben Stunde rüberkomme. Sag ihr, dass ich frisches Bettzeug will«, sagte er zu der Frau.

Dann drehte er sich um und sah die beiden Männer in den Sportsakkos hinter sich stehen.

»Ich heiße Sonny Bilotti. Jemand in der Stadt will mit Ihnen reden. Wir fahren Sie hin«, sagte einer der beiden. Er trug ein braunes Sakko, ein schwarzes Hemd und eine Brille mit Goldrahmen, rückte das goldene Uhrarmband an seinem Handgelenk zurecht und lächelte leicht, während er sprach.

Legion zog an seiner Zigarette und stieß den Rauch in die Luft. Die wenigen Leute, die an der Bar saßen, hatten sich abgewandt, schauten versonnen auf ihre Getränke oder auf die Wassertropfen, die am Kessel herunterliefen und in der Gasflamme verzischten. Jedes Mal, wenn die Tür aufging, blickten sie unwillkürlich auf, als könnte ein Bote hereinkommen, der ihnen verkündete, dass sich ihr Leben ändern werde.

»Ich hab keine Dienstmarke gesehn«, sagte Legion.

»Für ein freundliches Gespräch brauchen wir keine Dienstmarke, nicht wahr?«, sagte der Mann, der sich Sonny Bilotti nannte.

»Ich kann's nicht leiden, wenn mich jemand beim Abendessen stört. Die Krabben da sind gleich fertig. Ich will jetzt essen«, sagte Legion.

»Der Typ ist ein Prachtstück, nicht wahr? Wir haben Ihre Freundin kennen gelernt. Isst die auch gern Krabben?«, sagte der andere Mann.

»Was reden Sie da?«, fragte Legion.

»Steh auf«, sagte der zweite Mann. Er hatte sein Sakko ausgezogen und über eine Stuhllehne gehängt. Seine Arme waren fest und muskulös, so als trainiere er regelmäßig im Fitnessstudio, und hatten keinerlei Tätowierungen. Er schob die Hand unter Legions Arm, spürte dessen Kraft und stellte fest, dass er ihn offenbar unterschätzt hatte. Dann schaute er ihm zum ersten Mal in die Augen.

Er ließ Legions Arm los und griff zu der Automatik, die hinten in seinem Hosenbund steckte. Vielleicht hatte er einen Moment lang das Gefühl, er wäre in den falschen Film geraten, so als sehe er ein Foto von sich, das es gar nicht geben dürfte, einen Schnappschuss, aufgenommen in einer primitiven Bar mit Bretterboden, einfältigen Menschen, die sich über ihre Getränke beugten, im Mondschein schaukelnden Moosbärten, die draußen vor den Fenstern von den Bäumen hingen, einem Sumpf, durch dessen schimmernde Algenschicht sich die Spuren der Alligatoren und Giftschlangen zogen.

Der Totschläger in Legions Hand zerschmetterte das Nasenbein des Mannes, sodass ihm der rotglühende Schmerz mitten in den Schädel fuhr, als würden ihm Glasscherben ins Gehirn getrieben. Er schlug die Hand über die platt geschlagene Nase, aus der das Blut schoss, und sah, wie sein Freund Sonny Bilotti zurückweichen wollte, abwehrend den Arm hob. Aber Legion zog Sonny den Totschläger über den Mund, drosch ihn dann an seine Kinnlade, dass der Knochen brach, und ließ ihn auf seinen Schädel herabsausen, auf Nacken und Ohren, bis Sonny Bilotti auf die Knie sank, wimmernd die Stirn auf den Boden drückte und den Hintern in die Luft reckte wie ein Kind.

Legion nahm das Sportsakko, das der eine Mann an die Stuhllehne gehängt hatte, und wischte damit den Totschläger ab.

»Das hat Spaß gemacht. Bestellt Robicheaux, dass er mir noch ein paar mehr von eurer Sorte schicken soll«, sagte er.

Dann zerrte er einen nach dem anderen am Hemdkragen zur Fliegendrahttür und stieß sie mit dem Fuß in eine dreckige Wasserlache.

»Aber diese Jungs waren keine Cops, nicht wahr?«, sagte Perry.

»Wer weiß? Vielleicht waren sie aus New Orleans«, sagte ich.

»Könnten das Schmalztollen gewesen sein?«

»Schon möglich«, erwiderte ich und schaute zwischen den Bäumen hindurch zum Haus, wich seinem Blick aus.

»Weshalb sollten die Schmalztollen mit Legion Guidry reden wollen?«

»Fragen Sie ihn.«

»Ich habe es versucht. Er war heute Nachmittag in meiner Kanzlei. Er hat sich eingeredet, dass wir beide ein Buch schreiben, in dem er vorkommt. Er glaubt, Sie hätten diese Jungs zu ihm geschickt, und ich hätte Ihnen womöglich dabei geholfen.«

»Das ist die Höhe«, sagte ich.

»Wie bitte?«

»Wer schert sich denn darum, was er denkt? Warum vertreten Sie überhaupt so einen Kretin?«, sagte ich.

»Sie, ein Polizist, den ich wegen schwerer Körperverletzung aus dem Gefängnis geholt habe, bezeichnen andere Mandanten von mir als Kretins?«

»Wollen Sie reinkommen und mit uns zu Abend essen?«, sagte ich.

»Was ist zwischen Ihnen und Legion Guidry vorgefallen? Haben Sie zwei Mafiosi auf ihn angesetzt?«

»Adios«, sagte ich.

»Ich glaube, Ihr handzahmes Nilpferd, dieser Purcel, steckt auch mit drin. Richten Sie ihm das aus. Und wenn Sie schon mal dabei sind, können Sie ihm auch ausrichten, dass er Barbara Shanahan nicht mit seinem Mist behelligen soll«, sagte er.

Ich hob die Zeitung vom Rasen auf und ging zwischen den länger werdenden Schatten der Bäume hindurch, stieg die Treppe zur Galerie hinauf und trat ins Haus. Als ich Bootsie an der Spüle stehen sah, küsste ich ihren Nacken und fasste ihr an den Hintern. Sie drehte sich um und warf mir ein nasses Geschirrtuch an den Kopf.

Tags darauf, am Freitag, ging ich zu Victor's Cafeteria an der Main Street und aß allein zu Mittag. Unter der hohen Decke aus gewalztem Blech war es kühl und dunkel, und ich trank Kaffee und sah zu, wie sich die Zahl der Mittagsgäste um ein Uhr allmählich lichtete. Dann ging die Tür auf, und in dem gleißenden Licht, das von der Straße hereinfiel, sah ich die leicht vornüber gebeugte, fast affenartig wirkende Silhouette von Joe Zeroski. Er drängte sich an einem Gast und einer Bedienung vorbei und steuerte meinen Tisch an.

»Ich muss mit Ihnen reden«, sagte er.

»Schießen Sie los.«

»Nicht hier. In meinem Auto.«

»Nein.«

»Was denn, stinke ich aus dem Mund?«

»Ist das eine Knarre, die Sie da unter der Jacke haben?«

»Ich habe einen Waffenschein. Glauben Sie's mir?«

»Klar, wir leben in einem großartigen Land. Kommen Sie in mein Büro«, erwiderte ich.

Er dachte einen Moment mit versteinerter Miene nach, während seine Finger arbeiteten.

»Dann nehm ich Sie mir eben ein andermal vor«, sagte er.

»Falsche Einstellung, Joe«, sagte ich, aber er war bereits weg.

Der Tag war zu schön, als dass ich mir wegen Joe Zeroski den Kopf zerbrechen wollte. Die Luft war frisch und zugleich mild nach dem Schauer, der morgens aus heiterem Himmel niedergegangen war. Blätter trieben auf dem Bayou, und die Blumenpracht in den Gärten entlang der East Main Street war einfach herrlich. Aber Joe Zeroski machte mir zu schaffen, und ich wusste auch, warum. Clete Purcel hatte ihn aufgezogen und den Schlüssel im Uhrwerk abgebrochen, und selbst Clete bedauerte es inzwischen.

An diesem Abend stand ich an der Kasse im Köderladen und zählte gerade die Rechnungen, als ich hinter mir jemanden hörte. Ich drehte mich um und sah Joe Zeroskis flaches Gesicht vor mir. Er trug dunkelblaue Jeans, ein schwarz-weiß kariertes Sporthemd, eine gelbe Kappe und neue Tennisschuhe. Er hatte eine billige Angelrute in der Hand, an der noch das Preisschild hing.

»Auf dem Schild steht Angeltouren mit Führer«, sagte er.

Zwanzig Minuten später drehte ich den Benzinhahn des Außenborders zu und ließ uns aus einem Flussarm in eine Bucht inmitten der moosbehangenen Zypressen treiben, die frisches, spitzenartiges Laub trugen. Die Sonne wirkte durch das Blätterdach wie glühende Schlacke, und es war völlig windstill; das Wasser lag so ruhig im Schutz der Bäume, dass man die Brassen und die glubschäugigen Barsche hören konnte, die am Rand der Wasserhyazinthenfelder nach Luft schnappten. Joe warf seine Angel aus, genau auf einen Baumstamm, in dessen Borke der Drillingshaken hängen blieb.

»Ich rudere uns rüber«, sagte ich.

»Pfeif drauf«, sagte er und riss die Schnur ab. »Wie viele Jungs habe ich Ihrer Meinung nach umgelegt?«

»Neun?«

»Drei, vier kommt eher hin. Und ich hab's auch nie im Auftrag gemacht. Die waren alle hinter mir, einem Freund von mir oder hinter dem Mann her, für den ich anfangs gearbeitet habe. Nehmen Sie mir das ab?«

Ich warf einen Rappala-Blinker zwischen den Bäumen aus, zog die Schnur straff und reichte Joe die Rute.

»Holen Sie sie ruckweise ein, damit der Köder wie eine verletzte Ellritze schwimmt«, sagte ich.

»Als Sie noch gesoffen haben, konnte man leichter mit Ihnen reden. Hören Sie mir überhaupt zu? Hören Sie, ich war draußen bei Mr. Boudreau und habe mit ihm geredet.«

»Mit Amanda Boudreaus Vater?«

»Ganz recht. Er ist ein netter Mann. Dem muss man nicht erklären, wie man sich fühlt, wenn einem ein Abartiger die Tochter umgebracht hat. Er sagt, Sie haben das auch erlebt.«

»Was?«

»Er hat gesagt, ein paar Scheißkerle haben Ihre Mutter und Ihre Frau umgebracht. Das hab ich nicht gewusst.«

»Jetzt wissen Sie es.«

»Dann verstehen Sie es doch.«

»Dadurch ändert sich gar nichts, Joe.«

»Doch. Ich weiß nicht, was los ist. Ich krieg einen Hinweis, dass Sie einen alten Knacker, einen gewissen Legion Guidry, vielleicht wegen dem Mord an Linda auf dem Kieker haben. Jetzt liegen zwei meiner besten Leute im Krankenhaus. Sind Sie hinter dem Kerl her oder nicht? Was läuft hier eigentlich?«

»Sie müssen sich zurückhalten, Joe.«

»Kommen Sie mir nicht damit.«

»Ich entschuldige mich für alles, was Ihnen in New Iberia widerfahren ist. Ich glaube, Sie haben etwas Besseres verdient.«

In diesem Augenblick schnappte sich ein großer Breitmaulbarsch Joes Köder, pflügte davon und zog den Drillingshaken mit, bis sich die Schnur spannte, tauchte dann auf, schnellte mit rasselndem Blinker aus dem Wasser, das in der Sonne aufspritzte, als berste eine Schale aus grüngoldenem Glas, und schleuderte glitzernde Kristalle in die Luft.

Joe schlug die Rute an und versuchte die Schnur zu straffen, aber seine Finger waren wie taub. Die Rolle prallte an die Bordwand, dann bog sich die Rute oben durch, und der Korkgriff rutschte ihm aus der Hand.

Er sah zu, wie die Angel langsam in der Dunkelheit versank, starrte dann verständnislos auf seinen Schwimmer, der träge auf dem Wasser trieb.

»Was war das? Ich habe doch alles im Griff gehabt. Hier, mit zwei Händen hab ich sie gehalten. Wieso ist sie weg? Ich begreife überhaupt nichts mehr«, sagte er.

Er schaute mich mit fragendem Blick an und wartete auf eine Antwort.

19

Clete Purcel war im Irish Channel aufgewachsen, als weiße Banden noch mit Ketten um jede Straßenecke kämpften. Sein Vater war ein trunksüchtiger, abergläubischer und rührseliger Mann, der im Garden District Milch ausliefert, seine Kinder auf Reiskörnern knien ließ, wenn sie gegenüber einer Nonne aufsässig gewesen waren, und Clete mit dem Streichriemen vertrimmte, wenn er eine Schlägerei verlor. Einmal fiel eine Bande Halbstarker aus der Sozialsiedlung Iberville beim St. Louis Cemetery über Clete her und schlug ihm mit einem Stahlrohr die Augenbraue auf. Clete packte sich Werg auf die Wunde, klammerte sie mit Klebeband und fuhr die ganze Nacht lang mit einem gestohlenen Auto herum, bis er den Schläger, der ihm das Rohr übergezogen hatte, allein erwischte.

Nach New Orleans war die Marineinfanterie ein Kinderspiel.

Selbst Vietnam war keine große Herausforderung. Bei Frauen sah die Sache anders aus.

Lois, seine zweite Frau, war in ein buddhistisches Kloster in Colorado geflüchtet, sei es aufgrund ihrer Neurosen oder weil sie das Zusammenleben mit Clete den letzten Nerv gekostet hatte. Unterdessen glänzte Clete als Cop bei der Sitte. Unglücklicherweise schien er nur zu gut ins Milieu zu passen. Seine Freundinnen waren Süchtige, Stripperinnen, zwanghafte Glücksspielerinnen, eingefleischte Sektiererinnen oder wunderschöne junge Italienerinnen mit langen Haaren und einem Teint wie die Braut Draculas. Letztere entpuppten sich für gewöhnlich als Geliebte oder Verwandte von Kriminellen. Als wir Partner bei der Mordkommission des NOPD waren, musste ich oft sämtliche Autofenster aufmachen, damit sich der Geruch verzog, der noch von der vorigen Nacht in Cletes Kleidung hing.

Aber auf die eine oder andere Weise kriegte er immer etwas ab. All das, was ihm weder sein einfältiger, ungebildeter Vater noch sadistische Wärter im Arrestbunker oder Victor Charles hatten antun können, tat er sich selber an.

Den Posten beim NOPD verscherzte er sich mit Pillen und Schnaps und weil er einen Zeugen der Bundesregierung umbrachte. Er verdingte sich als Söldner in Mittelamerika, arbeitete für den Mob in Reno und sorgte möglicherweise dafür, dass ein Gangster mit seinem Wasserflugzeug in den Cabinet Mountains im Westen von Montana abstürzte. Seine Privatdetektivlizenz und sein Job bei Nig Rosewater und Wee Willie Binstine, für die er ausgebüxte Kautionsschuldner aufspürte, waren vermutlich die einzigen Fixpunkte in seinem Leben. Wo immer er auch auftauchte, sah es hinterher aus, als wäre ein Schrottplatz ausgekippt worden. Chaos war sein Markenzeichen, Ehrgefühl, Treue und ein weiches Herz sein Verderben.

Jetzt lief Clete wieder zu Hochform auf, diesmal mit Dampframmen-Shanahan.

Kurz nachdem Joe Zeroski vom Bootsanleger weggefahren war, stieß Clete in die Auffahrt. Er trug einen Sommersmoking, und seine rotblonden Haare waren feucht, frisch gekämmt, mit tadellosem Seitenscheitel, die Wangen glühten, und neben seinem Schenkel lag eine Plastikschachtel mit einem kleinen Blumenstrauß zum Anstecken.

»Wie seh ich aus?«, fragte er.

»Prachtvoll«, sagte ich.

Er stieg aus dem Auto und drehte sich einmal im Kreis. Ein Fetzen Klopapier klebte an einem Schnitt, den er sich beim Rasieren am Kinn zugefügt hatte. »Ist die Jacke nicht zu eng? Ich komme mir vor, als ob ich in einer Wurstpelle stecke.«

»Du siehst prima aus.«

»Wir gehen zu einem Tanz im Country Club. Barbara muss ihren Verpflichtungen gegenüber ein paar Politikern nachkommen. Als ich das letzte Mal tanzen war, haben Big Tit Judy Lavelle und ich im Pat O'Brien's den scharfen Schieber hingelegt und sind rausgeflogen.«

»Lächle ständig. Brich zeitig auf. Halt dich beim Schnaps zurück«, sagte ich.

Er tupfte sich mit dem Handgelenk die Stirn ab und schaute zum Fahrweg, der unter den Eichen am Bayou entlangführte.

»Noch was anderes. Ich bin grade an Joe Zeroski vorbeigefahren. Was hat der hier gemacht?«, sagte er.

»Legion Guidry hat zwei seiner Jungs aufgemischt. Der eine heißt Sonny Bilotti. Kennst du ihn?«

»Er war Killer für die Calucci-Brüder. Hat in Marion einen Typ von der Arischen Bruderschaft erstochen. Hat Guidry ihn alle gemacht?«

»Er hat ihn krankenhausreif geschlagen.«

»Kaum zu glauben.«

»Wirklich?«, sagte ich.

Er bemerkte meinen Gesichtsausdruck. »Oh, du meinst, das

klingt, als ob du eine Flasche wärst? Der Unterschied ist der, dass du bestimmte Hemmschwellen hast, Dave. Ein Typ wie Bilotti jagt jemand eine in den Schädel und schaut hinterher nach, ob er den Richtigen erwischt hat. Das ist der Vorteil, den diese Jungs uns gegenüber haben. Ich muss mir eine neue Taktik für diesen Guidry einfallen lassen.«

Ich zupfte den Klopapierfetzen von dem Schnitt an seinem Kinn und ließ ihn vom Wind wegwehen.

»Viel Spaß beim Tanzen«, sagte ich.

Der Tanzabend im Country Club von Lafayette war eine jener exklusiven Veranstaltungen, bei denen der Besitz von Macht und Geld auf eine Weise gefeiert werden, die von den Teilnehmern nicht verlangt, sich zu den geheimen Kammern der Seele oder, genauer noch, zu den Grenzen des Gewissens zu bekennen.

Die Buffetttische, die Eisskulpturen und Silberschalen voller Champagner oder Punsch-Sorbet, die Orchestermusik aus den fünfziger Jahren, der mit Schiefersteinen gefliese Patio unter den mit Lichtgirlanden behängten Eichen, die katzbuckelnden Kellner in ihren weißen Jacketts – all das wirkte wie das Vermächtnis einer Idee, eine Verbindung aus altem Süden und dem Wohlstand des einundzwanzigsten Jahrhunderts, wie eine in sich geschlossene Welt, in der man sich bewusst abkapselte von allem Gedankengut, mit dem man sich nicht auseinander setzen wollte, das einem allzu gemein vorkam oder dem Ethos des freien Unternehmertums zuwiderlief.

Die Gäste waren Politiker, Richter und Anwälte, Baulöwen, Immobilienmakler und Führungskräfte der petro-chemischen Industrie. Sie begrüßten einander so freundlich und überschwänglich, als wären sie ein Lebtag lang befreundet, obwohl nur wenige über die geschäftlichen Beziehungen hinaus auch privat miteinander verkehrten. Sie vermittelten den Eindruck, als ob sie alle ihr Land liebten und sich eins waren, was ihre patriotische Pflicht gegenüber ihrer Regierung anging. Die eitle Selbstgefälligkeit, mit der sie ihren Erfolg auskosteten, sich einbildeten, ein großer, grüner Kontinent wäre ihnen von Gott zum Nießbrauch gegeben worden, hatte fast etwas Unschuldiges.

Clete aß sein Steak und einen Hummer, trank gespritzten Wein und äußerte sich den ganzen Abend lang so gut wie gar nicht dazu. Zwei Erdölmanager, die als Kampfflieger in Vietnam gedient hatten, schlugen ihm sogar fortwährend auf die Schulter und brüllten laut los, wenn er einen Witz erzählte. Aber Barbara Shanahan, deren Gesicht sich zusehends rötete, sei es vom Alkohol oder aus Unmut, wurde zusehends unruhiger, blies sich die Haare aus den Augen und zerbiss knirschend Eiswürfel mit ihren Backenzähnen. Dann betrat ein Kongressabgeordneter, der an dem Tag, an dem sich die Machtverhältnisse im Repräsentantenhaus verschoben hatten, die Partei gewechselt hatte und im Gegenzug mit dem Vorsitz eines Parlamentsausschusses betraut worden war, die Bühne und riss Witze über die Umweltschützer.

Er erntete tosenden Beifall.

»Ich kann diese Arschlöcher nicht mehr ertragen«, sagte Barbara und schnippte einem Kellner zu. »Räumen Sie das Schlabberwasser weg und bringen Sie uns zwei Wasserbomben.«

»Wasserbomben, Madam?«, sagte der Kellner.

»Ein Bier und einen Kurzen. Setzen Sie es dem Bummskopf auf die Rechnung«, sagte sie und zeigte mit dem Daumen auf dem Kongressabgeordneten.

Doch der Kellner, der mit irischem Akzent sprach, war mit allen Wassern gewaschen. »Welchen Bummskopf meinen Sie, Madam?«, fragte er.

»Nicht schlecht. Genehmigen Sie sich auch einen, wenn Sie schon mal dabei sind«, sagte Barbara.

»Vielleicht sollten wir uns lieber abseilen«, sagte Clete.

»Kommt nicht in Frage«, sagte sie.

Als der Kellner zurückkehrte, kippte Barbara den Whiskey in ihren Bierkrug und trank ihn aus. Sie blies sich die Haare aus dem Gesicht und schaute sich mit leicht unstetem Blick um.

»Wow«, sagte sie. »Trinkst du deine nicht?«

»Auf alle Fälle«, sagte er und legte die Hand auf den Bierkrug, bevor sie ihn sich schnappen konnte.

Sie winkte dem Kellner zu. »Hey, Ire, bring uns noch zwei«, rief sie.

Danach gingen sie auf die volle Tanzfläche. Die Band hatte den »One O'clock Jump« angestimmt, und Barbara tanzte auf Strümpfen, fuchtelte mit den Armen durch die Luft und rumste dauernd mit den anderen Tänzern zusammen.

»Hoppla, Entschuldigung«, sagte sie zu einer Frau, die sie an einen Tisch geschubst hatte.

»Huch, Sie sind ja eine ganz Schwungvolle, was?«, sagte die Frau, deren Brille verrutscht war.

»Tut mir Leid. Kenn ich Sie nicht? Oh, Sie sind die neue Bundesrichterin. Hi, Euer Ehren«, sagte Barbara, blieb stehen, schloss die Augen und schlug sie dann wieder auf. »Junge, bin ich angeschickert.«

Mit unsicheren Schritten ging sie zum Tisch zurück, riss die Ansteckblume ab und warf sie auf ihren Teller, bückte sich dann, hakte die Finger in ihre Schuhe und fiel fast hin, als sie sie anziehen wollte. Clete legte ihr den Arm um die Schulter.

»Rat mal, wer hackevoll ist«, sagte sie.

»Du bist wunderschön«, sagte Clete.

»Ich weiß. Aber ich glaube, ich muss gleich kotzen«, erwiderte sie.

Sie fuhren auf dem alten Highway, der am Spanish Lake vorbeiführte, nach New Iberia zurück. Es fing an zu regnen, Dunst trieb aus den Bäumen, und auf dem Eisenbahnviadukt ratterte ein langer Güterzug der Southern Pacific vorbei, dessen Pfiff durch die Nacht schallte. Barbara presste sich die Finger an den Kopf, als ob sie aus einem Traum erwachte. Grünlich schimmerte ihre Haut im Schein der Armaturenbeleuchtung.

Als er etwas von Essen sagte, gab sie ein ersticktes Gurgeln von sich.

»Meiner Meinung nach hast du dich großartig gehalten«, sagte er.

»Guter Versuch«, erwiderte sie.

Als sie bei ihrem Apartment am Bayou Teche ankamen, brachte er sie die Treppe hinauf und wollte ihr gute Nacht sagen.

»Nein, komm rein. Ich führe mich auch nicht mehr auf wie eine Geistesgestörte. Ich gehe kurz unter die Dusche. Du kannst ja derweil fernsehen. Danach mache ich dir was zu essen«, sagte sie. Dann knickte sie um, als sie durch die Schlafzimmertür gehen wollte, warf einen Schuh an die Wand und zog die Tür hinter sich zu.

Clete hörte, wie sie an den Reißverschlüssen und Haken ihres Kleides zerrte. Er faltete seine Smokingjacke zusammen und nahm den Schlips ab, setzte sich auf die Couch und schaute sich einen Boxkampf an, der auf einem der Sportkanäle lief. Er versuchte nicht an Barbara Shanahan zu denken, die jetzt unter der Dusche stand. Als sie wieder aus dem Schlafzimmer kam, hatte sie eine verblichene Jeans, einen blauen Frotteepulli und Indianermokassins an. Ihr Haar war feucht, die Haut rosig vom heißen Wasser. Aber ihre Augen wirkten stumpf und verkatert, und sie sprach mit heiserer Stimme, geriet immer wieder ins Stocken, als ob sie in Gedanken ganz woanders wäre.

Sie holte ein paar Eier aus dem Kühlschrank und schlug sie in eine Pfanne.

»Geht dir irgendwas durch den Kopf? Kann ich dir vielleicht irgendwie weiterhelfen?«, sagte er.

»Ich dachte, ich kandidiere für den Posten des Bezirksstaatsanwalts. Damit ich wirklich was ausrichten kann, du weißt schon – mehr Übeltäter wegsperren, die Umweltsünder drankriegen und so weiter und so fort. Was für ein Witz.«

»Nein, ist es nicht«, sagte er.

Sie ließ ein Ei fallen und schaute teilnahmslos zu Boden. »Tut mir Leid, Clete. Mir geht's nicht besonders«, sagte sie.

Er wischte mit einem Geschirrtuch den Boden auf, wrang es über der Spüle aus und warf die Eierschalen in einen Mülleimer. »Ich sollte lieber gehen«, sagte er.

»Das musst du nicht.«

»Vermutlich wäre es besser.«

»Du brauchst nicht zu gehen«, sagte sie. Sie hatte das Gesicht abgewandt und schaute zu den Straßenlaternen auf der Zugbrücke.

Dann schloss er sie wider besseres Wissen in die Arme, obwohl ihm sein Gefühl sagte, dass er die Situation nicht ausnutzen, nicht den Lückenbüßer spielen sollte. Er nahm den Duft ihrer frischen Kleidung wahr, den Geruch des Puders, den sie sich auf die Schultern gestäubt hatte, den Parfümhauch hinter ihren Ohren. Sein Bizeps schwoll an wie ein unter Hochdruck stehender Feuerwehrschlauch, als er über ihren strammen Rücken strich, über die harten Muskeln an ihrer Taille.

»Du hast Mumm«, sagte er.

»Eigentlich nicht«, sagte sie.

»Du fühlst dich klasse an. Mann, fühlst du dich klasse an«, sagte er und rieb seine Wange an ihrem Haar, tätschelte ihren Rücken und schloss die Augen, als er den Duft und die Hitze einatmete, die von ihrem Hals aufstiegen.

»Du auch. Aber Clete ...«, sagte sie beklommen.

»Was ist denn?«, fragte er und schaute sie erschrocken an.

»Du stehst auf meinem Fuß.«

Von ihrem Schlafzimmerfenster aus konnte er über die Veranda schauen und die Spitzen der Bananenstauden unten im Garten sehen, das alte graue Kloster auf der anderen Seite des

Bayous und das Moos an den Eichen, die über dem Klosterdach aufragten. Er sah einen Milchlaster vorbeifahren, wie ihn einst sein Vater gefahren hatte, und dachte darüber nach, was ein Milchlaster zu so später Stunde auf einer einsamen, von Laternen beschienenen Straße zu suchen hatte. Aus irgendeinem Grund hatte er mit einem Mal Bilder aus seiner Kindheit vor Augen: ein Streichriemen, ein stämmiges Kind, das zur Schule ging, gegen den Wind gebeugt, eine Papiertüte mit einem Erdnussbuttersandwich und einem Apfel zum Mittagessen in der Hand. Clete atmete tief durch und versuchte die Bilder loszuwerden, überlegte, wie viel er an diesem Abend getrunken hatte, fast so, als müsste er sich irgendwie beruhigen.

Er fühlte sich alles andere als wohl, als er sich vor ihr auszog, war sich seiner Leibesfülle nur zu bewusst, der goldenen Haare auf seinem Rücken und den Schultern. Sie lag auf der anderen Seite des Bettes und hatte die Haare auf dem Kissen ausgebreitet, wo sie wie Feuerglut schimmerten.

»Stört dich irgendwas, Clete?«, fragte sie.

»Nein, ganz und gar nicht«, log er.

Er legte sich neben sie und küsste sie auf den Mund, berührte ihre Brüste und den Bauch und spürte, wie er an ihren Schenkeln steif wurde. Aber er kam sich schwerfällig vor, unbeholfen, stieß sie ständig mit den Knien, sodass sie zusammenzuckte.

»Ich jogge und stemme Gewichte. Ich habe meinen Bierkonsum auf elf, zwölf Dosen pro Tag zurückgefahren. Aber trotzdem lege ich ständig zu«, sagte er.

»Ich finde, dass du ein ganz reizender Mann bist«, sagte sie.

Er wusste, dass es ein Kompliment sein sollte. Er war sogar überzeugt, dass sie es ehrlich meinte. Aber er wusste, dass Frauen andere Worte gebrauchten, Worte, die inniger und persönlicher waren, wenn sie ihre Offenheit, ihre Liebe und Hingabe ausdrücken wollten – Worte, die sie ein Leben lang nur selten benutzten und die einen Pakt mit einem Mann besiegelten, der mehr wert war als jedes Ehegelöbnis. Aber diese Worte bekam er nicht zu hören.

»Ich finde, du bist eine prima Frau, die einen schlechten Abend hinter sich hat. Und meiner Meinung nach sollte man so eine Situation nicht ausnutzen«, sagte er.

Beinahe mütterlich strich sie ihm über die Haare, stieg dann über ihn, ergriff sein Glied und führte es in sich ein. Die rosigen Sommersprossen auf ihrer Schulter, den Armen und am Brustansatz wirkten wie aufgestäubt. Er nahm ihre Nippel in den Mund, strich ihr mit beiden Händen über Taille und Hintern, drehte sie dann um, legte sich auf sie und drang erneut in sie ein, sah, wie sie den Mund öffnete und die Augen schloss, und spürte, wie sie die Finger leicht in seinen Rücken grub.

Ihr Gesicht straffte sich und wurde blass, als sie kam, und er spürte, wie ihr Schoß zu zucken anfing, lang und nachhaltig erbebte, wie sich ihre Schenkel spannten, ehe ein Schrei aus ihrer Kehle drang, der sonderbar klang, nicht genüsslich und zufrieden, sondern eher verlangend und voller Begierde. Aber er konnte jetzt keinen klaren Gedanken mehr fassen, gab sich ganz seiner Leidenschaft hin, dem unglaublichen Liebreiz ihres Gesichts, ihrem Mund, der in der Dunkelheit wie eine rote Blume wirkte, dem zärtlichen Druck ihrer geschmeidigen Schenkel, der Lust, die sich in ihm ballte, sich Bahn brach und aus ihm strömte, wie er es noch nie erlebt hatte, wie ein Strahl aus weißem Licht, der nichts mit seiner Selbstsucht oder Angst zu tun hatte, der Gier und manchmal auch der Wut, die sein Leben prägten.

Er setzte sich auf die Bettkante und küsste ihre Hände und die Stirn, strich mit den Fingern über ihr Gesicht. Sie hatte die Arme auf dem Bett liegen, die Zudecke bis zum Nabel hochgezogen und wandte ihm beinahe wehmütig den Kopf zu.

»Geht's dir gut?«, sagte er.

»Du warst prima, Clete.«

Aber danach hatte er sie nicht gefragt, daher schaute er ihr forschend in die Augen, ohne sich die sonderbare Unruhe erklären zu können, die er empfand.

»Dave und ich waren immer die Sonderlinge beim NOPD. Er ist geflogen und ich musste nach Guatemala abdüsen. Wir beide haben zu spät begriffen, dass es nichts bringt, wenn man sich mit den Mistkerlen anlegt«, sagte er.

Sie ergriff seine Hand. Aber sie schaute an ihm vorbei, über seine Schulter hinweg, achtete auch nicht auf seine Worte.

»Clete, ich habe gerade einen Schatten am Fenster vorbeihuschen sehen« sagte sie.

Er zog seine Hose an und ging barfuß und mit bloßem Oberkörper auf die Veranda hinaus. Er roch Zigarettenrauch, hörte dann die Schritte, als jemand unten von der Treppe stieg und quer über den Rasen zu einer Seitenstraße lief, die zur Zugbrücke führte. Aber der Kerl rannte nicht davon, tat nicht so, als ob er es mit der Angst zu tun gekriegt hätte oder sich schämte, weil man ihn bei einer voyeuristischen Handlung ertappt hatte.

Feuchter Dunst hüllte die Lampen an der Straße ein. Er hörte, wie ein Auto angelassen wurde, womöglich ein Pickup, wie das Motorgeräusch zwischen den Häusern verhallte, als sich der Fahrer in den Freitagabendverkehr einfädelte, der über die Zugbrücke rollte. Eine brennende Zigarette glühte im Gras neben dem Bürgersteig. Clete hob sie mit spitzen Fingern auf und besah sie sich. Es war eine filterlose Zigarette, die vorn noch feucht vom Speichel des Rauchers war. Er warf sie in einen Gulli und wischte sich die Hände an der Hose ab.

Als er die Treppe hinaufstieg, sah er auf der obersten Stufe eine Bibel liegen, die in der Dunkelheit kaum zu erkennen war. Eine rote Rose steckte im Einband.

»Hast du ihn gesehen?«, sagte Barbara, als er wieder in das Apartment kam.

»Nein«, erwiderte er.

Er zog sein Hemd an und steckte es in die Hose, stopfte seine Socken in die Jackentasche und schlüpfte in seine Schuhe, ohne sie zu binden.

»Was hast du vor?«, sagte Barbara.

»Dieser Junge mit dem vernuschelten Akzent, dieser Marvin Soundso? Wo wohnt der?«, fragte er.

Tags darauf, am Samstag, stellte Clete sein Auto in meiner Auffahrt ab, überquerte den Fahrweg und kam zur Bootsrampe herunter, wo ich eine Leiter an einen der Stützpfeiler gelehnt hatte und die faulig gewordenen Holzteile mit Termitengift und Teer strich. Schwerfällig ließ er sich in einem der Außenborder im Schatten des Bootsstegs nieder und berichtete mir, was letzte Nacht vorgefallen war.

»Du hast Marvin Oates eine Abreibung verpasst?«, sagte ich.

»Yeah, ich glaube, das kann man so sagen«, erwiderte er. Er zupfte an seiner Nase und schaute ins Leere. »Er hat mir gesagt, dass er die Bibel am frühen Abend dort hingelegt hat.«

»Ich glaube, du hast den Falschen erwischt. Marvin raucht nicht.«

»Auf dem Armaturenbrett von seinem Auto lag eine Schachtel Zigaretten«, sagte Clete.

»Ohne Filter?«

»Nein.«

»Ich glaube, du bist an den Falschen geraten, Clete. In mehr als einer Hinsicht.«

»Was soll das heißen?«

»Dass offenbar jedem, der Marvin ein Haar krümmt, irgendwas Schlimmes zustößt.«

»Warum habe ich bloß dieses komische Gefühl gehabt, als ich den Milchlaster gesehen habe, der am Kloster vorbeigefahren ist?«, fragte er.

»Vielleicht geht es dir genauso wie mir. Du fragst dich, wer du bist, woher du kommst und was aus dir werden soll. Das hat etwas mit dem Wissen um die eigene Vergänglichkeit zu tun.«

»Mein alter Herr war manchmal ganz in Ordnung. Er hat mich zum Baseball mitgenommen und ist mit mir Forellen angeln gegangen. Aber dann hat er sich wieder besoffen und gesagt, dass ich sowieso bloß ein Blindgänger bin.«

»Wird Zeit, dass du das mal loswirst, Cletus.«

»Meinst du, Barbara und ich sollten vielleicht Ernst machen? Ich meine damit heiraten, Kinder kriegen und dergleichen mehr?«

Er hob den Kopf und schaute mich von der Sitzbank seines Bootes aus an, während das Wasser um den Aluminiumrumpf schwappte und ein Sonnenstrahl durch die Ritzen im Steg fiel und ihm die Tränen in die Augen trieb.

Am späten Nachmittag gingen Alafair, Bootsie und ich zur Messe. Nachdem ich sie wieder nach Hause gebracht hatte, fuhr ich zum Iberia General und erkundigte mich am Empfang nach der Zimmernummer von Sonny Bilotti. Ich kaufte im Geschenkladen eine Illustrierte und ging den Korridor entlang zu dem Zweibettzimmer. Bilotti lag allein in dem Zimmer, auf Kissen gestützt, die Kinnlade mit Drähten fixiert, die Augen eingeschwollen, die Lippen mit schwarzen Fäden vernäht. Auf dem Fensterbrett standen allerlei Nelken- und Rosensträuße, die den Mann in dem Bett, der so schlimm zusammengeschlagen worden war, wie ich es selten gesehen hatte, aber offenbar auch nicht trösten konnten.

»Ist Ihr Freund schon entlassen worden?«, fragte ich.

Er antwortete nicht, ließ mich aber nicht aus den Augen, als ich durch das Zimmer ging und einen Stuhl an sein Bett zog.

»Hier ist ein *Esquire*, fall Sie etwas zu lesen brauchen«, sagte ich. »Ich heiße Dave Robicheaux. Ich bin Detective bei der Sheriff-Dienststelle des Bezirks Iberia.«

Bevor er etwas sagen konnte, hörte ich hinter mir jemanden. Ich drehte mich um und sah Zerelda Calucci in der Tür stehen. Sie trug weiße Jeans, Cowboystiefel und ein schwarzes Harley-Davidson-T-Shirt mit abgeschnittenen Ärmeln.

»Scheiße«, sagte sie.

»Hier handelt es sich um eine dienstliche Angelegenheit, also gehen Sie bitte raus«, sagte ich.

»Ich habe mit Clete Purcel noch ein Hühnchen zu rupfen. Wo ist er?«, erwiderte sie.

»Ich glaube, Sie haben mich nicht recht verstanden«, sagte ich. »Sie sollen uns allein lassen.«

Sie lehnte sich an den Türrahmen, sodass ihr die schwarzen Haare fast bis auf die Brust fielen, verschränkte die Arme und kaute auf ihrem Kaugummi herum. »Denn leg mir doch Handschellen an, Schätzchen. Ich werde ganz feucht, wenn ich bloß dran denke«, sagte sie.

»Sie warn mal im First District. Ein Suffkopf, der früher immer in Joe Burtons Pianobar an der Canal Street rumgehangen hat«, mischte sich Sonny Bilotti mit tonloser, gepresster Stimme ein, ohne den Kopf zu bewegen.

»So ist es, Partner«, sagte ich. »Es geht das Gerücht, dass Sie in Marion einen Typ von der Arischen Bruderschaft erstochen haben. Sie müssen Schneid haben, wenn Sie sich mit der AB angelegt haben, Sonny. Lassen Sie einen Drecksack wie Legion Guidry nicht so einfach davonkommen. Zeigen Sie ihn an, dann haben wir ihn am Wickel.«

Bilotti wandte leicht den Kopf um, sodass er mich anschauen konnte. Seine Augen glänzten wie Obsidian, aber sein Blick war unstet, flackernd, so als dächte er nach oder hätte etwas Neues über sich erfahren, das ihm bis ans Ende seiner Tage zu schaffen machte.

»Haben Sie Schiss vor diesem Kerl, Sonny?«, sagte ich.

Sein Blick wanderte zu Zerelda.

»Sie sind hier fertig«, sagte sie zu mir.

»Wenn Sie es so wollen«, sagte ich und ging hinaus.

Sie folgte mir, als ich das Krankenhaus verließ und hinaus auf den Parkplatz ging, der im Schatten der Bäume lag. Die Luft war warm und golden und roch nach dem Rauch der Laubfeuer, die am Samstagnachmittag brannten.

»Ich habe mich ein bisschen über Sie erkundigt. Sie waren im gleichen Krankenhaus. Jemand hat Ihnen sämtliche Knochen poliert. Möglicherweise mit einem Totschläger. Ich habe das Gefühl, dass es Legion Guidry war«, sagte sie.

»Na und?«, erwiderte ich und schaute zur anderen Seite der Straße, auf den Bayou.

»Sie haben ihn nicht angezeigt. Sie wollen Sonny dazu benutzen, um es ihm heimzuzahlen. Weil Sie nicht den Mumm haben, ihm selber ans Leder zu gehen«, sagte sie.

Ich wandte mich von ihr ab und ging zu meinem Pickup. Aber sie war noch nicht mit mir fertig. Sie vertrat mir den Weg zur Tür.

»Guidry hat irgendwas mit Ihnen gemacht, für das Sie sich schämen, nicht wahr?«, sagte sie.

»Ich wäre Ihnen sehr verbunden, wenn Sie mir aus dem Weg gingen.«

»Kann ich mir denken. Aber noch ein kurzer Tipp. Halten Sie sich an Perry LaSalle, wenn Sie Zoff mit Legion Guidry haben. Er hat Guidry den Job beim Kasino besorgt. Und vielleicht fragen Sie sich mal, warum Perry so gute Beziehungen zum Kasino hat.«

»Dürfte ich vielleicht erfahren, aus welchem Grund Sie so wütend auf mich sind?«, fragte ich.

»Na klar«, antwortete sie. »Sonny Bilotti ist mein Cousin, und Sie sind ein Arschloch.«

20

Am Sonntagmorgen wachte ich früh auf und fuhr 241 Meilen weit nach Houston, dann verirrte ich mich irgendwo in der Nähe des Hermann Parks und der Rice University in einem Gewitterregen. Als ich schließlich das Texas Medical Center und die Klinik fand, in der sich die Frau des Sheriffs eine Woche zuvor einer doppelten Brustamputation hatte unterziehen müssen, hatte der Regen die Straßen überflutet und prasselte auf die Dächer der Autos, die am Straßenrand hielten, weil die Fahrer durch die Windschutzscheibe nichts mehr sehen konnten. Ich stellte den Pickup in einem Parkhaus ab, rannte dann über die Straße und war klatschnass, als ich die Klinik betrat.

Sie schlief. Desgleichen der Sheriff, der sich auf zwei zusammengeschobenen Sesseln eingerollt und eine Decke bis unters Kinn gezogen hatte. Ich ging zurück zum Schwesternzimmer. Niemand war da, bis auf einen Arzt in OP-Kleidung. Er war ein großer Mann mit ergrauenden Haaren, der etwas auf ein Klemmbrett schrieb. Ich fragte ihn, ob er wüsste, wie es der Frau des Sheriffs ging.

»Sind Sie ein Freund der Familie?«, fragte er.

»Ja, Sir.«

»Sie ist ein Schatz«, sagte er und wandte die Augen ab, damit ich seinen Blick nicht deuten konnte.

»Ist der Blumenladen unten offen?«, fragte ich.

»Ich glaube ja«, sagte er.

Auf dem Weg zum Ausgang besorgte ich einen Strauß bunter Blumen und ließ ihn zur Frau des Sheriffs schicken. »Von Ihren Freunden in der Dienststelle«, schrieb ich auf die Karte und fuhr nach New Iberia zurück.

Tags darauf, am Montagmorgen, waren sowohl der Sheriff als auch ich wieder im Dienst. Ich klopfte an seiner Bürotür und ging hinein. »Haben Sie einen Moment Zeit?«, sagte ich.

Er saß an seinem Schreibtisch, trug einen Nadelstreifenanzug und ein türkises Westernhemd, hatte müde Augen und versuchte nicht zu gähnen. »Sie klingen, als ob Sie erkältet sind«, sagte er.

»Bloß ein bisschen verschnupft.«

»Sind Sie in den Regen geraten?«

»Eigentlich nicht.«

»Was gibt's?«, fragte er.

Ich zog die Tür hinter mir zu.

»Legion Guidry war derjenige, der mich mit einem Totschläger bearbeitet hat. Als er fertig war, hat er mich an den Haaren festgehalten, mir die Zunge in den Mund gesteckt und mich als Weibsstück bezeichnet«, sagte ich.

Eine Zeit lang herrschte Stille. Der Sheriff rieb sich mit den Fingern über den Handrücken.

»Haben Sie sich geschämt, mir das zu erzählen?«, sagte er.

»Kann sein.«

Er nickte. »Schreiben Sie es auf und besorgen Sie sich einen Haftbefehl«, sagte er.

»Das haut nicht hin. Nicht nach so langer Zeit«, sagte ich.

»Wenn nicht, dann nur deswegen, weil Sie Jimmy Dean Styles auseinander genommen haben.«

»Erklären Sie mir das noch mal?«

»Sie tun alles in Ihrer Macht Stehende, um die Leute davon zu überzeugen, dass Sie ein gewalttätiger, haltloser und gefährlicher Mann sind. Besorgen Sie sich einen Haftbefehl. Niemand schlägt einen Mitarbeiter meiner Dienststelle zusammen. Ich will diesen Dreckskerl hinter Schloss und Riegel haben.«

Ich setzte zu einer Erwiderung an, entschied dann aber, dass ich genug gesagt hatte.

»Ich glaube, Sie hatten noch einen anderen Grund dafür, dass Sie das nicht gemeldet haben«, sagte der Sheriff. »Ich glaube, Sie hatten vor, Guidry selber kaltzumachen.«

»Selbsterkenntnis war noch nie meine Stärke.«

»Richtig«, sagte er.

Ich stand auf und wollte gehen.

»Einen Moment noch«, sagte der Sheriff.

»Sir?«

Er fasste sich an die kahle Stelle mitten auf seinem Kopf, schaute mich dann lange an. »Meine Frau und ich haben uns über die Blumen gefreut«, sagte er.

Ich blieb unter der Tür stehen, schaute ihn verdutzt an.

»Ich habe Sie gesehen, als Sie aus dem Blumenladen im Krankenhaus kamen. Aus Ihnen werde ich nie schlau werden, Dave. Das ist nicht unbedingt ein Kompliment«, sagte er.

Vermutlich hätte ich erleichtert sein sollen, nachdem ich dem Sheriff reinen Wein eingeschenkt hatte. Genau genommen hätte es sogar ein herrlicher Tag sein müssen. Aber ich war nach wie vor ruhelos, unzufrieden und gereizt, ohne etwas dagegen unternehmen zu können, und die fünf Meilen, die ich an diesem Abend joggte, die Liegestütze, das Bankdrücken und die Armbeugen mit Hanteln, die ich im Garten hinter meinem Haus machte, halfen nur wenig gegen den Druck, der mir den Schädel einschnürte, und die Spannung, die mir in den Fingern kribbelte. In dieser Nacht meinte ich Raupen zu hören, die in einem Haufen nassem Maulbeerlaub unter dem Fenster fraßen, und ich drückte mir das Kissen auf den Kopf, damit ich das Geräusch nicht mehr hören musste.

Ich träumte, dass ich eine Klasse Polizeischüler an einem städtischen College im Norden von Miami unterrichtete. In meinem Traum war ich im Zuge eines Austauschprogramms zwischen dem NOPD und den Strafverfolgungsbehörden des

Staates Florida dort hingeschickt worden, aber mein dortiger Aufenthalt, der eigentlich eine Art Urlaub in der Sonne hätte sein sollen, geriet zu einer Sauftour durch die Bars neben den Rennbahnen in Hialeah und beim Gulfstream Park. Unrasiert, nach Zigarettenqualm und Schnaps stinkend, mit einem Gefühl, als hätte ich Watte im Mund, trat ich vor die Klasse, überzeugt davon, dass ich die Stunde auch ohne Notizen oder einen Lehrplan irgendwie hinter mich bringen und dann eine Bar in Opa-Locka suchen könnte, wo ein Wodka-Collins sämtliche Schlangen in ihre Körbe zurückscheuchen würde.

Dann stand ich am Lesepult, und mir wurde mit einem Mal klar, dass ich zusammenhanglosen Unsinn daherredete, mich heillos blamierte, und dass die Kadetten, die mich stets mit Hochachtung behandelt hatten, mit gesenktem Blick auf ihre Tische starrten, weil ihnen mein Auftritt peinlich war.

Der Traum war keine Schimäre, die meinem Unterbewusstsein entsprang, sondern die genaue Wiedergabe eines Vorfalls, der tatsächlich stattgefunden hatte, und als ich kurz vor der Morgendämmerung aufwachte, wurde ich das Gefühl nicht los, dass ich nach wie vor ein Säufer war, nach wie vor soff, immer noch dem Alkohol verfallen und in dem Netz gefangen war, das mir jahrelang bei Tag und Nacht Schmerz und Leid bereitet hatte.

Ich duschte und rasierte mich und ging zur Frühmesse in die Sacred Heart, blieb danach allein in der Kirche und betete den Rosenkranz. Aber als ich ins Tageslicht hinausging, brannten die Sonne und die Feuchtigkeit wie Flammen auf meiner Haut, und ohne jeden Grund ballte ich immer wieder die Fäuste.

Legion Guidry kam um zehn Uhr morgens auf Kaution frei. Eine Stunde später sah ich ihn, als er die Main Street überquerte und zum Mittagessen in Victor's Cafeteria ging. Einen Moment lang hatte ich den Geschmack von seinem Tabak und

Speichel im Mund und roch den Männerschweiß an seiner Kleidung. Ich sehnte mich danach, die Finger um den geriffelten Griff meiner 45er zu schließen, den schweren, kalten Stahl zu spüren, das Gefühl zu genießen, wenn die perfekt ausbalancierte Waffe sicher in meiner Hand lag.

Zerelda Calucci hatte zwei Tage lang Ausschau nach Clete Purcel gehalten. Dann hatte sie erfahren, dass er einen Ausgebüxten an den hinten im Boden seines Cadillac eingelassenen D-Ring gekettet hatte und nach New Orleans gefahren war, um den Flüchtigen bei den Kautionsadvokaten abzuliefern, für die er arbeitete.

Zerelda spürte Marvin Oates an einer Nebenstraße im alten Bordellviertel von New Iberia auf, wo er den auf einen Rollschuh montierten Koffer zur vorderen Veranda eines Holzhauses zerrte, in dem sich ein Geschäft befand, und im Schatten einer ausladenden Eiche einen Pappteller voller Reis, Bohnen und Würstchen aß. Einen halben Straßenzug weiter befand sich ein mit Kalkmörtel verputztes Crackhaus, das ebenfalls im Schatten einer Eiche stand. Der Hof lag voller Müll, die Fensterscheiben waren zerbrochen, und die zerschlitzten und verrosteten Fliegengitter hingen aus den Rahmen. Ab und zu ging eine der weißen und schwarzen Crackhuren, die auf der Veranda vor dem Haus saßen, zu dem Laden, um sich Bier, Zigaretten oder etwas zu essen zu besorgen, aber Marvin blickte nicht von seinem Teller auf, wenn sie an ihm vorbeiliefen.

Zerelda fuhr mit ihrem perlweißen Mustang-Kabrio auf den mit Austernschalen bestreuten Parkplatz und blieb mit laufendem Motor stehen.

»Schmeiß deinen Koffer hinten rein, Süßer, und fahr ein Stück mit«, sagte sie.

»Wohin soll's gehen?«, fragte Marvin.

Sie ließ den Blick über eine Schürfwunde neben seinem

Auge schweifen, eine Schramme an seinem Kinn. Sie zog eine Miene, die mitleidig und wütend zugleich wirkte.

»Jemand den Kopf zurechtrücken, der sich für einen starken Macker hält, weil er jemand vertrimmen kann, der halb so groß ist wie er«, erwiderte sie. »Nun steig schon ein, Marvin.«

»Ich will mich mit niemand anlegen, Miss Zerelda«, sagte Marvin.

Sie öffnete die Autotür und wollte aussteigen.

»Ich komm ja schon«, sagte er.

Es dämmerte schon fast, als Zerelda den Mississippi überquerte, die Canal Street hinabfuhr, ins French Quarter abbog, an dem Haus an der St. Ann Street vorbeirollte, in dem sich Cletes Büro und sein im ersten Stock gelegenes Apartment befanden, und um die Ecke parkte. Die Tür war verschlossen, aber in der Fensterecke klemmte eine Nachricht für eine berühmt-berüchtigte Nervensäge der Unterwelt von New Orleans. »Lieber No Duh, ich bin drüben bei Nig und Willie – Clete«, stand dort.

Die Kautionskanzlei von Wee Willie Bimstine und Nig Rosewater befand sich ganz in der Nähe der Basin Street, knapp innerhalb der fließenden Grenzen des French Quarter, nicht weit vom St. Louis Cemetery und dem Louis Armstrong Park entfernt. Zerelda fuhr an den Bordstein und hielt neben einer Reihe überquellender Mülltonnen. Ein Stück weiter, auf der anderen Seite der Basin Street, sah sie die alten Ziegelbauten und die grünen Holzveranden des Iberville Project, einer Sozialsiedlung, in der es von Cracksüchtigen, Schlägerbanden und halbwüchsigen Prostituierten nur so wimmelte, die auf dem angrenzenden Friedhof Touristen überfielen, Freier ausraubten und sie gelegentlich auch aus purer Bosheit umbrachten. Deshalb hatte die Stadtverwaltung sogar Zementbarrikaden an einigen Straßen angebracht, die nach Iberville führten, damit die Touristen nicht aus Versehen in die Siedlung fuhren.

Aber Marvin Oates' Blick war auf das Fenster der Kautionskanzlei gerichtet, wo Clete mit einem Mann, der ihm am Schreibtisch gegenüber saß, Karten spielte. Einem dürren, elegant gekleideten Mann mit tiefbraunem Gesicht, der einen rotbraunen Fedora mit einer grauen Feder im Hutband trug und einen Schnurrbart hatte, der aussah, als wäre er mit Fettstift auf seine Oberlippe gemalt.

Marvins Gesicht war vom Fahrtwind gerötet, und jetzt stand er heftig schwitzend in der Abenddämmerung und zupfte mit den Fingern an seinem trockenen Mund.

»Ich warte hier draußen«, sagte er.

»Niemand wird dir was zuleide tun«, sagte Zerelda und stieg aus dem Auto.

»Deswegen bleib ich auch draußen.«

Sie ging zur Beifahrerseite des Kabrios. »Kämm dir die Haare, Süßer. Danach führe ich dich zum Essen aus. Du brauchst keine Angst zu haben. Nicht, solange ich bei dir bin«, sagte sie und strich seine Haare zurück.

Er schaute sie an wie ein Rehkitz.

Dann ging sie durch die Tür der Kautionskanzlei und ließ ihre schwere Handtasche, deren Stoffriemen um ihren Unterarm geschlungen war, hin und her schwingen.

»Zerelda, was steht an? So ein Zufall. Ich wollte sowieso, dass sich No Duh mal unseren guten Marvin, den Voyeur, anschaut und feststellt, ob er ihm schon mal im Zentralgefängnis über den Weg gelaufen ist«, sagte Clete.

»Was, zum Geier, hast du davon, wenn du einen unschuldigen Jungen wie den vertrimmst?«

»Er hat die Angewohnheit, immer dort aufzukreuzen, wo er nichts verloren hat«, erwiderte Clete.

»Ach ja?«, sagte Zerelda, holte mit ihrer Tasche aus, deren Boden von ihrem schweren 357er Magnum ausgebeult wurde, und wollte sie ihm an den Knopf knallen.

Er fing den Schlag mit dem Unterarm ab, aber sie holte erneut aus und traf ihn diesmal am Hinterkopf.

»Lass das, Zerelda, das tut weh«, sagte Clete.

»Du elender Speckwanst, hast du etwa gedacht, du kannst mich einfach abservieren und dich mit 'ner Pissnelke von der Staatsanwaltschaft einlassen?«, sagte sie.

»Kannst du dich noch erinnern, dass du mit dem Dummfick da draußen zur Eisdiele abgezogen bist? Ich habe das als Aufforderung verstanden, dass ich abzischen soll. Also bin ich abgezischt«, sagte Clete.

»Na, dir zisch ich was, du Fettsack«, sagte sie und schlug ihn erneut.

»Was ist denn los?«, sagte No Duh Dolowitz. »Hey, Nig, hier draußen geht's jemand an den Kragen!«

Nig Rosewater kam aus seinem Büro im Hinterzimmer. Sein gestärkter Hemdkragen spannte sich um den Schweinenacken, der fast so breit war wie sein Kopf, sodass er aussah, als hätte er die Kappe eines weißen Feuerhydranten auf den Schultern sitzen. Nick warf einen Blick auf Zerelda und zog sich wieder in sein Büro zurück, schloss die Tür und legte den Riegel vor.

»Na schön, ich rede mit ihm! Beruhige dich!«, sagte Clete und stand auf.

»Du solltest dich was schämen«, sagte Zerelda.

»Der Typ ist ein Dummschwätzer, Zee«, sagte Clete.

Sie trat einen Schritt auf ihn zu, aber er hob beschwichtigend die Hand. »Schon gut, ich reiß mich zusammen«, sagte er und ging hinaus in die Dämmerung, in den Lärm der Straße, den Geruch nach abgestandenem Wasser, überreifem Obst und den Blumen, die auf den von Vögeln umschwirrten Balkons über ihnen blühten.

Clete holte tief Luft und blickte auf Marvin hinab. »Ich möchte mich entschuldigen, falls ich dir zu Unrecht etwas vorgeworfen haben sollte, was du nicht getan hast«, sagte Clete.

»Aber das heißt auch, dass ich dein blödes Gesicht künftig nicht mehr sehen will und dass du dich von gewissen Freunden von mir fern hältst. Aber mehr Nachsicht hast du nicht zu erwarten, Mann. Sind wir uns da einig?«

»Die zwölf Apostel sind meine Wegweiser. Ich hab keine Angst vor Raufbolden. Und im Himmel gibt's auch keine Umleitungen«, sagte Marvin.

»Was?«, sagte Clete.

»Ich hab nichts Unrechtes getan. Ich glaube, Sie wollten Miss Barbara verführen und jemand hat's Ihnen vermasselt. Deshalb schieben Sie's mir in die Schuhe, weil ich ihr eine Bibel geschenkt habe.«

»Hör mal zu, du Blödarsch –«

Mit verkniffenem Gesicht und hitzig funkelnden Augen stieg Marvin aus dem Auto, wuchtete seinen Koffer vom Rücksitz und schlang sich den Zugriemen ums Handgelenk.

»Komm zurück, Marvin«, rief Zeralda, die unter der Tür der Kautionskanzlei stand.

Aber Marvin zog seinen Koffer die Straße entlang und lief zwischen den baufälligen Hütten hindurch in Richtung Basin Street, bis sein zerknittertes blaues Sportsakko, der hohe Strohhut und die Cowboystiefel beinahe in der schwülen malvenfarbenen Abenddämmerung verschwunden waren. Dann überquerte er die Basin Street, während ringsum Autos hupten und Reifen quietschten, zerrte den Koffer mitsamt dem Rollschuh über die Bordsteinkante und in die Sozialsiedlung Iberville.

»Du bist durch und durch mies, Clete. Ich weiß nicht, was ich je in dir gesehen habe«, sagte Zeralda.

Aber Clete hörte ihr nicht zu. No Duh starrte in die Ferne, in den Schein der Natriumdampflampen, der wie staubiger Dunst über der Siedlung hing.

»Kennst du ihn?«, fragte Clete.

»Yeah, den Typ hab ich eindeutig schon mal gesehen«, sagte No Duh.

»Bist du dir sicher?«, sagte Clete.

»Hundertprozentig. Ich vergesse kein Gesicht. Und so einen Spinner schon gar nicht.«

»Wo hast du ihn gesehen, No Duh?«, fragte Clete, der zusehends aufgeregter wurde.

»Er hat früher für Fat Sammy Figorelli Staubsauger an die Farbigen verkauft. War nix als 'ne Bauernfängerei, damit sie einen Schuldschein zu zwanzig Prozent Zinsen unterschreiben. Was denn, hast du gedacht, er wäre jemand anders?«, sagte No Duh.

Er legte den Kopf zur Seite und schaute Clete neugierig an, sodass sein Schnurrbart aussah wie die ausgebreiteten Schwingen eines kleinen Vogels.

»Was hat Marvin Oates mit diesem ›im Himmel gibt's keine Umleitungen‹ gemeint?«, fragte Clete, als er am nächsten Tag mit mir vom Büro zu Victor's Cafeteria ging.

»Wer weiß? Ich glaube, es ist eine Zeile aus einem Bluegrass-Song«, erwiderte ich.

»Zerelda Calucci sagt, ich wär ein Kotzbrocken.«

»Wie läuft's mit Barbara?«, sagte ich und versuchte das Thema zu wechseln.

»Marvin hat mich bei ihr ebenfalls angeschwärzt. Meinst du, der Spanner war Legion Guidry?«

»Yeah, na klar.«

Clete kaute an einem Niednagel herum und spie ihn aus. Wir gingen jetzt an den bröckelnden, ziegelbraunen und weiß getünchten Grüften auf dem St. Peter's Cemetery vorbei.

»Ich habe Blumen auf das Grab von meinem alten Herrn gelegt, als ich in New Orleans war«, sagte er. »War ein komisches Gefühl da draußen auf dem Friedhof – bloß wir zwei beide«, sagte er.

»Yeah?«, sagte ich.

»Das ist alles. Er hatte ein elendes Leben. Hat nicht viel davon gehabt«, sagte er. Er nahm seinen Porkpie-Hut ab, setzte ihn wieder auf und wandte das Gesicht ab, damit ich seinen Blick nicht sehen konnte.

An diesem Nachmittag bat mich Perry LaSalle um einen Besuch in seiner Kanzlei. Er schloss gerade die Tür ab, als ich hinkam. Die Galerie, der Rasen und die Blumenbeete lagen tief im Schatten, und sein Gesicht wirkte im schwindenden Licht beinahe melancholisch.

»Oh, hallo, Dave«, sagte er. Er setzte sich auf die oberste Stufe der Galerie und wartete, dass ich mich zu ihm gesellte. Durch das Fenster hinter ihm konnte ich die in einem Glaskasten aufgehängte konföderierte Kriegsflagge des 8. Louisiana-Freiwilligenregiments sehen, die einer seiner Vorfahren auf den Schlachtfeldern von Nord-Virginia getragen hatte, und ich fragte mich, ob es sich bei Perry tatsächlich um einen jener Menschen handelte, die in eine andere Zeit gehörten, oder ob er sich einer Selbsttäuschung hingab und den unseligen Nachkommen spielte, der für die Sünden seiner Vorfahren büßen musste, obwohl er im Grunde genommen der Nutznießer eines Reichtums war, den man auf Kosten anderer angehäuft hatte.

»Schöner Abend«, sagte ich und schaute zu dem Plantagenhaus der Shadows auf der anderen Straßenseite, dem Bambusrohr, das sich im Wind wiegte, und den prachtvollen, mit Flechten überwucherten Stämmen der immergrünen Eichen, aus deren Blattwerk lange Moosbärte hingen.

»Ich muss Ihnen den Laufpass geben«, sagte Perry.

»Sie wollen mein Mandat niederlegen?«

»Legion Guidry ist ebenfalls mein Mandant. Sie haben ihn wegen Körperverletzung angezeigt. Ich kann Sie nicht beide vertreten.«

Ich nickte und schob mir einen Streifen Kaugummi in den Mund.

»Keine Vorhaltungen?«, sagte er.

»Nein.«

»Freut mich, dass Sie es einsehen.«

»Was hat dieser Kerl gegen Sie in der Hand?«, fragte ich.

Er stand auf und knöpfte seine Jacke zu, nahm seine Sonnenbrille aus dem Futteral und blies den Staub von den Gläsern. Er setzte zu einer Antwort an, ging dann einfach zu seinem Auto und fuhr im Sonnenschein davon, der nach wie vor auf die Straßen des Geschäftsviertels fiel.

Ich parkte meinen Pickup hinter dem Haus und ging in die Küche, wo Bootsie gerade das Abendbrot zubereitete. Ich setzte mich mit einem Glas Eistee an den Tisch.

»Bist du von Perry enttäuscht?«, sagte sie.

»Er hat den Wanderarbeitern im Südwesten dabei geholfen, sich gewerkschaftlich zu organisieren. Er war freiwilliger Mitarbeiter in einer Dorothy-Day-Mission in der Bowery. Aber sein jetziges Verhalten kann ich kaum nachvollziehen, geschweige denn respektieren.«

Sie wandte sich vom Herd ab und brachte eine Schüssel *Étouffée* zum Tisch, stellte sie auf einen Untersetzer und tupfte sich mit dem Ärmel das Gesicht ab. Ich dachte, sie wollte mir widersprechen.

»Du bist ohne ihn besser dran«, sagte sie.

»Inwiefern?«

»Perry mag sich in seiner Jugend vielleicht eine kurze Auszeit von seinem eigentlichen Lebensweg gegönnt haben, aber in erster Linie ist er immer ein LaSalle, und danach kommt lange nichts.«

»Ganz schön gnadenlos, Boots.«

»Fällt dir das erst jetzt auf?«

Sie stellte sich hinter mich, zauste in meinen Haaren und schmiegte sich mit dem Bauch an meinen Rücken. Ich spürte, wie ihre Hände über meine Schulter strichen, spürte ihre Brüste an meinem Kopf.

»Wir können das Essen in den Backofen stellen«, sagte ich.

Ich spürte, wie sie sich aufrichtete, wie sich ihre Hände von meiner Schulter lösten, dann wurde mir klar, dass sie durch den Flur schaute, in den Vorgarten hinaus.

»Du hast Besuch«, sagte sie.

21

Tee Bobby Hulin hatte seinen Spritschlucker bei der Bootsrampe geparkt und war ins Zwielicht unter den Bäumen hochgekommen. Rosebud, seine autistische Schwester, saß auf dem Beifahrersitz, hatte den Sicherheitsgurt um die Brust geschlungen und starrte auf eine leere Pirogge, die ziellos auf dem Bayou trieb. Es war ein warmer Abend, an dem die Lichterketten über meinem Bootsanleger in der feuchten Luft schillerten, aber Tee Bobby trug ein langärmliges schwarzes Hemd mit zugeknöpften Manschetten. Seine Achselhöhlen waren feucht vor Schweiß, die Lippen trocken und rissig.

»Ich hab grad 'ne CD aufgenommen. ›Jolie Blon's Bounce‹ is drauf. Anscheinend findet's sonst keiner so besonders. Na ja, mal sehn, was Sie davon halten«, sagte er.

»Besten Dank, Tee Bobby. Ist Ihnen in dem Hemd nicht ein bisschen warm?«, sagte ich.

»Sie wissen doch, wie es is«, erwiderte er.

»Ich kann Sie in einer Therapie unterbringen.«

Er schüttelte den Kopf und trat zaghaft gegen eine Baumwurzel.

»Geht's Ihrer Schwester gut?«, fragte ich.

»Gar nix is gut.«

»Wir wollten gerade zu Abend essen. Vielleicht können wir uns später unterhalten«, sagte ich.

»Ich wollte bloß kurz vorbeischaun, das is alles.«

Wir standen auf dem weichen, mit schimmligen Pekanschalen und schwarzem Laub bedeckten Boden im Dunkel der Bäume, die feucht und harzig rochen, wie Wasser, das zu lange in einer Holzzisterne steht. Golden leuchteten die Wipfel der Zypressen im Sumpf im Schein der untergehenden Sonne, und schneeweiße Reiher stiegen in den hellen Himmel auf und segelten mit ausgebreiteten Schwingen im Wind.

»Warum sind Sie hergekommen?«, fragte ich.

»Sie ham Jimmy Dean Styles echt schlimm zugerichtet. Sie ham ihn vor allen Leuten blamiert. Jimmy Sty lässt so was niemals auf sich sitzen.«

»Jimmy Sty können Sie vergessen. Sagen Sie mir lieber die Wahrheit, was Amanda Boudreau angeht.«

»Der Lügendetektor sagt, dass ich's nicht gewesen bin. Das is das Einzige, was zählt. Ich hab niemand vergewaltigt oder erschossen. Das kann ich nachweisen.«

»Sie waren dort.«

Er schaute mich an, als wollte er mich in Grund und Boden starren, dann stieg ihm das Wasser in die Augen, und er wandte den Blick ab.

»Ich wünschte, ich wär nicht hergekommen. Der Lügendetektor sagt, dass ich unschuldig bin. Aber keiner will's wahrhaben«, sagte er.

»Dieses Mädchen wird Sie in Ihren Träumen heimsuchen. Sie wird an Ihrem Sterbebett stehen. Sie werden niemals Frieden finden, solange Sie in der Sache nicht ehrlich sind, Tee Bobby.«

»O Gott, warum tun Sie mir das an?«, sagte er und ging mit

raschen Schritten die Böschung hinab, geriet ein paarmal leicht ins Straucheln.

An diesem Abend hörte ich mir unten im Köderladen die CD an. Seine Aufnahme von »Jolie Blon's Bounce«, dem Stück, das er geschrieben hatte, war Cajun-Music vom Feinsten, der beste Rhythm & Blues, den ich je gehört hatte. Aber ich hatte das Gefühl, dass die breite Öffentlichkeit nie erfahren würde, was Tee Bobby Hulin auf dem Kasten hatte, wie viel Sehnsucht und Qual er mit seiner Musik auszudrücken vermochte.

Am nächsten Morgen erlöste mich der Sheriff vom Dienst am Schreibtisch und schickte mich mit Helen Soileau nach New Orleans, um einen Häftling abzuholen. Es ging auf Mittag zu, als wir den Mississippi überquerten und in die Innenstadt fuhren. Während sie essen ging, begab ich mich wieder auf die andere Seite des Flusses, nach Algiers, und kam gerade noch rechtzeitig zu einem Treffen der Anonymen Alkoholiker, das hinten in einem Lagerhaus stattfand, dessen Fenster mit Farbe übermalt waren und das an einer schmalen Gasse unmittelbar neben einer Bar stand.

Aber das hier war nicht die übliche AA-Gemeinde.

Hier hatten sich all die gescheiterten Existenzen, die Verirrten, die doppelt Süchtigen und die völlig Weggetretenen, für deren Neurosen es nicht einmal einen Namen gab, zu einem Treffen zusammengefunden, bei dem es hart zur Sache ging, nach dem Motto »Kapieren oder krepieren, du Arschgeige«. Stripperinnen aus dem French Quarter nahmen daran teil, durchgeknallte Stadtstreicher, Zwanzig-Dollar-Nutten, christliche Fundamentalisten aus dem tiefsten Hinterland, wiedergeborene Biker in Lederklamotten, Frauen, die inmitten des Zigarettenqualms ihre Kinder stillten, zwei Cops, die in einer Bundeshaftanstalt gesessen hatten, Stricher, die an Aids starben, Freigänger mit gierigem Blick, die nur scharf auf die Unterschrift auf dem Teilnahmeschein waren, den sie ihrem Bewährungshelfer vorlegen konnten, Speedfreaks, die sich im Knast am Feuerlöscher berauschten, und Vietnamveteranen, die mit den Wappen ihrer Einheit tätowiert waren, die olivgrünen und schwarzen T-Shirts der 1st Cavalry und der Luftlandetruppen trugen und im Schlaf immer noch das Schrappen der Hubschrauberrotoren hörten.

Als ich an der Reihe war, fing ich noch einmal mit dem fünften Schritt an, gestand, dass ich mich aufgeputscht und Jimmy Dean Styles übel zugerichtet hatte, bekannte mich zu all der verzehrenden Wut und Brutalität, die mir ein Leben lang zu schaffen machte. Aber als ich einen Blick auf die Rauchwolken warf, auf die vom Leben gezeichneten, unrasierten und mit Rouge geschminkten Gesichter der Leute, die um die langen Tische saßen, auf denen allerhand Broschüren der Anonymen Alkoholiker auslagen, kamen mir meine Worte abgedroschen und rührselig vor, ohne jeden Bezug zu den Menschen hier, die froh wahren, wenn sie abends etwas zu essen bekamen und über Nacht einen Schlafplatz fanden.

Ich holte Luft und fing noch mal von vorn an.

»Ein Mann, der von Grund auf böse ist, hat mir Gewalt angetan. Ich glaube, ich kann jetzt wenigstens halbwegs nachempfinden, wie einer Frau zumute ist, die vergewaltigt wurde. Meiner Meinung nach hat er deswegen und aufgrund all der anderen Untaten, die er begangen hat, den Tod verdient. Ich habe das ernsthaft in Betracht gezogen und mir die Sache reiflich überlegt. Aber dabei hat mich die Gier gepackt, und ich wollte mich am liebsten ununterbrochen betrinken.«

Der Gesprächsleiter war ein hagerer Biker mit einer Sonnenbrille, die so dunkel war wie eine Schweißerbrille, und langen silbergrauen Haaren, die aussahen, als wären sie frisch gewaschen und geföhnt.

»Ich hab mich mit derlei Gedanken eine ganze Zeit lang auseinander gesetzt, Dave«, sagte er. »Wegen so 'nem Typ bin ich in Kalifornien fünfundzwanzig Jahre eingefahren und habe zwölf davon abgesessen. Als ich wieder rausgekommen bin, hab ich seine Frau geheiratet. Sie hat meinen Pickup zu Schrott gefahren, hat meinem Bewährungshelfer den Tripper angehängt und ist mit meiner Harley abgehauen. Erzähl mir, was du willst, aber der Typ lacht sich doch noch im Grab krank«, sagte er.

Alle johlten.

Bis auf mich und einen Stadtstreicher am anderen Ende des Tisches, einen Mann mit funkelndem Blick, aus dem der helle Wahnsinn sprach, dessen blonde Haare aussahen wie geschmolzener und wieder erstarrter Talg.

Als sich die Versammlung auflöste, passte er mich unter der Tür ab und packte mich am Oberarm, sodass mir sein essigsaurer Körpergeruch aus dem gelben Regenmantel entgegenschlug.

»Erinnern Sie sich noch an mich?«, sagte er.

»Na klar«, erwiderte ich.

»Nicht aus New Iberia. Erinnern Sie sich noch aus Vietnam an mich?«

»Man hat allerhand Erinnerungen an den Krieg«, sagte ich.

»Ich habe ein Kind umgebracht.«

»Sir?«

»Wir sind in einen Hinterhalt geraten. Kurz nachdem es Sie erwischt hat. Wir haben das Dorf niedergebrannt. Ich hab ein kleines Mädchen aus einer Hütte rennen sehen. Sie ist im Rauch zerfetzt worden.«

Falten, die wie weiße Zwirnsfäden wirkten, zogen sich durch den Schmutz um seine Augenwinkel. Sein Atem war völlig geruchlos, obwohl sein Gesicht nur wenige Zentimeter von meinem entfernt war. Er wartete, als besäße ich einen Schlüssel, mit dem man Türen in seinem Leben öffnen könnte, die ihm verschlossen blieben.

»Wollen Sie etwas essen?«, fragte ich.

»Nein.«

»Fahren Sie mit mir«, sagte ich.

»Wohin?«

»Weiß ich nicht genau«, erwiderte ich.

Im Grunde genommen war nirgendwo Platz für ihn. Er war in Erinnerungen gefangen, die kein Mensch mit sich herumschleppen sollte, und er würde büßen und das Kreuz für all die Außenpolitiker und Militärs tragen, die längst ihre Memoiren geschrieben hatten, am Sonntagmorgen im Fernsehen für ihre Bücher warben und weiter Karriere machten.

Ich brachte ihn zu einem Motel, bezahlte per Kreditkarte zwei Übernachtungen im Voraus und gab ihm dreißig Dollar aus meiner Brieftasche.

»Unten an der Straße ist ein Wal-Mart. Vielleicht können Sie sich dort einen Rasierapparat, ein paar Sachen zum Anziehen und etwas zu essen besorgen«, sagte ich.

Er saß auf dem Bett des Motelzimmers und starrte auf die Staubfäden, die in einem einfallenden Sonnenstrahl tanzten. Ich musterte sein Gesicht, die Haare und die Augen. Ich versuchte mich an das Gesicht des Sanitäters zu erinnern, der mich in den Armen gehalten hatte, als die Kugeln der AK-47, die aus den Bäumen unten kamen, von der Zelle des Hubschraubers abprallten.

»Wie sind Sie nach New Orleans gekommen?«, fragte ich.

»Mit einem Güterzug.«

»Der Sanitäter, der mir das Leben gerettet hat, war Italiener. Er stammte aus Staten Island. Sind Sie aus Staten Island, Soldat?«, sagte ich.

»Wenn man jemand umbringt, vergisst man, wer man früher mal war. Das ist der Haken dabei. Ich bringe die Orte alle durcheinander«, sagte er. Er rieb sich mit dem Ärmel das Gesicht ab. »Wollen Sie den Kerl umlegen, über den Sie bei der Versammlung geredet haben?«

Huey Lagneaux, auch bekannt als Baby Huey, arbeitete als Barkeeper und Rausschmeißer im Club seines Onkels, der ihn wegen seiner gewaltigen Körpergröße und der tiefschwarzen Hautfarbe engagiert hatte, durch die er wie ein den Tiefen des Meeres entstiegener Leviathan wirkte. Und weil er einem Unruhestifter nur den fleischigen Arm um die Schulter legen musste, damit er sich friedlich zur Tür bringen ließ.

Aber der Onkel hatte ihm den Job auch aus Mitleid gegeben. Baby Huey war nicht mehr der Alte, seit er von einer Horde weißer Männer aus New Orleans gekidnappt, mit vorgehaltener Waffe durch einen Friedhof zum Ufer des Bayou Teche getrieben und dort mit einem Elektroschocker gefoltert worden war.

Der Club befand sich an einer abgelegenen Straße draußen am Bayou Benoit, in einer Gegend voller tiefer, von überfluteten Zypressen, Weiden und Tupelobäumen gesäumter Buchten, deren Wasser sich im Schein des aufgehenden Monds kräuselte, als fiele Regen, wenn sich die Brassen und Breitmaulbarsche bei Nacht an den Insekten gütlich taten. Am Freitagabend dröhnte elektrisch verstärkte Musik aus dem Club, und der Parkplatz, der von vorn bis hinten mit plattgedrückten Bierdosen bedeckt war, schepperte unter den Reifen hunderter Pkw und Pickups wie ein Wellblechdach.

Tee Bobby Hulin stand in schwarzer Hose und einem mit Pailletten besetzten purpurroten Hemd am Mikrophon oben auf der Bühne und hatte die Finger auf den Tasten eines Akkordeons liegen, dessen Gehäuse schillerte und glänzte wie ein frisch aufgeschnittener Granatapfel. Grauer Zigarettenqualm hing in der stickigen Luft, die nach Körperpuder, Schweiß, Parfum und Gumbo roch. Baby Huey wischte die Bar ab und fing an, die schmutzigen Gläser abzuspülen, die in einem Blechbecken standen. Als er wieder aufblickte, sah er, wie ein Weißer mit kurz geschorenen Haaren, einem maßgeschneiderten Anzug und einem Tropenhemd auf ihn zukam, ohne die Blicke, die ihm von allen Seiten zugeworfen wurden, oder die Menschen wahrzunehmen, die aus dem Weg traten, bevor sie beiseite geschubst wurden.

»Kennst du mich noch?«, fragte der Weiße.

»So was vergisst man nicht so leicht, Mr. Zeroski«, antwortete Baby Huey. Er beugte sich über die Spüle und wusch sich den Seifenschaum von Händen und Unterarmen.

»Ein Weißer namens Legion Guidry ist grade an der Küchendurchreiche gewesen. Danach hab ich ihn aus den Augen verloren. Ich habe gehört, dass er hier in der Gegend ein Camp hat«, sagte Joe.

Baby Huey verzog keine Miene, hatte den Blick auf die Bühne gerichtet, auf die Tänzer draußen auf der Tanzfläche.

»Hast du mich gehört?«, fragte Joe.

»Ich hab Ihre Tochter gekannt. Sie war nett zu den Leuten. Wenn ich wüsste, wer sie umgebracht hat, würd ich's Ihnen sagen. Was diese Nacht am Bayou angeht, als Sie mir so wehgetan haben, das war Unrecht.«

»Das hättest du mir da draußen am Bayou sagen sollen. Vielleicht wäre die Sache dann anders ausgegangen.«

»Sie wollten doch gar nicht die Wahrheit wissen. Sie wollten sich schadlos halten«, sagte Baby Huey.

Joe kratzte sich mit den Fingerkuppen an der Wange.

»Wenn man sich in der falschen Gesellschaft rumtreibt, muss man dafür büßen. Dabei geht's nicht immer gerecht zu«, sagte er. Er nahm einen Hundert-Dollar-Schein aus seiner Brieftasche, faltete ihn der Länge nach und legte ihn wie ein kleines Zelt auf die Bar.

Baby Huey stieß ihn weg und trocknete ein Glas ab. »Ich hab Sie um nix gebeten. Sie sind hier in der falschen Gegend, falls Sie das noch nicht gemerkt ham«, sagte er.

»Yeah, den Eindruck hatte ich auch, als ich reingekommen bin. Willst du dir die hundert Eier verdienen und noch hundert dazu, oder willst du mir weiter die Schuld dafür geben, dass du Zuhälter geworden bist und Crack vertickerst?«

Baby Huey füllte eine Schale mit Gumbo, steckte einen Löffel hinein und stellte sie auf einer Serviette vor Joe hin.

»Das geht auf mich. Hab ich heut Nachmittag gemacht«, sagte Baby Huey. »Wolln Sie ein Bier dazu?«

»Meinetwegen«, sagte Joe.

»Ham Sie mit dem Mann, den die Leute Legion nennen, irgendwas zu schaffen?«, sagte Baby Huey.

»Was meinst du mit dem ›Mann, den die Leute Legion nennen‹?«

»Er hat keinen Vornamen. Er hat keinen Nachnamen. Bloß Legion. So nennen ihn alle Schwarzen seit jeher.«

»Nimmt er die Frauen hart ran?«, sagte Joe.

»Wenn sie die richtige Hautfarbe ham«, sagte Baby Huey und steckte den Hundert-Dollar-Schein in seine Hemdtasche.

Sie fuhren mit Joe Zeroskis Auto auf den Uferdamm, unter dem sich eine weite, von überfluteten Zypressen gesäumte Bucht erstreckte. Draußen auf dem Golf tobte sich ein Gewitter aus, und ein heftiger Wind blies von Süden, kräuselte das Wasser und wehte das Laub aus den umliegenden Wäldern. Joe bog auf einen Feldweg ab, der nach unten führte, zwischen Persimonen- und Pekanbäumen, Zwergpalmen und Wassertümpeln, die schlierig wie Ölschlamm schillerten. Baby Huey zeigte auf eine Hütte mitten auf einer Lichtung, aus der der weiße Lichtschein einer Laterne fiel, die drin auf dem Tisch stand. Dahinter befanden sich ein Abort, ein eingefallenes Räucherhaus und Legion Guidrys Pickup, der neben einer Eiche parkte, an deren Stamm abgezogene Waschbärenfelle genagelt waren.

Einer der Hinterreifen des Pickups hatte einen Platten.

Joe stellte den Motor ab. Durch die Bäume hörten sie Tee Bobbys Band, die gerade mit Clifton Cheniers »Hey, Tite Fille«

loslegte. Sie stiegen aus dem klimatisierten Auto und traten in die Dunkelheit, die Moskitos, die aus den Bäumen anschwirrten, den Wind, der nach Humus und gestrandeten Fischen roch.

»Du bleibst, wo du bist«, sagte Joe und warf Baby Huey ein Handy zu. »Wenn da drin was schief geht, drückst du auf die Wiederwahltaste und sagst: ›Joe braucht einen Löschtrupp‹. Dann erklärst du, wo wir sind, fährst mit meinem Auto runter zur Straße und wartest, bis jemand kommt.«

»Da drin is Legion, Mr. Joe«, sagte Baby Huey.

»Ich glaube, du bist ein netter Junge. Ich glaube, du hast das, was du über meine Tochter gesagt hast, ehrlich gemeint. Aber rede nicht um den heißen Brei rum, sondern sag mir, was du sagen willst. Deswegen werdet ihr auch immer Toiletten putzen. Weil ihr nicht sagen könnt, was ihr meint.«

Baby Huey schüttelte den Kopf. »Legion is kein gewöhnlicher weißer Mann. Er is überhaupt kein gewöhnlicher Mann.«

Joe Zeroski öffnete die Fliegendrahttür und ging hinein, ohne vorher anzuklopfen. Während er und Baby Huey draußen miteinander geredet hatten, hatte sich der große, schwarzhaarige Mann in Khakikleidung, der am Tisch saß und einen Sechserpack Bier und eine Flasche Bourbon vor sich stehen hatte, nicht von der Stelle gerührt, so als wären ihm die Autoscheinwerfer und die Leute auf seinem Grundstück völlig gleichgültig.

Er kippte sich einen Stamper Whiskey hinter die Binde, trank einen Schluck Bier aus einer eingesalzenen Dose und griff zu der brennenden Zigarette, die auf einem umgedrehten Obstglasdeckel lag. Das Zigarettenpapier knisterte in der Stille, als er den Rauch inhalierte.

»Sie haben zwei meiner Männer fertig gemacht. Aber das lass ich Ihnen vorerst durchgehen, weil sie womöglich patzig waren, oder weil Sie nicht gewusst haben, wer sie sind. Aber irgendjemand hat meine Tochter totgeschlagen, und demjenigen werde ich den Arsch aufreißen. Ich habe gehört, dass Sie einen schlechten Ruf haben, was Frauen angeht«, sagte Joe.

»Hat Robicheaux Sie hergeschickt?«, fragte Legion.

»Robicheaux?«

»Sie sind doch einer von den Itakern, die sich in der Stadt aufhalten, nicht wahr? Die für Dave Robicheaux arbeiten.«

»Spinnen Sie?«, sagte Joe.

Dann hörte Joe ein Geräusch im Nebenzimmer, hinter einer Decke, die mit Haken an einer Gleitstange über der Tür befestigt war. Joe zog die Decke zurück und blickte auf ein schwarzes Mädchen, vermutlich nicht älter als achtzehn, das auf dem Bett saß, Shorts und ein unter der Brust abgeschnittenes T-Shirt trug und mit einem zusammengerollten Fünf-Dollar-Schein eine Line von einem zerbrochenen Spiegel schnupfte.

Joe nahm sie am Arm und brachte sie barfuß und zugedröhnt, wie sie war, zur Tür.

»Geh heim. Oder geh wieder in den Nachtclub. Oder wo immer du auch herkommst. Aber halte dich von diesem Mann fern. Wo ist überhaupt dein Vater?«, sagte er und schloss die Tür hinter ihr. Dann drehte er sich um, hatte einen Moment lang das Gefühl, als könnte ihm jederzeit jemand in den Rücken fallen.

Legion schaute ihn mit ausdrucksloser Miene an. Sein Gesicht war weiß wie ein Fischbauch, von steilen Falten zerfurcht. Er zog an seiner Zigarette, bis die Asche aufglühte und das Papier trocken knisterte.

»Sie haben grad einen Fehler gemacht«, sagte er.

»O ja, inwiefern?«, fragte Joe.

»Ich hab vierzig Dollar für ihr Dope bezahlt. Die sind Sie mir jetzt schuldig.«

»Sie sind ein ahnungsloser Blödmann, aber ich will Ihnen mal was erklären, und zwar so einfach, wie ich's kann. Linda Zeroski war meine Tochter. Ein abartiger Scheißkerl hat sie unweit von hier an einen Stuhl gefesselt und ihr mit den Fäusten jeden einzelnen Knochen im Gesicht zerschlagen.«

Joe zog einen .38er Revolver mit einem fünf Zentimeter langen Lauf hinten aus dem Hosenbund. Er klappte die Trommel heraus und ließ alle sechs Patronen in seinen Handteller fallen.

»Ich stecke zwei Kugeln in die Kammern zurück, drehe die Trommel ein paarmal rum und dann –«, setzte er an.

In diesem Augenblick zog Legion eine abgesägte Flinte aus einem unter dem Tisch angenagelten Futteral und riss sie hoch, sodass die beiden Läufe plötzlich auf Joe Zeroskis Gesicht gerichtet waren.

»Wer is jetzt blöd?«, sagte Legion. »Dazu fällt dir nix Schlaues mehr ein, was? Willst du weiter mit deiner kleinen Knarre da rumstehn, wo keine Kugeln drin sind? Wird Zeit, dass du dich hinkniest, Itaker.«

»Seh ich aus wie ein Italiener? Zeroski ist polnisch, du Trottel. Polen sind keine Italiener«, sagte Joe.

Legion erhob sich vom Tisch und ging zu der Fliegendrahttür, wo Baby Huey wie erstarrt stand und mit weit aufgerissenen Augen die Szene verfolgte, die sich vor ihm abspielte.

»Komm rein«, sagte Legion.

Baby Huey öffnete die Fliegendrahttür und trat aus der Dunkelheit in den gleißend weißen Lichtschein der Laterne, die auf dem Tisch stand. Die Muskeln an seinem Rücken zuckten, als die Tür hinter ihm zuschlug.

»Auf die Knie, Nigger«, sagte Legion.

»Meinem Onkel gehört der Nachtclub. Er weiß, wo wir sind«, sagte Baby Huey.

»Gut so. Wenn er herkommt, kann ich gleich zwei Nigger erschießen«, sagte Legion.

Baby Hueys Knie knackten und Schweißtropfen traten ihm auf die Stirn, als er langsam zu Boden ging und den Blick über Legions Körper schweifen ließ.

Legion drückte Baby Huey die Läufe der Flinte in den Nacken und schaute zu Joe.

»Schmeiß die kleine Knarre weg und knie dich hin, sonst baller ich dem Nigger den Kopf weg. Schau mir in die Augen und sag mir, ob du mir nicht glaubst, dass ich's mache«, sagte er.

Joe Zeroski ließ die 38er Patronen zu Boden fallen, warf dann den Revolver weg und kniete sich hin.

Legion Guidry stand vor ihm, hatte sein Khakihemd straff in den Westerngürtel gesteckt, der sich über seinen flachen Bauch spannte. Er griff hinter sich, nahm seinen Strohhut von einer Stuhllehne und setzte ihn auf, sodass sein Gesicht jetzt im Schatten lag. Er trank einen Schluck aus der Whiskeyflasche, spreizte leicht die Beine und räusperte sich.

»Was meinst du, was jetzt passiert? Wetten, dass du nicht gedacht hast, dass du so 'nen Tag mal erlebst«, sagte er.

Dann zog er den Hosenstall auf.

»Wie weit willst du gehen, damit der Nigger am Leben bleibt?«, sagte er und drückte die Flinte fester an Baby Hueys Hals, während er den Blick auf Joe gerichtet hatte.

Joe schluckte und ballte die Fäuste. Legion hatte den Finger um den Abzug der Flinte gekrümmt. Die Manschette seines langärmligen Hemds war zugeknöpft, seine Hand mit Sommersprossen gesprenkelt, und die Adern wirkten wie grüne Stricke. Joe konnte das Nikotin riechen, das tief in seine Haut gedrungen war, den nach Bier und Whiskey stinkenden Atem, den strengen Männerschweiß, der in seiner Kleidung hing, als wäre er hineingebügelt. Joe spürte, wie sein Herz raste, dann packte ihn die Wut, als ob eine Flamme in seiner Brust auflodern. Er hatte das Gefühl, als ob sich die Haut um Schädel und Gesicht spannte, als träten ihm die Augen aus den Höhlen, sei es aus Angst oder weil sein Blut in Wallung geriet. »Nur zu, erschieß uns, du nichtsnutziger Schwanzlutscher. Mich zuerst. Denn wenn ich dich zu fassen kriege, reiß ich dir die Kehle auf«, sagte er.

Er hörte, wie Legion Guidry schnaubte.

»Du hast 'ne ziemlich hohe Meinung von dir. Ich will mir doch den Schwanz nicht an 'nem Itaker oder Polack dreckig machen«, sagte Legion und zog seinen Hosenstall wieder zu. »Gib mir deine Autoschlüssel.«

»Was?«, fragte Joe und starrte seinen Peiniger ungläubig an, als könnte er dessen Sprunghaftigkeit nicht nachvollziehen.

»Ich nehm dein Auto und such damit nach meiner Hure. Wenn ich meine Hure nicht finde, hol ich mir meine vierzig Dollar bei dir. Wenn du das nächste Mal so tun willst, als ob du ein Gangster aus New Orleans wärst, dann denk dran, was für ein Bild du in diesem Moment abgibst – auf den Knien, neben 'nem Nigger, kurz davor, einem Mann den Schwanz zu lutschen. Red dir hinterher nicht ein, dass du's nicht gemacht hättst. Glaub mir, wenn ich gewollt hätte, hättst du's gemacht«, sagte er.

Legion nahm die Autoschlüssel, hob den 38er Revolver auf und sammelte die Patronen ein. Kurz darauf sahen Baby Huey und Joe, wie sich Legions Hut und seine hoch gewachsene Gestalt am vorderen Fenster abzeichnete, als er das Radio einschaltete und mit Joes Auto davonfuhr. Baby Huey konnte Joes Atemzüge in der Dunkelheit hören.

»Sie ham mir das Leben gerettet, Mr. Joe«, sagte er. »Ich kann immer noch kaum glauben, dass Sie zu ihm gesagt ham, er soll schießen. Das is das Tapferste, was ich je erlebt hab.«

Joe winkte ab und bedeutete ihm, dass er nichts davon hören wollte. Baby Huey wollte noch etwas dazu sagen.

»Hey, vergiss es«, sagte Joe.

»Was machen wir jetzt?«, fragte Baby Huey und schaute zu dem Feldweg, der durch den Wald führte.

»Er hat meine Tochter nicht totgeschlagen«, sagte Joe.

»Woher wollen Sie das wissen?«

»Dem sind andere Menschen ganz egal. Er war's nicht. Angst

musst du vor denen haben, denen du nicht egal bist. So traurig das auch ist, mein Junge, aber es ist leider wahr«, sagte Joe.

22

Aber Baby Huey Lagneaux begegnete Legion in dieser Nacht noch einmal. Kurz bevor der Club seines Onkels, in den er mittlerweile zurückgekehrt war, dichtmachte, warf er einen Blick aus dem hinteren Fenster und sah Joe Zeroskis Auto vor dem Café nebenan stehen. Er wählte die Telefonnummer, die Joe ihm gegeben hatte, aber niemand meldete sich. Er ging aus der Hintertür des Clubs, lief über den Parkplatz und schaute durch ein Seitenfenster in das Café.

Legion saß allein an einem Tisch und aß. Am Nebentisch hatte sich eine Schar Krabbenfischer niedergelassen, die gerade vom Meer kamen, harte Männer mit Gummistiefeln, die sich seit Wochen nicht mehr rasiert hatten, Zigaretten rauchten, einen Krug Bier nach dem andern tranken und tellerweise gebratene Krabben auffahren ließen, die sie mit den Fingern aßen.

Baby Huey malte sich aus, wie er Legion zur Rede stellte, hier, in aller Öffentlichkeit, die Schlüssel von Joe Zeroskis Auto verlangte, irgendwie zumindest wieder ein gewisses Maß an Selbstachtung gewann, die er verloren hatte, als ihm eine Schrotflinte an den Hals gedrückt worden war und er das Gefühl gehabt hatte, als wären seine Eingeweide zu Wasser geworden. Er betrat das Café durch die Seitentür und starrte auf Legions Rücken, auf die ungeschnittenen Haare, die sich in seinem Nacken ringelten, die kräftigen Schultern, auf die Haut, die sich über der Kinnlade straffte, wenn er kaute. Aber Baby Huey konnte keinen Fuß mehr vor den anderen setzen, keinen Schritt näher an Legions Tisch treten.

Dann kam Tee Bobby Hulin durch die Vordertür und setzte sich an den Tresen, in Hörweite der Krabbenfischer. Einige von ihnen erkannten ihn offenbar, wussten, dass er sich demnächst vor Gericht verantworten musste, weil man ihm vorwarf, Amanda Boudreau vergewaltigt und ermordet zu haben. Zunächst schauten sie nur zu ihm hin und tuschelten miteinander; dann nahmen sie anscheinend keinerlei Notiz mehr von ihm und kümmerten sich nur noch um ihr Essen, das Bier und die brennenden Zigaretten, die sie am Rand der Aschenbecher abgelegt hatten. Aber unwillkürlich warfen sie immer wieder einen Blick zu Tee Bobby, als wäre er ein lästiges Insekt, das jemand erschlagen sollte.

Schließlich drehte sich einer der Krabbenfischer um und sprach Tee Bobby von hinten an. »Du hast hier nix verloren, Freundchen. Bestell dir was und geh damit raus.«

Tee Bobby starrte auf die Speisekarte, als wäre er kurzsichtig und hätte seine Brille verlegt – die Hände um die Kanten des Kartons geklammert, vornüber gebeugt und mit eingezogenen Schultern.

Der Krabbenfischer, auf dessen Kinn silbergraue und schwarze Stoppeln sprossen, pfiff leise durch die Zähne. »Hey, raus mit dir, Freundchen. Oder willst du, dass ich dich rausschaffe?«, sagte er.

Legion legte Messer und Gabel am Tellerrand ab. Er putzte sich mit einem Zahnstocher den Daumennagel, richtete sich auf, dass sich das Khakihemd über den Rücken spannte, als wäre er aus Eisen, und musterte Tee Bobby von der Seite. Dann stand er auf und ging über die knarrenden Dielen zum Tresen. Im Schein der Deckenlampen wirkten seine Hände gelb und rau, wie rohe Fassdauben.

»Steh auf«, sagte Legion.

»Weshalb?«, fragte Tee Bobby. Er blickte zu Legion auf und verzog das Gesicht, als stünde jemand vor ihm, den er aus seinen Träumen kannte, aber bei Tageslicht nie einzuordnen wusste.

»Lass dich von den Männern da nicht rumkommandieren«, erwiderte Legion und zog Tee Bobby vom Barhocker. »Steh auf. Lass dir von dem weißen Pack bloß nix bieten.«

Verdutzt schauten die Krabbenfischer zu Tee Bobby und Legion, begriffen nicht, was die beiden Männer miteinander gemein hatten, weshalb sich der hoch gewachsene Weiße so aufregte, bloß weil sie diesen Winzling, den schwarzen Musiker, angestänkert hatten.

»Was glotzt ihr so?«, sagte Legion. »Wollt ihr mit mir rausgehn? Wie wär's mit dir, ja, dich mein ich, du Großmaul da hinten. Du hast doch gesagt, dass er gefälligst draußen essen soll.«

»Gegen Sie haben wir gar nix«, sagte einer der Fischer.

»Dann seid froh drum und dankt euerm Herrgott dafür«, sagte Legion.

Rundum herrschte Schweigen, als er seine Rechnung bezahlte, zwei Fünfzig-Cent-Münzen neben seinen Teller legte und hinaus in die Dunkelheit ging, wo das Wetterleuchten am Himmel flackerte und schwere Regentropfen scheppernd auf das Blechdach des Cafés schlugen. Er hörte, wie Tee Bobby hinter ihm aus der Tür kam.

»Sie sind derjenige, nicht wahr?«, sagte Tee Bobby.

»Kommt drauf an, was du damit meinst«, sagte Legion.

»Sie sind der Aufseher. Auf Poinciana Island. Der Mann namens Legion. Derjenige, der –«

»Der was, mein Junge?«

»Der Aufseher, der mit meiner Großmutter geschlafen hat. Ich bin Tee Bobby. Ladice Hulin is meine Großmama.«

»Du siehst so aus wie sie. Aber du bist nicht so hübsch.«

»Was Sie da drin gemacht ham, das war wegen dem, was auf der Plantage passiert is, nicht wahr? Ham Sie das deswegen gemacht, weil Sie mein –«

»Was denn, mein Junge?«

»Meine Mama war ein Mischling. Jeder auf der Plantage hat das gewusst.«

Legion lachte vor sich hin, schüttelte eine Zigarette aus seiner Schachtel und steckte sie sich in den Mundwinkel.

»Dein Papa hat nicht gewusst, wie man mit 'nem Gummi umgeht. Deswegen bist du da, mein Junge. Deswegen versuchen dir andere Leute ihren Scheiß unter die Nase zu reiben«, sagte er.

Tee Bobby wischte sich einen Regentropfen aus dem Auge und starrte Legion weiter an, während sich sein purpurrotes Paillettenhemd im Wind bauschte.

»Ich hab gesagt, dass Sie mit meiner Großmutter geschlafen ham. Das stimmt nicht. Sie ham sie vergewaltigt. Sie ham den alten Julian rumkommandiert, und Sie ham meine Großmutter vergewaltigt«, sagte er.

»Der weiße Mann nimmt sich jemand zum Bumsen, wann immer er die Gelegenheit dazu hat. Die Niggerfrau holt dabei immer so viel raus, wie sie kriegen kann. Wer von ihnen lügt hinterher?«

»Meine Oma lügt nie. Und Sie sollten sie lieber nicht als Nigger bezeichnen«, sagte Tee Bobby.

Legion machte sein Feuerzeug an, schirmte die Flamme vor dem Wind ab und zog an seiner Zigarette.

»Ich geh jetzt. Die Krabbenfischer kommen bald raus. Du solltest dich auch lieber heimschwingen«, sagte er.

Legion klemmte sich die Zigarette in den Mund, setzte sich ans Lenkrad von Joe Zeroskis Auto und ließ den Motor an. Aber bevor er zurücksetzen und wenden konnte, hob Tee Bobby einen Betonbrocken auf, der etwa so groß wie ein Softball war, und zertrümmerte damit das Fenster auf der Fahrerseite.

Legion bremste und stieg mit blutender Stirn aus, hatte immer noch die Zigarette im Mund.

»Du hast Schneid«, sagte er.

»Leck mich«, sagte Tee Bobby.

»Frag dich mal, woher du den hast. Von den Eltern, die dich nicht gewollt ham? Sei stolz auf das Blut, das du in dir hast, mein Junge«, erwiderte Legion.

Er setzte sich wieder in Joe Zeroskis Auto, schmiss die Zigarette durch das Loch im Fenster und fuhr davon.

In dieser Nacht stahl Baby Huey Joe Zeroskis Auto von Legions Grundstück und wollte gerade nach New Iberia zurückfahren, als er wegen Geschwindigkeitsübertretung angehalten wurde. Wegen Verdachts auf Autodiebstahl saß Baby Huey bis Montagmorgen im Gefängnis. Bevor er wieder freikam, ließ ich ihn von einem Deputy in mein Büro bringen.

»Wollten Sie Joe das Auto zurückbringen?«, fragte ich.

»Ja, Sir.«

»Das begreife ich nicht. Seine Männer haben Sie mit einem Elektroschocker traktiert.«

»Mr. Joe hat seinen 38er weggeworfen und sich hingekniet, um mir das Leben zu retten. Dabei kennt er mich nicht mal.«

Der Stuhl, auf dem er saß, ächzte unter der Last. Seine Haut war so schwarz, dass sie lila schimmerte. Er blickte aus dem Fenster auf einen Güterzug, der am Bahnübergang vorbeiratterte.

»Auf Wiedersehen, Huey«, sagte ich.

»Kann ich gehen?«

»Warum sind Sie überhaupt Zuhälter geworden?«

Er zuckte die Achseln. »Jetzt bin ich keiner. Kann ich gehen?«

»Na klar«, sagte ich. Ich lehnte mich auf meinem Stuhl zurück, verschränkte die Finger hinter dem Kopf und wunderte mich über die Widersprüche und Unwägbarkeiten, die bereits in der Erde enthalten gewesen sein mussten, als Gott eine Hand voll davon genommen und nach seinem Bild geformt hatte.

Zwanzig Minuten später klingelte das Telefon auf meinem Schreibtisch.

»Der Junge, dieser Marvin Soundso, hat heute Morgen auf dem Motelgelände Bibelbroschüren verteilt. Aber deswegen war er nicht hier. Er ist scharf auf Zerelda. Ich will, dass er aufgegriffen wird. Außerdem ist er besoffen«, sagte der Anrufer.

»Joe?«

»Haben Sie gedacht, es wär der Papst?«

»Marvin Oates ist betrunken?«

»Er sieht aus, als wär er unter einen Zug geraten. Er riecht nach Kotze. Vielleicht ist er grade von der Baptistenkirche gekommen«, sagte Joe.

»Mal sehen, was ich tun kann. Baby Huey Lagneaux hat gerade mein Büro verlassen. Er hat mir von Ihrem Zusammenstoß mit Legion Guidry berichtet.«

»Ich weiß nicht, wovon Sie reden.«

»Ich habe immer gesagt, dass Sie ein ganzer Kerl sind.«

»Sie können mich kreuzweise«, sagte er und legte auf.

Ich sagte Wally, unserem Mann in der Telefonzentrale, dass er Marvin Oates auf dem Motelgelände aufgreifen lassen sollte.

Später ging ich zum Mittagessen in die Innenstadt. Als ich in die Dienststelle zurückkehrte, fing mich Wally auf dem Flur ab. Er hatte drei rosa Nachrichtenzettel in der Hand, die er gerade in mein Postfach legen wollte.

»Diese Frau ruft ständig an und fragt nach dir. Wie wär's, wenn du sie mir vom Hals schaffst?«, sagte er.

Er drückte mir die Nachrichtenzettel in die Hand. Der Telefonnummer nach zu schließen, wohnte die Anruferin im Bezirk St. Mary, aber mit dem Namen konnte ich auf Anhieb nichts anfangen.

»Wer ist das?«, fragte ich.

»Hillary Clinton, als Cajun verkleidet. Woher soll ich das wissen, Dave? Übrigens, Marvin Oates war nicht auf dem Motelgelände, als der Streifenwagen dort angekommen ist«, antwortete er.

Die Frau hieß Marie Guilbeau. Ich rief sie von meinem Büro aus an. Als sie sich meldete, hatte ich sofort wieder das Gesicht der Putzfrau vor Augen, die behauptet hatte, ein Mann, der eine Gummimaske und Lederhandschuhe trug, wäre in ihr Haus eingedrungen und hätte sie belästigt.

»Der Priester hat gesagt, ich muss Ihnen was erzählen«, sagte sie.

»Was denn, Miss Guilbeau?«, fragte ich.

Sie gab keine Antwort.

»Ich bin zurzeit ziemlich eingespannt, aber wenn Sie wollen, kann ich noch mal zu Ihnen rausfahren«, sagte ich.

»Ich putze in dem Motel draußen an der Vierspurigen«, sagte sie. »Ein nett aussehender Mann is dort abgestiegen. Ich hab ein bisschen mit ihm geflirtet. Vielleicht hab ich ihn auf falsche Gedanken gebracht«, sagte sie.

»War es ein Weißer oder ein Schwarzer?«, fragte ich.

»Er war weiß. Ich glaub, er hat gedacht, ich wär 'ne Prostituierte von der Fernfahrerkneipe. Ich hab ihm gesagt, er soll mich in Ruh lassen. Ich hab mich geschämt, es Ihnen zu erzählen, als Sie bei mir gewesen sind.«

»Glauben Sie, der Mann mit der Gummimaske war der Typ aus dem Motel?«

»Ich weiß es nicht, Sir. Ich möchte nicht mehr drüber reden«, erwiderte sie. Die Verbindung wurde unterbrochen.

Was sagt man zu den Opfern eines Sexualverbrechers.

Antwort: Man wird den Kerl schnappen, der Ihnen das angetan hat, und ihn in ein Hochsicherheitsgefängnis stecken, aus dem er nie wieder herauskommt. Und mit etwas Glück muss er sich die Zelle mit Schwerverbrechern teilen, die doppelt so groß und zehnmal so bösartig sind wie er.

Doch für gewöhnlich ist das in jeglicher Hinsicht eine Lüge. Oftmals werden die Opfer im Zeugenstand von Verteidigern auseinander genommen, die an ihrer Glaubwürdigkeit zweifeln, ihren Ruf in Frage stellen und ihnen vorhalten, sie hätten sich das Ganze entweder nur eingebildet oder wären zunächst einverstanden gewesen und hätten es sich hinterher anders überlegt.

Ich habe einmal gehört, wie ein alter Gewohnheitsverbrecher sagte: »Im Knast ist es nicht mehr so, wie's mal war. Die Kriminellen, mit denen man's zu tun hat, sind einfach nicht mehr so wie früher.« Jeder altgediente Ordnungshüter wird einem, wenn er ehrlich ist, wahrscheinlich erklären, dass ihn die Straftäter anekeln, mit denen er sich heutzutage abgeben muss. So schlimm die Kriminellen zu Zeiten der Weltwirtschaftskrise auch gewesen sein mögen, sie besaßen doch gewisse Eigenschaften, die jeder Amerikaner bewundert. Die meisten stammten aus Farmerfamilien im Mittelwesten und waren weder Sexualverbrecher noch Serienmörder. Für gewöhnlich schädigten sie Banken oder die Bundesregierung und legten es zumindest ihrer Meinung nach nicht darauf an, den einfachen Leuten etwas zuleide zu tun. Selbst ihre schärfsten Gegner, normalerweise Texas Ranger oder FBI-Agenten, hielten ihnen zugute, dass sie mutig waren und tapfer starben, weder um Gnade flehten noch Ausflüchte für ihre Untaten vorbrachten.

Clyde Barrow wurde während seiner Haft im Eastham State Prison erbarmungslos mit dem Schlagstock verdroschen und musste an jedem Werktag zwei Meilen weit zu den Baumwollfeldern und wieder zurück zum Zellentrakt rennen. Er schwor, dass er sich eines Tages nicht nur für die Brutalitäten rächen würde, die er dort erlitten und erlebt hatte, sondern auch als freier Mann nach Eastham zurückkehren und jeden Häftling herausholen würde, den er befreien konnte. Nachdem er auf Bewährung entlassen worden war, drangen er und Bonnie Barker mit Waffengewalt in die Haftanstalt ein, schossen sich dann den Fluchtweg frei und entkamen mit fünf Sträflingen, die sie in ein gestohlenes Auto geladen hatten.

Doc Barker und vier andere Männer stiegen über die Gefängnismauer von Alcatraz und waren schon so gut wie frei, mussten nur noch auf das Schlauchboot, das im seichten Wasser vor der Insel auf sie wartete, als sich einer der Männer den Knöchel verstauchte. Die anderen vier kehrten seinetwegen um, wurden von den Suchscheinwerfern erfasst und mit Schnellfeuerwaffen zusammengeschossen. Bezeichnenderweise nannte die Gefängnisleitung den felsigen Sandstrand, an dem sie starben, Barker Beach.

Lester Gillis, auch bekannt als Baby Face Nelson, erklärte dem FBI den Krieg und machte Jagd auf Bundesagenten, als wäre ihm ein Unrecht geschehen. Er hatte ihre Fotos samt Namen und Autonummern in seinem Wagen dabei, wendete sogar am letzten Tag seines Lebens auf offener Straße und verfolgte zwei von ihnen, drängte sie in den Straßengraben und lieferte sich ein Feuergefecht mit ihnen, das über eine Stunde dauerte und in dessen Verlauf Gillis von siebzehn Kugeln getroffen wurde.

Er schaffte es noch, davonzufahren und die Sterbesakramente zu empfangen.

Helen öffnete die Tür zu meinem Büro, ohne vorher anzuklopfen, und kam herein. »In Gedanken verloren?«, sagte sie.

»Was gibt's?«

»Der Barkeeper vom Boom Boom Room sagt, dass Marvin Oates die nähere Umgebung unsicher macht. Der Skipper möchte, dass er einkassiert wird«, sagte sie.

»Schick eine Streife hin«, sagte ich.

»Marvin ist mit Jimmy Dean Styles aneinander geraten.«

Ein Regentropfen schlug an die Fensterscheibe.

»Ich hole meinen Hut«, sagte ich.

Wir besorgten uns einen Streifenwagen und passierten die Stadtgrenze, überquerten die Zugbrücke, die bei einem dichten Pekanwäldchen über den Teche führte, und fuhren in die schwarze Slumsiedlung, in der sich Jimmy Stys Boom Boom Room befand. Als Helen aus dem Auto stieg, schob sie ihren Schlagstock in den Ring an ihrem Waffengurt.

Styles, dessen Gesicht immer noch von den Schlägen geschwollen war, die ich ihm verpasst hatte, stand hinter der Bar. Der Raum war dunkel, von der erleuchteten Bierreklame an der Wand und dem Schein der Jukebox in der Ecke einmal abgesehen. Zwei schwarze Frauen mit dick geschminktem Mund und zerzausten Haaren saßen am anderen Ende der Bar und hatten Gläser mit billigem Fuselwein vor sich stehen.

»Hey, mein guter Lousiana Chuck, ich hab gehört, dass Sie fein raus sind. Meine Anzeige gegen Sie wird nicht weiter verfolgt«, sagte Styles.

»Ist mir neu«, sagte ich.

»Mein Anwalt hat's gehört. Massa Purcel sagt, er hat gesehn, wie ich ein Schnappmesser gezogen habe. Schon komisch, dass so ein großes, fettes Schwein wie der ein Messer sehn kann, wo er doch gar nicht dabei war.«

»Hat Ihnen Marvin Oates das Leben schwer gemacht?«, sagte ich.

»Weil er seine frommen Schriften in 'ner Bar verteilt? Weil er gleichzeitig seinen Ständer zu verstecken versucht? Was meinen Sie denn, Louisiana Chuck?«

»Achten Sie auf Ihre Ausdrucksweise«, sagte Helen.

»Wo ist er?«, fragte ich.

»Ich glaub, er hat 'ne Freundin kennen gelernt. Inzwischen bekehrt er sie wahrscheinlich«, sagte Styles. Er griff in die Kühlbox hinter sich und schraubte eine Flasche Kakao auf. Im Schein der Bierreklame, die über seinem Kopf hing, wirkte sein goldbraunes Gesicht mit der blutigen Schwellung auf dem Nasenrücken und den wulstigen Nähten geradezu grotesk. Er trank die Flasche halb leer, legte dann die Hände auf die Bar, senkte den Kopf und rülpste.

»Kannst du uns einen Moment allein lassen?«, sagte ich zu Helen.

»Jederzeit. Auch wenn ich mich ungern von dem *Eau de Caca* aus dem Klo losreiße«, sagte sie, setzte ihre Sonnenbrille auf, legte die Hand auf den Schlagstock, der an ihrer linken Seite hing, und trat hinaus in die dunstig gleißende Mittagssonne.

Styles schaute mich neugierig an.

»Meiner Meinung nach sind Sie ein elender Drecksack, Jimmy. Aber ich hatte nicht das Recht, Sie so zusammenzuschlagen. Außerdem bin ich der Meinung, dass Sie von der Staatsanwaltschaft von St. Martin über den Leisten gezogen werden. Aber Sie wissen ja, wie es läuft. Cops sorgen füreinander. Jedenfalls möchte ich mich dafür entschuldigen, dass ich Sie verprügelt habe«, sagte ich.

»Hörn Sie mal zu, Chuck. Wenn Sie sich unbedingt gut vorkommen wollen, müssen Sie woanders hingehn. Wenn Sie mir den Laden dichtmachen wollen, müssen Sie mit 'nem Gerichtsbescheid wiederkommen. Aber bis dahin bleiben Sie mir gefälligst vom Acker.«

»Sie haben dazu beigetragen, dass Tee Bobby an der Nadel hängt, Jimmy. Wie fühlt man sich, wenn man einen der größten Musiker kaputtmacht, den Louisiana je hervorgebracht hat?«, sagte ich.

»Das reicht, mehr halt ich nicht mehr aus«, erwiderte er. Er ging zur Tür und rief hinaus. »Ich hab hier ein Problem!«

Helen kam durch die Tür, nahm die Sonnenbrille ab und wartete einen Moment, bis sich ihre Augen an die Dunkelheit gewöhnt hatten.

»Was ist denn los?«, sagte sie.

»Ich hab gehört, dass Sie 'ne Lesbe sind, die auf Zack is und sich von niemand was bieten lässt. Ich wär Ihnen dankbar, wenn Sie als Zeugin dabei wärn, falls Chuck noch mal über mich herfallen will«, sagte Styles.

»Wie bitte?«, sagte Helen.

Styles stieß den Atem aus und zog eine entrüstete Miene. »Gute Frau, ich hab mir das nicht ausgedacht. Den Ruf ham Sie schon gehabt, als Sie hier reingekommen sind. Gestern ham sich im MacDonald's an der Main Street ein paar Cops über Sie lustig gemacht. Ich lüg nicht. Fragen Sie Chuck.«

Styles setzte seine Kakaoflasche an. Er hatte sie geködert und gedrillt, und vielleicht wäre er sogar damit durchgekommen. Wenn er Helen nicht mit funkelnden Augen angeschaut hätte, während ein Lächeln um seine Mundwinkel spielte. Helen zog den Schlagstock aus dem Ring an ihrem Gürtel und hieb mit der Rückhand zu. Kakaospritzer und Glassplitter flogen ihm ins Gesicht, als die Flasche in seiner Hand zerbarst.

Sie legte ihre Visitenkarte auf die Bar.

»Einen schönen Tag noch. Rufen Sie mich an, wenn Sie mal wieder Beistand brauchen«, sagte sie.

Wir fuhren durch die Siedlung, an Hütten vorbei, auf deren mit rostigem Fliegengitter umgebenen Galerien immer noch die Weihnachtsbeleuchtung hing, und überquerten einen Bachlauf, der im Schatten von Pekanbäumen lag und dessen Ufer sauber gerecht und mit Immergrün bepflanzt war. Dann sahen wir weiter hinten, zwischen den Bäumen, ein schmales, hellgelbes Holzhaus, auf dessen Veranda Marvins Koffer stand. Musik drang aus den Fenstern, und auf dem überdachten Autostellplatz thronte ein knallroter, mit dicken Schwitzwassertropfen beschlagener Coca-Cola-Automat, dessen Kühlaggregat brummte und dröhnte.

Wir stellten den Wagen auf dem Hof ab und gingen zur vorderen Veranda. Die Innentür war offen, und durch das Fliegengitter zog ein würziger Duft wie brennendes Herbstlaub. Ich klopfte, aber niemand meldete sich.

Helen blieb vorn, während ich zur Hintertür ging. Dann musste ich durch das Fliegengitter eine Szene mitansehen, bei der man sich wünscht, man wüsste etwas weniger über das Menschengeschlecht und seine Fähigkeiten, andere, die schwächer sind, zu täuschen und einzuwickeln.

Marvin Oates saß mit bloßem Oberkörper und zusammengekniffenen Augen am blanken Küchentisch und hatte die Fäuste geballt, zitternd vor Verlangen oder weil er Bilder vor Augen hatte, die nur er sah. Seine Stirn war aufgeschlagen und über die Kinnlade zog sich ein Bluterguss, der schwarz verfärbt war wie eine überreife Banane. In einem Aschenbecher lagen zwei vor sich hinqualmende Jointstummel.

Eine junge Schwarze, deren kurzes Kraushaar an den Spitzen gebleicht war, stand hinter ihm, massierte ihm die Schultern, rieb ihren Unterleib an seinem Rücken und blies ihm ihren Atem ins Ohr. Sie hatte eine Rose auf den Hals tätowiert, trug weiße Shorts, die bis zum Schritt hochgerollt waren, ein mit Blumen besticktes Jeanshemd, klirrende Kettchen um die Knöchel und rosa Tennisschuhe, wie sie kleine Mädchen tragen.

»Leona hat alles, was du möchtest, Schätzchen. Aber erst brauch ich 'n bisschen mehr Geld. Das, was du mir gegeben hast reicht ja kaum für Jimmy Stys Anteil. Ein Mädchen wie ich braucht auch 'n bisschen Geld für die Miete. Außerdem muss ich den Schnaps bezahlen, den du getrunken hast, und das Dope, das du geraucht hast. Du willst doch nicht, dass ich die Straße runtergeh und mir jemand andern nehme. Du bist so ein schnuckliger Kerl ...«

Sie strich mit der Hand an seiner Brust herab und griff ihm zwischen die Beine. Er reckte das Kinn, und sein Gesicht schien sich mit einem Mal zu straffen, schärfer zu werden und rot anzulaufen vor Hitze und einer Spannung, die er kaum mehr beherrschen konnte. Er öffnete die Augen, als erwachte er aus einem Traum.

»In meiner Hose is noch mehr Geld«, sagte er. Seine Stimme klang belegt, wie rostig, als wäre er hin und her gerissen zwischen Begierde und Schuldbewusstsein.

Die Frau griff in seine Gesäßtasche und zog die Brieftasche heraus. Als sie sich zur Seite beugte, sah ich Marvins nackten Rücken und die Pockennarben, die sich bis zum Hosenbund hinabzogen.

Ich öffnete die Fliegendrahttür und trat in die Küche.

»Entschuldigen Sie die Störung, Leona, aber Marvin hat einen Termin in der Sheriff-Dienststelle«, sagte ich.

Zuerst verzog sie überrascht das Gesicht. Dann grinste sie, straffte die Schultern und schob die Haare zurück.

»Dave Robicheaux kommt mich besuchen? Ich liebe Sie, mein Schatz, und ich würd auch jederzeit mit Ihnen durchbrennen, aber zurzeit hab ich alle Hände voll zu tun«, sagte sie.

»Das ist mir klar. Aber wie wär's, wenn Sie Marvin das Geld zurückgeben, das Sie für ihn aufbewahren, damit wir uns auf den Weg machen können?«, sagte ich.

»Er wollt's mir lassen. Hat die Hand aufs Herz gelegt, als er's gesagt hat«, sagte sie und strich über Marvins Kopf.

Helen kam durch die Vordertür, riss Leona an den Küchentisch und trat ihr die Beine auseinander. Sie zog ein Bündel Geldscheine aus Leonas Hosentasche. »Hast du ihm sonst noch was weggenommen?«, sagte sie.

»Nein, Ma'am«, sagte Leona.

»Wo hast du das Crack her?«, sagte Helen und hielt ein rund fünf Zentimeter langes Plastikröhrchen mit einem kleinen Korken hoch.

»Keine Ahnung, woher das kommt«, sagte Leona.

»Ist das dein Baby da drüben, in dem andern Zimmer?«, sagte Helen.

»Ja, Ma'am. Er is jetzt acht Monate«, sagte Leona.

»Dann kümmer dich um ihn. Wenn ich dich noch einmal beim Anschaffen erwische, knöpf ich mir Jimmy Sty vor und sag ihm, du hättest ihn verpfiffen«, sagte Helen.

»Krieg ich das Crack zurück?«, sagte Leona.

»Hau bloß ab«, sagte Helen. Sie nahm Marvins Hemd, hängte es über seine Schulter und setzte ihm den Hut auf.

»Gehen wir, Cowboy«, sagte sie und schubste ihn vor sich her in Richtung Haustür.

Es hatte angefangen zu regnen. Die Bäume am Bayou wogten im Wind, und die Luft war kühl und roch nach Staub und Fischlaich. Marvin schlüpfte in sein Hemd und zog es über das Narbengeflecht auf seinem Rücken.

»Wer hat Ihnen das angetan, Partner?«, fragte ich.

»Weiß ich nicht«, erwiderte er. »Manchmal fällt's mir beinah ein. Dann geh ich in mich und komm eine ganze Zeit lang nicht mehr raus. Es is, als ob ich mich an manche Sachen nicht erinnern soll.«

Helen schaute mich an. Ich nahm Marvins Koffer und legte ihn in den Kofferraum des Streifenwagens, dann hielt ich ihm die hintere Tür auf.

»Warum haben Sie sich betrunken?«, fragte ich.

»Einfach so. Ich bin in Iberville zusammengeschlagen worden. Ich hab überall nach Zerelda gesucht, aber sie war weg. Ich hab nicht gewusst, wo sie hin is«, erwiderte er.

»Meinen Sie, Sie können sich eine Zeit lang von diesem Teil der Stadt fern halten?«, fragte ich.

»Ich trinke nie wieder. Nein, Sir, darauf geb ich Ihnen mein Wort«, sagte er. Nachdrücklich schüttelte er den Kopf.

Helen und ich stiegen vorn ein. Sie ließ den Motor an, drehte sich dann um und schaute durch das Maschendrahtgitter zu Marvin Oates. Hinter den Pekanbäumen, die den Bauchlauf säumten, zuckte ein Blitz über den Himmel.

»Marvin, ist Ihnen schon mal aufgefallen, dass Sie eine Frage nie direkt beantworten? Können Sie uns verraten, warum das so ist?«, sagte sie.

»Die Bibel is mein Wegweiser. Die Kinder Israels haben sich auch dran gehalten. Sie haben das Rote Meer überquert, und Gott hat sie sicher hindurchgeleitet. Das is alles, was ich dazu sagen kann«, erwiderte er.

»Sehr aufschlussreich. Danke, dass Sie uns das anvertraut haben«, sagte sie und legte den Gang ein.

Eine Viertelstunde später setzten wir ihn vor seinem Haus ab. Er wuchtete den Koffer aus dem Kofferraum und rannte durch den Regen, hielt den Strohhut auf dem Kopf fest und sprang mit seinen von Hand gefertigten Cowboystiefeln über die Pfützen, während sein Hemd im Wind flatterte.

»Meinst du, die Narben auf seinem Rücken stammen von Zigaretten?«, fragte Helen.

»Meiner Ansicht nach ja.«

»Ist doch eine tolle Welt, was?«, sagte sie.

Ich hätte bestimmt einen klugen Spruch zu ihrer Bemerkung machen können, mit der sie offensichtlich ihre Gefühle verbergen wollte, aber die Vorstellung, dass ein Kind immer wieder mit Zigaretten verbrannt wurde, vermutlich von den eigenen Eltern oder Stiefeltern, war einfach zu furchtbar, um darüber zu reden.

Durch das Fenster sah ich einen Mann, der bei roter Ampel die Kreuzung überquerte, eine schwere Zelttuchrolle über der Schulter liegen hatte wie ein Kreuz und mit nicht zugebundenen Arbeitsstiefeln durch das Wasser schlurfte.

»Komm, wir bringen den Mann in ein Asyl«, sagte ich.

»Kennst du ihn?«

»Er war Sanitäter in meiner Einheit. Ich habe ihn in New Orleans gesehen. Er muss wieder auf einen Güterzug gesprungen und nach New Iberia zurückgekommen sein.«

Sie drehte sich um und schaute mich an. »Erklär mir das noch mal.«

»Als es mich erwischt hat, hat er mich Huckepack in den Hubschrauber getragen und mich am Leben gehalten, bis wir zum Bataillonsverbandsplatz kamen«, sagte ich.

»Ich mach mir ein bisschen Sorgen um dich, Paps«, sagte sie.

23

Am nächsten Tag stand ich vor der Morgendämmerung auf und ging hinunter zum Bootsanleger, um Batist bei den Vorbereitungen zu helfen. Ich kochte Zichorienkaffee und machte Milch heiß, wärmte mir ein Sandwich mit Ei auf und frühstückte am offenen Fenster unmittelbar über dem Wasser, horchte auf die Tropfen, die von den Bäumen in den Sumpf fielen und auf das Schnappen der Sonnenfische, die am Rand der Wasserhyazinthenfelder auf Beute gingen. Dann verblassten die Sterne, der Wind legte sich, und die überfluteten Zypressenwälder wurden grau wie Rauch im Winter. Im nächsten Moment brach die Sonne über dem Rand der Erde hervor, als ob jemand auf der anderen Seite des Sumpfes ein Feuer anschürte, und mit einem Mal waren die Baumstämme braun und gar nicht mehr geheimnisvoll, mit Taustreifen überzogen, die Äste voller schillernder Farne und Flechten, und das Wasser, über dem kurz zuvor noch dichter Nebel gehangen hatte, wimmelte von Insekten, zwischen denen die Wassermokassinschlangen und die jungen Alligatoren ihre v-förmigen Spuren zogen.

Ich wusch mein Geschirr im Spülbecken ab und wollte gerade wieder hinauf zum Haus gehen, als ich ein Auto mit kaputtem Auspuff hörte, das sich auf der Straße näherte. Kurz darauf kam Clete Purcel durch die Tür des Köderladens. Er trug nagelneue Laufschuhe, neonpurpurrote Shorts mit Gummizug, die ihm bis auf die Knie hingen, ein scheckig eingefärbtes Trägerunterhemd, das an seinem massigen Oberkörper wie ein Putzlappen voller Chemikalienflecken wirkte, und hatte seine Dienstmütze von der Marineinfanterie seitwärts auf dem Kopf sitzen.

»Was hast du zu essen da?«, fragte er.

»Alles, was du vor dir siehst«, erwiderte ich.

Er ging hinter den Ladentisch und sammelte alles ein, was seiner Ansicht nach zu einem gesunden Frühstück gehörte – vier Donuts mit Marmelade, einen Liter Milch, ein Sandwich mit Schweinebraten, das er in der Eisbox gefunden hatte, und zwei Boudinstücke. Er warf einen Blick auf seine Uhr, setzte sich dann auf einen Barhocker und fing an zu essen.

»Ich geh heute Morgen mit Barbara drei Meilen joggen«, sagte er.

»Drei Meilen? Vielleicht solltest du noch ein Sandwich drauflegen.«

»Was soll das heißen?«

»Gar nichts«, erwiderte ich mit ausdrucksloser Miene.

»Ich habe noch ein paar Erkundigungen über unseren Playboyanwalt eingeholt, diesen LaSalle. Wenn ich an deiner Stelle wäre, würde ich mir den Typ mal genauer vornehmen.«

»Meinst du?«

»Big Tit Judy Lavelle sagt, er hat allein im Quarter ein halbes Dutzend feste Mädels, mit denen er regelmäßig bumst. Sie sagt, dem sein Schwengel hat nicht nur Augen, der hat den Röntgenblick. Sobald eine Frau vorbeigeht, springt er ihm aus dem Stall.«

»Na und?«, sagte ich.

»Er ist also nicht ganz sauber. Auch Sexstrolche können einen Collegeabschluss haben. Er benutzt andere Menschen und schmeißt sie dann einfach weg. Er hat sich sowohl an Barbara als auch an Zerelda rangemacht und sie hinterher behandelt wie ranzige Sahne. Die ganze Familie hat ihr Geld damit verdient, dass andere Leute den Buckel für sie krumm gemacht haben. Siehst du da nicht auch gewisse Parallelen?«

»Willst du damit sagen, dass du ihn nicht leiden kannst?«

»Rede mit Big Tit Judy. Sie hat den Ausdruck ›unentwegt geil‹ gebraucht. Ich frage mich, was sie damit gemeint hat.«

»Ich muss zur Arbeit. Wie läuft's mit dir und Barbara?«

Er knüllte eine Papierserviette zusammen und ließ sie auf seinen Teller fallen. Er wollte etwas sagen, zuckte dann die Achseln und verzog missmutig das Gesicht.

»Lass ich mir zu sehr anmerken, was mit mir los ist?«, sagte er.

»Das würde ich nicht sagen.«

»Du bist ein lausiger Lügner.«

Ich begleitete ihn zu seinem Auto, schaute ihm dann hinterher, als er davonfuhr, eine Smiley-Lewis-Kassette einlegte und die Anlage aufdrehte, fest entschlossen, sich weder vom Wissen um die eigene Sterblichkeit noch von seiner Seelennot unterkriegen zu lassen.

Ich ging ins Büro, konnte mich aber nicht recht von den Gedanken losreißen, die Clete mir in den Kopf gesetzt hatte. Seine Ansichten und sein Verhalten waren unberechenbar bis exzentrisch, seine Hemmungslosigkeit und Lebenslust geradezu legendär und ebenso gewaltig wie das Chaos, das er in regelmäßigen Abständen immer wieder anrichtete, aber trotz alledem war er der intelligenteste und scharfsinnigste Polizist, den ich je kennen gelernt hatte. Er begriff nicht nur die Kriminellen, sondern durchschaute auch die Gesellschaft, die sie hervorbrachte.

Als er Streifenpolizist im Garden District war, schnappte er einen für seinen Jähzorn berüchtigten Kongressabgeordneten der Vereinigten Staaten wegen Trunkenheit am Steuer und Unfallflucht und ließ sein Auto abschleppen. Als der Kongressabgeordnete und seine Freundin zu einer Bar an der Ecke St.

Charles und Napoleon Avenue gehen wollten, kettete Clete ihn mit Handschellen an einen Hydranten.

Die Anklage gegen den Kongressabgeordneten wurde fallen gelassen, und eine Woche später wurde Clete dem so genannten Kontaktbereichsdienst zugeteilt. Das ganze nächste Jahr über durfte er fortwährend Kugeln, Ziegelsteinen oder Mülltonnen ausweichen, die mit Wasser gefüllt und von den Dächern der Sozialsiedlungen Desire, Iberville und St. Thomas auf ihn geworfen wurden.

Auch wenn er ständig abfällige Bemerkungen über all die kleinen Ganoven und Blindgänger machte, die täglich ihre Runden durch die Kautionskanzleien, Gerichtssäle und Gefängnisse einer jeden amerikanischen Stadt drehten, war er in Wirklichkeit der Ansicht, dass sie eher gestört als böse waren, und er behandelte sie mit einer gewissen spöttischen Hochachtung.

Bei Drogendealern, Zuhältern, Sexgangstern, Straßenräubern und Gewaltverbrechern sah die Sache anders aus. Desgleichen bei Miethaien, bestechlichen Politikern und Polizisten, die in Diensten des Mob standen. Aber im Grunde genommen verachtete Clete eher die innere Einstellung, die dahinter steckte, als die Person. Öffentlich zur Schau gestellte Wohltätigkeit und Tugendhaftigkeit betrachtete er als billiges Theater. Er traute niemandem, der irgendeiner Vereinigung angehörte, und war davon überzeugt, dass hinter jedem Weltverbesserer ein triebhaftes, wollüstiges und schwitzendes Wesen steckte, das sich nach Erlösung sehnte.

Nachdem Clete Kriminalpolizist geworden war, bearbeitete er einen Fall, bei dem es darum ging, dass eine Bürgerschaftsälteste aus dem Garden District ihren Mann, einen bekannten Schürzenjäger, als vermisst gemeldet hatte, nachdem er unten in Barataria auf Angeltour gegangen war. Der Außenborder des Mannes wurde unmittelbar nach einem Sturm kieloben treibend in einem Sumpf gefunden; die Ruten, die Gerätekiste, die Eisbox und die Schwimmwesten waren zwischen die Bäume gespült worden. Man führte sein Verschwinden auf einen Unfall zurück und ging davon aus, dass er ertrunken war.

Aber Clete bekam heraus, dass der Mann ungern Auto fuhr und sich regelmäßig Taxis nahm, die ihn in New Orleans herumkutschierten. Clete durchforstete Hunderte von Fahrtenbüchern, bis er auf eine Eintragung stieß, wonach an dem Tag, an dem der Mann angeblich angeln gegangen war, ein Fahrgast von seinem Wohnhaus abgeholt worden war. Ziel der Fahrt war das neue Bürogebäude des Mannes in der Innenstadt. Außerdem vernahm Clete einen Wachmann aus dem Bürogebäude und erfuhr, dass die Ehefrau an dem Sonntagmorgen, an dem ihr Mann verschwand, in aller Frühe neue Kellerregale hatte einbauen lassen.

Clete besorgte sich einen Bauplan des Gebäudes, beantragte einen Durchsuchungsbefehl und stellte fest, dass hinter den Regalen unlängst eine Ziegelmauer hochgezogen worden war, genau dort, wo sich einst eine Wandnische befunden hatte, die als Stauraum gedacht war.

Er und drei Streifenpolizisten in Uniform brachen ein Loch in die Wand, aus dem ihnen ein Gestank entgegenschlug, bei dem sich einer von ihnen sofort übergeben musste. Die Bürgerschaftsälteste hatte ihren Ehemann nicht nur in seinem eigenen Bürogebäude eingemauert, sie hatte zudem am gleichen Abend zu einem Tanz eingeladen und ein Orchester engagiert, das genau über der Wandnische spielte. Der Coroner erklärte, dass der Ehemann während der ganzen Veranstaltung noch am Leben gewesen war.

Clete nahm einen berüchtigten schwulen Millionär am Bayou St. John fest, der seine unausstehliche Mutter an einen zahmen Alligator verfüttert hatte, half mit, dass ein Direktor der staatlichen Versicherungsgesellschaft von Louisiana abgehört werden konnte und wegen Bestechung hinter Gitter kam, und knöpfte sich schließlich den Kongressabgeordneten vor, der dazu beigetragen hatte, dass er in den Kontaktbereichsdienst abgeschoben worden war.

Jemand hatte am Mardi Gras eine Bierflasche aus einem Hotelfenster im French Quarter auf den Karnevalsumzug geworfen und einen der berühmtesten Trompeter von New Orleans schwer verletzt. Clete ging einen Flur im zweiten Stock entlang, klopfte an etlichen Türen und versuchte die ungefähre Lage des Zimmers abzuschätzen, aus dem die Flasche geworfen worden war.

Dann kam er zu einer großen Suite, schritt den Korridor ab und stellte fest, wie weit die Tür vom anderen Ende des Flurs entfernt war, verglich die Entfernung dann mit dem Abstand zwischen dem mutmaßlichen Fenster und der Hausecke. Als ihm und dem Hoteldetektiv der Zutritt zu der Suite verwehrt wurde, trat Clete die Tür ein und entdeckte den Kongressabgeordneten inmitten einer Schar nackter Narren, die ihre Mardi-Gras-Masken auf den Kopf geschoben hatten und sich gegenseitig mit Whiskey Soda bespuckten.

Diesmal rief Clete sofort einen Polizeireporter der *Times-Picayune* an, nachdem er die ganze Runde festgenommen hatte.

»Meinst du etwa, Perry LaSalle könnte ein Triebtäter sein«, sagte Bootsie an diesem Nachmittag.

»Das habe ich nicht gesagt. Aber Perry vermittelt einem immer den Eindruck, als wäre er der Prometheus am Bayou. Jesuitenseminar, Freund der Wanderarbeiter, hauptberuflicher Gutmensch bei einer katholischen Arbeiter-Mission. Aber außerdem vertritt er auch Legion Guidry und hat die Angewohnheit, sich mit einfachen Mädchen einzulassen, die allesamt glauben, sie könnten seine Hauptfrau werden.«

Wir waren in unserem Schlafzimmer, und Bootsie zog sich vor dem Kommodenspiegel gerade die Augen nach. Sie hatte kurz zuvor gebadet und trug einen rosa Unterrock. Durch das

Fenster sah ich, wie Alafair frisches Wasser in Tripods Napf goss, der auf dem Dach seiner Hütte stand.

»Dave?«, sagte Bootsie.

»Ja?«

»Du musst ein bisschen Dampf ablassen.«

»Ich muss mit Perry reden.«

»Worüber?«, sagte sie und konnte ihren Unmut nicht mehr länger unterdrücken.

»Ich glaube, er wird von Legion Guidry erpresst. Wie wär's zunächst mal damit?«

»Gehen wir heute essen?«

»Ja, klar«, erwiderte ich.

»Vielen Dank für die Bestätigung«, sagte sie und schaute mit leerem Blick in den Spiegel.

Ein paar Minuten später gingen wir hinaus auf die Galerie. Der Garten lag bereits im Schatten, und der Wind, der über die Felder wehte, roch wie Maisfasern nach einem langen, heißen Tag. Es hätte ein herrlicher Abend werden können, aber ich wusste, dass der weiße Wurm, der inwendig an mir fraß, alles kaputtmachen würde.

»Ich muss zu einem Treffen«, sagte ich.

»Es ist doch gar nicht Mittwochabend«, erwiderte sie.

»Ich fahre nach Lafayette«, sagte ich.

Sie drehte sich um und ging wieder ins Schlafzimmer, zog ihr Kleid aus und schlüpfte in eine Jeans und ein Arbeitshemd.

Als ich spät in der Nacht heimkam, hatte sie sich ihr Bett auf der Couch zurechtgemacht und schlief, das Gesicht zur Wand gekehrt.

Am nächsten Morgen fuhr ich zu Perry LaSalles Kanzlei an der Main Street.

»Er ist zurzeit nicht da. Er wollte zu Mr. Sookies Camp«, sagte die Sekretärin.

»Sookie? Sookie Motrie?«, sagte ich.

»O ja, ganz recht, Sir«, erwiderte sie, sah dann meine Miene und senkte den Blick.

Ich fuhr tief in den Bezirk Vermilion hinein, wo das Schwemmland von Südlouisiana allmählich in den Golf von Mexiko übergeht, an Reisfeldern und Rinderweiden vorbei, über Kanäle und Bayous in die weiten, grünen Marschen, in denen Grau- und Blaureiher reglos wie Gartenskulpturen an den Entwässerungsgräben standen. Ich bog auf eine kurvige Straße ab, die sich zwischen Tupelobäumen und brackigem Sumpf dahinschlängelte, an einer ungestrichenen Holzkirche vorbei, deren Dach unter einem umgestürzten Persimonenbaum eingebrochen war.

Aber nicht das Gebäude war es, was mir ins Auge fiel. In einem Anschlagkasten, der in tadellosem Zustand war, wenn man von dem Straßenstaub und dem Sprung mitten in der Glasscheibe einmal absah, hing ein Schild mit der Aufschrift »Gemeinschaft der zwölf Apostel – Gottesdienst jeden Mittwoch um 19 Uhr und jeden Sonntag um 10 Uhr. Herzlich willkommen.«

Ich hielt an, setzte den Streifenwagen zurück und fuhr auf den Kirchhof. Ein unbefestigter Fahrweg führte nach hinten, zu einem verlassenen Haus, in dem die Heuballen bis unters Dach gestapelt waren. Eine umgekippte hölzerne Straßensperre mit einem alten Umleitungsschild lag quer über dem Weg. In einem von Mooreichen und Sumpfkiefern umgebenen Blechschuppen lagerten Straßenbaugeräte und ein Holzschredder, wie sie die Wartungstrupps des Bezirks verwendeten. Unmittelbar hinter dem Schuppen befand sich ein Schweinekoben, der an einen verlandeten See und dichten Wald angrenzte. Die Schweine in dem Pferch starrten vor Schmutz und Kot und hatten glibbrigen Schleim um die Schnauzen, offenbar die Überreste von Hühnerinnereien.

Ich versuchte mich an den Text des Songs zu erinnern, den Marvin Oates immer zitierte, aber er fiel mir nicht ein. Vielleicht hat Bootsie Recht, sagte ich mir. Vielleicht hatte ich mich so in die Sache hineingesteigert, dass ich bei jedem, der auch nur entfernt etwas mit Amanda Boudreau und Linda Zeroski zu tun hatte, Unrat witterte und mittlerweile sogar glaubte, Perry LaSalle, der Linda vor Gericht vertreten hatte, wäre einer genaueren Überprüfung wert.

Ich stieß zur Straße zurück, die zu einer mit Gras überwucherten Hügelkuppe führte, und fuhr dann zwischen Eichen, Pekan- und Persimonenbäumen hindurch zu einem Entenjägercamp, an das Sookie Motrie gekommen war, indem er sich zum Nachlassverwalter einer alten Frau ernannt hatte.

Er war ein zierlicher Mann, der immer wie ein Herrenreiter auftrat und sich dementsprechend kleidete, zweifarbige Cowboystiefel und Tweedsakkos mit Wildlederflicken auf den Schultern trug, mit denen er seine schmächtige Statur und das fliehende Kinn wettmachen wollte. Mit seinem Schnurrbart und den langen Haaren, die er absichtlich wachsen ließ und nach hinten über den Kragen kämmte, wirkte er, als wäre er etwas Besonderes, wie ein Kavalier aus dem alten Süden, und lenkte damit von der Habgier ab, die ihm in den Augen stand.

Er hatte unlängst sein Hausboot von Pecan Island zu seinem Camp schleppen und auf gut fünfundzwanzig Metern Breite die Zypressen abholzen lassen, um Platz für eine Anlagestelle zu schaffen. Seinen Müll brachte er nicht weg, sondern türmte ihn oben auf dem Hügel auf, wo eine schwarze Qualmwolke über dem Haufen aus geschmolzener und kokelnder Alufolie, Styroporbechern, Blechdosen und Plastikverpackungen hing.

Perry LaSalle stand im Schatten eines Baumes neben seiner Gazelle und sah Sookie Motrie zu, der mit nacktem Oberkörper am Ufer stand, seine Parker-Flinte anlegte und auf die Tontauben schoss, die über das Wasser flogen. Das Knallen der

Doppelflinte wurde nahezu vom Wind verweht, und keiner der beiden Männer hörte mich kommen, als ich von hinten auf sie zuging. Sookie bediente mit dem einen Fuß das Wurfgerät, riss die Flinte an die Schulter und zerballerte die Tontauben zu rosa Dunst, der am Himmel davontrieb.

Dann drehte er sich um und sah mich, schaute mich an wie ein Tier, das sich gerade über seine Beute hermachen will und keinen Eindringling in seinem Revier haben möchte.

»Hallo, Dave!«, rief er und klappte die Flinte auf, ohne auch nur einmal den Blick von mir zu wenden, so als freue er sich von ganzem Herzen über meinen Besuch.

»Wie geht's Ihnen, Sir?«, sagte ich. »Ich wollte euch nicht stören. Ich möchte bloß kurz mit Perry reden.«

»Wir wollten gerade zu Mittag essen. Ich kann Ihnen alles Mögliche anbieten«, sagte Sookie.

»Besten Dank«, sagte ich.

»Möchten Sie schießen?«, sagte er und hielt mir die Flinte hin.

Ich schüttelte den Kopf.

»Tja, dann will ich die Herrschaften mal allein lassen. Vermutlich geht dieses Gespräch ohnehin über meinen Horizont. Stimmt's, Dave?«, sagte er und zwinkerte mir zu, tat eingeschnappt, obwohl kein böses Wort gefallen war, spielte den Beleidigten, um seine Gesprächspartner zu verunsichern. Er schob die Doppelflinte in ein mit Lammfell gefüttertes Futteral und lehnte sie an die Reling am Heck des Hausboots, öffnete dann in der Kombüse eine Flasche Heineken und trank sie auf dem Vordeck, wo ihm der salzige Wind vom Golf um das braun gebrannte Gesicht wehte.

»Was haben Sie mit so einem Scheißkerl zu schaffen?«, fragte ich Perry.

»Was haben Sie gegen Sookie einzuwenden?«

»Er setzt sich für den Bau von Kasinos ein«, sagte ich.

»Er ist Lobbyist. Das ist seine Aufgabe.«

»Dort werden arme, einfältige und haltlose Menschen ausgenommen.«

»Vielleicht entstehen dadurch auch ein paar Arbeitsplätze«, sagte er.

»Das glauben Sie doch selber nicht. Warum führen Sie sich ständig auf wie ein windelweicher Feigling, Perry?«

»Würden Sie mir vielleicht verraten, was Sie hier wollen?«, fragte er und tat so, als wäre er die Geduld in Person. Aber er konnte mir nicht in die Augen schauen.

»Sie stecken mit denen unter einer Decke, nicht wahr?«, sagte ich.

»Mit wem?«

»Den Kasinos, den Leuten in Las Vegas und Chicago, die sie betreiben. Sowohl Barbara als auch Zerelda wollten mir das klarmachen. Ich habe bloß nicht richtig hingehört.«

»Ich glaube, Sie haben sie nicht mehr alle, Dave.«

»Legion Guidry hat Ihren Großvater erpresst. Jetzt setzt er Sie unter Druck. Wie fühlt man sich, wenn man einem Frauenschänder zu Diensten ist?«

Er schaute mich eine ganze Weile an, zuckte fortwährend mit dem einen Auge. Dann drehte er sich um, ging über die mit Gras bewachsene Uferböschung zum Heck von Sookies Hausboot hinab und ergriff die Doppelflinte, die an der Reling lehnte. Er kam wieder herauf und schaute mich unverwandt an, während er den Reißverschluss aufzog. Er ließ das Futteral zu Boden gleiten und klappte die Flinte auf.

»Machen Sie noch eine Bemerkung über meine Familie«, sagte er.

»Sie können mich mal«, sagte ich.

Er zog zwei Schrotpatronen aus der Brusttasche seines Hemds und schob sie in die beiden Läufe, klappte dann die Flinte zu.

»Hey, Perry, was ist denn los?«, rief Sookie vom Heck des Bootes aus.

»Gar nichts ist los«, erwiderte Perry. »Dave muss sich bloß entscheiden, was er will. Stimmt's, Dave? Wollen Sie schießen? Hier, legen Sie los. Oder wollen Sie bloß das Maul aufreißen? Nur zu, nehmen Sie sie.«

Er drückte mir die Schrotflinte in die Hand und schaute mich mit funkelnden Augen an. »Wollen Sie mich erschießen, Dave? Wollen Sie Ihr persönliches Elend, Ihr Unglück und Ihr Versagen austoben und jemand anderen über den Haufen schießen? Weil ich nämlich kurz davor bin, Ihnen an die Gurgel zu gehen und die Stimmbänder rauszureißen. Ich kann Ihnen gar nicht sagen, wie gern ich das täte.«

Ich klappte den Verschluss der Schrotflinte auf und warf die Patronen ins Gras, dann schleuderte ich die Waffe in hohem Bogen über den Bug von Sookies Hausboot, dass der blaue Stahl und das polierte Holz in der Sonne funkelten. Sie schlug auf das Wasser, das mindestens sechs Meter tief war, und versank.

»Sie sollten nach Hollywood gehen und sich als Schauspieler bewerben, Perry. Nein, das nehme ich zurück. Sie sind schon hier ein großer Schauspieler. Viel Spaß beim Mittagessen mit Sookie«, sagte ich.

»Seid ihr wahnsinnig? Das war meine Parker. Seid ihr zwei verrückt?«, hörte ich Sookie schreien, als ich wieder zu der Hügelkuppe hinaufstieg, wo der Streifenwagen stand.

Aber die Freude darüber, dass ich Perry LaSalle und Sookie Motrie eins reingewürgt hatte, war nur von kurzer Dauer. Als ich an diesem Nachmittag nach Hause kam, erwartete mich Alafair auf der Auffahrt, wo sie auf und ab ging, den Mund zusammengekniffen, die Haare hoch gesteckt, die Fäuste in die Hüfte gestützt.

»Wie geht's?«, sagte ich.

»Rat mal.«

»Was ist denn los?«, fragte ich.

»Nichts weiter. Mein Vater benimmt sich wie ein Arschloch, weil er meint, er ist der einzige Mensch auf der Welt, der ein Problem hat. Abgesehen davon ist alles bestens.«

»Hat Bootsie dir erzählt, dass ich sie gestern Abend versetzt habe, als wir essen gehen wollten?«

»Das musste sie nicht. Ich habe dich gehört. Wenn du trinken willst, Dave, dann tu es doch. Hör auf, deinen Kummer an deiner Familie auszulassen.«

»Vielleicht weißt du nicht, wovon du redest, Alafair.«

»Bootsie hat mir erzählt, was dieser Mann – wie heißt er? –, dieser Legion dir angetan hat. Willst du ihn umbringen? Ich wünschte, du würdest es tun. Dann wüssten wir wenigstens, wer dir wirklich wichtig ist.«

»Wie bitte?«, sagte ich.

»Los, bring diesen Mann um. Dann wissen wir wenigstens ein für alle Mal, dass dir an seinem Tod mehr liegt als an der Fürsorge für deine Familie. Wir haben es ziemlich satt, Dave. Ich dachte bloß, du solltest das wissen«, sagte sie mit brechender Stimme, während ihre Augen glänzten.

Ich versuchte den Kloß in meinem Hals loszuwerden. Auf der Straße fuhr ein verbeultes Auto vorbei, die Fenster heruntergekurbelt, am Lenkrad ein Mann in einem Drillichhemd, auf der Rückbank eine Horde Kinder und etliche Angelruten. Der Fahrer und die Kinder lachten über irgendetwas.

»Tut mir Leid, Kleines«, sagte ich.

»Das sollte es auch«, sagte sie.

In dieser Nacht lag ich schlaflos in der Dunkelheit, während der Wind draußen durch die Bäume strich und das Laub im Sumpf im gespenstisch weißen Licht der Blitze im Süden flackerte. Ich hatte mich in meinem ganzen Leben noch nie so allein gefühlt. Einmal mehr gierte ich geradezu danach, die Finger um die Griffschalen und den Abzug einer schweren, großkalibrigen Pistole zu legen, den beißenden Korditgestank zu riechen, alle Selbstbeherrschung fallen zu lassen, mich loszureißen von den Banden, die mich einschränkten und mir die Luft aus der Lunge quetschten.

Und ich wusste, was ich tun musste.

24

Noch in der gleichen Nacht fuhr ich im Regen an einer aufgelassenen Zuckermühle vorbei und parkte meinen Pickup an einer asphaltierten Sackstraße in einer ländlichen Gegend des Bezirks St. Mary. Ich sprang über einen Graben voll braunem Wasser, schlug mich durch eine Hecke und ging zur Vordertreppe eines kleinen, mit einem Blechdach gedeckten Hauses, das auf Bimssteinblöcken stand. Ich schob einen Schraubenzieher unter die Türkante, zwischen Schloss und Pfosten, und drückte dagegen, hebelte die Bänder nach hinten, bis innen ein Stück Holz absplitterte, auf den Linoleumboden fiel und die Zuhaltung aufsprang. Reglos stand ich in der Dunkelheit, rechnete damit, dass sich drin etwas regte, hörte aber nur den Regen, der auf das Dach fiel, und eine Lokomotive, die über die Bahngleise draußen beim Highway ratterte.

Ich stieß die Tür auf und ging durch die Küche in Legion Guidrys Schlafzimmer.

Er lag in einem Messingbett und schlief auf dem Rücken, während der Luftzug eines Ventilators an seinen Haaren zupfte und das Betttuch kräuselte, mit dem er zugedeckt war. Draußen war es nach dem Regen kühl und frisch, aber die Luft im

Schlafzimmer war schwül und stickig, roch nach muffiger Kleidung, ungewaschenen Haaren, Whiskeydunst und etwas Salzigem, Grauem, das sich in Matratze und Bettzeug festgesetzt hatte.

Ein schwarzblauer 38er Revolver lag auf dem Nachttisch. Ich ergriff ihn leise und ging ins Klo, kehrte dann wieder zurück und setzte mich auf einen Stuhl neben dem Bett. Legion war unrasiert, aber selbst im Schlaf wirkten seine Haare wie frisch gekämmt und das Gesicht sah aus wie immer, war weder schlaff noch eingefallen. Ich drückte ihm die Mündung meiner 45er an die Kinnlade.

»Ich nehme an, Sie wissen, was das ist, Legion. Ich nehme an, Sie wissen auch, was es mit Ihrem Kopf anrichten kann«, sagte ich.

Er runzelte leicht die Stirn, zeigte aber ansonsten keine Regung. Seine Augen blieben geschlossen, die Brust hob und senkte sich so ruhig wie zuvor, und die gefalteten Hände lagen reglos auf dem Betttuch.

»Haben Sie mich gehört?«, fragte ich.

»Ja«, sagte er.

Aber er benutzte das Wort »Ja«, kein »Yeah«, wie es für einen ungebildeten Cajun üblich gewesen wäre, und ich hätte schwören können, dass er ohne jeden Akzent sprach.

»Nach Ihrem 38er brauchen Sie gar nicht erst zu suchen«, sagte ich, öffnete die linke Hand und ließ die sechs Kugeln, die ich aus der Trommel seines Revolvers genommen hatte, auf seine Brust fallen. »Ich habe Ihre Knarre in die Kloschüssel geworfen. Mir ist aufgefallen, dass Sie nicht spülen, nachdem Sie eine Sitzung gehalten haben.«

Er öffnete die Augen, richtete den Blick aber zur Decke, ohne mich einmal anzuschauen.

»Sie wissen nicht, wer ich bin, was?«, fragte er.

Ich hatte das Gefühl, als zöge sich meine Gesichtshaut zusammen. Seine Stimme klang guttural, wie ein tief grollendes Echo aus einem Abflussrohr, und von seinem Cajun-Akzent war nichts mehr zu hören.

Ich wollte etwas sagen, spürte aber, wie mir die Worte im Hals stecken blieben. Ich drückte ihm die 45er fester an die Kinnlade, holte Luft und versuchte es noch mal. Aber er kam mir zuvor.

»Fragen Sie, wie ich heiße«, sagte er.

»Wie Sie heißen?«, sagte ich verständnislos.

»Ja, wie ich heiße«, sagte er.

»Na schön«, hörte ich mich sagen, als stünde ich auf einer Bühne und spräche einen Text, den jemand anders geschrieben hatte. »Wie heißen Sie?«

»Legion heiße ich«, erwiderte er.

»Wirklich?«, sagte ich und zwinkerte mit den Augen, während mein Herz raste. »Freut mich, dass wir das hinter uns gebracht haben.«

Aber meine Keckheit war nur gespielt, und ich spürte, wie meine Hand am Griff der 45er schwitzte. Ich räusperte mich und riss die Augen auf, als wollte ich den Schlaf abschütteln. »Folgendermaßen sieht's aus, Legion«, sagte ich. »Ich bin ein trockener Alkoholiker. Das heißt, dass ich niemandem etwas nachtragen darf, nicht einmal menschlichem Abschaum wie Ihnen, egal, was er mir angetan hat. Das mag Ihnen vielleicht so vorkommen, als ob ich Ihnen einen Bären aufbinden will, aber ich meine es offen und ehrlich. Sie werden zu Fall kommen, und wenn es nach mir geht, landen Sie so tief in der Scheiße wie nur irgend möglich, aber es wird nach Recht und Gesetz geschehen.«

Ich stieß die Luft aus der Nase und wischte mir mit dem Handrücken den Schweiß von der Stirn.

»Haben Sie Angst?«, sagte er.

»Nicht vor Ihnen.«

»Doch, das haben Sie. Insgeheim sind Sie ein furchtsamer Mann. Deswegen sind Sie ja ein Säufer.«

»Passen Sie mal auf«, sagte ich.

Ich zog die 45er von seiner Kinnlade weg und nahm das Magazin heraus. Ein kleiner roter Ring zeichnete sich an der Stelle ab, wo ich ihm den Stahl an die Haut gedrückt hatte.

Plötzlich setzte er sich auf, schwang die Beine über die Bettkante und zog die Decke weg. Er war nackt, hatte dichte Haare auf Brust und Schenkeln, die wie weiches Affenfell wirkten, und sein Phallus war aufgerichtet.

»Ich kann Ihnen trotzdem noch ein Hohlspitzgeschoss zwischen die Augen jagen«, sagte ich.

Aber er stieg nicht aus dem Bett. Er legte den Kopf zurück und öffnete den Mund. Ein langes, feuchtes Zischen drang aus seiner Kehle. Sein Atem schlug mir ins Gesicht wie ein schmutziges, nasses Taschentuch.

Ich zog mich aus dem Schlafzimmer zurück, hatte die 45er nach wie vor auf Legion gerichtet, ging dann eiligen Schrittes durch die Küche und hinaus in die Nacht.

Ich ließ den Pickup an, hielt mit zitternder Hand den Schaltknüppel, und preschte davon, auf eine Straßenlaterne zu, die im wirbelnden Regen brannte.

Am nächsten Morgen frühstückte ich mit Bootsie am Küchentisch. Der Himmel draußen war nach dem Regen der letzten Nacht klar und blau, das Laub an den Bäumen sattgrün. Durch das Seitenfenster sah ich, wie Alafair ihren Appaloosa, Tex hieß er, auf der Pferdekoppel führte und unter einem Pekanbaum striegelte.

»Bist du ausgeschlafen?«, fragte Bootsie.

»Klar.«

»Wo bist du letzte Nacht gewesen, Dave?«, fragte sie, ohne mir in die Augen zu schauen.

»Ich bin in Legion Guidrys Haus eingebrochen. Ich habe ihm eine Schusswaffe ans Gesicht gehalten«, sagte ich.

Danach herrschte eine Zeit lang Stille. Sie legte ihren Löffel auf den Teller unter ihrer Müslischale und griff nach ihrer Kaffeetasse, hob sie aber nicht hoch.

»Warum?«, sagte sie.

»Ich habe mich nicht an meine Regeln gehalten. Ich habe mich in meine Wut auf diesen Kerl hineingesteigert und nur noch darüber nachgedacht, wie ich ihm eine auf den Pelz brennen kann. Die Folge davon ist, dass ich trinken oder Drogen nehmen möchte. Deshalb habe ich mir gedacht, ich ziehe mit ihm den Neunten Schritt durch, leiste Abbitte und sehe zu, dass ich meine Wut loswerde.«

»Man leistet keine Abbitte, wenn man es mit tollwütigen Tieren zu tun hat.«

»Vielleicht nicht.«

»Was ist passiert?«, fragte sie.

»Nichts weiter.«

»Schau mich an«, sagte sie.

»Ich habe seine Knarre ins Klo geworfen und bin wieder gegangen. Hat Alafair schon etwas vom Reed College gehört? Ich dachte, ich hätte gestern einen Umschlag auf der Couch liegen sehen.«

»Lenk nicht vom Thema ab.«

»Der Kerl hat eine andere Stimme. Ohne jeden Akzent. Als ob die Worte von irgendwo tief unten kommen. Es ist, als ob noch jemand anders in ihm steckt. Als hätte er eine – wie nennt man das? –, eine Art Bewusstseinsspaltung oder Persönlichkeitsstörung oder so was Ähnliches.«

»Du redest wirres Zeug.«

»Gar nichts ist passiert, Boots. Ein neuer Tag ist angebrochen. Das Böse zerstört sich stets von selbst. Menschen wie wir leben im Sonnenschein, stimmt's?«

»Herrgott, ich komme mir vor, als ob jemand in Orakeln mit mir redet.«

»Ich komme zum Mittagessen nach Hause. Bis dann« sagte ich und ging aus der Tür, bevor sie noch etwas sagen konnte.

Ich ließ den Pickup an und schaute durch die Windschutzscheibe zu Alafair, die ihr Pferd unter dem Pekanbaum striegelte. Wir hatten nicht mehr miteinander gesprochen, seit sie mich gestern Nachmittag ins Gebet genommen hatte – entweder weil es uns beiden peinlich war oder weil ich ihres Wissens nach noch nichts unternommen hatte, um den Haussegen wieder herzustellen. Ich stellte den Motor ab und ging über den Hof, durch den mit Sonnenkringeln gesprenkelten Schatten und das ungerechte Laub, das sich in den Regenpfützen gesammelt hatte und in Schlangenlinien getrocknet war. Sie tat so, als sehe sie mich nicht, aber ich wusste, dass es nicht stimmte. Sie strich eine gesteppte Decke auf Tex' Rücken glatt und wollte dann den Sattel vom Gatter nehmen.

»Hab ihn schon«, sagte ich und hob den Sattel auf Tex' Rücken, löste den handgeschnitzten hölzernen Steigbügel vom Horn und zog ihn auf der rechten Seite gerade.

»Du siehst gut aus«, sagte sie.

»Danke«, erwiderte ich.

»Wo bist du letzte Nacht gewesen?«, fragte sie.

»Ein paar Sachen regeln.«

Sie nickte.

»Warum fragst du?«, sagte ich.

»Ich dachte, du wärst vielleicht in eine Bar gegangen. Ich dachte, ich hätte dich vielleicht dazu getrieben.«

»Das bringst du niemals fertig, Alf. Das ist nicht deine Art.«

Sie legte die Arme über Tex' Widerrist und schaute zum Köderladen hinunter.

»Ich glaube, es ist vielleicht doch nicht so gut, wenn ich woanders zur Schule gehe«, sagte sie.

»Warum nicht?«

»Wir können es uns nicht leisten«, erwiderte sie.

»Klar können wir das«, log ich.

Sie schob die Stiefelspitze in den linken Steigbügel und schwang sich in den Sattel. Sie blickte zu mir herab, zerzauste mir dann mit den Fingern die Haare.

»Für einen Vater bist du ganz süß«, sagte sie.

Ich gab Tex einen Klaps auf die Flanke, sodass er scheute und zur Seite ausbrach. Aber wie immer ließ sich Alafair durch die Machenschaften anderer nicht austricksen. Sie gab Tex die Hacken und jagte mit ihm über den Hof, duckte sich unter den Ästen hindurch und donnerte über die Holzbrücke, die über den Bachlauf und in das Zuckerrohrfeld unseres Nachbarn führte, ließ ihr schwarzes Indianerhaar im Wind wehen, während die Jeans und das mit Kakteen bestickte Hemd wie angegossen an ihrem Leib saßen.

Ich sagte mir, dass ich fortan nicht mehr zulassen würde, dass Legion und das Böse, für das er stand, Zugriff auf mein Leben hatten. Von diesem Entschluss, davon war ich überzeugt, als ich unter den Bäumen stand, inmitten der Feuchtigkeit und des mit Sonnenkringeln gesprenkelten Schattens, konnte mich keine Macht der Welt abbringen.

Später, als ich im Büro saß, kam Wally aus seinem Telefonistenkabuff und schlurfte den Flur entlang, öffnete die Tür und beugte sich zu mir herein.

»Dieser Soldat, der Irre, der behauptet, er kennt dich aus Vietnam«, sagte er.

»Was ist mit ihm?«, fragte ich.

»Er hat sich bei der New Iberia High rumgetrieben. Dort laufen zurzeit die Sommerkurse. Eine der Lehrerinnen hat angerufen und gesagt, dass sie ihn von dort weghaben wollen.«

»Was hat er gemacht?«

»Sie hat gesagt, er hat sein ganzes Geraffel auf dem Bürgersteig aufgetürmt und versucht, mit den Kids ins Gespräch zu kommen, wenn sie an ihm vorbeigehen.«

»Ich halte ihn für harmlos«, sagte ich.

»Kann schon sein«, sagte Wally. Er hatte kupferrote Haare und sauber ausrasierte Koteletten. Mit strahlendem Blick schaute er mich an, als wollte er noch etwas loswerden.

»Was ist denn?«, fragte ich.

»Hast du heute Morgen schon in deine Post geguckt?«

»Nein.«

»Wenn du's gemacht hättest, wär dir eine Nachricht aufgefallen, die ich dir gestern Abend noch reingelegt habe. Bei uns ist eine Beschwerde eingegangen, weil er drüben an der Railroad zwei Nutten belästigt hat. An der gleichen Ecke, an der Linda Zeroski früher immer angeschafft hat.«

»Danke, Wally«, sagte ich.

»Gern geschehn. Ich wünschte, ich wäre Detective. Ihr Jungs seid so schlau und voll auf Zack, dass ihr immer den Ton angebt, während wir vom Fußvolk die Klos putzen dürfen. Meinst, ich krieg ein bisschen mehr Grips, wenn ich auf die Abendschule gehe?«, sagte er.

Ich besorgte mir einen Streifenwagen und fuhr zu der Highschool. Ich sah den ehemaligen Soldaten an einer schattigen Stelle sitzen, wo er sich auf seinem Zelt niedergelassen hatte, den Rücken an einen Zaun lehnte und den vorbeirauschenden Verkehr betrachtete. Sein Gesicht war glatt rasiert, die Haare waren frisch gewaschen und geschnitten, und er trug eine neue Jeans und ein viel zu großes T-Shirt, auf dessen Brust und Rücken die amerikanische Flagge prangte.

Ich fuhr an den Straßenrand.

»Wie wär's mit Kaffee und einem Donut, Doc?«, sagte ich.

Blinzelnd blickte er zu der Palme auf, musterte dann einen Helikopter, der mit schrappendem Rotor über den Himmel flog.

»Meinetwegen«, sagte er.

Wir verstauten seinen Kleidersack, das eingerollte Zelt und einen Plastikwäschekorb voller Kochgeräte, Zeitschriften und Konservendosen auf dem Rücksitz des Streifenwagens, fuhren dann ins Stadtzentrum und über die Bahngleise zu einem Donut-Laden.

»Warten Sie hier. Ich hole uns was«, sagte ich.

»Wollen Sie nicht reingehen?«, fragte er, als wäre er irgendwie verletzt.

»Es ist ein wunderschöner Tag. Wir essen im Park«, erwiderte ich.

Ich ging in den Laden und besorgte das Gebäck und zwei Pappbecher mit heißem Kaffee, fuhr dann über die Zugbrücke in den City Park und hielt bei einem überdachten Picknicktisch am Bayou Teche.

Er saß unter dem Blechdach, hatte seinen Kaffee und ein Donut auf einer Serviette vor sich und blickte zwischen den immergrünen Eichen hindurch zu den Kindern, die im Stadtbad schwammen.

»Haben Sie schon mal was angestellt?«, sagte ich.

»Ich bin im Knast gewesen.«

»Weshalb?«, fragte ich.

»Wegen allem, was denen eingefallen ist.«

»Sie sehen einwandfrei aus, Doc.«

»Ich bin in dem katholischen Männerheim in Lafayette gewesen. Die haben mir neue Klamotten gegeben und die Haare geschnitten. Das sind nette Menschen.«

»Was haben Sie gestern drüben an der Railroad Avenue gemacht?«

Er lief rot an. Er biss einen großen Happen von seinem Donut ab und trank einen Schluck Kaffee, richtete den Blick dann auf den Garten hinter den Shadows, auf der anderen Seite des Bayous.

»Sie haben doch nicht etwa eine Freundin an der Railroad, oder?«, sagte ich und lächelte ihn an.

»Die Frau hatte keine Zigaretten. Deshalb bin ich in den Laden und habe ihr welche besorgt.«

»Aha?«, sagte ich.

»Sie hat die Zigaretten genommen. Dann habe ich sie gefragt, warum sie kein anderes Leben führt.«

Ich hatte den Blick abgewandt und verzog keine Miene. »Aha. Was ist dann passiert?«, sagte ich.

»Sie und die andere Braut haben mich ausgelacht. Eine ganze Zeit lang, haben sich regelrecht ausgeschüttet.«

»In dem Bericht steht, Sie hätten einen Stein auf sie geworfen.«

»Ich habe mit dem Fuß gegen einen Stein getreten. Er hat das Auto von ihrem Zuhälter getroffen. Bringen Sie mich wieder dorthin zurück, wo Sie mich aufgelesen haben. Oder stecken Sie mich in das Stinkloch, das Sie als Gefängnis bezeichnen. Soll ich Ihnen mal was sagen, Lieutenant? Ungestraft kommt keiner davon. Es kommt bloß drauf an, wo man die Strafe verbüßt. Ich verbüße sie ständig, egal, wo ich bin.« Er legte den Zeigefinger an seinen Kopf. »Da drin sind Sachen, die schlimmer sind als alles, was ihr Arschgeigen mir antun könnt.«

»Das glaube ich Ihnen«, sagte ich.

Wutentbrannt schaute er mich an. Dann riss er sich ebenso rasch wieder zusammen, so als hätte er nur Sprüche geklopft, und richtete den Blick auf einen Schmetterling, der gerade auf einer Kamelie gelandet war, die Flügel zusammenklappte, aber keinen festen Halt auf dem Blatt fand.

Als ein leichter Wind aufkam, fiel der Schmetterling auf den Boden, mitten unter die Feuerameisen, deren Bau sich genau unter dem Kamelienstrauch befand. Der ehemalige Soldat, der mir bei unseren Begegnungen drei verschiedene Namen angegeben hatte, ging auf alle viere und hob den Schmetterling mit einem Zweig auf, trug ihn zum Bayou und schirmte ihn mit hohler Hand vor dem Wind ab. Er bückte sich und setzte ihn auf einen Mooshaufen in einer hohlen Zypresse.

Ich räumte unseren Abfall weg, schob drei Finger in seinen Pappbecher und steckte ihn in den Karton mit den übrig gebliebenen Donuts. Nachdem ich ihn an der Main Street abgesetzt hatte, fuhr ich zu unserem Kriminallabor draußen am Flugplatz und bat einen unserer Kriminaltechniker darum, die Fingerabdrücke auf dem Becher zu sichern und über AFIS laufen zu lassen, das Automatisierte-Fingerabdruck-Identifizierungs-System.

»Ist es dringend?«, sagte er.

»Sagen Sie, es geht um einen Mordfall«, erwiderte ich.

An diesem Nachmittag holte Clete Purcel Barbara Shanahan von der Arbeit ab und fuhr mit ihr zu einem Western-Laden, der im Süden der Stadt lag, inmitten von Einkaufszentren und großen Discount-Märkten, deren Parkplätze mit Müll übersät waren. Clete blieb im Auto sitzen und hörte Radio, während sie ein Cowboyhemd und eine silberne Gürtelschnalle kaufte, die sie ihrem Onkel zum Geburtstag schenken wollte. Als der Verkäufer ihre Kreditkarte entgegennahm, war ihr mit einem Mal unwohl zumute, kribbelte ihr plötzlich der Rücken, als ob sie angestarrt würde, als striche faulige Luft über ihren Hals, obwohl die Ladentür geschlossen war und niemand hinter ihr stand.

Dann roch sie den Zigarettenqualm, obwohl in dem Laden nicht geraucht werden durfte. Sie drehte sich um und schaute einen Gang entlang, der von Regalen voller Cowboyhüte und von Hand gefertigter Taschen gesäumt wurde, und sah einen hoch aufgeschossenen, hageren Mann mit steilen Falten im Gesicht, der ein langärmliges braunes Hemd mit Druckknöpfen und einen keck auf dem Kopf sitzenden Panamahut trug, dazu eine frisch gestärkte Khakihose mit einer verchromten Gürtelschnalle, auf der sich ein bronzenes Pferd aufbäumte.

Der Mann rauchte eine filterlose Zigarette, die er mit zwei nikotingelben Fingern hielt. Er ließ den Blick über ihr Gesicht wandern, über ihre Brüste und den Bauch, die Hüfte und die Schenkel. Stierte sie unter seiner Hutkrempe an und verzog die Mundwinkel zu einem Lächeln.

Aus irgendeinem Grund wurde ihre Kreditkarte nicht angenommen. Der Verkäufer bat um einen Moment Geduld.

»Wo wollen Sie hin?«, fragte sie.

»Die Verbindung funktioniert nicht. Ich weiß nicht, woran es liegt. Ich versuch's auf der anderen Leitung«, erwiderte er.

»Ich kann auch bar bezahlen«, sagte sie.

»Ist schon in Ordnung, Ma'am. Ich bin gleich wieder da«, sagte er und ging nach hinten.

Sie schaute geradeaus und musterte eine Reihe alter Schusswaffen an der Wand. Dann schlug ihr von hinten ein muffiger Geruch entgegen, eine Mischung aus Seifenlauge und Schweiß, als hätte jemand seine Kleidung nicht richtig gewaschen. Nein, das war es nicht. Es war viel schlimmer – es roch strenger, eher nach Tod und Verwesung, wie wenn eine Ratte auf dem Dachboden verfault.

Sie drehte sich um und sah Legion Guidry vor sich, der sie aus nächster Nähe anstarrte. Er zog an seiner Zigarette, wandte sich ab und blies den Rauch nach oben.

»Kann ich Ihnen irgendwie behilflich sein?«, sagte sie.

»Ich hab dich gesehn. Dich und ihn«, sagte er. Er zeigte mit dem Kopf auf den Parkplatz, wo Clete in seinem Auto saß und eine Zeitschrift las.

»Sie haben mich gesehen. Was wollen Sie damit sagen?«, sagte sie.

»Was denkst du denn? Durchs Fenster hab ich dich gesehn.

Du musst ganz schön spitz sein, du. Wenn du so ein fettes Schwein wie den da draußen seinen Schwanz in dich reinstecken lässt.«

Sie wollte weg von ihm, wollte kein Wort mehr hören, wollte fort von dem Geruch, der wie ein Pesthauch um ihn hing. Sie wich zurück, bis sie mit dem Rücken an die Kante der Glasvitrine stieß.

Er lachte vor sich hin, spie einen Tabakkrümel aus und wollte weggehen. Sie griff in ihre Handtasche.

»Moment«, sagte sie.

Er warf die Zigarette auf den Holzboden trat sie aus und drehte sich dann um.

»Was willst du denn, Weibsstück?«, sagte er.

Sie bekam ihren Schlüsselbund zu fassen. Die Autoschlüssel, die Haustürschlüssel und die Büroschlüssel, alle an einem Ring, der mit einem Edelstahlgriff versehen war. Sie zog ihn aus der Tasche und schlug zu, als hätte sie eine Socke voller Eisenmuttern in der Hand, mitten in sein Gesicht.

Sie traf ihn unmittelbar unter dem Auge, fügte ihm eine blutige Schramme zu, die rasch anschwoll. Er betastete sie, verrieb das Blut zwischen Daumen und Zeigefinger. Dann packte er ihre Hand und drückte zu, unmittelbar hinter den Knöcheln, quetschte die gepeinigten Knochen zusammen und blies ihr seinen Atem ins Gesicht, ließ ihn über ihre Haare streichen, über Augen und Mund, bis sie ihm mit der freien Hand gegen die Brust stieß wie ein kleines Kind.

»Ich weiß, wo die Fettsau wohnt. Ihr könnt noch viel mehr von mir erleben. Das wird dir Spaß machen«, sagte er.

Dann ging er auf den hinteren Teil des Geschäfts zu, an Kunden vorbei, die erschrocken und mit offenen Mund vor ihm zurückwichen. Er stieß die Hintertür auf, sodass ein greller Lichtschein, wie wenn die Sonne auf einen Brennspiegel fällt, in den Laden drang. Dann war Legion Guidry weg.

Clete öffnete die Vordertür und kam in den klimatisierten Laden, schaute sich verdutzt um.

»Stimmt irgendwas nicht?«, sagte er. »Was riecht hier so?«

An diesem Abend, kurz nach Sonnenuntergang, lief ich vier Meilen auf der unbefestigten Straße, die an meinem Haus vorbeiführte. Wehende Moosbärte hingen in den Bäumen entlang der Straße, und ich konnte das Wasser riechen, das die Sprinkleranlagen über die Zierrasen meiner Nachbarn versprühten, und die schwere, fruchtbar-faulige Ausdünstung des Bayous. Die Zuckerrohrfelder, Rinderweiden und Pekanwäldchen hinter den Häusern in der Ferne lagen bereits in der Dämmerung, aber der Sommerhimmel war noch hell, als hätte er sein eigenes Leben, das unabhängig war vom Untergang der Sonne. Dann stieg ein riesiger Schwarm Vögel aus dem Sumpf auf und schwirrte über mir am klaren Firmament vorbei, und aus irgendeinem Grund musste ich an ein Gemälde von van Gogh denken, an ein Maisfeld, auf das plötzlich eine Schar schwarzer Krähen einfällt.

Ein Spritschlucker, in dem zwei Personen saßen, fuhr mit scheppendem Auspuff an mir vorbei und hielt dann an der nächsten Kurve. Der Fahrer stellte den Motor ab und stieg aus, stützte den Arm auf den Türrahmen und wartete. Er trug ein rosa Hemd, das bis zur Brust aufgeknöpft war, und eine schwarze, mit Silberfäden bestickte Hose, die unter seinem Nabel saß. Hals und Brust waren mit Schweiß überströmt.

Ich blieb stehen und wischte mir mit einem Halstuch das Gesicht ab, band es mir dann um die Stirn. »Machen Sie eine kleine Spritztour?«, sagte ich.

»Ich geh in die Therapie, von der Sie mir erzählt ham«, sagte Tee Bobby.

»Was hat Sie dazu bewogen?«

»Ich halt's nicht mehr aus.«

Ich beugte mich ein Stück tiefer, unter den Türrahmen. »Wie geht's, Rosebud?«, fragte ich.

Sie lächelte teilnahmslos vor sich hin, selbstvergessen und in sich gekehrt, schloss geistesabwesend die Augen, öffnete sie wieder und schaute ins Leere.

»In zwei Wochen ist Ihr Prozess«, sagte ich zu Tee Bobby.

»Wenn ich in Therapie bin, kann ich ihn aufschieben lassen. Schaun Sie, man muss sich bloß selber zu helfen wissen.«

»Reden Sie mit Mr. Perry. Sie können das Gericht nicht austricksen.«

»Das is kein Trick. Ich bin krank. Perry LaSalle kümmert sich nicht um mich. Der kümmert sich bloß um seine Familie, seinen rosigen Arsch, seine konföderierten Flaggen und Bilder, die er überall an der Wand hängen hat.«

»Wissen Sie, was mir bei dieser Sache von Anfang an zu schaffen gemacht hat, Tee Bobby? Dass Sie sich über alles Mögliche den Kopf zerbrechen, bloß nicht über das tote Mädchen. Über sich selber, Ihre Sucht, Ihre Musik, Ihren Zoff mit Jimmy Sty und Perry LaSalle, Ihre allgemeine Unzufriedenheit mit Gott und der Welt. Aber dass dieses arme Mädchen ermordet wurde, darüber haben Sie sich anscheinend nicht ein einziges Mal Gedanken gemacht.«

»Sagen Sie das nicht«, sagte er.

»Amanda Boudreau. So hieß sie. Amanda Boudreau. Das werden Sie niemals loswerden. Amanda Boudreau. Sie haben sie gekannt. Sie waren mit ihr befreundet. Sie haben gesehen, wie sie starb. Mir können Sie nichts erzählen, Tee Bobby. Sprechen Sie ihren Namen aus, schauen Sie mich an und sagen Sie mir, dass Sie in keinster Weise für ihren Tod verantwortlich sind. Sagen Sie ihren Namen, Tee Bobby. Amanda Boudreau.«

Rosebud warf sich gegen ihren Sicherheitsgurt und fing an zu jammern, schlug auf Sitzbank und Armaturenbrett ein, das Gesicht vor Angst verzerrt, die Mundwinkel voller Geifer.

»Sehn Sie, was Sie angerichtet ham? Ich hasse Sie, Sie weißes Arschloch. Ich hasse Perry LaSalle, und ich hasse jeden Tropfen weißes Blut, den ich in den Adern hab. Ich hasse euch mehr, als ihr's euch überhaupt vorstellen könnt«, sagte Tee Bobby, hieb dann mit beiden Fäusten auf das hintere Türfenster ein, wieder und wieder, bis die Glassplitter ins Auto flogen, und schlug sich die Knöchel an den scharfen Kanten auf.

Ich starrte ihn an, begriff erst jetzt ein paar der Verstrickungen, der Irrungen und Wirrungen, die Tee Bobby umtrieben.

»Perry sollte Sie rauspauken, aber er tut es nicht. Er wirft Sie den Löwen zum Fraß vor, nicht wahr? Perry hat auf irgendeine Weise etwas mit Amandas Tod zu tun«, sagte ich.

Aber Tee Bobby hatte sich bereits ans Lenkrad seines Autos gesetzt, die Handrücken glitschig vor Blut, und ließ den Motor an. Er trat das Gaspedal durch und raste davon, während seine Schwester wie eine Irrsinnige aus dem Fenster schrie.

25

Tags darauf, am Freitagmorgen, wachte ich in aller Frühe auf. Ich war ausgeruht und unbeschwert, über Nacht von keinerlei Träumen oder Sorgen heimgesucht worden, und in den Bäumen draußen sangen die Vögel. Am Mittwochabend war ich in Legion Guidrys Haus eingebrochen und hatte das absonderlichste Verhalten erlebt, das mir je bei einem Menschen untergekommen war – eine Begegnung mit Mächten des Bösen, wie ich meinte, die in einem Mann hausten, der kaum anders aussah als unsereins. Aber da ich ihm hatte erklären können, dass ich keinen persönlichen Rachefeldzug gegen ihn führen würde, kam ich mir trotzdem wie befreit vor, befreit von Legion Guidry und der Gewalt, die er mir angetan hatte.

Der weiße Wurm war verschwunden. Ich hatte nicht mehr das Bedürfnis, zu trinken und mich aufzuputschen.

Bootsies Leib fühlte sich unter der Zudecke warm vom Schlaf an, und der Luftzug des Fensterventilators zupfte an ihren Haaren. Ich küsste ihren Nacken und fing an, das Frühstück zuzubereiten, bemerkte dann einen ungeöffneten Brief vom Reed College, der unter dem Toaster lag, den gleichen Umschlag, den ich zwei Tage zuvor auf der Couch gesehen hatte. Er war an Alafair adressiert, und da sie ihn nicht geöffnet hatte, glaubte ich zu wissen, was er enthielt. Seit ich mit ihr eine Rucksacktour durch die Schluchten des Columbia River unternommen hatte, sehnte sie sich danach, an die Küste von Oregon zurückzukehren und am Reed College Englisch und Literatur zu studieren. Sie hatte sich um ein Stipendium beworben, doch dann war ihr klar geworden, dass es uns trotzdem etliche tausend Dollar mehr kosten würde als ein Studium an der University of Louisiana in Lafayette.

Ich schlitzte den Umschlag auf und las das Glückwunschschreiben, in dem man ihr mitteilte, dass ihr im ersten Jahr ein Großteil der Studiengebühren erlassen wurde. Ich ging ins Wohnzimmer und schrieb einen Scheck über zweitausend Dollar aus, der die Einschreibungsgebühr und die Kosten für die Unterkunft während des ersten Semesters deckte, legte einen frankierten Umschlag für das Antwortschreiben bei und lief hinunter zur Straße, steckte ihn in den Briefkasten und klappte die rote Flagge für den Postboten hoch.

Als ich wieder hineinkam, saß Alafair am Küchentisch und trank Kaffee. Sie hatte Make-up aufgelegt und trug ein taubenblaues Kleid und Ohrringe. Durch das Fliegengitter der Hintertür sah ich Tripod mit taufeuchtem Schwanz auf der Treppe hocken und aus einem Napf fressen.

»Wo willst du hin?«, fragte ich.

»Rüber nach Lafayette. Ich will mich an der UL einschreiben, damit die Sache ins Laufen kommt«, erwiderte sie.

»Schon irgendwas vom Reed gehört?«

»Nichts Näheres. Ich hab mich sowieso dagegen entschieden. Ich kann hier genauso viel lernen wie da drüben.«

»Hübsch siehst du aus, Alafair. Wenn ich groß bin, werde ich dich heiraten«, sagte ich.

»Danke, danke, danke«, sagte sie.

»Du gehst aufs Reed.«

»Nein, das war keine gute Idee. Ich hab nicht nachgedacht.«

»Die Sache ist schon erledigt. Dir ist ein Stipendium gewährt worden. Ich habe ihnen einen Scheck für die weiteren Unkosten geschickt.«

Ihre Augen waren dunkelbraun, die Haare spielten wie schwarzes Wasser um ihre Wangen. Sie schwieg eine Weile.

»Das hast du gemacht?«, fragte sie.

»Klar. Was hast du denn gedacht, Alf?«

»Ich liebe dich, Dave.

Die schönsten Augenblicke im Leben sind nicht der Stoff, für den sich viele Historiker interessieren.

Ich ging ins Büro, meldete mich dann um zehn Uhr ab, fuhr nach Süden, in Richtung Poinciana Island, und überquerte die Süßwasserbucht, die die Insel vom übrigen Bezirk trennte. Am anderen Ende der Brücke kam der Wachmann aus dem kleinen hölzernen Schilderhaus, in dem er Dienst tat, und hielt mich an. Er trug eine graue Uniform samt Dienstmütze, einen im Holster steckenden Revolver und hatte eine amerikanische Flagge auf den Hemdsärmel genäht. Er war jung und machte eine ernste Miene. Er hatte ein Klemmbrett in der einen Hand und beugte sich zu meinem Fenster herab.

»Wollen Sie hier jemand besuchen, Sir?«, sagte er.

»Ich heiße Dave Robicheaux. Ich bin Polizist. Sonst wäre ich vermutlich nicht mit einem Streifenwagen unterwegs«, erwiderte ich, nahm die Sonnenbrille ab und grinste ihn an.

»Sie sind Mr. Robicheaux?« Er warf einen Blick auf sein Klemmbrett, räusperte sich und schaute dann nervös weg. »Mr. Robicheaux, ich darf Sie nicht auf die Insel lassen.«

»Warum nicht?«

»Mr. Perry hat bloß gesagt, dass ein paar Leute nicht auf die Insel kommen dürfen.«

»Sie haben Ihre Pflicht getan. Aber jetzt gehen Sie ans Telefon, rufen Mr. Perry an und teilen ihm mit, dass ich gerade wegen einer dienstlichen Angelegenheit über die Brücke gefahren bin. Unser Gespräch ist damit beendet, okay?«

»Ja, Sir.«

»Danke«, sagte ich und fuhr auf die Insel, aus der weiß gleißenden Sonne in die kühle, feuchte Luft inmitten der Bäume, in deren Schatten Wunderblumen blühten, und wo am Ufersaum dicht an dicht die mit Wassertropfen übersäten Elefantenohren wucherten.

Ich fuhr auf der kurvigen Straße zu dem aus Holz und Ziegeln gebauten Haus, in dem Ladice Hulin wohnte, unmittelbar gegenüber von dem ausgebrannten Gemäuer von Julian LaSalles Herrenhaus. Sie kam auf einen Stock gestützt an die Tür, hatte die grauen Haare mit einem Schmuckkamm hochgesteckt, trug ein bedrucktes Kattunkleid und hatte eine glitzernde Goldkette mit einem Medaillon um den Hals hängen.

»Ich hab gewusst, dass Sie kommen«, sagte sie durch den Fliegendraht.

»Woher?«

»Weil ich die Wahrheit nicht mehr verheimlichen kann«, sagte sie und trat auf die Galerie. »Ich würd Sie ja reinbitten, aber Rosebud schläft grade. Sie is letzten Abend heimgekommen, hat bloß gestöhnt und geweint und sich in der Kleiderkammer verkrochen. Sie hatte furchtbare Sachen im Kopf, die sie nicht loswird. Manches davon fällt auf mich zurück, Mr. Dave.«

Sie setzte sich in den Korbsessel und blickte auf die andere

Straßenseite, zu den Pfauen, die gemächlich im Schatten der Bäume einherschritten, deren ausladende Äste die Ruinen von Julian LaSalles Herrenhaus überspannten.

»Inwiefern fällt es auf Sie zurück, Miss Ladice?«, fragte ich.

»Weil ich gelogen hab«, erwiderte sie.

»Die Leute haben immer gedacht, Mr. Julian wäre der Vater Ihrer Tochter. Aber ich glaube, dass sie in Wirklichkeit von Legion Guidry gezeugt wurde. Er hat Sie vergewaltigt, nicht wahr? Wiederholt, nehme ich an.«

»Damals haben die Leute das nicht Vergewaltigung genannt. Der Aufseher hat sich einfach jede schwarze Frau genommen, die er haben wollte. Is man zum Sheriff oder zur Stadtpolizei gegangen, haben die sich alles angehört, ohne was dazu zu sagen, haben vielleicht irgendwas auf ein Blatt Papier geschrieben, und wenn man wieder gegangen is, haben sie den Mann angerufen, der einem Zwang angetan hat, und ihm alles erzählt.«

»Wann hat Tee Bobby erfahren, dass Legion Guidry sein Großvater ist?«, fragte ich.

Ich sah, wie sich ihre Knöchel um den Griff des Stockes strafften. Sie schaute auf die andere Straßenseite, musterte die Pfauen, die auf Julian LaSalles Grundstück herumpickten, die vereinzelten Mohnblumen, die wie Blutstropfen um ein verrostetes Eisenkreuz am Straßenrand blühten, das eine Freundin von Mrs. LaSalle dort aufgestellt hatte.

»Ich hab Tee Bobby immer erzählt, dass Mr. Julian sein Opa wär«, erwiderte sie. »Ich hab gedacht, es wär besser, wenn er nicht weiß, dass das Blut von einem Mann wie Legion in seinen Adern fließt. Aber dieses Frühjahr hat Tee Bobby Geld gebraucht, weil er nach Kalifornien fahren und eine Schallplatte aufnehmen wollte. Er hat Perry LaSalle aufgesucht.«

»Um ihn zu erpressen?«

»Nein, er hat gedacht, er hätte das Geld verdient. Er hat gedacht, Perry LaSalle wär stolz, dass Tee Bobby eine Schallplatte aufnehmen will. Er hat gedacht, es bleibt in der Familie.« Sie schüttelte den Kopf. »Ich hab ihm diese Lüge aufgebunden, meinetwegen is er so ein armer, ahnungsloser kleiner Junge.«

»Hat Perry ihm erzählt, dass Legion sein Großvater ist?«

»Als Tee Bobby heimgekommen is, hat er allerhand Sachen an die Wand geschmissen. Er hat Rosebud ins Auto gesetzt und gesagt, er will sich mit Jimmy Dean Styles treffen und dafür sorgen, dass er Rosebud nach Kalifornien mitnehmen kann, fort von Louisiana und den Sachen, die die Weißen unserer Familie angetan haben.«

»Aha. War das an dem Tag, an dem Amanda Boudreau gestorben ist?«

»An dem Tag war das. O Gott, all das hat damit angefangen, dass ich gedacht hab, ich könnte Mr. Julian verführen und aufs College gehen. Tee Bobby und dieses weiße Mädchen müssen für meine Sünde büßen«, sagte sie.

»Sie haben sich die Welt nicht ausgesucht, in die Sie geboren wurden«, sagte ich. »Warum gönnen Sie sich nicht ein bisschen Frieden?«

Sie wollte aufstehen, doch ihre Hand fing an zu zittern, als sie sich auf den Stock stützte, und sie fiel schwerfällig in den Sessel zurück, dass der Staub aus ihrem Kleid aufstieg, verzog das Gesicht, als wäre sie hin und her gerissen zwischen Schmerz und Fassungslosigkeit darüber, was sie sich aufgrund ihres Alters, der Zeitumstände und ihrer unerfüllten Sehnsüchte angetan hatte.

Ich kehrte in die Dienststelle zurück und rief in Perry LaSalles Kanzlei an. Seine Chefsekretärin, eine ältere Frau mit flachem Busen und blau gefärbten Haaren, die das Millsaps College besucht hatte, teilte mir mit, dass er nicht da sei.

»Spreche ich mit Mr. Robicheaux?«, sagte sie.

»Ja«, sagte ich und erwartete, dass sie mir mitteilte, wo er war. Aber sie tat es nicht.

»Erwarten Sie ihn in absehbarer Zeit zurück?«, fragte ich.

»Ich bin mir nicht ganz sicher«, erwiderte sie.

»Ist er heute vor Gericht?«, fragte ich.

»Ich weiß es wirklich nicht.«

»Kommt es Ihnen nicht sonderbar vor, dass ein Anwalt seiner Sekretärin nicht Bescheid sagt, wo er ist oder wann er wieder in die Kanzlei kommt?«, sagte ich.

»Ich werde mir Ihre Feststellung notieren, Mr. Robicheaux, und sie an Mr. Perry weiterleiten. Übrigens, hat Ihnen schon mal jemand gesagt, was für reizende Manieren Sie haben«, sagte sie und legte auf.

Nach dem Mittagessen schaute der Kriminaltechniker, dem ich den Pappbecher des ehemaligen Soldaten übergeben hatte, in meinem Büro vorbei. Er war ein hagerer, asketisch wirkender Mann namens Mack Bertrand, der stets helle Leinenhosen, weiße Hemden und eine Fliege trug und immer angenehm nach Pfeifentabak roch. Er war ein tüchtiger Kriminalist, der selten, wenn überhaupt, einen Fehler beging.

»Diese Abdrücke auf dem Pappbecher«, sagte er.

»Yeah, was haben Sie rausgefunden?«, sagte ich gespannt.

»Null«, erwiderte er.

»Sie meinen, der Mann hat kein Vorstrafenregister?«

»Der ist nirgendwo registriert«, sagte er.

»Moment, der Typ, der aus diesem Becher getrunken hat, war beim Militär. In Vietnam. Die Veteranenverwaltung muss doch irgendetwas über ihn vorliegen haben.«

»Drei unbekannte Personen hatten diesen Becher in der Hand. Ich nehme an, er stammt aus einem Selbstbedienungs-Restaurant oder einem Supermarkt. Wir konnten keinen der Fingerabdrücke zuordnen, die ich abgefragt habe. Ich weiß nicht, wohin ich mich sonst noch wenden soll. Tut mir Leid.«

Er klemmte sich die kalte Pfeife mit dem Kopf nach unten in den Mund, schloss die Tür und ging weg. Ich lief ihm hinterher und fing ihn am Ende des Korridors ab.

»Geben Sie ihn noch mal durch, Mack. Da muss irgendwas falsch gelaufen sein«, sagte ich.

»Hab ich schon gemacht. Regen Sie sich ab. Nehmen Sie zwei Aspirin. Gehen Sie öfter angeln«, sagte er. Er fing an zu grinsen, ließ es dann sein und ging hinaus.

Ich rief noch mal in Perry LaSalles Kanzlei an.

»Ist Perry schon zurück?«, fragte ich.

»Er ist zurzeit in einer Konferenz. Soll ich ihm noch eine Nachricht hinterlassen?«, sagte die Sekretärin.

»Nur keine Umstände. Ich erwische ihn ein andermal«, sagte ich.

Dann besorgte ich mir einen Streifenwagen und fuhr zu Perrys Kanzlei, bevor er mir wieder entwischen konnte. Ich setzte mich auf das Sofa unter der in einem Glaskasten aufgehängten konföderierten Kriegsflagge, nahm mir eine Zeitschrift und las etwa eine halbe Stunde lang. Dann hörte ich Schritte, blickte auf und sah Sookie Motrie und zwei bekannte Kasinoinhaber aus New Orleans und Lake Charles die mit Teppichboden belegte Treppe herunterkommen.

Die beiden Glücksritter sahen aus wie Pat und Patachon. Der eine war groß und stattlich, hatte ein kantiges Kinn, grobporige Haut und Fingerknöchel wie Vierteldollarmünzen. Sein Freund dagegen war zu kurz geraten, feist, hatte einen Bauch, der wie ein nasser Zementsack herunterhing, und sprach laut und schrill, mit einem Jersey-Akzent, der so klang, als würden einem Glassplitter ins Ohr getrieben.

»Das ist der Mann, der meine Doppelflinte ins Wasser geschmissen hat«, sagte Sookie und zeigte auf mich. »Allen Ernstes, er hat sie ins Wasser geschmissen. Wie ein Besoffener.«

Ich legte die Zeitschrift aufs Knie und schaute sie alle drei an.

»Nur eine kleine Warnung, was Sookie angeht«, sagte ich. »Vor etwa zehn Jahren musste er mit der Rettungsschere aus seinem zu Schrott gefahrenen Auto geschnitten werden. Drei Chirurgen im Iberia General haben die ganze Nacht lang gearbeitet und ihm das Leben gerettet. Als er die Rechnung bekam, wollte er sie nicht bezahlen. Ein Anwalt rief ihn an und versuchte an sein Gewissen zu appellieren. ›Ich bin keine zehntausend Dollar wert und bezahl auch nicht so viel‹, hat Sookie ihm erklärt. Das war das einzige Mal, jedenfalls soweit sich hier in der Gegend irgendwer erinnern kann, dass Sookie die Wahrheit gesagt hat.«

»Sie sind Polizist?«, sagte der zu kurz geratene Glücksritter.

»Hat euch das etwa Sookie erzählt«, sagte ich und lachte, nahm dann meine Zeitschrift wieder zur Hand und las weiter.

Aber als ich den dreien hinterherschaute, zusah, wie sie hinausgingen, sich wie harmlose Touristen umblickten, die Bäume und die alten Häuser entlang der Straße bestaunten, wusste ich wohl, dass man mit schlauen Sprüchen gegen Habgier und Profitstreben nicht ankam, dass man nichts ausrichten konnte gegen die politischen Verhältnisse in dem Staat, in dem ich geboren war, einem Staat, in dem so gut wie alles käuflich war.

Ich stieg die Treppe zu Perrys Büro hinauf.

»Wollen Sie im Bezirk Iberia Kasinos aufbauen?«, sagte ich.

»Nein, die hiesige Bevölkerung hat dagegen gestimmt«, antwortete Perry, der hinter seinem Schreibtisch saß.

»Warum sind dann diese Typen in der Stadt?«

»Eigentlich geht Sie das ja gar nichts an, aber in Lafayette gibt es ein paar Leute, die der Meinung sind, dass sich nicht nur in den Bezirken an der texanischen Grenze Spielsalons ansiedeln sollten«, erwiderte er.

»Spielsalons. Ein klasse Ausdruck. Sie sind wirklich bodenlos, Perry. Ich war heute Morgen bei Ladice Hulin. Sie haben Tee Bobby erzählt, dass Legion Guidry sein Großvater ist, und zwar am gleichen Tag, an dem Amanda Boudreau ermordet wurde. Er kam nach Hause, außer sich vor Wut, hat seine Schwester ins Auto geladen und sich auf die Suche nach Jimmy Dean Styles begeben. Sie haben das alles von Anfang an gewusst. Aber Sie lassen Tee Bobby eher durch die Giftspritze sterben, als dass Sie zusehen, wie die Leichen, die Ihre Familie im Keller hat, ans Tageslicht geholt werden.«

Reglos saß er da, in seinen weichen schwarzen Ledersessel eingesunken. Er trug einen cremefarbenen Anzug und ein himmelblaues Hemd mit offenem Kragen. Schürzte die Lippen, als saugte er an seinem Gaumen, sodass sich jede Falte an seinem Hals abzeichnete, hatte die Hände leicht gekrümmt auf die Schreibunterlage gestützt, und er stierte wutentbrannt vor sich hin.

Seine Stimme klang belegt, als er wieder das Wort ergriff, so als hätte er einen Kloß im Hals.

»Ich weiß nicht, was Sie reitet, aber anscheinend müssen Sie mich jedes Mal abkanzeln, wenn wir uns begegnen«, sagte er. »Offensichtlich kann ich mit Ihnen nicht über meine Mandanten sprechen. Aber da Sie mich persönlich angegriffen haben, was dieses Glücksspiel angeht, will ich Ihnen mal etwas erklären, damit Sie mich vielleicht ein bisschen besser verstehen. Der Großteil der Fabriken, die Chilisauce herstellen, bezieht seine Lieferungen mittlerweile aus dem Ausland. Wir nicht. Wir haben nicht einen Arbeiter entlassen, wir gewähren nach wie vor jedem Wohnrecht. Dazu stehen wir. Aber es kostet uns einen Haufen Geld.«

Er blickte zu mir auf, hatte die Hände gefaltet und saß da wie ein Geistlicher, aufrecht und würdevoll, so wie er es einst gelernt hatte.

»Ich habe das Ganze noch nicht durchschaut, Perry. Aber meiner Meinung nach ist die Sache viel schmutziger, als Sie zugeben wollen«, sagte ich.

Er nahm einen Schuber mit den Posteingängen zur Hand, zupfte mit dem Daumen daran herum. Warf ihn dann in die Luft und ließ ihn auf seinen Schreibtisch fallen. »Sie sollten sich lieber um Ihre Sachen kümmern, statt sich meinetwegen Sorgen zu machen«, sagte er.

»Könnten Sie sich vielleicht ein bisschen klarer ausdrücken?«

»Ihr Freund, der Elefantenmensch, dieser Purcel, hat Legion Guidry heute Morgen in Franklin von einem Barhocker gezerrt und durchs Fenster geworfen. Einen vierundsiebzigjährigen Mann. Ihr zwei seid mir vielleicht ein schönes Paar, Dave«, sagte er.

Sobald ich wieder im Büro war, rief ich im Bezirk St. Mary an und erfuhr von einem Deputy, dass Clete wegen Ruhestörung und Sachbeschädigung in Gewahrsam genommen worden war und noch an diesem Nachmittag dem Richter vorgeführt werden sollte.

»Keine Körperverletzung?«, fragte ich.

»Der Typ, den er durch das Fenster geschmissen hat, wollte keine Anzeige erstatten«, erwiderte der Deputy.

»Hat er eine Erklärung dazu abgegeben?«

»Er hat gesagt, es wäre eine persönliche Auseinandersetzung gewesen. Außerdem wäre nichts weiter passiert«, sagte der Deputy.

Nichts weiter passiert. Na klar.

Nach Dienstschluss fuhr ich zu Cletes Apartment. Vom Parkplatz aus sah ich ihn in einem Hawaiihemd und verblichenen Jeans mit ausgeleiertem Hintern oben auf seinem Balkon über dem Swimmingpool, wo er sich ein Steak briet und eine Dose Bier auf dem Geländer stehen hatte.

»Wie steht's, mein Guter?«, rief er und grinste mich durch den Rauch an.

Ich gab keine Antwort. Ich lief die Treppe hinauf, durch seine Wohnungstür und das Wohnzimmer zu der gläsernen Schiebetür, die auf den Balkon führte. Er trank einen Schluck Bier und schaute mich mit seinen grünen Augen über den Dosenrand hinweg an.

»Ist irgendwas los?«, sagte er.

»Du hast Legion Guidry durch ein Fenster geschmissen?«

»Der kann froh sein, dass ich's ihm nicht verfüttert habe.«

»Der ist jetzt hinter dir her.«

»Gut. Dann bringe ich das zu Ende, was ich heute Morgen angefangen habe. Weißt du, was er in dem Westernladen mit Barbara gemacht hat?«

»Nein.«

Er berichtete mir von dem Vorfall in dem Geschäft, als Legion Guidry Barbara seinen Atem ins Gesicht geblasen und ihr die Knochen in der Hand zusammengequetscht hatte.

»Der will dich drankriegen, Clete. Deswegen hat er dich nicht angezeigt«, sagte ich.

Er spießte sein Steak auf, nahm es vom Grill und klatschte es auf einen Teller. »Ich will nicht mehr drüber reden. Hol Brot und ein Dr. Pepper aus dem Kühlschrank«, sagte er.

»Was nagt an dir?«

»Gar nichts. Die Welt. Meine Wampe. Was spielt denn das für eine Rolle?«

»Clete?«

»Barbara will mich loswerden. Sie sagt, wir passen nicht zusammen. Sie sagt, ich hätte mehr verdient, als das, was sie mir geben kann. Ich fass es nicht. Den gleichen Spruch hab ich gebraucht, als ich mit Big Tit Judy Lavelle Schluss gemacht habe.«

»Wann hat sie das gesagt?«

»Vor 'ner Weile.«

»Nachdem du im Knast warst, weil du sie verteidigt hast.«

»Ist nicht ihre Schuld. Meine Ex hat immer gesagt, ich rieche ständig nach Dope und Huren. Ich bin der einzige Mensch, der sich nicht damit abfindet, was ich bin.«

Er ging mit seinem Steak in die Küche, holte eine Flasche Whiskey aus dem Hängeschrank und goss sich ein Glas drei Finger breit ein. Er blickte zu mir, öffnete dann den Kühlschrank und warf mir eine Dose Dr. Pepper zu.

»Schau mich nicht so an. Ich hab alles im Griff«, sagte er.

»Hast du vor, dich zu betrinken?«, fragte ich.

»Wer weiß? Der Abend ist noch jung.«

Ich stieß den Atem aus. »Du willst dich mit Zerelda Calucci aussöhnen, nicht wahr?«

Er trank seinen Whiskey in einem Zug aus und bekam einen Moment lang wässrige Augen, als sich die Hitze in seinem Bauch ausbreitete.

»Wow, der gute alte Mordbrenner lässt einen nie im Stich«, sagte er.

An diesem Abend half ich Batist im Köderladen, aber Perry LaSalles Selbstgefälligkeit ließ mir keine Ruhe. Ich griff zum Telefon und rief ihn in seinem Haus auf Poinciana Island an.

»Nur noch eine Anmerkung zu unserem Gespräch von heute Nachmittag«, sagte ich. »Legion Guidry hat Barbara Shanahan in aller Öffentlichkeit misshandelt. Er hat sie als Weibsstück bezeichnet und ihr fast die Hand gebrochen. Es handelt sich um die Frau, aus der Sie sich angeblich etwas machen. Unterdessen verunglimpfen Sie Clete Purcel, weil er sich den Kerl vorgeknöpft hat, der ihr wehgetan hat. Den Kerl, der Ihr Mandant ist.«

»Das hab ich nicht gewusst.«

Ich ballte die Hand um den Telefonhörer und hatte bereits eine weitere hitzige Erwiderung auf der Zunge liegen. Aber mit einem Mal verflog meine Wut.

»Sie haben es nicht gewusst?«, sagte ich.

»Legion hat Barbara wehgetan?«, sagte er.

»Ja, ganz recht.«

Er antwortete nicht, und ich dachte bereits, die Verbindung wäre unterbrochen.

»Perry?«

»Ich entschuldige mich für das, was ich über Purcel gesagt habe. Fehlt Barbara irgendetwas? Ich kann kaum glauben, dass Legion so etwas getan hat. Dieser elende Hundesohn«, sagte er.

Am Samstagmorgen rief ich in Cletes Apartment an, aber niemand meldete sich, und der Anrufbeantworter war abgestellt. Am Sonntagmorgen versuchte ich es noch mal – mit dem gleichen Ergebnis. An diesem Nachmittag hängte ich einen Trailer mit meinem Außenborder an den Pickup, fuhr in Richtung Bayou Benoit und hielt unterwegs bei Cletes Apartment. Er fläzte auf einer Liege am Pool, wie ein gestrandeter Wal, glänzte am ganzen Körper vor Öl und Sonnenbrand und hatte eine Wodkaflasche und ein hohes Glas mit zerstoßenem Eis und Kirschen neben dem Ellbogen stehen.

»Wo bist du gewesen?«, fragte ich.

»Ich? Bloß ein bisschen rumgegammelt. Du weißt ja, wie es ist«, sagte er.

»Du siehst sehr zufrieden aus. Gelöst. Entspannt.«

»Muss am Wetter liegen«, sagte er lächelnd.

»Wie geht's Zerelda?«

»Ich soll dir schöne Grüße von ihr bestellen«, sagte er.

»Ich glaube, du läufst jeden Moment auf eine Tretmine.«

»Ich hatte schon das Gefühl, dass du das sagen könntest.« Er schob sich die Sonnenbrille auf den Kopf und warf einen Blick zu meinem Pickup und dem Bootsanhänger auf dem Parkplatz. »Gehen wir angeln?«

Eine halbe Stunde später stellte ich den Außenbordmotor ab

und ließ uns zu einer ruhigen Stelle inmitten der überfluteten Zypressen am Bayou Benoit treiben, während unser Kielwasser zwischen den Baumstämmen hindurch zum Ufer schwappte. Im Süden standen Gewitterwolken, aber der Himmel über uns war messingfarben, und der heiße Wind roch nach Salz und abgestorbenen Pflanzen. Ich befestigte einen Gummiwurm an meinem Haken und warf die Schnur in weitem Bogen in eine kleine Bucht aus, auf der ein dicker Algenteppich trieb.

Auf der Fahrt zur Bootsanlegestelle hatte er versucht, nach außen hin so unbekümmert wie eh und je zu wirken, wollte partout nicht ernsthaft sein und hatte mich nur verschmitzt angegrinst, wenn ich mich besorgt über sein tolldreistes, selbstzerstörerisches Verhalten äußerte. Aber jetzt, in dem mit Sonnenkringeln gesprenkelten Zwielicht zwischen den Bäumen, während im Süden der Donner grollte, sah ich, wie sich sein Blick ab und zu verdüsterte, wenn er meinte, ich würde nicht hinschauen.

»Du bist wieder mit Zerelda zusammen, habe ich Recht?«, sagte ich.

»Yeah, so könnte man das bezeichnen.«

»Aber dir ist nicht allzu wohl dabei?«

»Ist alles paletti. Dieser Marvin Oates hat gestern vorbeigeschaut, aber Zerelda hat ihm gesagt, er soll abziehen.«

»Was?«, sagte ich.

»Sie hat's endgültig satt, das Kindermädchen für ihn zu spielen. Sie hat ihn einen ganzen Tag lang in der Sozialsiedlung Iberville gesucht, dann ist er besoffen beim Motel aufgekreuzt. Also hat sie ihm gestern erklärt, dass er sich mehr um sein Jurastudium kümmern oder sich ein paar Freunde suchen soll, die vom Alter her eher zu ihm passen.«

»Du machst dir doch über irgendwas Gedanken, Cletus.«

»Es geht um diesen Legion Guidry«, sagte er. Unwillkürlich wischte er sich die Hand an der Hose ab, als er den Namen aussprach. »Als ich ihn von dem Barhocker gezerrt habe, ist mir sein Geruch in die Nase gestiegen. Er war ekelhaft. Wie eine Mischung aus Scheiße und abgebrannten Streichhölzern. Ich musste mir hinterher die Hände waschen.«

Ich holte meinen künstlichen Wurm ein, warf ihn an einen hohlen Zypressenstamm und ließ ihn durch die Algenschicht auf den Grund der Bucht sinken. Er wartete, dass ich etwas sagte, aber ich schwieg.

»Was denn, klinge ich etwa, als hätte ich mich endgültig um den Verstand gesoffen?«, sagte er.

Ich wollte ihm von meinem Erlebnis berichten, als ich in Legions Haus eingebrochen war, öffnete aber stattdessen die Eiskiste und holte zwei mit gebratenen Austern belegte Poor-Boy-Sandwiches heraus.

»Das hilft dir garantiert beim Abnehmen und macht dich zugleich jünger«, sagte ich.

»Ich hab's gerochen, Dave. Ich schwör's. Ich war weder besoffen noch verkatert. Der Kerl macht mir echt zu schaffen«, sagte er und zog ein Gesicht, als gingen ihm tausend widersprüchliche Gedanken durch den Kopf, die er nicht entwirren konnte.

26

Am Montagmorgen war der Himmel schwarz und von Blitzen durchzogen, die sich über dem Golf entluden. Kurz nachdem ich in der Dienststelle eingetroffen war, ging ich zur Staatsanwaltschaft und suchte Barbara Shanahan auf. Sie trug ein graues Kostüm und eine weiße Bluse und wirkte abweisend und leicht unwirsch.

»Falls Sie hergekommen sind, um über eine persönliche Angelegenheit zu sprechen, würde ich es vorziehen, wenn wir damit bis nach Dienstschluss warten«, sagte sie.

»Ich bin wegen Amanda Boudreau hier.«

»Oh«, sagte sie und errötete leicht.

»Ich möchte mir sowohl Tee Bobby Hulin als auch Jimmy Dean Styles vornehmen«, sagte ich.

»Weshalb?«

»Ich glaube, dadurch können wir ein für alle Male erfahren, was mit Amanda passiert ist. Aber wir müssen Perry LaSalle von Tee Bobby fern halten.«

Sie stand hinter ihrem Schreibtisch und schob mit den Fingerspitzen zwei Schriftstücke hin und her.

»Diese Behörde wird sich an keinerlei rechtswidrigen Maßnahmen beteiligen«, sagte sie.

»Wollen Sie erfahren, was mit Amanda tatsächlich passiert ist oder nicht?«, fragte ich.

»Sie haben gehört, was ich gesagt habe.«

»Yeah, hab ich. Es klingt aber auch ein bisschen eigennützig.« Ich sah ihre ungehaltene Miene und schlug einen anderen Ton an. »Sie müssen in der Nähe sein, wenn Tee Bobby und Styles vernommen werden.«

»Na schön«, erwiderte sie. Sie starrte aus dem Fenster. Draußen wehte ein heftiger Wind, der die Bäume entlang der Bahngleise umbog und die Mülltonnen durch die Straßen trieb. »Sind Sie sauer auf mich wegen Clete?«

»Er ist Ihretwegen in den Knast gekommen, und Sie haben ihn abserviert«, sagte ich.

»Er hat sich ständig drüber ausgelassen, dass er Legion Guidry ›alle machen‹ will. Meinen Sie etwa, ich möchte, dass er wegen mir nach Angola kommt? Verdammt noch mal, wieso halten Sie mir nicht auch ein bisschen was zugute?«, sagte sie.

»Clete ist empfindlicher und leichter verletzlich, als man meint«, sagte ich.

»Im Grunde genommen mag ich Sie, Dave. Vermutlich glauben Sie das nicht, aber es ist so. Wieso sind Sie so grausam?«

Ihre Augen waren feucht und leicht gerötet, so als wäre ein Tropfen Jod hineingeraten.

Weiter so, Robicheaux, dachte ich.

Ich ging wieder in mein Büro und wählte die Nummer des Boom Boom Room.

»Ist Jimmy Sty da?«, sagte ich.

»Der kommt in 'ner halben Stunde. Wer will das wissen?«, erwiderte eine Männerstimme.

»Ist schon okay. Sagen Sie ihm, ich spreche heute Abend mit ihm«, sagte ich.

»Wer spricht heut Abend mit ihm?«, fragte der Mann.

»Er weiß schon Bescheid«, sagte ich und legte auf.

Danach rief ich bei Ladice Hulin auf Poinciana Island an.

»Ich bin's, Dave Robicheaux, Ladice. Ist Tee Bobby daheim?«, sagte ich.

»Er schläft noch«, erwiderte sie.

»Ich rede später mit ihm. Machen Sie sich darüber keine Sorgen«, sagte ich.

»Is irgendwas los?«, sagte sie.

»Ich melde mich wieder«, sagte ich und legte den Hörer auf.

Ich ging den Flur entlang zum Büro von Kevin Dartez, dem Drogenfahnder der Dienststelle, der wegen seiner toten Schwester einen gewaltigen Brass auf alle Zuhälter und Dealer hatte.

Als ich seine Bürotür öffnete, hatte er den Stuhl zurückgekippt und telefonierte, während er mit der anderen Hand eine Stahlklammer zusammendrückte.

»Wenn du deine Sache erledigt hättest, statt Maulaffen feilzuhalten, müssten wir dieses Gespräch gar nicht führen«, sagte er und hängte den Hörer leise auf. Er hatte ein schmales Gesicht und pechschwarze Haare, die er einölte und glatt nach hinten kämmte. Mit seinen nadelspitzen Cowboystiefeln, dem dünnen Schnurrbart und dem breiten roten Schlips, an dem eine Krawattennadel mit einem kleinen Paar silberner Handschellen steckte, erinnerte er mich an einen Ordnungshüter aus dem frühen zwanzigsten Jahrhundert, vielleicht auch an einen Kartenspieler in Las Vegas, den man lieber nicht beschummeln sollte.

»Geht's dir gut, Dave?«, fragte er.

»Ich möchte Tee Bobby Hulin dazu bringen, dass er auspackt, und könnte dabei deine Hilfe gebrauchen«, sagte ich.

»Ich bin zurzeit ziemlich eingedeckt«, erwiderte er.

»Jimmy Dean Styles hatte im Bezirk St. Martin Anzeige wegen Körperverletzung gegen mich erstattet, aber dort verfolgen sie die Sache nicht weiter. Ich möchte, dass du ihn herbringst und ihm erklärst, dass du ein paar Auskünfte für eine interne Untersuchung brauchst. Mit anderen Worten: Die Dienststelle will mich deswegen trotzdem zur Rechenschaft ziehen.«

»Wieder mal Jimmy Sty, was? Der steht nicht auf mich. Vielleicht solltest du lieber jemand nehmen, dem er traut«, sagte Dartez.

»Du bist offen und direkt, Kev. Das Straßengesindel achtet dich.«

»Du willst mich doch nicht etwa aufziehen, oder?«

»Auf keinen Fall.« Ich schlug ein Notizbuch auf, blätterte zu der Seite, auf die ich ein paar unverfängliche Fragen geschrieben hatte, die Kevin Dartez Styles stellen sollte, und legte es auf Dartez' Schreibtisch. »Im Grunde spielt es keine Rolle, was du zu Styles sagst. Lass ihn einfach über mich reden und sorge dafür, dass alles mitgeschnitten wird. Und sprich ihn auch auf Helen Soileau an.«

»Warum auf Helen?«, fragte Dartez.

»Styles hat sie in ihrem Beisein als Lesbe bezeichnet. Ich glaube, die Quittung, die er dafür gekriegt hat, hat er noch nicht vergessen«, sagte ich.

Dartez drückte seinen Handtrainer zusammen. »Wann soll ich ihn herschaffen?«, fragte er.

»So bald wie möglich«, erwiderte ich.

Ein paar Minuten später stiegen Helen Soileau und ich in einen Streifenwagen und fuhren nach Poinciana Island.

»Da braut sich ein schweres Unwetter zusammen«, sagte sie und schaute über das Lenkrad auf den schwarzen Himmel und das vom Wind gepeitschte Zuckerrohr auf den Feldern. Als ich nicht antwortete, blickte sie mich an. »Hörst du überhaupt zu?«

»Ich habe Tee Bobbys Großmutter an der Nase rumgeführt«, sagte ich.

»Sie hat ihn aufgezogen. Vielleicht sollte sie zur Abwechslung mal ihren eigenen Mist ausbaden.«

»Das ist hart«, sagte ich.

»Nein, als Amanda Boudreau in den Lauf einer Schrotflinte starren musste, das war hart. Es gibt einen großen Unterschied zwischen Opfern und Tätern, Streak. Das Opfer ist das Opfer. Ich würde das nicht durcheinander bringen.«

Helen achtete immer auf klare Verhältnisse.

Wir überquerten die Süßwasserbucht. Die Wellen hatten weiße Schaumkronen und schlugen an die Pfeiler unter der Brücke, klatschten ans Ufer und schwappten zwischen den Elefantenohren hindurch. Wir rollten die Fenster des Streifenwagens herunter und fuhren durch die kühle Luft und das grüne Licht unter den Bäumen zu Ladice Hulins Haus. Über uns brach ein Ast, als hätte jemand ein Gewehr abgeschossen, wirbelte durch die Luft und landete vor uns auf der Straße. Helen wich ihm aus.

»Mir hat es hier noch nie gefallen«, sagte sie.

»Warum nicht?«, fragte ich.

Helen schaute aus dem Fenster auf einen Schwarzen, der ein Pferd einzufangen versuchte, das durch ein Feld voller Pfefferstauden galoppierte, während ein Blitz über den Bäumen zuckte.

»Wenn die Vorfahren der LaSalles den Bürgerkrieg gewonnen hätten, müssten wir meiner Meinung nach alle unser Geld mit Baumwollpflücken verdienen«, sagte sie.

Wir parkten auf Ladices Hof und klopften an die Tür. Blätter wurden aus den Bäumen gewirbelt, über die Galerie gefegt und an die Fliegengitter gedrückt. Drinnen sah ich Tee Bobby mit offenem Mund, eingesunkener Brust und stoppeligem Kinn in einem Polstersessel vor dem Fernseher sitzen. Seine Großmutter kam aus der Küche und blieb hinter seinem Sessel stehen.

»Was wollen Sie?«, fragte sie.

»Wir müssen Tee Bobby in die Stadt mitnehmen und ein paar Sachen klären«, sagte ich.

»Was für Sachen?«

»Wir suchen inzwischen jemand anders wegen dem Mord an Amanda Boudreau. Vielleicht wird's Zeit, dass sich Tee Bobby mal einen Gefallen tut und uns weiterhilft«, sagte ich.

Tee Bobby stand von dem Polstersessel auf und kam an die Tür. Sein langärmliges Hemd war bis zum Bauch aufgeknöpft, und durch den Fliegendraht wehte uns ein Geruch entgegen, als hätte er sich schon lange nicht mehr gewaschen.

»Wen suchen Sie denn?«, sagte er.

»Hier kann man so etwas schlecht bereden. Rufen Sie Mr. Perry an und fragen Sie ihn, was Sie seiner Meinung nach tun sollen«, sagte ich mit ausdrucksloser Miene.

»Ich brauch Perry LaSalle wegen gar nix um Erlaubnis fragen. Ich bin bald wieder da, Oma. Stimmt's? Ihr fahrt mich doch zurück?«, sagte Tee Bobby.

»Klar doch«, sagte Helen.

Manchmal muss man es auf diese Weise machen. Hinterher versucht man dann zu vergessen, zu wie viel Lug und Trug man fähig ist.

Auf dem Weg zur Dienststelle lehnte Tee Bobby mit halb geschlossenen Augen auf dem Rücksitz und betrachtete die vorüberstreichende Landschaft. Plötzlich fuhr er hoch und schaute sich um, als wüsste er nicht genau, wo er war. Dann grinste er ohne jeden Grund und starrte ins Leere.

»Ist dahinten alles in Ordnung?«, sagte Helen und schaute in den Rückspiegel.

»Klar«, sagte er. »Liegt's an dem Lügendetektortest, dass ihr jetzt jemand andern sucht?«

»An allerhand Sachen, Tee Bobby«, sagte sie.

»Weil ich nämlich niemand vergewaltigt oder erschossen hab«, sagte er.

Ich drehte mich um und musterte sein Gesicht.

»Warum glotzen Sie mich so an?«, fragte er.

»Ich bin ein bisschen verblüfft über Ihre Wortwahl.«

»Was reden Sie da, Mann? Das sind die einzigen Wörter, die ich kenn.« Er runzelte die Stirn, als hätte seine Feststellung eine bestimmte Bedeutung, die er noch nicht erfasst hatte. »Ihr müsst mal irgendwo anhalten und mich aufs Klo lassen. Außerdem muss ich mich waschen. Mir vielleicht ein paar Schokoriegel besorgen.«

»Wir holen Ihnen ein paar aus dem Automaten in der Dienststelle«, sagte Helen.

Fortan starrte Tee Bobby schweigend aus dem Fenster, zuckte mit dem Gesicht, als die Wirkung von dem Dope und dem Schnaps, die er letzte Nacht zu sich genommen hatte, allmählich nachließ und ihm klar wurde, dass der Tag auf ihn wartete wie ein hungriger Tiger.

Wir parkten den Streifenwagen, brachten ihn sofort in ein Vernehmungszimmer und schlossen die Tür hinter uns.

Kevin Dartez saß in seinem anheimelnden Büro um die Ecke und redete mit Jimmy Dean Styles. Styles saß auf einem Stuhl, hatte die Knie leicht gespreizt, knetete sich den Schritt und genoss seine Rolle als Mitwirkender bei dem Verfahren. Dartez hatte einen kleinen Kassettenrecorder auf seinem Schreibtisch angestellt und zog sein Notizbuch zurate, während Styles redete, nickte höflich und machte sich gelegentlich ein paar kurze Notizen.

»Dave Robicheaux von der Sheriff-Dienststelle des Bezirks Iberia hat Sie also ohne jeden Grund an Ihrem Arbeitsplatz angegriffen, im Carousel?«, sagte Dartez.

»Sie ham's kapiert, Mann«, sagte Styles. Er sah durch die Jalousien zu, wie eine Frau in einem orangen Overall in Handschellen den Korridor entlanggeführt wurde. Er grinste, betastete einen Speicheltropfen an seinem Mundwinkel, zog ein Kleenex aus der Schachtel auf Dartez' Schreibtisch und wischte sich die Finger ab.

»Und Sie sagen, Detective Helen Soileau hat Sie mit dem Schlagstock traktiert?«

»Genau so isses. Das Miststück hat Scheiße im Blut.«

»Das ist eine schwere Anschuldigung, die Sie da gegen Detective Soileau vorbringen. Sind Sie sicher, dass es so gewesen ist? Sie haben einen lockeren Spruch gemacht, und sie hat Ihnen den Schlagstock übers Gesicht gezogen? So was könnte ihr beruflich sehr schaden, Jimmy. Sind Sie sich auch völlig sicher, dass das, was Sie mir erzählen, auch stimmt?«

»Ich sag's nicht noch mal. Nehmen Sie's in Ihren Bericht auf oder lassen Sie's meinetwegen bleiben. Mir is das wurscht. Aber ihr habt's hier mit 'ner wild gewordenen Lesbe zu tun.«

Dartez nickte beifällig und schrieb etwas in sein Notizbuch.

»Spielt Tee Bobby Hulin nicht ab und zu im Carousel?«, fragte er.

»Ich versuch ihm 'n bisschen Arbeit zuzuschanzen. Aber Tee Bobby kann man schwer helfen, wenn Sie wissen, was ich meine«, sagte Styles.

»Schauen Sie, das hat zwar nichts mit dieser Sache zu tun, aber wissen Sie, was hier in der Gegend niemand begreift?«, sagte Dartez. »Weshalb ein Junge, der so viel Talent hat, in so einen Schlamassel reingerät? Wieso ist der nicht längst in New York oder Los Angeles groß rausgekommen? Ich verstehe nichts von Musik, aber –«

»Ich will nicht schlecht über jemand reden, der nicht dabei is, okay? Aber Tee Bobby is 'n Junkie und 'ne Rotznase. Mit dem kann man nicht reden. Außerdem isser scharf auf weiße Schnecken. Was wiederum heißt, dass er keine Achtung vor sich selber hat.« Styles warf einen Blick auf seine Uhr. »Sagen Sie mal, Mann, allzu lange sollte ich nicht mehr aus meiner Bar weg sein. Mein Barkeeper schenkt den Mädels gern ein bisschen großzügig ein, wenn Sie wissen, was ich damit sagen will.«

»Schon kapiert«, sagte Dartez und warf erneut einen Blick in sein Notizbuch. »Okay, Sie haben Detective Robicheaux also in keiner Weise angerührt? Sie haben Ihrerseits nichts dazu getan oder irgendetwas gemacht, das man so auslegen könnte, auch keine drohende Handbewegung?«

»Nein, Mann, ich hab's Ihnen doch gesagt. Das is 'ne kranke, gewalttätige Arschgeige, die hier in der Gegend schon seit Jahren allerhand Leute zusammenschlägt. Er hat sich aufgeführt wie ein Verrückter, der schon seit Ewigkeiten irgendjemand was antun will. Hey, Sie ham mich gefragt, ob ich mir Gedanken wegen dieser Fotze mache – wie heißt Sie gleich? –, dieser Helen Soileau. Egal, was mit der passiert, die hat's verdient. So, das reicht jetzt, weil ich nämlich einen Laden schmeißen muss.«

»Besten Dank, Jimmy. Ich muss mal kurz zur Toilette. Nur die Ruhe, ich bin gleich wieder da und gehe mit Ihnen noch ein, zwei Einzelheiten durch. Danach können Sie sich auf den Weg machen«, sagte Dartez.

Er nahm die Kassette aus dem Recorder, ging um die Ecke und klopfte an die Tür des Vernehmungszimmers. Als ich sie einen Spalt weit öffnete, wedelte er mit der Kassette herum und zwinkerte mir zu.

Tee Bobby saß vornübergebeugt am Vernehmungstisch, hatte die Unterarme aufgestützt, ballte ständig die Fäuste und hatte ein Zucken im Augenwinkel. Er wickelte einen Schokoriegel aus, den wir ihm vom Automaten am Eingang des Gerichtsgebäudes besorgt hatten, und aß ihn mit versonnenem Blick, war mit Gedanken beschäftigt, die er für sich behielt.

»Möchten Sie noch eine Tasse Kaffee?«, fragte Helen.

»Ich muss mal aufs Klo«, sagte er.

»Sie waren doch grade«, sagte sie.

»Ich fühl mich nicht besonders wohl. Sie ham gesagt, ich soll jemand identifizieren.«

»Nur Geduld, Tee Bobby. Kommen Sie, ich gehe mit Ihnen zur Toilette«, sagte Helen.

Während sie weg waren, ging ich zu meinem Postfach, holte die Kassette heraus, die Kevin Dartez dort hinterlegt hatte, und kehrte in mein Büro zurück, wo Mack Bertrand, der Kriminaltechniker, auf mich wartete.

Dartez' Aufnahme von dem Gespräch mit Styles war nicht allzu lang. Wir hörten sie uns ein paar Minuten lang an und stellten fest, dass sich mühelos ein paar Stellen verwerten ließen, die meiner Meinung nach für mich und Helen höchst hilfreich sein könnten.

»Können Sie diese paar Sätze auf eine andere Kassette ziehen, ohne dass es allzu viel Aufwand macht?«, sagte ich.

»Kein Problem«, sagte er und klemmte sich die Pfeife zwischen die Zähne.

»Ich gehe wieder ins Vernehmungszimmer. Wenn Sie fertig sind, klopfen Sie einfach an die Tür, okay?«

»Rufen Sie mich später an und berichten Sie mir, wie das Ganze ausgegangen ist«, sagte er.

»Klar«, sagte ich.

»Jedes Mal, wenn ich Amanda Boudreaus Eltern über den Weg laufe, kriege ich ein schlechtes Gewissen. Unsere Zwillinge machen nächstes Jahr ihre Abschlussprüfung. Jeden Tag haben wir unsere helle Freude an ihnen. Die Boudreaus haben all das getan, was man von guten Eltern erwartet, aber ihre Tochter ist tot, und sie wachen vermutlich jeden Morgen auf und fühlen sich elend, und zwar bis an ihr Lebensende. Bloß weil irgendein Mistkerl mal abspritzen wollte.«

»Danke für Ihre Hilfe, Mack. Ich rufe Sie später an«, sagte ich.

Ich ging auf die Toilette, wusch mir Hände und Gesicht und blies den Spiegel an. Ich spürte, wie mein Blut in Wallung geriet, hatte das gleiche Gefühl wie ein Jäger, wenn plötzlich ein großes Tier, eines, das ein Herz, scharfe Sinne und eine ähnlichen Verstand hat wie er, in den Sucher seines Zielfernrohrs tritt.

Ich trocknete mir mit einem Papiertuch die Hände und das Gesicht ab und ging wieder in das Vernehmungszimmer. Tee Bobby trank einen Schluck Kaffee aus einem Pappbecher und tippte mit den Schuhsohlen nervös auf den Boden.

»Werden Sie's schaffen?«, fragte ich.

»Schaffen? Was soll ich schaffen?«

Ich zog mir einen Stuhl zurecht und setzte mich ihm gegenüber hin. »Können Sie sich noch daran erinnern, wie Sie mir im Streifenwagen erklärt haben, dass Sie niemanden ›erschossen‹ haben?«, sagte ich.

»Yeah, genau das hab ich gesagt.«

»Sie haben das Wort ›schießen‹ gebraucht?«, sagte ich.

»Yeah, ich hab gesagt, ich hab niemand erschossen. Is das so schwer zu verstehn?«

»Sie haben nicht gesagt, dass Sie niemanden ›umgebracht‹ haben.«

»Das is doch Quatsch, Mann. Ich will wieder heim«, sagte er.

»Warum vermeiden Sie das Wort ›umbringen‹, Tee Bobby?«, fragte ich.

»Ich lass ich mich nicht auf irgendwelche Wortspaltereien mit Ihnen ein.« Er wandte den Blick zur Decke und musterte ein Belüftungsrohr, als wäre es ein großes Wunderwerk.

»Wollen Sie noch einen Schokoriegel?«, sagte ich.

»Ich will heim. Ich bin mir nicht mehr sicher, ob ich das hier noch gut finde.«

Jemand klopfte an die Tür. Ich öffnete sie, worauf mir Mack Bertrand einen Kassettenrecorder reichte. Er trug einen Regenmantel und einen Hut, und sein hageres Gesicht wirkte unter der Krempe kantig und düster. Wortlos ging er weg.

»Wer war das?«, fragte Tee Bobby.

»Wir haben ein paar neue Erkenntnisse gewonnen, Tee Bobby. Meiner Meinung nach sollten Sie fairerweise alles erfahren, was hier vor sich geht. Kommen Sie mal mit mir um die Ecke«, sagte ich und stand auf.

»Was hat er vor, Miss Helen?«, fragte Tee Bobby.

»Wird höchste Zeit, dass Sie Ihren wahren Feind kennen lernen, Tee Bobby«, erwiderte sie.

»Meinen Feind?«, sagte er.

Ich öffnete die Tür und fasste ihn unter dem Arm. Seine Muskeln fühlten sich schlaff an, kraftlos, wie weicher Gummi.

»Wo gehn wir hin?«, fragte er.

Wie gingen zu dem Glasfenster, hinter dem sich Kevin Dartez' Büro befand. Tee Bobby sprangen fast die Augen aus dem Schädel, als er Jimmy Dean Styles an Dartez' Schreibtisch sitzen sah, wo er mit den Schultern rollte und den Nacken kreisen ließ, als wollte er eine Verspannung loswerden. Er musterte ihn von der Seite, betrachtete die eingedrückte Hakennase, die fliehende Stirn.

»Warum is *der* hier?«

»Jimmy Dean hat gerade eine Aussage gemacht. Sie wissen

doch, wie er ist, Tee Bobby. Jimmy Dean denkt nicht daran, für einen andern den Kopf hinzuhalten«, sagte ich.

»Über was hat er ausgesagt?«

»Die Kacke ist am Dampfen, Partner. Wollen Sie wegen diesem Typ einfahren?«

»Wollen Sie damit sagen, dass er –« Tee Bobby stockte und hielt sich die Hand vor den Mund, als wäre ihm schlecht.

»Gehen wir wieder ins Vernehmungszimmer«, sagte ich und legte ihm den Arm um die Schulter. »Hören Sie sich die Aufnahme an, die ich habe, und danach sagen Sie uns, wie Sie sich verhalten wollen. Noch können Sie bestimmen, wo es langgehen soll.«

Tee Bobby bekam kaum Luft, und an seinem Hals zuckte eine dicke Ader.

»Was hat er euch gesagt, Mann?«, sagte er und schaute nach hinten zu Dartez' Büro. »Was hat euch der Dreckskerl erzählt?«

Ich zog die Tür des Vernehmungszimmers hinter uns zu und rückte Tee Bobby einen Stuhl zurecht. Ich legte ihm die Hand auf die Schulter. Sein Hemd war feucht, und das Schlüsselbein fühlte sich an wie ein Stück Holz.

»Nur die Ruhe, mein Junge«, sagte Helen. »Essen Sie noch einen Schokoriegel. Es wird nicht so schlimm, wie Sie meinen. Noch liegt's bei Ihnen. Jeder weiß, dass Jimmy Sty ein Lügner und Zuhälter ist. Lassen Sie sich von dem bloß nicht reinreiten.«

Ich drückte die Abspieltaste. Jimmy Dean Styles' Stimme drang aus dem Lautsprecher, als stünde er neben uns. »Tee Bobby is 'n Junkie und 'ne Rotznase. Außerdem isser scharf auf weiße Schnecken.«

»Sie haben Ihrerseits nichts dazu getan oder irgendwas gemacht, das man so auslegen könnte?«, hakte Kevin Dartez nach.

»Mann, ich hab's Ihnen doch gesagt. Das is 'ne kranke, gewalttätige Arschgeige. Er hat sich aufgeführt wie ein Irrer, als ob er schon seit Ewigkeiten irgendjemand was antun will. Hey, Sie ham mich gefragt, ob ich mir Gedanken wegen der Fotze mache. Egal, was mit der passiert, die hat's verdient«, sagte Styles' Stimme.

Ich stellte den Recorder ab. Eine Zeit lang herrschte Stille, sodass nur Tee Bobbys Atemzüge zu hören waren. Schweißtropfen standen ihm auf der Stirn. Seine Zunge sah aus, als hätte er ein graues Stück Brot im Mund.

»Stimmt das, was er da sagt?«, fragte ich.

»Ich fass es nicht. Jimmy Dean schiebt alles auf mich? Mann, das is gelogen – Wie bin ich da bloß reingeraten? Wenn die bloß nicht dagewesen wären. Wenn sie bloß irgendwo anders gewesen wären. Wenn wir bei dem Drive-in einen getrunken hätten statt draußen am Bach. Ich begreif überhaupt nicht, wie das passiert is, Mann.« Er knetete seine Hände, die er im Schoß liegen hatte, und schaukelte auf dem Stuhl hin und her.

»Sie haben doch gehört, was Miss Helen gesagt hat, Tee Bobby. Lassen Sie sich von Jimmy Dean nicht reinreiten. Wird höchste Zeit, dass Sie Ihr Gewissen erleichtern, Partner«, sagte ich.

»Da ham Sie Recht. Dem mach ich Feuer unterm Arsch, Mann. Wollen Sie wissen, wie es gewesen is? Schalten Sie den Recorder ein. Schmeißen Sie die Videokamera an. Die weiße Braut mal kurz durchziehen, hat er gesagt. So ein Typ is das, bloß weil sie zu viel Krach gemacht ham.«

»Yeah, zu viel Krach. Das kann einem schon auf den Geist gehen«, sagte Helen, und in ihren Augen lag ein Ausdruck unendlicher Traurigkeit.

Es gibt Geschichten, die niemand hören will. Das war so eine.

27

Tee Bobby Hulin hatte Rosebud ins Auto geladen und war wutentbrannt über die Brücke gebrettert, die Poinciana Island vom Bezirk Iberia trennte, hatte immer noch Perry LaSalles Worte im Ohr, als wäre ihm etwas Schmutziges eingeflüstert worden.

»Mal sehen, ob ich das richtig verstanden habe, Tee Bobby? Du möchtest Geld, damit du nach Kalifornien gehen kannst? Um eine Schallplatte aufzunehmen?«, hatte Perry gesagt. Er hatte mit nacktem Oberkörper vor dem Spiegel bei seiner Cocktailbar gestanden, sich die Haare gekämmt und gelegentlich einen Blick durch die Schiebetür zu dem Fischweiher geworfen, wo eine Frau in Shorts und Trägerhemd eine Fliegenrute auswarf.

»Ja, Sir. Ich hab 'n Probeauftritt bei 'ner Plattenfirma in West-Hollywood. Aber ich brauch Geld, damit ich hinkomme, eine Woche im Hotel wohnen, mir was zu essen und dem Agenten, der die Sache einfädelt, ein paar Dollar anzahlen kann«, sagte Tee Bobby.

»Bist du sicher, dass dich der Agent nicht über den Tisch ziehen will«, sagte Perry, während er im Spiegel die Frau betrachtete.

»Nein, Sir. Das is da drüben so üblich.«

»Klingt interessant, Tee Bobby. Aber meine Einkünfte sind derzeit ein bisschen niedrig, falls du auf ein Darlehen aus bist. Vielleicht ein andermal.«

»Sir?«

»Ich bin knapp bei Kasse, Partner«, sagte Perry und grinste ihn im Spiegel an.

»Ich hab noch nie einen Anspruch auf den Nachlass erhoben«, sagte Tee Bobby.

»Was hast du nicht?«

»Ich hab noch nie ein Erbteil verlangt. Genauso wenig wie meine Mutter oder meine Oma. Wir ham Ihre Familie noch nie um Geld gebeten.«

»Du meinst also, meine Familie ist dir etwas schuldig, ja?«

»Jeder weiß, dass der alte Julian mit meiner Oma geschlafen hat.«

»Ah, jetzt begreife ich, worauf du hinaus willst. Wir beide haben den gleichen Großvater? Ist das richtig?«, sagte Perry.

Tee Bobby zuckte die Achseln und blickte zu der Frau am Weiher. Sie war wunderbar anzuschauen mit ihrer makellosen, von keinerlei Sonne oder körperlicher Arbeit gezeichneten Haut und dem straffen, anmutigen Körper, als sie mit elegantem Schwung die Kunstfliege auswarf.

»Du solltest meinen Großvater nicht als den ›alten Julian‹ bezeichnen, Tee Bobby. Damit will ich sagen, dass das außereheliche Kind deiner Großmutter nicht von ihm war. Mr. Julian war über ein Jahr tot, als Miss Ladices Baby zur Welt kam. Hier arbeitete ein Aufseher namens Legion Guidry. Er hat Sachen gemacht, die er nicht hätte tun dürfen. Aber das war seinerzeit so üblich.«

»Der Mann, den die Leute Legion nennen, is mein Großvater?«

»Sprich lieber mit Miss Ladice«, sagte Perry, schob seinen Kamm in die Gesäßtasche und schlüpfte in die Ärmel eines Seidenhemds.

Dann öffnete Perry grinsend die Schiebetür, während er sich noch das Hemd in die Hose steckte, und ging hinunter zum Fischweiher, um seiner Gefährtin Gesellschaft zu leisten.

Im schummrigen Neonlicht des Boom Boom Room rauchten Tee Bobby und Jimmy Dean ein paar Tüten hammerstarkes afghanisches Gras und schnupften ein halbes Dutzend Lines aus rosafarbenem kolumbianischen Koks, das aus Jimmys Privatbeständen stammte und so rein und unverschnitten war, dass es Tee Bobby wie ein weißer Blitz in die Nase fuhr.

»Sag bloß, dass das nix Anständiges is, Mann. Das knallt richtig rein, oder? Vergiss den Weißarsch auf Poinciana Island. Ich stell dir 'ne Frau unten an der Straße vor, da bist du hin und weg«, sagte Jimmy Dean.

»Ich hab Rosebud draußen im Auto sitzen. Kannst du mir das Geld geben, damit ich nach Kalifornien komme, Jimmy Dean?«

»Wenn's um Plattenverträge geht, muss ich von meinem Anwalt erst 'n paar Papiere entwerfen lassen, dafür sorgen, dass du abgesichert bist. Komm, wir fahren ein bisschen rum, trinken ein paar Bier und suchen später zwei Geschäftsfreunde von mir auf. Das kommt schon alles in Ordnung, Mann. Der Sty lässt dich nicht verkommen, Bruder. Hey, geh 'n bisschen sachte mit meinem Zeug um. Ramm dir 'n Gramm in Rüssel, und dir springt die Schüssel. Das hast du bei Jimmy Style gehört. Komm mal 'n Moment mit nach hinten.«

Tee Bobby folgte Jimmy Dean ins Hinterzimmer der Bar, wo sich Jimmy Dean vor einen Schrank kniete und einen Jutesack ausbreitete.

»Was hast du mit der Flinte und den Strickmützen vor?«, fragte Tee Bobby.

»Manchmal muss man den Leuten ein bisschen Angst machen. Zwei von meinen Künstlern meinen, sie können mich wegen ein paar Niggern aus Los Angeles sitzen lassen, die mehr Goldketten als Verstand ham. So weit kommt's aber nicht.«

»Mit Knarren hab ich nix am Hut«, sagte Tee Bobby.

Jimmy Dean ging in die Hocke und lehnte sich den Lauf einer abgesägten Pumpgun mit Pistolengriff an die Schulter, hatte eine Schachtel mit Rehposten Kaliber zwölf zu seinen Füßen.

»Niemand wird was passieren, Tee Bobby. Das is bloß Schau. Aber wenn du willst, dass ich dich unterstütze, musst du auch mich unterstützen. Sag mir, was du machen willst. Sag's mir jetzt«, sagte er und schaute Tee Bobby mit bohrendem Blick an.

Ein paar Minuten später fuhren sie auf der Brücke über den Teche und hielten bei einem Supermarkt, bei dem man auch tanken konnte. Sie besorgten sich einen Zwölferpack Bier, einen Kübel mit gebratenen Hühnerteilen aus der Mikrowelle und eine Flasche Soda für Rosebud, die angeschnallt auf dem Rücksitz saß und auf die Pekanwäldchen und den Staub starrte, der aus den Zuckerrohrfeldern aufstieg, auf die Raubvögel, die am heißen, messingfarbenen Himmel kreisten, der keinerlei Regen verhieß, auf einen Lastwagen voller Ölarbeiter, der an den Zapfsäulen stand.

»Willst du Rosebud nach Kalifornien mitnehmen?«, fragte Jimmy Dean und warf einen Blick auf die Ölarbeiter. Er hatte sich einen schwarzen Seidenschal um den Kopf gebunden, sodass ihm die beiden Zipfel in den Nacken hingen.

»Yeah«, erwiderte Tee Bobby.

»Du machst genau das Richtige, Mann. Ich meine, wenn du hier abhaust.«

Aber während er sprach, starrte Jimmy Dean unverwandt auf die Ölarbeiter, die jetzt um die Zapfsäulen herumlungerten und sich einen Football für Kinder zuwarfen. Es waren lauter verschwitzte, schmutzige, Tabak kauende weiße Männer mit Bürstenschnitt, Hillbilly-Koteletten und roten, von der Sonne verbrannten Gesichtern. Das Nummernschild an ihrem Laster stammte aus Mississippi. Jimmy Dean hatte die Augen zusammengezogen, und seine Kiefermuskeln traten hervor. Er schniefte, rieb sich mit dem Handrücken über die Nase und biss dann in ein Streichholz. »Lass uns hier abhauen«, sagte er.

»Stimmt was nicht?«, fragte Tee Bobby.

»Yeah.«

»Was denn?«, fragte Tee Bobby.

»Die Weißärsche ham noch Schonzeit.«

Sie fuhren auf der Staatsstraße in Richtung St. Martinville, schluckten Bier, schmissen Hühnerknochen aus dem Fenster. Das junge Zuckerrohr auf den Feldern war trocken und hellgrün, die Luft knisterte, als wäre sie elektrisch geladen. Der Wind hatte aufgefrischt, zerrte am Auto und wirbelte den Staub aus den Feldern auf.

»Ich muss mal schiffen. Fahr zu dem Bach dort runter«, sagte Jimmy Dean.

Tee Bobby bog auf einen Feldweg ab, der am Haus eines Schwarzen vorbeiführte. Er hielt neben einem Gebüsch etwas unterhalb von einer Holzbrücke und einem Tupelowäldchen, worauf Jimmy Dean ausstieg und in den Bachlauf pinkelte. Der Bach war fast ausgetrocknet, der Schlamm an seinem Boden von Rissen durchzogen, und Jimmy Dean stieg der Modergestank eines toten Gürteltiers ins Gesicht, sodass er die Nase rümpfte und den Mund verzog, während er seinen Pimmel abschüttelte. Hinter ihnen bretterte ein Geländewagen übers Feld, an dessen Lenker ein Teenager saß, während sich ein Mädchen mit langen schwarzen Haaren an seiner Taille festhielt.

Jimmy Dean stieg wieder ein und drehte einen Joint. Der Fahrer des Allrad-Fahrzeugs jagte den Motor hoch, drehte Kreise und Achten und wühlte eine Staubwolke auf, die durch die Autofenster zog. Jimmy Dean öffnete den Mund und schob den Unterkiefer vor, als hätte er Ohrenschmerzen.

»Der weiße Junge dort braucht was auf die Mütze. Los, hup mal«, sagte er, griff über den Sitz und wollte auf die Hupe drücken.

»Das is Amanda Boudreau. Lass es sein, Jimmy«, sagte Tee Bobby.

»Das Mädchen von der Highschool, das du dir ausgeguckt hast?«

»Nicht mehr. Sie sagt, ich bin zu alt.«

»Zu alt? Zu schwarz, das meint sie damit. Du lässt ihr das durchgehn, wenn sie so 'nen Scheiß daherredet?«

Tee Bobby antwortete nicht. Der Motor des Geländewagens klang wie eine Kettensäge, die ein Eisenband durchschneidet. Amanda hatte die Arme eng um den Bauch des Jungen geschlungen und schmiegte sich mit dem Gesicht an seinen Rücken.

Jimmy Dean schlug auf die Hupe und drückte den Knopf fast zehn Sekunden lang durch. Als sich der Fahrer des Geländewagens umdrehte, zeigte ihm Jimmy Dean den hoch gereckten Finger.

Der Junge zeigte ihm ebenfalls den Finger und bretterte dann über die Holzbrücke in ein anderes Zuckerrohrfeld.

Tee Bobby schaute geradeaus, wusste nicht, was er sagen sollte, während ihm der Staub in die Augen zog und die Feuchtigkeit wie Dampf auf seiner Haut brannte.

»Bloß eine Frage, Tee Bobby. Wie viel Scheiß willst du dir an einem einzigen Tag noch bieten lassen?«, sagte Jimmy Dean. »Perry LaSalle macht alles Mögliche mit dir, außer dass er dir den Schwanz in den Mund steckt, und ein kleiner weißer Pisser zeigt uns den Finger und hat das Mädchen dabei, das dir gesagt hat, dass sie nix mit 'nem dahergelaufenen Plantagennigger aus Poinciana Island zu tun haben will. Darauf läuft's nämlich raus.«

»Ich sag ja gar nicht, dass du nicht Recht hast«, sagte Tee Bobby.

»Dann tu was dagegen«, sagte Jimmy Dean und reichte Tee Bobby den Joint.

Tee Bobby hielt den Joint locker an den Mund und blies ihn an, sog dann in kurzen Zügen den Rauch und die Luft ein, bis er sich fast die Lippen verbrannte, und hielt jedes Mal den Atem an. Aber er ging nicht auf Jimmy Deans Aufforderung ein.

»Wie sieht's aus, Tee Bobby? Stehst du in Los Angeles nicht deinen Mann, wischen sie sich mit dir den Arsch ab. Wenn ich meine Kohle rausrücken soll, musst du mir zeigen, dass du dich von niemand rumschubsen lässt«, sagte Jimmy Dean.

Tee Bobbys Hand zitterte leicht, als er Jimmy Dean den Joint zurückgab. Er ließ den Motor an und hörte das laute Klacken des Automatikgetriebes im Unterboden widerhallen, als er den Schalthebel auf Drive schob, fast so, als hätte sich ein Räderwerk in Bewegung gesetzt, das fortan von selbst weiterlief. Als das Auto auf die Holzbrücke zurollte, sah er einen Moment lang Rosebud im Rückspiegel, ihr schläfriges, von der Hitze verquollenes Gesicht, die feuchte Haarsträhne, die an ihrer Stirn klebte.

»Schlaf weiter, Rosebud. Ich will bloß 'n paar Takte mit 'nem aufmüpfigen weißen Jungen reden, dann fahren wir weiter«, sagte Tee Bobby.

Er staunte selbst darüber, wie entschlossen seine Worte klangen. Als er sich zu Jimmy Dean umdrehte, schaute der so beifällig drein, wie er es noch nie erlebt hatte. Vielleicht hatte Jimmy Dean Recht. Irgendwann kam der Tag, an dem man sich nichts mehr bieten ließ.

Amanda und ihr Freund hatten neben einem Brombeergebüsch angehalten, auf einem staubigen Stück Land zwischen dem Zuckerrohrfeld und einem Tupelowäldchen. Amanda und ihr Freund beobachteten einen Heißluftballon, der hoch im Himmel nach Westen trieb, ließen den Motor laut vor sich hintuckern, sodass sie Tee Bobbys Auto nicht hörten. Jimmy Dean griff in den Jutesack zu seinen Füßen und holte zwei Strickmützen heraus, die er mitsamt der Flinte und der Patronenschachtel dort verstaut hatte.

»Setz sie auf, Mann. Mal sehn, ob uns Chuckie noch mal den Stinkefinger zeigen will«, sagte Jimmy Dean.

»Aber wir erschrecken sie bloß ein bisschen, stimmt's? Mehr machen wir doch nicht, was, Jimmy Dean?«, sagte Tee Bobby.

»Das liegt an denen, Mann. Halt dich an mich und nimm's,

wie's kommt«, erwiderte Jimmy Dean. Er zog ein Paar Lederhandschuhe an, streifte sich die Strickmütze übers Gesicht und stieg aus, hielt den Lauf der Schrotflinte schräg nach oben.

»Hey, du Arschgeige, du hast grade dem falschen Nigger den Finger gezeigt!«, brüllte er und hebelte eine Patrone in die Kammer.

Tee Bobby zog sich rasch die Strickmütze übers Gesicht. Er hatte das Gefühl, als zerspränge sein Herz. Was hatte Jimmy Dean vor?

Aber die Antwort war ganz einfach: Jimmy Dean hatte Amanda und ihren Freund gerade dazu gezwungen, sich im schwülen Schatten eines Tupelobaumes auf den Boden zu legen. Ein Springseil hing von seiner linken Hand. Er warf es dem Jungen ins Gesicht.

»Bind ihre Hände an dem Baum fest«, sagte Jimmy Dean.

»Ich will aber nicht«, sagte der Junge.

»Wie kommst du drauf, dass dir was andres übrig bleibt?«, sagte Jimmy Dean und trat ihm in die Rippen.

Der Junge verzog das Gesicht. »Okay«, sagte er und hob die Hände.

Jimmy Dean schaute zur Straße, dann zu dem Heißluftballon, der unter der Sonne vorbeitrieb, schloss immer wieder die Hände um die Pumpgun. Als der Junge das Seil um Amandas Handgelenke geschlungen und am Baumstamm verknotet hatte, bückte sich Jimmy Dean und prüfte die Spannung.

»Jetzt gehst du ein Stück mit mir spazieren und überlegst dir, ob du weiterleben oder lieber den Klugscheißer markieren willst«, sagte Jimmy Dean. »Hast du mich gehört, Weißarsch? Bewegung! Und deinen Gürtel kannst du auch gleich abnehmen.«

Der Junge ging vor Jimmy Dean her und zuckte jedes Mal zusammen, wenn ihn der Lauf der Flinte berührte.

Tee Bobby starrte Amanda durch die Maschen der Strickmütze an. Sie trug eine Jeans mit Gummibund, rote Tennisschuhe mit staubigen Socken und eine rote Bluse, die mit kleinen Kaninchen bedruckt war. Ihre Wangen wirkten im Schatten fahl und eingesunken, ihre Lippen waren trocken und krustig, aber sie ließ sich keinerlei Angst anmerken, schaute ihn nur wütend und voller Verachtung an. Ihre Handgelenke waren so stramm gebunden, dass das Seil die Haut zusammenschob und die Adern abdrückte, die prall hervortraten. Er kniete sich hin und wollte das Seil weiter nach vorn schieben, wo der Arm schmaler war, aber stattdessen verhedderte es sich und schnitt nur noch tiefer ein.

»Du Drecksack, nimm die Hände weg!«, sagte sie und rammte ihm die Stirn an die Wange.

Er spürte den Stoß bis ins Mark. Er wollte aufschreien, biss aber die Zähne zusammen, damit sie nichts hörte, seine Stimme nicht wiedererkannte. Dann verlor er das Gleichgewicht und fiel an sie, traf sie aus Versehen mit dem Ellbogen an der Brust.

Er stützte sich auf, blickte auf sie hinab, wollte sich entschuldigen, nahm den eigenen Gestank war, seinen fauligen Mundgeruch, spürte jeden Schweißtropfen unter der Mütze, als liefen ihm tausend Ameisen über den Kopf. Dann sah er ihren Blick, voller Ekel und Verachtung, und im nächsten Moment sammelte sie sämtlichen Speichel im Mund und spie ihm mitten ins Gesicht.

Er rappelte sich auf, war wie benommen, während der Speichel durch die Strickmütze sickerte, auf seiner Haut brannte wie ein Schandmal. Er schob den Daumen unter die Mütze und zog sie hoch, fuhr dann herum und wandte sich ab, als er ihre Miene sah, den erschrockenen Blick, als sie ihn erkannte.

Plötzlich sah er Jimmy Dean vor sich, der gerade wieder in das Wäldchen zurückkehrte, nachdem er mit dem Jungen zum Bachlauf gegangen war, wo er ihn mit seinem Gürtel und dem T-Shirt gefesselt hatte.

»Jetzt hast du alles klargemacht«, sagte Jimmy Dean.

»Nein, sie hat nix gesehen«, sagte Tee Bobby und zog sich die Mütze wieder über das Gesicht.

»Darüber reden wir gleich. Aber jetzt is erst mal was geboten«, sagte Jimmy Dean, während ihm die schwarzen Schalzipfel um den Hals wehten, und zog seinen Hosenstall auf. »Bist du dabei oder nicht?«

»So was bring ich nicht.«

»Sie hat dich abblitzen lassen, weil du schwarz bist.«

»Lass es sein, Jimmy Dean.«

»Du bist 'n hoffnungsloser Fall, Mann. Geh zum Auto und sieh zu, dass du wieder zur Besinnung kommst.«

Tee Bobby ging weg, trat aus dem Schatten der Bäume ins grelle Sonnenlicht und betrachtete die Staubwirbel über dem Zuckerrohrfeld. Der Wind schmeckte salzig, roch nach modrigem Wasser, den Dieselabgasen von der Staatsstraße und nach einem toten Tier, das irgendwo im Bachbett verweste. Er hörte Amanda aufschreien, hörte Jimmy Deans scharfe Atemzüge, das Grunzen, das aus seiner Kehle drang, lauter wurde, bis er heiser aufbrüllte, so als hätte er einen Nierenstein ausgeschieden.

Danach war es still zwischen den Bäumen, aber Tee Bobby stand vor seinem Spritschlucker, schaute auf Rosebud, die auf dem Rücksitz saß, und hielt sich beide Ohren zu, wusste, dass es noch nicht vorbei war, dass das Schlimmste erst noch kam.

Der Schuss klang eher dumpf, war nicht so laut, wie er gedacht hatte, aber vielleicht lag das nur daran, dass er die Hände so fest auf die Ohren drückte. Vielleicht ist aber auch irgendwas schief gegangen und die Flinte hat nicht richtig funktioniert, sagte er sich.

Er drehte sich um und sah Jimmy Dean unter den Bäumen hervorkommen, sah die rauchende Flinte und die Blutspritzer auf seinem Hemd.

»Sie hat sich gewehrt. Sie hat mir an den Lauf getreten. Ich hatte bloß einen Schuss. Hol die Patronen«, sagte er.

»Was?«, sagte Tee Bobby.

»Raff dich auf. Sie lebt noch. Hol die Scheißpatronen.«

Tee Bobby riss die Beifahrertür auf, holte mit zittriger Hand die Schachtel mit den Schrotpatronen aus dem Jutesack und wollte sie Jimmy Dean geben. Aber Jimmy Dean ging schon wieder auf die Tupelobäume zu, und Tee Bobby lief hinter ihm her, einfach so, ohne es sich jemals erklären zu können, ohne dass ihn jemand dazu aufgefordert hatte. Jimmy Dean bückte sich und las eine ausgeworfene Hülse auf, zog dann zwei Patronen aus der Schachtel, die Tee Bobby in der Hand hielt und schob sie ins Magazin.

»Bleib zurück, wenn du keine Spritzer abkriegen willst«, sagte Jimmy Dean.

Amanda warf Tee Bobby nur einen kurzen Blick zu, aber der war so hoffnungslos und vorwurfsvoll, voller Schmerz und Enttäuschung, dass er ihn sein Leben lang im Traum heimsuchen würde.

Er fuhr herum und prallte mit seiner Schwester zusammen, die mit großen Augen alles verfolgte, was zwischen den Bäumen geschah. Als die Flinte losging, zerrte Rosebud an ihren Kleidern und schlug mit den Fäusten um sich, als würde sie angegriffen, rannte dann wehklagend wie ein verletzter Vogel in das Zuckerrohrfeld.

28

An diesem Nachmittag stand Tee Bobby, an Händen und Füßen gefesselt, mit mir und Helen auf dem Uferdamm am Rande des Henderson Swamp, während zwei Taucher über die Bordwand eines Motorboots der Staatspolizei stiegen und sich in rund dreieinhalb Meter Tiefe auf die Suche begaben. Schwarze Wolken standen am Himmel, und der Wind peitschte die Wipfel der Weiden und Zypressen, aber die Luft war frisch und für die Jahreszeit ungewöhnlich kühl, mit Regentropfen durchsetzt, die vom Golf heraufgefegt wurden. Tee Bobbys Gesicht wirkte matt und fahl.

»Ham Sie meine Oma angerufen?«, fragte er.

»Das ist nicht meine Aufgabe, Tee Bobby«, erwiderte ich.

Einer der Taucher kam wieder an die Oberfläche. Er hatte einen Schlammklumpen an der Wange und reckte die Flinte mit Pistolengriff über den Kopf.

»Rufen Sie meine Oma an und sagen Sie ihr, dass ich eine Zeit lang nicht heimkomme, ja? Nicht, bis ich meine Kaution wieder gestellt und mich mit Barbara Shanahan irgendwie geeinigt habe«, sagte Tee Bobby.

Ich starrte ihn an. »Kaution gestellt?«, sagte ich.

»Yeah, ich bin doch Kronzeuge, stimmt's? Jimmy Dean is derjenige, der die Spritze kriegt. Er bleibt auch hinter Gittern. Kann uns nix mehr tun. Außerdem will ich zusehn, dass ich bei einer von den Entwöhnungstherapien unterkomme, von denen Sie gesprochen haben, Sie wissen schon«, sagte Tee Bobby.

Der Taucher, der die Schrotflinte geborgen hatte, watete ans Ufer und reichte sie mir. Er hatte gehört, was Tee Bobby gesagt hatte.

»Ist der Typ noch ganz bei sich?«, fragte er.

Später, als draußen der Donner grollte, Zeitungsfetzen hoch durch die Luft gewirbelt wurden und ein Güterzug über die Bahngleise rollte, die jetzt im Regen glänzten, rief ich von der Dienststelle aus Ladice an und teilte ihr mit, was aus Tee Bobby geworden war und wo sie ihn an diesem Abend besuchen konnte. Ich dachte, ich hätte ein schlechtes Gewissen, weil ich sie getäuscht hatte, tatsächlich aber empfand ich überhaupt nichts. Tee Bobbys Bericht hatte mich regelrecht betäubt und erneut davon überzeugt, dass die schlimmsten Taten, die Menschen begehen, durch das zufällige Zusammentreffen von Personen und Ereignissen ausgelöst werden, die, wenn man nur ein paar kleine Veränderungen vornehmen würde, keinerlei Spuren in unserer Geschichte hinterließen.

Ich machte an diesem Nachmittag früh Schluss und fuhr nach Hause, durch ein sonderbar grünes Licht, das aus den dunklen Bäumen und Feldern zum Himmel aufzusteigen schien. Es fing gerade an zu regnen, als ich mit Bootsie und Alafair zum Abendessen ins Patio in Loreauville ging, ohne auch nur mit einem Wort zu erwähnen, was an diesem Tag vorgefallen war.

Es ist nie vorbei.

Am Dienstagmorgen, als der Regen die Straßen überflutete, stellte Perry LaSalle seine Gazelle im Parkverbot ab und rannte über den Gehweg zum Gerichtsgebäude. Er machte sich auch nicht die Mühe, anzuklopfen, bevor er in mein Büro kam.

»Sie haben Tee Bobby in die Falle gelockt«, sagte er.

»Schön, dass Sie vorbeischauen, Perry. Ich hole den Sheriff her und vielleicht ein, zwei Zeitungsreporter, damit alle in den Genuss Ihrer Ausführungen kommen«, sagte ich.

»Meinetwegen können Sie den Schlaumeier spielen, so viel Sie wollen. Sie haben meinen Mandanten nicht über seine Rechte belehrt, und Sie haben ihm einen Anwalt verwehrt.«

»Beides stimmt nicht. Er war bereits über seine Rechte belehrt worden, und ich habe ihm gesagt, er soll Sie anrufen, bevor wir ihn hergebracht haben. Im Beisein von Zeugen, darunter seine Großmutter.«

Ich sah, wie sein Blick unsicherer wurde.

»Spielt keine Rolle. Sie haben einen verängstigten Jungen reingelegt«, sagte er.

»Hören Sie sich mal an, was Tee Bobby auf dem Videoband

sagt. Danach können Sie herkommen und mir erzählen, was für ein Gefühl Sie im Bauch haben. Übrigens sagt er, er wäre an dem Tag, an dem sich der Mord ereignete, bei Ihnen gewesen und hätte Sie um finanzielle Unterstützung gebeten, aber Sie hätten ihn abblitzen lassen. Er sagt, Sie hätten ihm außerdem mitgeteilt, dass Legion sein Großvater ist.«

»Dann bin also ich für Amanda Boudreaus Tod verantwortlich?«

»Nein, Sie spielen keine Hauptrolle, Sie sind bloß ein Nebendarsteller. Vielleicht beruhigt Sie das«, sagte ich.

»Sie können es einem wirklich reinreiben«, erwiderte er.

»Adios«, sagte ich.

Ich nahm mir ein paar Papiere auf meinem Schreibtisch vor und las sie, bis er weg war.

Aber später machte mir meine spöttische Bemerkung zu schaffen. Vielleicht war »Nebendarsteller« nicht ganz der richtige Ausdruck. Perry verstand sich meisterhaft darauf, andere davon zu überzeugen, dass er stets ein Opfer war, keinesfalls der Täter. Ich hole die Akte heraus, die ich über Legion Guidry angelegt hatte und nahm mir die Notizen vor, die ich mir bezüglich der Schießerei im Jahre 1966 gemacht hatte, als Legion einen gewissen William O'Reilly getötet hatte, einen freiberuflichen Schriftsteller aus New York. In der Zeitung von Morgan City hatte es geheißen, O'Reilly habe in einer Bar eine Pistole gezogen und sei erschossen worden, als Legion ihn entwaffnen wollte. Ladice Hulin behauptete jedoch, ein Schwarzer in der Küche hätte gesehen, wie Legion die Waffe unter der Bar hervorholte und O'Reilly auf dem Parkplatz regelrecht hinrichtete, aus nächster Nähe auf ihn schoss, sodass O'Reillys Jacke Feuer fing.

Ich rief die für Nachschlagewerke zuständige Bibliothekarin in der Bezirksbibliothek an der Main Street an und bat sie, nach irgendwelchen bibliographischen oder biographischen Angaben über William O'Reilly zu suchen. Eine halbe Stunde später rief sie zurück.

»Ich konnte nicht viel finden, was Sie nicht schon wissen. Er hat zwei Groschenromane veröffentlicht. Wollen Sie die Titel wissen?«, sagte sie.

»Yeah, das wäre prima. Wissen Sie auch, bei welchem Verlag sie erschienen sind?«

»Pocket Books«, sagte sie.

»Sonst noch was?«, sagte ich.

»In dem Nachruf sind die Namen von ein paar Hinterbliebenen aufgeführt.«

»Sie haben den Nachruf gefunden? Meinen Sie den aus dem Lokalblatt in Morgan City?«, sagte ich.

»Nein, in einer Zeitung in Brooklyn. Von dort stammte er. Soll ich ihn rüberfaxen?«, sagte sie.

Gott schütze sämtliche Bibliothekarinnen auf der Welt, dachte ich.

Ein paar Minuten später kroch das Fax aus unserem Gerät. Neben anderen Hinterbliebenen von William O'Reilly war dort eine Schwester aufgeführt, eine gewisse Mrs. Harriet Stetson. Ich rief die Auskunft in Brooklyn an und wollte schon wieder auflegen, als mir der automatische Antwortdienst eine Telefonnummer durchgab. Ich wählte die Nummer, hinterließ zwei Nachrichten auf dem Anrufbeantworter und ging dann zum Mittagessen. Als ich in mein Büro zurückkehrte, klingelte das Telefon auf meinem Schreibtisch.

»Ich bin Harriet Stetson. Sie wollten mich wegen meines Bruders sprechen?«, meldete sich eine ältere Frau.

Ich wusste nicht, wo ich anfangen sollte. Ich wiederholte, wer ich war, und erklärte ihr, ich glaubte nicht, dass ihr Bruder in einer Bar in Morgan City eine Waffe gezogen hätte. Ich sagte, meiner Meinung nach wäre ihm jemand nach draußen gefolgt und hätte ihn auf dem Parkplatz ermordet, und die Zeugen der Tat hätten gelogen.

Sie schwieg eine ganze Weile.

»Ich kann Ihnen gar nicht sagen, wie viel mir dieser Anruf bedeutet, Mr. Robicheaux«, sagte sie. »Mein Bruder hatte Probleme mit dem Alkohol, aber er war ein gutmütiger Mensch. Er war freiwilliger Mitarbeiter bei einer katholischen Arbeitermission in der Bowery. Er hätte niemals eine Schusswaffe bei sich gehabt.«

»Bei der Dorothy-Day-Mission?«, fragte ich.

»Sie wurde von Dorothy Day gegründet. Aber sie heißt St. Joseph House und liegt an der East First Street. Woher wussten Sie das?«

Inzwischen hämmerte mir der Schädel.

»Warum war Ihr Bruder hier unten? Woran hat er gearbeitet?«, fragte ich.

»An einem Buch über eine berühmte Familie dort unten. Sie wohnten auf einer Insel. Sie besaßen Konservenfabriken, glaube ich. Wieso?«, erwiderte sie.

Ich besorgte mir einen Streifenwagen und machte mich auf die Suche nach Perry LaSalle. Ich hielt mir eine Zeitung über den Kopf, rannte über den Gehweg zu seiner Kanzlei an der Main Street und schloss rasch die Tür, ehe es hereinregnen konnte. Als ich mir das Wasser aus den Augen wischte, sah ich die Sekretärin stocksteif an ihrer Schreibmaschine sitzen, mit wütend funkelndem Blick, das Gesicht von dem Mann in Khakikleidung abgewandt, der auf einem Diwan saß, seinen Hut mit der Krone nach unten neben sich liegen hatte, während der Rauch einer filterlosen Zigarette sich zwischen seinen Fingern emporkräuselte.

Legion Guidrys Blick wanderte von der Sekretärin zu mir. Ich schaute weg.

»Ist Perry da, Miss Eula?«, fragte ich.

Mit vollem Namen hieß sie Eula Landry. Ihre Haare waren beinahe blau gefärbt, und mit ihrem flachen Busen, der spröden Haltung und den Blaustrumpfmanieren, die man ihr am Millsaps College beigebracht hatte, war sie fast so etwas wie ein fester Bestandteil von Perrys Kanzlei. Aber offensichtlich wurde ihre unterkühlte Art, mit der sie das Auf und Ab der Welt von sich fern hielt, im Moment auf eine harte Probe gestellt.

»Nein, er ist nicht da«, erwiderte sie.

»Darf ich fragen, wo er ist?«

»Ich weiß es nicht«, sagte sie gereizt.

Sie stand auf, ging mit sittsamen Trippelschritten nach hinten, in eine kleine Teeküche, und goss sich eine Tasse Kaffee ein. Ich folgte ihr. Sie hatte mir den Rücken zugekehrt, aber ich sah, dass die Untertasse in ihrer Hand zitterte.

»Was ist los, Miss Eula?«, fragte ich.

»Ich soll dem Mann da draußen nicht verraten, wo Mr. Perry ist. Legion heißt er. Er macht mir Angst.«

»Ich schaffe ihn raus«, sagte ich.

»Nein, dann weiß er, dass ich es Ihnen gesagt habe.«

»Wo ist Perry?«, fragte ich.

»In Victor's Cafeteria. Mit Barbara Shanahan.« Dann blickte sie an mir vorbei und riss erschrocken die Augen auf.

Legion stand unter der Küchentür und hörte zu.

»Sie sagen Robicheaux, wo Perry LaSalle is, aber mir nicht?«, sagte er.

»Tut mir Leid«, sagte sie.

»Das soll Ihnen auch Leid tun«, sagte er, ging dann zurück in den Wartebereich, blieb mitten im Zimmer stehen und biss einen Niednagel an seinem Daumen ab.

Er ergriff seinen Hut und setzte ihn auf, zog sich dann den Regenmantel über die Schulter. Miss Eula kippte den Kaffee ins Becken und spülte mit glühendem Gesicht die Tasse und die

Untertasse unter dem Wasserhahn ab. Ich hörte, wie im Warteraum Glas zerbrach.

Legion hatte einen Briefbeschwerer genommen, eine Schneekugel mit einer Winterlandschaft und stöbernden Flocken, den Glaskasten an der Wand zerschlagen und die konföderierte Kriegsflagge herausgenommen, die Perrys Vorfahren bei Manassas Junction, Ghettysburg und Antietam getragen hatten.

Legion knüllte das von der Sonne verblichene und von Kugeln zerfetzte Tuch mit einer Hand zusammen, schnäuzte sich damit, wischte sich dann Nase und Oberlippe sorgfältig daran ab und warf die Flagge auf den Boden. Er zog die Tür hinter sich zu, als er ging, und zündete sich draußen auf der Galerie eine Zigarette an, bevor er durch den Regen zu seinem Pickup rannte.

Ich stieg in den Streifenwagen, fuhr die Straße entlang zu Victor's und ging hinein. Perry LaSalle und Barbara Shanahan saßen bei Kaffee und Kuchen an einem Tisch an der Seitenwand. Ein halbes Dutzend Stadtpolizisten, Männer wie Frauen, tranken ein paar Tische weiter Kaffee. Perry legte die Gabel hin und blickte zu mir auf.

»Ich will nichts von Ihnen wissen, egal, worum es geht«, sagte er.

»Wie wär's damit? Ich habe gerade mit William O'Reillys Schwester in New York geredet. Legion Guidry hat 1966 ihren Bruder ermordet. O'Reilly wollte ein Buch über Ihre Familie schreiben. Legion ist nicht der Schlaueste, aber er wusste, dass er niemanden mehr erpressen kann, wenn ein Buch erscheint, in dem die Geheimnisse der Familie LaSalle enthüllt werden. Deshalb hat er den armen Kerl aus New York vor einer Bar in Morgan City umgebracht.«

»Sie leiden unter Zwangsvorstellungen, Dave. Anscheinend ist das jedem außer Ihnen klar«, sagte Perry.

»Warum leisten Sie uns nicht Gesellschaft und lassen die Sache eine Zeit lang auf sich beruhen?«, sagte Barbara und legte die Hand unter die Lehne eines leeren Stuhls.

»Sie haben gewusst, dass Legion diesen Mann ermordet hat, Perry. Und Sie wussten auch, warum«, sagte ich.

»Sie irren sich«, sagte Perry.

»Nachdem Sie das Jesuitenseminar verlassen haben, waren Sie freiwilliger Mitarbeiter bei einer katholischen Arbeitermission in der Bowery. Es handelt sich um die gleiche Mission, bei der auch William O'Reilly tätig war. Ich glaube, Sie wollten dort Buße tun für die Sünden Ihrer Familie. Warum stehen Sie nicht dazu? Es gibt Schlimmeres auf der Welt.«

Perry richtete sich auf. »Wollen Sie's hier austragen oder draußen auf der Straße?«

»Um mich müssen Sie sich die allerwenigsten Gedanken machen. Ich komme gerade aus Ihrer Kanzlei. Legion Guidry hat nicht nur Ihre Sekretärin in Angst und Schrecken versetzt, er hat sich außerdem mit Ihrer konföderierten Kriegsflagge die Nase geputzt.«

Ich drehte mich um und wollte weggehen. Er packte mich am Arm und wirbelte mich herum, holte gleichzeitig mit der Faust aus. Ich fing den Schlag mit dem Unterarm ab und spürte, wie er mich am Kopf streifte. Ich hätte weggehen können, tat es aber nicht. Stattdessen ließ ich dem alten Feind seinen Willen, verpasste ihm einen Kinnhaken und schickte ihn zwischen den Stühlen zu Boden.

Rundum herrschte mit einem Mal Stille. Barbara Shanahan kniete sich neben Perry, der sich mit glasigem Blick auf den Ellbogen stützte und sich aufzurichten versuchte.

»Jetzt weiß ich, woher Clete das hat. Sie sind unmöglich. Sie gehören in eine Höhle, mit einer Keule in der Hand«, sagte Barbara zu mir.

»Hör nicht auf sie! Weiter so, Robicheaux!«, rief einer der Polizisten aus der Stadt. Dann klatschten die anderen Cops.

Ich kehrte in die Dienststelle zurück, ließ mir kaltes Wasser über die Hand laufen, schluckte dann zwei Aspirin aus meinem Schreibtisch und presste mir die Fäuste an die Schläfen Mein Gesicht glühte immer noch vor Scham, und ich fragte mich, wann ich jemals lernen würde, dass man niemanden in die Ecke drängen durfte, schon gar nicht einen innerlich so zerrissenen Mann wie Perry LaSalle, der alle Merkmale eines nicht behandelten Sexsüchtigen aufwies, weder Ehrgefühl besaß noch zu einer tieferen Bindung mit einem anderen Menschen fähig war.

Drei Deputys nacheinander öffneten meine Tür und winkten mir mit hoch gerecktem Daumen zu, weil ich Perry niedergeschlagen hatte. Ich nickte ihnen dankbar zu, schluckte noch ein Aspirin und versuchte mich in meine Arbeit zu versenken.

Ich zog die Schublade meines Aktenschranks auf und ging ein paar offene Fälle durch, um die ich mich seit dem Mord an Amanda Boudreau und Linda Zeroski nicht mehr gekümmert hatte. Bei vielen dieser Fälle ging es um Straftaten, die von Mitgliedern der Menagerie begangen wurden, wie ich das Heer von Kleinganoven bezeichnete, die sich allenfalls noch durch eine Stirnlappenlobotomie oder schwere Elektroschocks ändern lassen. Manche Fälle waren das reinste Vergnügen.

Seit sechs Monaten war unsere Dienststelle hinter einem Einbrecher her, den wir den Osterhasen nannten, weil Zeugen, die ihn gesehen hatten, sagten, er wäre ein Albino mit rosa Augen und silbernen Haaren. Aber nicht nur sein Aussehen war ungewöhnlich. Sein Verhalten und seine Vorgehensweise waren so unerhört, dass wir keine Ahnung hatten, was wir von ihm halten sollten.

In einem der Häuser, in die er eingebrochen war, hatte er eine handschriftliche Nachricht an der Kühlschranktür hinterlassen. Sie lautete:

Liebe Besitzer dieses Hauses,
ich raube nur deshalb Häuser in dieser Gegend aus, weil die meisten Leute, die hier wohnen, einen halbwegs anständigen Lebensstil pflegen. Aber nachdem ich in Ihr Haus eingebrochen bin, bin ich der Meinung, Sie sollten vielleicht in eine billigere Wohngegend ziehen. Sie haben kein Kabelfernsehen, weder Bier noch etwas zu naschen im Kühlschrank, und der Großteil Ihrer Möbel ist es nicht wert, dass man sie klaut.

Mit anderen Worten: Es stinkt mir, wenn ich den ganzen Tag lang ein Haus ausspähe, nur um hinterher festzustellen, dass die Leute, die darin wohnen, keine Selbstachtung haben. Leute wie Sie sind es, die jemandem wie mir das Leben schwer machen.

Hochachtungsvoll
Jemand, der solche Scherereien nicht gebrauchen kann

In einem der Häuser duschte er und rasierte sich, zu einem anderen ließ er sich eine Pizza liefern, und manchmal ging er auch ans Telefon, nahm Nachrichten für die Hausbesitzer entgegen und hinterließ ihnen die entsprechenden Notizen.

Vor zwei Nächten war er in das Haus eines Stadtrats unweit vom City Park eingebrochen. Offenbar hatte der Stadtrat aus Versehen seinen Pudel in der Speisekammer eingeschlossen, und das Tier musste dringend Gassi gehen. Der Osterhase leinte ihn an und führte ihn am Bayou spazieren, kehrte dann zum Haus zurück, gab ihm frisches Wasser und fütterte ihn.

Das Telefon auf meinem Schreibtisch klingelte.

»Was treibst du, Streak?«, sagte Bootsie.

»Den Osterhasen suchen«, erwiderte ich.

»Wenn das ein Witz sein soll, ist er nicht komisch. Ich habe grade gehört, dass du Perry LaSalle in Victor's Cafeteria niedergeschlagen hast.«

»Ich glaube, das kann man sagen«, erwiderte ich.

Ich rechnete mit einer heftigen Erwiderung, doch als sie schwieg, wurde mir klar, dass sie aus einem anderen Grund angerufen hatte.

»Dieser Obdachlose, der ehemalige Soldat, von dem du mir erzählt hast, der ist unten beim Köderladen«, sagte sie.

»Was will er?«

»Er sagt, er hätte gedacht, du kommst zum Mittagessen immer nach Hause. Er wollte mit dir reden.«

»Was macht er jetzt?«

»Liest die Zeitung. Ist er gefährlich, Dave?«

»Ich bin mir nicht sicher. Ist Batist da?«

»Ja.«

»Ich rufe im Laden an. Danach melde ich mich wieder«, sagte ich.

Das Telefon im Köderladen war besetzt. Fünf Minuten später hatte ich Batist am Apparat.

»Es geht um diesen Obdachlosen im Laden. Er ist nicht ganz bei Trost. Ist bei dir alles okay?«, sagte ich.

»All unsere Boote sind voll Wasser. Das is alles«, erwiderte er.

»Ruf mich an, wenn du mich brauchst.«

»Hier is alles in Ordnung, Dave«, sagte er.

Sobald ich aufgelegt hatte, rief ich Bootsie an und legte dann die Ordner zurück, die ich aus meinem Aktenschrank geholt hatte. Ein linierter gelber Zettel, auf dem ich mir mit einem Filzstift etliche Notizen gemacht hatte, löste sich von einem der Kartondeckel und segelte zu Boden.

Die Notizen bezogen sich auf den Telefonanruf, den ich von Marie Guilbeau erhalten hatte, der Putzfrau aus dem Bezirk St. Mary, die von einem Eindringling in ihrem Haus belästigt worden war und gemeint hatte, sie müsste mir mitteilen, dass sie am gleichen Tag mit einem Gast geflirtet hatte, der in dem Motel abgestiegen war, in dem sie arbeitete.

Es dauerte etwa zehn Minuten bis ich sechs erkennungsdienstliche Fotos, die ich mir aus den Akten der Dienststelle besorgte, zu einem so genannten Bildvergleich zusammengestellt hatte. Im Grunde genommen nützte es wenig, wenn sie den Mann aus dem Motel anhand der Fotos wieder erkannte, weil sich dadurch noch lange nicht nachweisen ließ, dass er auch der Eindringling war. Aber die Anzeige, die sie erstattet hatte, war sowohl von den zuständigen Behörden im Bezirk St. Mary als auch von mir nicht ernst genommen worden, und vielleicht bot sich jetzt die Gelegenheit, es wieder gutzumachen. Ich rief bei Marie Guilbeau an und erfuhr von einer Nichte, dass ihre Tante in dem Motel war, in dem sie arbeitete.

Aber ich fuhr nicht gleich dorthin. Erst rief ich Batist im Köderladen an. »Ist der Kerl noch da?«, fragte ich.

»Es regnet zu heftig, als dass er irgendwo hin kann. Ich nehm ihn später in die Stadt mit«, erwiderte Batist.

»Sag ihm, er soll dableiben. Ich komme in ein paar Minuten vorbei«, sagte ich.

Der Sumpf wirkte trostlos, als ich zum Köderladen kam, als hätte der Regen sämtliche Farbe ausgewaschen, vom Laub der Zypressen einmal abgesehen, das sich stumpfgrün vor dem endlos grauen Himmel abzeichnete. Der Großteil der Bootsrampe stand unter Wasser, und unter dem Anlegesteg hatte eine Schar Stock- und Spießenten Schutz gesucht. Ich klappte einen Regenschirm auf und rannte zum Köderladen.

Der Mann, der behauptete, er wäre Sanitäter in meiner Einheit gewesen, schaute aus dem Fenster und betrachtete die Regentropfen, die auf dem Bayou tanzten. Er trug saubere Jeans, hatte die Ärmel seines Hemdes hochgekrempelt und die mit Stahlkappen bewehrten Ölarbeiterschuhe an seinen Füßen ordentlich gebunden.

»Kommen Sie mit, Doc, wir fahren in den Bezirk St. Mary«, sagte ich.

»Wozu?«

»Nichts Besonderes. Haben Sie irgendwas anderes vor?«, sagte ich.

»Nein«, sagte er.

Gemeinsam gingen wir unter dem Regenschirm den Bootssteg entlang, während rundum Blitze zuckten und der Donner am Himmel grollte, wie Mitteilungen von einem Krieg in einem fernen Land.

Das Motel draußen an der Vierspurigen war ein heruntergekommener zweistöckiger Bau, der einst zu einer Hotelkette gehört hatte, aber jetzt vom Besitzer der Fernfahrerkneipe nebenan bewirtschaftet wurde. Ich parkte den Streifenwagen neben einem Gehweg und bat meinen Freund, den ehemaligen Soldaten, dort auf mich zu warten. Ich entdeckte Marie Guilbeau im Waschraum, wo sie gerade Bettzeug in eine Waschmaschine stopfte. Ihre dunklen Haare waren hinten hochgesteckt, und die Dienstmädchenuniform spannte sich um ihren dicken Körper, als sie sich über die Waschmaschine beugte.

»Ich möchte, dass Sie sich einen Mann anschauen, Ms. Guilbeau«, sagte ich.

»Denjenigen, der im Motel gewohnt hat?«, sagte sie mit starrer Miene.

»Mal sehen«, erwiderte ich. »Kommen Sie mit zum Streifenwagen.«

Sie zögerte, stellte dann den Wäschekorb ab und folgte mir durch einen Gang zu dem Fußweg draußen. Ich trat in den Regen hinaus, hielt meinen Schirm über die Beifahrertür und klopfte ans Fenster.

»Hey, Doc, ich möchte, dass Sie jemanden kennen lernen«, sagte ich und machte eine Kreisbewegung mit dem Finger.

Er ließ das Fenster herunter und schaute mich an.

»Das ist ein Freund von mir, Miss Guilbeau«, sagte ich.

»Hi«, sagte er.

Sie faltete die Hände, senkte den Blick und sagte kein Wort. Der ehemalige Soldat blickte mich an, wusste nicht recht, was vor sich ging.

»Ich bin gleich wieder da, Doc«, sagte ich und trat dann mit Marie Guilbeau wieder in den Gang.

»Kennen Sie den Burschen?«, fragte ich.

»Yeah, wieso haben Sie den hergebracht?«

»Ist das der Mann, der eine unanständige Bemerkung zu Ihnen gemacht hat?«

»Nein. Das is ein Obdachloser. Er zieht in ganz New Iberia rum. Schleppt seine Sachen auf dem Rücken durch die Gegend. Ich hab ihn schon öfter gesehn«, erwiderte sie.

»Okay, werfen Sie mal einen Blick auf diese Bilder«, sagte ich und zog den Kartonrahmen aus einem braunen Din-A4-Umschlag. Sechs Fotos steckten in zwei Dreierreihen in den ausgeschnittenen Fächern, eins über dem anderen.

Es dauerte keine fünf Sekunden, dann zeigte sie auf ein bestimmtes Bild. »Das isser«, sagte sie. »Er war erst nett. Dann is er auf dumme Gedanken gekommen und hat was Garstiges gesagt. Als ob er gedacht hat, ich wär eine Prostituierte.« Vielleicht lag es lediglich am Licht, aber ich hatte den Eindruck, dass ihr beim bloßen Gedanken an den Vorfall die Farbe ins Gesicht stieg, als wäre sie geschlagen worden.

»Sind Sie sicher, dass es dieser Kerl war?«, fragte ich.

»Das is der Kerl. Das können Sie mir ruhig glauben«, sagte sie und tippte wieder auf das Bild, musterte es jetzt mit wütendem Blick. »Wie heißt er?«

»Marvin Oates. Er verkauft Bibeln«, sagte ich.

»Den Namen merk ich mir. Den werd ich mir eine ganze Zeit lang merken. Er war es, der in mein Haus eingebrochen is, nicht wahr?«, sagte sie.

»Ich weiß es nicht.«

»Doch, ich glaub schon«, erwiderte sie.

Ich stieg in den Streifenwagen, wendete auf dem Parkplatz und fuhr nach New Iberia zurück. Ein abgerissener Palmwedel wirbelte durch die Luft und prallte an die Windschutzscheibe.

Als wir unter den Eichen dahinfuhren und das Ortsschild am Stadtrand von New Iberia passierten, warf ich einen Blick zu dem ehemaligen Soldaten. Er wirkte nachdenklich, versonnen, hatte die eine Backe aufgeblasen.

»Sie haben mir noch gar nicht gesagt, worüber Sie mit mir reden wollten«, sagte ich.

»Dass ich mir 'nen Job besorgen will. Ich kann alles Mögliche. Gabelstapler fahren, Buchführung, kochen und braten, Ihren Köderladen rauswischen«, sagte er.

»Irgendwas wird uns schon einfallen.«

»Ich habe die Downer verkauft, die ich noch übrig hatte. Wahrscheinlich hätte ich sie lieber wegschmeißen sollen, aber ich hab das Geld gebraucht.«

»Die Veteranenverwaltung hat keine Unterlagen über Sie. Wie erklären Sie sich das?«

»Einige Unterlagen von mir sind bei einem Brand verloren gegangen. Jedenfalls hat man mir das bei der Veteranenverwaltung gesagt.«

»Sie sind ein rätselhafter Mann, Doc.«

»Nein, bin ich nicht. Wenn ich richtig im Leben stehe, werde ich eine Zeit lang die Sachen los, die ich sonst ständig im Kopf habe. Für manch einen ist das schon viel wert«, sagte er.

Er zerknackte einen Pfefferminzdrops zwischen den Zähnen und lächelte zum ersten Mal, seit ich ihn in New Iberia gesehen hatte.

Er hatte keine Bleibe. Ich fuhr heim und brachte ihn in der Kammer hinter dem Köderladen unter. Sie enthielt ein Feldbett, einen Tisch mit einer Lampe, eine Kommode und eine blecherne Duschkabine. Als ich den Köderladen verließ, schlief er tief und fest, in voller Montur, und hatte sich die Zudecke bis unters Kinn gezogen.

Der Wind riss mir fast den Regenschirm aus der Hand, als ich vom Bootsanleger zum Haus hinaufging.

29

Am Morgen hatte der Regen nachgelassen. Ich ging zum Büro des Sheriffs und klopfte an die Tür. Er blickte von den Papieren auf seinem Schreibtisch auf und zog ein finsteres Gesicht. Er hatte eine Nadelstreifenjacke und ein silbernes Cowboyhemd an, dessen Kragen offen stand. Sein mit Regentropfen übersäter Stetson hing an einem Kleiderständer.

»Schön, dass Sie vorbeischauen«, sagte er.

»Sir?«, sagte ich.

»Sie haben Perry LaSalle niedergeschlagen?«

»Er wollte mir eine verpassen.«

»Danke, dass Sie mir das mitteilen. Er hat zweimal angerufen. Außerdem habe ich grade mit Joe Zeroski telefoniert. Ich will, dass dieses Zeug bereinigt wird. Ich habe es satt, dass meine Dienststelle in eine Seifenoper reingezogen wird.«

»Was für Zeug?«, sagte ich.

»LaSalle sagt, Legion Guidry will Barbara Shanahan und Ihrem Freund Purcel irgendwas Schlimmes antun. Wenigstens soweit ich das verstanden habe. Außerdem sagt Joe Zeroski, dass Marvin Oates seine Nichte wieder behelligt. Was, zum Teufel, geht da vor?«

»Zerelda Calucci hat Marvin den Laufpass gegeben. Ich glaube, er ist ein gefährlicher Mann, Skipper. Möglicherweise noch gefährlicher als Legion Guidry.«

»Marvin Oates?«

»Ich glaube, er ist in das Haus einer Frau im Bezirk St. Mary eingebrochen und hat sie belästigt. Ich bin der Meinung, dass er unser Hauptverdächtiger im Mordfall Linda Zeroski sein könnte.«

Ich erzählte dem Sheriff die Geschichte von Marie Guilbeau. Er lehnte sich zurück und klopfte mit den Handballen auf die Armlehnen seines Sessels. Er dachte jetzt über den Fall nach, und ich sah ihm an den Augen an, dass sein Ärger auf mich allmählich verflog.

»Das glaube ich nicht. Oates ist ein Simpel. Er ist nie wegen irgendeiner Gewalttat aufgefallen«, sagte er.

»Soweit wir wissen, nicht. Ich möchte mir einen Durchsuchungsbefehl besorgen und sein Haus auseinander nehmen.«

»Tun Sie das«, sagte der Sheriff. »Haben Sie vor, mit Perry LaSalle zu reden?«

»Was hat Legion genau gesagt?«, fragte ich.

»Ich hab's nicht recht kapiert. LaSalle klang etwas wirr. Er sagt, dieser Guidry wäre kein menschliches Wesen. Was meint er damit?«

Helen Soileau kümmerte sich um den Durchsuchungsbefehl, während ich in Perrys Kanzlei anrief. In der Wolkendecke draußen vor dem Fenster klaffte ein rundes blaues Loch, in dem Vögel herumschwirrten, als wären sie dort gefangen.

Perrys Sekretärin sagte, er wäre noch nicht in die Kanzlei gekommen. Ich rief ihn unter seiner Privatnummer auf Poinciana Island an.

»Legion Guidry hat Clete und Barbara gedroht?«, sagte ich.

»Yeah, am Telefon, gestern Nacht. Mir hat er ebenfalls gedroht. Er glaubt, ich schreibe ein Buch über ihn«, erwiderte er. Ich hörte, wie er in die Sprechmuschel atmete.

»Haben Sie Barbara Bescheid gesagt?«

»Yeah. Sie sagte, sie hat eine Pistole und freut sich schon darauf, ihm eine auf den Pelz zu brennen.«

»Haben Sie Clete gewarnt?«

»Nein.«

»Warum nicht?«, fragte ich.

»Ich hab's einfach nicht gemacht.«

Weil er für dich nicht von Nutzen ist, dachte ich.

»Was haben Sie gesagt?«, fragte er.

»Nichts. Sie haben zum Sheriff gesagt, Legion wäre kein menschliches Wesen. Was haben Sie damit gemeint?«

Über das Telefon war ein Schnalzlaut zu hören.

»Er kann eine Sprache, die sich alt oder ausgestorben anhört. Gestern Abend hat er darin gesprochen«, sagte er.

»Vermutlich war es nur schlechtes Französisch«, sagte ich und legte leise auf.

Ich schaute auf das Telefon, hatte ein Schnappen in den Ohren und fragte mich, wie es Perry schmeckte, dass zur Abwechslung einmal er belogen wurde, insbesondere zu einem Zeitpunkt, da er sich zu Tode ängstigte.

Ich rief zweimal bei Clete an und erreichte nur den Anrufbeantworter. Ich hinterließ beide Male eine Nachricht. Am späten Nachmittag hatten Helen und ich den Durchsuchungsbefehl für Marvin Oates' Holzhaus an der St. Peter Street. Marvin war nicht zu Hause, aber wir riefen den Vermieter an und ließen uns die Tür aufschließen. Der Regen hatte aufgehört, und der Himmel über uns war blau und mit rosa Wolken geriffelt, aber draußen über dem Golf braute sich ein weiteres Unwetter zusammen, und der Donner hallte dumpf durch Marvins Blechdach, als wir sämtliche Schubladen auskippten, seine Kleidung von den Bügeln zerrten, seine Matratze umdrehten, sämtliche Kochutensilien aus den Küchenschränken räumten und ein allgemeines Chaos in seinem Haus anrichteten.

Aber wir fanden nichts, was wir hätten verwerten können.

Von fünf Streifen Isolierband einmal abgesehen, die lose in einer Wandnische hinter der Kommode hingen – Klebeband, das stark genug war, um damit eine Faustfeuerwaffe am Holz zu befestigen.

»Ich wette, hier war die Neunmillimeter versteckt, mit der er Frankie Dogs umgebracht hat«, sagte ich.

»Ich kann mir immer noch nicht recht vorstellen, dass der Typ irgendwas anderes als ein Knallkopf ist, Dave«, sagte Helen.

»Ich kannte einen alten Schwarzbrenner, der mal zu mir gesagt hat, der Mann, der einen umbringt, geht einem an die Gurgel, ehe man weiß, wie einem geschieht«, sagte ich.

»Yeah? Kapier ich nicht«, sagte sie.

»Was für ein Typ könnte nah genug an jemanden wie Frankie Dogs rankommen, dass er ihn abknallen kann?«, sagte ich.

Bevor ich mich an diesem Abend auf den Heimweg machte, fuhr ich bei Cletes Apartment vorbei, aber die Jalousien waren geschlossen, und sein Auto war fort. Ich schob eine Nachricht unter der Tür durch, mit der ich um einen Rückruf bat.

Als ich nach Hause kam, war der Himmel rötlichbraun voller Vögel, und knapp über dem Horizont bauten sich die Gewitterwolken zu einer breiten schwarzen Front auf. Eine von Alafairs Freundinnen, die über Nacht bei uns blieb, blockierte mit ihrem Auto die Auffahrt, daher parkte ich meinen Pickup bei der Bootsrampe und lief zum Haus hinauf. Als ich ein paar Minuten später aus dem Wohnzimmerfenster schaute, sah ich, wie mein Freund, der ehemalige Soldat, den Pickup abspritzte und dann mit einem langen Schrubber den Campingaufsatz auf der Ladefläche abbürstete.

Ich ging die Böschung hinab.

»Das nächste Unwetter ist schon im Anzug. Vielleicht sollten Sie mit der Autowäsche noch ein bisschen warten«, sagte ich.

»Ist schon gut. Ich wollte bloß den Schlamm wegmachen. Dann kann ich später einfach mit dem Schlauch drübergehen«, sagte er.

»Wie kommen Sie zurecht?«, fragte ich.

»Das Einschlafen ist mir ein bisschen schwer gefallen. Die Geräusche von Ihrem Kühlschrank dringen durch die Wand. Wenn ich mir ein Kissen über den Kopf lege, hör ich nicht so viel.«

»Möchten Sie mit uns zu Abend essen?«

»Ist schon in Ordnung, Lieutenant. Ich war mit Batist in der Stadt und habe mir ein paar Lebensmittel besorgt«, sagte er.

Ich drehte mich um und wollte zum Haus zurückkehren.

»Ein alter Mann mit einem roten Pickup war hier«, sagte er. »Er hat gefragt, ob jemand mit einem lila Cadillac vorbeigekommen wäre. Eine gewisser Purcel.«

»Wie hat der Mann ausgesehen?«, fragte ich.

»Groß, mit tiefen Falten im Gesicht. Ich hab ihm gesagt, dass ich keinen Purcel kenne.« Der ehemalige Soldat kratzte sich an der Wange und schaute mit sonderbarem Blick ins Leere.

»Was ist los?«, sagte ich.

»Er hat gesagt, ich soll reingehen und den Nigger fragen. Genau diesen Ausdruck hat er gebraucht, als ob das so üblich wäre. Ich hab ihm gesagt, er sollte ein bisschen aufpassen, wie er andere Menschen bezeichnet. Das hat ihm nicht gepasst.«

»Er heißt Legion Guidry. Er ist einer derjenigen, denen wir nicht den Rücken zukehren sollten.«

»Wer ist er?«

»Ich wünschte, ich wüsste es, Partner«, sagte ich.

Nach dem Abendessen ging ich hinaus auf die Galerie und versuchte die Zeitung zu lesen, konnte mich aber nicht konzentrieren. Der Himmel wurde allmählich dunkler, und im Sumpf stieg ein Schwarm Reiher auf, die über mein Haus hinwegflatterten wie ausgezupfte Blütenblätter einer weißen Rose. Dann frischte der Wind auf, und ich hörte, wie der Regen auf die Bäume schlug. Ich faltete die Zeitung zusammen und ging wieder hinein. Bootsie las im Schein einer Stehlampe einen Roman von Steve Yarbrough. Sie legte den Daumen auf die Stelle, an der sie war, schlug das Buch zu und schaute mich mit verhangenem Blick an.

»Findest du, dass dein Freund, der Kriegsveteran da draußen, ganz bei Sinnen ist?«, sagte sie.

»Wahrscheinlich nicht. Aber er ist harmlos«, erwiderte ich.

»Woher willst du das wissen?«

»Gute Menschen ändern sich nicht. Schlechte manchmal schon. Aber gute Menschen nicht.«

»Du bist ein hoffnungsloser Romantiker, Dave.«

»Meinst du?«

Sie lachte laut und widmete sich wieder ihrem Buch. Ich ging in die Küche, hoffte, dass ihr nicht auffiel, wie mir tatsächlich zumute war. Denn in Wirklichkeit kribbelte mir die Haut vor lauter Unruhe – die gleiche innere Unruhe, wie ich sie während meines kurzen Techtelmechtels mit Amphetaminen erlebt hatte. Aber diesmal war nicht der weiße Wurm der Auslöser; ich hatte nur fortwährend das Gefühl, dass sich mein treuer Freund Clete Purcel wieder einmal haarscharf am Rande einer Katastrophe bewegte.

»Wo gehst du hin?«, sagte Bootsie.

»Zu Clete. Ich bin in ein paar Minuten wieder da«, sagte ich.

»Machst du dir Sorgen um ihn?«

»Ich habe ihm mehrmals eine Nachricht hinterlassen. Clete ruft mich immer an, sobald er eine Nachricht erhält.«

»Vielleicht ist er in New Orleans.«

»Legion Guidry war heute beim Köderladen. Er wollte wissen, ob Clete hier gewesen ist.«

Das Buch fiel von ihrem Knie. In ihrer Lesebrille spiegelte sich das Licht, als sie zu mir aufblickte.

Ich fuhr zu seinem Apartment an der Loreauville Road. Die Unterwasserscheinwerfer im Swimmingpool waren eingeschaltet, und der Hausverwalter, ein alter Jude, der als Halbwüchsiger im Konzentrationslager Bergen-Belsen gewesen war, stellte die Gartenmöbel auf einem überdachten Gehweg übereinander.

»Haben Sie Clete Purcel gesehen, Mr. Lemand?«, fragte ich.

»Heute früh. Er hat sein Angelzeug hinten ins Auto geladen. Eine junge Frau war bei ihm«, erwiderte er.

»Hat er gesagt, wann er wieder zurückkommt?«

»Nein. Tut mir Leid«, sagte Mr. Lemand. Er war ein kahlköpfiger, verhutzelter Mann mit braunen Augen und zierlichen Händen. Er trug stets einen Schlips und ein gestärktes Hemd, und noch nie hatte ihn jemand ohne Sakko beim Abendessen sitzen sehen. »Sie sind schon der Zweite, der sich heute nach Mr. Purcel erkundigt hat.«

»Aha?«

»Ein Mann mit einem roten Laster war hier. Er blieb eine ganze Weile auf dem Parkplatz im Auto sitzen, unter den Bäumen, und hat eine Zigarette nach der anderen geraucht. Vielleicht kennen Sie den Mann von Berufs wegen«, sagte Mr. Lemand.

»Was meinen Sie damit?«

Er drehte einen Plastikstuhl um und stellte ihn auf einen Tisch.

»In meiner Kindheit habe ich solche Augen gesehen. Das war in Deutschland, zu einer ganz anderen Zeit. Er wollte wissen, ob Mr. Purcel bei Miss Shanahan sei. Sie wissen schon, Miss Shanahan von der Bezirksstaatsanwaltschaft. Ich habe ihm nichts gesagt.«

»Gut so.«

»Glauben Sie, er kommt wieder, dieser Mann mit dem Laster?«

»Wenn ja, rufen Sie mich an. Hier, ich schreibe Ihnen meine Privatnummer hinten auf meine Visitenkarte«, sagte ich und reichte sie ihm.

»Dieser Mann hatte einen Geruch an sich. Zuerst dachte ich, ich bilde mir das nur ein. Habe ich aber nicht. Es war ekelhaft«, sagte er.

Forschend schaute er mich an, suchte nach einer Erklärung. Aber ich konnte ihm keine geben. Der Pool funkelte klar und grün im Schein der Unterwasserlichter, war mit Regenringen gesprenkelt, die wie Kettenglieder ineinander griffen. Ich ging hinaus in die Dunkelheit, auf den Parkplatz, und ließ meinen Pickup an.

Wer sonst würde bei einem Gewitter angeln gehen oder sich keinen Deut um die Gefahr scheren, die von einem Mann wie Legion Guidry ausgeht?, fragte ich mich. Aber das war Cletes Art – keck und trotzig, wenn man ihm mit Vorschriften und Regeln kam, unbelehrbar, immerzu grinsend, auch im dicksten Pulverdampf, fest davon überzeugt, dass er alles überstehen konnte.

Bekanntlich hielten James Jones und Ernest Hemingway nicht allzu viel voneinander. Aber beide schildern auf ganz ähnliche Art und Weise die verschiedenen Entwicklungsstufen, die ein Frontsoldat durchmacht. Jeder der beiden Autoren schreibt, dass die zweite Stufe die gefährlichste ist, unmittelbar nachdem der Soldat seinen ersten Kampfeinsatz überlebt hat, weil er dann das Gefühl hat, eine göttliche Hand habe ihn behütet, und davon überzeugt ist, dass er in der einen Schlacht nicht verschont geblieben wäre, wenn er in der nächsten sterben müsste.

Clete war über diese zweite Stufe im Leben eines Frontsoldaten nie hinausgekommen. Sein Mut und sein geradezu unheimliches Wissen über seine Feinde waren seine Stärke. Aber dem standen seine großen Schwächen entgegen – sein Draufgängertum und das völlige Unvermögen, die Folgen vorauszusehen oder auch nur halbwegs einschätzen zu können, die er damit anrichtete. Weil er, um es einfacher auszudrücken, nicht wahrhaben wollte, dass eine Abrissbirne nach beiden Seiten ausschlägt.

Ich fuhr zu dem Motel, wo Joe Zeroski und Zerelda Calucci wohnten. Zerelda war nicht in ihrem Cottage, aber Joe war da. Er trug eine Schlafanzughose und ein T-Shirt, hatte Schlappen an den Füßen und hielt mir die Tür auf, während ihm der Regen ins Gesicht wehte.

»Sie kommen mir grade recht«, sagte er.

»Ich?«, sagte ich.

»Yeah, die ganze Stadt gehört abgefackelt. Ich habe den Sheriff zu Hause angerufen. Er hat gesagt, ich soll während der Dienstzeit mit ihm sprechen. Hey, halten sich die Irren etwa an die Dienstzeit? Das gilt auch für Blimpo.«

»Mit Blimpo meinen Sie Clete?«

»Nein, Nancy Reagan. Was glauben Sie denn, wen ich damit meine?«

»Sie sind mir ein bisschen zu schnell, Joe.« Ich zog die Tür hinter mir zu. Sein Fernseher lief, und ein Glas Milch und ein Sandwich standen auf einem Tischchen neben einem Polstersessel.

»Purcel ist mit meiner Nichte angeln gegangen. Er hat auch nicht gesagt, wohin, was nichts anderes heißt, als dass er mit ihr bumsen will, ohne dass ich in der Nähe bin. Unterdessen klopft Marvin Matschkopf an ihrer Tür, hat ein paar Rosen in der Hand und diesen Kotztütenausdruck auf dem Gesicht«, sagte er.

»Wann?«, fragte ich.

»Vor zwei Stunden.«

»Wo ist Oates jetzt?«, fragte ich.

»Woher soll ich das wissen? Kein Wunder, dass hier ein Verbrechen nach dem andern passiert. Machen Sie, dass Sie hier rauskommen«, sagte er.

»Joe, ich glaube, Marvin hat womöglich Ihre Tochter ermordet«, sagte ich.

»Sagen Sie das noch mal.«

»Marvin Oates hat im Bezirk St. Mary eine Frau belästigt. Er kreuzt ständig irgendwo auf, wo er nichts verloren hat.«

»Wann sind Sie auf diesen Typ gekommen?«, sagte Joe.

»Insgeheim haben wir ihn schon seit einiger Zeit im Verdacht.«

»*Insgeheim?* Sie haben vielleicht eine Ausdrucksweise drauf.«

»Ich bin hergekommen, Joe, weil ich mir Sorgen um Clete und Zerelda mache. Wenn Sie mir in irgendeiner Weise helfen können, haben Sie bei mir was gut.«

Er wollte mir einen wütenden Blick zuwerfen, besann sich dann.

»Ich weiß nicht, wo sie sind. Aber ich kann ein paar Anrufe machen«, sagte er.

»Keine Wildwest-Nummern. Oates ist ein Verdächtiger. Mehr nicht«, sagte ich

»Denken Sie, der hat auch Frankie erledigt?«, sagte er

»Möglicherweise.«

»Wie kann so ein Bauernlackel jemand wie Frankie Dogs umlegen? Ein Typ, der Stiefel trägt, die aussehen, als ob er sie von 'ner puertoricanischen Schwuchtel hat. Haben Sie schon mal einen halbwegs normalen Menschen gesehen, der grünrote Stiefel trägt?«

»Wann haben Sie ihn mit diesen Stiefeln gesehen?«

»Heute Abend. Warum?«

Ich fuhr wieder nach Hause. Ich versuchte mir vorzustellen, wo Clete stecken könnte, aber mir fiel nichts ein. Ich rief noch einmal in seinem Apartment an und erreichte wieder nur den Anrufbeantworter, aber diesmal legte ich einfach auf.

»Clete fällt immer wieder auf die Füße«, sagte Bootsie.

»Das würde ich nicht sagen«, erwiderte ich.

»Du musst ihn sein Leben leben lassen, Dave«, sagte sie.

Ich ging hinaus auf die Galerie, setzte mich auf einen Sessel, ohne das Licht anzuschalten, und sah zu, wie der Regen auf den Sumpf fiel. Ich musste an die Bibelstelle denken, in der es heißt, dass Gott seine Sonne aufgehen lässt über die Bösen und über die Guten, und regnen über Gerechte und Ungerechte. Nur ein paar Meilen weiter weg saßen Jimmy Dean Styles und Tee Bobby Hulin im Bezirksgefängnis, wo sie dreiundzwanzig Stunden am Tag unter Verschluss gehalten wurden, ohne Haftverschonung auf Kaution. Ich fragte mich, ob sich Tee Bobby mittlerweile in sein Schicksal gefügt hatte, ob er über die Mauer hinweg auf die nassen Zuckerrohrfelder blickte, und begriff, wie seine Zukunft aussah – dass er sein Leben lang Frondienst auf der Sträflingsfarm von Angola leisten musste und irgendwann unter einem Erdhaufen auf dem Gefängnisfriedhof am Lookout Point landen würde, wo nirgendwo ein Name stand, nur Nummern.

Ich fragte mich auch, ob Jimmy Dean Styles noch an seinem Schicksal zweifelte. Ich konnte mir nichts Schlimmeres vorstellen, als in einem Käfig gefangen zu sein, genau zu wissen, an welchem Tag, zu welcher Stunde, Minute und Sekunde man von anderen Menschen vom Leben zum Tode befördert wird. Dass die Todeskandidaten nicht wahnsinnig wurden, bevor der Tag nahte, an dem sie hingerichtet wurden, konnte ich nie begreifen.

Aber ein alter Gefängnisdirektor vom Parchment Penitentiary in Mississippi hatte mir einmal eine persönliche Beobachtung anvertraut, die ich nie vergessen habe. Egal, wie unverbesserlich oder böse die Todeskandidaten auch sein mögen, sagte er, sie glauben nicht, dass der Staat sein Urteil vollstrecken wird. Ein ganzes Heer von Justizvollzugsbeamten, Gefängnispsychologen, Krankenpflegern, Verwaltungsangestellten und Seelsorgern ist für die Betreuung und das Wohlergehen derer abgestellt, die im Todestrakt sitzen. Sie werden verköstigt, erhalten jegliche medizinische Versorgung, werden wieder gesund gepflegt, wenn sie einen Selbstmordversuch unternehmen, und manchmal bestraft wie die Kinder, wenn sie ein Stück Schnur oder einen Krug Fusel besitzen.

Würden die gleichen Vertreter des Staates einen wehrlosen Menschen festschnallen und ihm tödliche Chemikalien in die Adern spritzen oder ihn vom Scheitel bis zur Sohle unter Strom setzen? Mein Freund, der Gefängnisdirektor, war der Meinung, das eine sei so unvereinbar mit dem anderen, dass es kein normaler Mensch nachvollziehen könnte.

Auf der anderen Seite des Sumpfes fuhr ein Blitz herab und ließ einen hohen Wolkenturm weißlich aufflackern. Ich spürte, wie mich nach all dem, was sich an diesem Tag ereignet hatte, eine tiefe Müdigkeit überkam. Dann klingelte im Wohnzimmer das Telefon, und ich ging hinein und nahm ab.

Es war Mr. Lemand, der Verwalter von Cletes Apartmenthaus.

»Tut mir Leid, dass ich so spät noch anrufe«, sagte er.

»Ist schon gut. Kann ich Ihnen helfen?«, sagte ich.

»Eine alte Dame, Mrs. LeBlanc heißt sie, wohnt neben Mr. Purcel. Kurz nachdem Sie weg waren, sagte sie mir, dass ihre Toilette verstopft sei, sodass ich hochgehen und sie reparieren musste. Da ich wusste, dass Sie sich Sorgen um Mr. Purcel machen, habe ich sie gefragt, ob sie ihn gesehen hätte. Sie sagte, er hätte ihr erzählt, dass er am Bayou Benoit ein Camp gemietet hätte.«

»Wissen Sie, wo genau?«

»Nein, ich habe sie danach gefragt.«

»Besten Dank, Mr. Lemand«, sagte ich.

»Ich fürchte, das ist noch nicht alles. Sie sagte, ein Mann habe in Mr. Purcels Fenster geschaut. Sie sei zuerst beunruhigt gewesen, aber dann habe sie bemerkt, dass es der Bibelvertreter war, den sie kannte. Er erklärte ihr, dass er Mr. Purcel eine Bibel bringen wollte, ihn aber nirgendwo auffinden könnte. Deshalb hat sie ihm gesagt, wo Mr. Purcel sich aufhält.«

»Sie waren mir eine große Hilfe, Mr. Lemand«, sagte ich.

»Leider geht es noch weiter. Als sie aus dem Fenster schaute, sah sie, wie ein roter Pickup dem Bibelvertreter folgte, als er vom Parkplatz fuhr. Dann fiel ihr auf, dass der Mann, der den Pickup fuhr, kein Licht anschaltete, bis er auf der Straße war. Sie macht sich große Sorgen, dass Mr. Purcel oder dem Vertreter ihretwegen etwas zustoßen könnte.«

»Sie beide haben sich völlig richtig verhalten, Mr. Lemand. Sagen Sie ihr, sie soll sich keine Sorgen machen.«

»Ich glaube, sie wird sehr erleichtert sein«, sagte er.

Ich legte auf und versuchte nachzudenken. Bei den Gedanken, die mir durch den Kopf gingen, schmerzte mir der Schädel. Linda Zeroski war am Bayou Benoit ermordet worden. Der Nachtclub, in dem Baby Huey Lagneaux arbeitete, befand sich am Bayou Benoit, desgleichen Legion Guidrys Camp. Ausgerechnet dort musste sich Clete sein Liebesnest suchen.

Ich ging ins Schlafzimmer und holte die 45er Armeepistole aus der Kommodenschublade. Ich steckte mir ein mit Hohlspitzgeschossen geladenes Reservemagazin, einen Totschläger und ein Paar Handschellen in die Taschen meines Regenmantels und sagte Bootsie, ich wüsste nicht, wann ich wieder zurückkäme. Dann ging ich die Böschung hinab zu meinem Pickup und ließ den Motor an.

Erst nach über einer Meile bemerkte ich, dass ich einen Mitfahrer hatte.

30

Ich schaute in den Rückspiegel und sah das Gesicht des ehemaligen Soldaten, der mich durch das hintere Fenster anstarrte. Ich fuhr an den Straßenrand und stieg aus. Mit nacktem Oberkörper kletterte er aus dem Campingaufsatz, hatte ein Kruzifix und einen Army-Dosenöffner um den Hals hängen.

»Was machen Sie denn hier?«, fragte ich.

»Ich konnte wegen Ihrem Kühlschrank nicht einschlafen. Deswegen bin ich in Ihren Camper gegangen«, sagte er.

»Das war die falsche Nacht, Doc«, sagte ich.

»Ich laufe zurück. Ist nichts weiter dabei«, erwiderte er.

Er griff in den Campingaufsatz und holte ein Kissen und sein Hemd heraus. Sein Gesicht war voller Regentropfen.

»Springen Sie vorn rein. Wir fahren zusammen aufs Land«, sagte ich.

Er dachte einen Moment lang darüber nach, spitzte den Mund. Sein Blick war klar, wirkte weder bedröhnt noch irrsinnig, die Miene beinahe kindlich. »Meinetwegen«, sagte er.

Wir fuhren am Bayou Teche entlang nach Norden, durch Loreauville und zwischen wogenden Zuckerrohrfeldern hindurch, die im Schein der Blitze flackerten. Wir bogen von der Staatsstraße ab und kamen an vereinzelten Farmhäusern und Baumgruppen inmitten der Rinderweiden vorbei, an einem Köderladen und einer Tankstelle, in der kein Licht brannte. Dann sah ich den Nachtclub, in dem Baby Huey an der Bar stand, sah den Neonschein der Bierreklame im Regen, den leeren, von Flutlichtern ausgeleuchteten Parkplatz.

Ich ließ den ehemaligen Soldaten im Pickup zurück und ging hinein. Die Vorder- und die Hintertür des Clubs waren offen, damit Luft durchziehen konnte. Baby Huey stand am anderen Ende der Bar und telefonierte, hatte mir den Rücken zugekehrt. Seine Haare waren nass, das rosa Hemd hatte dunkle Regenflecken. Als er auflegte und mich hinter sich stehen sah, warf er einen Blick aufs Telefon, als ginge er noch einmal das Gespräch durch, das er gerade geführt hatte.

»Wollen Sie mir irgendwas sagen?«, fragte ich.

»Nicht unbedingt«, erwiderte er.

»Sie haben nicht zufällig mit Joe Zeroski gesprochen, oder?«, sagte ich.

»Kann man nie wissen.« Er nahm ein sauberes weißes Tuch zur Hand und wischte die Bar ab, obwohl nirgendwo Wasser oder Bierneigen standen.

»Lassen Sie die Faxen, Huey. Ich suche Joe Zeroskis Nichte und einen Freund von mir, einen gewissen Clete Purcel. Sie ebenfalls, glaube ich. Wenn Sie mich anlügen, können Sie sich mit Tee Bobby Hulin die Unterkunft teilen.«

Er biss sich auf die Lippe und knüllte den Wischlappen in seiner riesigen Hand zusammen.

»Gebrauchen Sie Ihr Köpfchen, Partner. Wir stehen auf der gleichen Seite«, sagte ich.

»Mr. Joe hat vorhin angerufen. Er glaubt, dass seine Nichte und Ihr Freund sich irgendwo ein Camp gemietet ham. Er hat mich gefragt, ob ich weiß, wer hier in der Gegend Camps vermietet. Ich hab 'n Freund von mir angerufen, der oben an der Straße einen Köderladen hat. Er sagt, ein Typ mit 'nem Cadillac-Kabrio, das genauso ausgesehen hat, wie das, was Mr. Joe beschrieben hat, war heut Nachmittag da. Mein Freund hat gesagt, der Typ und die Frau, die er dabeigehabt hat, sind in einem Camp gleich auf der andern Seite vom Damm abgestiegen. Also bin ich hingefahren.«

»Und?«, sagte ich.

»Das wolln Sie bestimmt nicht hören.«

»Ich will Ihnen nicht zu nahe treten, Huey, aber allmählich werde ich stinksauer«, sagte ich.

»Der Typ, der neben der Hütte wohnt, in der Ihr Freund gewesen is, der hat zweimal gesessen. Er is nicht der Typ, der mit der Polizei auf besonders gutem Fuß steht oder gleich den Notruf wählt, wenn Sie wissen, was ich meine. Er hat gesagt, ein breitschultriger Kerl in Badehose, der eine Mütze der Marineinfanterie auf dem Kopf hatte, hat auf der Veranda hinter der

Hütte Fische ausgenommen, als ein Typ, der angezogen war wie ein Cowboy, auf den Hof gefahren is. Er hat gesagt, der Typ mit der Badehose hätte laut auf den Cowboy eingeredet und mit dem Fischmesser vor ihm rumgefuchtelt, aber mein Freund konnte nicht allzu viel sehen, weil ihm das Haus im Weg war.«

»Wie ging's weiter?«, fragte ich.

Baby Huey zog die Augenbrauen hoch. »Ein paar Minuten später is die Frau mit dem Cowboy weggefahren. Die Frau hat am Steuer gesessen, und der breitschultrige Typ in der Badehose war nirgendwo zu sehen.«

»Nirgendwo zu sehen? Was meinen Sie damit?«

Baby Huey wandte den Blick ab, schaute mich dann wieder an.

»Mein Freund hat gemeint, er könnte vielleicht im Kofferraum von dem Auto gewesen sein. Ein roter Pickup hat ein Stück weiter unten an der Straße gestanden. Er is dem Cadillac über den Damm gefolgt. Mein Freund hat gemeint, der Pickup hat genauso ausgesehen wie der, den Legion fährt«, sagte er.

»Und Ihr Freund hat es nicht für nötig gehalten, jemanden zu verständigen, bis Sie ihn gefragt haben?«, sagte ich.

»So läuft das halt manchmal«, erwiderte Baby Huey.

Ich schob Baby Huey eine Serviette und meinen Kugelschreiber über die Bar zu.

»Schreiben Sie den Namen von Ihrem Freund auf, damit ich mich persönlich bei ihm bedanken kann«, sagte ich.

Ich ging zum Münztelefon in der Ecke und rief Helen Soileau zu Hause an. Sie ließ den Hörer fallen, als sie sich meldete, und zog ihn dann wieder hoch. Ich berichtete ihr, was sich alles ereignet hatte, seit ich sie am späten Nachmittag zum letzten Mal gesehen hatte.

»Marvin trug rot-grüne Cowboystiefel? Die gleichen Farben wie der Cowboy in der Bar, in der es Frankie Dogs erwischt hat?«, sagte sie.

»Ganz recht«, erwiderte ich.

»Warum hat sich Legion ausgerechnet den heutigen Tag ausgesucht, um sich Clete vorzunehmen?«

»Er denkt, Clete ist mit Barbara unterwegs. Barbara hat Legion in dem Westernladen die Stirn geboten. Er will sich beide gleichzeitig schnappen«, sagte ich.

»Ich schlafe noch halb. Ich kann noch keinen klaren Gedanken fassen. Was soll ich machen?«

»Im Moment gar nichts. Schau, als ich Perry LaSalle bei Sookie Motries Jagdcamp unten auf Pecan Island aufgesucht habe, habe ich eine verlassene Kirche gesehen, die mich an den Text eines Songs erinnert hat, den Marvin Oates ständig zitiert. Auf einem Aushang bei der Kirche steht Gemeinschaft der zwölf Apostel. Ist das bloß ein Zufall?«

»Marvin ist dort früher immer bei einem Prediger untergekommen, wenn seine Mutter auf Sauftour war. Ich glaube, der Prediger war der einzige Mensch, der ihn jemals anständig behandelt hat.«

»Ich habe vor, dort hinzufahren«, sagte ich.

»Du klingst ein bisschen abgeschlafft. Lass es sein, bis es wieder hell wird. Gut möglich, dass Baby Hueys Freund nur einen Haufen Mist erzählt hat.«

»Nein, seine Beschreibung ist zu genau«, sagte ich.

Einen Moment lang herrschte Stille.

»Du hast doch nicht irgendwelche Dummheiten im Sinn, oder?«, sagte sie.

»Nein, alles läuft einwandfrei«, sagte ich.

»Streak?«

»Ich sage die Wahrheit. Mir geht's bestens«, sagte ich.

Aber als ich auflegte, kribbelten meine Hände vor Müdigkeit, und ich hatte einen trockenen Mund und schweißnasse Haare, als ob sich die Brut, die meiner alten Bekanntschaft mit der Malariamücke entsprungen war, wieder in meinem Blut regte. Ich drehte mich um und wäre beinahe mit Baby Huey zusammengeprallt, der anderthalb Meter hinter mir einen Tisch abwischte.

»Was meinen Sie, was Sie gerade gehört haben?«, sagte ich.

»Ich hab auf die Jukebox gehorcht. Das is Tee Bobbys neuer Song. Der Junge hat 'ne Stimme, die ein Vermögen wert is. Seit Guitar Slim hat niemand mehr so gesungen«, sagte er.

Ich glühte regelrecht in meinem Regenmantel, daher zog ich ihn aus, bevor ich wieder in den Pickup stieg und legte meinen Totschläger, die Handschellen und das Reservemagazin auf die Sitzbank, neben meine im Holster steckende 45er. Dann wendete ich und fuhr nach Süden, runter in den Bezirk Vermilion, in Richtung Pecan Island.

»Ich habe keine Zeit, Sie zurückzubringen«, sagte ich zu dem ehemaligen Soldaten.

»Ist schon gut. Ich war eingenickt«, sagte er. Er hatte sein Hemd angezogen, aber nicht zugeknöpft, sodass das Kruzifix an seiner Brust im Schein der Armaturenbeleuchtung schimmerte.

»Wie heißen Sie wirklich, Doc?« sagte ich.

»Sal Angelo.«

»Sind Sie sich dessen sicher?«, sagte ich.

»Ziemlich sicher«, sagte er.

»Sie sind in Ordnung, Sal«, sagte ich.

Er grinste schläfrig, legte dann den Kopf auf sein Kissen und schloss die Augen. Ich fuhr nach Abbeville, an der aus roten Ziegeln gebauten Kathedrale und dem Friedhof vorbei, auf dem immer noch viele Gefallene der Konföderation lagen, dann weiter nach Süden, ins Marschland, wo der Wind über das Riedgras fegte, zwischen den Tupelobäumen und dem Sumpfahorn hindurch. Mein Gesicht fühlte sich heiß an, die Kinnlade rau wie Sandpapier. Ich meinte, das Surren der Moskitos zu hören, aber keiner ließ sich auf meiner Haut nieder, und ich sah auch keine an der Windschutzscheibe oder am Armaturenbrett, wo sie sich normalerweise immer zusammenscharten, wenn sie in den Pickup gelangten. Als ich schluckte, schmeckte mein Speichel wie Batteriesäure.

Meine 45er vibrierte in ihrem Holster neben mir auf der Sitzbank. Ich legte die rechte Hand darauf, spürte den kalten Stahl und die harten, geriffelten Griffschalen unter meiner Haut. Es war die beste Faustfeuerwaffe, die ich je besessen hatte, für fünfundzwanzig Dollar inmitten einer Reihe von Hütten an der Bring Cash Alley von Saigon erstanden. Ich löste mit dem Daumen den Holsterriemen, ließ die schwere Waffe in meine Hand gleiten und drückte sie an den Schenkel wie einen alten Freund, obwohl ich mir nicht erklären konnte, warum ich das tat.

Jetzt war es nicht mehr weit bis zu der verlassenen Kirche. Der Regen hatte nachgelassen, und durch einen Riss in den Wolken fiel milchiger Mondschein, wie schmutzig grüner Dunst, der durch das Unwetter aus dem Golf gesogen worden war. Ich rieb mir mit dem Handrücken die Augen, bis ich lauter rote Ringe sah, und mit einem Mal fühlte ich mich geradezu beunruhigend klar im Kopf, wie ich es den ganzen Tag lang nicht erlebt hatte, als ob all die Gedanken, die ich seit Wochen gewälzt hatte, meine Gebete, meine persönlichen Vorsätze und die Beichten bei den Zusammenkünften der Anonymen Alkoholiker null und nichtig geworden wären, weil sie mir nicht mehr weiterhalfen.

Sigmund Freud soll einmal gesagt haben: »Ah, danke, dass Sie mir die hohen Ideale der Menschheit gezeigt haben. Jetzt will ich Sie mit dem Unterbau bekannt machen.«

Ich spürte förmlich, wie ich in diese tiefen Kammern des Bewusstseins hinabstieg, wo sich die Greife und Basilisken tummeln. Die Verdachtsmomente, die im Mordfall Linda Zeroski gegen Marvin Oates sprachen, waren eher dürftig und beruhten größtenteils auf Mutmaßungen, ohne dass wir sie auch nur durch Indizien untermauern könnten, sagte ich mir. Selbst wenn Marvin Clete und Zerelda etwas angetan haben und im Besitz der Neunmillimeter sein sollte, mit der Frankie Dogs umgebracht wurde, brauchte er nur den richtigen Verteidiger, der ihn in den Zeugenstand rief, ihn seinen verbrannten Rücken vorzeigen und mit seinem niedlich-nuschligen Akzent in eigener Sache aussagen ließ, und schon wischten sich die Geschworenen die Tränen von den Wangen.

Genau das sagte ich mir, als ich über Marvin Oates' Zukunft nachdachte. Aber meine Gedanken galten hauptsächlich Legion Guidry und den Frauen, die er belästigt und vergewaltigt hatte, und den Schlägen, die er mir verpasst hatte. Einmal mehr sah ich sein Gesicht vor mir, als er sich herabbeugte, mich an den Haaren packte, mir die Lippen auf den Mund drückte, die Zunge hineinschob. Und wieder meinte ich schwören zu können, dass ich seinen Speichel schmeckte, den Tabak und die feinen Fasern fauligen Fleisches, die in seinen Zähnen hingen.

Ich spürte, wie sich mein Magen zusammenkrampfte. Ich kurbelte das Fenster herunter, räusperte mich und spuckte hinaus in die Dunkelheit. Als ich das Fenster wieder hochkurbelte, bemerkte ich, dass der ehemalige Soldat, der sich Sal Angelo nannte, wach war und mich betrachtete.

»Der Typ, der Ihnen Gewalt angetan hat, ist hier unten, nicht wahr?«, sagte er.

»Welcher Typ?«, fragte ich.

»Wir beide wissen genau, welcher Typ, Lieutenant.«

»Kann man nie sagen«, erwiderte ich.

»Können Sie sich noch dran erinnern, wie ich Ihnen gesagt habe, was aus einem wird, wenn man jemand umbringt? Es ist, als ob die Seele den Körper verlässt und nicht mehr zurückfindet. Man vergisst dann, wer man ist.«

»Möglicherweise muss ich Sie irgendwo absetzen, Sal, und auf dem Rückweg wieder abholen«, sagte ich.

»So was will ich nicht hören, Lieutenant.«

»Warum nicht?«, fragte ich.

»Weil unsere Geschichte bereits geschrieben ist. Sie können nichts mehr dran ändern«, sagte er.

Ich geriet in eine tiefe Spurrille, sodass ein grauer Wasserschwall über die Windschutzscheibe spritzte. Ich schaute zum Beifahrersitz und sah, wie er den Kopf hob und die Augen aufschlug, als wäre er gerade aus tiefstem Schlaf erwacht.

»Was haben Sie eben gesagt?«, fragte ich.

»Ich hab gar nichts gesagt. Ich war weggeknackt. Wo sind wir überhaupt?«, erwiderte er.

31

Während Zerelda den Cadillac steuerte, saß Marvin vornübergebeugt auf dem Beifahrersitz, schwitzend und angespannt, leckte sich ständig die Lippen, atmete durch die Nase – wie ein verängstigtes Kind, dachte sie – und hatte eine Neunmillimeter-Beretta auf dem Oberschenkel liegen.

»Du hast da hinten den Blinker nicht benutzt. Du musst den Blinker betätigen, Zerelda«, sagte er.

Sie betrachtete die vorüberhuschende Landschaft, die Kühe, die sich in den Bachläufen zusammendrängten, einen Blitz, der in den Wolken flackerte. Sie spürte, wie sich Clete im Kofferraum herumwälzte. Es war das erste Mal, dass er sich bewegte, seit Marvin ihn dazu gezwungen hatte, sich in den Kofferraum zu setzen, und dann ein dickes Stahlrohr ergriffen hatte.

»Ich muss mal auf die Toilette«, sagte sie.

»Dazu ist später noch Zeit«, sagte Marvin.

Sie hörte ein Scheppern im Kofferraum. Sie schaltete das Radio ein.

»Ich mache mir Sorgen wegen dem Unwetter«, sagte sie.
Er stellte das Radio ab. »Mach das nicht«, sagte er.
»Was denn?«
Rasselnd holte er Luft und warf ihr einen finsteren Blick von der Seite zu, kniff die Augen zusammen. Dann griff er ohne ersichtlichen Grund über den Sitz, schloss die Finger um ihren Nacken und grub sie tief in die Sehnen.
»Du machst mich wütend«, sagte er.
Er nahm die Finger von ihrem Nacken und berührte ihre Haare. Dann klemmte er beide Hände mitsamt der Beretta zwischen die Beine und saß reglos da, während sich seine Brust hob und senkte.
»Marvin, niemand wollte dir etwas zuleide tun.«
»Red nicht so hochnäsig mit mir. Nie wieder. Das tust du nämlich schon von Anfang an. Ich kann das nicht leiden.«
»Dann solltest du vielleicht mal was aus deinem Leben machen, statt dich ständig selber zu bemitleiden.«
Zu spät wurde ihr klar, dass sie etwas Falsches gesagt hatte. Sie hörte, wie er einen Laut von sich gab, eine Art heiseres Grunzen, das aus tiefster Kehle kam, dann schlug er ihr mit dem Handrücken auf den Mund.
Er ergriff das Lenkrad und schlug erneut zu.
»So, fahr jetzt das Auto und bring mich nicht dazu, dass ich das mache, wonach mir zumute ist«, sagte er mit brechender Stimme.
Ihre Hand zitterte, als sie den Riss an ihrem Mund betastete.
»Joe Zeroski ist mein Onkel. Geht das in deinen Schädel? Was meinst du denn, was der mit dir macht, wenn er dich in die Finger kriegt, du ekelhafter kleiner Pisser?«, sagte sie.
Sie dachte, er würde sie erneut schlagen. Aber er war wieder vornübergebeugt, schaute auf die Straße, die sich im Scheinwerferlicht abzeichnete, und lauschte.
»Halt an«, sagte er.

»Weshalb?«

»Frag nicht«, sagte er.

Sie nahm den Fuß vom Gaspedal und spürte, wie der schwere Cadillac langsamer wurde, mit einem Reifen aufs Bankett geriet. Sie hörte, wie Clete mit voller Wucht gegen den Kofferraumdeckel trat. Marvin wartete, bis ein Pickup vorbeigefahren war, riss dann die Tür auf und ging zum Heck des Wagens.

»Ruhe da drin!«, sagte er.

»Ich will dir mal was sagen, du Knallkopf«, hörte sie Cletes Stimme durch die Lehne des Rücksitzes dringen. »Klapp die Haube auf, dann mach ich dich alle, und zwar ohne dass ich vorher mit deinem Gesicht das Klo auswische, so wie's Frankie Dogs gemacht hat.«

»Dir stopf ich das Maul«, sagte Marvin und trat einen Schritt zurück. Dann blitzte das Mündungsfeuer in der Dunkelheit auf, als er einen Schuss auf den Kofferraumdeckel abgab.

Die Krone seines Hutes war oben zusammengekniffen, und der Regen rann von der Krempe, als er sich wieder vorn ins Auto setzte und die Tür zuschlug. Hinten im Kofferraum war es still.

»Du Drecksack«, sagte sie.

Marvin schloss die Augen, öffnete sie dann wieder, als empfände er höchste Lust. »Fahr weiter, Zerelda«, sagte er.

Er drückte sich die Beretta an die Leiste, hatte den Sicherungsflügel umgelegt, sodass der rote Punkt zu sehen war. Kurz darauf warf Zerelda einen Blick in den Rückspiegel und sah, wie hinter ihnen ein Auto losfuhr, die Lichter einschaltete und im Regen einen Sicherheitsabstand einhielt. Ist das der Pickup, der vorhin vorbeigefahren ist?, fragte sie sich.

Legion Guidry sah, wie der Cadillac vor ihm durch die Kurven driftete und mit den Hinterrädern einen Dunstschleier auf der regennassen Straße aufwirbelte. Er steckte sich eine neue Zigarette in den Mund, zog den Anzünder aus dem Armaturenbrett und drückte die rote Glühspirale an den Tabak. Er hörte das brennende Papier knistern, als er daran zog. Der brenzlige Geruch, der von dem heißen Metall aufstieg, war irgendwie wohltuend, auch wenn er das Gefühl nicht recht einordnen konnte, aber es löste ein angenehmes Ziehen im Unterleib aus. Er lächelte vor sich hin, als das Heck des Cadillacs in der nächsten Kurve heftig auf und ab schaukelte, und fragte sich, wie diesem Klugscheißer von Purcel jetzt wohl zumute war, nachdem er ein Rohr über den Schädel gekriegt hatte und wie ein drei Zentner schweres Schwein in den Kofferraum seines eigenen Autos gestopft worden war.

Er war noch nicht dahinter gekommen, was der Junge mit dem Cowboyhut mit Purcel und der Frau zu schaffen hatte. Aber er hatte den Jungen vorhin zirka dreißig Sekunden lang klar und deutlich vor dem Fernglas gehabt, lang genug, um zu erkennen, dass es der Vertreter war, der immer mit seinem Koffer, den er auf einen Rollschuh montiert hatte, durch die schwarzen Wohngegenden im Bezirk St. Mary zog. Die Frau hatte er nicht richtig vor den Feldstecher bekommen, aber seiner Meinung nach konnte es bloß diese Schlampe sein, diese Barbara Shanahan, die immer mit diesem pikierten Gesichtsausdruck rumlief, so als wäre sie was Besseres, diejenige, die er durchs Fenster beobachtet hatte, als sie über Purcel stieg, seinen Schwanz streichelte wie eine Hure und ihn sich reinschob.

Seinen Totschläger und den 38er Smith & Wesson hatte er im Handschuhfach. Er klappte es auf, holte den 38er heraus und legte ihn auf den Beifahrersitz, wo er im Dröhnen des Motors vibrierte. Nachdem Robicheaux ihn in sein eingesautes Klo geschmissen hatte, hatte er ihn draußen mit dem Gartenschlauch abspritzen müssen. Anschließend hatte er ihn auseinander genommen und die Einzelteile über Nacht in Benzin gelegt, danach gut eingeölt, bevor er ihn wieder zusammengebaut hatte. Aber das Benzin hatte die Brünierung angegriffen, die sich abgeschmiert hatte, als er mit dem Lappen drüberging, sodass die einstmals stahlblau schimmernde Waffe, auf die er so stolz gewesen war, jetzt matt und stumpf war.

Aber Robicheaux kommt auch noch dran, sagte er sich. Möglicherweise auch Perry LaSalle, denn Legion war mittlerweile davon überzeugt, dass er ein Buch schrieb, in dem er ihn bloßstellen wollte, verraten wollte, dass er schwarze Feldarbeiterinnen geschändet und einen Journalisten aus New York ermordet hatte. Weil sie allesamt ein und dieselbe Bande waren, diese Schlaumeier, die sich was darauf einbildeten, dass sie in der Welt rumgekommen, immer auf dem neuesten Stand der Technik waren, eine geschlossene Gesellschaft bildeten, aus der er sein Lebtag lang ausgeschlossen war, kaum anders behandelt wurde als die Nigger, sein Essen an der Hintertür gereicht bekam, auf Blechtellern und in Marmeladengläsern, die in einem eigenen Geschirrschrank für Farbige und weißes Lumpenpack aufbewahrt wurden.

Aber keiner konnte sagen, dass er sich nicht schadlos gehalten hatte. Er hatte keine Ahnung, wie viele schwarze Feldarbeiterinnen er eingeschüchtert und sich gefügig gemacht, wie oft er seinen Samen in sie ergossen und Bastardkinder mit ihnen gezeugt hatte, die alle Welt tagtäglich daran erinnerten, was ein weißer Mann auf einer Plantage mit schwarzen Frauen machen konnte, wann immer er dazu Lust hatte. Und die schwarzen Männer konnte er auch nicht zählen, die seinen Totschläger fürchteten wie den Leibhaftigen und aus denen er lebenslängliche Feinde aller Weißen gemacht hatte.

Er drückte die Zigarette im Aschenbecher aus und griff zu dem Sechserpack Bier, der am Boden stand, riss eine der warmen Dosen auf und trank sie halb leer, während ihm der Schaum über Hand und Unterarm quoll. Der lavendelfarbene Cadillac rauschte vor ihm über eine rote Ampel.

Jede Wette, dass dir der Cowboy grade Dampf macht, du

Weibsstück, dachte er. Aber das ist erst das Vorspiel. Du hast ja keine Ahnung, was heute Nacht noch alles kommt. Du wirst schon sehen.

Er trank sein Bier aus und schmiss die Dose aus dem Fenster. Er schaute in den Panoramaspiegel und sah, wie sie durch die Luft flog und wie wild mitten auf der Straße aufprallte.

Zerelda hielt sich an Marvins Anweisungen und bog auf eine kurvige, zu beiden Seiten von Abwassergräben gesäumte Straße ab, die voller Regenwasser stand, dann in einen unbefestigten Weg überging, der zu einer Kirche führte, deren Dach von einem umgestürzten Persimonenbaum eingedrückt war. Sie kamen an einem Haus vorbei, in dem ein Heuballen über dem anderen gestapelt war. Unmittelbar dahinter hielt sie auf Marvins Geheiß in einer Gruppe von Sumpfkiefern und Mooreichen an, schaltete das Licht aus und stellte den Motor ab.

Die Motorhaube des Cadillac dampfte im Regen, und in der Stille war das Ticken des Motors zu hören. Aus dem Kofferraum kam kein Laut.

»Ich hab in dem Haus eine Unterkunft für uns zurechtgemacht. Was zu essen und zu trinken, Decken, Mückenschutzmittel, eine Gaslaterne, Papierhandtücher und jede Menge Brettspiele. Ich glaub, ich hab an alles gedacht«, sagte Marvin und schürzte die Lippen.

»Brettspiele? Willst du mit mir etwa Mensch-ärgere-dich-nicht spielen?«, sagte sie.

»Yeah, oder irgendwas anderes, auf das du Lust hast. Bis ich den da los bin.« Er zeigte mit dem Kopf auf den Kofferraum. »Den Cadillac versteck ich in einer Scheune hinten im Wald. Dann besorg ich uns ein Auto, bis ich mir in Texas eins kaufen kann. Anschließend fahrn wir nach Laredo und von dort weiter nach Mexiko.«

»Meinst du etwa, ich bleibe bei dir? Nachdem du auf Clete

geschossen und mich blutig geschlagen hast. Das hast du dir so gedacht«, sagte sie.

»Was hast du denn erwartet? Du hast dich doch an nix gehalten, was ich dir gesagt habe. Ich glaube, das liegt daran, wie du aufgewachsen bist, Zerelda. Ich möchte Kinder mit dir haben, aber dazu musst du dich gewaltig ändern.«

»Hast du sie nicht mehr alle? Von dir lasse ich mir nicht mal das Schwarze unter den Fußnägeln rauskratzen.«

»Siehst du? Genau das mein ich. Das kommt daher, weil du dich ein Leben lang mit den sizilianischen Verbrechern rumgetrieben hast. Daher hast du dieses freche Mundwerk«, sagte er.

Er zog den Zündschlüssel ab und trat hinaus in den Nieselregen, hatte die Beretta in seiner Hand nach unten gerichtet. Er ging vorn um das Auto herum und hielt ihr die Tür auf. Sie nahm den Ozongeruch wahr, den Duft nach Humus und verdunstetem Salz, der in der Luft hing, nach der nassen Erde draußen auf den Zuckerrohrfeldern – ein schwerer, fauligfruchtbarer Geruch, den sie seit jeher mit Geburt und neuem Leben verband. Dann drehte sich der Wind, und ein Ekel erregender Gestank schlug ihr ins Gesicht.

»Herrgott, was ist das?«, sagte sie.

»Das sind die Säue. Die darf man nicht so einpferchen. Außerdem verseuchen sie das ganze Grundwasser. In diesem Staat hier gibt's ja keine Umweltschutzbestimmungen. Aber ich lass die armen Viecher auf der Stelle raus«, sagte er.

Er ging zu dem Schweinepferch und trat das Gatter auf der einen Seite um, warf dann mit Erdklumpen auf die Schweine, um sie in den Wald zu scheuchen. Doch sie liefen bloß grunzend im Kreis herum, blieben aber in ihrem Koben. Er musterte sie einen Moment lang verdutzt und sprühte sich einen Strahl Atemspray in den Mund.

»Das sind vielleicht blöde Viecher«, sagte er. Dann sah er, dass Zerelda zur Straße ging.

Er fasste sie unter dem Arm und zog sie herum, auf das Haus zu.

»Du hältst einen auf Trab, Frau. Dich muss man ständig im Auge behalten«, sagte er.

Sie musterte ihn von der Seite, betrachtete das wie gemeißelt wirkende Profil, die glatte Haut, die hübschen Bauernjungenzüge und den ausdruckslos gelassenen Blick und fragte sich, wer in ihm steckte, an wen sie sich wenden sollte.

Aber sie bemerkte auch, dass er jetzt abgelenkt war, auf einen Pickup starrte, der oben an der Straße anhielt und zu der schmalen Holzbrücke zurücksetzte, die über den Abwassergraben führte. Er nagte an seiner Unterlippe, zögerte einen Moment lang, schob ihr dann die Beretta unter die Bluse, drückte sie flach an ihren Rücken und ging mit ihr auf den Pickup zu.

»Der Mann, der mich angelernt hat, hat immer gesagt, ein guter Vertreter muss zuhören können. Wenn man gut zuhört, erfährt man immer, was der Kunde will«, flüsterte ihr Marvin ins Ohr. »Du musst den Kerl bloß anlächeln und ausreden lassen. Wir sagen ihm, was er wissen will, und danach geht er wieder seiner Wege. Da is nix weiter dabei.«

Sie sah, wie ein Mann, der einen Strohhut, ein Khakihemd und eine Khakihose trug, mit einer brennenden Zigarette im Mundwinkel aus dem Pickup stieg. Er blickte die Straße auf und ab, als ob er sich verfahren hätte, und kam dann mit schweren Schritten über die schmale Holzbrücke, die über den Abwassergraben führte, auf sie zu. Höflich neigte er den Kopf.

»Ich hab den Abzweig nach Pecan Island verpasst«, sagte er.

»Fahren Sie einfach eine halbe Meile zurück«, sagte Marvin. »Die Straße hier führt bloß zur Bucht.«

Der Mann mit dem Strohhut zog an seiner Zigarette und schaute versonnen die Straße entlang.

»Ihr könnt mir viel weismachen. Ich hab gedacht, hier geht's nach Abbeville«, sagte er.

»Nein, Sir, hier geht's nirgendwo hin«, sagte Marvin.

»Habt ihr grade gefickt?«, sagte der Mann.

»Was?«, sagte Marvin.

»Ich hab euch doch nicht beim Ficken erwischt, wie?«, sagte er.

Marvin und Zerelda starrten den Mann verblüfft an.

»Du denkst, du bist ein ganz Schlimmer, was?«, sagte der Mann zu Marvin.

Er holte aus, ohne die Zigarette aus dem Mund zu nehmen, packte Marvin an der Hemdbrust und riss ihn von Zerelda weg, sodass die Beretta unter ihrer Bluse hervorrutschte und zu Boden fiel. Fast im gleichen Moment zog der Mann einen Totschläger aus der Hosentasche und hieb ihn Marvin zwischen die Augen, dann an die Schläfe und den Hinterkopf, als hämmerte er Nägel in ein Stück Holz.

Marvin war bewusstlos, ehe er am Boden aufschlug.

Zerelda sperrte den Mund auf.

»Sind Sie beim Bezirk Vermillion tätig? Bei der Sheriff-Dienststelle?«, sagte sie.

»Geht dich gar nix an, wer ich bin, Weibsstück. Wo is Barbara Shanahan?«

»Shanahan?«, sagte sie.

Er drosch ihr die Faust mitten ins Gesicht.

Der Regen hatte aufgehört, als ich um die Kurve kam und die Holzkirche sah, aus deren eingedrücktem Dach die Zweige des Persimonenbaums ragten, der immer noch Laub trug. Ich parkte am Straßenrand und schaltete die Scheinwerfer aus. Weder auf dem Hof noch draußen unter den Bäumen standen Autos – zumindest konnte ich keine sehen –, aber auf der Brücke über den Abwassergraben zeichneten sich frische Reifenspuren ab.

Ich kurbelte das Fenster herunter und lauschte.

»Was ist das für ein Lärm?«, fragte Sal, der ehemalige Soldat.

»Ich weiß es nicht«, erwiderte ich.

Es war eine Art Knattern, unregelmäßig und misstönend, wie ein Traktormotor, der nicht rund läuft, immer wieder Fehlzündungen hat, bei dem vielleicht der Auspuff abgerissen ist.

Ich zog meine 45er aus dem Holster und öffnete die Tür des Pickups.

»Was haben Sie vor, Lieutenant?«, fragte Sal.

»Ich bin gleich wieder da«, sagte ich.

»Das klingt gar nicht gut. Ich glaube, ich komm lieber mit«, sagte er.

»Falsch«, sagte ich.

Er stieg aus und grinste. »Wollen Sie mich festnehmen?«, sagte er.

»Schon möglich«, sagte ich.

Doch mein Versuch, streng zu wirken, beeindruckte ihn nicht. Wir überquerten die Brücke und stellten fest, dass es sich um zweierlei Reifenspuren handelte, die einander überlappten und an einem Holzhaus vorbeiführten, das voller Heuballen war. Sal bückte sich und hob eine Neunmillimeter-Beretta auf, die neben einer Wasserlache lag. Er klopfte den Matsch aus dem Lauf und wischte mit dem Hemdschoß Griffschalen, Hahn und Abzugsbügel ab, zog dann den Schlitten so weit zurück, bis er die glänzende Messinghülse der Patrone sah, die bereits in der Kammer war.

Ich streckte die Hand aus und wollte sie mir geben lassen, aber wieder grinste er nur und schüttelte den Kopf.

Im fahlen Schein des Mondes, der wie ein Stück verbranntes Zinn in den Wolken hing, sah ich Schweine, die am Rande eines überfluteten Waldes herumwühlten. Ich ging vor Sal her, an der Kirche und dem Haus vorbei, in dem einst der Prediger gewohnt haben musste, auf das lauter werdende Geräusch eines Benzin- oder Dieselmotors zu. Auf der anderen Seite eines nach hinten offenen Blechschuppens hatte jemand eine Laterne angezündet, die einen matten weißen Lichtschein verbreitete.

Draußen unter den Bäumen sah ich Cletes Cadillac-Kabrio und Legions roten Pickup stehen. Die Heckklappe des Cadillacs stand offen, der Kofferraum war leer. Ich duckte mich, ergriff die 45er mit beiden Händen und ging näher ran, schaute durch das Fenster in der Hinterwand auf die Teerkocher, Straßenhobel und Planierraupen, die ein Bautrupp des Bezirks hier untergestellt hatte. Am Boden stand eine batteriebetriebene Grubenlampe, deren Neonschein in der feuchten Luft schillerte.

Legion Guidry stand an einem Wasserhahn und füllte einen Eimer. Marvin Oates, dessen Haare mit Stroh und Matsch verklebt waren, lag bewusstlos am Boden. Dicht bei ihm saß Zerelda, an einen Holzpfahl gelehnt, hinter dem ihre Hände mit Isolierband gefesselt waren. Aber Clete war derjenige, der sich offensichtlich in der größten Gefahr befand. Er hockte zusammengesackt bei der Lampe, ließ den Kopf hängen und hatte die Augen halb geschlossen, sei es wegen des Wundschocks oder aufgrund des Blutverlusts. Der Rücken seines T-Shirts war dunkelrot.

Unter dem Hütteneingang knatterte ein Holzschredder, dessen Auswurfrohr in die Dunkelheit gerichtet war, während der Einfüllstutzen auf Clete zeigte.

Legion drehte den Hahn zu und kippte Marvin den Eimer voll Wasser ins Gesicht.

»Steh auf, Junge. Ich will Futter für die Säue machen, und du musst mir dabei helfen«, sagte er.

Marvin blies das Wasser aus Nase und Mund und stützte sich auf die Hände. Legion stieß ihm mit dem Stiefel an die Schulter.

»Lass dir's nicht zweimal sagen«, sagte er.

»Ich hab Sie nicht verstanden«, sagte Marvin.

»Fass die andere Seite von der Fettsau da an. Der kommt in

den Wolf. Wenn du brav bist, landest du vielleicht nicht da drin«, sagte Legion.

Marvin warf einen Blick zu Zerelda.

»Was ist mit ihr?«, fragte er.

»Die hat sich mit dem falschen Hund eingelassen. Sie hat Flöhe«, sagte Legion.

Marvin stand auf. Er wirkte benommen, schaute wieder zu Zerelda.

»Sie lassen mich laufen?«, sagte Marvin, dessen Stimme allmählich wieder fester wurde. Dann schien sich seine Gesichtshaut zusammenzuziehen, als ihm bewusst wurde, wie ängstlich und feige seine Worte klangen.

Ich wollte aufstehen, um die Hütte herumgehen, nach vorn, wo ich freies Schussfeld auf Legion hatte. Aber ich spürte, wie sich eine offene Handschelle um mein rechtes Handgelenk legte, wie die Stahlzähne einrasteten. Sal hängte die andere Handschelle an ein Wasserrohr, das aus der Hütte ragte und in den Boden führte.

Mein Handschellenschlüssel steckte in der rechten Hosentasche, sodass ich ihn mit der linken Hand nicht erreichen konnte. Ich versuchte Sals Arm zu packen, als er wegging, aber er drehte sich nur kurz um und grinste, legte den Finger an die Lippen.

Sal trat um die Ecke des Schuppens, hielt die Beretta mit beiden Händen und zielte auf Legions Brust.

Legion ließ Cletes Arm los und richtete den Blick auf Sal, als erkenne er einen alten Feind wieder.

»Wo kommst du denn her?«, sagte Legion.

»Sieht so aus, als ob du den Leuten allerhand Leid angetan hast«, sagte Sal.

»Mit dir hab ich keinen Stunk.«

»Wird Zeit, dass du abtrittst, Jack. Und damit mein ich nicht, dass du die Biege machen sollst«, sagte Sal.

Legion, der seinen 38er Revolver im Gürtel stecken hatte, wich zurück, stolperte über den Wassereimer, stieß ein lautes Zischen aus. Dann stürmte er auf den Wald zu.

Sal eröffnete das Feuer, fing den Rückschlag der Beretta mit beiden Händen ab, während die Funken aus dem Lauf stoben. Inzwischen hatte ich mit der linken Hand die rechte Hosentasche umgedreht, schob den Handschellenschlüssel ins Schloss und rannte mit meiner 45er um die Hütte.

Ich sah, wie Legion zwischen den Bäumen hindurch auf die Bucht zustürmte, wie die Schweine um ihn herumstoben, während Sal sämtliche zehn Schuss aus der Beretta abfeuerte. Plötzlich schlug ein Blitz in der Bucht oder zwischen den Bäumen ein, ohne dass ich feststellen konnte, wo genau, und im Widerschein sah ich Legions Silhouette, wie ein Stück verkohltes Blech. Dann versank der Wald wieder in Dunkelheit, und ich schaute zu Clete, sah sein weißes Gesicht, als er im Schein der Grubenlampe zu mir aufblickte, die Mundwinkel zu einem Lächeln verzogen.

»Leg den Knallkopf lieber in Handschellen, Großer«, sagte er.

Ich fesselte Marvin und drückte ihn zu Boden, kniete mich dann hin und zerschnitt mit meinem Taschenmesser das Klebeband um Zereldas Handgelenke. Ein Scheinwerferpaar kam über die Brücke auf uns zu, hüpfte auf und ab, als das Auto zu schnell über das Gelände fuhr. Dann hielt Joe Zeroskis Chrysler neben dem Schuppen, worauf Joe und Baby Huey ausstiegen. Joe trug eine stramm sitzende Hose und ein eng anliegendes Trägerunterhemd, das seine angespannten muskulösen Arme und die breite Brust betonte, die sich hob und senkte. Er musterte das zerschlagene Gesicht seiner Nichte und strich ihr über die Haare.

Dann blickte er auf Marvin Oates hinab. Eine kleine verchromte Automatik ragte aus seiner Hosentasche.

»Ist das der Mann, der meine Tochter totgeschlagen hat?«, sagte er.

»Wollen Sie uns Schwierigkeiten machen, Joe?«, sagte ich.

»Ich habe Sie gefragt, ob das der Scheißkerl ist, der meine Linda umgebracht hat.«

»Ja, Sir, ich glaube, er war es vermutlich«, sagte ich.

Joe starrte Marvin eine ganze Weile an, hatte die Fingernägel in den rechten Handballen gegraben. Seine Nasenflügel wurden weiß, und seine Hand wanderte zur Hosentasche.

»Joe –«, setzte ich an.

Er holte ein Taschentuch aus der Gesäßtasche und beugte sich zu Marvin hinab.

»Seine Nase läuft. Das sieht nicht gut aus. Man muss sie ihm abwischen«, sagte Joe. Als er fertig war, warf er das Taschentuch zu Boden.

Zwanzig Minuten später sahen Helen und ich zu, wie die Sanitäter Clete und Zerelda in einen Krankenwagen luden und zur Notaufnahme nach Abbeville brachten. Noch immer jagten schwarze Wolken über den Himmel, und das Zirpen der Grillen und die Laute der Baumfrösche erfüllten die Luft. Ich hielt Ausschau nach dem ehemaligen Soldaten, der sich Sal Angelo nannte, konnte ihn aber nirgendwo entdecken. Als ich ihn zuletzt gesehen hatte, war er zwischen die Bäume gelaufen, und ich konnte mich nicht erinnern, ob er wieder herausgekommen war. Der Coroner und etliche Deputys aus dem Bezirk Vermilion waren tief im Wald, fast bei der Bucht, wo der Schein ihrer Taschenlampen über Bäume und Unterholz huschte.

»Er hat dich mit deinen eigenen Handschellen gefesselt?«, sagte Helen.

»Yeah, ich hatte sie im Pickup liegen lassen«, sagte ich.

»Warum wollte er Guidry umlegen?«

»Er wusste, dass ich es vorhatte«, erwiderte ich.

»Das hab ich nicht gehört.«

Sie sah zu, wie der Coroner und drei Deputy-Sheriffs des Bezirks Vermillion mit einem zugezogenen Leichensack aus dem Wald kamen. Der Sack wirkte schwer, hing in der Mitte durch, und die Deputys konnten nur mühsam mit dem Coroner Schritt halten.

»Hast du mit dem Coroner geredet?«, fragte Helen.

»Nein«, erwiderte ich.

»Dein Freund muss der schlechteste Schütze der ganzen US-Army gewesen sein«, sagte sie.

»Was meinst du damit?«

»Guidry hatte keine einzige Schussverletzung. Sieht so aus, als ob ihn der Blitz erschlagen hat. Die Stiefel wurden ihm von den Füßen gerissen«, sagte sie.

»Der Blitz?«, sagte ich.

»Jedenfalls ist er nicht allein abgetreten. Er trieb inmitten einer Horde toter Schweine. Spendierst du mir einen Kaffee, Paps?«, sagte sie.

Epilog

Inzwischen ist es Winter, und Clete Purcel und ich gehen draußen an der Whiskey Bay auf Entenjagd, wie zwei alte Kracker, die sich keine Kriegsgeschichten mehr erzählen müssen und sich eher für den Sonnenuntergang interessieren als für die Anzahl der Vögel, die sie vom Himmel holen. Barbara Shanahan war mit Perry LaSalle fortgezogen, irgendwo in den pazifischen Raum, wo man von Auslagern spricht, wenn billige Arbeitskräfte gemeint sind, und wo Perry einige neue Konservenfabriken bauen will. Jedes Mal, wenn das Gespräch auf Barbara kommt, zwinkert Clete fröhlich mit den Augen, sodass niemand ermessen kann, wie tief der Stachel in seinem Herzen sitzt.

Im November, dem gleichen Monat, in dem Jimmy Dean Styles zum Tode und Tee Bobby Hulin zu einer lebenslänglichen Freiheitsstrafe verurteilt wurden, kehrte der Osterhase nach New Iberia zurück und stieg ins Haus des Bürgermeisters ein. Dann brach er in eine Tierhandlung in Lafayette ein und ließ zwei große, blau-gelb-rot gescheckte Papageien mitgehen. In der darauf folgenden Nacht raubte er am Lake Pontchartrain das Haus eines berühmt-berüchtigten ehemaligen Ku-Klux-Klan-Mitglieds und Kandidaten für den US-Senat aus, während der ehemalige Klansmann gerade in Russland weilte, wo er für sein neuestes antisemitisches Buch warb.

Ein Woche später wurden die Kontoauszüge und Sperdenquittungen des ehemaligen Klansmannes per Post an die Finanzbehörde und das FBI weitergeleitet. Der Osterhase ließ die gestohlenen Papageien in dem Haus und meldete tags darauf die Tat. Die Cops, die wegen des Einbruchs ermittelten, sagten, das ganze Haus sei von vorn bis hinten voller Vogelscheiße gewesen.

Marvin Oates wurde wegen Entführung, schwerer Körperverletzung und wegen Totschlags an Frankie Dogs verurteilt. Aber den Mord an Linda Zeroski und vielleicht auch an Ruby Gravano, der Prostituierten aus dem Bezirk St. Mary, konnte man ihm nicht nachweisen. Helen Soileau und ich sowie zwei stellvertretende Bezirksstaatsanwälte versuchten ihm ein Geständnis zu entlocken, gaben es aber schließlich auf. Jedes Mal, wenn er unter Druck gesetzt wurde, stimmte er den Text von »Die Bibel ist mein Wegweiser« an und schaute uns mit arglosem Blick an, als könnte er kein Wässerchen trüben oder sich auch nur einen Moment lang an eine Gewalttat erinnern.

Unser Psychologe sagte, Marvin sei normal. Ein fundamentalistischer Prediger und ein halbes Dutzend Gläubige bezeugten seinen guten Charakter. Als ich ihn im Zeugenstand beobachtete, ging mir wieder ein Gedanke durch den Kopf, der mir zu schaffen machte, seit ich Polizeibeamter geworden war – dass die Menschen zu dem Zeitpunkt, da sie eine Tat begehen, sei sie noch so schändlich oder verwerflich, immer das Gefühl haben, sie täten genau das, was sie tun sollten.

Den ehemaligen Soldaten, der sich Sal Angelo nannte, sah ich nie wieder. Ich wollte auch nicht mehr darüber nachdenken, wie er nach New Iberia gekommen war, buchstäblich aus dem Nichts, wahnsinnig und in Lumpen gekleidet, oder dass er behauptet hatte, er wäre derjenige, der mich huckepack aus dem Elefantengras getragen, in einen Hubschrauber geladen und zum Bataillonsverbandsplatz gebracht hatte. Was spielte es schon für eine Rolle, wer er war, sagte ich mir. Legion Guidry war tot, und darüber war ich froh. Meinetwegen konnte mein abgerissener Freund sein Geheimnis für sich behalten und Vietnam eine Erinnerung bleiben, die allmählich vermoderte.

Aber irgendwann wandte ich mich an die Veteranenverwaltung und bat um Auskunft.

Ein Soldat namens Sal Angelo aus Staten Island, New York, hatte tatsächlich als Sanitäter in meiner Einheit gedient und war Ende 1964, Anfang 1965 in der gleichen Gegend eingesetzt wie ich. Aber einen Monat, nachdem es mich erwischt hatte, war er zehn Meilen vor der laotischen Grenze gefallen.

Im Herbst ging Alafair aufs Reed College und kehrte erst zur Weihnachtszeit zu uns zurück. Der Winter ist dieses Jahr nass und neblig gewesen, gut für die Enten, für Clete und mich, aber auch gut geeignet für gemeinsame Abendessen und Partys mit Bootsie und Alafair und deren alten Freunden aus der Highschool.

Aber manchmal stehe ich mitten im fröhlichen Treiben, während der Glasschmuck am Christbaum klimpert, am Fenster und schaue im fahler werdenden Licht hinaus auf den Sumpf, auf die kahlen Zypressen und die Moosbärte, die sich gestochen scharf am Himmel abzeichnen, und denke daran, wie vor vielen Jahren eine Feldarbeiterin und der alte Julian zueinander fanden, wie sie sich hinreißen ließen von ihrer Schwäche und ihrem Verlangen. Und ich denke auch an eine von Kugeln zerfetzte, von der Sonne verblichene Kriegsflagge, die unter Glas verwahrt wird wie ein Stofffetzen mit dem eingetrockneten Blut eines Heiligen, und ich frage mich, ob man die Torheiten auch nur annähernd beim Namen nennen kann, die dazu führen, dass wir all die großartigen Gaben kaputtmachen, die uns Himmel und Erde geschenkt haben.

Aber darauf verschwende ich inzwischen kaum mehr als einen flüchtigen Gedanken, und wenn ich bei der Arbeit ins Grübeln gerate, nehme ich mir die Akte über den Osterhasen vor, den Schlawiner in unserer Mitte, den Possenreißer und Gauner, der in uns allen steckt und uns über das Böse auf der Welt ebenso lachen lässt wie über uns selbst.

Meiner Meinung nach ist das gar nicht so schlecht.

Danksagung

Viele Menschen haben ihren Anteil am Werdegang eines Autors, und ebenso viele wirken beim Lektorat und bei der Herstellung eines Buches mit, aber nur wenige von ihnen werden in der Titelei namentlich erwähnt. Daher möchte ich mich bei einigen Menschen bedanken, die mir in den vergangenen vierzig Jahren geholfen und meine Arbeit unterstützt haben:

Bei Kurt Hellmer (†), meinem ersten Agenten; meiner ersten Lektorin, Joyce Hartman bei Houghton Mifflin; bei Bruce Carrick bei Scribner, Martha Lacy Hall, Les Phillabaum, John Easterly und Michael Pinkston (†) bei der Louisiana State University Press; Rob Cowley bei Holt; Roger Donald und Bill Phillips bei Little, Brown; Robert Mecoy bei Avon; Robert Miller und Brian Defiore bei Hyperion; Shawn Coyne bei Doubleday; George Lucas bei Pocket Books; Carolyn Reidy, Chuck Adams, Michael Korda und David Rosenthal bei Simon & Schuster; sowie bei Susan Lamb und Jane Wood bei Orion in Großbritannien.

Außerdem möchte ich mich bei meinen Agenten Philip Spitzer und Joel Gotler für ihren jahrelangen unermüdlichen Einsatz für meine Werke bedanken, sowie bei Patricia Mulcahy, die dreizehn Jahre lang meine Texte lektoriert hat und eine Freundin der Familie gewesen ist.

Einmal mehr möchte ich meiner Familie meine Dankbarkeit bekunden: meiner Frau Pearl und unseren vier Kindern, Jim jr., Andree, Pamala und Alafair.

Schließlich noch ein Dankeschön mit den Worten von Dave Robicheaux: Gott schütze alle Bibliothekarinnen und Bibliothekare auf der Welt.

JEFFERY DEAVER

»Der beste Autor psychologischer
Thriller weit und breit!«
The Times

»Jeffery Deaver ist brillant!«
Minette Walters

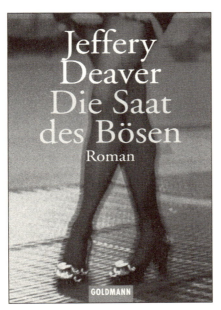

43715

GOLDMANN

*Das Gesamtverzeichnis aller lieferbaren Titel erhalten Sie
im Buchhandel oder direkt beim Verlag.
Nähere Informationen über unser Programm erhalten Sie auch im Internet unter:*
www.goldmann-verlag.de

★

Taschenbuch-Bestseller zu Taschenbuchpreisen
– Monat für Monat interessante und fesselnde Titel –

★

Literatur deutschsprachiger und internationaler Autoren

★

Unterhaltung, Kriminalromane, Thriller
und Historische Romane

★

Aktuelle Sachbücher, Ratgeber, Handbücher und
Nachschlagewerke

★

Bücher zu Politik, Gesellschaft, Naturwissenschaft und Umwelt

★

Das Neueste aus den Bereichen
Esoterik, Persönliches Wachstum und Ganzheitliches Heilen

★

Klassiker mit Anmerkungen, Anthologien und Lesebücher

★

Kalender und Popbiographien

★

Die ganze Welt des Taschenbuchs

★

Goldmann Verlag • Neumarkter Str. 28 • 81673 München

Bitte senden Sie mir das neue kostenlose Gesamtverzeichnis

Name: _____

Straße: _____

PLZ / Ort: _____